DE LA MÊME AUTRICE

LIRE LA PEINTURE. Dans l'intimité des œuvres, Larousse, 2002

RUBENS, Hazan, 2003

L'INVENTION DU CORPS. La représentation de l'homme du Moyen Âge à la fin du XIXe siècle, Flammarion, nouvelle éd., 2006

L'INVENTION DE LA NATURE. Les quatre éléments à la Renaissance ou le peintre premier savant, Flammarion, 2008

HISTOIRE DE L'ART POUR TOUS, Hazan, 2011

LÉONARD DE VINCI, POSTHUMES, Scala, 2012

LE DERNIER VOYAGE DE LÉONARD, Scala, 2019

L'ARGENT DANS LA PEINTURE, Citadelles et Mazenod, 2020

L'ÉTOILE BRISÉE

NADEIJE LANEYRIE-DAGEN

L'ÉTOILE BRISÉE

roman

GALLIMARD

À la Renarde,
Au Grand Renard,
Aux futurs renardeaux, peut-être.

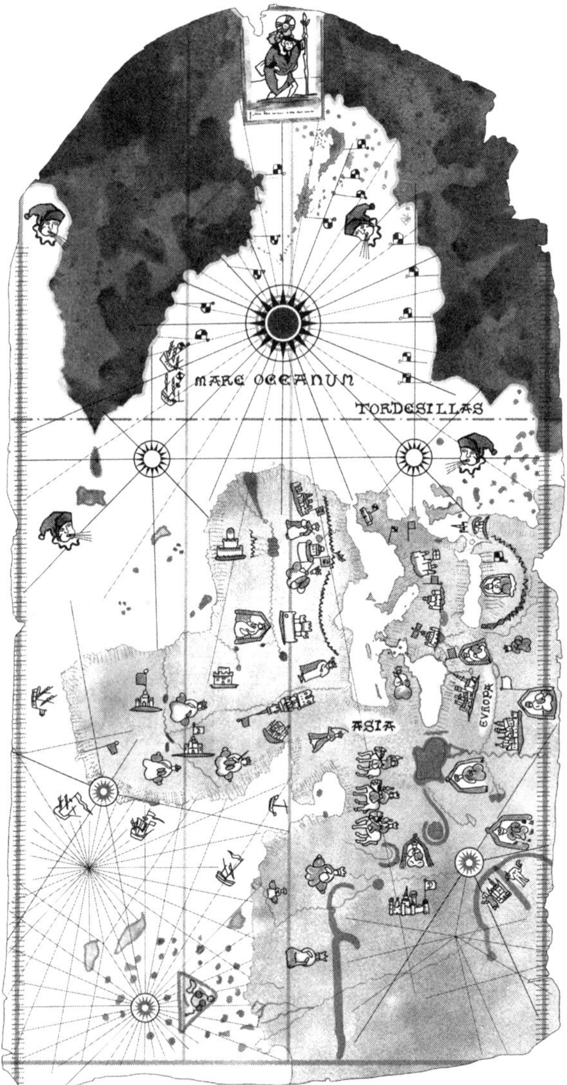
MARE OCEANUM
TORDESILLAS
ASIA
EVROPA

Prologue

ENFANCES

1472-1498

PRINCIPAUX PERSONNAGES

Yehohanan (Yehia) et Yehoyakim Cocia, frères juifs de Santoña (Espagne).

Tyterogat, fillette guanche (archipel des Canaries).

Lisandra Vespucci, fille naturelle d'Amerigo Vespucci, et fille adoptive d'Antonio et Lisa Vespucci.

Guido Liuciardi, fils de Filippo Liuciardi, marchand siennois, et Damiano Paroni, commis du même.

1

Séparation

SANTOÑA, CANTABRIE (ROYAUME DE CASTILLE), SEPTEMBRE 1472

La ville de Santoña, sur la côte cantabrique, était en 1472 un petit port prospère. Orientés vers la mer, accrochés au rocher du Buciero qui s'élève à l'ouest, ou bordant la zone où se mêlent l'eau salée, l'eau douce et la terre, ses quartiers s'ignoraient. Les pêcheurs vivaient sur la plage, dans des maisons de bois peintes aux couleurs des barques qu'ils échouaient sur la grève, face à un morceau d'Océan encombré de bancs de sable. Les gens qui travaillaient la terre préféraient la montagne (on appelait ainsi les pentes du Buciero). Leurs habitations avaient une base de pierres au-dessous d'un étage en planches semblable aux demeures des pêcheurs, et elles se distinguaient par les greniers qui étaient construits devant elles : des caisses, en pierres également, sortes de sarcophages hissés sur des colonnes, où on serrait le mil. Aux dimensions de ces greniers, on mesurait l'importance des familles. Les humbles cultivaient les terrasses qui produisaient peu, les chanceux possédaient des arpents dans l'intérieur, et ce grain qui venait de loin, dans de lentes charrettes tirées par des bœufs, exigeait trois ou quatre grandes caisses pour être engrangé. Tout cela, cependant, restait modeste : le climat était trop humide, plus apte à faire pousser les chênes, les châtaigniers ou les hêtres, que des céréales. Seuls les armateurs et les marchands étaient quelquefois vraiment riches. Ils habitaient des tours, presque des forteresses, serrées les unes contre les autres et qui formaient un mur sur un côté de la baie. Cette partie de la ville était récente et active : il y avait un bassin où l'on chargeait de laine, de sel et de fruits les bateaux en partance, et même un arsenal d'où sortaient d'autres navires qui prenaient la mer à leur tour et s'en allaient voguer loin.

Les Santoñais de quartiers différents ne se fréquentaient pas. On se mariait entre soi, on mourait entre soi. Une seule fois dans l'année, au commencement de septembre, le monde se retrouvait dans les rues. Depuis Sainte-Marie-du-Port, une procession parcourait la ville. Précédés par l'évêque de Burgos descendu exprès du plateau castillan, les mariniers, les gens qui vivaient de la terre, les marchands et ceux qui construisaient des bateaux marchaient derrière la statue de la Vierge des Voyages, qu'on sortait en cette occasion de son église.

De telles fêtes, en Espagne et dans le reste de l'Europe à la fin du XVe siècle, étaient monnaie courante. Celle de Santoña avait de particulier que l'image célébrée était une Vierge au teint noir. Une Marie négresse, petite, debout et parée d'or, présentait à la foule un Enfant Jésus blanc.

Il n'y avait pas à chercher le pourquoi de cette bizarrerie. Les prêtres répétaient qu'un homme pieux, en Afrique, endormi sous un figuier, avait rêvé que Marie se trouvait près de lui. Le songe, ou la vision, lui avait ordonné de creuser, et il avait trouvé cette statue en bois où la Vierge avait la peau noire. Quelques gens raisonnaient que le bois avait dû foncer au contact de la terre, d'autres pensaient que Marie, dès lors qu'elle était chez les Noirs, noircissait elle-même pour mieux les convertir, mais la majorité ne se questionnait pas : cette Vierge venue de loin, d'au-delà de la mer (car cela au moins était sûr), et qui offrait au monde un fils à la chair blanche, cette Vierge protégeait la cité, ses bateaux, ses marins, ses pêcheurs et ses commerçants.

Chaque année, donc, à la date de la Nativité de la Mère, la ville festoyait. Des jeunes filles, parmi les plus jolies et les plus méritantes de chaque quartier, remplaçaient la cape qui couvrait la statue et cousaient à l'Enfant un nouveau vêtement blanc. Elles nettoyaient les broderies, rattachaient les fils qui s'étaient égarés, astiquaient les couronnes et surtout, elles confectionnaient les perruques qui resteraient en place jusqu'à la fête suivante. Les cheveux devaient être blonds : l'honneur de donner une mèche suscitait une rivalité et, dans les semaines qui précédaient le choix, celles qui étaient brunes se soumettaient à de rudes traitements pour obtenir des nuances plus claires. Les hommes, pendant ce temps, aménageaient les chars et répétaient les tableaux qui y seraient montrés. Comme il ne convenait pas que des femmes s'exhibent, ils figuraient eux seuls tous les personnages, sauf Marie et l'Enfant pour lesquels on utilisait des mannequins. Les vieillards étaient Anne, la mère de la Vierge, et Élisabeth sa cousine ; un adolescent faisait l'ange au moment de l'Annonciation.

Pendant trois jours et trois nuits à partir du 8 septembre, la ville était en liesse. Quand le soleil brillait, la foule, dans ses plus beaux habits, suivait Nuestra Señora. Les familles et confréries allaient d'un crucifix en pierre à un crucifix en pierre ; on stationnait devant les niches contenant une image consacrée (la Vierge, quelquefois, saluait une Vierge) ; et dans chaque chapelle où la statue entrait, on disait des prières, après quoi un saint supplémentaire s'ajoutait au cortège, juché sur un autel porté par des garçons.

Le dernier jour, sur les quais bordant l'eau, était le plus magnifique. Les chars défilaient et l'évêque, tour à tour, les aspergeait d'eau bénite, puis on installait Marie dans un bateau décoré d'asters pour qu'à son tour elle aille bénir les barques et les plus gros navires où on la faisait monter. Les nuits, en revanche, étaient moins tranquilles : des grivoiseries succédaient aux psaumes des heures diurnes tandis que victuailles et vinasse remplaçaient l'eucharistie. Il ne faisait pas bon alors, pour une fille, se trouver dans les rues. Mais ces excès aussi faisaient partie de la fête : n'était-ce pas parce que l'humanité était pécheresse que Jésus était né ?

*

Un groupe de gens, cependant, ne se mêlait pas à la célébration. Les juifs de Santoña avaient eu leur synagogue et, durant des siècles, à la condition qu'ils paient un impôt, ils avaient habité tranquillement la ville. Même, il y avait eu des années, des années nombreuses, où ceux qu'on appelait *judíos* avaient suivi la procession en l'honneur de Notre-Dame. Ils marchaient à la fin du cortège, sans prier, sans chanter, sans entrer dans les églises, vêtus modestement et, ces jours-là, sans aucun signe de leur religion ; ils manifestaient, en étant là, leur attachement à une cité qui les tolérait et ne leur faisait pas la vie trop dure.

En 1472 il n'en allait plus ainsi. À la veille de régner, Isabel de Castille avait commencé de détester ceux qu'elle appelait les assassins du Christ. À Santoña, les autorités firent savoir que ces meurtriers n'étaient pas bienvenus dans le cortège qui célébrait la Mère et désormais, chaque septembre, les juifs restèrent chez eux, quoiqu'ils continuent à payer pour la cérémonie. Puis un jour l'évêque de Burgos arriva en grande pompe et, accompagné de nouveau de la Vierge et des saints des églises, il entra dans la synagogue, en retira la Torah et son Arche (les juifs purent les racheter, très cher) et il dit la messe dans ce qu'il proclama être désormais l'église Sainte-Marie-de-la-Conversion. Un décret força les juifs à quitter leurs demeures et à s'établir dans un quartier où ils devraient bâtir. Leurs immeubles furent confisqués, pour le bonheur des chrétiens qui purent s'y loger. Quelques juifs se convertirent pour garder leur maison, et leur baptême eut lieu dans la nouvelle église.

Les Cocia, dont le patronyme signifiait « ceinture » dans l'hébreu qu'on parlait en Espagne, ne se convertirent pas. Le grand-père Meir était *rabbi* de la communauté : il ne jurait que par Celui-qu'on-ne-nomme-pas et par l'observance de la Loi.

Le père, Shimon, était barbier, c'est-à-dire qu'il rasait le poil des hommes et qu'il savait assez de médecine pour pratiquer de minimes opérations. La mère s'appelait Alika. Ils avaient deux enfants : un garçon encore jeune, Yehohanan, qu'on surnommait Yehia, et un autre qui était presque un homme, Yehoyakim.

Le déménagement auquel ils avaient été contraints avait fait courir aux Cocia un terrible danger. Leur maison venait des parents de Meir et sans doute, bien avant, les aïeux du rabbin y avaient vécu. Or, les chrétiens qui reprirent l'endroit voulurent le modifier. En perçant une cloison, ils découvrirent l'image d'une Vierge noire très semblable à la statue de Sainte-Marie-du-Port et qui tenait comme elle dans ses bras un Jésus blanc.

La découverte de cette autre Vierge des Voyages fut considérée comme un miracle. Elle déclencha aussi une indignation dont les Cocia et les autres juifs de Santoña furent les victimes. La famille du rabbin gardait cachée derrière des briques cette très sainte image ? C'était une manière de meurtre : la preuve d'un acharnement déicide et, puisque la Vierge noire était la patronne de Santoña, le signe de la haine de cette race inique vis-à-vis de la ville qui tolérait sa présence.

Meir, aidé par Shimon qui avait le talent de s'exprimer, expliqua que le mur qui couvrait la peinture avait été monté en un temps où aucun des juifs vivants n'était encore né et que ni lui ni sa famille, ni aucun membre de la communauté, n'avait de responsabilité dans cet acte. L'évêque décida qu'on jugerait les aïeux : ils furent condamnés et leurs descendants durent payer une amende par quoi expier le crime. Les Cocia perdirent ce qui leur restait : un jardin en culture sur le Buciero, la boutique de barbier de Shimon et les bijoux qui avaient composé la dot d'Alika. La famille se réinstalla dans une ignoble masure, tout ce qu'elle pouvait se payer, à la marge du secteur où ses coreligionnaires construisaient à neuf, et le *rabbi*, d'amertume, refusa de sortir de son lit.

Il fallait pourtant bien que la vie aille son train. Shimon, moins bavard que jadis, continuait de raser en allant dans les demeures puisqu'il n'avait plus de local. Il ne s'occupait désormais que des têtes de juifs et ne soignait personne qui ne soit de cette confession. Alika veillait au marché, à la cuisine, elle cousait pour faire rentrer de l'argent et soignait son beau-père sans se plaindre de la mauvaise humeur de celui-ci. Les garçons s'étaient mieux remis. Yehoyakim, qui aurait voulu être barbier comme son père, avait commencé un apprentissage chez un cordonnier : cela rapportait plus, et les souliers n'avaient pas de religion. Yehia avait quitté l'école puisqu'on ne pouvait plus payer. D'ailleurs, le maître était chrétien, il n'aurait plus toléré de l'avoir pour élève. L'enfant se trouvait bien de cette situation, il passait ses journées sur les quais à rendre des services aux marins, ou à la plage où il aidait à pousser les barques à l'eau ou à les en tirer. Son désir était d'être matelot et de partir au loin : en mer, nul ne lui demanderait s'il était juif ou non. En attendant, il portait sur ses vêtements la rouelle, ce signe distinctif qu'on imposait à son peuple, et cela permettait à ceux qui le recrutaient de le payer moitié moins que s'il eût été chrétien.

*

Or, en cette fin d'été 1472 alors que venait de finir la fête de la Vierge, un nouvel événement changea plus complètement le sort des Cocia. À Santander, non loin de Santoña, une juive convertie qui gagnait sa vie en nettoyant l'église avait porté chez elle une hostie afin de la brûler. L'affaire s'était sue parce que le pain sacré, au lieu de se consumer, avait commencé de saigner et qu'une plainte s'était élevée de lui. Cette plainte, en montant par la cheminée, avait attiré les voisins. Ils avaient forcé la porte et trouvé la famille en train d'éponger le sang alors que la relapse cherchait à retirer l'hostie des flammes. Une enfant chrétienne avait calmé le feu et saisi le Corps du

Christ ; dans ses mains, l'hostie, qui demeurait intacte, avait cessé de saigner et la plainte s'était tue.

Yehohanan, le matin, sur la plage, entendit rapporter ce qui s'était passé. Les pêcheurs, au large, avaient rencontré les bateaux de Santander. Le temps était calme et, comme les autres leur faisaient signe, ils s'étaient rapprochés et ils avaient parlé : c'est ainsi que se colportaient les nouvelles. Revenus à Santoña, ils avaient raconté à ceux qui étaient à terre le crime et le miracle, ainsi que le châtiment que les juifs avaient subi. Sans attendre un jugement, on avait, dans la nuit, brûlé la famille coupable, y compris un petit enfant qui ne parlait pas encore. Dans la foulée on avait malmené tous les juifs qu'on avait pu trouver, y compris ceux d'entre eux qui s'étaient faits chrétiens.

Quand le garçon répéta la nouvelle aux habitants de son quartier, ce fut une désolation. Les chrétiens de Santoña ne voudraient pas faire moins que ceux de Santander : les juifs de la ville seraient punis même s'ils n'avaient rien fait. Quelques hommes voulaient dépêcher une délégation aux autorités de la ville. En l'absence de Meir qui demeurait cloîtré, Shimon soutint que ce serait vain :

« Les chrétiens se moquent que nous n'ayons rien fait. Chacun d'entre nous, à leurs yeux, est comptable pour les autres », dit-il.

Il affirma qu'il serait dangereux d'avancer que l'histoire de Santander était très improbable :

« Pour les incirconcis, le pain de l'église est le Corps de Dieu. Puisqu'ils croient cette bêtise, comment pourraient-ils ne pas se convaincre que ce pain est capable de geindre et, en plus, de saigner ? Dire que nous en doutons revient à rappeler que nous sommes d'une autre foi, et nous parviendrons juste à augmenter leur rage. »

Comme Shimon repoussait les solutions trop simples sans en trouver de bonnes, chacun rentra chez soi aviser à comment se protéger.

Dans la maison des Cocia, une dispute éclata entre le grand-père et le père. Le fils du rabbin jurait que ce qui s'était passé allait susciter une émeute et que des juifs mourraient. Meir en était d'accord, mais il soutenait que si le massacre avait lieu, c'est qu'il était voulu par Yahvé et qu'il fallait l'accepter.

« Nous sommes le peuple élu. Il appartient au Très-Haut de décider si nous mourrons ou si nous serons sauvés », répétait-il depuis son lit en postillonnant fort.

Shimon n'était pas d'accord. Il n'était pas rabbin mais il connaissait le Talmud. Et il y avait lu que le suicide était contre nature :

« Personne n'a le droit de se mettre dans la situation de mourir s'il a les moyens d'y échapper, avança-t-il. Les sages n'ont-ils pas déclaré que sauver une vie importe plus que d'obéir aux commandements ? »

Meir s'obstina : il ne bougerait pas et son fils, sa bru et ses petits-fils feraient de même. Shimon se leva et claqua la porte. Il ne mettrait pas en péril sa femme et ses enfants en se contentant d'attendre qu'on vienne les assassiner.

Il y avait, derrière la baraque dans laquelle les Cocia étaient réduits à vivre, sur un morceau de terrain dont ils avaient fait leur potager, un appentis où ranger les outils. C'est là qu'un peu plus tard, entre les salades tardives et les premières pommes, Shimon, debout devant ses fils et avec Alika, prononça ces paroles terribles :

« Vous devez partir, dit-il. Quelque peine que vous en aurez et que votre mère et moi en éprouvons. Vous allez quitter le quartier juif et abandonner Santoña. Vous allez le faire aujourd'hui – pas demain, ce pourrait être trop tard, mais maintenant, cet après-midi : dans l'heure. Je ne vous accompagnerai pas, ni votre mère. Votre grand-père ne veut pas partir et d'ailleurs il est trop vieux pour qu'on puisse le mener sur les chemins. Vous, vous êtes jeunes. La vie vous appartient et vous devez la vivre. »

Comme les garçons se regardaient et que Yehia en particulier paraissait ne pas comprendre, Shimon insista, l'air douloureux et la voix ferme :

« Partez. Je ne vous veux plus ici. Un massacre va se produire et la solution pour y échapper est de fuir. Et ne pas revenir. Donc vous vous en allez. À jamais. Vous n'appartenez plus à cette ville et vous n'êtes plus nos enfants. »

Il regarda les garçons :

« Vous avez de bonnes jambes : marchez, ce soir surtout, aussi loin que vous le pouvez sans vous arrêter. Toi (il s'adressait à son aîné), tu vas aider ton frère : il faut que demain matin vous soyez loin, très loin. Le petit va avoir du mal… »

La voix de Shimon se cassa au moment où il évoquait son jeune fils. Alika, assise, et qui tenait un morceau de tissu près de sa bouche, le serra entre ses dents pour s'empêcher de gémir. Shimon continua :

« Demain, le jour d'après et pendant tout le temps qu'il faudra, vous continuerez à marcher. Vous sortirez de Castille et éviterez l'Aragon. Dans longtemps, quand un lieu vous semblera vraiment sûr, vous vous y installerez. Ce sera le plus loin possible et dans un endroit, en tout cas, où personne ne saura qui vous êtes. »

Le père se tut sur un gros soupir. La mère, silhouette noire repliée sur elle-même, continuait à pleurer des sanglots silencieux. Yehia eut un mouvement de petit enfant : il alla se presser dans ses bras. Et à son tour il se mit à pleurer.

Shimon n'avait pas fini. L'exil était la seule issue et la rupture devait être totale. D'une voix sourde, telle que ses fils ne l'avaient jamais entendue, il martelait les mots, se répétant pour être sûrement compris :

« Vous partez donc ensemble, mais ensuite vous poursuivrez seuls. À partir d'à présent vous êtes orphelins et demain, au plus tard après-demain, vous cessez d'être frères. Quand cette nuit ou la suivante sera passée, vous n'entretiendrez plus de liens. Vous ne chercherez pas à savoir ce que nous sommes devenus, vous ne nous donnerez pas de nouvelles et vous ne vous en donnerez pas l'un à l'autre. Pour chacun d'entre vous, nous sommes morts ; ou plutôt nous n'avons jamais existé. »

Une pause encore. Yehia avait compris désormais, il s'accrochait à Alika et hoquetait d'affolement. Yehoyakim, debout comme son père, restait figé. Il lui semblait qu'il rêvait qu'il était en train de mourir, chaque mot de son père lui ôtant un morceau de sa vie.

Shimon continua :

« Puis vous allez changer vos prénoms hébreux contre des noms chrétiens. Yehoyakim et Yehohanan n'existent plus, j'ai prononcé vos noms pour la dernière fois et vous ne les direz à personne. Vous serez, vous êtes, désormais, Joaquín et Juan. Je l'ai décidé ainsi et vous obéirez. Vous transformerez de la même manière ce nom de Cocia que je vous ai donné. À vous de vous choisir un nom neuf, pour une vie nouvelle. »

Il finit, blême, épuisé :

« Cette nuit, vous n'êtes plus juifs. C'est votre seconde naissance et vous ne venez de rien. Inventez-vous un passé, celui que vous voudrez, mais qui soit chrétien. Et ainsi vous vivrez. »

*

Et cela s'était fait comme le père avait dit. Les garçons avaient quitté la maison sans embrasser le grand-père. Yehia continuait à pleurer, Yehoyakim avait le visage défait : Meir aurait tout compris. Avant qu'ils s'en aillent, Alika fit ôter à ses fils la chemise qu'ils portaient. Elle décousit l'anneau jaune qui les faisait reconnaître comme juifs et, de la pointe de l'aiguille, soigneusement, elle resserra la trame pour supprimer la trace.

Elle prépara des sacs, un lourd pour l'aîné, l'autre léger pour le cadet.

« J'ai mis à l'intérieur vos capes d'hiver, auxquelles j'ai aussi retiré les rouelles. Vous vous envelopperez dedans si vous dormez dehors : elles vous protégeront du froid et de l'humidité, dit-elle. Il y a aussi du pain, des fruits, et j'ai chargé pour chacun une gourde d'eau. Remplissez-la chaque fois que vous le pouvez : il fait encore chaud dans la journée et on ne va pas loin sous ce soleil si on a soif. »

Alika expliqua qu'elle avait cousu une poche dans les capes et qu'elle y avait mis l'argent qui leur restait. C'était très peu de chose, mais la somme aiderait : elle permettrait d'aller pendant quelques jours. Ensuite, il faudrait qu'ils s'emploient. À voix basse, profitant de ce que le père s'était écarté, elle ajouta qu'elle avait dissimulé dans les doublures un minuscule objet : un triangle en cuivre doré, la moitié d'un sceau de Salomon, la figure en étoile qui formait le symbole des juifs. À l'inverse du père, qui disait d'oublier, elle leur recommanda :

« Ne montrez pas ces triangles. Mais si on les trouve sur vous, ils ne signifient rien. Pour vous, ils vous rappelleront qu'une part de votre vie vous avez été juifs. Quoi qu'en dise votre père, vous ne devez pas l'oublier. Et quand vous regarderez votre morceau du sceau, vous penserez à votre frère, qui possède l'autre moitié. »

Le père aussi, au moment de partir, avait eu des mots à part. S'adressant à son grand fils, il avait recommandé que lui et son frère se dirigent vers les montagnes de Navarre et qu'ils gagnent la France. Et il lui avait dit que, bien qu'il n'ait pas de conseil à donner, peut-être il serait bien que son cadet s'engage sur un bateau dans un port de ce pays, et que lui se fasse barbier, comme il l'était lui-même et comme le garçon avait voulu le devenir :

« C'est un beau métier, et plus beau si tu pouvais un jour être chirurgien. Peut-être est-ce possible, en France. Tu sais déjà raser, tu es jeune, tu peux gagner ta vie et étudier en même temps. »

Au nord des Pyrénées, dans une grande ville qui se nomme Tolosa, avait-il ajouté, il y avait un monastère où devait vivre un homme qui s'était exilé il y a très longtemps, comme Yehoyakim et Yehia le faisaient à présent :

« Je l'ai bien connu jadis, nous allions à l'école et nous étions amis. Son père a fait pour lui ce que je fais pour vous, il lui a dit de partir et de se convertir. Il s'appelait Shmuel. Un jour, un voyageur est venu me voir de sa part. Il était censé trouver les parents de Shmuel, mais ceux-ci étaient morts et mon ami lui avait dit qui j'étais et où je devais encore habiter. Shmuel est devenu moine. Son nom chrétien est Pierre, il faut que tu le trouves. J'ai reçu la visite que je te dis il y a presque dix ans, mais s'il vit encore, il t'aidera. Va le voir si tu le peux. Et si tu veux. »

*

Ils avaient donc marché en direction du nord-est. Partis quand le soleil commençait à descendre, ils ne s'étaient arrêtés, la moitié de la nuit passée, que lorsque Yehohanan, ou Juan, avait commencé, de fatigue, à buter à chaque pas. Le garçon était plus résistant que ne le pensait son père. Les mois passés sur le port et sur la plage à se rendre utile au lieu de demeurer sur un banc d'écolier avaient renforcé son corps qui n'avait plus de puéril que la taille. Puis il avait, comme son frère, de bonnes chaussures : des galoches que Yehoyakim, ou de quelque manière qu'il s'appelle désormais, avait fabriquées lui-même avec des chutes de cuir données par le cordonnier. Même, le petit s'était montré ingénieux. Quand le soir était tombé, éclairé par une pleine lune et un ciel sans nuage, il avait désigné l'astre qui indique le nord : les marins lui avaient enseigné à le reconnaître. En se repérant sur l'étoile, les garçons purent prendre le bon chemin quand une route en rencontrait une autre. La clarté relative facilitait leur trajet mais les rendait visibles. Lorsque des cavaliers passaient, ils prenaient la précaution de se cacher ; ils ne craignaient pas d'être attaqués, mais on pouvait leur demander ce qu'ils faisaient là, si jeunes et au cœur de la nuit. Pour la même raison, ils contournèrent les villages plutôt que de les traverser ; ils en furent ralentis.

Ils cheminèrent ensemble plus longtemps que Shimon ne

l'avait prescrit. À Santoña, ils étaient restés presque indifférents l'un à l'autre : des années les séparaient et le tempérament calme de l'aîné différait trop de l'ardeur et de la curiosité du cadet. À présent qu'ils étaient jetés sur les routes et que leurs heures en commun étaient comptées (car il ne leur vint pas l'idée de désobéir à leur père), ils se découvraient frères. Ils parlèrent beaucoup, de Shimon, d'Alika – ils n'osèrent se demander si le massacre avait eu lieu et si leurs parents avaient été épargnés ; de leurs souvenirs d'enfants, de ce qu'ils allaient faire. Et ils cherchèrent un peu à comprendre ce que c'était qu'être juif et ce que ce serait de devenir chrétien. Ni l'un ni l'autre n'abordèrent le sujet de Dieu : c'était un trop grand thème et qui leur faisait peur. Yehia parla de la statue qui favorisait les voyages. Il était allé la voir en cachette, au printemps, dans l'église du port. Il l'avait trouvée belle et il avait demandé qu'elle l'aide à devenir marin. Yehoyakim écouta, il ne fit pas de reproches à son frère d'avoir, tout bien compté, adressé une prière à la Vierge chrétienne.

Ils traversèrent ainsi la Biscaye et le Guipúzcoa : c'était toujours la Castille, terre dangereuse pour eux. L'Aragon, plus à l'est, était aussi périlleux. Ils restaient près de la côte, pour éviter les chemins rudes des collines intérieures et parce que Juan refusait de s'éloigner de la mer. Devant eux se dressaient les Pyrénées, que Shimon avait appelées les montagnes de Navarre. Leurs pics formaient une muraille, le cadet répugnait à s'y engager, Yehoyakim lui-même éprouvait de l'appréhension : non seulement parce que la route serait rude, mais parce que franchir ce rempart serait comme refermer le livre de leur passé.

Ils se quittèrent dans un endroit nommé Getaria : un port cerné par une enceinte à demi écroulée, où des maisons de pierres bordaient une falaise et où d'autres, en bois comme à Santoña, s'alignaient sur un quai entre le rivage et un rocher qui sortait de la mer et s'élevait assez haut.

Ce fut une drôle de séparation. Pour éviter d'attirer l'attention, ils avaient dormi ce soir-là dans des endroits différents, se donnant rendez-vous au matin sur le port. Yehoyakim s'était abrité dans le jardin d'une maison abandonnée et il s'était fait presque un vrai lit avec l'herbe haute qu'on n'avait pas fauchée. Il se réveilla tard et reposé. Il y avait une fontaine où l'eau coulait encore, il y but, fit sa toilette, et il mangea des mûres aux ronciers qui avaient poussé. Il se trouvait bien après ces jours d'angoisse. Mais quand il descendit au port, Yehia n'était pas là. Il le chercha de bateau en bateau, alla voir dans l'église puisque l'enfant avait dit être entré dans un lieu semblable à Santoña, mais ne le trouva pas. À la fin, il demanda aux hommes qui étaient sur le quai. Leur parler rauque était rempli de mots qu'il ne comprenait pas, il sut seulement que personne n'avait vu le garçon. Il parcourut vainement les rues des quartiers haut et bas et finalement, comme le soleil était déjà élevé, il alla jusqu'au bout de la jetée qui menait à la montagne dans la mer.

L'île était un désert, abrupt bloc de rocs faillé de précipices. Mais on lui avait dit qu'au sommet se trouvait une maison d'où on guettait les baleines : alors qu'à Santoña les sardines et daurades faisaient toute la pêche, la chasse à ces animaux faisait vivre Getaria. En suivant le sentier raide qui montait par virages, Yehoyakim parvint à un plateau où poussaient quelques arbres inclinés vers le sol. Assis près d'une cahute, trois hommes coiffés de chapeaux de toile huilée tressaient des fibres pour en faire des cordes. Ils saluèrent d'un hochement étonné sans cesser de travailler. Le garçon contourna la cabane, reçut sur lui d'un coup le puissant vent du large et manqua reculer. Devant lui, le terre-plein se prolongeait par un balcon qui surplombait le vide. Un parapet servait de garde-corps : une petite silhouette y était appuyée.

Yehia surveillait la mer. Il avait sur la tête le même étrange bonnet que les hommes qui fabriquaient les cordes et son corps disparaissait sous un tablier aussi en toile huilée qui le gardait du vent.

Yehoyakim s'approcha, l'enfant n'entendit pas.
Il s'approcha plus près, l'appela par son nom.
Yehia se retourna. Il regarda son frère. Le petit hocha la tête de droite à gauche, plusieurs fois. Yehoyakim crut voir qu'il se mordait les lèvres.
Et puis il lui tourna le dos.
Il veillait et cherchait les baleines.

Yehoyakim resta là, planté, et comme son frère ne bougeait pas, il se retourna à son tour et descendit le sentier.
Il avait le cœur gros comme s'il était lui-même un enfant.
Il quitta Getaria aussitôt et prit décidément le chemin des Pyrénées. Il franchirait la montagne, irait jusqu'à la ville qu'avait nommée son père. Il trouverait le moine qui avait été juif, il deviendrait barbier et peut-être chirurgien.
S'il n'avait fait si chaud, il aurait ressorti de son sac la cape où il avait dormi et touché, dans la doublure, le triangle qu'avait cousu la mère.
Yehoyakim avait envie de mourir.

2

Orphelinat

FLORENCE (TOSCANE), JANVIER 1491

14 janvier, hôpital des Innocents

L'hôpital avait une forme de beauté. Avec son portique blanc et ses vastes arcades, il semblait presque neuf alors qu'on avait achevé de le bâtir un demi-siècle plus tôt. Sur la corniche, dans le haut, des médaillons de céramique montraient de petits enfants sur un fond bleu azur brillant. Les langes des garçons étaient lâches et leur virilité s'apercevait nettement, ils étaient beaucoup plus serrés pour les petites filles, excluant qu'on voie leur intimité.

Assis sur les marches de l'église de la Très-Sainte-Annonciation, Damiano Paroni remarquait cette différence pour la première fois. En d'autres circonstances, il aurait pensé qu'il rapporterait la chose à ses amis : ce serait l'occasion de plaisanteries un peu grasses. Juste là, il nota le fait sans s'en amuser. Il lui fallait entrer dans cet hôpital et remplir sa mission. Il n'en avait aucune envie.

Le garçon avait quinze ans. Il était grand et costaud, et passait déjà sur ses joues le rasoir. Il était apprenti chez le marchand siennois Filippo Liuciardi. Ce qu'il faisait à Florence devant l'hôpital des Innocents, puisque c'est ainsi qu'on appelait l'institution où on s'occupait des orphelins et des abandonnés, ne concernait pas son patron, mais des amis de celui-ci, les frères Vespucci. De quoi s'agissait-il exactement ? Le commis avait reçu de Liuciardi peu d'informations : un enfant, une petite fille, était née l'année auparavant, le nouveau-né avait perdu sa mère et le père était un des deux frères. Antonio étant marié et Amerigo célibataire, la petite avait été déposée à l'hospice juste après sa naissance. Maintenant, les Vespucci la voulaient. L'épouse de l'aîné, la signora Lisa, acceptait d'accueillir le bébé et de l'élever comme sa fille. Il fallait procéder avec discrétion pour la récupérer, et pour cette raison ni Antonio ni Amerigo ne devaient apparaître.

Liuciardi s'était-il proposé pour aller chercher la fillette ou le lui avait-on imposé ? Damiano l'ignorait. Mais comme le Siennois répugnait à se montrer chez les abandonnés, il avait chargé son commis de l'opération.

Damiano n'avait pas réussi à comprendre qui était le père : Antonio ou bien Amerigo ? Il était hors de question qu'il interroge son patron et d'autre part celui-ci lui avait dit que, s'il apprenait que son commis avait raconté un mot de l'affaire à qui que ce soit, il le mettrait à la porte et de telle façon qu'il ne retrouverait jamais de travail à Florence, à Sienne ni en Toscane.

Damiano n'avait donc discuté de la situation avec personne et il restait livré à ses interrogations. En l'occurrence et juste à cet instant, il se moquait d'ailleurs du qui et du comment.

Il avait, pour identifier l'enfant, un objet : un ruban, dans un tissu doux et clair, avec, brodé en vert et en rouge – les couleurs des Vespucci – les lettres L et V.

Le V, Paroni n'avait pas de mérite à l'avoir deviné, était la première lettre du nom Vespucci. Le L devait indiquer le prénom. Ce ne devait pas être Lisa : la femme d'Antonio n'étant pas la mère, il n'y avait aucune raison que l'enfant s'appelle comme elle.

Liuciardi avait dit qu'il n'avait pas à se préoccuper de cela. Il suffisait qu'il se présente à la porte de l'hôpital, qu'il montre le ruban à la sœur qui serait là et qu'il dise qu'il voulait reprendre l'enfant. On avait fait vérifier, avait-il ajouté, que la fillette était encore vivante. Il faudrait qu'il la prenne dans ses bras (elle était trop petite pour marcher) et la conduise chez son patron. Bona Liuciardi, l'épouse de Filippo, la récupérerait. Damiano n'emprunterait pas l'entrée principale mais la porte sur la ruelle, par laquelle entraient les livreurs ; il cacherait son fardeau sous une cape que Filippo lui avait donnée exprès :

« Heureusement, il fait froid. Que tu portes un tel vêtement n'attirera pas l'attention », avait-il dit.

Et il avait ajouté :

« Tu garderas la cape. C'est du beau tissu, elle te fera de l'usage. Ce sera ta gratification pour le service que tu rends. »

Damiano regarda une fois encore les médaillons avec les enfants. Le court après-midi d'hiver finissait, le soleil allait disparaître derrière les toits. Sous les derniers rayons qui les faisaient briller, les innocents emmaillotés semblaient s'animer : peut-être descendaient-ils sur la place et faisaient-ils la ronde, la nuit ? Il s'en voulut de cette pensée puérile. Au-dessus de sa tête, très haut, les cloches de l'église sonnèrent : une fois, deux fois… cinq fois. Il était temps, décidément. Le patron l'avait précisé :

« À cinq heures, quand les cloches de l'Annunziata sonneront, tu te présenteras à l'hospice. Il faudra un peu de temps, certainement, pour qu'ils te donnent l'enfant. Quand tu ressortiras, ce sera la nuit. Non pas encore l'heure dangereuse : tu ne feras pas de mauvaises rencontres. Mais aussi, comme il fera sombre et froid, il y a peu de risques que quiconque qui te connaisse te voie. Tu rentreras directement, aussi vite que tu pourras. J'espère que le bébé ne pleurera pas. Bona t'attendra à la porte que j'ai dite : frappe, et elle ouvrira. »

L'adolescent se leva, vérifia pour la énième fois qu'il avait sur lui le ruban, et se dirigea vers l'hôpital.

3 janvier, palais des Vespucci

Quelques jours auparavant, Antonio et Amerigo Vespucci discutaient dans une pièce au deuxième étage du palais de la famille. Deux années seulement les séparaient mais l'aîné, maigre et avec pourtant un ventre qui pointait, paraissait presque vieux, tandis qu'Amerigo, le cadet, grand et corpulent, semblait plus jeune que ses trente-huit ans. La pièce était meublée d'une banquette et d'autres sièges confortables, mais les frères étaient trop nerveux pour s'asseoir et, alors qu'Antonio s'appuyait vaguement contre une table, Amerigo restait debout. Quoique l'étage fût vide et la porte fermée, l'un et l'autre parlaient bas, comme des comploteurs.

« Je ne crois pas, je continue à ne pas croire, que ce soit la bonne solution. Ni que tu partes, ni que nous prenions l'enfant », répétait Antonio pour la troisième fois.

Amerigo ferma les yeux d'exaspération. Il respira un grand coup pour garder son calme.

« Je vais partir, dit-il. Je vais partir, ceci n'est pas en cause. Ma décision est prise et tu le sais. Nos affaires ne vont pas, tu es l'aîné et à ce titre il te reste ce palais avec dedans mille choses que tu pourras vendre, moi je suis le dernier, et Père ne m'a concédé qu'un minuscule pécule. À Florence, je ne suis ni ne serai jamais rien. À Séville, j'agirai comme second d'un comptoir commercial important et peut-être, un jour, Lorenzo voudra bien me confier une place à diriger tout seul. »

Antonio prit sa tête dans ses mains. Amerigo renifla de dépit :

« Tu sais ça. Si tu avais voulu me montrer que tu te souciais de moi et du fait que je reste, il aurait fallu me faire plus de confiance, me laisser la main sur les affaires, et nous ne serions pas tous deux dans cette situation. L'argent que tu as perdu… en faisant semblant de commercer alors que tu ne faisais rien et… par toutes les dépenses qu'il a fallu faire pour ce que tu sais. »

Il secoua la tête. Il aurait battu son frère s'il l'avait pu, à l'époque. Maintenant, il ne savait que penser. Il n'avait jamais ignoré qu'Antonio préférait les garçons ; au fond, ça lui importait peu. Il y avait même vu un bénéfice : son aîné n'aurait pas de descendance et les biens dont il avait hérité passeraient à ses propres enfants, si lui-même se mariait.

Sauf que maintenant il n'y avait plus rien à transmettre. Rien que le palais et son contenu ; ou ce qu'il en resterait à la fin de la vie d'Antonio. Les juges n'avaient accepté de fermer les yeux sur le crime que son frère avait commis que parce qu'on leur avait versé beaucoup, beaucoup d'argent.

Beaucoup trop… Davantage, en réalité, qu'Antonio ne pouvait donner. C'est quand il avait fallu sortir la somme qu'Amerigo avait regardé les comptes et qu'il avait réalisé que l'entreprise de leur père avait périclité entre les mains de son frère.

Tout ça pour un apprenti boulanger, pensa-t-il… Ces idiots auraient au moins pu achever le garçon et faire disparaître son corps, au point où ils en étaient.

Sauf que Diotisalvi avait survécu trois jours et qu'il avait eu le temps de nommer Antonio Vespucci parmi les hommes qui l'avaient violé et torturé.

Il ne servait à rien, au demeurant, de ressasser ce malheur. Lui-même avait sa part dans leur quasi-faillite. Il n'était pas sodomite, il n'était pas coupable du désastre final, mais il avait été léger à gérer les affaires. Puisque leur père n'avait pas fixé pour lui de responsabilité dans la firme, eh bien il s'était contenté pendant des années de demander pour lui de l'argent, que son frère lui donnait, et il n'avait que mollement géré les quelques affaires qui lui arrivaient par hasard : des balles de tissus de soie que son ami Liuciardi faisait venir des Pouilles, et des perles, dont Antonio était plus entiché que lui.

En fait, il avait été feignant.

« Feignant »… C'est le mot qu'avait employé Lorenzo dei Medici (non pas le maître de Florence, qu'on disait presque mourant, mais son plus jeune cousin le marchand) quand ils avaient fait les comptes et qu'ils avaient obtenu de lui un prêt.

Un prêt à intérêt, bien sûr, qui les liait et les ruinait davantage.

Ce qui comptait désormais, c'est ce qui se passerait après. Séville était pour lui une seconde chance. Il allait recommencer dans un autre pays, il parlerait une langue différente, rencontrerait des gens neufs qui n'auraient contre lui aucune prévention, et il se consacrerait à son travail en œuvrant comme un fou pour prouver à Lorenzo qu'il pouvait se fier à lui.

Bref, il ferait fortune.

Avant ce nouveau départ, il avait décidé de racheter son âme. Avec un an et demi de retard, il s'était confessé. Lui aussi, il avait violé. Une femme, pas un homme – il n'avait pas les goûts de son frère. Une servante de quatorze ans, blonde, menue, qui arrivait de la campagne et qui était pucelle.

Il l'avait renversée sur le lit le premier jour qu'elle était venue dans sa chambre pour prendre le pot de nuit. Ç'avait été facile quoiqu'elle se soit débattue : elle était si fluette et lui si fort et lourd…

Aussi, pourquoi la lui avait-on envoyée ? En général c'était un valet mâle qui entrait dans sa chambre, au matin.

Disons qu'il avait eu un coup de sang en la voyant si jolie. Presque encore une fillette avec ses seins menus, son derrière qui tenait dans la main, et des ouvertures délicieusement étroites.

Ce n'était pas bien grave de forcer une servante, mais il fallait quand même faire un peu attention : se retenir et sortir, quitte à jeter sa semence sur le dos de la fille, sur les draps, dans sa bouche, n'importe où du moment que ce ne soit dans son sexe. Il savait cette précaution depuis qu'il était tout jeune homme et avec les années, il la maîtrisait parfaitement.

Sauf que cette fois-là, était-ce l'étroitesse de la fente, qu'il avait fait saigner en y mettant sa verge ? Cette fois il n'avait pu se retenir.

La fille était devenue grosse après ce seul matin où il l'avait violée.

Ensuite, il l'avait à peine vue. Elle était à la cuisine et y restait sans jamais remonter dans les appartements. À un moment quand même, elle était venue le trouver, en lui jurant qu'elle n'avait couché, « après vous » (comme elle avait dit), avec personne.

Son ventre était énorme et il ne l'avait plus trouvée belle. Mais étrangement il n'avait pas douté de ce qu'elle disait.

La fille était allée accoucher à Santa Maria Nueva, l'hôpital des pauvres. Les couches s'étaient mal passées : elle était trop jeune sans doute, trop étroite décidément. Quand elle avait été sur le point d'expirer, plus d'une journée et demie après le début des douleurs, un barbier avait ouvert son ventre et il avait tiré le nouveau-né, qui était vif et gros. Elle-même, la mère, s'était évanouie et ne s'était pas réveillée.

Amerigo Vespucci imaginait le sang qui avait dû éclabousser la pièce...

Ce qu'il savait par une nonne qui était venue le trouver, c'est qu'avant qu'elle ne perde conscience, qu'on l'ouvre et qu'elle meure, la servante avait juré devant Dieu qu'il était le père et supplié qu'on lui fasse voir l'enfant.

L'enfant, c'est-à-dire une petite fille. Qu'il avait aussitôt fait confier aux Innocents.

Il avait eu un scrupule, quand même. Avant d'abandonner le bébé, il avait laissé sur lui un signe de reconnaissance pour le cas improbable où il voudrait le reprendre. Pour ce signe, il n'était pas allé chercher loin : la mère avait brodé durant sa grossesse deux rubans à mettre aux poignets de l'enfant. En lettres minuscules (il ne savait pas qu'elle savait lire et écrire) elle avait cousu deux fois les contours d'un V et d'un L : l'initiale des Vespucci, puisqu'il était de fait le père, et celle du prénom que, lui dit une domestique qui connaissait la mère, elle voulait donner à l'enfant : Luigi s'il s'agissait d'un garçon, Luisa si c'était une fille – elle-même se prénommait ainsi.

Les rubans n'étaient pas des objets compromettants. Il en avait gardé un, et fait partir le bébé après qu'on avait attaché l'autre à son bras.

Le prêtre qu'Amerigo était allé voir était son parent. Un dominicain, son oncle, plein de savoir et qui l'avait en partie élevé. Quand il l'avait entendu en confession, il avait prononcé qu'il devait réparer en faisant quelque chose pour l'enfant. Payer sa dot future était la moindre des choses ; donner à l'hôpital de quoi subvenir à ses besoins allait aussi de soi. C'était encore beaucoup d'argent et un argent qu'Amerigo n'avait pas. Ensemble, l'oncle et lui avaient imaginé alors une autre possibilité.

Le vieux moine savait tout du vice d'Antonio. Il le voyait rarement, refusant de l'absoudre puisqu'il persistait. Mais c'était son neveu… il avait trouvé l'arrangement qui avait sauvé la réputation de l'héritier de son frère : il fallait qu'il se marie pour faire taire les bruits. Même, il avait déniché l'épouse, une petite que sa famille ne pouvait doter alors qu'elle n'avait pas la vocation religieuse. La jeune fille, qui se nommait Lisa, rencontra Antonio, ne le trouva ni trop vieux ni trop laid, elle fut éblouie, ainsi que ses parents, par le palais où elle allait vivre, et elle se déclara heureuse de ce mariage. Elle ignorait que son futur mari préférait les hommes, et le moine avait voulu espérer que, dans le lit de noces, celui-ci découvrirait des voluptés licites.

Deux ans plus tard, l'infertilité du couple marquait qu'il n'en était rien.

Le dominicain suggéra l'issue. Comme Amerigo n'avait pas d'argent, qu'Antonio ne donnerait pas d'enfant à sa femme, la petite fille déposée aux Innocents deviendrait la fille de celui-ci. Plus personne ne jaserait sur les mœurs de l'aîné des Vespucci.

C'est cela, cette adoption qui serait oubliée puis cachée, qu'Amerigo voulait faire accepter à Antonio.

16 janvier, hôpital des Innocents, 18 heures

Damiano avait dû revenir. Comment ceux qui le commandaient n'y avaient-ils pas pensé ? Seuls les nouveau-nés et les grands enfants demeuraient à l'hôpital. On avait placé la petite fille en nourrice à la campagne.

L'avant-veille, après que les cloches avaient sonné, Damiano avait frappé à la porte qu'on lui avait dite. Un homme avait ouvert, l'avait dévisagé et, sans rien demander, sans parler – peut-être était-il muet ? –, il l'avait fait entrer et lui avait fait signe de s'asseoir : des bancs couraient le long des parois. Après quoi il s'était éclipsé. Damiano avait attendu. La salle était impressionnante, avec des plafonds hauts, des murs nus, sombres malgré deux torches qui étaient allumées, et une grille qui partageait l'espace.

Il pensait que quelqu'un apparaîtrait de l'autre côté de la grille. Ce devait être comme dans un monastère, on appelait cela la clôture, il le savait pour être allé voir sa tante religieuse près de Sienne. Mais c'est par une porte qu'il n'avait pas remarquée qu'une femme était entrée, vêtue en effet comme une sœur. Damiano s'était levé, un peu gêné de se trouver si grand face à la nonne très petite.

« Que voulez-vous, jeune homme ? » avait demandé la femme.

Il avait expliqué, bafouillant, qu'il venait chercher une fillette. On l'avait laissée aux Innocents un peu moins d'une année plus tôt. Il avait de quoi permettre de la reconnaître. Il avait fouillé dans sa poche et donné le ruban.

La femme avait regardé l'objet ; elle l'avait contemplé lui, aussi, et son costume – la grande et belle cape dans laquelle il était enveloppé :

« C'est un bien beau ruban, et joliment brodé. Celle qui a fait cela connaissait son affaire. »

Le garçon resta coi. La nonne l'engagea à la suivre et le mena par un couloir jusqu'à une petite salle où étaient des registres. Elle lui demanda quand exactement il avait déposé l'enfant, il protesta que ce n'était pas lui qui l'avait amenée et qu'il ne savait pas quel jour exactement elle avait été donnée. La femme leva un sourcil comme si elle doutait qu'il dise la vérité, elle sortit deux registres pour les mois de janvier et février 1490, expliquant que les enfants étaient enregistrés à la date où ils entraient, qu'on écrivait leur nom si on le connaissait, leur âge probable, et qu'on signalait les objets trouvés sur eux. À la date du 5 février, elle découvrit la mention d'une fille nouveau-née arrivée avec un ruban marqué L et V.

« Les langes portaient le signe de Santa Maria Nueva. C'est donc là que la mère a accouché : cela vous dit quelque chose, peut-être ? »

De nouveau il ne répondit pas.

« Il y a la mention du ruban avec les lettres, ajouta-t-elle. On va voir. »

Elle le pria d'attendre de nouveau, s'absenta, et revint avec une petite boîte :

« Les langes ont été restitués à Santa Maria. Ils ne disaient rien sur l'enfant. Mais ce ruban – elle le sortit – est pareil à celui que vous possédez. »

L'hôpital était bien organisé. La religieuse tira d'une étagère un autre gros cahier où le devenir des abandonnés était marqué par année d'entrée.

« On a baptisé l'enfant sous le prénom de Lucia et on lui a donné le nom de Venerdi, dit-elle. Venerdi – vendredi – puisque c'est le jour où elle a été portée chez nous. Elle est restée deux semaines, est-il écrit, et on l'a confiée à une femme qui s'occupait déjà de deux de nos petits, à Montelupo. Elle y est depuis ce temps. »

Elle sembla réfléchir, et elle continua :

« On peut la faire chercher demain, si vous voulez. Et vous

pourrez la prendre, disons… après-demain. Mais nous dédommagerons la nourrice puisque vous la privez d'une source de revenus. Et plus généralement, nous avons engagé des frais pendant presque une année pour cette petite fille, il faudra donc payer. »

La religieuse précisa le montant attendu, et conclut :

« Débourser cette somme est obligatoire, vous le savez sûrement ; nous ne pouvons en exempter que les parents très pauvres et qui veulent malgré tout élever leurs enfants. Vous ne semblez pas dans ce cas… Payez, et nous vous donnerons la petite sans demander rien d'autre et sans que vous disiez votre nom. Sa boîte sera détruite, et la page du registre qui la mentionne déchirée : cette partie de sa vie n'aura pas existé », compléta-t-elle.

Damiano avait raconté tout cela à son patron, qui avait hoché la tête et lui avait dit de se tenir prêt pour le surlendemain. À présent, il sortait de l'hôpital, délesté de la bourse que lui avait remise Liuciardi, et avec dans ses bras un petit être étroitement sanglé et qui cependant gigotait et pleurnichait… Il faisait nuit, un crachin dissuadait les passants de relever la tête – c'était un soir idéal pour passer inaperçu, et il se sentait mal comme si, emportant cette enfant, il commettait un crime.

16 janvier, palais des Vespucci, 21 heures

Filippo Liuciardi avait fait sortir la voiture. Le chemin était court, de la demeure qu'il louait via dell'Orologio à la place de la Seigneurie où se trouvait le palais Vespucci, mais il n'était pas question que quelqu'un voie ce que sa femme tenait dans les bras. Un char fermé éviterait toute curiosité déplacée.

Bona avait réceptionné l'enfant à la tombée de la nuit. Elle avait attendu l'arrivée du commis à la porte des domestiques comme il était prévu et elle avait pris la fillette sans faire entrer Damiano. Filippo et elle ne savaient ce qui attendait les Vespucci : comment serait l'enfant après tous ces mois à la campagne ? Les femmes qui recevaient des nourrissons sans parents comptaient le lait à ceux-ci, elles en réservaient une part pour leur propre bébé et parfois, pour gagner davantage, elles allaitaient en plus un autre malheureux enfant. Puis la petite pouvait être sale, mangée par les petites bêtes ou même mordue par les rats qui infestent les fermes... Bona était la mère d'un garçon, elle savait faire, et elle avait promis d'inspecter elle-même la fillette, de la laver, la nourrir (elle avait préparé un gruau au lait), bref de la rendre présentable autant qu'il se pourrait.

En fait, l'enfant était plutôt grasse et semblait bien portante. On voyait qu'on l'avait préparée aux Innocents, et les langes qui l'enveloppaient étaient propres et convenablement blancs – même si elle avait besoin d'être changée. L'enfant était énervée, fatiguée : sa vie habituelle avait été chamboulée depuis le jour précédent. Mais elle se calma et même rit quand Bona la mit nue dans une bassine d'eau tiède et la lava doucement, et elle accepta avec plaisir les cuillerées de bouillie – on l'avait sevrée, manifestement. Ensuite, épuisée, rassasiée, elle s'endormit entre les bras de Bona qui, attendrie, se dit fugitivement qu'elle aurait volontiers gardé la petite pour elle... Bien sûr, il n'en était pas question.

Les Vespucci attendaient leurs visiteurs dans le grand salon du palais : on murmurait que la famille ne pouvait plus entretenir l'ensemble de la demeure et Bona pensa que c'était pourquoi, dans cette circonstance si spéciale, ils se trouvaient dans cette pièce trop grande et somptueuse. Il y avait là Antonio qui avait l'air accablé, Amerigo, que Bona connaissait à peine et dont elle ne sut juger si l'enfant lui ressemblait (elle savait par son mari qu'il était le père), un dominicain qui s'avéra être l'oncle des frères – et cette petite femme, Lisa, qu'on disait extrêmement timide et qu'elle n'avait vue également que très peu.

Or ce fut la jeune femme (Bona réalisa que de fait elle était très jeune) qui réagit la première. Elle avait dû s'asseoir pour attendre leur venue, mais lorsque le domestique les fit entrer dans la pièce, elle se précipita vers Bona et se figea devant elle, à deux pas, comme ne sachant que faire. Ce que Filippo avait dit à son épouse était donc vrai ? C'est Lisa, à qui finalement Amerigo avait eu recours, qui avait convaincu Antonio d'accepter la petite fille pour leur ? C'est elle, dont on pouvait penser qu'elle aurait détesté accueillir ainsi une étrangère, qui voulait le plus l'enfant ?

Bona fit taire sa surprise et réagit avec promptitude. S'approchant un peu plus de Lisa, elle lui dit en souriant :

« Prenez-la, vous êtes sa maman à présent. »

Et elle lui tendit la petite, qui continuait à dormir.

16 janvier, palais Vespucci, 22 heures

Lisa Vespucci tenait toujours l'enfant. Les Liuciardi avaient eu la courtoisie de ne pas s'attarder, Amerigo et l'oncle s'étaient retirés assez vite après que le religieux avait dit qu'il voyait dans le visage de la petite « un vrai air Vespucci ». Antonio, lui, s'était forcé à rester un moment et même, il avait, vaguement, sans vraiment la toucher, caressé les fins cheveux de l'enfant. Puis il avait bredouillé que la nouvelle maman et sa fille avaient besoin de faire connaissance et que, pour lui, il saurait réfréner son impatience jusqu'au lendemain. Il s'était retiré à l'étage où il vivait et les avait laissées seules.

Lisa détestait le grand salon, elle avait prié Antonio de faire venir la servante pour qu'elle l'aide à rejoindre ses appartements. Le fardeau qu'elle portait était précieux et elle ne pouvait ouvrir les portes toute seule. Une fois dans sa chambre, elle congédia la femme : elle se débrouillerait, dit-elle. La domestique osa une grimace sceptique, mais obéit.

Lisa était donc dans sa chambre ; dans sa chambre, ou plus exactement dans ce qui aurait dû être la chambre conjugale et où elle dormait seule.

Elle ne parvenait pas à y croire : elle avait une petite fille. Sa fille.

Elle y avait réfléchi tous ces derniers jours : elle l'appellerait Lisandra. Comme un développement de son propre prénom.

Lisandra Vespucci… C'était un nom qui sonnait bien, et il dirait qu'elle était son enfant.

Le bébé pesait dans ses bras malhabiles. Elle dormait toujours, mais à demi semblait-il. Amerigo avait beau avoir dit qu'il la trouvait chétive, elle-même la jugeait presque grande : il est vrai que la petite avait plus de onze mois… une année de vie perdue. Lisa se demanda brièvement à quoi ressemblait la vraie mère et puis elle ferma son esprit à la pensée de la défunte : cette enfant n'avait pas d'autre mère qu'elle-même, et pas plus que le monde, elle ne saurait jamais ce qui s'était passé durant ces onze mois.

Il lui faudrait quant à elle s'habituer à être mère ; et une bonne mère.

Elle le serait. Elle découvrirait tous les gestes qu'une vraie mère apprenait au fil des premiers mois avec l'assistance d'autres femmes. Elle les saurait très vite et elle les accomplirait bien. Elle s'en faisait le serment : elle seule, désormais, s'occuperait de la petite, l'enfant n'avait que trop vu, sans doute, d'inconnues indifférentes pour qu'elle la laisse à d'autres.

Se déplaçant à petits pas, elle traversa l'espace jusqu'à l'immense lit entouré de larges coffres. Avec prudence aussi, elle s'assit sur un coffre, se tourna et, doucement, tout doucement, elle posa la petite sur le couvre-lit jaune.

Le mouvement n'était pas encore assez précautionneux, le bébé ouvrit les yeux. Son regard rencontra le ciel du lit et elle dut trouver cela joli : tout ce jaune qui était aussi celui du rideau suspendu autour de la couche.

Était-ce ce qu'on appelait un gazouillement ? De sa bouche sortirent un petit bruit et beaucoup de salive.

Lisa se pencha un peu davantage. Cette fois, les yeux du bébé se tournèrent vers son visage. Pas seulement ses yeux : la menotte avança vers le nez de Lisa et tira. Cela déconcerta la jeune femme, qui se mit à rire. Très doucement, avec un doigt, elle caressa la minuscule main. L'enfant attrapa le doigt et le tira vers sa bouche. Ses lèvres se refermèrent, la bave mouilla la peau et elle sentit sa fille – sa fille – téter activement son doigt.

Lisa se mit à pleurer.

3

La Guanche

TÉNÉRIFFE (ARCHIPEL DES CANARIES),
AVRIL 1494

Ce dont Tyterogat se souviendrait toujours, c'était d'avoir manipulé les masques à l'intérieur de la caverne. Quel âge avait-elle alors ? Elle l'ignorait ; il faut vivre en Espagne pour avoir la manie des dates, penserait-elle chaque fois que, plus tard, on lui demanderait l'année de sa naissance.

Tyterogat et les siens, les Guanches de Ténériffe, résidaient dans la forêt depuis deux hivers quand les Autres avaient fait irruption. « Les Autres » : les Espagnols bien sûr. Mais comme ensuite elle se regarderait elle-même comme espagnole, elle se refuserait à nommer tels les soldats qui étaient arrivés.

La saison froide venait de s'achever. Le printemps avait gravi la montagne et les nuits cessé d'être glaciales. Les premiers mois, quand son peuple s'était réfugié sur les pentes du volcan, l'enfant avait pleuré presque toutes les nuits tellement elle avait froid. En bas, sur la côte, là où elle avait vécu depuis qu'elle était née, il faisait toujours doux : il était inutile de se couvrir et quoiqu'on la forçât à dormir entre des murs, il aurait été possible et agréable, si les Mères l'avaient voulu, de rester à la belle étoile.

Mais les Mères ne voulaient pas. Le soir était le moment des hommes, des femmes, des filles nubiles et des garçons pubères. Dans la journée, les premiers allaient aux champs ou à la pêche, les garçons menaient paître les chèvres et les cochons sur les terres incultes, et les femmes restaient à s'occuper des gamins, à nourrir la volaille et à cuisiner. Les groupes demeuraient séparés. Quand le soleil disparaissait, les enfants étaient encore plus complètement isolés : ils couchaient dans un abri commun sous la garde de vieilles qui les empêchaient de sortir. Dehors, on entendait des chants, des rires, ceux qui voulaient s'accoupler se retrouvaient. Les petits n'étaient pas priés d'être là.

Les corps se rencontraient-ils sur la place ou y avait-il une demeure spéciale ? Tyterogat ne le sut jamais. Mais elle allait rêver, quand elle aurait atteint l'âge fertile, qu'elle aussi se trouvait sur la place, qu'elle riait avec les hommes et les autres femmes, et qu'elle choisissait, nue, chaque nuit, de rejoindre un amant.

Dans la montagne, cependant, cet ordre heureux avait cessé d'exister. Il avait fallu survivre dans un lieu qui n'était pas fait pour les accueillir, où il était impossible de construire et inimaginable de cultiver. Du bétail qu'on avait emporté, la plupart des bêtes ne passèrent pas l'année : l'urgence de manger conduisit à les abattre. On avait monté de l'orge et du blé : rien ne fut semé, parce que défricher aurait signifié, en abattant des arbres, révéler leur cachette et se remettre dans le péril auquel, en fuyant, ils avaient échappé. On mangea donc les graines et on n'en laissa rien. Ensuite, puisqu'il était impossible aussi désormais de pêcher, ceux des hommes qui étaient là se transformèrent en chasseurs et les femmes recueillirent des baies et des racines, tandis que les enfants arrachaient les fougères comestibles, eux qui avaient vécu en bas à jouer et se baigner.

Tyte, comme on la nommait le plus souvent, ne comprit le danger qui menaçait les siens qu'après que les soldats furent venus les débusquer. Du rivage, plusieurs fois depuis qu'elle était en âge de se le rappeler, elle et les autres enfants avaient vu de grandes formes se déplacer en mer : des noix grosses comme des collines surmontées de panaches plus solides que la fumée. Les Mères avaient expliqué que c'étaient des bateaux, comme les embarcations dans lesquelles les hommes montaient pour aller chercher le poisson, mais énormément plus grands. Ce que les enfants pensaient être une fumée, c'étaient d'immenses tissus dans lesquels le vent s'engouffrait et qui étaient les voiles. Les monstres transportaient des étrangers venus on ne savait d'où. Cela faisait deux générations, paraît-il, qu'ils passaient. Parfois ils s'approchaient et des hommes débarquaient. Leurs parures reflétaient le soleil, on les accueillait par des flèches et ils rembarquaient.

Sauf que, un automne, les étrangers ne repartirent pas. Ce ne fut plus une coque, ni deux, ni trois, qui vinrent jusqu'à la plage, mais un troupeau de bateaux. Et une nuée d'hommes, le buste et les cuisses couverts d'une matière brillante, avec sur leurs épaules des bâtons qui crachaient le feu et qui donnaient la mort.

Tyte, en réalité, ne vit pas cela. Elle savait ce qu'on lui avait raconté. Mais une nuit, alors qu'elle était endormie avec les autres enfants, les vieilles les avaient réveillés. Ils avaient été tirés de leurs lits et entraînés presque en courant. Les plus grands – elle-même – et les femmes portaient les plus petits ou étaient chargés de paniers. Quand les jeunes garçons les avaient-ils rejoints, avec les bêtes attachées ? À quel moment les hommes, quelques hommes, étaient-ils arrivés ? Elle ne se souvenait pas. Elle se rappelait avoir dormi en plusieurs endroits d'un ravin qui n'en finissait pas, ils s'étaient rafraîchis près d'arbres qui retenaient le brouillard, puis ils avaient grimpé, haut, très haut, presque jusqu'au ciel, lui avait-il semblé. Les enfants épuisés pleuraient, une femme avait accouché et on l'avait laissée là. Avec leurs coutelas de pierre, les hommes avaient découpé un chemin dans ce qui était une jungle, le terrain était devenu pierreux et des pins et des faux lauriers avaient succédé à la végétation plus grasse.

L'endroit où ils étaient arrivés était connu des vieux hommes et peut-être de quelques jeunes. C'était une clairière au sein de la forêt, cendreuse et bousculée de cailloux, adossée à une roche noire qui avait été une bouche par laquelle, jadis, la terre avait vomi des flammes. Tyte, tout de suite, détesta être là. Habituée à la vaste plaine, elle ne supportait pas de se trouver coincée entre la falaise sombre et les troncs qui cernaient la clairière. Comme elle n'était pas haute, elle avait les yeux pleins des poussières que soulevaient le vent et les pas des adultes. Aussi, même quand elle ne pleurait pas, ses yeux rougis lâchaient des larmes grises. La nuit, les enfants ne dormaient plus à part, mais adultes et jeunes se pressaient dans la même grotte, un trou dans la falaise, gigantesque et pourtant trop exigu pour eux. Sur les parois, comme on laissait des torches à même le sol, la petite fille distinguait des signes blancs et des spirales ocre. Un jour qu'elle posa des questions, une des Mères lui dit que, « avant » – avant que les Autres ne débarquent à Ténériffe –, la grotte servait à l'initiation des jeunes gens. Comme elle ne comprenait pas et interrogeait de nouveau, la femme la souffleta afin de la faire taire.

Combien les Guanches étaient-ils dans ce lieu hostile ? Une trentaine ? Plus d'une quarantaine, peut-être, au début. Ensuite, au fil du temps et surtout le second hiver quand il y eut peu à manger, des enfants étaient morts. Des vieux et des vieilles aussi. Et puis, parmi celles auxquelles Tyte donnait le nom de Mères, une, un peu âgée, dont le ventre l'avait portée elle-même et qui périt en donnant de nouveau naissance. L'enfant de la morte survécut, on dit à la fillette qu'il était son frère et on le lui donna pour qu'elle s'en occupe. Elle le fit, avec l'aide d'une femme qui avait du lait dans ses seins et nourrit le petit. Le bébé n'avait pas de nom : on attendait le retour de la majorité des hommes qui se battaient en bas pour lui en donner un.

*

Tyte n'aima qu'une chose dans toute cette période, mais elle l'aima à la folie. Puisque les enfants se trouvaient empêchés de courir où ils voulaient, puisqu'ils ne pouvaient se faufiler entre les arbres que pour chercher à manger sous la conduite des femmes, ils trouvèrent leur plaisir en prenant de la hauteur : ils jouèrent à grimper. La falaise était haute au-dessus de la clairière et la roche très dure, hérissée de rentrants et de saillants. Avec un peu d'habileté, et la marmaille était agile, on pouvait monter haut ; les grands ne s'y opposaient pas, trop contents d'être débarrassés un moment des enfants. Tyte était forte à cet exercice. La charge nouvelle de son petit frère ne la gêna qu'à peine. Elle noua autour de ses reins un filet de fibres végétales et elle y cala le nourrisson, qui restait calme quand il était porté. Alors, s'appuyant de ses pieds, de ses genoux, se hissant avec les mains, s'aidant avec les coudes, elle devint celle qui montait le plus haut, bien au-dessus des autres.

Son rêve était d'atteindre le bord de l'escarpement. Un vieillard racontait qu'au-dessus se trouvait le domaine du soleil : l'astre se couchait là, un grand trou l'avalait. Un garçon, son aîné, l'un de ceux qui étaient proches d'elle et qu'elle nommait Frère, affirmait qu'il ne fallait pas le croire. Il existait un chemin, loin derrière, pour atteindre le dessus de la muraille. Il y était allé, « avant », avec son propre père : il n'y avait rien de terrifiant là-haut. Rien qu'une étendue d'herbe, jaune à la chaude saison. Mais de là on voyait la totalité de Ténériffe, les autres îles et, entre elles, au-delà, partout, l'océan duquel l'archipel émergeait.

Tyte avait la nostalgie de la mer. Monter signifiait la revoir.

Elle ne parvint jamais au sommet. Le haut de la paroi était lisse, il n'y avait plus de prises auxquelles s'accrocher. Mais un jour, seule de tous les enfants, elle atteignit la corniche juste au-dessous. De là, elle pouvait voir la mer presque comme elle l'aurait fait plus haut : pas toute l'eau ni toute l'île, la paroi derrière elle faisait obstacle, mais une grande portion de terre et un plus grand morceau de surface liquide. Quand même, elle était gênée pour regarder. La saillie étant étroite, elle pouvait se tenir face à la falaise, auquel cas elle ne contemplait que la roche, ou coller son flanc au rocher pour dégager sa vue. Mais le bébé, dans son dos, l'empêchait de se retourner comme elle l'aurait voulu.

À un endroit, un vide séparait le rebord où elle se trouvait d'une terrasse plus vaste. À peine un vide, à vrai dire, plutôt un enfoncement, comme une brève et nette déclivité dans le trait rectiligne que dessinait la paroi. Un adulte eût enjambé ce vide, l'enfant ne le pouvait pas. La seule solution était de suivre le dessin de la roche, de fixer ses pieds à la légère aspérité qui restait, et de prier les dieux. C'était terriblement tentant…

À la fin, elle n'y résista pas. Le bébé bien serré dans son dos, elle plaqua son buste contre la muraille et elle se guida en tâtant. Son cœur battait fort : si elle manquait une prise, elle basculerait et ce serait la mort, pour elle et le petit.

Or, tout prudents qu'ils soient, ses mouvements effrayèrent des pigeons. Ils surgirent près de Tyte et leur envol, en la surprenant, la fit chuter en effet.

La falaise ne continuait pas ainsi qu'elle l'avait cru, ce qu'elle avait jugé un rentrant était une ouverture, il y avait là une poche d'où venaient les oiseaux. La chance voulut qu'elle tombe à l'intérieur plutôt que dans le vide. Le bébé, bousculé, pleura.

*

Tyte se redressa, regardant où elle se trouvait. La cavité était haute, plus étroite que la grotte où elle dormait en bas, et bien plus longue. Elle formait un tunnel d'abord un peu obscur qui s'éclaircissait ensuite car une seconde et plus vaste ouverture se trouvait dans le fond. La fillette alla vers cette ouverture – d'autres oiseaux la frôlèrent de leurs ailes. Le paysage était le même, fait de la forêt puis d'arbres progressivement plus rares, mais le dessin de la côte était différent : la falaise sans doute faisait un coude et s'ouvrait sur un autre point de l'horizon. Le bébé protestait. Elle dénoua le lien qui le retenait et le posa, espérant qu'il n'avalerait pas trop de la terre poudreuse qui formait le sol. Puis elle retourna à l'ouverture et se pencha. Le dénivelé, ici, était moindre. En bas, couchée sur un talus plus étroit que celui où ils vivaient, une échelle de bois attendait qu'on s'en serve.

Il y avait donc des gens pour monter où elle était.

Il lui vint le réflexe de regarder autour d'elle. Mais la grotte était vide à part elle et le bébé. Elle tâcha de calmer celui-ci : il criait si fort que quelqu'un qui se trouverait en bas pourrait l'entendre. Avait-elle le droit d'être dans la caverne ? Nul ne le lui avait interdit mais nul n'avait prévu non plus qu'elle la découvrirait.

Quand elle tourna la tête pour vérifier qu'il n'y avait personne, une irrégularité du rocher, dans la partie la plus sombre, attira son regard. Elle s'en approcha, hésitante, portant l'enfant. Le couloir formait un ressaut où était creusée une niche : un trou bref et sans issue. Elle voyait mal et tâta. On avait empilé des objets durs, en bois sec et creux supposa-t-elle en les touchant, et d'autres souples, qui devaient être en tissu : des sacs, peut-être ? Elle alla reposer son frère, revint, prit deux des choses en bois et les porta vers la lumière. C'étaient des sortes de casques, ils figuraient des têtes : des gueules, des museaux aux traits découpés rudement, coloriés, avec des ornements de coquillages, de mousse et de raphia.

Des masques…

Elle reconnut une des têtes qu'elle tenait. Elle était sculptée sur la face et au revers de visages presque exactement semblables, sauf que l'un était féminin et l'autre masculin.

Les Jumeaux… Depuis qu'elle était petite, au village, elle avait vu danser les masques et celui-ci parmi eux. Pendant de grandes fêtes, deux fois par an, les dieux descendaient chez les hommes et se livraient à ces danses. Ils avaient des robes végétales et certains étaient d'une taille extraordinaire, leur tête dépassant les maisons. Il fallait les regarder à distance et ne surtout pas s'approcher. L'un avait deux visages – la double tête qu'elle tenait dans ses mains. C'était le dieu fondateur, celui dont étaient nées toutes les générations.

Le dieu était un casque en bois que n'importe qui pouvait mettre. Ce qu'elle avait appelé masque en le regardant comme une puissance incarnée, c'était une calebasse.

Elle eut peur de sa découverte. Peut-être les vrais dieux la puniraient-ils, ou bien les hommes, s'ils savaient ? Ou peut-être l'objet était vraiment magique et elle allait tomber raide, châtiée ? En même temps... Elle était une enfant et ce qu'elle avait découvert était un trésor. Le bébé s'était endormi ou du moins il était calme, elle avait un peu de temps. Elle revint vers le trou où était ce trésor.

Un par un (il n'y en avait pas tant après tout) elle sortit les masques. Elle les porta près de l'ouverture, là où elle avait couché son frère, et elle les disposa en cercle autour de lui. Il y avait le Rat et le Lézard géants, l'Aigle des montagnes, le Dauphin, la Baleine et la Tortue : toutes les bêtes de l'île, mais humanisées d'une certaine manière. Et puis il y avait les Jumeaux.

Ça ne faisait pas si peur...

Elle retourna chercher ce qu'elle pensait être des sacs. La pile était haute et, en se faisant grande pour saisir ceux qui se trouvaient sur le dessus, elle fit tomber des tubes de bois : des échasses comme elle en avait vues en bas, sur la côte, comme elle en avait usé pour jouer, mais bien plus hautes.

C'était pour ça que les dieux paraissaient tellement grands...

Ce qu'elle avait pris pour des sacs était en réalité de merveilleuses parures, des fibres entrelacées dans lesquelles étaient engagés des poils de chèvre, de la paille tressée, des morceaux végétaux, des plumes et des coquillages. Elle les déplia et reconnut l'une d'elles : la plus belle, à son sens, la plus vive en couleurs. Celle des Jumeaux justement. Elle formait une jupe de longues nattes, les unes pourpres et les autres safran, cousues à un collier : quelque chose comme une fleur, des pétales gigantesques liés à une corolle, ou les flammes s'échappant des bûches.

Elle hésita. Finalement elle n'y tint plus. Elle était nue comme tous les enfants guanches ; elle passa au-dessus de sa tête le collier aux grandes nattes, sans mettre cependant le casque, trop large et trop pesant. Les lianes rouges et jaunes dissimulaient son corps bruni par le soleil et, comme elle était petite, elles tombaient au sol en traînes de rubans. Tyterogat ainsi parée était buisson de feu, oiseau de paradis ou grouillement de serpents. Elle aurait voulu se voir, elle n'aperçut même pas son ombre sur la paroi sombre.

Devant le bébé assoupi, elle commença à bouger. Elle pliait et dépliait les jambes comme elle l'avait vu faire au masque. Une jambe, l'autre bras ; lever la seconde jambe, monter haut le genou, écarter le bras opposé, ouvrir et fermer le coude. Tourner en faisant ça. Avancer le buste, l'incliner, le relever. Faire saillir les fesses, se cambrer. Redresser la tête, la jeter en arrière, trembler de tout le buste, retenir sa respiration, la reprendre et crier, hurler – elle ouvrit grand la bouche en un cri muet.

Elle tapait du pied pour faire bouger le sol, elle voulait le faire vibrer du poids qu'elle n'avait pas.

Il y aurait des tambours si elle était en bas.

D'abord, ce fut un amusement. Elle faisait semblant d'être un masque. Elle était un homme, le corps masculin qui n'était pas le sien et qui avait seul privilège de revêtir l'habit et le heaume des dieux. La température dans la caverne était moindre qu'à l'extérieur mais elle avait chaud : elle suait, elle avait soif, mais elle continuait à danser.

Peu à peu, ce ne fut plus un jeu. Plus le plaisir de piétiner la terre, de faire voler autour d'elle la poussière et les fils de couleur, d'être boule de flammes et astre dans le ciel, mais une nécessité ou plutôt une impossibilité. Ce n'était plus elle qui dansait mais son corps qui le faisait, non pas contre sa volonté mais en dépit de celle-ci. Arrêter ou continuer ? Elle n'eut pas le choix. L'homme qu'elle feignait d'être et qui pouvait danser disparut et autre chose pénétra en elle qui la fit se mouvoir ou qui se mut pour elle.

Peu importait que l'habit fût en fibres : elle devenait, elle était, véritablement, le masque.

Le masque qui dansait.

Le dieu aux deux visages.

Le Jumeau, les Jumeaux, dont étaient issus toutes les femmes et tous les hommes.

Elle ne sut jamais combien de temps la danse avait duré.

*

Il y avait eu un cri. Celui des enfants innombrables auxquels, dans son rêve, elle, la petite fille-jumeaux, avait donné naissance ? Le hurlement de la femme, des femmes, qu'elle avait vues accoucher ? De celles qui, dans le même rêve, autour des parturientes, donnaient de la voix pour les encourager ?

Ou simplement le petit frère l'avait-il réveillée ?

Ce n'était rien de tout cela. C'était un jeune homme. L'autre frère, le grand. Il criait son nom.

Il y avait de l'effroi ou davantage, de la panique, dans la façon dont il la hélait.

« Tyte ? Qu'as-tu fait ? J'étais sûr que tu étais là. Ne bouge pas. »

Le garçon était svelte et le contre-jour le faisait paraître grand dans la clarté de l'ouverture. Il passa de l'échelle où il se tenait à l'intérieur de la grotte.

« L'enfant pleure ! Tu n'entends pas ? Pourquoi as-tu touché aux masques ? Mais, tu es… tu portes… »

Tyterogat se redressa péniblement dans son vêtement de

nattes. Elle ne comprenait pas quand ni comment elle s'était endormie. Elle savait qu'elle avait dansé, dansé, et puis… rien.

Le frère l'attira à lui rudement et, plus rudement encore, il lui fit passer par-dessus la tête la robe des Jumeaux.

« Comment as-tu pu mettre cela ? » gronda-t-il.

Il regarda les masques qui entouraient le bébé, lâcha Tyte et arracha le petit au cercle qu'ils formaient.

« C'est peut-être pour ça. Parce que tu l'as fait… »

Elle ne comprit pas.

Tenant dans les bras le nourrisson qui, rageur, cherchait en vain le sein sur son buste d'adolescent, il saisit la fillette par l'épaule et l'amena jusqu'à la fissure par laquelle elle était entrée.

« Tu vois ? » Il lui tourna brutalement le visage dans la direction où elle avait grimpé.

Elle ne vit rien du tout. Le saillant de la falaise empêchait d'apercevoir le camp. Un peu de fumée montait, par à-coups, portant une odeur bizarre.

Tyterogat ouvrit grand les narines, pour comprendre. Le frère la retira à l'intérieur de la grotte. Il se débarrassa du bébé en le lui mettant dans les bras.

« Les étrangers. Les Hommes-reflets. Tu sais ou tu ne sais pas ? Ils nous ont trouvés. Ceux qui devaient nous défendre étaient loin, à la chasse, il n'y avait que les femmes avec les vieux et les petits. Je me suis échappé. J'ai espéré que toi non plus ils ne t'avaient pas eue. »

Elle le regarda sans oser questionner. Le frère – il était à cet âge où on n'est plus un enfant et où on n'est pas un homme – s'affaissa sur le sol. Le bébé s'était tu, épuisé. Mais lui, le grand, le presque grand, se mit à sangloter.

Quelque chose en elle fut profondément effrayé.

« Tué… Ils ont tué tous ceux qui étaient là. Les femmes, ils leur ont fait quelque chose de plus… avant de les égorger. »

Il reniflait en parlant, et sa voix était si altérée que Tyte eut du mal à le comprendre.

« Je les ai entendus : j'étais sous les fougères. Ensuite, ils ont mis le feu aux cabanes et aux morts. Je sais qu'ils ont emmené d'autres femmes et les plus âgés des enfants. Quand je suis sorti de sous les grandes feuilles, j'ai vu que ça n'avait pas bien brûlé : ils ont fait les choses vite et il fait trop humide, ici, dans la montagne. J'ai compté les corps et je suis certain qu'il en manque. Et parmi ceux que j'ai retournés, il n'y en avait aucun qui soit toi ni le frère. »

Il s'arrêta, essuya ses yeux et son nez du revers de la main, et il la regarda.

« J'ai pensé que peut-être tu t'étais cachée avec lui. Je n'ai pas osé appeler, mais je me suis souvenu de la caverne. Je savais qu'elle ouvrait sur ce côté de la falaise, et tu grimpes très bien. »

Il s'arrêta, renifla encore, et reprit :

« Tu n'as rien vu et rien entendu ? »

Il contempla derrière lui les masques et les étoffes qu'elle avait répandus.

« C'est hier au soir qu'ils sont venus et qu'ils s'en sont allés. J'ai mis longtemps avant de quitter ma cachette. Tu as fait quoi toute cette nuit ? »

Elle ne sut pas répondre. Il lui semblait évident qu'elle avait grimpé la falaise il y a quelques instants seulement, mais elle vit qu'à l'extérieur le soleil se levait. Et c'était presque le soir quand elle était montée. Est-ce qu'elle rêvait encore ? Plus tard, en Espagne, elle côtoierait des esclaves ou des paysans comme sortis d'eux-mêmes après des nuits de saoulerie et elle se dirait qu'il lui était arrivé ce qu'il advenait à ces gens qui, après, ne se rappelaient rien. Sauf que, dans la grotte, l'enfant qu'elle avait été n'avait rien bu ni avalé qui puisse expliquer son sommeil et l'oubli qui avait suivi. C'était la danse seulement, ou la malédiction des dieux pour avoir usurpé les masques, qui avait produit cet état.

Mais ces dieux n'existent pas bien sûr, objecterait-elle d'elle-même, lorsqu'elle serait chrétienne.

*

Le grand frère, après avoir pleuré, décida qu'on ne pouvait retourner dans le camp dévasté. Il doutait que les chasseurs guanches reviennent : s'ils n'étaient pas déjà là, n'était-ce pas qu'ils avaient été pris ou eux-mêmes tués ? Qui sait, ils pouvaient avoir été massacrés avant que les autres n'arrivent à la clairière. Peut-être même l'un d'eux, torturé et à force de douleur, avait montré le chemin ? Comment comprendre autrement qu'on ait pu les trouver : ils étaient bien cachés...

Il fallait donc partir, ou il fallait mourir : il sauterait dans le vide et elle ferait de même en tenant le bébé. Les guerriers, quand la cause était désespérée, devaient agir ainsi. Mais il ne se sentait pas l'âme guerrière et elle encore moins. Pour Tyte, le rocher était une muraille faite pour être gravie et non un précipice où on devait sauter.

Ils s'en iraient donc. Ils le feraient par l'ouverture où se trouvait l'échelle : lui-même ne savait pas descendre comme le faisait sa sœur, et finalement il ne voulait pas qu'elle voie ce qu'il avait dû voir. Il avait dans ses oreilles les beuglements des soldats étrangers, les hurlements des enfants et les cris éraillés des vieillards impuissants. Pourquoi les étrangers avaient-ils pris la peine d'édifier un bûcher pour les y achever ? Ils l'avaient allumé avec les litières et du bois qui servait à la cuisine, et ils y poussaient ceux qui n'avaient pas de force, en les assommant au tout dernier moment. Depuis les fougères qui le dissimulaient, il avait entendu les femmes violées pleurer, supplier, et finalement se taire quand les hommes les avaient égorgées. Quand il était sorti de sa cachette, il n'avait trouvé que des cadavres.

En allait-il ainsi dans les autres villages ? Ils auraient dû s'allier... mais les anciens disaient qu'il n'y avait rien à faire : ceux que la mer portait avaient des armes brillantes qui tranchaient beaucoup mieux que leurs couteaux de pierre et d'autres qui contenaient un peu de la foudre du ciel. En outre, quelques-uns faisaient corps avec des animaux qui se déplaçaient vite et semblaient un prolongement d'eux-mêmes. Peut-être que la guerre était celle des dieux : les dieux des autres, contre les leurs ?

Les dieux… il était clair en tout cas qu'avant qu'eux-mêmes partent, les masques devaient être détruits. Puisque Tyte les avait touchés, ils avaient perdu leur pouvoir ou celui qu'ils garderaient serait nocif. Et de toute manière, puisqu'ils n'avaient pas protégé ceux sur qui ils devaient veiller, ils devaient être punis.

Ils laissèrent donc le bébé qui avait oublié de geindre (peut-être n'avait-il plus la force de pleurer) et ils portèrent les masques du côté de la falaise par lequel Tyte était entrée. L'aîné voulut sacrifier lui-même les visages. Il les souleva d'abord avec solennité et les tint un moment en l'air, chacun, avant de les lâcher, puis il accéléra le rythme. Après le quatrième masque il utilisa les pieds, et il n'objecta plus quand Tyte fit de même. Quand vint le tour des Jumeaux, la fillette hésita puis elle poussa fort : après une brève courbe, la double tête chuta, rebondit, et le bois explosa. Après quoi le grand frère déchiqueta les vêtements de fibres, et elle lança les morceaux par la même ouverture. Il y avait un peu de vent : les rubans de la robe pourpre et jaune dessinèrent dans le ciel d'aériennes méduses.

Quand tout fut consommé, le garçon aida Tyte à rattacher contre elle le bébé inerte, et ils s'en allèrent.

*

Était-ce trop pour une petite fille ? Ce qui advint ensuite resta de nouveau vague dans la mémoire de Tyte. Ils errèrent à travers la forêt, ne sachant où aller. Tyterogat, altérée, put boire à un ruisseau. Elle humecta les lèvres du bébé sans que celui-ci réagisse. La peau du petit était grise de la cendre de la grotte et grise aussi de faiblesse et de faim, mais elle ne pouvait rien pour lui. Le frère voulait qu'ils laissent l'enfant, dont le poids finissait par peser à la fillette ; elle pleura et ce fut lui finalement qui porta le nourrisson.

Ils marchaient vers le bas, vers la côte à l'ouest, en suivant le soleil. Il y aurait des villages près de la mer, dit le frère, ils trouveraient d'autres Guanches. À moins que ceux-là aussi n'aient fui.

Ils n'arrivèrent pas au rivage. D'énormes bêtes, plus grosses que des chèvres, sans cornes mais avec des crocs, les coursèrent. De leurs gueules sortaient des sons horribles qui les affolèrent. Le frère courut, elle-même s'arrêta, terrorisée, et un monstre la renversa.

Elle ne fut pas tuée. Même, le chien (puisque c'était un chien) ne la mordit pas. Elle ignora pourquoi. Le choc du molosse beaucoup plus lourd qu'elle l'enfonça dans le sol et peut-être sa tête cogna-t-elle une pierre, ou bien ce fut l'effroi qui lui fit perdre conscience. Quand elle se réveilla, elle était entourée d'hommes qui lui parurent très grands et dont certains portaient sur eux ces plaques qui les faisaient appeler Hommes-reflets. Le grand frère avait disparu, le très petit aussi. Elle ne les revit jamais.

Elle fut conduite à une plage où des piquets de bois enfermaient d'autres femmes et, à part, des hommes. Ils n'appartenaient pas à son village et elle ne reconnut personne. Il n'y avait pas d'enfants et elle était la seule à être aussi jeune. D'ailleurs, elle resta là peu de temps. On l'emmena bientôt par un mince bateau dans un autre très grand, une de ces coques énormes qu'elle avait crues jadis surmontées de fumée, et de là dans une île qui n'était plus la sienne. À l'endroit où on la débarqua, il y avait de grands murs qui contenaient la mer (elle sut plus tard que cela s'appelait un port) et des maisons de pierres, plus hautes qu'elle n'avait jamais vues : on nommait ça une ville. Cette fois, on ne l'enferma pas avec d'autres Guanches, mais elle fut installée dans une des hautes demeures où vivaient une femme et une petite fille qui n'étaient pas de son peuple. S'agissait-il pour l'étrangère de faire d'elle une compagne pour sa fille ? Si tel était le projet, il fut abandonné. On donna à Tyte à manger, c'est-à-dire qu'on l'assit sur une chaise devant ce qui était une assiette et qu'on lui ordonna de se servir d'un croc qui s'appelait fourchette. On la lava très fort (la servante qui s'en chargea était noire et elle lui fit très peur) et on lui passa un vêtement qui enveloppait ses bras, couvrait ses jambes et serrait fort le ventre.

Elle se rebiffa d'abord mais, comme on la giflait, elle ne fit plus rien. Elle demeura hagarde, sans vouloir avaler, sans parler, sans rien comprendre de ce qu'on lui disait, en tirant sur la robe qu'elle ne pouvait enlever, les agrafes qui tenaient le tissu se trouvant haut dans le dos.

Au bout de quelques jours, elle quitta la maison. Un Autre habillé différemment de ceux qui l'avaient enlevée la fit monter sur un nouveau bateau peut-être encore plus gros que celui qui l'avait emportée. Elle fut enfermée dans une cabane de planches, on lui donna de l'eau qu'on renouvela chaque jour et elle fut nourrie de soupe et de fruits. Il y avait dans la cabane une litière suspendue et un seau où elle fit ses besoins comme elle le faisait dans la maison des enfants. L'endroit n'avait pas de fenêtre, l'obscurité y était presque totale sauf qu'un peu du jour d'un couloir arrivait par une ouverture percée dans la porte. Elle vit l'homme qui lui portait à manger et retirait le seau, elle en entendit d'autres qui passaient et prononçaient des mots qu'elle ne comprenait pas, et elle ne put savoir si elle était la seule Guanche ou si le bateau transportait d'autres femmes et des hommes des îles. Mais elle sentit les tremblements du bâtiment au départ, le roulis lui fit mal au cœur et elle rendit sa soupe à plusieurs reprises, elle dormit beaucoup, et les gémissements de la coque bercèrent seuls ses longs sommeils sans rêves.

Après une durée qui lui parut très grande, on la fit sortir et on la mena sur le pont. Éblouie par la lumière, elle aperçut après un moment une côte pas très loin : la traversée s'achevait.

On lui donna une bassine pleine d'eau et on lui fit signe de se laver en restant habillée, puis on la laissa se sécher à l'air libre tandis que le rivage grandissait devant elle.

À la fin, l'homme qui était venu la chercher dans la maison des Autres vint la prendre. Il prononça des paroles auxquelles encore une fois elle n'entendit rien. Mais elle devina qu'il lui demandait son nom. Il l'avait déjà fait dans l'île et elle lui avait dit, mais sans doute il avait oublié. Elle le lui répéta, il tâcha de le prononcer puis secoua la tête. C'est à partir de là qu'on l'appela la Guanche.

4

Exécution

FLORENCE, MAI 1498

Le 23 mai 1498, à Florence, frère Savonarole, de son nom italien Girolamo Savonarola, fut exécuté. Quatre ans durant le moine avait tenu la ville sous sa coupe et il y avait fait régner un ordre implacable, au nom de Jésus-Christ.

Ce même 23 mai, au très petit matin, quand un gravier cogna au volet de sa chambre, Guido grogna de mécontentement. Et puis il se souvint. Cette date était celle de son anniversaire, il avait quatorze ans, en d'autres circonstances il n'aurait pensé qu'à cela. Mais il songea plutôt à ce qui allait se passer pour frère Savonarole ; vite, il sortit de son lit et ouvrit la persienne.

« Le jour est levé. Dépêche-toi. Nous, on y va déjà ! » cria celui des garçons qui avait lancé les cailloux. C'était Ludovico, il tenait à la main son lance-pierres.

Lui et son compagnon partirent en courant, bousculant ceux qui marchaient dans la même direction.

Le printemps allait céder à l'été et, malgré l'heure précoce, la température était chaude. Guido avait transpiré dans sa chemise de drap. Il ne songea pas à l'enlever mais il tira le pot de sous son lit, se soulagea, saisit ses chausses et y glissa les jambes. Il enfila le pourpoint rouge vif que son père lui avait commandé de remettre (le frère aurait désapprouvé la forme et la couleur) et il mit ses souliers. La toilette attendrait. Quand même, il cracha dans sa paume et lissa de la main sa coiffure. Ses cheveux châtain-roux abondants faisaient dire à son père qu'il serait velu et il en était fier.

La chambre de Guido se trouvait au deuxième étage du palais que sa famille louait. Le garçon ouvrit la porte et suivit la coursive jusqu'à l'escalier de pierres. Sur le passage en dessous, Filippo Liuciardi sortait de ses appartements. Il regarda son fils et le fit s'arrêter :

« Où vas-tu comme cela ? Je ne veux pas que tu rejoignes les autres garçons. Tu restes avec moi ; nous en avons parlé hier. Prends ton béret et viens manger et boire. Il va faire chaud et l'exécution sera longue », dit-il.

Messer Liuciardi était un homme fort, de haute taille, que grandissait encore le chapeau en turban qu'il portait dès le matin. C'était un entrepreneur et un chef de famille autoritaire, et sa parole ne souffrait pas contestation. Guido remonta dans sa chambre et récupéra son béret.

Sur les murs, dans la salle où on mangeait, une frise montrait des jeunes gens qui dansaient au son d'une musique : le frère détesterait, pensa de nouveau le garçon.

« Assieds-toi. Prends ton temps. Je ne sais à quelle heure nous mangerons de nouveau », prononça Liuciardi.

Guido saisit la louche et se servit du lait qui était sur la table. Son estomac, cependant, était serré :

« Que va-t-il se passer, père ? Ils le tueront vraiment ?

— Et pourquoi t'es-tu levé ? Pourquoi suis-je habillé ? Il a été condamné, il va être pendu et son corps sera brûlé, bien sûr.

— Mais Dieu l'a envoyé ! On dit qu'on lui a fait des choses horribles…

— Un envoyé de Dieu aurait supporté la torture. Savonarole est un faux prophète, le pape l'a excommunié.

— Le pape est loin, père, il ne connaît pas notre Girolamo…

— Dieu le connaît. Et Sa Sainteté a toujours raison. Puis ce n'est pas “notre” Girolamo : c'est celui des Florentins. »

Guido se rappelait que son père n'avait pas toujours eu une mauvaise opinion de frère Savonarole. N'avait-il pas été heureux lorsque lui-même avait été appelé par le moine à rejoindre les enfants qui l'accompagnaient ? Alors qu'il le savait d'une autre ville, le moine avait permis qu'il revête la robe blanche des jeunes Florentins qu'il choisissait, il avait tracé sur son front le signe de la croix et avait ajusté la capuche sur sa tête. Après quoi Guido l'avait accompagné dans les rues. Il avait réclamé aux riches de l'argent et veillé à ce que les dames ne montrent que des tenues pudiques.

« Laisse, encore une fois. Ce ne sont pas nos affaires. Tu es siennois, ne l'oublie pas, j'ai eu tort de te laisser aller avec ce dominicain. »

Comment son père devinait-il si souvent ses pensées ? se demanda Guido.

Une demi-heure plus tôt, les garçons qui avaient éveillé Guido étaient sans doute parvenus très vite à la place de la Seigneurie. Mais la rue, désormais, était pleine, et le rythme des passants ralenti. Regardant par la fenêtre, le père constata que se mêlaient aux citadins beaucoup de gens de la campagne reconnaissables à leurs vêtements.

« Laissons passer le flot. Quand ils seront tous arrivés, bien en avance, trop en avance, nous nous mettrons en route, dit-il.

— Mais, père, nous ne pourrons nous approcher...

— Nous verrons très bien, mais nous ne serons pas sur la place. Enfin, pas exactement... Nous allons chez les Vespucci où Antonio a proposé de nous accueillir. »

Guido savait qui était Antonio. Son père avait été l'ami de son frère, Amerigo, mais celui-ci avait quitté Florence et depuis, Filippo voyait Antonio surtout pour des raisons de commerce. La famille, proche des Médicis que Savonarole avait chassés de la ville, se faisait une fête de la mise à mort du moine. Les aïeux avaient été riches, Antonio l'était moins mais il conservait son palais, d'où on devait en effet bien voir ce qui allait se passer. Seulement Guido aurait voulu être en bas avec ses amis, ceux qui avaient aimé le moine. Hier, quelques-uns d'entre eux, parmi lesquels le garçon qui l'avait éveillé avec ses cailloux, avaient formé le projet de se rebeller contre les hommes d'armes et de faire de leur corps le bouclier qui le protégerait. Guido s'était senti exalté et angoissé. Cela revenait à se faire tuer, par les soldats, sûrement, ou par son père s'il en réchappait. Mais la proposition n'avait pas été relevée.

*

À six heures, la foule remplissait l'espace devant le château, la Seigneurie, siège du gouvernement, qui donnait son nom à la place. Des hommes causaient, debout ou assis sur le sol, ainsi que des jeunes gens réunis à plusieurs : des amis de Guido peut-être, mais ils étaient trop loin pour que, depuis le balcon où celui-ci était posté, il distingue les visages. Des femmes étaient venues, certaines avec dans leurs bras un ou plusieurs enfants. Les vieilles personnes et les futures mères avaient apporté des pliants et des gamins couraient autour. C'était comme une fête.

En équerre avec le château, sous la Loge des Lanciers soutenue par d'énormes colonnes, on avait construit des gradins que gardaient des hommes d'armes. Des officiels y prendraient bientôt place, ainsi que sur les sièges qu'on avait installés sur la *ringhiera*, la tribune courant le long de la Seigneurie. Sur les côtés de la place, les gens se serraient aux fenêtres ; aux balcons des Vespucci, ils étaient une vingtaine, parmi lesquels autant de dames que d'hommes. À côté de Guido, une femme presque jeune, moins de trente ans sans doute, portait une robe écarlate. Quand elle se penchait pour regarder la place, l'étoffe de son vêtement chantait et révélait ses seins. Il y a quelques semaines, jamais elle n'aurait osé se laisser voir ainsi, pensa Guido. Quand la main de la dame frôla la sienne sur le rebord du balcon, le garçon ressentit dans le bas de son ventre une palpitation qui le gêna et le charma en même temps. Il se souvint qu'il avait quatorze ans – il était un homme, presque, décidément.

La Seigneurie formait une énorme masse de pierres. En bas, des anneaux de ferraille et des grilles aux barbes effilées dissuadaient d'approcher. En haut, une tour dominait l'ensemble. C'est vers cette tour que Guido dirigea ses regards. Derrière une des fenêtres devait se trouver le moine. Mais on ne voyait rien.

Au sol, depuis l'angle du bâtiment, une passerelle construite pour l'exécution avançait sur la place. Haute de six ou sept pieds, supportée par des piles et des croisillons, elle se terminait en un cercle où étaient entassés des fagots et de la paille.

C'est là que nous avions monté le bûcher, réalisa Guido. Il rougit à ce souvenir : en février dernier, pendant ce que Savonarole avait appelé le Carnaval pieux, ses camarades et lui avaient forcé les portes des particuliers pour confisquer toutes sortes de choses superflues qu'ils avaient portées à brûler. Heureusement, lui-même ne s'était pas rendu au palais Vespucci, mais le maître de maison savait peut-être ce qu'il avait fait chez d'autres personnes.

Un madrier se dressait au centre de la partie évasée :

« On a dépavé le sol pour enfoncer la poutre. Comme ça, elle est bien maintenue », commenta un des hommes présents sur le balcon.

Le fût s'élevait haut, trois ou quatre fois la taille d'un homme. Au sommet, des planches faisaient saillie :

« Comme la hune sur un mât de vigie », remarqua le même.

Une échelle était appuyée à cette passerelle et une croix surmontait le tout.

« Regardez, dit la femme qui l'avait ému. Regardez le dessin qu'elle fait sur les gens ! »

Sur la foule qui bougeait doucement, l'ombre des bras et du tronc s'animait en effet, devenait forme vivante.

*

Il se passa une heure avant que rien ne bouge. En bas, la foule patientait. Des vendeurs ambulants allaient de groupe en groupe, proposant de l'eau ou du vin, et de quoi se restaurer. Des familles avaient emporté un panier et on déballait la nourriture. Les groupes s'échangeaient des mets.

Chez Antonio, les convives avaient déserté le balcon. Filippo Liuciardi s'était inquiété pour rien : sur une table à tréteaux, il y avait à manger et à boire. Guido se servit du vin rouge, s'abstenant de le couper avec l'eau comme le faisaient les dames. Plutôt que de choisir les gâteaux ou les cerises jaunes qui le tentaient pourtant, il sortit son couteau et piqua quelques tranches de viande sèche pour imiter les hommes.

Les conversations portaient sur Savonarole et ce qui allait se produire. On ressassait les « années horribles » que Florence avait passées sous sa tyrannie. Quelques messieurs, et des dames, évaluaient la douleur que les bourreaux avaient infligée au frère sur ordre du tribunal.

« Après quarante jours, il doit être dans un triste état », observa Filippo Liuciardi.

Messer Vespucci, qui parlait d'une drôle de voix perchée, s'inquiéta de ce qu'on avait édifié au sommet de la poutre :

« Cela signifie qu'on va faire monter Savonarole et le pendre avant de brûler son corps : il aurait fallu le griller vif. »

D'autres spéculaient sur l'avenir du couvent San Marco auquel appartenait le frère : l'ordre dominicain serait-il affecté ?

Et puis on discutait du retour des Médicis, maintenant que la ville allait être débarrassée du moine.

À mesure que le temps coulait, les conversations changèrent. Les dames commencèrent à parler de leurs robes, des parures qu'elles pouvaient remettre. Leur hôte se mêla à leur bavardage. Il s'intéressait aux étoffes et encore davantage aux bijoux. Guido en fut d'abord surpris et se souvint ensuite que le frère d'Antonio avait acheté des perles pour les Médicis et qu'un marchand, son père le lui rappelait souvent, devait tout savoir sur ce dont il commerçait. On commentait le temps : la chaleur deviendrait bientôt insupportable, il fallait envoyer les serviteurs rouvrir les villas, faire préparer le linge, bien fermer les palais. Que de travail…

Guido, qui s'ennuyait, chercha du regard son père. Mais celui-ci s'était désormais isolé avec Antonio et il n'osa les déranger.

*

Finalement, ceux qui étaient demeurés dehors avertirent qu'il y avait du mouvement. Comme les hôtes se précipitaient vers le plus grand balcon, Guido se glissa dans la pièce à côté qui avait aussi un dégagement.

Précédés d'hommes d'armes, les gens du gouvernement sortaient de la forteresse. Les membres des Conseils apparurent d'abord. Ils s'installèrent sous la Loge. Puis, annoncés par des trompettes, les prieurs, autrement dit ceux qui exerçaient effectivement le pouvoir, et les juges civils, firent de même sur la tribune. Comme les premiers étaient vêtus de rouge et accompagnés de valets en vert, Filippo, qui s'était placé juste derrière son fils, ironisa :

« On croirait une volée de perroquets. »

Les juges ecclésiastiques arrivèrent ensuite. Solennel dans son habit noir et blanc, un dominicain marchait en premier :

« Après les perroquets, la pie : c'est le général de l'ordre », murmura le père de Guido.

L'émissaire du pape suivait :

« Un Espagnol : on dit qu'il est terrible. Il est en train de se gagner un bel avenir. »

Avec quelques mètres de décalage, l'évêque auxiliaire de Florence fermait la marche :

« Lui aussi c'est un dominicain. Le pape a exigé des prêcheurs qu'ils fassent justice dans leurs rangs. S'ils n'éliminent pas leurs brebis galeuses, les franciscains seront les gagnants. »

Guido se souvint que, dominicains et prêcheurs, c'était la même chose… Il ne comprit pas pour autant.

Lentement, solennellement, les religieux gagnèrent leurs places au centre : des sièges plus hauts que les autres et dont il sembla à Guido qu'ils étaient les seuls à avoir des dossiers. Quand tout le monde fut installé, le général des dominicains fit un signe à un officier. L'homme se dirigea vers la porte et, silencieusement, d'une longue inclinaison de la tête, il ordonna qu'on fasse venir les condamnés.

Alors, sur la place, les gens qui étaient assis se levèrent. Ceux qui bougeaient s'immobilisèrent. Et tous les bavardages cessèrent.

Sur le balcon, Filippo serra contre lui son fils et posa les mains sur ses épaules :

« Regarde, et souviens-toi. »

Et Guido regarda. De tous ses yeux.

*

Trois silhouettes courbées, cassées, sortirent de la Seigneurie. Dire que ces hommes marchaient serait faux. Plutôt, chacun était poussé, tiré, par un soldat, sauf le dernier qui s'appuyait en plus sur un moine en noir – un bénédictin.

« Le confesseur », murmura Filippo.

D'où il était placé, Guido ne put reconnaître qui était qui. Girolamo, l'homme qui se tenait si droit qu'il en paraissait grand, pouvait-il vraiment être un de ces… sacs de chair près de s'affaisser ? Le prieur de Fiesole, Domenico da Pescia, était forcément un des trois. Guido l'avait vu, il avait écouté ses sermons, mais il ne sut non plus l'identifier. Le troisième condamné, disait-on, était un frère un peu simplet qui venait lui aussi de Fiesole. Guido ne se souvenait plus de son nom. Son père, captivé, avait cessé de parler. Il ne l'éclaira pas.

Les prisonniers portaient la tunique et le scapulaire blancs de l'ordre dont ils avaient épousé la règle, mais crasseux et déchirés. Cela encore déconcerta Guido. Si Savonarole détestait dans l'habit tout excès d'élégance, jamais il n'apparaissait autrement que dans une robe sans tache. Et la coule que Guido avait reçue quand il avait été admis parmi ses disciples devait rester, le moine avait insisté, « aussi immaculée que ton âme ».

Les soldats firent s'arrêter les condamnés devant les trois prélats. Les gens, progressivement, s'étaient rapprochés malgré la barrière que formaient les hommes d'armes et l'on entendait un murmure, presque un grondement.

« Maintenant tout se joue. Ou le peuple se rebelle et je ne donne pas cher des juges, ou bien... »

C'était Antonio Vespucci qui parlait. Il ne continua pas.

Sur la tribune, le général dominicain et ses deux acolytes s'étaient levés. Les prieurs firent de même ainsi que, dans la loggia, les membres des Conseils. D'autres prêtres et des moines se serraient désormais sur l'estrade.

« Il y a là tout Santa Maria Novella, remarqua Filippo Liuciardi. Ils détestent leurs frères de San Marco.

— Les franciscains de Santa Croce sont aussi là, bien sûr. Et le chapitre de la cathédrale », ajouta Antonio.

Le garçon entendait vaguement ce que se disaient les adultes et il s'en moquait.

Le général s'approcha des condamnés, qu'on avait fait mettre à genoux. L'évêque se plaça près de lui. Il y eut des paroles échangées ou plutôt, le général puis l'évêque parlèrent, et il sembla à Guido qu'un des trois hommes au moins répondait quelque chose. Mais il était impossible d'entendre les paroles, bien sûr.

Puis, ce fut d'une rapidité et d'une violence inouïes, des prêtres de Santa Maria del Fiore s'approchèrent et, tandis que le général et l'évêque levaient la main en signe d'assentiment, ils rasèrent brutalement, au couteau, les cheveux des condamnés autour de leur tonsure. Ensuite, les soldats jetèrent les trois moines sur le sol et, sembla-t-il à Guido, ils leur coupèrent les mains : la place entière entendit les hurlements qu'ils poussèrent. Alors qu'ils étaient à terre, au couteau encore, on déchiqueta leurs vêtements. Quand on les força à se relever, la place entière vit qu'ils étaient nus, sauf la chemise de dessous, en pièces et qui leur descendait aux cuisses. Aucune chance ne leur avait été donnée de se dévêtir dignement et leurs mains, qu'on n'avait en définitive pas coupées, semblaient rouges de sang.

« Pourquoi fait-on cela, père ? Est-ce compris dans le jugement ? demanda Guido, terrifié.

— Savonarole et ses acolytes ne méritent plus d'être moines. Ils sont retraits du sein de l'Église. Les insignes qu'ils ont reçus lors de leur prise d'habit, il faut qu'on les leur ôte, un à un, dans l'ordre inverse où ils s'en sont vêtus. Peut-être a-t-on fait les choses de façon un peu expéditive, quand même… Pour le sang, c'est qu'on doit racler leurs doigts, parce qu'ils ont béni avec, et mal béni. J'ai l'impression cependant qu'on leur a coupé les phalanges…, répondit Filippo.

— On pouvait faire plus noblement, confirma Antoine Vespucci de sa voix aiguë. Et, regardez : ceci est totalement anormal », continua-t-il.

Sur un ordre donné par l'émissaire du pape, l'officier qui avait fait mener les prisonniers avait pris un lambeau de vêtement tombé sur le sol et, d'un geste ample, il l'avait jeté à la foule. À son exemple, les soldats, aussitôt, firent de même. Les capuces, les scapulaires, les tuniques, lancés avec plus ou moins de force et d'adresse, arrivèrent par morceaux sur les têtes des badauds ou retombèrent tout près de la tribune, juste sur les hommes d'armes. Les rosaires, que les condamnés avaient portés sur leur tunique en guise de ceinture et qu'on leur avait arrachés, suivirent le même chemin, mais les soldats s'amusèrent à faire tourner les colliers de grains comme ils l'auraient fait pour des frondes, de sorte que les chapelets aboutirent très loin parmi la foule.

Alors, brièvement, ce fut une ruée.

Non plus un grondement mais des gueulements.

Non plus le calme d'indécis venus en curieux, mais l'excitation et la rage d'un jeu où il fallait se saisir d'un morceau des dépouilles.

Du balcon, Guido médusé assistait à ce qui, en quelques secondes, menaçait de devenir une incontrôlable bataille. Il ne s'aperçut pas que, à côté de lui, une petite fille avait réussi à se glisser. Pour la plupart, les gens se bagarraient sans savoir pourquoi, car il y avait peu à ramasser. Tout près de la Seigneurie, même la garde échangeait des coups. Seuls les hommes d'armes postés près de la construction en bois demeuraient à leurs postes, immobiles au sein de ce chaos, parce qu'ils avaient pour ordre d'éviter que des excités escaladent la passerelle.

Était-ce un hasard ou un prieur avait-il donné l'ordre qu'on sonne ? Le lourd et profond bourdon de la tour résonna au-dessus de la place et permit que le calme se rétablisse. Il ne s'était pas passé plus que quelques minutes, mais l'ambiance était complètement changée. Exaspérés de n'avoir pas eu leur morceau de chasuble, la majorité des Florentins rassemblés tournèrent leur colère vers les accusés comme s'ils étaient responsables de n'avoir pas laissé entre les mains de chacun un fragment de leur vêtement. Alors qu'une heure auparavant on avait sorti des paniers à boire et manger, Guido vit que des hommes étaient munis de maillets et il aperçut une hache.

« À mort ! À mort ! » commença à crier la foule.

« Brûlez ! Brûlez ! » hurlèrent d'autres voix.

Guido aperçut trois garçons qui profitaient de ce que des blessés étaient à terre pour s'approcher de la tribune. L'un était grand avec des cheveux presque rouges. Il le reconnut comme un fidèle de Girolamo, un des jeunes qui organisaient les quêtes et rameutaient les gens quand le moine prononçait un sermon. Que va-t-il faire ? se demanda-t-il.

Un condamné (Guido décidément ignorait lequel c'était) n'avait pas réussi à demeurer debout. Il était retombé, allongé sur le côté, les jambes ramassées contre le ventre, ses bras enserrant ses genoux. Sa chemise était relevée au-dessus de son derrière. C'est misérable, jugea Guido. Et il réalisa qu'il ne savait pas s'il songeait à la situation ou au manque de dignité dont faisait preuve l'homme à terre.

Une pierre, puis une deuxième, une troisième – et finalement une pluie de projectiles, arrivèrent alors sur la passerelle. Elles visaient les frères, mais les clercs autour d'eux en reçurent leur part et, se levant, s'écartèrent rapidement. Alors, les soldats redressèrent le moine qui était au sol et ils entraînèrent les condamnés. Les cailloux continuaient à pleuvoir, et Guido vit que les tirs venaient du garçon roux qu'il avait repéré et de ses compagnons, ainsi que d'autres adolescents qui avaient rejoint le trio. Stupéfait, il repéra parmi eux Ludovico. Le jeune homme tenait d'une main un pan de son manteau et de son autre main il puisait dans cette poche improvisée les pierres qu'il lançait.

*

Le chemin au gibet était court mais on dut presque tirer deux frères jusqu'au cercle où il était dressé. Le troisième condamné, celui que Guido avait vu au sol, était évanoui. Il fallut deux soldats pour le porter jusqu'au pied de l'échelle. Ce fut lui dont le bourreau s'occupa en premier. Il le frappa au visage, tâchant de le réveiller, et finalement le chargea, inconscient, sur son épaule, grimpant péniblement les degrés en se tenant d'une main tandis que plus bas les soldats poussaient les fesses.

« Celui-là, c'est Fra Silvestro. Il est bienheureux de ne plus rien savoir… », dit Filippo à son fils.

Les deux autres moines, au pied de l'échafaud, étaient donc ceux que Guido connaissait.

On avait achevé de hisser le condamné. Le bourreau, assisté d'un soldat, le cala contre le bord de ce qu'un convive, tout à l'heure, avait appelé la hune. La tête et les bras pendaient dans le vide, le corps étant retenu par le parapet. Puis l'exécuteur ordonna à l'homme d'armes de redescendre. Avec un lien, il fit coulisser une corde depuis la croix au-dessus de lui et, tirant la tête du moine, il la lui passa au cou. Il parut faire encore autre chose, Guido ne put voir quoi, et retourna sur l'échelle et descendit des degrés. Il sembla au garçon qu'il actionnait un levier sous le plancher du balcon. De fait, à la stupéfaction de la foule, l'avant de la construction retomba. Le moine fut projeté tête en bas, la chemise aux aisselles, les jambes écartées en équerre. Il y eut un cri plus grand que Guido n'en avait jamais entendu, le garçon lui-même hurla – et puis le corps retrouva une position plus convenable, pieds dessous, le vêtement couvrant son sexe, la tête formant un angle anormal. Guido vit que le bourreau avait accroché au cou de Silvestro, en plus de la corde, un collier de métal auquel tenait une chaîne un peu lâche, fixée elle aussi à la croix.

Le deuxième condamné à monter au gibet était Domenico. Guido, cette fois, n'eut plus de doute. L'homme était plus petit que Savonarole et un peu gras. Il se hissa lui-même avec l'aide du bourreau, péniblement mais sans que les soldats interviennent. Il y mettait (Guido s'en voulut de penser cela) en quelque sorte de la bonne volonté. Il sembla au garçon que la bouche du frère était ouverte, soit qu'il priât, soit qu'il échangeât des paroles avec celui qui allait le tuer. Comment cet homme peut-il faire ce métier ? Il sera damné, pensa Guido. Il se souvint que c'est parce qu'on finissait par haïr les bourreaux que ceux-ci, comme c'était le cas à présent, opéraient masqués.

L'exécuteur n'avait pas redressé le parapet. Le plancher était large de deux pieds, le moine ne cherchait pas à résister. L'eût-il fait, songea le garçon, celui qui devait le tuer se serait trouvé lui-même en danger. La foule pensait sans doute la même chose et les gens retenaient leur souffle. Il commençait à faire chaud sur la place. Le palais Vespucci sortait de l'ombre, la plate-forme, elle, était entièrement éclairée, et la nervosité de ceux qui attendaient désormais au soleil pouvait se trouver accrue.

Le bourreau, de nouveau, fit coulisser la corde, et Guido comprit que la chaîne avec le collier descendait avec elle.

« En quoi cela est-il utile, père ? Est-ce qu'on craint que la corde ne casse ? »

Il n'osa pas dire ce qu'il pensait : mort, le pendu ne risquait pas de s'échapper. Le mettre ainsi aux fers n'avait pas de sens.

« Je crois que je sais à quoi cela va servir. Tu verras », répondit seulement Filippo.

Les préparatifs étaient finis. Le bourreau regarda en bas de l'échelle, obtint l'acquiescement de l'officier (Guido n'avait pas remarqué qu'il l'eût fait la première fois) et il précipita le deuxième frère dans le vide.

Le moine tomba d'un coup et de toute sa hauteur. Guido crut entendre qu'il avait poussé un cri, mais c'est la fillette à côté de lui qui avait gémi – ce fut le moment où il s'aperçut de sa présence. La chute aurait dû casser le cou du moine mais, était-ce l'angle de l'impulsion ? Domenico, semble-t-il, ne mourut pas d'un coup. Son corps tressauta, et il opéra une drôle de danse en tournant sur lui-même. Le gémissement de la petite fille à côté de lui devint plus aigu à mesure et Guido perçut qu'Antonio Vespucci l'attirait contre lui. Il crut voir (son père, plus tard, lui affirma que c'était impossible étant donné la distance) que le frère avait ouvert tout grand la bouche et que sa langue était sortie entièrement.

Savonarole était donc le dernier qu'il fallait pendre. Seul des trois condamnés, il avait les mains liées dans le dos. Le blanc de sa chemise était taché de jaune et de rouge, d'un aspect répugnant. Ses jambes maigres semblaient à peine le porter et sa tête, privée de la tonsure et griffée de sang, le faisait ressembler à un oiseau : un charognard, se prit à songer Guido. De près, la ressemblance devait être encore plus grande, car le prédicateur avait un nez immense et courbe comme un bec. Lorsqu'on le fit avancer au long de la passerelle, le cri « Brûlez ! » qui avait retenti auparavant recommença de plus belle. La garde, au bas de la construction, luttait pour écarter les plus hardis. Les jeunes, en particulier, se montraient vindicatifs. Leur stock de cailloux était apparemment épuisé, mais de la nourriture arrivait sur le moine et, à un certain moment, des balles enflammées partirent de la zone où étaient concentrés les garçons. L'une, ou plusieurs d'entre elles, atteignirent leur cible et, sous les yeux horrifiés de Guido et de son père, la chemise du frère commença à s'enflammer.

« Le tissu est soufré, regardez les taches jaunes ! Il va brûler là tout vif ! s'écria Filippo.

— C'est exactement ce que veut la foule », rétorqua Vespucci.

Un des soldats, cependant, se précipita sur le frère. Il le jeta au sol et se coucha sur lui pour éteindre l'embrasement. Sacrifice ou devoir ? La foule hurla, partagée. Savonarole essaya de se remettre sur ses jambes. Ses bras serrés dans le dos lui interdisaient de prendre aucun appui et il fallut que le confesseur et le soldat le soulèvent en le saisissant sous les bras. La chemise, maintenant, était rousse, et l'on voyait à nu le flanc du condamné.

La montée de l'échelle fut comme un long calvaire. L'exécuteur avait placé le moine dos aux degrés et, placé au-dessus, il lui faisait ascensionner les marches en le tirant par la corde qui serrait ses poignets. Par deux fois Savonarole manqua un degré, et on l'entendit qui hurlait, comme le bourreau le tenait suspendu par ses seuls bras liés.

« On dit qu'il a l'épaule démise. Un effet de la question », commenta laconiquement une voix sur le balcon.

Guido savait que par « question », celui qui parlait voulait dire la torture, et il eut le cœur au bord des lèvres.

De nouveau, sur la passerelle, Savonarole réussit à se tenir debout. Il vacillait cependant et le bourreau fit un signe pour qu'un soldat monte le maintenir. Il le fit se tourner, les pieds au bord du vide.

Le bourreau, pour la troisième fois, hala une corde avec une chaîne.

Pour la troisième fois, il serra le nœud autour du cou du condamné. Et il fixa le collier qu'il avait mis aux autres.

Puis, ayant fait descendre le soldat, il demeura tout seul avec Savonarole.

Il y eut un grand silence. Plus de cris. Plus de projectiles. Celui qui avait fait frémir Florence se tenait sur le sol de planches, au-dessus de ceux à qui il avait enseigné la voie de Dieu. Guido ne fut pas seul à juger que le lieu de son supplice évoquait une chaire.

Dans le calme de la place retentit le cri des choucas. Le bourreau, alors, accomplit son dernier acte. Il retira de sa gaine le maillet qu'il portait à sa ceinture et, appuyé d'une main à la poutre et avec toute la force de son autre main, il frappa l'arrière des genoux de Savonarole.

La corde était plus longue. La chute fut plus brutale et la mort plus rapide que celle de Domenico. Les jambes s'agitèrent, les bras se replièrent convulsivement – et ce fut fini.

« Le bourreau a joué au Golgotha », dit Filippo.

Guido mit un instant à comprendre ce que voulait dire son père. Sous la croix pendaient trois corps, Savonarole et les deux autres moines ; comme Jésus et les larrons.

« Mais le Christ n'a pas été brûlé, que je sache. Et Savonarole était l'Antéchrist plutôt que le Christ, gronda Antonio Vespucci. C'est pourquoi le bourreau l'a fait descendre plus bas. »

Puis il finit en regardant la fillette :

« Il faut rentrer maintenant : le reste est une horreur. Et je n'aurais pas dû la laisser voir cela. »

Filippo retourna dans la pièce avec Antonio. Il se mit à parler avec un troisième homme, un gros monsieur dont Guido savait vaguement que c'était un Médicis prénommé Pier Francesco. Lui-même resta sur le balcon. En bas, les personnalités s'en allaient, les représentants de l'Église en tête. La garde, elle, faisait reculer la foule. Les aides du bourreau avaient allumé le brasier. Ils avaient mis le feu à la paille et s'étaient retirés, coupant à la hache, promptement, les planches qui raccordaient le bûcher et la passerelle.

De fait, les flammes s'élevèrent rapidement. Savonarole pendait juste au-dessus, sa chemise à demi brûlée restait imprégnée de soufre : il s'embrasa le premier. Le feu monta en torche, il suivit le vêtement, ralentit à la tête, puis la flamme, trouvant la corde, se mit à grimper plus haut. Plus lentement, le feu s'empara des deux autres cadavres. Une odeur monta, mélange de feu de bois, de ce que Guido devina être de la poix chaude, et (mais il préféra penser qu'il s'illusionnait) de chair rôtie. Au moment où la corde de chanvre rompit, consumée par la chaleur, il comprit à quoi servaient les chaînes. Ce qui restait du moine dégringola de quelques pieds puis sa chute fut stoppée, retenue par le lien de fer. Le corps, que Guido n'apercevait plus qu'à travers le feu, semblait noircir à mesure.

Guido, à son tour, rentra dans le palais.

La fillette pleurait, près de la dame en rouge dont il avait presque touché la main quelques heures plus tôt. C'était donc sans doute la mère de l'enfant – la signora Vespucci. La petite avait sept ou huit ans, mais la femme la berçait comme on berce un bébé, la consolant de caresses et l'appelant Lisandra. Il se souvint que, quant à elle, elle s'appelait Lisa.

Guido, fugitivement, se demanda s'il aurait aimé lui aussi qu'on le console. Mais non. Il se sentait à ce moment entièrement sec de larmes, comme si la possibilité de pleurer l'avait d'un coup quitté.

I

LE MONDE S'OUVRE

1498-1511

PRINCIPAUX PERSONNAGES

Amerigo Vespucci, marchand et navigateur, installé à Séville.

La Guanche (Tyterogat), ensuite Maria Canar, l'esclave, puis la maîtresse, d'Amerigo Vespucci.

Juan de la Cosa (Yehohanan Cocia), pilote et cartographe.

Joachim Kossa (Yehoyakim Cocia), médecin, et Ursula Brengebier son épouse.

Martin Luther, étudiant à Eisenach.

Guido Liuciardi, fils de Filippo Liuciardi, et Damiano Paroni, commis de Filippo.

Laurette Pihan et Doucine de Saubonne, demoiselles d'honneur à Blois.

Anne de Montferrat, jeune fiancée.

5

Une servante

SÉVILLE (ANDALOUSIE), HÔTEL VESPUCCI, JUIN 1498

Séville, le 27 juin 1498

À : Ser Antonio Vespucci, Florence

Mon frère,

La lettre que tu m'as écrite sur la fin du démon Savonarole m'a beaucoup impressionné. Je ne me reconnais plus dans la Florence que tu racontes. La ville que j'ai connue était celle de Laurent le Magnifique, il faisait doux en ce temps vivre sur les rives de l'Arno. La République que le frère avait instaurée était un régime de haine et de folie, mais ce que tu dis me fait penser que cette haine et cette folie ne sont pas mortes avec lui. Qu'on ait torturé Girolamo et les deux autres moines, soit. Que la populace ait regretté, comme tu le racontes, qu'ils n'aient pas été brûlés vivants plutôt que pendus auparavant, je le comprends : ils l'auraient mérité. Mais ce qui s'est passé ensuite me paraît effroyable. Il a fallu que la garde intervienne pour empêcher la foule de recueillir os et cendres sur le bûcher fumant ? Je peine à me l'imaginer. Ceux-là qui avaient crié à la mort des frères étaient prêts à en faire des martyrs ? Ils voulaient recueillir leurs reliques ? Florence est comme cette girouette qu'on a installée il y a longtemps au-dessus de la Seigneurie : elle tourne, elle tourne et ne se fixe jamais. D'ici peu, on prétendra que Savonarole n'est pas mort ou bien qu'il est ressuscité. D'autres hérétiques se lèveront en son nom. Des fous de Dieu. L'Église est bien malade, et en Italie elle est si éloignée des pauvres…

Tout ceci, cependant, ne me concerne plus. Je suis heureux à Séville et l'idée de rentrer m'est devenue étrangère. Je m'ennuie bien de toi, je regrette la petite Lisandra que j'ai si peu connue et tu sais combien je suis reconnaissant à ta femme et à toi de vous en occuper alors qu'elle est mon sang. Je continue à croire, aussi, que la décision que nous avons prise à son égard était la seule possible. Il est sans doute malheureux qu'aucun de nous deux n'ait un fils : un véritable héritier. Lisa ne t'en donnera pas, j'en connais les raisons et m'abstiendrai de t'en faire reproche. Quant à moi, je suis beaucoup trop occupé pour songer à convoler. Je me crois un avenir dans ce pays et je mets toutes mes forces à y travailler.

Chez nous (j'ai envie de dire « chez vous », à présent), on a un grand mépris pour le gouvernement des rois ; on se méfie dès lors qu'une famille s'impose dans une ville et veut y conserver le pouvoir. Ici, un monarque et une reine ont créé en se mariant un royaume durable. On méprise les marchands en Espagne davantage qu'en Italie, mais on fait en sorte qu'ils s'y enrichissent. C'est que ce pays-ci regarde au-delà de la seule Méditerranée. Ce Génois qui la sert et dont je t'ai parlé dans une de mes autres lettres, Cristoforo Colombo – Cristóbal Colón comme on l'appelle à Séville –, je ne sais où il est parvenu avec ses bateaux mais ce qu'il a rapporté il y a deux ans ou plutôt, devrais-je dire, ceux qu'il a ramenés, ces hommes et ces femmes à l'apparence étrange… C'est un monde, peut-être, qu'il a découvert, un monde neuf et qui sait, immense, où pourraient se trouver des richesses incroyables.

Ai-je eu l'occasion de te l'écrire ? Colón est reparti et je l'ai rencontré avant qu'il ne s'embarque. Un peu plus, j'aurais pris la mer avec lui. Mais il faut s'occuper des affaires ici et maintenant et non seulement rêver à ce qui arrivera.

Il faut que je te dise : Juan Berardi est mort. Celui auquel Lorenzo dei Medici m'avait envoyé pour que je sois son second, voici que je lui succède par la force des choses. Sais-tu ? Il était juif. Il cachait son ascendance sous le nom de son épouse italienne. Il a fait la folie de vouloir voir son père qui vivait à Grenade : le vieux était mourant. En fait, je crois qu'on l'a piégé. Messer Elmaleh, c'était le nom de cet homme, voulait être enterré dans la cour de sa maison. Les soldats de l'évêque sont arrivés quand les proches prononçaient la prière des morts – ils appellent cela le *kaddish*. Berardi a été emmené, il aurait été brûlé comme relaps mais il s'est suicidé… À moins qu'on ne l'ait aidé.

Il y a des voix en Castille qui jugent que l'Inquisition est trop dure et que le commerce souffrira de ces persécutions qui le privent de gens de valeur. Dieu merci, pour nous ni pour les Médicis, cette mort ne change rien : tous les biens de l'entreprise sont au nom de Lorenzo plutôt qu'à celui de Berardi. J'ai écrit à notre ami – tu me dis qu'il faut l'appeler à présent il Popolano – pour lui annoncer la nouvelle et pour le rassurer. Par ailleurs j'ai rendu visite à la veuve, qui est chrétienne et n'a donc rien à craindre. Elle a peur pour ses fils et songe à rentrer à Pise d'où est sa famille. Si elle persiste dans cette intention, peut-être faudra-t-il l'aider. Je te tiendrai au courant.

Porte-toi bien, mon cher frère.

Que Dieu soit avec toi et avec Lisa.

Amerigo Vespucci signa, c'était le moment qu'il préférait. Par une double boucle, il lia le *G* de son prénom au *H* qu'il utilisait quelquefois : *Amerigho*. Puis il inscrivit son nom suivi d'un *F* et un *S* – *Fiorentino a Sybilia*, Florentin de Séville – savamment contournés. Sur la ligne en dessous, il forma les trois lettres *mrc*, pour marchand : il n'y avait pas de honte à marquer ce qui était sa fonction.

Après quoi il posa sa plume et ôta ses bésicles. Du pouce et de l'index, il se massa le nez : à quarante-six ans, il expérimentait des lunettes et leur monture le gênait. Mais il pouvait de nouveau écrire avec aisance, lire, vérifier les comptes et examiner des cartes. Était-ce un péché de remédier à l'ordre qui voulait que l'homme, en vieillissant, perde l'acuité de sa vue ?

Son confesseur même l'avait convaincu d'aller chez le lunetier : il avait, devant lui, utilisé des verres pour lire son bréviaire.

Amerigo attendit que le papier ait bu l'encre. Les feuilles étaient d'un blanc parfait. En les tenant en l'air, on voyait au travers l'image d'une Vierge : la marque du moulin, à Valence, d'où il les faisait venir. Quand il jugea que le papier était sec, il apposa les cachets : le blason rouge et vert autour duquel son nom était inscrit, puis le sceau aux six balles de la firme Médicis. Le destinataire était son frère, mais la lettre donnait des nouvelles de la compagnie et Antonio pourrait avoir l'idée de la montrer.

*

Amerigo n'avait pas tout expliqué. La mort de Berardi, c'était vrai, ne mettait pas en péril les affaires du comptoir sévillan. Lorenzo – il Popolano, donc, le Médicis du Peuple – avait dû avoir vent des origines de son associé et des risques qu'elles entraînaient. Il lui avait interdit, dans les dernières années, de signer aucun contrat à son nom et il avait racheté les biens qu'ils avaient en commun. Pour protéger ses proches, Juan avait envoyé en Italie les sommes ainsi acquises. Il avait même expédié davantage d'argent, devinait Amerigo : qu'il ait conclu des ventes sans le dire au Médicis était un fait certain.

Amerigo ne savait se désoler de cette mort brutale. À la moitié de sa vie, elle lui donnait sa chance. Lorenzo lui laisserait sans doute la conduite du comptoir sévillan. Il lui reviendrait une part de ce qui rentrerait et il investirait les gains dans des opérations qu'il mènerait pour son compte, comme le faisait Berardi.

Il regarda autour de lui et sourit. La pièce où il se trouvait était modeste mais assez confortable avec ses murs tendus de cuir. Il s'en contenterait. Plutôt que d'acheter un palais comme le faisaient nombre d'autres marchands, il continuerait à louer cette demeure où il logeait depuis son arrivée : cela lui permettrait d'engager plus d'argent. Le hasard faisait que cette maison se trouvait à côté de celle, plus luxueuse, du grand navigateur Colón, c'était de bon augure.

Le comptoir tirait ses revenus de l'archipel aux Chiens : les Canaries au large de l'Afrique, dont la population sauvage se donnait le nom de Guanches. À Lancerote, Fortaventura et l'île de Fer pacifiées depuis longtemps, la firme du Popolano achetait la *roccella*, un lichen qui couvrait les rochers et dont les teinturiers tiraient une couleur pourpre qu'ils appelaient orseille. À Ténériffe, que les souverains espagnols Isabel et Fernando avaient soumis trois ans auparavant, Berardi avait d'autres affaires : il avait profité de la guerre et s'était fourni en indigènes qu'il vendait comme esclaves.

Amerigo ne se satisfaisait pas du commerce du lichen. La vente était bénéficiaire, mais il fallait partager le marché avec des compagnies venues de France et avec les Florentins Rucellai dont le nom et la fortune venaient de la *roccella*. Puis le Portugal commençait à importer le même lichen d'une autre île, Madère. Colón racontait que, tout jeune, il avait accosté à Madère quand le bateau où il se trouvait avait été pourchassé par des pirates. Il y avait rencontré celle qu'il avait épousée, la fille du gouverneur. Une bien belle histoire, jugeait Amerigo. Peut-être trop belle pour être véridique, mais elle avait servi Colón, certainement.

Qui sait s'il n'y avait pas d'autres îles encore plus avant dans l'Océan ? Si oui, ce serait autant d'escales précieuses pour naviguer jusqu'où son voisin avait finalement abouti.

L'affaire des esclaves ne plaisait pas non plus à Amerigo. Les captifs que Juan vendait avaient la peau blanche, le nez fin et les cheveux presque lisses. Ils ressemblaient à des Européens et non à des Africains. Était-il convenable, alors, d'en faire commerce ? Une petite fille, quelques années plus tôt, dans la cargaison d'un bateau, l'avait ému. Elle était si jeune, si seule.

Sans père, sans mère, sans famille. Comment s'était-elle trouvée dans le lot d'hommes que Juan ramenait ? Il avait racheté l'enfant à Berardi et elle grandissait protégée chez lui, non plus farouche désormais, mais gentille et vive.

Amerigo, pensivement, hocha la tête : ses scrupules se trouvaient partagés par les monarques espagnols. Il se murmurait que ceux-ci préparaient une loi : si les Guanches arrivés en Espagne se convertissaient au christianisme, ils deviendraient libres et leurs sujets. Autant dire que comme marchandises ils perdraient toute valeur.

Il fallait trouver autre chose. D'autres biens. Peut-être d'autres destinations.

De quoi avait-on besoin, de quoi aurait-on besoin, maintenant, demain, dont on n'avait pas eu l'utilité dans le passé ?

Les bateaux avaient tellement changé... Dans le port mal pratique de Pise, quand il était enfant, il avait observé les caraques, et leur coque arrondie lui avait paru grosse. Sur le Guadalquivir, il avait découvert, outre les caravelles rapides et de petite taille, des nefs considérables. La *Santa Maria* avec laquelle Colón était parti pour son premier voyage, jaugeait deux cents tonneaux. Elle était longue de quatre-vingts pieds et sa quille à elle seule en mesurait cinquante : un monstre. Depuis, on construisait plus grand à chaque expédition nouvelle. Des forteresses flottantes, en bois.

En bois...

Vespucci commençait à avoir une idée...

La *Santa Maria* sortait des chantiers de Galice, une région au nord : des terres au bord de l'Océan, battues par les vents du ponant. Les montagnes, à cet endroit, retenaient les nuages. Il pleuvait et les arbres s'élevaient très haut. En Andalousie en revanche, le temps était sec et brûlant. Les oliviers, les amandiers, les figuiers, les chênes qui poussaient avaient de brefs troncs tordus qui ne pouvaient servir aux charpentiers de marine. Si on trouvait ce bois ailleurs à bon compte, Séville pourrait encore s'enrichir en construisant ses nefs.

Et celui qui procurerait les arbres ferait fortune.

Les yeux d'Amerigo se promenaient sans direction certaine. Dans la pièce, les casiers, les étagères, la table couverte des registres dans lesquels il notait ses affaires, le banc près de la fenêtre et la couchette où il lui arrivait de faire la sieste, tout cela, il le connaissait trop. Son regard accrocha l'horloge sur une planche. Un dispositif à pignons faisait tourner une aiguille sur un cadran où les heures apparaissaient en relief. La pointe de l'aiguille approchait des trois heures après le lever du soleil, la matinée était désormais avancée.

Le marchand se leva et alla ouvrir la porte. Un valet noir était assis sur le sol. Il se redressa promptement. Il se nommait Diego, il était jeune et mince. Amerigo, qui prenait de l'embonpoint, songea qu'il était beau d'avoir un tel corps.

« Va au port trouver le capitaine et remets-lui cette lettre, dit-il en lui donnant la missive. Informe-le que cela vient de moi et doit parvenir à Florence chez mon frère Antonio. Il sait ce qu'il faut faire. Qu'il te précise à qui appartient la caravelle qui portera le courrier et quand elle lèvera l'ancre. »

Et il continua :

« Mais avant de t'en aller, dis à la Guanche de venir me trouver. »

Le Noir acquiesça et partit aussitôt, fermant la porte. Amerigo ne regagna pas sa table. Plutôt, il alla s'asseoir sur le banc. La fenêtre donnait sur une cour dans laquelle les rayons du soleil peinaient à pénétrer. Il faisait bon se tenir près de cette ouverture alors que la chaleur montait.

*

Deux coups légers retentirent à la porte et, avant qu'Amerigo ait le temps de rien dire, celle-ci fut entrouverte.

« Je peux entrer, mon Maître ? »

De nouveau avant qu'Amerigo réponde, le battant de la porte fut poussé plus avant.

« J'espère que vous allez bien ce matin. Je vous ai apporté de quoi vous rafraîchir. »

Une très jeune fille entra qui portait une carafe. Ses cheveux bruns mi-longs flottaient autour de son visage rond. Elle était menue, petite, c'était la Guanche. Du moins tel était son surnom. Peut-être, dans la demeure, avait-on su la façon dont elle s'appelait réellement, mais on l'avait oublié. Le maître avait acheté cette enfant indigène un jour qu'il se sentait seul ou qu'il était attendri, son nom était imprononçable, et comme pendant ces années elle n'avait pas reçu le baptême, on s'était accoutumé à l'appeler ainsi faute d'un prénom chrétien.

La jeune fille s'approcha d'Amerigo sans en être priée. Avec grâce, elle posa la carafe près de la cuisse de son maître, car le banc n'était pas long. Elle alla prendre à côté de l'horloge le gobelet de verre qu'Amerigo se réservait, revint avec et le remplit d'un liquide brun rosé.

« Buvez, mon Maître, je l'ai fabriqué pour vous. »

Cet hiver-là, la Guanche avait pris l'habitude de porter à Amerigo des boissons qu'elle préparait elle-même. D'abord, ç'avait été de simples citronnades ou orangeades. Depuis quelques semaines, elle expérimentait des sirops : elle lui avait fait goûter de l'eau adoucie de miel de datte, puis d'un extrait de figue, de grenade, et enfin d'un mélange d'amandes et de bigarades. Mais ce qu'il testait à présent avait un goût bizarre et il regarda l'enfant en fronçant les sourcils d'un air interrogateur.

« Dans le dernier bateau de messer Berardi qui est revenu des îles où on m'a prise, il y avait des petits arbres. Et parmi eux, celui que vous appelez le dragonnier. Le pilote les a fait entreposer dans le magasin près du port, on les y a oubliés, et Diego m'en a rapporté des plants parce qu'il savait que cela me ferait plaisir. J'en ai mis dans des pots que j'ai placés dans notre cour, et pour l'un qui était plus gros, j'ai fait une coupure dont il en est sorti un sang rouge comme je me souvenais que ça arrivait là-bas. »

Elle parlait l'espagnol presque parfaitement, mais avec des tournures et des intonations qui étonnaient ceux qui ne savaient d'où elle venait. Cependant elle continua d'un air ambigu :

« On dit, aux Canaries, qu'il faut boire ce sirop ou ronger l'écorce du dragon pour avoir une belle bouche. »

Cette fois, Amerigo fit franchement la grimace. Il savait que ses dents étaient brunes, mal plantées, et une de ses molaires était douloureuse. Un barbier lui avait affirmé que des vers s'y étaient logés. Balivernes. Quand même, la Guanche exagérait. En même temps, il avait envie de rire.

Et puis, cette affaire d'arbres, justement.

« Dis-moi, dit-il en reposant le verre sans boire davantage. Tu te rappelles bien l'endroit d'où tu viens ? »

La Guanche le regarda, étonnée, et ne répondit pas. Il semblait convenu, à Séville, qu'on ne devait jamais lui parler de son passé. Avait-elle mal fait en rappelant un souvenir ?

« Réponds, ce n'est pas une question difficile, reprit Amerigo plus sèchement.

— C'est que... C'était il y a longtemps, mon Maître, répondit-elle.

— Quatre ans. Voici quatre ans que tu es en Espagne. Tu dois bien avoir des souvenirs, non ? Tu n'étais pas si petite. »

Amerigo revoyait la Guanche à son arrivée. Elle devait avoir neuf ou dix ans, peut-être onze. Ce qui lui faisait à présent... Il remarqua pour la première fois que son corsage s'évasait à hauteur de sa poitrine. Ce n'était plus une enfant qu'il avait devant lui, mais presque une femme. Fugitivement, lui vint l'image d'une jeune fille, la servante qu'à Florence, il avait... Vite, il chassa le souvenir qui voulait remonter.

« Dis-moi, répéta-t-il.

— Je me souviens... de ma Mère, de mes Mères. Mais je pense de moins en moins à elles, voyez-vous, mon Maître. Je ne sais même plus tout à fait leurs visages. Ceux que je me rappelle, la nuit, c'est mon grand frère et mon plus petit frère. Quand les soldats sont arrivés… »

Elle ne continua pas. Amerigo ne s'étonna pas qu'elle n'ait pas parlé de son père. Il ne releva pas qu'elle ait évoqué les mères. Il savait que les femmes et les enfants des Canaries vivaient entre eux, presque entièrement séparés des hommes. Il n'avait pas compris si un homme avait plusieurs épouses qui s'occupaient ensemble des enfants ou si, perspective effroyable, c'était le contraire et que les femmes avaient plus d'un mari. Mais « les Mères » signifiait la mère et les tantes, ou la mère et les grands-mères. Il devinait que les soldats, quand ils avaient pris le village guanche, avaient tué les vieillards et les enfants en bas âge. Ils avaient emmené les hommes valides, les garçons assez âgés pour être vendus, et les jeunes femmes. Il était aisé de comprendre qu'ils avaient violé ces dernières avant de les embarquer. C'était un miracle que la Guanche se fût retrouvée, si jeune, vivante et intacte – intacte, il l'avait fait vérifier lorsqu'il l'avait prise chez lui.

« Mais autour de toi, ta maison, ton village ? Et surtout les arbres. Est-ce qu'il y avait des arbres autour de toi ? Ou quoi ? Des champs, des rochers, une terre stérile ? la pressa-t-il.

— C'était vert. Quand j'étais très petite, nous vivions sur la côte. Les palmiers poussaient partout, ils donnaient des dattes que j'adorais. Il y avait aussi des arbres bas avec des fleurs : je ne sais pas leur nom. Je me souviens de pétales orange très beaux. Et puis ces arbres du dragon : vous savez, mon Maître, ils peuvent devenir énormes. Il y avait aussi des fougères : elles étaient hautes, on se cachait sous leurs feuilles. Mon frère… »

Elle s'interrompit, happée par une réminiscence. Elle avait un drôle d'air. Amerigo n'y fit pas attention, mais il profita de ce qu'elle s'était tue pour préciser :

« Ce ne sont pas les fleurs qui m'intéressent. Et pas les fougères. Pas non plus les palmiers. Ni ton infâme dragonnier, continua-t-il en souriant. On ne peut rien faire avec cela. »

De nouveau, elle demeura silencieuse.

« Quand tu étais dans la montagne, est-ce que les arbres étaient grands ? Les troncs hauts ? Tu n'es pas sotte : comprends-moi. Je cherche des arbres avec lesquels on pourrait construire : faire des poutres, des charpentes ; des toits de maison ou des carènes de bateau. Des mâts. »

Il s'aperçut qu'il lui parlait maintenant comme il se serait adressé à une adulte ; à un associé plutôt, à un apprenti ou un compagnon. Pas à une fillette.

Mais elle répondit promptement et avec intelligence :

« L'an passé, sur le Guadalquivir, j'ai vu dresser le mât d'une nef que la tempête avait abîmée. Je sais ce que vous voulez dire. »

Elle prit le temps de réfléchir.

« Dans la montagne, tout était différent. Si l'on grimpe très haut sur le volcan, il n'y a rien. Que des rochers et une herbe rase. Du moins c'est ce qu'on m'avait dit. C'est plus bas que poussent les arbres, mais pas non plus tout à fait en bas. Quand vous venez de la mer, la végétation n'est pas haute, d'abord. Ce sont des arbres, mais ils sont séparés par des champs : chez nous, on brûlait les terres pour les cultiver ou y mettre les bêtes. Nous vivions là avant que les soldats n'arrivent, c'est le *beyen* qui donnait l'ordre de cultiver ici et de faire paître là. »

Amerigo comprenait : le *beyen* était le chef. Une sorte de roi local ; un de ces hommes qui avaient mené la vie dure aux Espagnols.

« Quand les soldats sont venus, cela faisait plusieurs saisons que nous étions dans la montagne. Là, vous trouveriez les arbres que vous cherchez. Même, un peu avant la hauteur où nous étions installés, il y a une forêt très dense. Il faut couper des chemins pour pouvoir progresser. Et ça repousse très vite. Le *beyen* disait que c'était notre sécurité. Personne ne pourrait nous trouver. »

À nouveau, elle se tut un instant : à l'évidence, le chef s'était trompé.

« Nous vivions dans une grotte. La nuit, en hiver, on a froid dans ces montagnes, alors on a coupé les jeunes troncs pour pouvoir se chauffer et que les Mères préparent à manger. Ainsi, ça a formé un lieu qui a été de plus en plus grand. Mais nous ne pouvions abattre les vieux arbres et ils formaient autour comme un mur. Comme l'enceinte de Séville, en plus haut. Du moins, ils me paraissaient tels : j'étais petite, encore. »

Amerigo songea que la jeune fille était décidément futée : les enfants voient toutes choses plus grandes qu'elles sont, le monde se réduit à mesure que leur corps grandit. Néanmoins, l'impression qu'avait eue la Guanche était intéressante. « Comme l'enceinte de Séville, en plus haut », avait-elle dit.

« Au sommet, les arbres faisaient un toit. Un toit vert, toute l'année, par lequel on apercevait à peine le ciel et qui nous protégeait du soleil et de la pluie. En tout cas, c'est ce que je me rappelle. Et lorsque je levais les yeux, sous un de ces arbres, je voyais des branches énormes, très au-dessus de moi... »

Elle ferma les yeux et son visage prit une expression butée, comme remontaient en elle des impressions lointaines. Peut-être cherchait-elle une image : quelque chose qui fasse comprendre à Amerigo la prison de rochers et de bois dans laquelle elle avait vécu.

« Piedad, à Noël, m'a fait entrer dans Santa Maria. Les murs sont comme une falaise, et les colonnes ressemblent aux grands arbres. Elles sont grosses, très hautes, et elles se terminent avec de longues branches qui soutiennent le feuillage. »

Amerigo fut choqué que la vieille domestique qui gouvernait sa demeure eût fait entrer la Guanche dans la cathédrale, qui plus est pour la naissance du Christ. Car l'enfant, puisqu'elle n'était pas baptisée, n'avait rien à faire dans un temple chrétien. Mais il comprit ce que voulait dire la petite : quand lui-même était arrivé dans la ville, l'église neuve l'avait impressionné alors même qu'il était accoutumé aux vastes édifices italiens. Les piles de la nef s'élevaient à cent vingt pieds et elles se prolongeaient par des arcs qui soutenaient une voûte dentelée : ce que la Guanche appelait « le feuillage ».

« Il y a là une idée », murmura-t-il pour lui.

Et il prononça tout haut, en regardant la jeune fille :

« Peut-être, un jour, irai-je les voir, tes îles. Qui sait, tu pourrais venir avec moi ? »

Il avait dit cette dernière phrase pour plaisanter et il fut surpris de voir que l'enfant avait l'air effrayée.

« Tu n'aimerais pas ? questionna-t-il.

— Je... Vous voulez me ramener ? Vous... ne voulez plus de moi ?

— Je disais cela en riant. Je n'ai pas l'intention de me débarrasser de toi. Mais toi, ne souhaites-tu pas retourner chez toi ?

— Je n'ai plus personne là-bas. Je ne saurais où aller. Ni quoi faire. Je ne sais même plus parler... »

Sa détresse était réelle et il en fut ému.

« Vous... Ma maison, c'est chez vous, mon Maître. »

Ils se regardèrent un instant, les yeux de l'esclave plongés dans ceux du maître. Puis elle s'approcha pour reprendre la carafe et le verre. Quand elle s'inclina pour les saisir, il toucha ses cheveux bruns, d'une caresse légère.

Comme un père, pensa-t-il.

Mais, quand elle saisit l'aiguière et que sa petite main effleura le tissu sur sa jambe, il se recula vivement.

6

L'enfant malade

SAXE, RÉGION DE MANSFELD, NOVEMBRE 1500

À la fin de novembre 1500 en Allemagne, un chariot avançait entre Halle et Mansfeld. Le chemin était mauvais, les suspensions adoucissaient les chocs, une bâche tenue par des cerceaux et des coussins usés améliorait le confort, mais on allait lentement, tirés par un mauvais cheval que montait un jeune homme. Le voyageur, Joachim Kossa, était fluet, avec peu de cheveux et unes courte barbe frisée. Il était médecin et avait loué la voiture dans sa ville d'Eisenach. L'adolescent, Martin, était venu le retrouver à l'étape de Köthen, et le menait dans sa famille examiner son frère. Le voyageur était impatient d'arriver. Le soleil déclinant l'empêchait de rien voir au-delà des arbres du chemin et il sentait son dos à chaque révolution des roues. Quand même, songeait-il, il fallait que sa femme Ursula et lui aiment beaucoup Martin pour qu'il ait consenti à ce détour qui allongeait son trajet d'une journée et une nuit.

Joachim Kossa avait dû se rendre à Wittenberg. Là, Frédéric, l'électeur de Saxe, fondait une université. Joachim n'avait pas eu l'honneur de rencontrer Sa Grandeur, mais il avait discuté avec le recteur de l'institution. Il sourit de plaisir. On lui avait fait un bel honneur : il avait été logé au château les deux nuits qu'il avait passées dans la cité. Non que celui-ci fût une grande chose ni bien confortable, c'était encore Frédéric qui l'avait voulue et, hormis la chapelle dont le chantier était bien avancé, seule la grosse tour réservée aux soldats et un morceau d'une aile en étaient achevés. Il n'empêche, c'était la première fois que Joachim dormait dans un château.

Et, surtout, le recteur lui avait proposé une chaire. Lui, le juif séfarade – mais personne ne le savait –, il enseignerait la médecine.

Joachim avait quarante-trois ans. Comment il était venu en Saxe pour s'établir médecin était une histoire que seule son épouse savait. L'accent dont il n'avait pas réussi à se débarrasser depuis le presque quart de siècle qu'il parlait allemand, Ursula l'expliquait en disant qu'il était alsacien et que c'était ainsi qu'on s'exprimait dans la région de Colmar.

Kossa, en réalité, était né en Espagne. Son vrai prénom était Yehoyakim et son vrai nom Cocia. Lui et son frère cadet avaient dit adieu à leurs parents lorsque le quartier où ils habitaient avait été menacé d'un pogrom, puis après qu'ils s'étaient séparés l'un de l'autre, il avait passé les montagnes et s'était rendu en France. Un moine ami de son père l'avait accueilli dans un couvent de Toulouse, il lui avait appris le français (même si la langue du Sud, il s'en rendit compte par la suite, différait de celle qu'on parlait plus au nord), il l'avait initié au latin et il l'avait fait assister à des messes. Puis il lui avait dit de s'en aller, avant que les autres frères lui demandent de se convertir. Muni d'un certificat de catholicité quoiqu'il ne soit pas baptisé et pourvu d'un pécule fourni par le saint homme, il s'était dirigé vers Montpellier où il avait suivi les cours de la faculté de médecine.

Joachim revoyait le bon visage du moine, il se souvenait de son père, de son frère ; mais pour une raison qu'il ne s'expliquait pas, la physionomie de sa mère avait disparu de sa mémoire. Comme il le faisait souvent, il tâta, cousu dans sa pelisse, le triangle de métal qu'elle lui avait donné avant qu'il s'en aille. Toucher ce qu'Alika avait touché, c'est tout ce qu'il pouvait faire pour lutter contre l'oubli : il devait s'en contenter.

*

La carriole s'arrêta. Un moment auparavant, l'air commençant à être froid, le voyageur avait refermé le tissu à l'avant. Il le releva pour voir Martin, souplement, descendre de cheval.

Le garçon se tourna vers le médecin :

« Maître Kossa, dit-il, la pente est forte ici et la jument commence à être fatiguée. Ça vous ennuierait-il que nous marchions un peu ? »

Le chariot était juché sur de hautes roues et Joachim en sortit avec moins d'aisance que Martin n'avait mis pied à terre. Ursula lui disait bien qu'il devrait faire de l'exercice… Il profita de la pause pour pisser. Martin, sans penser à mal, se plaça à côté de lui. Il sortit son engin et le médecin vit avec amusement qu'il cherchait à pousser son jet plus loin que le sien. À son tour, lui-même visa au-delà. Le jeune et le moins jeune homme échangèrent un sourire.

Puis ils se remirent en chemin, Martin menant le cheval par la bricole. Il expliqua qu'après le sommet il y aurait un faux plat et que Kossa pourrait se rasseoir. Ensuite on descendrait de nouveau et alors on atteindrait un carrefour. On retrouverait une route importante et on serait peu après à Mansfeld.

Après quoi le jeune homme se tut.

La montée, en réalité, n'était pas si raide. Le médecin songea que Martin l'avait fait sortir de voiture parce que quelque chose le préoccupait. Il connaissait assez l'adolescent pour savoir que, lorsque celui-ci restait un moment mutique, c'est qu'il hésitait à formuler sa pensée. Le brusquer ne servirait à rien.

Ils étaient presque arrivés au plateau lorsque Martin se décida à parler.

« Maître, je vous suis si reconnaissant d'avoir bien voulu venir voir Josef… Il faut que je vous dise. Mon père Hans sera là, et certainement il vous fera bon accueil. Il croit au savoir, c'est pourquoi il m'a envoyé à Eisenach pour que j'étudie. Mais ma mère… »

On arrivait sans doute à ce qui troublait Martin.

« Ma mère s'appelle Margarethe. C'est une femme très pieuse. Quand mon père l'a épousée, il était un simple mineur et elle était encore plus pauvre. En fait, elle ne sait pas lire… »

La jument, en définitive, avançait résolument, tête baissée, les deux hommes marchant du même côté. On n'aurait pas pu dire qui, de la bête ou des humains, adaptait son pas. Martin avait replongé dans son silence. La nuit était tombée et, comme le ciel était couvert, on n'y voyait plus du tout. Le garçon fit de nouveau arrêter le cheval. Il prit dans le chariot deux lanternes qu'il alluma, en fixa une à l'avant et se remit en marche en portant l'autre : ainsi distinguait-on où on posait les pieds. Une chouette, quelque part, hulula. Il sembla à Joachim qu'une aile frôlait sa tête. Martin eut-il la même impression ? Il dit entre ses dents qu'il détestait être en forêt, la nuit. Puis il continua :

« En bref, ma mère n'aime que les prêtres. Elle a de drôles d'idées sur le monde. Elle croit aux démons, aux sorcières. Elle pense que le diable décide des choses et que la science des hommes n'est qu'une illusion. »

C'était donc ce que le garçon peinait à dire…

Joachim et Ursula avaient rencontré une fois le père de Martin, Hans Luder, ou Luther comme son fils disait quelquefois, mais ils n'avaient pas vu la mère et le garçon n'en parlait pas.

Martin avait frappé à leur porte un peu plus de deux ans auparavant, éperdu. Il devait apporter à ses maîtres de l'argent : à ce qu'il paraissait, mendier faisait partie de l'éducation dans la grande école d'Eisenach. Il avait demandé des sous puis, étrangement pour un grand de quinze ans, s'était mis à pleurer. Ursula l'avait fait entrer et l'avait consolé. Joachim, qui travaillait chez lui cet après-midi-là, s'était inquiété de sa respiration saccadée. Alors que l'automne était avancé, le temps presque froid, et le garçon habillé normalement, il transpirait, la sueur formant sur son front des perles grosses comme des grains de millet. Le symptôme avait évoqué au médecin la maladie qu'on appelait suette et dont l'épidémie avait ravagé le pays quelques années plus tôt. Si l'écolier en était atteint, il mourrait et d'autres connaîtraient le même sort. Joachim avait écarté Ursula et exigé de garder l'enfant en observation. Les professeurs, que sa femme était allée voir, avaient été contents de le leur laisser : ils se souciaient peu d'avoir un contagieux parmi les élèves.

En fait, Martin n'avait rien de grave. Son cœur battait trop vite quand il était agacé ou inquiet, c'était gênant, sans danger, et Kossa ne pouvait y remédier. Quoi qu'il en soit, depuis ce temps, il dormait chez eux. Ursula, qui commença bientôt à le considérer comme le fils qu'ils n'avaient pas eu, lui apprit à chanter, il adora cela et elle pronostiqua que sa voix serait belle. Joachim n'avait pas d'opinion, il n'entendait rien à la musique.

« Si je comprends bien, dit le médecin à Martin, ta mère ne me voit pas venir d'un bon œil. Tu m'as dit que tes parents étaient d'accord pour que j'ausculte Josef, n'est-ce pas ? »

Il serait bon, maintenant, qu'il ait fait ce voyage et qu'on lui ferme la porte !

Martin tourna son visage vers Joachim et le regarda de ses grands yeux foncés. À presque dix-huit ans, il avait des cheveux bruns qui frisaient plaisamment, des joues rondes grêlées par l'acné, et sur sa lèvre supérieure quelques poils qu'il évitait de couper. Il déclara d'une voix ferme :

« Père est au courant et il est d'accord. Il aura prévenu Mère et vous verrez Josef. Mon père ne croit pas à ce que raconte ma mère, il sait que la maladie de mon frère a des causes naturelles. Lorsqu'il est venu vous voir à Eisenach, vous avez soigné son pied et il a été content. Il vous fait confiance et il sait combien vous m'avez aidé depuis deux ans. »

Hans Luder souffrait de la goutte. Quand Joachim l'avait reçu, la maladie était à son début, mais un des gros orteils était enflé et il se plaignait que, la nuit, les élancements montaient jusqu'à la cheville. Joachim avait prescrit du vinaigre et la plante qu'on appelle sabot de chèvre, et avait conseillé à Hans de manger moins de viande et de laitages. Il semblait que le père de Martin ait suivi ses conseils et s'en soit trouvé bien.

Pour l'enfant, ce serait plus difficile, pressentait le médecin. Sa maladie, avait dit Martin, durait et empirait depuis plusieurs mois. Au fond, si Frau Luder refusait qu'il voie le malade, il en serait d'une certaine manière soulagé.

Joachim Kossa s'en voulut d'avoir eu cette pensée. Tâcher de comprendre ce qui se passait dans un corps le passionnait, mais il ne se faisait pas d'illusion sur sa capacité à soulager et surtout à guérir et pour cette raison, il n'aimait pas soigner. À Montpellier on lui avait appris l'équilibre et les déséquilibres des humeurs, les liens entre les organes et les planètes et les affinités qui autorisent d'utiliser des plantes comme remèdes : tout cela ne lui avait pas permis d'éviter la mort à ses patients. Plus tard, en secret car c'était interdit, il avait, avec le père de sa femme, le docteur Brengebier, disséqué des cadavres : de simples morceaux d'abord, qu'on leur avait procurés, puis des corps entiers, un vieux mendiant mort de froid un hiver, un homme moins âgé qui avait péri aussi dans la rue et qu'on n'avait pas réclamé, et même, légalement après qu'il y avait eu crime, une femme dans le ventre de laquelle ils avaient trouvé un minuscule enfant à son commencement… Cet examen des morts avait fait qu'il savait comment un homme et une femme étaient constitués et qu'il pouvait imaginer l'aspect d'organes malades ; il ne lui avait pas enseigné comment œuvrer pour qu'une affection commençante ne devienne pas fatale.

On était arrivé sur le plateau et Joachim put remonter en voiture. Ce qu'il y avait de bien dans les voyages, et Dieu sait qu'il avait bougé à un moment de sa vie, c'est qu'on avait du temps pour laisser divaguer les pensées. Ce qui était moins bien, songea-t-il, c'est qu'on était à la merci des souvenirs déplaisants.

S'être rappelé Montpellier lui avait fait songer à la circonstance qui lui avait fait quitter l'université. Un jour qu'on avait amené pour la leçon un vieillard impotent, le régent chargé de l'enseignement avait ordonné qu'un étudiant se déshabille :

« Nous allons comparer un corps vivant, jeune et plein de santé, et un corps vieux, débile et malsain », avait-il ordonné.

De l'index, il avait désigné l'un d'entre eux en particulier – Joachim, d'abord, ne s'était pas demandé pourquoi. Le garçon indiqué, qui se prénommait Lazare, avait refusé de se dénuder puis, le professeur insistant, il avait obéi. Quand il avait retiré son dernier vêtement, des rires avaient fusé. Après quoi le vieillard avait craché et certains s'étaient mis à crier. Car Lazare était circoncis.

« Un juif peut être médecin, avait assené le régent d'un ton aigre. Mais il ne soignera pas des chrétiens. Et qu'on ne compte pas sur moi pour lui conférer un grade. »

Lazare avait protesté qu'il allait à la messe, qu'il était converti depuis longtemps. La haine était si grande qu'il avait dû sortir. Joachim, quant à lui, avait assisté aux cours de la journée. La nuit, il avait fait son bagage. Au matin, il avait quitté la ville : il s'était remis en route. Par hasard (un charretier avait accepté de le prendre pourvu qu'il l'aide à pousser aux passages difficiles), il s'était dirigé vers le nord, suivant le Rhône. À Lyon, il était resté quelque temps, soignant dans les quartiers pauvres où on ne lui demandait pas son diplôme. Un jour, il avait entendu que les villes d'Allemagne avaient besoin de médecins et que ceux qui avaient étudié à Montpellier trouvaient à s'employer. Alors, il était allé en direction du Rhin. En Alsace, à Colmar où de nouveau il s'était arrêté faute d'argent, il avait rencontré le docteur Brengebier. Le médecin venait de Saxe où il exerçait son métier et il séjournait en Alsace pour accompagner sa fille qui venait recueillir un héritage. Il avait interrogé Joachim et il avait apprécié sa science, en aimant également que le jeune homme ne soit pas imbu de son savoir.

Joachim avait épousé la fille de Brengebier, à Eisenach il avait aidé le médecin de sorte que sa clientèle s'était accoutumée à lui, et à la mort du savant il l'avait remplacé dans sa charge.

*

De nouveau, Martin avait arrêté le cheval. De nouveau, Joachim leva le rideau. Le garçon demeurait sur sa selle. Le médecin le regarda d'un air interrogateur.

« Nous sommes presque arrivés, Maître. Voyez-vous la croix, sur le côté ? La route tourne juste après et, s'il faisait jour, vous verriez les murailles et le château. »

Joachim, en se penchant, aperçut en effet une croix en pierre claire et il réalisa qu'ils étaient sortis de la forêt. Du coup, il remonta la bâche. Les champs se succédaient, des bâtiments bordèrent la voie, ils passèrent devant une auberge éclairée par des lanternes. Désormais ils n'étaient plus seuls à se déplacer. Même, comme d'autres chemins rejoignaient la route qu'ils suivaient, un encombrement se forma et Martin dut se ranger derrière un chargement de paille. Quand on arriva à la porte urbaine, le garçon dit qui il était et Kossa se présenta comme un ami sans préciser qu'il venait en consultation : le garde aurait pu trouver mauvais que les Luder s'adressent à un médecin qui n'était pas de la ville.

La maison des parents de Martin était plus imposante que Joachim ne s'y attendait. C'était une bâtisse à étages sous ce qui lui parut un toit très haut ; il est vrai que, Martin le lui avait dit jadis, son père avait réussi et il avait racheté le puits où il avait commencé comme mineur.

Ce fut la mère qui ouvrit. Elle s'effaça pour laisser entrer les visiteurs mais elle n'embrassa pas son fils et elle se contenta de saluer Joachim de la tête. La salle où ils pénétrèrent était grande, éclairée par plusieurs chandelles et par un feu de cheminée. Hans devait avoir attendu dans un fauteuil près du foyer mais à présent, debout, il serrait chaleureusement Martin entre ses bras. Après quoi il vint vers le docteur et le remercia d'avoir fait tant de chemin. Pour manifester son bon accueil, il pinça le coude de Joachim et ce dernier, qui n'aimait guère être touché, fut surpris de sa poigne puissante. Il y avait aussi des enfants, trois garçons dont deux se ressemblaient plus une très petite fille, et Joachim discerna une alcôve avec un lit.

« Voici Josef », dit Martin en s'approchant de l'alcôve pour embrasser son frère.

Joachim n'avait pas l'intention d'examiner le malade ce soir-là, mais il se dirigea vers le lit et sourit gentiment. Une lampe éclairait le visage d'un jeune enfant dont le dos était soutenu par des oreillers. Le médecin nota qu'il était mince et pâle.

« Vous vous installerez dans notre chambre en haut avec Martin. Il y a aussi du feu, dit Hans d'une voix trop forte. Nous, nous dormirons en bas avec Josef. Les autres enfants ont une pièce à eux. Le reste de la maison n'a pas de chauffage et il pourrait faire très froid cette nuit. »

Joachim regarda Martin et celui-ci fit signe qu'il devait accepter. On ne discutait pas les décisions du père.

Margarethe Luder les précéda dans l'escalier. La mère de Martin était une petite femme maigre. Si elle avait obéi à Hans et avait sans doute préparé elle-même la chambre pour son fils et le docteur qu'il amenait, elle n'avait fait aucun effort pour se vêtir en leur honneur. Ses cheveux étaient ramassés sous un fichu qui tombait bas sur son front et le tissu de sa robe était lustré et raccommodé.

*

Le lendemain après le premier déjeuner, Joachim examina Josef. En mangeant, le père avait parlé du petit. Il avait été un bel enfant, vif, obéissant, et qui se portait bien jusqu'à l'hiver d'avant. Puis, après le changement d'année, il avait commencé à moins manger. Margarethe s'était inquiétée, d'autant qu'elle avait à l'honneur de bien nourrir ses fils (Joachim nota que Hans avait usé du masculin). Mais on ne pouvait gaver le petit de force.

« Au fil des semaines, il a dépéri, commenta Hans. C'est peut-être cela qui le tue à petit feu : juste le manque d'envie de manger. »

Margarethe, alors, était intervenue :

« N'avoir pas d'appétit ne fait pas saigner du nez. Hier encore, ça lui est arrivé. Le drap était tout rouge, j'ai bien cru qu'il serait mort avant que ça s'arrête », dit-elle.

Quand Joachim demanda l'âge du garçon, que Martin n'avait su lui dire, Hans interrogea des yeux sa femme. Celle-ci haussa les épaules :

« Il est né au printemps de la Grande Noyade. C'est un enfant de la boue », dit-elle.

Joachim comprit ce que Margarethe voulait dire. En 1493, l'hiver avait été exceptionnellement rude et long. Sur les fleuves, en Saxe et en Thuringe, les glaces s'étaient amoncelées en barrages autour des ponts. Fin mars, avant l'Annonciation, l'eau était revenue en surface là où la couche gelée était la moins profonde et, comme les congères faisaient barrage entre les piles, elle était passée par les côtés. Des digues avaient cédé, des villages s'étaient remplis comme des cuvettes, et habitants et bêtes étaient morts. Quand l'eau s'était retirée, un limon puant recouvrait rues et champs. Du côté où il habitait...

Joachim se secoua. Sa propension à dériver loin de la situation présente l'agaçait lui-même.

Si l'enfant était né en mars 1493, il avait un peu plus de sept ans. Cela correspondait pour la taille, mais certainement pas pour la corpulence.

Joachim avait fait lever Josef et il demanda qu'on lui ôte sa chemise. Les omoplates du petit saillaient et son cou soutenait à peine sa tête. Le jour n'était pas fort dans la pièce, mais le garçon tenait les paupières baissées comme si la lumière le blessait. Il voulut savoir si l'enfant comprenait ce qu'on lui disait.

« As-tu mal ? » demanda-t-il. Et il fit un signe impérieux pour que personne ne réponde à sa place.

Josef releva avec décision ses paupières et il dit d'une voix traînante mais claire :

« Non, je n'ai pas mal. »

Puis, après une pause :

« Enfin, pas beaucoup. Quelquefois, oui. Là, et là. »

Il indiquait ses coudes et ses genoux, énormes en comparaison de ses membres grêles. « Et à la tête aussi. Parfois fort. »

Et il referma les yeux.

Le médecin fit rasseoir l'enfant. Il était toujours nu, et Margarethe arrangea la couverture sur ses épaules. Ce geste, par sa douceur, surprit Joachim de la part d'une femme si revêche. Par contraste avec le tissu brun, la blancheur du jeune corps serrait le cœur. Joachim regarda de plus près : la peau était couverte de marbrures. Josef bougeait si peu qu'il ne pouvait guère s'être blessé lui-même, par exemple en tombant, et il était peu probable qu'il soit battu, n'est-ce pas ? Joachim posa les doigts sur l'avant-bras de l'enfant et il exerça une pression d'abord légère, puis plus soutenue. Le malade grimaça, mais ne dit rien. Lorsque le médecin retira les doigts, il vit que ceux-ci avaient laissé une trace rouge qui, au lieu de s'effacer, tendait à devenir violette. Plus doucement, il palpa le buste. La peau était fine, un peu suante. Sous les bras, il sentit des grosseurs. Peut-être en percevait-on aussi à l'aine mais l'enfant, manifestement, n'aimait pas qu'on le touche là.

Il fit rhabiller et recoucher Josef.

Le médecin demeurait sans bouger, tout près du lit. Les autres le regardaient. Détestable moment.

Une jeune fille – une grande sœur qu'il n'avait pas vue la veille – vint s'asseoir tout contre Josef, entourant de son bras les épaules du petit. Kossa porta les mains à ses tempes, tirant la peau vers le haut et massant doucement son front pour soulager la pression. Hans, Margarethe, Martin, la jeune fille, attendaient qu'il prononce quelque chose. Mais il ne savait que dire.

« C'est une maladie du sang. Les humeurs, dans son corps, sont en déséquilibre… Josef a en lui trop de lymphe et trop peu de flux vital. »

Il avait dit cela sans penser : il fallait bien qu'il parle. Mais, au fond, ce pouvait être cela. La peau pâle, les contusions, les saignements…

« Le sang quelquefois pourrit sans qu'on sache pourquoi. Peut-être est-ce à cause du limon en effet ? Toute cette boue qui était là au moment de sa naissance… »

Galien avait écrit sur la façon dont le sang circulait dans le corps. Il disait qu'il était rouge quand il venait des veines et pâle quand il se trouvait dans les artères. Peut-être les veines du petit étaient-elles trop étroites ? C'est pour cela alors qu'elles éclataient, fendant la peau et formant les ecchymoses ou se déversant dans le flot de l'hémorragie ? Comme l'Elbe quand son lit est trop étroit, pensa Joachim. Puis il se reprocha à lui-même cette comparaison et renonça à la prononcer à voix haute.

« Josef a, en plusieurs endroits, des boursouflures dans lesquelles un mauvais liquide est engorgé. Il faut essayer de les résorber. »

De nouveau il avait parlé presque malgré lui.

« On peut les crever, ces poches, Maître ? J'ai vu que vous tâtiez le haut de ses jambes. »

C'était Martin qui demandait cela.

Un peu de transpiration perla sur le front de Joachim. Il avait, dans la caisse qu'il avait apportée, de longues et fines lancettes dont il vit mentalement comment il pourrait, avec, percer les tumeurs… Il ferait mal à l'enfant et il ignorait ce qui sortirait. C'est à la mère de Martin qu'il choisit de répondre :

« Nous ne blesserons pas Josef et nous ne viderons pas ainsi les grosseurs qu'il a. Votre petit garçon a déjà perdu beaucoup de sang, d'après ce que vous m'avez dit, Frau Luder. Pour la même raison, je ne le saignerai pas. Nous ne poserons pas non plus de ventouses. La chaleur ferait affluer les humeurs, ce qui pourrait être bien, mais Josef a trop de contusions et on ne peut malmener davantage sa peau. »

Il commençait à prendre de l'assurance :

« Nous lui ferons des cataplasmes avec de l'argile appliqué sur des feuilles de chou. Il faudra que les compresses soient tièdes : pas trop chaudes et pas trop froides. On les lui mettra sur l'aine et le dessous des bras afin de réduire l'inflammation. Et puis, pour éviter que Josef ne saigne de nouveau du nez, il faudrait essayer de lui faire respirer aussi de l'argile.

— Je sais où trouver cette terre, dit Hans. Et la Mère préparera les choux.

— Et ça suffira à soigner l'enfant ? » dit Margarethe.

Elle regardait Joachim d'un air mauvais. Celui-ci ne se démonta pas :

« Nous allons en plus lui donner un remède. »

Il conseilla des soupes d'orties et commanda qu'elle se procure des tubercules de pied-de-veau :

« Vous en trouverez dans la forêt, là où le sol est riche en humus. C'est une bonne plante, vous la ferez bouillir longtemps et vous ferez boire à Josef l'eau de la cuisson. Puis au printemps, avec les feuilles fraîches, vous ferez des cataplasmes pour son nez. C'est un cicatrisant. Faites-les d'abord macérer dans de la bière, autrement elles risquent d'irriter la peau au lieu de la soigner. »

Pour le médicament proprement dit, on pourrait essayer l'arsenic. C'était dangereux mais, à petites doses, cela secouait les humeurs :

« Essayez de vous procurer de l'orpiment. Il doit y avoir des peintres, à Mansfeld. Ils en utilisent pour obtenir un jaune très vif qui remplace l'or quand la commande est modeste. Ils vous le vendront sous la forme de poudre. Si vous en mettez une petite quantité au fond d'un vaisseau et que vous faites chauffer, il se dégagera une fumée blanche, pas très abondante et persistante, qu'il faudra que Josef respire. »

Joachim recommanda encore du repos – Josef, en fait, eût été en peine de s'agiter. Il demanda qu'on ne couvre pas trop l'enfant et qu'on le baigne de serviettes fraîches quand il manifestait de la fièvre. Enfin, il suggéra des bouillons de viandes rouges et en général tous les aliments qui avaient cette couleur. Margarethe objecta que « c'était bon pour les viandes », mais que le temps des baies d'automne était passé et qu'il faudrait encore que l'enfant survive au printemps, pour qu'on puisse lui trouver des framboises et des fraises en même temps que les feuilles du pied-de-veau.

*

Hans Luder proposa à Joachim de demeurer pour le repas et peut-être de coucher, aussi, avant de se remettre en route : le trajet était long jusqu'à Eisenach. Mais Joachim ne se sentait pas bien près de cet enfant pour lequel il ne pouvait pas grand-chose et il vit que Margarethe serrait les mâchoires, s'abstenant de faire écho à l'hospitalité de son mari.

« En fait, il me tarde de rentrer, dit-il. Je suis parti de chez moi il y a presque douze jours et Frau Kossa doit s'impatienter. En m'en allant maintenant, je pourrai être à Heldrungen ou même à Sömmerda ce soir. Il y a dans cette ville une auberge correcte, j'y ai passé la nuit à l'aller. Au pire, si les chambres sont pleines, je dormirai dans une grange. Les paysans sont prêts à vous trouver une place et à vous donner une soupe contre quelques piécettes. Avec les coussins du chariot et une bonne couverture, ce ne sera pas épouvantable. »

Hans ne protesta pas. Peut-être était-il soulagé, lui aussi, du départ du médecin ? Il insista en revanche pour accompagner Joachim un bout du chemin. Martin resterait avec eux quelques jours, lui chevaucherait à côté de la voiture que mènerait désormais Joachim, et ils causeraient.

Et c'est ce qu'ils firent. Hans parla de Josef. L'enfant allait-il s'en tirer ? Joachim ne se prononça pas. Il s'excusa sur les limites de la science et sur les volontés de Dieu. Hans maugréa que selon sa femme, ce n'était pas Dieu qui avait rendu Josef malade, mais le Malin.

« Comment Notre Seigneur pourrait-Il vouloir l'agonie d'un enfant ? » murmura-t-il peut-être à sa propre intention.

Il raconta qu'il y avait une sorte de folle, à l'orée de la forêt où on allait chercher le bois. Margarethe se rendait souvent par là avec Josef, qui était trop jeune pour pouvoir être utile à rien d'autre. Les Luder y avaient un potager qui les dispensait de se fournir au marché.

« Bien sûr, nous avons les moyens d'acheter, tint à préciser l'ancien mineur. Mais ce sont quand même des économies : nous sommes nombreux à la maison. »

La folle, quoi qu'il en soit, habitait une cabane. Il était impossible de dire quel était son âge. Hans l'avait vue à plusieurs reprises et il la croyait jeune. Margarethe disait que peut-être elle était très vieille, mais qu'elle avait passé un pacte avec la mort. Avant les premières gelées, il y avait presque un an, alors que Margarethe arrachait les poireaux, l'enfant s'était échappé. Elle l'avait retrouvé dans la cabane de la folle, en train de boire un liquide brun qu'elle lui avait versé. Margarethe avait grondé le petit, mais elle s'était surtout emportée contre la sorcière – c'est ainsi qu'elle la nommait.

« Quand ma femme est de mauvaise humeur… Ça a dû être terrible », ajouta Hans en riant, avec un peu de gêne quand même.

Après quoi Josef était tombé malade.

Joachim ne dit rien. Ces histoires de sorcières… Il en avait entendu tant et tant. Si un malheur survenait, il fallait trouver un coupable. Alors, c'était l'hérétique ou celui ou celle qui avait conclu un accord avec le Mal. En Espagne ou en terre d'Empire, c'était la même chose, indéfiniment : de pauvres hères souffraient ou mouraient parce que ceux qui se disaient bons chrétiens les désignaient comme leurs ennemis.

Hans finit par changer de sujet. Il voulait savoir ce que le médecin pensait de Martin, qui, dit-il, vivait maintenant à demi dans sa demeure. Le ton et la formule surprirent Joachim : le père de Martin était-il jaloux ? Peut-être craignait-il qu'on ne lui vole son fils ? Joachim biaisa, répondant qu'Ursula et lui appréciaient le garçon mais qu'ils le savaient destiné à quitter Eisenach où il n'aurait pas le moyen de continuer ses études.

« Martin est si intelligent… »

Il vanta la voix du garçon.

« Mon fils ne se prépare pas à chanter ! rétorqua Hans vivement. Cela, c'est pour les moines ou pour les baladins. Je veux un vrai métier pour Martin, qu'il devienne un bourgeois. Peut-être sera-t-il médecin comme vous. Ou il fera son droit. »

Joachim ne répondit pas. Il espéra pour le jeune homme qu'il choisirait la seconde voie.

7

Premier voyage

SIENNE (ITALIE) ET PROVENCE (FRANCE),
NOVEMBRE 1501

À Sienne, au cœur du palais familial, Guido était agenouillé près de son père dans un grand renfoncement que Bona Liuciardi avait transformé en oratoire. La nourrice qui s'était occupée de lui quand il était petit se tenait derrière lui, et l'on avait ouvert les rideaux qui séparaient la pièce où dormaient ses parents de cette sorte de chapelle afin que tous les domestiques participent. Bona, debout près de l'autel, à la place qu'aurait pu occuper le chapelain, menait la cérémonie.

La mère de Guido avait voulu ce moment alors que, le lendemain, son fils se mettrait en route. Auparavant avait eu lieu un dîner où on avait fêté l'événement, ce premier voyage qui porterait l'héritier au loin et marquerait la fin de son enfance. Les cousins, le grand-oncle Sano, tous les proches, avaient apporté au garçon des cadeaux : une étoffe de valeur où tailler un vêtement – le temps manquerait, bien sûr –, des plumes pour orner son chapeau et même une boule ajourée en argent où il pourrait placer la senteur qu'il voudrait.

Le présent de son père avait été un coffret en bois avec des ferronneries d'argent, des lanières pour l'accrocher à une selle et un coussin de cuir pour le cas où il le placerait dans son dos. Une image était collée au revers du couvercle : un jeune homme vêtu à l'antique, bondissant, la poitrine et les jambes nues, des ailes à ses pieds et d'autres sur son casque. Filippo avait dit que c'était le dieu païen Mercure, patron des voyageurs, et que celui qui l'avait peint était le Florentin Botticelli (« le grand maître que tu sais », avait-il ajouté). Sur un côté du coffre, une cache recelait un objet plus chrétien : une minuscule relique, une esquille de l'arbre dans lequel on avait taillé la croix de Jésus-Christ (« du moins, c'est ce qu'on m'a assuré », avait souri Filippo avec une moue).

Bona, elle, avait passé au cou de Guido un lacet auquel était fixé un sachet en tissu, et conseillé :

« Il y a dedans de la *mummia*. N'ouvre pas le sac, mais porte-le toujours. C'est un baume très ancien fait de poussière, et de bitume qui est le suc de la terre. Il te protégera. »

Le moment était important, et Guido cherchait sincèrement à prier. Mais l'excitation du départ, les cadeaux, le vin qu'il avait bu, l'empêchaient de se tourner vers Dieu. Et puis il y avait cette autre peinture, également nouvelle, que sa mère avait fait poser sur l'autel. Elle semblait écraser la Sainte Table, tandis que la petite Madone à laquelle il confiait depuis toujours ses péchés et ses rêves se trouvait reléguée sur le mur latéral. Sur le panneau aux couleurs vives, un ange presque de la grandeur d'un homme marchait le long d'un fleuve. Lui aussi avait des ailes (elles ne lui servent à rien, puisqu'il marche, pensa Guido), il portait une boîte (moins belle que la mienne), et un chien suivait, un bichon blanc frisé comme ceux que les dames riches aiment avoir près d'elles. L'horrible, c'était qu'un adolescent qui avait son visage à lui se serrait contre l'ange avec un air inquiet. Son chapeau à large bord reposait sur des boucles châtain-roux semblables à ses cheveux et il tenait à la main, au bout d'une cordelette, un poisson d'une fraîcheur incertaine.

C'est ridicule, pensa Guido. J'ai l'air d'un complet imbécile.

Son père avait commandé ce tableau dans les mois précédents. Il avait fait venir à Sienne un élève de ce Botticelli qui avait peint le Mercure. L'homme avait pris des dessins de la tête de Guido (sa mère, il le savait, en avait gardé un) et il s'était montré mécontent parce que celui-ci gardait mal la pose. Puis il était reparti, Guido n'y avait plus pensé et, peu après la fête de l'Élévation de Jésus, il était revenu avec le grand tableau, que son père et sa mère avaient beaucoup admiré.

« Je vais vous lire le Livre de Tobit en l'honneur de notre fils », annonça Bona de sa voix claire. Il s'aperçut qu'elle fixait ses yeux sur lui.

Sur l'estrade où l'autel était érigé, grande, mince, sa chevelure brune mêlée de fils clairs retenue par un filet, la signora Liuciardi dominait son monde. Elle avait posé sur un lutrin sa Bible personnelle : un ouvrage qu'elle avait fait venir de Venise et qui était en italien. Elle commença :

> Tobie, de la tribu et d'une ville de Nephtal, fut emmené captif au temps de Salmanasar, le roi des Assyriens…

D'ordinaire, Filippo n'appréciait pas que sa femme se mette en avant. Il ne souhaitait pas qu'elle montre comme elle était savante : elle savait non seulement écrire et lire, mais elle comprenait, retenait ce qu'elle lisait, racontait merveilleusement les histoires, et Guido n'ignorait plus qu'elle rédigeait chaque jour quelques-unes des lettres que signait son père. Lui qui avait naguère admiré exclusivement celui-ci, il lui arrivait de penser que peut-être, elle savait les choses plus et mieux que son mari. À présent, cependant, Filippo semblait content que Bona prenne la parole.

> … Ce jour-là, Tobit pensa à l'argent qu'il avait déposé chez Gabaël, à Rhagès de Médie. Et il se dit : « J'en suis venu à demander la mort, je ferais bien d'appeler mon fils Tobie pour lui parler de cette somme avant de mourir… »

Il était vrai que cette histoire était belle. Un père négociant, qui vieillissait et devenait aveugle, envoyait son fils Tobie, désormais un jeune homme, chercher une créance. Les noms des lieux dans la Bible étaient si harmonieux… Quand il était enfant et que sa mère les prononçait, il lui semblait que les syllabes brillaient comme les cristaux qu'on voit à la bordure des branches, lorsqu'il fait glacial en hiver.

> Tobie répondit à son père : « Je ferai, Père, tout ce que vous m'avez demandé. »

Il était question d'un voyage lointain. Tobie était mené par un ange et suivi par un chien. Suivi par un chien ? Guido se rendit compte qu'il avait cessé d'écouter et se trouvait impuissant à savoir si le chien était vraiment dans l'histoire ou seulement dans la peinture. L'ange, lui, était bien mentionné. Il s'appelait Raphaël, il était le guide et le compagnon de chemin de Tobie. Au fil de son périple, le jeune homme pêchait un poisson (celui que l'artiste avait mis dans la main de Guido) qui avait dans son foie un fiel avec lequel guérir la cécité de son père. Il rapportait l'argent, il trouvait une épouse, Sarah, et tous deux commençaient une longue vie de bonheur.

> … Ils remercièrent Dieu de toutes ces merveilles et ils le louèrent par des hymnes.

« Ainsi s'achève le récit », conclut Bona.

Pour écouter, l'assistance s'était assise. Filippo, un peu lourdement, se leva de son siège et alla se placer auprès de son épouse. Il posa sa main sur son épaule :

« Pour ma part, il me semble que tu as sauté un passage. Et je veux vous le lire pour que chacun et toi surtout, ma femme, vous vous convainquiez de la parole de Dieu », dit-il.

Et il prononça avec force :

> Tobie sortit pour se mettre en route, et il embrassa son père et sa mère.

Tobit lui dit : « Bon voyage ! »

Sa mère pleura, et elle dit à Tobit : « Pourquoi as-tu décidé le départ de mon enfant ? N'est-ce pas le bâton de notre main, lui qui va et vient devant nous ? »

Il lui dit : « Ne te fais pas des idées ! Notre enfant ira bien en partant, il ira encore bien en rentrant à la maison. Le jour où il te reviendra, tes yeux verront qu'il va toujours très bien. Un bon ange l'accompagnera, il fera bon voyage, et il reviendra en bien bonne santé. »

Alors, le père, la mère sur un ton un peu forcé, la nourrice, les serviteurs, tous, dont Guido, répondirent : « Ainsi soit-il. »

Il sembla à Guido que l'ange, sur la peinture, avait ouvert les lèvres.

*

Trois ans auparavant, à l'automne qui avait suivi l'exécution de Savonarole, la famille Liuciardi avait quitté Florence. Le moine avait beau être mort, le régime restait républicain et les Médicis n'avaient pu revenir. Comme ses intérêts étaient liés à cette famille, Filippo s'était résolu à rentrer. Guido avait retrouvé Sienne et le palais de briques roses de ses premières années. Il n'allait plus à l'école, mais le matin un employé né aux Pays-Bas lui enseignait le français et quelques mots de flamand, et un diacre qui disait avoir une tante à Murcie l'initiait à l'espagnol – Guido avait des doutes sur le drôle de langage que le vieillard lui donnait pour du castillan. L'après-midi, il se rendait à la firme. Il savait désormais tenir les comptes et les interpréter, et depuis quelques mois il rédigeait les ordres à l'adresse des succursales et proposait des brouillons pour de petites affaires.

L'entreprise Liuciardi avait pour emblème une luciole :

« C'est parce que la luciole vole d'un endroit à un autre et qu'elle brille dans la nuit », avait expliqué son père.

Elle exportait des produits jusque sur la Baltique, une mer très au nord où l'eau durcissait en hiver au point qu'on pouvait marcher dessus, elle faisait le commerce d'argent (elle prêtait, mais son père interdisait qu'on dise cela ainsi) et vendait des tissus d'une matière brillante qui se nommait la soie. On achetait cette soie en Calabre, qui est une région au sud de l'Italie, le fil en était fait de la bave d'un ver, et Guido soupçonnait que la luciole était la version enjolivée de ce ver.

La soie était envoyée vers le septentrion. En retour arrivaient des produits qu'on vendait en Toscane et à Rome : des curiosités en métal précieux et des tapisseries. De plus loin encore, de la mer glacée et d'un port qui s'appelait Riga, venaient des peaux. Les plus belles étaient des hermines. On tuait ces bêtes l'hiver quand elles avaient le poil blanc et on les dépeçait en leur laissant la tête : quand les dames portaient leur fourrure, la gueule intacte pendait à leur ceinture, ouverte sur des incisives pointues. La même région fournissait de petites quantités d'une pierre qui s'appelait de l'ambre et se vendait très cher :

« Elle préserve la virilité », avait confié à Guido le premier employé.

La formule avait inquiété le garçon qui s'était demandé comment on cessait d'être viril, mais il n'avait pas osé poser la question.

Bref, l'entreprise Liuciardi commerçait activement, et pourtant les colonnes de chiffres que Guido remplissait et qui représentaient les dépenses et les gains ne montraient pas toujours un solde positif. Quand il avait parlé à son père de ce déséquilibre, celui-ci avait levé les épaules. Il avait dit que le commerce était désormais le fait de grosses firmes, et qu'une petite entreprise comme la leur, sise dans une ville modeste comme était devenue Sienne, finirait avec lui.

Et il avait abordé un autre sujet.

*

À présent, Guido aurait dû aller travailler dans un établissement partenaire. Il y aurait appris à placer des biens et à se fournir en bonnes marchandises, et il se serait initié à la banque, un domaine auquel il ne comprenait rien.

Mais cela ne se passa pas.

Quatre semaines auparavant, au milieu d'octobre, son père l'avait fait venir dans la pièce où il travaillait. Plusieurs lés de papier étaient déroulés sur sa table, leur extrémité tombant sur les côtés.

« Vois-tu cette carte ? Montre-moi où nous sommes. »

La carte couvrait une région qui allait de la Méditerranée aux eaux salées du Nord, mais Guido n'eut aucune peine à indiquer Sienne :

« Ce n'est pas très précis, mais nous sommes ici. C'est ce petit point où est inscrit "Sena" – ce doit être en latin. Là est indiqué "Florentia", et je vois l'Arno. Puis "Pisa" au débouché du fleuve.

— C'est bien. Maintenant, regarde. »

Filippo déplaça légèrement les lés, enroulant la partie du papier qui représentait le Sud. Son doigt se posa loin au-delà des Alpes, au milieu de la France, en un point où était esquissé un château :

« Il y a là une ville qui s'appelle Blois – il prononçait Blo-a. Le roi français y réside lorsqu'il n'est pas en Italie. Il Popolano s'y rend avec une petite suite, tu l'accompagneras. Tu partiras avant la fin du mois. »

Guido savait qui était il Popolano : Lorenzo dei Medici, dont son père s'était rapproché dans les mois qui avaient précédé leur départ de Florence, et avec qui ou pour qui, selon les circonstances, il travaillait depuis. Il avait été le cousin de celui qui avait gouverné Florence vingt ans durant et qu'on appelait le Magnifique, mais il avait refusé de condamner la révolution qui avait chassé du pouvoir le fils de celui-ci et il tirait de cet épisode son surnom de Populaire.

« Il ne s'agit pas de commerce, mais d'une affaire diplomatique, continua Filippo. Même si les retombées, pour nous, ne sont pas impossibles… Lorenzo va porter l'hommage de sa famille pour un mariage important. Tu sais ce qu'est la Bourgogne ?

— Bien sûr, Père. C'est un duché, de l'autre côté des Alpes, où a régné jadis celui qu'on appelait le Grand Lion ou encore le Téméraire.

— Jadis, jadis… J'étais jeune homme, sais-tu ? Son vrai nom en français était Charles et il a eu une fille. Une fille qui à son tour eut un fils, et celui-ci a maintenant un héritier. Qui se nomme Charles aussi.

— … Bien… oui. Et donc, Père ?

— Et donc, mon garçon, ce Charles va se marier. En France, le roi a une fille. Et pas de fils. L'héritière se nomme Claude, elle aura la couronne et le duché de Bretagne qui se trouve tout à l'ouest.

— Elle va épouser Carlo… » – il avait dit le nom en italien.

« Ou on les fera s'épouser. Ce ne sont que des enfants, je doute qu'on les consulte. »

Guido était perdu.

« Père, en quoi cela me concerne-t-il ? En quoi cela vous intéresse-t-il ? demanda-t-il.

— C'est un peu compliqué. À strictement parler, tu représenteras notre firme. Le roi français aime ce qui est beau et il s'est toqué d'Italie. Il y a moyen de lui vendre, je pense, de grandes quantités de notre soie, qui est là-bas une nouveauté. »

Filippo s'interrompit, cherchant un moyen clair d'expliquer des choses complexes.

« Mais ce n'est pas seulement cela. L'enfant, un jour, sera roi en Espagne – sa mère est reine ou le sera par héritage. Il possédera en plus la Bourgogne. S'il est marié à l'héritière de France… Tu imagines ? Il aura l'Europe dans ses mains.

— Et il faut faire allégeance.

— Tu comprends vite. Les gens de ton âge vont connaître un monde différent de celui dans lequel j'ai vécu. Nos petites villes italiennes… Elles seront avalées par cet énorme Empire. En même temps…

— En même temps ?

— En même temps, marier des enfants est une chose qu'on peut défaire. Et puis l'un ou l'autre peut mourir, la vie est si fragile. Si jamais Charles et Claude ne restent pas conjoints, il y a fort à parier que ce sera la guerre. La guerre entre l'Espagne liée à la Bourgogne et le royaume de France.

— Et ceci, de nouveau, nous concerne ?

— Il s'agit de savoir qui, à la fin, dominera l'Italie. Quel que soit le vainqueur, il convient de l'avoir ménagé. »

Guido prit un air intelligent quoiqu'il ne fût pas sûr d'avoir compris. Il ne demanda pas en quoi ces affaires concernaient son père. Filippo pensait que Sienne avait eu son heure de gloire, que l'avenir se jouerait ailleurs et que son fils devrait chercher fortune au loin : peut-être en Italie, mais plus probablement au-delà, en France ou en Espagne. Il avait trouvé dans cette affaire de mariage le moyen de l'envoyer dans cet ailleurs.

Le garçon avait le cœur serré. Il aurait eu mille questions à poser, il ne fit que demander quand, exactement, il partirait.

*

Guido devait retrouver messer Popolano à Lyon, une ville de France à la confluence des fleuves Rhône et Saône. Il partirait sous la responsabilité de Damiano Paroni, un commis qui travaillait pour son père depuis qu'il était presque enfant. On prendrait un bateau à Pise puis un autre plus gros à La Spezia qui était un port important, et depuis Marseille on voyagerait par voie fluviale.

Le 17 novembre, avant le lever du soleil, à La Spezia donc, Guido s'embarqua sur la *Genovesa,* une galée qui transportait du fer et, pour le compte du Popolano, du sucre et du poivre.

Le navire, dont la coque ronde affleurait à peine tant elle était chargée, donnait une impression de solidité qui rassura Guido. De fait, tant qu'on fut dans le golfe, le bateau resta stable, ses mâts presque à la verticale. Mais, au large, les vagues devinrent fortes et le roulis rendit Guido misérable. Toute la journée jusqu'à l'escale de San Remo où l'on ancra pour la nuit, puis le lendemain où on s'arrêta à Fréjus, et le troisième jour avant l'arrivée à Marseille, le garçon fut malade. Du bastingage où il se tenait pour tâcher de respirer mieux, il recevait l'écume qui le mouillait et le faisait geler. Il gardait les yeux fermés le plus qu'il pouvait, la contemplation du rivage qui, à chaque instant, basculait dans les eaux achevant d'augmenter sa nausée. Son malheur était d'autant plus grand que le commis, qui n'avait que quelques années de plus que lui, supportait parfaitement les oscillations.

Le séjour en Provence fut beaucoup plus plaisant. À Marseille, on débarqua le fer. La galée, désormais presque vide, s'arrêtait là. On plaça le sucre et le poivre dans un bateau plus petit, puis, dans un autre port, on les transborda de nouveau, les confiant à des barques qui, à la rame, remontèrent des chenaux jusqu'à Arles, premier vrai port du Rhône où, une quatrième fois, ils furent changés d'embarcation.

Paroni surveillait ces opérations délicates. Aussi, plusieurs jours durant, Guido eut le champ libre. Le mistral, un vent de terre glacial, rendait l'air transparent et pourtant, sous ce grand soleil, Marseille ne lui fit pas une forte impression. Depuis l'eau, les masures des mariniers et des pêcheurs se serraient sur un mont où devaient abonder les rats. Seuls quelques monuments échappaient à la médiocrité, un couvent où il vit les reliques d'un roi qui s'était fait franciscain, le palais des consuls aux pierres taillées en pointe, et un hôtel à la façade frappée de cœurs qui avait appartenu à un marchand du même nom, Jacques Cœur, mort des dizaines d'années plus tôt.

Le port était le quartier animé. Les bateaux s'en allaient

au lever du soleil, mais les pêcheurs vendaient leur poisson le matin et Guido trouva, sur le marché des figues et des dattes qui venaient de l'autre rive de la Méditerranée, en plus de noix arrivées de montagnes désolées qu'on appelait Cévennes.

Vers trois heures de l'après-midi, les navires recommençaient à affluer. Le spectacle captivait le garçon, plus habitué aux charrettes qu'à ces grands bâtiments des mers. Les premiers qui doublaient le fort Saint-Jean s'ancraient le long du quai, ceux arrivés plus tard s'arrêtaient au milieu du bassin. Dès lors et jusque dans la soirée, c'étaient des allers-retours d'allèges pour vider les cargaisons, et la navette des hommes qui, des heures durant, convoyaient les ballots jusqu'aux entrepôts. Les portefaix s'interpellaient à voix forte et les marins échangeaient dans des parlers mêlés et semblaient se comprendre.

Guido aurait aimé, surtout, être là dans la nuit. À ce moment, les tavernes se remplissaient des équipages libérés de leurs charges. On buvait, on jouait aux cartes. Des ribotes (il avait retenu le mot), c'est-à-dire ce qu'on nommait chez lui les *puttane*, offraient leurs services dans des chambres au fond des immeubles. À Sienne, des conversations avec les jeunes gens de son âge lui avaient appris comment fonctionnait la vie et il avait, dans les fermes, regardé avec attention les bêtes s'accouplant. Mais il restait puceau, ce qui le tourmentait. Une nuit, il rêva qu'il levait à son tour le rideau protégeant une des pièces et qu'il s'étendait nu près d'une femme nue. Cela n'arriva pas. Paroni, qui avait, quoiqu'il fût lui-même jeune, autorité sur lui, avait mis comme limite à sa liberté qu'il devait rentrer à la tombée du jour, et le soleil, à la mi-novembre, se couche désespérément tôt.

*

À Arles, les voyageurs acquirent deux chevaux. Guido choisit une jument blanche qu'on lui assura robuste, Damiano Paroni un mâle castré dont les dents assuraient la jeunesse. Pour expérimenter leurs montures, ils firent une promenade. Aux Alyscamps, ils chevauchèrent entre des coffres de pierre qui contenaient les restes d'un héros et de ses compagnons. Une bête boitait et ils perdirent du temps à trouver un maréchal qui refit le ferrage. Ils continuèrent pourtant et atteignirent comme ils le voulaient le village des Baux où s'était arrêté, dit-on, le mage Balthazar qui allait rendre hommage à Jésus nouveau-né. Ils prièrent et revinrent alors qu'il faisait nuit.

Avignon, où Paroni devait prendre des nouvelles de Lorenzo, fut leur dernière véritable étape. Ils traversèrent la Durance par bac, à Maupas. Le débit était abondant à cause de pluies qui étaient tombées dans la montagne et le passeur leur expliqua qu'un dragon, la Tarasque, pouvait attaquer les voyageurs en profitant du flux. Mais tout se passa bien et ils gagnèrent l'auberge qu'on avait conseillée à Damiano. Après quoi le commis se rendit dans les bureaux de la firme et Guido, de nouveau, eut loisir de se promener.

Le garçon se souvenait que Pétrarque appelait Avignon la « Babylone du Rhône » : elle avait abrité pendant presque un siècle des papes aux mœurs douteuses. La cité, quoi qu'il en soit, était à moitié dépeuplée, dominée par une forteresse qui avait été la demeure des pontifes. Il grimpa à ce roc, cheminant entre des buis à l'odeur âcre. Le château était clos, une ville dans la ville, mais il put entrer dans la cathédrale, qu'il trouva haute et laide, et sombre à l'intérieur. Une tour surmontait le porche, il n'y avait personne, il choisit d'y grimper. La vue en haut, juste au-dessous des cloches, était époustouflante. Au-delà d'un pont de pierres qui enjambait le Rhône, le sol s'élevait, une autre ville commençait. Un château la dominait aussi et, la luminosité de l'air réduisant les distances, il lui sembla que le fort se trouvait à un jet de pierre. Son père lui avait expliqué qu'Avignon était rattachée depuis peu au royaume de France et il imaginait comment, en face, les sentinelles du roi avaient espionné ce qui se passait dans la terre des papes, quand un bruit formidable le fit bondir. Le sol trembla, la vibration monta le long de ses os et ébranla ses nerfs et, comme s'il entendait non avec ses tympans mais avec tous ses organes, il sentit vibrer sa cage thoracique, pulser son sang et son cœur battre la chamade.

Ce n'était rien, en fait. Le sonneur avait mis en branle les cloches au-dessus de lui. Sa peur avait été si intense qu'il en eut la nausée. Vomir par l'effet de la houle ou pour un simple bruit ? Il était ridicule.

Les cloches tintaient encore. Il porta ses mains à ses oreilles, bouchant les pavillons aussi fort qu'il pouvait.

Il se força à respirer : calmement, lentement.

Peu à peu, il se sentit mieux.

La volée s'arrêta, le son dégénéra en un grondement qui déclina peu à peu. Lorsque le bruit cessa, Guido regretta que ce fût fini.

Les cloches avaient annoncé les vêpres. Le soir tombait et le jeune homme redescendit vers la ville. À l'auberge, il trouva Damiano nerveux, à la fois excité et agacé. Le commis lui montra la lettre qu'il avait récupérée : les princes qui étaient les parents de Charles, depuis Bruxelles, s'étaient mis en route plus tôt qu'il n'était prévu. Le Populaire avait en conséquence quitté Lyon et les jeunes marchands devaient le rejoindre directement à Blois, vite et sans accompagner les marchandises qu'un autre employé réceptionnerait sur place.

Damiano ignorait quelles routes menaient à Blois et il n'avait aucun contact, marchand ou relais, sur lequel compter pour s'arrêter la nuit.

8

Délivrance

CAZALLA (ANDALOUSIE), VILLA VESPUCCI, NOVEMBRE 1501

Dans la pièce où elle dormait, un matin de novembre peu après qu'elle s'était levée, Maria Canar essayait de se couper les ongles des pieds. C'était une tâche compliquée car son ventre l'empêchait de se plier et, quand elle était debout, de rien voir de son corps au-dessous du nombril. Assise sur le sol près de la cheminée, elle avait ramené une jambe contre sa cuisse pour attaquer la corne, lorsqu'elle sentit couler sur sa chair quelque chose de tiède, comme si elle urinait. Le couvre-lit, qu'elle avait déployé sous elle pour ne pas sentir le froid du carrelage, se trouva bientôt imbibé, et elle vit que le liquide était clair outre qu'il n'avait pas d'odeur. Piedad, la servante qui l'aidait depuis qu'elle était enfant, lui avait expliqué que cela se produirait et signifierait le début du travail. Elle appelait cet accident « perdre les eaux ».

Mais Maria refusait d'entendre cet avis. Elle ne voulait pas accoucher. Ne voulait pas de la douleur. Et pas de cet enfant qui l'empêchait de bouger et qui, en sortant d'elle, allait l'obliger à être mère.

Au printemps auparavant, le sang qui tachait chaque mois son jupon avait cessé de couler. Elle n'y avait pas prêté attention ou plutôt, elle n'avait pas voulu y songer. Dans la maison de Séville, elle menait une vie active et heureuse. Depuis qu'elle avait grandi, depuis, bien sûr, que messer Vespucci avait jeté les yeux sur elle comme sur une jeune femme, elle avait pris du galon. Elle n'était plus cette enfant au statut incertain, à demi une esclave païenne, à demi une fille adoptée, qu'elle avait été durant les premières années. Quelques semaines après qu'il l'avait reçue dans son lit, le maître avait ordonné qu'on cesse de l'appeler la Guanche. Le prénom Maria qu'il lui avait donné et un second nom, Canar, qui rappelait ses origines sans en rien dire vraiment, faisaient d'elle une sujette du roi Fernando et de la reine Isabel comme l'étaient les Espagnols, lui avait-il expliqué.

Dès lors, son rôle dans la maison était devenu important. Piedad la conseillait. Elle apprit à gérer l'économie de la demeure et à commander aux domestiques. Elle distribuait des tâches, fixait la liste des courses. Avec Pedro, le valet qui avait remplacé Diego et qui était lui aussi africain, elle se rendait au marché pour choisir les plus beaux aliments et en même temps les moins chers. Elle passait des heures à la cuisine, son contentement étant de faire des gâteaux. Vérifier en la passant au tamis la pureté de la farine (il fallait qu'elle ne fût souillée par aucun minuscule insecte), plonger ses doigts dans la poudre fine, y mêler, au gré de sa fantaisie ou du savoir de Piedad, des œufs, de l'eau, du miel, des amandes, des fruits, puis mettre dans le four et s'enivrer de l'odeur qui filtrait et remplissait la pièce, ouvrir le tiroir brûlant, découvrir, à la place de la crème qu'elle avait fait couler, une croûte ferme et dorée : cela l'émerveillait.

Son amour pour les mets qui venaient de très loin demeurait aussi vif que lorsque, plus jeune, elle fabriquait des boissons qu'elle portait au señor Vespucci. Un jour, celui-ci avait reçu à souper Cristóbal Colón. Le navigateur qui, lorsqu'il était en Espagne, habitait la grande maison d'à côté, offrit un fruit qu'il nomma *cacahua*, en expliquant à Maria comment l'ouvrir. Dans la cabosse (c'était l'autre mot qu'il avait employé), elle avait trouvé des graines brunes. On devait broyer ces fèves et les mêler à une pâte douceâtre, avait conseillé le señor : autrement elles auraient une saveur amère. Maria avait ajouté aux fèves des épices, des pétales de rose, du beurre et du sucre de canne, et elle avait fait goûter le résultat au maître. Amerigo Vespucci avait fait la moue et il avait arrêté que le mélange ressemblait à une médecine. Mais Maria en avait aimé la saveur et elle s'était procuré d'autres fèves. Elle en glissait dans plusieurs recettes, pour son plaisir et pour celui de Piedad.

Avec ses mains, lourdement, la jeune femme prit appui sur le banc que, auparavant, elle avait pris le soin de tirer près d'elle. Elle était si grosse qu'il lui aurait été autrement impossible de se relever. Or, même portant un enfant, elle aimait à être assise sur le sol. C'était un geste de sauvage, savait-elle, et elle ne le faisait qu'en l'absence de témoin.

Elle manœuvra doucement, précautionneusement : allait-elle perdre du sang, à présent ? Le bébé allait-il sortir, là, d'un coup ?

Elle ne ressentait pas de douleur, rien que ce mal de dos qui l'incommodait depuis une quinzaine de jours. Surtout, elle avait l'impression que ses hanches s'écartaient quand elle faisait un pas ; mais elle s'était habituée à cette gêne.

Elle était nue : elle avait ôté sa chemise pour sentir sur sa peau la chaleur des flammes que Piedad avait avivées en lui portant la collation du matin. C'était encore une chose qu'elle se permettait quand elle savait qu'elle ne serait pas dérangée, et elle pouvait le faire à la campagne davantage qu'à Séville. Mais à présent il convenait de s'habiller, et elle le ferait sans aide : elle avait trop honte de son ventre distendu et de ses seins énormes. Son regard s'abaissa et, désolée, elle vérifia que ses mamelons, qu'elle avait eus clairs et petits, étaient maintenant larges et bruns, avec des aréoles foncées elles aussi et marquées de points blancs. Péniblement, elle remit sa chemise et alla prendre sur le coffre le vêtement que Piedad lui avait préparé. Elle grimaça : l'hiver commençait et on ressentait le froid dès qu'on s'éloignait du feu. Elle détestait ce froid.

Maria mettait en alternance deux robes depuis qu'elle était grosse. Il fallait bien cela car son ventre la tenait éloignée de la table et elle se salissait souvent. Les deux robes étaient laides. C'étaient des sacs plutôt que des vêtements. La couturière avait taillé le tissu en le faisant s'évaser à partir de la poitrine, l'encolure était fermée d'un cordon qu'elle pouvait dénouer pour passer l'habit au-dessus de sa tête, et des ouvertures latérales permettaient de glisser les bras. Ces ouvertures étaient munies d'œillets et, c'était là sa seule coquetterie, elle s'était fait confectionner plusieurs paires de manches qu'elle fixait à ces trous et changeait au gré de son humeur.

Pour aujourd'hui cependant, elle se passerait de manches, car personne, bien sûr, ne lui rendrait visite et, à l'exception peut-être d'une promenade au jardin, elle ne sortirait pas.

Dieu qu'elle s'ennuyait. Elle se souvenait… Avant qu'elle ait voulu admettre qu'elle était enceinte, le maître, averti par Piedad, le savait déjà. Il l'avait fait venir, non dans la chambre qu'elle connaissait si bien mais, après le départ des employés, dans le bureau de l'entresol qui lui était aussi familier. Il n'avait pas voulu qu'elle demeure debout et l'avait fait s'asseoir sur le banc près de la fenêtre qu'il se réservait d'ordinaire.

Pleine de honte, elle était restée silencieuse. Mais en y repensant elle avait le sentiment que lui aussi avait cherché ses mots.

« Petite, je croyais… J'aurais dû… C'était à moi… Il aurait fallu éviter ça. »

Elle n'avait pas compris ce qu'il avait voulu dire. « Il aurait fallu éviter ça » ? Était-ce un reproche et qu'aurait-elle dû faire ? Les enfants se concevaient ainsi et les femmes n'y pouvaient rien.

Comme elle s'était mise à pleurer, il s'était approché d'elle, avait baisé ses cheveux et caressé la naissance de ses seins.

« Tu es si jeune, si innocente, et moi je suis presque vieux. C'est de ma faute, ce n'est pas de la tienne », l'avait-il rassurée.

Il avait parlé ensuite longuement. Elle n'avait pas écouté. Plutôt, elle s'était laissée bercer par la mélodie des paroles. Le ton sans colère, l'air de décision grave de messer Vespucci l'avaient calmée peu à peu. Peut-être tout n'était-il pas si terrible ? Le maître parlait de ses couches : le mot était étrange. Il disait « dans six mois » : la moitié d'une année, c'est-à-dire une éternité. Il évoqua la campagne où il faudrait qu'elle se retire – elle ne comprit pas. Il lui dit que Piedad demeurerait avec elle et parla d'un garçon : de la possibilité qu'elle lui donne un fils.

« Je le reconnaîtrai peut-être. Je lui donnerai mon nom. Il sera libre, en tout cas. »

Il sembla à Maria qu'il parlait d'une autre et qu'elle assistait à une scène qui ne la regardait pas.

Dans les semaines qui suivirent, la vie de la jeune femme changea du tout au tout. Quinze jours n'étaient pas passés qu'Amerigo la pria de plier ses affaires. Elle ne pouvait rester à Séville, où les gens auraient murmuré, mais il allait la loger dans la Sierra Norte. C'était, comme le nom l'indiquait, un endroit un peu au nord, région de bois et de rochers avec de l'eau partout : il y régnait une agréable fraîcheur même dans les mois d'été. Juan Berardi, son défunt associé, avait eu une maison là-bas, qu'Amerigo avait rachetée. Maria s'y trouverait très bien. Elle allait emporter ses vêtements et les menus objets qu'elle avait accumulés dans la chambre que, depuis deux années, elle occupait toute seule loin du dortoir des servantes. Qu'elle ne prenne aucun meuble : elle trouverait sur place ce qu'il lui faudrait. Outre Piedad qui l'accompagnerait, il y aurait dans la demeure un couple, Rámon et Lucia, qui ferait les grosses tâches. Lui-même viendrait la voir autant qu'il le pourrait : il fallait une matinée pour se rendre à cheval de Séville à Cazalla, c'était le nom du village près duquel elle résiderait, et il prendrait le temps chaque fois que ce serait possible.

La veille du départ, Vespucci rejoignit Maria dans son lit,

ce qu'il n'avait plus fait depuis le jour où il lui avait parlé de son état. Quand il la quitta (il arrivait qu'elle dorme dans sa chambre mais il ne restait jamais dans la sienne), il lui fit un présent : un serin jaune dans une cage d'argent. L'oiseau venait des îles où elle était née, il chanterait tous les jours pourvu qu'elle lui donne des graines et de l'eau :

« Il te tiendra compagnie quand je ne pourrai être près de toi. Tu seras occupée en attendant que tu aies à te soucier de l'enfant. »

La jeune femme remercia, elle trouvait la cage précieuse et l'oiseau joli.

Le lendemain, elle oublia le serin à Séville.

*

Maria se souvint du serin et elle songea qu'elle n'avait pas de regret. Si elle l'avait porté à la campagne, elle aurait ouvert sa cage : un oiseau n'est pas fait pour rester derrière des grilles.

Il fallait à présent que Piedad la coiffe. Lever les bras et brosser ses cheveux, les natter : ces gestes tiraient sur sa poitrine et son ventre. Quel visage avait-elle aujourd'hui ? Hier, la vieille lui avait dit qu'elle avait bonne mine et qu'elle était jolie. Mais elle, qui tâtait de ses doigts ses paupières et le dessous de ses yeux, se jugeait boursouflée et d'ailleurs ses chevilles et ses jambes avaient aussi enflé…

Dans la maison de Séville, il y avait deux miroirs. L'un, plat, rectangulaire, était accroché dans le cabinet où Amerigo se rasait. Maria s'y mirait fréquemment, prétextant d'avoir à en nettoyer la glace. L'autre, dans la pièce où le maître dînait et recevait, était circulaire et bombé. Il reflétait presque entièrement la salle et déformait les traits quand on se rapprochait. Maria, souvent, jouait à avancer et à reculer, observant ce qu'il advenait. Elle aimait aussi les peintures de la bordure, avec des personnages grotesques.

La prochaine fois que messer Vespucci viendrait, elle lui

demanderait de lui procurer un miroir. Même un petit, il n'importait.

Elle songea qu'elle avait manqué oublier ce qui lui était arrivé. Le couvre-lit ne pouvait rester sur le sol, Piedad se rendrait compte qu'il était mouillé et ce serait humiliant. Avec le pied, pour éviter de se baisser, elle repoussa l'étoffe. Le tissu rouge glissa sur les carreaux. Contente, elle le fit aller jusqu'à la fenêtre, le dissimulant derrière le battant du volet qu'on fermait le soir. Lucia l'y trouverait et ne commenterait pas.

Une crampe au ventre lui rappela qu'elle avait oublié de faire ses besoins. Dans un recoin de la chambre caché par une tenture se trouvait ce qui était nécessaire. Une chaise avec un trou. Elle en retira le couvercle, s'assit confortablement. Mais… rien. Elle se releva, songeant que c'était une misère de porter un enfant.

Maria disposait d'une cloche pour appeler Piedad. Elle détestait en user, jugeant qu'il était peu gracieux de convoquer ainsi cette femme qu'elle aimait. Mais comment faire autrement dans cette maison à étages ? Il eût fallu crier et c'eût été encore moins convenable.

En fait, elle était très bien seule. La coiffure attendrait. Il y avait ce travail de couture qui pourrait l'occuper : Piedad serait contente si, sans y être incitée, elle l'avançait d'elle-même. Maria n'aimait guère travailler à l'aiguille. Il fallait tant de soin, de patience. De petits points solides qui devaient être réguliers… Elle prit, sur la table installée près de son lit, ce qui était censé être son ouvrage : un bonnet de nourrisson dont Piedad avait fait plus de la moitié. L'objet était joli, presque achevé à présent. Il restait à fixer les passementeries d'attache : elle pouvait faire cela.

Mais à quoi bon ?

Elle regarda par la fenêtre. Messer Vespucci avait eu cette gentille attention : il avait fait remplacer le papier huilé du chambranle par des carreaux. Le frêne, dont une des branches touchait presque la vitre, achevait de perdre ses feuilles. Le regard de Maria s'égara vers le jardin, en bas, et le chemin au-delà de la haie. Dans un pré paissaient deux chevaux, puis il y avait la rivière, cachée par les aulnes et des saules. Des chevreuils, quelquefois, venaient y boire. On était déjà presque à la montagne, à la belle saison tout ce paysage était vert. Pour lors, la pluie qui tombait noyait entièrement l'horizon.

Maria s'amusa à souffler sur la vitre. Du doigt, elle fit un dessin dans la buée qui s'était déposée. Deux ronds, un fragment de lune en dessous. Un visage qui souriait. L'image, bientôt, s'effacerait. Maria passa sa paume sur le verre et le fit disparaître.

*

Piedad monta d'elle-même un petit moment plus tard. Elle demanda à Maria comment elle allait, si elle avait songé à prier, elle mit une nouvelle bûche dans le feu, avança un tabouret à dossier et fit s'asseoir Maria. Puis elle tressa ses cheveux, les arrangea en couronne autour de son visage, laissant les boucles lâches parce qu'une coiffure serrée donnait à la jeune femme la migraine. Après quoi elle dénoua sa robe, dégagea ses épaules et, avec une huile qui sentait bon l'amande, elle massa la nuque et le haut du dos de celle qu'elle considérait comme sa fille.

C'était le moment que Maria préférait. N'eût-elle ressenti cette lourdeur en bas de son ventre, son bonheur aurait été total. Mais l'enfant, ce jour-là, pesait plus que jamais.

Elles parlèrent du temps, qui était mauvais pour la promenade et bon pour la végétation. De messer Vespucci, qui s'était embarqué à l'été et dont on n'avait pas de nouvelles :

« Le maître devrait se contenter de mener ses affaires depuis Séville et laisser la mer aux marins », maugréa Piedad.

Puis, d'un ton plus amène :

« Que Dieu lui prête vie cependant et nous le ramène vite. »

Fait rare à cette saison, Rámon avait découvert dans le jardin une chatte qui avait mis bas. Il avait sacrifié trois des petits, mais Lucia l'avait persuadé d'en laisser vivre un, pour la mère et parce qu'elle pensait que, peut-être, Maria aimerait avoir le chaton.

Piedad arrêta de parler en voyant que Maria grimaçait. La jeune femme se plaignit : même assise et à ne rien faire, elle se sentait essoufflée. Son ventre formait une barre qui semblait s'enfoncer dans ses reins. Juste là, elle avait une colique, des crampes. Il fallait qu'elle retourne derrière la tenture… Piedad, soucieuse, attendit. Puis comme Maria revenait, soulagée, elle murmura seulement qu'elle allait appeler Lucia pour qu'elle vide le pot.

À la fin de la matinée, la jeune femme descendit pour aider à la cuisine ou du moins rester avec Piedad et Lucia pendant qu'elles travaillaient. On allait faire frire des œufs dans la cassolette, on les mangerait avec des piments et de l'oignon. Il y aurait aussi du poisson séché. Puis on préparerait la soupe pour le soir : du lard et des haricots. Il fallait penser au fromage : Maria avait besoin de lait. Les denrées étaient simples. On n'avait pas dans la Sierra de ces rares produits qu'on trouvait à Séville, et rien de frais ne venait de la mer.

La jeune femme s'occupait vaguement à peler les légumes quand une douleur brutale lui serra les entrailles. Ce n'était plus la crampe désagréable du début de la journée, mais un déchirement subit, l'impression qu'on la sciait en deux. Elle cria. Piedad et Lucia la regardèrent, et cette dernière observa :

« Tout à l'heure, j'ai trouvé le tapis qu'on met sur son lit, par terre et tout trempé. »

Maria se mit à pleurer.

*

Ce qui suivit fut un mélange d'ordre et de chaos.

Maria ayant confirmé qu'elle avait perdu les eaux, les deux femmes l'aidèrent à remonter.

« Tarde donc, et tu ne pourras plus grimper l'escalier. Imagine : que ferons-nous si tu accouches dans la cuisine ? » la tança Piedad.

On plaça dans la chambre la chaise de paille large et confortable que Piedad utilisait d'ordinaire, et Maria put s'y asseoir. Rámon porta des bûches, Lucia de menues branches. Puis l'homme revint avec une marmite, un seau et, finalement, deux jarres qu'il avait remplies d'eau. La marmite fut accrochée à une crémaillère que Maria n'avait pas remarquée, Lucia la remplit à demi d'eau et usa du soufflet pour réveiller le feu. Piedad, haletante à force de descendre et monter, vint avec deux nattes de jonc et un paquet de linge. Maria, qui ne sentait plus de douleur, contemplait, hagarde, cette agitation, gémissant faiblement, pour rien.

Les femmes déroulèrent une des nattes sur le sol. Elles défirent le lit, ôtèrent un des matelas qui rendaient la couche confortable, couvrirent celui qui restait avec l'autre natte, qui était la plus mince, et étendirent par-dessus un tissu épais.

Rámon s'étant retiré, ainsi que Lucia, Piedad déshabilla la jeune femme. Elle la fit s'étendre sur le lit (le tissu blanc portait les traces anciennes de taches) et, avec de l'eau tiède, elle la lava. Sa main serrant le linge humide passa doucement sur le dos, sous les aisselles, dans le repli des seins. Elle s'attarda sur le ventre, dessinant des cercles depuis le nombril, pesant sans violence sur la chair tendue. À un moment, elle posa l'éponge et appuya plus fortement ses paumes : à droite, à gauche ; en haut, en bas.

« Je ne comprends pas la position de ce petit », dit-elle.

La pression, sans doute, provoqua une crampe, et Maria, à nouveau, cria.

« Chuuut… si tu cries maintenant, qu'est-ce que nous allons entendre ! Calme-toi, toutes les femmes sont passées par là. »

Le linge, gorgé de l'eau qui était maintenant plus chaude, glissa entre les jambes de Maria. Celle-ci, honteuse, serra les cuisses.

« Laisse, c'est pour que tu sois bien. Toute belle, toute propre. Et puis ça amollit les chairs, dit Piedad. Tout à l'heure, je vais te mettre une chaufferette. Tu la placeras aussi haut que possible entre tes jambes. Sans te brûler, quand même ! » ajouta-t-elle en riant.

La vieille femme déplia une étoffe brune. Il y avait une ouverture pour la tête et deux déchirures pour les bras – rien n'était cousu.

« C'est une robe d'accouchement. Tu la mets par-devant, je la tire sous toi derrière. Si tu la taches trop, on la changera, j'en ai une autre. »

Puis elle continua :

« La matrone va venir, elle te regardera. Tu dois la laisser faire. »

La matrone. Maria trouvait le mot horrible, et la femme qu'il désignait était pire, à son avis. Deux fois, depuis qu'elles étaient à Cazalla, Piedad avait exigé que Maria soit visitée par elle. Il avait fallu répondre à des questions. Ce qu'elle mangeait, comment elle dormait. Quand elle avait saigné pour la première fois et de quand dataient ses dernières menstrues. Elle avait dû réfléchir, même, à quand remontait le rapport qui l'avait faite grosse. Puis la matrone avait ordonné qu'elle montre ses seins et qu'elle remonte sa jupe jusqu'au-dessus de son nombril. À la dernière visite, elle avait voulu en plus toucher son ventre. Elle l'avait tâté non pas délicatement comme venait de le faire Piedad, mais lourdement, profondément. Elle tâchait, disait-elle, de sentir où l'enfant en était. Elle avait trouvé Maria si forte qu'elle lui avait dit que sûrement elle mangeait trop ou que sa grossesse était plus avancée qu'elle croyait.

« Ou encore, avait-elle ri, il y a deux ou trois gros garçons là-dedans. Et dans ce cas, on aura intérêt à faire venir le prêtre… »

Mais elle avait ajouté, rassurante :

« Je ne sens qu'une tête. »

La matrone arriva, avec Lucia qui était allée la quérir, alors que Piedad glissait sur Maria une couverture. Il fallut tout enlever : les oreillers que Maria avait dans le dos et qui soulageaient son mal de reins, la couverture, qui lui tenait trop chaud, à vrai dire, mais qui cachait le tissu douteux sur lequel elle était étendue. La femme la fit s'installer les jambes hors du lit. Elle s'accroupit, souleva la robe au-dessus du sexe de Maria, approcha son regard et – elle se souvint qu'on lui avait fait la même chose quand elle était arrivée en Espagne et elle en ressentit la même honte – elle mit sa main, ses doigts, dans le vagin ouvert.

« Ce n'est rien, cela. C'est à peine le début. Je ferais aussi bien de rentrer chez moi », grommela la commère.

Quand même, elle demeura sur place. Les trois femmes restèrent tout l'après-midi dans la pièce où Maria, alternativement, se sentait bien ou souffrait. Elles bavardaient, commentaient tout et n'importe quoi. Même, à un moment, une voisine du village qu'on connaissait un peu demanda à entrer. Elle embrassa Maria, elle lui dit sa compassion mais que « ça allait bien se passer », et qu'elle serait très heureuse, « après ». Elle avait apporté une brassée des feuilles de l'automne, jaunes et orange. C'était beau : cela fit plaisir à la parturiente.

À un moment, la matrone et les deux vieilles se firent monter de quoi manger, car aucune n'avait déjeuné. Mais elles refusèrent que Maria goûte de quoi que ce soit, se contentant de lui donner à boire.

« Tu vas te ch… dessus, si tu manges », prévint la matrone.

Longuement, avec délectation, Lucia puis Piedad racontèrent leurs accouchements. Piedad, Maria l'ignorait, avait eu deux enfants. Lucia l'emportait de beaucoup sur elle, puisqu'elle avait donné naissance neuf fois. Les deux premiers enfants étaient morts en venant au monde. Pour le troisième, qui était un garçon, il était si mal placé que son mari avait dû intervenir.

« On était loin, dans une ferme. Il n'y avait pas de femme

comme toi, dit-elle en s'adressant à la matronc. Mais comme Rámon aidait les brebis à vêler, il savait ce qu'il fallait faire. »

Quand même, le nouveau-né, en sortant, avait l'épaule cassée.

« L'os s'est consolidé, mais aujourd'hui Javier est un peu difforme. Cela ne l'empêche pas d'être costaud », observa-t-elle.

La matrone, quant à elle, expliqua qu'elle connaissait les moyens de « faire passer l'enfant » si la femme n'en voulait pas. Mais c'était dangereux. Pour la femme, et pour celle qui l'aidait. Maria ne comprit pas, mais le mot « dangereux » l'inquiéta. Elle demanda si elle pouvait mourir, ou accoucher d'un mort. Les femmes changèrent de sujet.

Deux fois, la matrone regarda entre les jambes de Maria. Deux fois, elle dit que « ce n'était pas encore cela ». Vers la fin de l'après-midi cependant, les douleurs de Maria devinrent plus violentes et plus fréquentes. La matrone regarda de nouveau et constata qu'en effet le bassin s'ouvrait plus largement.

« Il faut maintenant que tu t'aides toi-même », dit-elle.

Elle alla dans l'alcôve où était la chaise percée, retira le seau qui était dessous, porta le meuble dans la chambre, l'installa sur la natte posée au sol, aida Maria à se lever et s'y asseoir.

« Force, maintenant ! Quand tu sens que la matrice se crispe, pousse. De toutes tes forces. »

Maria détestait l'idée que l'enfant sorte là, par le trou de cette planche où elle s'asseyait pour faire ses besoins. Mais Piedad lui dit que c'était la meilleure position. L'enfant pesait. Grâce à la chaise, il trouverait sa route vers le bas.

Et pourtant, ça dura. Rester assise fatiguait trop Maria. On la recoucha. Après le moment où la nuit était tombée, la douleur devint continue et Maria pensa qu'elle allait vraiment mourir. Les trois commères, à présent, étaient autour d'elle, l'encourageant, lui donnant des conseils :

« Respire. Lentement, profondément. Vite maintenant ! » « Pousse ! » « Plus fort. Encore ! »

Elle ne faisait rien de tout cela, mais elle hurlait. Elle eut le temps de se souvenir que, dans l'île, jadis, elle avait vu les femmes former un cercle autour de celles qui accouchaient et chanter très fort. C'était pour couvrir les cris, bien sûr.

La douleur n'était plus seulement dans son ventre, elle était dans son dos, dans ses cuisses. L'enfant lui arrachait les entrailles. La matrone voulut qu'elle se mette à quatre pattes, mais ses jambes tremblaient trop, elle ne pouvait tenir. Lucia finit par monter sur le lit. Elle se plaça derrière Maria, enfonça ses genoux dans son dos, la tint par les épaules.

« Allez, vas-y ! »

Piedad, elle, tâchait de maintenir les jambes repliées près des fesses. Maria tremblait de plus en plus. La robe brune était complètement relevée, la matrone, qui s'était de nouveau déplacée, avait la tête entre ses cuisses ouvertes. L'idée qu'elle avait eu honte tout à l'heure lui parut absurde. Elle était couverte de sueur.

Elle cria encore… et l'enfant fut là.

Une chose sanguinolente, une masse de chair que Maria aperçut et ne voulut pas voir. Piedad recueillit le petit corps, le posa sur le matelas et, de ses mains énergiques, le frictionna. Le nouveau-né hurla. Un cri aigu, mais fort – moins fort que ceux qu'avait poussés Maria.

« C'est une fille. Et une grosse en plus ! » dit Piedad.

Maria ferma les yeux.

« Mais ce n'est pas fini ! s'exclama la matrone. Elle en a deux ! »

Et la souffrance, qui s'était calmée, revint. Maria ne criait plus. Elle n'avait plus la force. Elle ne poussait pas non plus. Les vagues de douleur montèrent, de ses fesses jusqu'au haut du dos. Une houle agita ses viscères, et se calma.

« Elle saigne, beaucoup. Trop. »

Maria commençait à être loin, loin de tout cela… Elle dormait.

Elle n'entendait plus les femmes.

« Il faut l'aider. Je vais chercher l'enfant, dit la matrone. Tenez-la. »

Et la femme enfonça son bras dans le sexe de Maria. La main rencontra une poche, les doigts pincèrent la membrane, un flot transparent que teignaient des caillots rouges dégoutta entre les jambes.

« J'ai la tête. Soulevez la mère. »

Maria était inconsciente. Les femmes, la prenant chacune sous une aisselle, la redressèrent. Sa tête retomba en arrière.

Entre les cuisses couvertes de glaires, un nouveau corps sortit, très vite. La tête était coiffée d'un sac visqueux.

C'était un garçon. Petit.

La matrone regarda et choisit de le secouer.

Il pleura. Un peu.

Elle passa à Piedad le nouveau-né, et prit un linge pour tâcher de stopper le sang qui continuait à couler du sexe de Maria.

Elle dit à Lucia qu'il fallait aller chercher le prêtre.

9

La rencontre

BLOIS (FRANCE), DÉCEMBRE 1501

« Non, ce n'est plus possible, à la fin l'orage va emporter le toit ! »

La voix de Doucine de Saubonne était plus chargée d'exaspération que de crainte. La jeune fille, demoiselle de Madame d'Alençon, couchait au dernier étage d'un vieil hôtel de Blois. Elle partageait un lit avec Laurette Pihan, elle aussi demoiselle, auprès de Madame de Bourbon. Les deux adolescentes avaient dû quitter la chambre qu'elles habitaient au château parce qu'il fallait faire de la place pour l'escorte de Monseigneur Philippe et de Madame Jeanne. La ville entière, à vrai dire, était pleine de gens, Espagnols, Flamands, Bourguignons, Provençaux et Italiens, outre des nobles et des prélats français venus aussi de loin. La paix était signée entre le roi de France et son plus dangereux ennemi, les héritiers des pays concernés allaient se marier : c'était un événement !

Belle affaire, pensa Doucine. Notre problème, pour l'instant, à Laurette et à moi, c'est de ne pas périr noyées.

« J'ai froid, et le ciel du lit commence à dégoutter », se plaignit Laurette.

On était au début de décembre, le 7 précisément. Depuis une quinzaine de jours, il pleuvait sans interruption sur la Loire. Le fleuve avait grossi, commençant à déborder, ce qui n'inquiétait pas Doucine puisque la demeure où Laurette et elle logeaient se trouvait dans une rue montante. Mais voilà qu'en ce début de nuit, un orage improbable pour un mois de décembre avait commencé de sévir et n'en finissait pas de secouer la ville. Vers neuf heures du soir, comme les filles rejoignaient leur lit, le vent s'était fait encore plus fort. La charpente gémissait et des grêlons tombés dans le conduit de cheminée étouffèrent le feu.

D'abord, elles avaient trouvé cela drôle, mais ensuite, incapables de ranimer les flammes avec le bois mouillé, elles avaient commencé à frissonner. Le vent, la pluie, avaient continué. Des volets obstruaient les fenêtres. La bourrasque en ouvrit un et, avant que Laurette et Doucine aient réussi à le rabattre, les gouttes, orientées presque à l'horizontale, les avaient douchées. Puis, la toiture étant vieille, des ardoises avaient dû s'envoler : une gouttière se forma, et une seconde. Sous la première, les jeunes filles mirent le vase de nuit. L'eau, en y tombant, faisait « ploc », petit supplice s'ajoutant au tumulte. L'autre fuite se trouvait au-dessus de la couche. Celle-ci était bordée de rideaux – c'était bien le seul luxe de ce logement – et le drap qui formait le baldaquin se gonfla de la pluie sans que les jeunes filles y pussent rien. Les courtines, à leur tour, commençaient à se tremper.

« On ne peut rester là. Demain, nous devons être aimables et jolies. Il faut absolument dormir. Descendons dans la cuisine. Nous alimenterons le feu, ce sera sec, et il n'y aura pas autant de bruit », décida Doucine.

Laurette n'ayant pas d'objection, les demoiselles firent un tas de leurs vêtements. Elles ôtèrent leurs chemises mouillées et s'enveloppèrent, nues, dans les couvertures qu'elles avaient retirées du lit. En riant, en chahutant – après tout, la circonstance était sans danger –, elles se transportèrent au rez-de-chaussée. La cuisine était grande, on n'eut aucune peine à allumer des braises, et les murs, à ce niveau, étaient épais : le vacarme extérieur parvenait assourdi.

Laurette découvrit qu'elle avait faim. Elle ouvrit la porte du cellier, descendit quelques marches, remonta avec du lait, du jambon et du pain.

« Tu ne penses qu'à manger. D'ici peu, tu ne rentreras plus dans tes robes », gronda Doucine. Cependant elle se servit pour elle-même un grand bol de lait.

Il y avait un espace entre la table et la cheminée. Les jeunes filles y installèrent leur couche. Le sol était dur et Laurette, qui aimait ses aises, remonta chercher les oreillers qu'on avait oubliés.

« Ça ne s'améliore pas », dit-elle en revenant, tremblant malgré la couverture qu'elle avait conservée sur elle. Elle s'allongea au côté de Doucine.

« Tes mains sont glacées, ne me touche pas ! » protesta celle-ci. Mais elle la laissa glisser ses pieds entre les siens.

« Tu es ma chaufferette », plaisanta Laurette.

Doucine approcha son visage et souffla doucement sur la poitrine de son amie, la réchauffant de son haleine. Laurette se pressa davantage contre elle, Doucine passa sa main sur les fins cheveux blonds et posa sa bouche sur celle de la jeune fille. Elles s'étaient embrassées ainsi souvent mais cette fois, la langue de Doucine, au lieu de presser simplement, força légèrement, entrouvrant les lèvres de l'autre. Elle en caressa l'intérieur, glissa sur les dents que Laurette serrait puis, impérieuse, les descella. Les langues se soudèrent, la salive se mêla. Alors les doigts de Doucine descendirent, palpèrent les fesses rondes, pincèrent le gras du ventre. Laurette avait au pubis des poils bouclés comme l'étaient ses cheveux. Doucine joua avec, tordant et retordant les souples fils clairs. Ses mains allèrent plus bas, fouillèrent entre les cuisses. C'était doux et humide. Elle se mit sur les genoux et, à quatre pattes entre les jambes de Laurette, elle approcha sa bouche du sexe de son amie, qui se raidit d'abord puis se mit à gémir.

Les flammes projetaient leurs ombres sur les murs et

ambraient leurs corps. Laurette apprenait vite, Doucine savait déjà : à un certain moment, les jeunes filles changèrent de position et ce fut au tour de Mademoiselle de Saubonne, alors, de soupirer doucement.

Après quoi, elles s'endormirent sans peine.

*

Vers huit heures, le lendemain, comme le jour se levait, la porte de la cuisine s'ouvrit et deux hommes firent irruption. Réveillées en sursaut, Laurette et Doucine se redressèrent, nues toujours au-dessus des couvertures. La première tira par réflexe le tissu sur ses seins, Doucine resta assise, découverte, et gronda :

« Qui êtes-vous ? Que faites-vous ici ? »

Les hommes, l'un châtain avec des reflets roux et l'autre très brun, étaient jeunes et manifestement ébahis. Le plus clair semblait presque un garçon, et les deux étaient plutôt beaux. Ensemble, ils répondirent qu'ils avaient la clé, qu'on leur avait dit qu'ils devaient loger là. Le moins âgé des deux s'exprima dans une langue que les filles ne reconnurent d'abord pas, l'autre parla dans un français chantant. Ils étaient en tenue de voyage, les bottes boueuses, la cape mouillée, leurs chapeaux, qu'ils tenaient à la main, dégoulinaient – il continuait manifestement à pleuvoir.

« Sortez et laissez-nous nous habiller. Et puis ôtez vos bottes : vous allez tout tremper », commanda Doucine en fronçant le nez.

Les étrangers reculèrent, fermant la porte. Les filles se regardèrent, encore effrayées, déjà amusées.

« Ils ne me paraissent pas bien redoutables, chuchota Laurette. Ils avaient l'air aussi surpris que nous. »

Quand même, mieux valait se vêtir très vite. Elles, seules dans la vieille maison, nues devant le feu, eux, tout habillés, solides… Doucine, en y pensant, éclata de rire :

« C'est une situation impossible ! »

Laurette, elle, restait peu rassurée. L'étonnement passé, les hommes pouvaient vouloir profiter de l'aubaine.

Les voyageurs s'appelaient Guido et Damiano. Ce dernier était l'aîné, mais Doucine et Laurette remarquèrent la sorte de déférence qu'il montrait envers son compagnon. Il s'avéra qu'ils étaient italiens. Ils venaient d'une région qui s'appelait la Toscane et ils étaient arrivés par Marseille et le Rhône, puis en suivant la Loire. Depuis des jours, alors qu'ils se hâtaient pour atteindre vite Blois, ils avaient affronté des embûches. Le fleuve grossi par les précipitations charriait trop de débris pour qu'on pût songer naviguer, les gués étaient impraticables, les berges noyées et les chemins à travers la campagne transformés en rivières. Les jeunes gens, en plus, s'étaient perdus deux fois. La journée de la veille avait été épouvantable. Il avait délugé sans répit, les chevaux fatigués renâclaient et glissaient dans la boue et, quand les voyageurs avaient compris qu'ils ne parviendraient pas à arriver dans la ville avant la nuit, ils n'avaient pas trouvé d'auberge pour les accueillir car les Flamands occupaient tous les lits.

« Ça ne m'étonne pas, dit Laurette. Hier, on espérait Monseigneur et Madame après le repas de midi et tout le monde, le roi compris, a dû attendre sans bouger jusqu'au-delà du coucher du soleil. »

Et Doucine ajouta :

« Il faisait si sombre qu'il a fallu aller les chercher au pont avec des archers qui tenaient les flambeaux. Mais les torches enflammées s'éteignaient les unes après les autres.

— Quand l'archiduc est arrivé chez le roi, il était si dégoulinant qu'on a dû lui passer un autre chapeau. Autrement, en faisant ses révérences il aurait arrosé tout le monde ! » s'amusa Laurette.

Toute méfiance était désormais passée. Les Italiens n'avaient pas seulement retiré leurs bottes, mais ils s'étaient débarrassés de leur manteau trempé et, apparemment, ils avaient changé de chemise. Cependant, dans la touffeur de la cuisine, Laurette ayant réveillé le feu, l'étoffe de leur culotte dégageait une odeur mouillée qui se mêlait à celle du pain que les filles avaient tranché et mis à rôtir.

« Finalement, nous avons dormi dans un village qui s'appelle Montlivault. Dans une écurie avec les chevaux. Il y avait des valets mais aussi des seigneurs qui couchaient avec nous, expliqua Damiano.

— Je n'ai jamais vu autant des bêtes et des gens entassés, ajouta Guido en cherchant ses mots. C'est une miracle de la Vierge si nous n'avons pas reçu un coup des sabots. » Il prononça « coup » en faisant sonner le « p ».

« Mais comment êtes-vous arrivés ici ? » demanda Doucine de façon peu amène.

Il s'avéra que la maison où les filles dormaient appartenait à un évêque lié aux Médicis. Or, c'est pour ces derniers qu'agissaient les Italiens. Bref, c'était bien le logis, rue de la Chaîne, qu'on leur avait dit d'occuper et, ce matin avant le lever du soleil, ils avaient pu (« de nouveau, c'était une miracle », commenta Guido) en récupérer les clés, dans une auberge du Port Vieil où ils savaient qu'ils devaient aller.

« Et vous, comment se fait-il que vous soyez là ? On nous avait écrit que le logis serait pour nous, demanda Damiano d'un ton délibérément insolent.

— Le château est plein comme un œuf. Sauf les plus grandes dames qui appartiennent à la reine et les serviteurs du roi, tous ceux qui ne sont pas fils et filles de France ou les ministres de Sa Majesté ont été priés de trouver à se loger en ville. On nous a commandé de nous installer ici : la maison était vide, les voyageurs qui devaient l'occuper semblaient avoir renoncé à venir », expliqua tranquillement Doucine.

Et elle ajouta :

« Nous avons trouvé mauvais que les portes du premier soient closes. Elles doivent s'ouvrir avec une de vos clés, et c'est sûrement l'étage confortable. Pour nous, nous avons été forcées de camper en haut de la maison et, la nuit dernière, il n'était juste pas possible d'y rester. »

Le déjeuner fini, les jeunes gens allèrent explorer la maison. Il y avait en effet de part et d'autre du premier palier deux grandes chambres, dont l'une avec un cabinet, auxquelles les clés des garçons donnaient accès. Les chambres étaient équipées de lits avec des couvertures et des édredons, les cheminées n'attendaient plus que des bûches, les pièces étaient sèches : il fut décidé que les filles occuperaient une chambre et les Italiens l'autre. Les garçons gardèrent pour eux la chambre avec le cabinet.

Les filles, cependant, ne transportèrent pas tout de suite leurs affaires. Elles devaient aller au château prendre leurs fonctions. L'office du matin était fini, les dames qu'elles servaient avaient à achever de se parer et elles devaient les aider. Guido et Damiano, quant à eux, iraient voir un certain Lorenzo, le Médicis pour qui ils travaillaient. Laurette et Doucine, même si elles avaient entendu le nom, ignoraient qui exactement il était et où ils pourraient le trouver.

*

Dans les jours qui suivirent, les voyageurs et les Françaises devinrent intimes. Les quatre avaient à peu près le même âge, il leur était facile de parler et de rire ensemble. Puis ces journées étaient exceptionnelles. C'était comme si la maison leur appartenait, et personne ne leur disait ce qu'ils avaient à y faire ou comment s'y conduire. Le cellier était plein de l'indispensable, les jeunes gens rapportaient, le soir, ce qui pouvait manquer. Au demeurant, sauf le déjeuner du matin, on mangeait principalement à l'extérieur.

Guido et Damiano rencontrèrent Lorenzo. L'homme avait passé la quarantaine, il était gros et court. Son menton en avant et son nez retroussé étaient ceux des Médicis, mais ces caractères, qui s'étaient accompagnés de finesse chez son cousin le Magnifique, se trouvaient chez lui abrégés et arrondis. Guido songea que cette apparence aussi justifiait son surnom de Populaire.

Le Florentin, qui n'avait jamais vu les jeunes gens, commença par les tancer d'être arrivés après que les Flamands avaient fait leur entrée :

« J'ai pensé que vous aviez rebroussé chemin, et trouvé mauvais votre défection ! »

Du regard, il les jaugeait sans aucune discrétion. L'inspection dut lui convenir et il se préoccupa d'autre chose :

« As-tu au moins l'objet ? » Il s'adressait à Damiano.

Paroni portait à l'épaule une sacoche dont Guido réalisa qu'il s'en était encore moins séparé durant le voyage que lui de la boîte que lui avait offerte son père. Le commis la posa sur une table, en sortit un paquet qu'il tendit au Médicis. Celui-ci déplia le tissu qui le couvrait, une grosse toile huilée, il dégagea un autre tissu, puis un étui de cuir dont il défit le cordon.

Délicatement, il fit glisser ce qui se trouvait dedans.

C'était un assez grand livre, d'un format tel que Guido n'en avait jamais vu, très large au lieu d'être haut comme le sont en général les ouvrages.

« Soit. C'est bien. C'est très bien », approuva Lorenzo.

Et il émit un bruit de gorge, comme un ronronnement.

« Venez tous les deux. Voyons si c'est aussi beau que je l'espère », dit-il.

Il tira un siège et s'assit devant le livre. Avec amour, il passa sa paume sur la reliure. Elle était aussi en cuir et marquée d'aigles dont Guido savait qu'ils étaient l'emblème du vaste Empire, à l'est, qu'on appelait germanique.

Du bout des doigts, avec une délicatesse dont le garçon n'aurait pas imaginé qu'elle pût être le fait d'un homme gras, Lorenzo ouvrit le livre et, lentement, il commença à en tourner les pages. Guido reconnut *La Divine Comédie* de Dante – tout jeune Italien éduqué en connaissait les vers par cœur. Le texte était imprimé, mais des lettrines rouges ou bleues le faisaient ressembler à un manuscrit. Surtout, le commencement de chaque chant était orné de peintures, ou plutôt de gravures comme l'expliqua Lorenzo.

« C'est le maître Botticelli qui a dessiné cela pour moi au début de la République. J'ai gardé les dessins dans ma villa à Cafaggiolo, ce que vous voyez là est fait d'après eux : on a reproduit les formes en creusant dans du bois, puis on a imprimé comme on imprime du texte et un bon compagnon a mis la couleur. La seule différence, c'est que les contours se retrouvent à l'envers. »

Guido ne comprit pas le pourquoi de cette inversion, mais il ne posa pas de questions.

Debout derrière le marchand, il voyait de trop loin les pages. Cela suffisait pour que, malgré son inexpérience, il s'étonne de la multiplicité des détails. Le Médicis semblait ravi :

« Quelle invention… », murmura-t-il.

Les silhouettes de Dante et de Virgile revenaient à travers les images. Enveloppé d'un manteau, le premier se reconnaissait à son nez busqué et à sa tête capuchonnée de rouge, tandis que le second portait une tunique courte qui le rendait semblable au Mercure du coffret aux ferrures. Dans un ciel semé de flammes, le poète et son guide traversaient des cercles qui représentaient le cosmos, ils erraient entre les âmes malheureuses au purgatoire ou en enfer, avant d'être portés au paradis sur un char au milieu de figures angéliques.

Une des feuilles était repliée. Lorenzo la déploya avec précaution, laissant apparaître un vaste et minutieux dessin :

« La carte de l'enfer… »

Guido vit un large entonnoir formé de rochers roux et noir. Des damnés nus couraient et gesticulaient partout. Il y avait du feu ici et de la glace ailleurs : il faisait donc froid en enfer ? Tout en bas, dans un orbe bleuté, Lucifer montrait sa tête horrible. Ses cheveux étaient des serpents et des ailes de chauves-souris lui tenaient lieu d'oreilles.

Lorenzo replia la feuille.

« Ce sera le cadeau du seul Médicis qui soutient la République de Florence à l'archiduc flamand. Si Dieu leur prête vie, cet homme ou son fils deviendront empereurs : ils seront les princes les plus importants d'Europe. Peut-être se souviendront-ils que je les ai honorés. »

Puis, refermant l'ouvrage, il ajouta :

« Mais il faut pour l'instant s'occuper de la Cour française. »

Lorenzo leur expliqua ce qu'il attendait d'eux. Filippo Liuciardi lui avait recommandé Damiano ; il voulait que celui-ci examine si on pourrait créer à Blois un comptoir qui fournirait le roi et ses seigneurs.

« Il se passe ici des choses prometteuses, dit-il. Le roi précédent avait entrepris des travaux dans le château, Louis les a poursuivis, les jardiniers qui étaient venus d'Italie continuent à être employés, et les nobles imitent le souverain. Si un seigneur n'a pas les moyens de bâtir, il veut acheter tout au moins un tissu qui vient de loin, une fourchette ou un gobelet sculptés de dieux nus, ou encore des peintures. »

Il ajouta, montrant du doigt la *Comédie* :

« Il n'est pas nécessaire que ce soit de la qualité de ce livre. »

Puis :

« Il y a de l'argent à prendre, et je veux que nous saisissions l'occasion avant que d'autres nous devancent. »

Il se tourna vers Guido :

« Pour toi, tu es trop jeune pour te consacrer entièrement au commerce. Les affaires, ce n'est pas seulement une question d'argent ou même de produits qu'on propose. Le secret, c'est d'avoir l'oreille des puissants. Il faut les connaître, repérer ceux qui peuvent être sensibles aux belles choses. »

Et il continua :

« Quand j'avais ton âge, mon parent le Magnifique m'a envoyé à Paris pour le couronnement de Charles, c'était le nom du roi qui a régné avant Louis. Je n'en menais pas large d'être l'ambassadeur. Toi, tu seras plus modestement, disons, mon secrétaire. Tu feras ce que je te demanderai de faire, mais surtout, je veux que tu observes. Tu me suivras où je te dirai de venir, et on t'apercevra à peine : revêts de bons habits, mais qui soient sobres, et tiens-toi en retrait. Puis tu iras ailleurs, dans tous les lieux où tu pourras. Et quand tu seras là où je ne serai pas, tu regarderas, tu écouteras et tu me rendras compte. N'oublie jamais les liens qui m'unissent à ton père : le destin de ta famille dépend de celui de la mienne. »

C'était un rôle d'espion qu'il Popolano décrivait sans en avoir l'air, et Guido fut conscient que la conclusion contenait une menace s'il n'était pas fidèle. Il s'en amusa plutôt qu'il ne s'en inquiéta. Regarder, fureter, aller partout : l'arrangement lui convenait, même s'il ignorait ce qu'il devait chercher.

10

L'espion

BLOIS, LE MÊME JOUR ET LES JOURS SUIVANTS

Le matin où les Italiens rendirent visite à Lorenzo il Popolano était le jour de la Conception de Notre Dame, qu'on célébrait à Blois par une messe solennelle. Mais, quand les garçons quittèrent le Médicis, l'office était fini. Le temps était moins mauvais, ils parcoururent la ville sans trop se faire mouiller. On avait pavoisé la rue qui menait au château avec des tentures représentant l'histoire de la Bourgogne. Guido en fut surpris, son père lui ayant expliqué que le roi de France et le père de Charles avaient sur le duché un contentieux qui n'était pas fini. Au demeurant, celui qu'on nommait donc l'archiduc étant arrivé à la nuit, il n'avait rien dû voir de l'hommage rendu et on retirait à présent les tissus parce que, lourds d'humidité, ils menaçaient d'arracher les crochets auxquels ils étaient pendus.

À l'entrée du palais, auquel on parvenait par une pente légère encombrée de voitures, ils montrèrent un sauf-conduit qu'avait rédigé Lorenzo et on les laissa entrer dans la cour, qu'ils trouvèrent pleine de gens, de charrettes et de chevaux. Sauf une vieille tour, le bâtiment, étriqué, semblait neuf. Sous le toit en ardoises (les édifices étaient couverts ainsi à Blois), les briques rouges se mêlaient aux pierres blanches d'une façon que Guido trouva laide mais qui plut à Paroni. Des échafaudages escaladaient l'extrémité d'une aile qu'on n'avait pas achevée, mais aucun maçon ne travaillait à ce moment. « Le château est si plein qu'on a logé des gens dans des chambres qui ne sont pas finies », avait dit Laurette quand elle avait expliqué comment Doucine et elle avaient dû céder leur logement.

« Tu sais que Machiavel est venu ici l'an passé ? » demanda Damiano. Guido l'ignorait. Il ne savait d'ailleurs pas bien qui était Machiavel et ne prit pas la peine de solliciter de plus grandes précisions.

Damiano reprit cependant, moqueur : « Si tu dois être la taupe de messer Medici, tu ferais mieux de te mettre au courant. Machiavel était envoyé par Florence pour négocier une dette que la République devait au roi français. Il Popolano aime mieux quant à lui prêter que rembourser. Mais il a bien raison de dire que les grosses affaires se font avec les grands seigneurs… »

Damiano voulut retourner rue de la Chaîne et Guido, qui se souvenait qu'il était un espion, continua seul la promenade.

Le jardin du château était en contrebas, étagé en terrasses, planté de buis comme à Avignon mais avec des parterres trop bas et qui ne dégageaient pas d'odeur. Par contraste avec la cour, l'endroit était presque désert, sans doute à cause du mauvais temps, et le garçon reconnut, plus loin, Doucine au milieu d'autres femmes. Il remarqua qu'elle était la plus grande. La jeune fille, à son tour, le vit et lui fit signe de la rejoindre.

« Madame Claude, Mesdames, je vous présente messire Lussardi qui travaille pour Monseigneur de Médicis. »

Doucine avait écorché son nom mais Guido, néanmoins, fut flatté qu'elle l'ait presque retenu. Le jeune homme avait sur la tête un bonnet, qu'il retira courtoisement.

« Il faut faire la révérence, Monsieur. Vous êtes en présence de la princesse. »

Guido, interdit, chercha l'altesse royale. Les femmes éclatèrent de rire. L'une d'elles poussa en avant une enfant qu'il n'avait pas remarquée :

« Madame, je vous prie, faites un sourire à Monsieur. Qu'il voie en vous toute la grâce de France.

— Et de Bretagne ! » ajouta une autre femme.

Guido regarda le bout de fillette qui se tenait devant lui. Il eut un doute.

« C'est…

— Son Altesse Claude de France. Faites la révérence, Monsieur », continua la plus âgée des dames, d'un ton de commandement.

Guido ploya le genou et fit décrire à son couvre-chef un mouvement circulaire, frôlant la boue du sol. S'amusait-on de lui ? Il se sentait ridicule.

« Madame, faites la révérence à votre tour, je vous prie », dit la même dame aînée.

La petite fille ne voulait pas. Elle se retourna, montrant son dos au jeune homme.

« Nous l'avons sortie parce qu'elle s'ennuyait trop à l'intérieur. Madame Claude a besoin de beaucoup de mouvement », dit Doucine doctement. Et elle présenta les femmes qui l'entouraient, dont l'une, frêle et ravissante, n'était pas encore une adolescente. La dame qui avait parlé avec autorité était la duchesse d'Alençon, sèche veuve corsetée dans des vêtements sombres. La très jeune demoiselle, à qui Doucine toucha gentiment la joue en la nommant, était Anne, sa fille.

« Me donnez-vous la permission de conduire ce seigneur dans l'appartement de Madame Claude ? demanda Doucine en s'adressant à la duchesse. Il représente la ville italienne de Florence, qui porte grand intérêt à la princesse, et il voudrait lui-même l'honorer d'un cadeau. »

Guido regarda Doucine, effrayé. Paroni et lui n'avaient aucun présent, à ce qu'il en savait, pour cette petite enfant. À moins que le commis n'ait porté dans son sac autre chose que le livre ?

*

« J'ai trouvé ce prétexte. Madame d'Alençon se moque que vous ayez ou non un cadeau. De toute façon, elle est tellement contente de ce qui se passe qu'elle gobe n'importe quoi. Son frère a vaincu la Bourgogne, jadis, et elle voit dans la venue de l'archiduc l'acte de soumission de cet État au roi », dit Doucine en le conduisant d'un pas leste vers le palais.

Guido mit la main sur le bras de la jeune fille.

« Mademoiselle… Doucine. Cette bébé est vraiment Claude de France ? La fille de la reine Anne et du roi Louis ?

— Ce n'est pas un bébé, elle a trois ans et demi. Bien sûr que c'est la fille de France. Pourquoi croyez-vous donc que nous sommes si nombreuses autour d'elle ?

— Mais, c'est elle qu'on va fiancer ?

— On ne la fiance pas, on la marie. Enfin… on promet de la marier, il paraît que c'est tout comme.

— Et le marié, ce garçon qu'on appelle Charles, quel âge a-t-il ? Il est forcément bien plus vieux ?

— Charles ? L'enfant n'est pas à Blois. Pour le coup, c'est un bébé. Il tète, et ses parents l'ont laissé dans les Flandres, à Malines.

— Carl… Charles est un nourrisson ? »

Guido n'en revenait pas.

« À quoi rêves-tu ? » Doucine était passée au « tu », signe de son agacement. « Croyais-tu que tu venais pour de vraies épousailles ? C'est sûr, on ne va pas sitôt les accompagner au lit, ces deux-là. C'est un arrangement politique, je pensais qu'on comprenait ces choses, en Italie, quand même… »

Et elle ajouta, impérieuse :

« Viens, maintenant. La chambre de la princesse est entre celles de ses parents. Mais comme leurs Majestés sont occupées avec l'archiduc et sa femme, nous pouvons y aller. »

L'extérieur du château n'avait pas impressionné Guido, mais sa disposition d'esprit changea quand il entra à l'intérieur. Visiter les chambres où vivaient un roi, une reine et une princesse, c'était une occasion peu ordinaire… Il trouva le décor non pas plus beau que celui des hôtels italiens, mais plus riche et plus chargé. Des draps pendaient aux fenêtres et entouraient les lits, les murs étaient tendus de tapisseries et l'on marchait sur des tapis, tous ces tissus très lourds, avec peu de satin et encore moins de soie, observa-t-il. Des servantes, chez la reine, triaient le linge.

« Les coffres, c'est bien pour transporter les affaires sans avoir à tout défaire quand la Cour se déplace, commenta Doucine. Mais quel ennui quand on cherche quelque chose… Le vêtement qu'on veut se trouve toujours en dessous. Chez le roi, il y a un grand meuble avec des portes. On appelle cela une armoire. C'est beaucoup plus pratique. »

Guido s'étonna qu'il y ait peu de tables :

« La reine mange au lit, le matin et parfois le soir. Elle a pris cette habitude à force d'être enceinte. Et l'enfant, on lui donne la becquée », expliqua la jeune fille.

Dans un coin s'entassaient des tabourets et des coussins :

« Quand la reine ou sa fille sont là, on doit s'asseoir plus bas qu'elles. Avec Madame Claude, impossible d'utiliser un siège », sourit Doucine.

Elle montra à Guido des chandeliers en or :

« Même les bassins où ils font leurs besoins sont en métal précieux. Le couvercle de celui du roi est doré, avec un hérisson, affirma-t-elle sans rire.

— Un hérisson ? répéta Guido, qui ne comprenait pas le mot.

— Un animal avec des poils qui sont comme des épines. Ne t'inquiète pas, il est seulement sculpté. C'est l'emblème du roi : *Qui s'y frotte s'y pique.* Mais sur un pot… »

Puis elle continua :

« Tu sais, les appartements qu'on a donnés à l'archiduc et à l'archiduchesse sont encore plus magnifiques. En général, il y a moins que tout cela. La reine a fait vider ses châteaux de Bretagne pour montrer dans quel luxe vit la Cour. Elle veut vraiment ce mariage… »

*

Au dîner, Guido interrogea les filles. Il voulait savoir ce qu'étaient ces noces qui n'en étaient pas. Les Françaises répondirent ensemble, elles parlaient vite, et le garçon ne comprit rien. À la fin, Damiano rit de sa tête ahurie et tâcha de résumer, en italien :

« C'est une situation compliquée. Si j'ai compris, la reine Anne, qui est aussi la duchesse de Bretagne, a décidé que sa fille Claude épouserait Charles – Carlo, comme nous disons en Italie – parce qu'elle croit qu'ainsi la Bretagne restera hors du royaume de France. Le roi Louis accepte, parce que sous la condition de ce mariage, le grand-père de Charles, l'empereur Maximilien, lui laissera la main libre en Italie. »

Doucine, qui se tenait sans façon les coudes sur la table et le menton dans les mains, compléta avec un débit cette fois moins rapide et en utilisant des mots simples :

« Le contrat de mariage a été signé à Lyon l'été dernier. Votre patron – c'est bien votre patron ? – Lorenzo dei Medici avait prêté sa maison pour l'événement : la fête qu'on célèbre ici n'est presque pas nécessaire. Mais l'archiduc Philippe – le père de celui que vous appelez Carlo, donc – accompagne sa femme en Espagne. Jeanne est l'héritière de Castille et, depuis qu'elle est mariée, elle n'est pas retournée dans ce qui sera son royaume. Philippe et elle devaient partir par la mer, mais la saison est mauvaise et le roi leur a proposé de traverser la France. »

Et Laurette acheva sentencieusement :

« C'est une preuve de confiance de la part de l'archiduc d'avoir accepté. Certains soutenaient que Louis allait le retenir prisonnier. Alors, à Blois, on prouve devant le monde que le roi est un homme bon et que lui et l'Empire ont fait la paix à jamais ! »

Guido regarda Damiano en faisant la grimace. Il se perdait

dans ces princes et ces dynasties. La situation, en Italie, était déjà compliquée avec toutes les villes, et si pour faire commerce il fallait comprendre les alliances des familles dans le reste de l'Europe, il avait en effet beaucoup à apprendre.

Les jours qui suivirent furent remplis de divertissements. Le matin, l'archiduc et le roi chassaient. Deux fois, l'après-midi, ils jouèrent à la paume. Le jeudi, grâce à la recommandation de Lorenzo, Guido put suivre leur partie. La salle où les deux personnages évoluaient était en bois, avec des galeries en hauteur pour les invités. Il se faufila jusqu'à se trouver en surplomb du filet. De là, l'apparence des joueurs le déçut. À Sienne, l'employé qui lui apprenait le français lui avait expliqué que, pendant une guerre, sainte Jeanne (il songea que c'était le prénom de l'épouse de l'archiduc) avait reconnu un roi quoique celui-ci ait emprunté les vêtements d'un courtisan. Pour sa part, Guido était incapable de voir ce qui distinguait les souverains, qui jouaient en chemise et culotte, de n'importe quels hommes.

En revanche il était clair que Philippe était plus beau, plus jeune et plus alerte que le roi français, même si celui-ci n'était pas très vieux. Comme Guido lui-même jouait à la paume, il pouvait évaluer la force des joueurs. Philippe était meilleur, rapide et plus précis. Or les premiers échanges s'achevèrent par une petite victoire pour Louis. Quand on fit une seconde partie, on l'élargit au double. Le roi choisit pour partenaire un Flamand et l'archiduc un jeune noble français. Cette fois, l'équipe de l'archiduc remporta le succès. Il s'excusa de cette victoire avec force révérences et plongeons.

À partir du vendredi, on jouta dans la cour du château. On avait monté des tribunes où les dames et les messieurs assistaient ensemble aux combats, mais Louis et Philippe se tenaient à part à un balcon, et Anne et Jeanne à un autre. Guido était très excité de voir un tel spectacle. Entré de nouveau grâce au Médicis, il restait debout sur le gradin le plus élevé. Doucine et Laurette, la veille, avaient parlé des chevaliers. Guido avait retenu le nom de Bayard et, pour faire l'important, il demanda à son voisin si on verrait ce noble jeune et valeureux. L'homme répondit que le sieur du Terrail était demeuré sur ses terres et qu'au fond il n'était peut-être qu'une fausse gloire. Mais il ajouta avec sollicitude :

« Vous êtes italien, n'est-ce pas ? Je l'entends à votre parler. Si vous voulez du beau monde, vous allez être servi. Il y a un garçon de chez vous, juste maintenant. Il s'est entraîné hier et il paraît qu'il fait merveille. »

De fait, un seigneur s'avançait vers le balcon du roi pour demander, comme il convenait, l'autorisation de combattre. Rien ne permettait de vérifier qu'il était italien. Il tenait son cheval par la bride, avançant à pas lents, respectueusement. Il plia le genou lorsqu'il fut proche de la façade. Il était mince et de petite taille, la stature d'un garçon plutôt que celle d'un homme. Son habit était de damas blanc et deux servants en rouge l'accompagnaient, plus grands que lui. Quand le roi eut fait signe qu'il l'admettait à la joute, il s'en alla dans la tente où les combattants se préparaient. Puis il reparut à cheval, portant sur son armure une tunique de nouveau blanc et rouge, sa monture arborant les mêmes couleurs.

« Vive Montferrat, crièrent quelques spectateurs. Vive le marquis !

— Il s'appelle Guillaume et il n'a que quinze ans. C'est sa première joute », commenta l'homme bavard.

Guido songea que Montferrat n'était pas tout à fait italien. Ses ancêtres étaient grecs et Guillaume – Guglielmo, plutôt ? – portait le nom de Paleologo. Au demeurant, il ne savait pas que le jeune homme était déjà marquis en titre. Les terres qu'il possédait se trouvaient entre la Savoie et le Milanais, contrôlant les voies alpines. Décidément, on avait affaire, à Blois, au gratin des familles.

Montferrat, ce jour-là, combattit six fois. Un de ses assistants était le fils de la veuve que Guido avait vue dans le parc, le nouveau duc d'Alençon – ce fut encore son voisin qui lui donna son nom. Sur les six charges, l'adolescent brisa victorieusement trois lances sur l'écu de son adversaire, il ne sut résister à la quatrième, et les autres assauts n'aboutirent à rien. La dernière fois où il courut, le combat, à sa demande, se fit à fer émoulu, c'est-à-dire avec le bout des lances à nu. Les combattants risquaient la mort, la foule retint son souffle. On perdit un peu de temps car l'archiduc refusa à ses gentilshommes la permission de combattre. Finalement, ce fut un proche de la reine, le Breton Guy de Laval, qui obtint de jouter.

« Un sacré capitaine, celui-là. Le petit n'a aucune chance », commenta le voisin.

Laval, en jaune sur un grand cheval noir, était beaucoup plus large et fort que son jeune adversaire. Les deux hommes se précipitèrent l'un vers l'autre, de chaque côté de la barrière. Au dernier moment l'aîné releva sa lance et, d'un mouvement du buste, il esquiva celle de Montferrat. Indemnes, les deux cavaliers continuèrent sur leur lancée.

« Il n'a pas voulu tuer le gosse », commenta le Français. Guido ne sut pas si celui-ci en était déçu ou content.

*

Guido craignait que tout cela fasse peu de choses à raconter à Lorenzo. Chaque matin, après la messe, le jeune homme se rendait avec Damiano dans la demeure où le Médicis résidait. Mais le banquier ne se formalisait pas de ce que Guido ne lui rapportât point de grands secrets. Il fut intéressé que l'archiduc n'ait pas gagné à la paume, et intrigué qu'il ait refusé à ses nobles de combattre Montferrat (« le gamin règne et n'a pas d'héritier. S'il était mort en tournoi, il aurait pu tâcher de récupérer ses terres »).

Le soir, le roi avait félicité le jeune marquis et lui avait fait des démonstrations d'amitié :

« Il lui a donné l'accolade et il l'a tenu dans ses bras, lui montrant de l'amour comme si c'était son fils, m'a dit Doucine, précisa Guido.

— Qui est cette demoiselle et qu'en sait-elle donc ? demanda le Médicis en fronçant les sourcils.

— Mademoiselle de Saubonne loge dans la même demeure que nous, messer (messer était le mot par lequel le Florentin avait coutume qu'on s'adresse à lui). Elle sert Madame d'Alençon et les fiançailles du marquis de Montferrat avec la fille de cette dame ont été célébrées par le roi et la reine dans la même soirée. Mademoiselle de Saubonne était là, bien sûr, répondit Guido.

— Guglielmo est fiancé à la fille d'Alençon ? La mère de la petite est liée à la reine, et son aîné pourrait bien épouser Marguerite d'Angoulême, dont le frère, François, garde des chances d'hériter du trône. Le marquis sait se ménager des alliés... »

Guido expliqua que le duc d'Alençon avait été d'autre part le servant de Montferrat. Cette information provoqua chez Lorenzo le bruit de gorge qu'il avait émis en découvrant *La Divine Comédie*, et Guido sut que le Populaire était content. Il s'abstint de mentionner que la fiancée de Guglielmo était la presque enfant qu'il avait vue près de Claude – Doucine lui avait dit qu'Anne d'Alençon avait neuf ans et il avait décidé de ne plus s'étonner de rien.

En revanche, il avait quelque chose à ajouter :

« Doucine... Mademoiselle de Saubonne m'a aussi raconté autre chose. Sa sœur sert la reine et elle était près d'elle quand l'archiduc et l'archiduchesse sont venus dans l'appartement de leur belle-fille.

— L'Espagnole sort donc de chez elle ? On ne la voit jamais dans les cérémonies.

— Elle était à la fenêtre pour les joutes, hier », corrigea doucement Guido, en songeant néanmoins qu'il n'avait vu l'archiduchesse qu'un moment, au début du tournoi. Et il continua :

« La reine était là et elle tenait sa fille contre ses jambes.

Doucine dit que tout s'est bien passé d'abord et que l'enfant souriait. Mais quand la comtesse d'Angoulême a voulu la donner à l'archiduchesse, d'un seul coup, la petite s'est mise à hurler... Madame Jeanne était très fâchée.

— La comtesse d'Angoulême ? s'étonna Lorenzo. La mère du jeune François ? Tu es sûr ? Elle n'avait rien à faire là.

— J'ai bien retenu les noms, messer. C'était bien Madame Louise, comtesse d'Angoulême.

— Sais-tu davantage de ce qui s'est passé exactement ? Je veux que tu répètes mot pour mot ce que t'a dit la nommée Doucine.

— Monsieur, elle m'a dit juste cela. Enfin... elle a ajouté pour rire que c'est comme si la princesse avait eu... pardon, la colique, brutalement. “C'était à croire que la comtesse l'avait pincée tant Claude était furieuse.” Et elle a ajouté que l'archiduchesse a quitté l'appartement aussitôt et que Monseigneur Philippe n'a pu remettre la bague qu'il destinait à l'enfant.

— Tiens donc... pincée ? Louise aurait pincé la princesse. Tu m'en diras tant... Continue à faire parler cette petite, Guido, ses informations sont d'un grand secours. »

Guido ne comprit pas pourquoi Monsieur de Médicis s'extasiait de la plaisanterie de Doucine, mais il était heureux de n'avoir pas déçu. Il laissa Damiano travailler avec Lorenzo et retourna se promener.

*

Le mardi 14 décembre fut le jour où la fête culmina.

Le matin, il y eut grand-messe dans la collégiale qui était dans la cour du château. Les nobles et les importants étaient assis dans la nef, hommes et femmes séparés, le peuple occupait les vaisseaux latéraux et le fond de l'église. En outre, les portes de la façade étaient restées ouvertes pour que d'autres encore pussent voir et entendre ; cela avait l'inconvénient de rendre la température glaciale. Guido, debout avec Damiano, se balançait d'un pied sur l'autre pour se réchauffer. Les deux amis se trouvaient sur le côté mais pas trop loin du chœur. Ils s'effarèrent du nombre de prélats assis aux premiers rangs. Outre le cardinal d'Amboise qui était le ministre de Louis (« et un homme au fait des arts : un client possible pour nous », lui souffla Damiano), Guido reconnut l'archevêque de Besançon, Flamand au nom imprononçable qui conseillait l'Autrichien. Son ami lui montra l'archevêque de Cordoue en lui disant que c'était chez lui qu'ils résidaient, et deux *monsignori* qui venaient d'Italie, l'évêque de Novarre et celui de Volterra. Une quinzaine d'autres ecclésiastiques, en robe rouge ou violette, leur étaient inconnus. Le roi et son invité arrivèrent quand le monde fût placé. Ils montèrent de concert l'allée centrale, mais Guido observa que Louis marchait un rien en avant par rapport à Philippe. La reine et Jeanne, qui portaient toutes deux un voile sur le visage, venaient après, progressant du même pas et se tenant par le bras. Comme des sœurs, pensa le Siennois.

L'archiduc s'était déplacé avec ses chanteurs et, pendant tout l'office, les Français et les Flamands alternativement interprétèrent les hymnes. À la fin les deux parties entonnèrent ensemble le *Te Deum*, incarnant par leurs voix accordées l'amour entre leurs peuples. Guido trouva cela très beau. Il nota juste que pendant l'offertoire, un mouvement avait agité le premier rang des femmes, où étaient Jeanne et la reine. Puis quand tout fut fini il s'étonna que la Française remonte seule la nef avec ses suivantes, tandis que l'Espagnole attendait pour s'en aller avec l'abbé qui était son confesseur.

Le soir, un bal fut donné dans la grande salle du château, éclairée par plus de bougies que Guido n'en avait jamais vu. Bien qu'il y eût foule, il se sentait seul, n'osant danser parce que il Popolano lui avait dit d'être discret. Aussi se réjouit-il lorsque Doucine, qu'il avait aperçue près de la petite d'Alençon, vint d'elle-même vers lui.

« As-tu su ce qui s'était passé ce matin ? C'est terrible ! »

Guido demanda de quoi il s'agissait.

« À la messe. Tu as bien su ? »

Le garçon ne savait rien du tout.

« Tu as vu que la reine est repartie seule ? Madame Jeanne, pendant la quête, a refusé de prendre sa bourse. Jamais une reine, en France, ni d'ailleurs un roi, ne donne de sa main l'offrande et ils honorent ceux à qui ils confient le soin de le faire pour eux.

— Et donc ? demanda Guido.

— Eh bien, quand Sa Majesté a donné l'argent à l'archiduchesse, celle-ci lui a répondu que l'archiduc pouvait bien faire cela pour le roi, mais qu'elle-même était infante et que c'était à Anne, qui n'était que fille de duc, de recevoir sa bourse !

— Oh là là ! C'est... C'est vraiment grave ?

— Madame Jeanne n'est pas facile. Les Français lui reprochent de ne jamais se montrer. Même ce soir, elle se tient à l'écart. »

Guido regarda dans la direction que lui montrait Doucine. Alors que la reine de France participait au branle, ainsi que le roi et l'archiduc, Madame Jeanne restait assise auprès du confesseur que Guido avait remarqué à l'église. L'archiduchesse était pourtant une belle femme, blonde sous le diadème qui la couronnait. Guido nota qu'elle avait de gros seins et il eut honte de cette pensée.

« En plus, dit Doucine, elle refuse d'embrasser.

— Pardon ? s'effara Guido.

— En France, quand un homme veut montrer son amitié à une dame, il l'embrasse sur la bouche. Jeanne a refusé. Enfin... Le premier jour, je crois, elle a toléré que le roi la baise. Mais il a fallu, te rends-tu compte, qu'il lui demande la permission !

— Mais c'est... C'est une histoire ridicule. Et puis, c'est dégoûtante, d'embrasser sur la bouche ! »

Doucine partit d'un éclat de rire, et Guido se sentit niais.

« Je veux dire... C'est dégoûtante quand tu ne connais pas la personne. »

Et il s'enhardit.

« Mais moi, avec toi, je veux bien te montrer mon amitié. Je dois te demander la permission ? »

Et il prit Doucine par le coude pour l'approcher de lui. La jeune fille résista, et éluda d'un rire :

« Tu sais, tout le monde ne veut pas de ce mariage, à la Cour. La paix, c'est très bien. Les noces… c'est autre chose. Tu vois le garçon là-bas à côté d'une fillette en bleu et or ? »

Sur le petit côté de la salle, un peu loin des musiciens, des enfants s'exerçaient à danser. À l'écart des adultes, ils avaient formé leur ronde et, comme les grands mais avec force rires, se tenant par la main, ils tournaient ou alternativement convergeaient ensemble vers le centre puis se redéployaient en étoile. Le gamin que Doucine montrait dansait avec conviction, il devait avoir sept ou huit ans et il était brun, joliment habillé de satin et coiffé d'un bonnet à plume.

« Il s'appelle François d'Orléans, la plus grande fille qu'il tient par la main est sa sœur Marguerite. Ce soir, il est de bonne humeur, il danse. Ces derniers jours, il a fallu le faire taire. Il disait à tout le monde qu'il allait tuer Charles quand il serait grand. Que c'était lui qui devait épouser Madame Claude et qui serait le roi.

— Mais qui est-il pour avoir inventé cela ?

— La femme qui est dans le coin, dit Doucine (et elle fit la révérence, comme celle dont elle parlait avait vu qu'elle la regardait), c'est sa mère. Elle s'appelle Louise et elle est comtesse d'Angoulême. C'est elle qui a mis ces idées dans la tête de son fils. Mais l'enfant a raison. Si le mariage avec Charles n'avait pas été décidé, il aurait bien pu épouser Claude… »

Guido n'était pas sot. Il se souvint que la comtesse d'Angoulême était la femme qui avait passé à l'archiduchesse la princesse quand elle avait pleuré, et comprit l'intérêt qu'avait manifesté le Médicis pour ce qu'il avait dit.

Louise d'Angoulême avait-elle réellement pincé l'enfant ? L'avait-elle fait pour vexer l'infante d'Espagne et obtenir qu'elle répugne à ces noces ?

La réalité du mariage de Claude et Charles, tout à coup, lui parut lointaine et il songea que, peut-être, les pleurs d'une fillette et la susceptibilité d'une infante avaient fissuré la paix neuve que le *Te Deum* avait célébrée.

Le destin des nations tenait donc à cela : des caprices et des bêtises ? C'était affligeant et comique à la fois.

11

Les perles (1)

SUR L'OCÉAN, JUIN 1502

Quand je pense… La première fois que j'ai pris la mer, pour aller de Pise à Séville, j'ai eu peur et j'ai été malade… Mais la mer Méditerranée, ce n'est rien, l'Océane, c'est autre chose !

Sur le pont de la caravelle qu'il avait lui-même affrétée, Amerigo réfléchissait. On était au cœur de la nuit, au milieu de la grande eau. Deux jours durant, la tempête avait secoué et dispersé les vaisseaux, il n'était pas certain qu'ils parviennent à se regrouper avant l'arrivée à Lisbonne. Les lames avaient été si hautes qu'à un moment les marins s'étaient cru perdus. Le vœu d'un pèlerinage et la prière collective qu'Amerigo avait organisée avaient permis que Dieu les prenne en pitié et que le temps se calme. Même, les nuages s'écartaient et formaient dans le ciel des brèches où l'on voyait les astres. Épuisés, la plupart des hommes étaient allés dormir, mais le marchand était incapable de trouver le sommeil. À l'abri du garde-corps sur le château arrière, il regardait vers l'avant les flammes bleues que les marins nomment feu de Saint-Elme. Il voyait ces lumières pour la deuxième fois. Les hommes prétendaient qu'elles annonçaient le retour du beau temps : Dieu envoyait ce miracle pour les réconforter. Amerigo, lui, remarquait que les flammes étaient vives aux extrémités des mâts. Elles ressemblaient à des étoiles qui s'y seraient posées. Il devait y avoir une explication et il était agaçant de ne pas la savoir. Il ne se souvenait pas qu'un seul livre qu'il ait lu en eût proposé une et Cristóbal Colón, la fois où ils en avaient parlé, lui avait répété l'interprétation miraculeuse.

Le bateau avait quitté le Portugal treize mois auparavant. Il avait traversé la Grande Mer, atteint les côtes dont on devait la connaissance à Colón puis exploré au sud des latitudes qu'aucun Européen n'avait encore atteintes. Enfin ils avaient pris le chemin du retour et maintenant ils se dirigeaient de nouveau vers Lisbonne, ou plus exactement vers Belém à l'embouchure du Tage, d'où ils étaient partis.

Combien de nuits Vespucci avait-il passées en mer ces dernières années, lui qui se disait un terrien et non pas un marin ? Lorsqu'on le lui demandait, il s'excusait : « Je n'ai pas la mémoire des dates. » Il tenait en réalité le compte exact du temps et il était fier d'additionner les durées. Quelquefois, il en rajoutait. Dans son journal, il y avait une traversée qu'il avait notée comme faite alors qu'au dernier moment il n'avait pu s'embarquer. Écrire, c'était rêver et encore un peu accomplir... Du moins cette fois était-il parti et pour longtemps. Un marchand, à Lisbonne, ayant fait faux bond à un convoi, Amerigo, averti, avait proposé sa caravelle. Le roi du Portugal Manuel soutenait l'expédition : le marchand, au cours d'une audience, avait dû lui jurer fidélité. Cela revenait à promettre de lui proposer tout ce qui se trouverait de précieux sur les côtes où ils allaient. Ce serment ne le dérangeait pas : le roi paierait si on trouvait quelque chose.

La première expédition d'Amerigo l'avait mené de Séville aux Canaries. C'était il y a trois ans, avant le changement de siècle. Il avait dans la tête d'exploiter les ressources des îles et, qui sait, d'en exporter du bois. Il sourit en lui-même. Ce qui s'était passé montrait sa naïveté d'alors. Non qu'il n'y eût des arbres sur les îles aux Chiens, et même en abondance sur certaines pentes. Mais les forêts exploitables étaient trop en hauteur et l'archipel manquait des fleuves où faire flotter les troncs. Pire, les quatre bûcherons qu'il avait fait venir d'Europe n'étaient pas parvenus aux beaux fûts. Le sol était creusé d'abîmes. Les guides indigènes assuraient qu'il y avait des chemins pour descendre dans les gouffres et pour en remonter, mais ces Guanches avaient le pied sûr et, outre le danger de glisser, les hommes avaient craint un piège. La conquête n'était pas si ancienne et la fidélité des insulaires pouvait être incertaine. À Ténériffe où Amerigo avait accompagné celui des bûcherons qui avait persisté, les forêts étaient sur un volcan dont le sommet, hérissé de falaises noires, bordé de terres grises, semblait terriblement menaçant. Les Guanches disaient que du feu en sortait quelquefois.

« Peut-être est-ce là que se trouve la gueule de l'enfer ? Cette bouche dont parle Dante... », avait dit avec appréhension le forestier qui, comme Amerigo, était un Italien.

Quand même... À Grande Canarie qui était la plus civilisée des îles, il avait financé des constructions dans le port naissant. Depuis, il louait ces équipements à profit. Même l'idée d'exploiter le bois avait manqué ne pas être vaine. Sur les côtes, Amerigo avait repéré des arbres qui ressemblaient aux pousses vivotant dans sa demeure sévillane. C'étaient ces dragonniers dont Maria, quand elle ne s'appelait encore que la Guanche, avait prétendu lui faire boire la résine. Les sauvages se servaient autrement de cette sève couleur sang : ils la mettaient à bouillir et teignaient avec leurs vêtements, plutôt qu'avec la *roccella.*

Amerigo, aux Canaries, n'avait rien fait de cette découverte. Le rouge de dragonnier n'était quand même pas assez intense. Mais sur la côte où avait abordé l'expédition à laquelle il participait maintenant, il avait vu des arbres au tronc parsemé d'épines d'où coulait une sève encore plus rouge, et il avait eu l'idée d'en rapporter. Que craignait-il à essayer d'examiner, en Europe, si l'on ne pourrait pas en tirer une teinture ?

Il avait fait scier deux troncs puis, comme sa caravelle n'était pas faite pour transporter des charges, il avait ordonné qu'on les embarque dans un bateau plus gros, sans rien en dire au capitaine du convoi. Ce dernier, un certain Ojeda, avait mal pris la chose. Quand les bateaux avaient quitté le port, il avait fait mettre les troncs à la mer.

Vespucci était furieux.

*

Ce bois, il avait la couleur des charbons ardents. J'aurais pu l'appeler bois de braise, pensa Amerigo.

Sans doute avait-il songé tout haut. Près de lui, il entendit un rire. Il se retourna, mécontent d'avoir révélé ses pensées.

« Ne craignez rien, Amerigo, il n'y a personne pour nous espionner. Les marins se reposent ou s'occupent des voiles. Regardez, comme le vent est tombé on commence à délier la toile. »

De fait, à l'avant, quelques hommes s'affairaient sur les vergues. Encastrées dans le plancher ou vissées dans les espars, des lanternes éclairaient la manœuvre, leur lumière dansante s'ajoutant à celle des feux de Saint-Elme.

L'homme qui parlait s'appelait Juan de la Cosa. Il était espagnol, de taille médiocre, de constitution sèche et, seule chose qui donnât à son visage un caractère, il avait un grand nez. Il portait sur la tête un chapeau d'une forme extravagante dans une toile huilée usée. Il était le pilote du bateau : celui qui indiquait la direction. Il était aussi cartographe. Il savait tout ce qu'on pouvait savoir du monde et de la manière de s'y orienter, et son esprit caustique plaisait à Amerigo – en général. C'est Colón qui les avait fait se rencontrer. Lorsque le roi du Portugal l'avait reçu pour le fameux serment, le marchand avait indiqué qu'il naviguerait avec lui. Manuel avait approuvé puis il avait ajouté que les juifs étaient d'autant plus utiles qu'ils restaient loin du royaume. Amerigo avait été à peine surpris :

Colón, auparavant, lui avait laissé entendre que Juan était un converti.

Cependant l'Espagnol continuait :

« Vous évoquez la braise, mais moi, la sève de ces arbres m'a fait penser au sang. Je me demande à quoi vous vouliez la faire servir. C'était pour un médicament ? Ojeda aussi a dû se poser des questions. Je parie qu'il a fait examiner s'il n'y avait pas une cachette avant de faire voguer les troncs... »

Amerigo soupira et ne dit mot.

« Vous souvenez-vous du retour de Colón à son dernier voyage ? »

Certes, Amerigo s'en souvenait. Deux ans et demi auparavant, le Génois avait débarqué à Cadix avec ses frères Diego et Bartolomé, non pas glorieusement comme tous s'y attendaient, mais en prisonnier après avoir voyagé dans la cale. Ce désastre n'avait pas été pour peu dans sa propre résolution de travailler pour le Portugal. Si les rois espagnols récompensaient ainsi ceux qui les servaient, mieux valait offrir ses compétences ailleurs.

« Voyez-vous, le capitaine vous déteste vraiment, reprit Juan. Il pense que vous essayez de rapporter à Manuel quelque chose qui aurait plus de valeur que ce que lui-même a pu trouver. S'il le peut, il vous fera enchaîner comme on l'a fait pour notre ami Cristóbal. »

Amerigo repensa à sa dernière rencontre avec le navigateur, quand celui-ci avait été libéré. Colón avait reçu du roi et de la reine la dangereuse fonction de gouverner une île qui était peuplée, outre par les sauvages, de mauvaises gens dont l'Espagne se débarrassait en les envoyant là-bas. Il n'avait aucune des qualités requises pour accomplir cette tâche et son incapacité s'était trouvée aggravée par celle de ses frères. Quand la situation était devenue intenable, un capitaine avait déserté l'île pour regagner l'Espagne. Il avait dénoncé l'administration des Colón et les souverains avaient envoyé à La Española, comme on appelait l'île, un administrateur qui, sans chercher à savoir, les avait mis aux fers.

Cristóbal était sorti brisé de la mésaventure. En prison, disait-il, il avait entendu les anges. S'il ne reprenait pas la mer, il voulait entrer au couvent. Et s'il la reprenait, ce serait en habit religieux et avec le projet d'évangéliser les indigènes.

Juan parlait, cependant :

« Je sais, Amerigo, une chose qu'Ojeda ignore. S'il venait à l'apprendre… »

Il s'interrompit, mais Amerigo laissa venir, sans faire mine d'être inquiet.

« Vous avez caché, reprit Juan, dans un endroit de votre vêtement que je n'oserai nommer, un sac avec des perles que produisent les huîtres. Avec ces petites boules, vous allez faire le plaisir des dames et aussi de certains messieurs. »

Il regardait ostensiblement l'entre-jambe de Vespucci. Sa plaisanterie le fit rire lui-même, mais elle n'amusa pas son interlocuteur.

« Je n'ai… », commença Vespucci. Mais sa main, par réflexe, s'était mise en mouvement en direction de sa braguette.

« Que si, vous avez, mon cher ! Vous n'êtes pas de ces princes qui portent, pour avoir l'air avantageux, une braguette rembourrée qu'ils ornent d'un mouchoir. Mais votre culotte de Gênes a beau être informe, je vois le renflement contre votre cuisse gauche et je ne peux pas croire que votre virilité soit ainsi dissymétrique… Vous avez là-dedans une poche secrète, cachette plus commune que vous ne croyez, et vous y serrez des perles qui viennent des Potiguaras. »

Amerigo regarda son vis-à-vis avec effarement. Juan continua :

« Non, je ne suis pas devin. Mais il y a eu José, ce garçon qui vous a conduit là où vous êtes allé. Je me suis tourné vers lui moi aussi, quand j'ai voulu reconnaître les lieux où nous avions abordé. Nous nous sommes entendus… »

Il conclut, caressant de son doigt l'arête de son long nez :

« Il était bavard, ce garçon, même quand il prétendait ne pas vouloir parler. »

*

Juan disait la vérité. À l'aller, très peu de temps après avoir touché terre, l'expédition avait fait relâche dans une grande baie. Le lieu n'avait pas de nom (Cosa le dédia à tous les saints quoiqu'on ne fût pas le 1er novembre) mais il était connu : les navires y ancraient le temps de s'approvisionner en eau douce et en fruits, et pour que les marins se reposent après la longue traversée. Il y avait là des cabanes serrées contre un fortin où vivaient des bougres que, comme à La Española, on avait envoyés se faire pendre loin des côtes d'Europe. José faisait partie de cette bande. C'était un marin à qui une bagarre avait fait perdre un bras et qui se consolait en buvant. Son occupation principale, quand venait un bateau, était de conduire l'équipage près des femmes : des naturelles qui officiaient dans les cabanes. Un soir qu'Ojeda accompagnait José dans une de ces maisons, le manchot lui avait raconté qu'il connaissait les côtes alentour et savait se faire comprendre. Le capitaine avait décidé qu'il voyagerait avec eux, tout en l'avertissant qu'il ne le ramènerait pas en Europe.

De fait, José s'était rendu précieux. Par chance ou parce qu'il avait effectivement navigué dans ces eaux, il avait indiqué les anses sûres tant que les bateaux ne s'étaient pas aventurés trop loin. Il avait su, ou deviné, avec qui on pouvait marchander et qui il fallait éviter. Et grâce à quelques mots et davantage de gestes, il avait rendu les échanges possibles.

Amerigo avait remarqué les arbres rouges quand l'expédition était arrivée dans une région où vivaient les Potiguaras qu'avait mentionnés Juan. C'étaient des gens paisibles qui se nourrissaient de la pêche : Ojeda ne les désigna jamais que sous le nom de « mangeurs de crevettes ». Comme il n'espérait rien d'eux, il lança dans l'intéricur une expédition à la recherche d'or. Le marchand n'y participa pas et José non plus. Le manchot ne s'intéressant pas aux arbres, il alla vers les habitations, s'y attarda, et quand il revint il montra à Vespucci une perle que les autres lui avaient donnée :

« Elle est petite, mais ils en ont beaucoup de plus grosses. Ils les échangeraient contre des objets qu'ils n'ont pas », commenta-t-il.

Amerigo savait la valeur des perles. À Florence, quand il était jeune, Antonio et lui en avaient négocié pour les Médicis. Il demanda à José le secret sur ce qu'il avait appris et promit qu'en échange il le ferait rentrer à Lisbonne sur sa caravelle. Le lendemain, ils étaient retournés tous deux au village : quatre cabanes collectives le long de la plage. Avec le chef, en plein air, ils avaient troqué : de très petites perles contre des grelots, de plus considérables et irrégulières contre des miroirs. Les pêcheurs secouaient les clochettes en riant, comparant leurs sons aigres ou graves selon la grosseur, et ils considéraient leur visage dans les morceaux de verre en commentant beaucoup.

« Ils se demandent s'ils ne vont pas disparaître dans le reflet, dit José en souriant. Voyez, ils se tâtent le visage pour vérifier qu'ils sont encore là. »

C'était vrai. Amerigo trouva le manchot subtil. Qui sait ? S'il arrêtait de boire, il pourrait l'employer une fois qu'ils seraient revenus à Séville.

Les indigènes étaient satisfaits. Ils firent mâcher aux Blancs une feuille que José désigna sous le nom de *tabaco* et dont le jus fort excitait la pensée, puis le chef fit apporter des perles qu'il n'avait pas montrées. Sur les paumes d'Amerigo, il en posa trois énormes. La plus grosse avait presque le diamètre d'une cerise : c'était de loin la plus considérable que le marchand ait vue, et il songea que l'huître qui l'avait engendrée devait être la Mère de toutes les coquilles…

Pour avoir ces merveilles, Amerigo et José durent revenir,

cette fois avec des couteaux. L'éclat des lames séduisit autant que leur tranchant et Vespucci obtint deux géantes contre un lot de couteaux et une scie.

Les Potiguaras, cependant, ne lâchaient pas la perle la plus grosse et, de plus, ils devenaient familiers. Comme ils touchaient les cheveux des Européens et voulaient tâter leurs vêtements, José tira en l'air avec son arquebuse. La déflagration fit peur, les femmes et les enfants s'enfuirent mais, personne n'ayant été blessé, le chef exigea que José recommence. La quatrième fois, il proposa la perle contre l'arquebuse. Vespucci hésitait : que se passerait-il si l'indigène se blessait, tuait un de ses gens ou tournait l'arme contre eux ? Finalement il céda. Il ordonna à José d'expliquer que le canon devait être orienté en direction du ciel et qu'ainsi on pouvait se faire entendre des dieux. Les sauvages écoutèrent sans sembler rien comprendre, après quoi Vespucci et José partirent vite avec les trois énormes perles. Le second omit de laisser de la poudre aux mangeurs de crevettes.

La suite avait été très simple. Amerigo avait en effet caché ce qu'il avait acquis dans sa culotte, il avait pris avec lui José et quand ils avaient de nouveau fait escale à la Baie de Tous les Saints avant d'entamer la grande traversée du retour, il avait refusé de le faire descendre, ce qui avait occasionné une nouvelle dispute avec Ojeda.

Puis…

*

Amerigo leva les yeux sur Juan et il vit que celui-ci le considérait d'un drôle d'air.

« C'est étrange, dit le cartographe, que ce garçon qui savait naviguer se soit ainsi évanoui dans l'air…

— Ou dans la mer », répliqua Amerigo.

Car José avait disparu, la deuxième nuit après que la caravelle avait gagné le large.

Personne, semble-t-il, ne pouvait dire ce qui s'était passé.

Les marins avaient nié qu'il y ait eu une dispute ; souvent, ils avaient haussé les épaules, concluant que c'était une faible perte.

« À cette disparition, il peut y avoir plusieurs explications, reprit Juan. José avait trop bu et il est passé par-dessus bord, mais vous savez comme moi que le vin est compté dans notre traversée. Ou, quoi qu'en disent les matelots, il y a eu une rixe et quelqu'un a sorti son couteau. Ce ne serait pas la première fois qu'on dissimule un crime en jetant un corps à la mer…

— Ojeda considérait José comme une fripouille et il ne voulait pas le ramener au Portugal, coupa Amerigo. S'il était sur ce bateau, je penserais qu'il s'est débarrassé de lui.

— Mais Ojeda n'est pas à bord.

— Il peut avoir payé un homme pour le faire à sa place ?

— Sans doute…, consentit Juan. C'est une explication. »

Il n'avait pas l'air convaincu.

12

Les perles (2)

OCÉAN, MÊME JOUR

Le silence était retombé entre les deux hommes. Amerigo se sentait las. Il se laissa tomber au sol, appuyant son dos à un tonneau qui contenait une réserve d'eau. Le bois avait emmagasiné la chaleur et le marchand réfléchit que, s'ils ne regagnaient pas vite des mers fraîches, l'eau serait bientôt croupie. Sur le pont découvert, Juan avait fait aménager un abri : une tablette et un siège vissés dans le plancher, des planches coulissantes pour ouvrir ou fermer les côtés et le toit. De cet endroit, quand le temps le permettait, il déterminait la position du bateau. Il se servait le jour du soleil et la nuit des étoiles. Juste là, il installait ses instruments, dont le triangle de métal qu'il appelait quadrant et qui était son outil principal.

« Voyez, les nuages sont à peu près dissipés maintenant. Peut-être pourrai-je trouver où la tempête nous a entraînés », dit-il.

Amerigo leva les yeux : les nuées s'écartaient en effet. Entre les lambeaux vaporeux qui persistaient se déployait un ciel dont la configuration ne lui était pas familière et qui lui paraissait d'autant plus somptueux. Le Florentin savait ce que Juan cherchait. Il dirigea son regard vers le sud du Sud. Deux lumières y brillaient, très proches l'une de l'autre. L'une était grosse et Amerigo, clignant les yeux pour voir, eut l'impression qu'elle était formée de multiples points brillants plutôt que d'une unique source.

« Les poissons volants… les poissons qui bondissaient au-dessus de la houle au large des côtes de Barbarie la première fois que j'ai passé les colonnes d'Hercule, et la beauté du ciel quand on est sur la mer lors d'une nuit sans lune. Savez-vous, Juan, que c'est ce qui fait que j'aime naviguer ? Je n'avais pas imaginé que de telles splendeurs pouvaient exister quand je demeurais sur la terre. »

Juan répondit par un grognement. L'œil au trou de visée, il avait orienté son quadrant vers l'étoile proche du pôle. Cette étoile n'était pas la Petite Ourse car le bateau se trouvait en dessous de l'équateur. Elle était formée par les points qu'Amerigo avait tâché de bien voir et dont Juan savait (il les avait observés avec des lentilles qu'il avait fait tailler et qui les grossissaient) qu'il s'agissait de corps groupés en deux nuées distinctes. Amerigo lui-même savait faire le point, mais le jour. De nuit, il comprenait comment, théoriquement, il fallait opérer : déterminer l'élévation de l'astre le plus brillant au pôle, mesurer l'angle entre la rectrice qui y menait et l'horizon formé par la mer, et estimer ainsi la distance avec l'équateur indiqué par l'autre côté. Sur le quadrant qu'Amerigo avait vu utiliser lors de son voyage aux Canaries figuraient les noms de ports d'Afrique, un fil à plomb tombant sur eux lorsqu'on regardait vers le nord. Pour cette partie du monde où les lieux étaient inconnus, l'instrument de Juan ne comportait que des graduations.

*

« Bon D… ! » tonna Juan.

Amerigo avait été sur le point de s'endormir. La voix du cosmographe le fit revenir à lui-même.

Juan jurait sur le nom de Dieu comme un hérétique. Colón aurait été horrifié, Vespucci s'en amusait.

« Tout ce à quoi je parviens, c'est à m'éborgner », ajouta le cosmographe d'un ton exaspéré.

Le roulis était encore considérable : c'était une chose que

d'observer le ciel à l'œil nu, et c'en était une autre de coller sa joue à l'extrémité d'un tube alors que le navire subissait la houle.

« Je ne sais pas comment vous pouvez prétendre aimer naviguer ! Se trouver on ne sait où en se demandant si la prochaine tempête aura raison de vous, approcher d'une côte et craindre de s'y fracasser, manger des choses salées et boire une eau pourrie et du vin amer comme du vinaigre, rester entre hommes pendant des mois sans femme pour vous consoler, et rentrer à la maison pour y trouver des petits qui ne vous appartiennent pas ! Puis encore, essuyer les humeurs du capitaine et risquer la rébellion des marins. Et s'ennuyer quand le temps est calme et qu'il n'y a à voir rien d'autre que l'horizon. Je hais la mer Océane et ses traversées infinies. Quand je pense que j'ai voulu être marin... »

Juan avait craché sa bile et semblait s'en trouver mieux. Prudemment, en repliant en anneau l'index de sa main droite et en le posant entre le viseur de métal et son œil, il recommença à regarder.

Il y avait du vrai dans les mots du pilote. L'ennui... Amerigo l'avait expérimenté. N'était-ce pas d'ailleurs parce qu'il s'ennuyait, ce soir, après l'émotion de la tempête, qu'il se trouvait assis sur ce pont qui sentait la saumure, à mener avec Juan cette discussion dont le début l'avait indisposé ? Il y avait tellement de temps morts, quand le ciel était beau et que les voiles se gonflaient pour vous emmener très loin ou, pire, lorsque l'embarcation, faute d'air, restait sur place des journées entières. Les marins, alors, jouaient aux dés ou aux cartes. Amerigo avait appris les échecs auxquels Juan était expert. On pouvait lire, mais c'est toujours les mêmes livres qu'on trouvait sur les voiliers : une Bible, un Ptolémée dans le meilleur cas, Virgile parfois, les légendes chrétiennes plus souvent. Et puis en effet il fallait vivre dans la promiscuité d'autres mâles : dormir, manger, se laver, déféquer même, ensemble. La nuit, Amerigo partageait avec trois compagnons une cellule sans fenêtre.

Encore avait-il de la chance : l'équipage, lui, avait un dortoir, et ils étaient près de vingt. Il y avait pire : l'un des bâtiments du convoi ramenait des sauvages qu'on avait razziés. La cale n'avait pas de couchettes, une cloison séparait hommes et femmes et, pour qu'ils se soulagent, on avait distribué de grands seaux qu'on sortait une fois par jour.

Les femmes... C'était un autre problème de ces traversées. Aux escales civilisées, les marins se précipitaient dans les bordels qui naissaient en même temps que les fortins. Au Cap-Vert où ils avaient fait étape avant de traverser au-delà la mer, Amerigo était allé voir les Négresses. Une d'elles, se souvint-il, avait une poitrine et un derrière énormes, elle avait pris son sexe dans sa grosse bouche puis il l'avait sodomisée. Il serait délicat de confesser de telles choses.

Juan était-il allé au bordel ? Il était marié et avait des enfants, mais cela n'empêche pas. Amerigo se souvint de ce qu'on racontait. Quand le cartographe était revenu d'une de ses premières traversées, sa femme nourrissait un bébé dont il ne pouvait être le père.

« Rentrer à la maison et trouver des petits qui ne vous appartiennent pas », avait-il dit. Pauvre Juan.

Lui-même... À son départ de Séville, Maria était grosse de ses œuvres. Il compta mentalement. Il était parti en mai de l'année d'avant, alors que la Canarienne était enceinte de... quatre, cinq mois ? Si tout s'était bien passé, l'enfant auquel elle avait donné naissance devait avoir un peu plus d'une demi-année. Si c'était une fille, il la ferait adopter comme il l'avait fait pour sa bâtarde Lisandra. Il sourit... Dans une lettre qu'il avait reçue avant de partir, Antonio lui avait raconté que Lisandra réclamait un frère ou une sœur. Vu les goûts de son aîné, il était peu probable que la petite fût satisfaite.

Mais Maria avait pu accoucher d'un garçon... Si tel était le cas, peut-être comme il l'avait dit donnerait-il au nourrisson son nom. La Guanche avait la peau claire et des cheveux qui pouvaient passer pour ceux d'une Espagnole. Depuis le temps qu'elle était à Séville, elle parlait parfaitement. Puis il lui avait fait inculquer les principes de la religion chrétienne. Nul ne pouvait deviner qu'elle était d'origine sauvage.

Tout dépendrait. Si le sang de l'ailleurs triomphait dans l'enfant, si sa peau était sombre, s'il avait le nez camus ou les cheveux frisés, il s'en débarrasserait. Si le petit était de complexion claire comme Maria, s'il paraissait vif et intelligent, ce que sa mère était, peut-être en ferait-il son fils.

On verrait.

*

Les marins, à présent, avaient affalé à demi. La caravelle accélérait l'allure. Amerigo, subitement, eut hâte d'être arrivé.

« Vous n'avez aucune idée de la longitude où nous sommes, Juan ? demanda-t-il.

— Vous savez que c'est difficile à évaluer. Nous avons passé le tropique, c'est certain. Peut-être les vents ne nous ont-ils pas égarés tant que cela. Voyez la boussole : nous naviguons vers l'est et le bateau n'a pas tourné quand on a hissé les voiles. Mais nous sommes encore sûrement éloignés de l'Afrique. Si nous ne rencontrons pas d'autres tempêtes, si le vent ne retombe pas… Je dirais au jugé que dans deux ou trois semaines nous serons au Cap-Vert. Je réessaierai de faire le point dans une heure. »

Et il continua en dévissant le quadrant :

« Voyez-vous, ce que j'aime, c'est regarder. Quand j'étais adolescent, j'ai été guetteur de baleines. Maintenant, je cherche les anses, les fleuves, les montagnes et les vallées. Débarquer sur une côte inconnue, observer, comprendre, faire mentir tous ceux qui disaient qu'il n'y avait que la mer à l'ouest et finalement donner des noms, inventer des lieux comme Dieu pourrait le faire : voilà ce qui me fait monter sur ces fichus bateaux. »

Juan avait posé son instrument sur la table. Il le fixa avec une lanière et referma l'abri puis, à son tour, il s'assit contre le tonneau. Ils se turent, chacun dans ses pensées. Comme on était trop loin de toute terre pour la présence d'oiseaux, le choc du vent dans les mâts et celui des vagues contre la coque restaient les seuls bruits que l'on pouvait entendre. L'odeur de sel était forte au point que le nez en était irrité.

Finalement, le pilote recommença à parler :

« Quand nous serons rentrés, je ne suis pas certain que je repartirai. Je sais déjà tant de choses… Il me conviendrait de rester dans ce qui serait un chez-moi, d'installer ma table et ma chaise près d'une bibliothèque et de dessiner une vraie image du monde avec ce que vous et moi savons, ce que Colón raconte et ce que pourront dire ceux qui s'embarqueront, de plus en plus nombreux. »

Un silence, et il continua :

« J'ai une petite pension du roi d'Aragon, j'en aurai une, sans doute, de Manuel : je lui apporte des cartes. Mais sa faveur, peut-être, annulera celle des Espagnes : les royaumes ne s'aiment guère. Or, si je veux m'établir sans reprendre la mer… »

Amerigo se taisait.

« Si je n'ai qu'une pension, et même si j'en ai deux, cela ne suffira pas. Je ne possède pas ma maison à Séville, savez-vous ? Et j'ai trois… quatre enfants. Le malheur a voulu que trois fussent des filles. Trois dots : rendez-vous compte. »

Nouveau silence.

« Ce José, j'y repense… Évidemment on pourrait imaginer une autre explication. Il était le seul, croyiez-vous, à savoir que vous aviez les perles. Puis, il était peut-être au courant d'autre chose ? Il aurait pu vouloir davantage que revenir en Europe. Il vous a fait chanter… Un esprit mal intentionné pourrait imaginer que vous vous êtes débarrassé de lui. Une rencontre sur le pont, la nuit, un homme qui ne se méfie pas, le voilà par-dessus bord : le meurtre est discret. José n'avait qu'un bras et vous êtes costaud. »

Amerigo se leva. Il était plus preste que sa corpulence pouvait le faire croire.

« Vous m'accusez de crime !

— Nullement. Je pense juste qu'Ojeda, s'il savait ce que vous lui cachez, pourrait bien arriver à cette conclusion.

— Vous... êtes en train de me menacer ?

— Non. Je n'ai dit à personne que vous aviez les perles.

— Je n'ai pas tué José. Et vous n'imaginez pas un moment que j'aie pu le faire. »

Amerigo, debout, dominait de beaucoup Juan demeuré au sol.

« Inutile de prendre cette posture batailleuse. Vous n'allez rien faire, Vespuccio. Il y a sûrement des marins qui nous ont vus ensemble. Deux disparitions, ce serait une de trop. »

Juan avait raison et Amerigo le savait. Son poing le démangeait, il détestait que l'autre ait déformé son nom, mais il ne pouvait croire que Juan pensait ce qu'il avait dit.

« Je n'ai pas tué José, vous le savez. »

Puis il attaqua :

« Vous, peut-être ? Qu'est-ce que je sais, moi, de vos secrets avec lui ? Si vous me dénonciez, on ne vous croirait pas. Des bruits circulent à Séville et même au Portugal jusque chez Manuel. Il semblerait que vous ne soyez chrétien que depuis fraîche date. Les juifs, même convertis, ce sont des menteurs et des traîtres : tout le monde le sait. »

Juan accusa le coup. Ses yeux se firent plus petits :

« J'en venais presque à croire que nous étions amis et vous me renvoyez à ce dont vous ne savez rien ? Nous sommes sur la mer, et seuls sur ce pont : qu'importe ma religion ou celle de ma famille ! Quant à José, je ne sais pas en vérité si vous êtes coupable. Et je vais vous dire : je me moque qu'il soit mort. Mais vous, vous êtes en danger. Qu'Ojeda ait le moindre soupçon, qu'il ait même simplement l'idée qu'un soupçon est crédible, et vous êtes mal parti... »

Amerigo commençait à revenir de sa première fureur. Il comprit où l'Espagnol voulait en venir.

« De l'argent. Vous voulez de l'argent. Ou plutôt des perles. Ce sont les perles que vous convoitez, n'est-ce pas ?

— Vous me croyez juif et donc vous concluez que j'agis par cupidité. Mais... Oui, vous avez raison. D'après ce que José m'a dit, vous avez beaucoup de perles. Moi, j'en aurais bien aussi. Je ne voudrais pas des plus petites, et pas non plus de la plus grosse. Mais une des deux belles et ma vie est changée. Celle de mes filles aussi. »

De nouveau en colère, Amerigo donna un coup de pied dans la cabane en planches. Juan partit encore de son insupportable rire.

« Inutile de vous abîmer le pied, la cabane est solide. Je vous propose un marché, c'est tout.

— Vous appelez marché ce qui est une extorsion ! Vous n'avez rien contre moi, et vous disposez de mes biens. »

Juan se leva à son tour. Sa tête arrivait au menton d'Amerigo mais il se tenait droit et toute son attitude disait sa tension intérieure.

« Je vous interdis, Amerigo, de me traiter de voleur. J'ai bien dit un marché : un contrat où vous et moi serons gagnants. Mon père, qui n'était que barbier, m'a fait partir de chez lui lorsque j'avais douze ans. Il m'a donné pour viatique un conseil et un seul : contourner les difficultés sans jamais escroquer ni trahir, mais aussi sans jamais rien céder. Considérer la vie comme un commerce – c'est à lui que je pense quand je prononce ce mot – et que ce commerce fasse gagner les parties. C'est cela et rien d'autre que je vous propose. »

Et comme Amerigo était décontenancé :

« Non, je ne vais rien dire au capitaine. Je suis avec vous et avec les Espagnes. Nous voulons vous et moi devenir riches et fameux. Nous devons le faire ensemble : cessez de jouer seul. J'ai besoin d'argent et il vous manque une plume. Qu'êtes-vous, sur ce bateau ? L'homme qui a de la richesse. Vous ne parvenez pas à vous orienter dans le ciel, vous ne savez manœuvrer, vous ignorez les vents et les courants marins, et je ne suis pas sûr que vous sachiez seulement charger une arquebuse. Pourquoi êtes-vous là ? Je vous connais bien mieux que vous ne le croyez. Il y a d'autres moyens, pour gagner la fortune, que se risquer personnellement en mer. Mais vous rêvez d'honneurs. Colón vous a fait envie quand les rois le célébraient. Des titres : vice-amiral, gouverneur… Son nom était dans toutes les bouches. Maintenant il est déchu et vous pensez que sa place pourrait être à prendre. »

*

Amerigo se rassit. À présent c'était l'autre, debout au-dessus de lui, qui paraissait grand.

« Il faut vous dépêcher, Vespucci. Des gens plus compétents que vous vont courir l'aventure, il y en aura beaucoup. Après Colón, Cabral. Dans la Baie de Tous les Saints, nous étions sur ses terres : il a reconnu l'endroit il y a deux ou trois ans. Et Vasco de Gama ? Il cherche une route par l'est. Il pourrait bien un jour s'intéresser à l'ouest. »

Amerigo écoutait désormais avec une extrême attention. Juan continua :

« Donnez-moi cette perle. Ça ne changera rien pour vous, et moi je vous offrirai la gloire. Je sais faire des cartes, j'y inscrirai votre nom à côté de ceux des rois. Et je sais raconter : vous, vous écrivez des lettres commerciales. Je vous propose ma plume, outre mon silence sur ce bateau. Vous allez devenir, par moi, l'homme qui, mieux que Colón et bien mieux que Cabral, a compris l'étendue et la richesse des terres qui ont été découvertes.

— Un continent entier… »

Amerigo reprenait ses esprits. Il n'était pas si grave, peut-être, que Juan l'ait menacé, et il se moquait que le pilote fût chrétien ou qu'il ne le fût pas.

« Une terre continue, gigantesque, Amerigo. Aussi vaste que l'Europe…

— Bien plus grande, Juan. Plus considérable que l'Afrique. Nous en avons fait l'expérience : sur des centaines de milles en direction du sud-est, il n'y a pas de passage. Les coudes que fait la côte sont ceux des estuaires…

— Et quand nous sommes allés à terre…

— Nous n'avons trouvé que la forêt, à l'infini semblait-il.

— Et José, vous rappelez-vous ce qu'il disait ?

— Il affirmait qu'au-delà des gens frustes qui habitent la côte, après des milles et des milles d'une jungle impénétrable, quelque part, très loin, il y a un État, des villes avec des maisons à degrés et des murailles d'or.

— Un Empire ou plusieurs, dont aucun ne correspond à ce qu'on sait de l'Inde ou de la Chine. Qui sont autres, donc. »

Il y eut de nouveau un moment de silence. Le ciel, désormais, était parfaitement pur, et Amerigo se sentit apaisé :

« Oui. Un monde autre…

— Un monde nouveau, c'est cela. Un continent qu'il va falloir décrire, dessiner, et d'abord nommer. Asia, Africa, Europa… Pourquoi pas Vespuccia ? »

Cette fois, ce fut au tour d'Amerigo de sourire.

« Ou Cosa ? ou Juanita ?

— Le mot ne ressemble à rien, rétorqua Juan. Peut-on appeler un territoire une "chose" ? C'est ce que veut dire mon nom. Et Juanita, c'est bien pour un bateau ou pour une fille de joie. Vous imaginez un continent qui s'appellerait comme cela ? »

Et il argumenta :

« Je ferai une carte, votre nom y sera et vous-même signerez le récit que j'aurai fait. Nous commencerons à écrire sur ce bateau et je finirai en Espagne. Vous représentez-vous ce que penseront les rois ? Colón leur parle d'îles, d'assez petites terres entre lesquelles, peut-être, un bateau peut passer pour rejoindre, ou pas, l'Asie. Vous, vous leur ferez voir des terres plus immenses que leurs propres royaumes et qu'ils conquerront sans qu'il y ait combat, puisque leurs habitants ne connaissent pas le fer et encore moins la poudre. »

Amerigo regarda Juan. Il aurait voulu examiner son visage, mais la nuit était sombre. Le cosmographe était un diable séducteur. Être admiré, recevoir des honneurs, laisser une trace au-delà de la mort ; que le nom de Vespucci, par lui, soit glorieux non seulement à Lisbonne, non seulement en Espagne, mais partout en Europe et dans sa ville natale. Il y avait ces blessures qu'il croyait refermées et auxquelles il pensait. Antonio, l'enfant chéri, et lui, le né après, le peu utile. Si son oncle chanoine ne l'avait pris sous son aile, il n'aurait pas reçu la moindre éducation. Et ensuite, l'échec. Son incapacité à s'apercevoir que son frère gérait mal le commerce qu'avait laissé leur père, sa propre insouciance, l'amitié du Populaire et, quand même, sa condescendance : « Qu'Amerigo tente sa chance en Espagne puisqu'il ne réussit pas à Florence. » C'est ainsi qu'il était parti à Séville.

Si Berardi ne s'était pas suicidé… Mais il avait fait fructifier la filiale après la mort du juif quand il Popolano la lui avait confiée.

Maintenant, maintenant peut-être avait-il un fils. Il n'importait pas, après tout, que celui-ci fût l'enfant d'une étrangère. Il était la chair de sa chair. Juan, lui, élevait un bâtard qui n'était pas de lui. Comment s'appelait-il, cet enfant ? Amerigo retrouva le prénom : Joaquín. C'était un garçon de sept ou huit ans quand il l'avait vu auprès de Cosa. Et, bizarrement, il ressemblait à Juan.

Amerigo se prit à rêver. Il aurait, avec ce fils, son image, son double. Le garçon serait marchand, comme lui, ou seigneur. Un amiral, un gouverneur… Le représentant des souverains dans les nouvelles terres ?

Le Florentin fit un effort sur lui-même. Il devenait sentimental… La fatigue, bien sûr. Dans le ciel, en direction du sud, il aperçut quatre étoiles ou plutôt cinq, disposées selon une forme qui lui rappela la Croix. Elles brillaient fortement et il y vit un signe.

Il allait accepter la proposition de Juan.

13

Souris grise

ERFURT (SAXE), COUVENT DES AUGUSTINS,
AOÛT 1505

> Comme il était en route et approchait de Damas, une lumière venant du ciel enveloppa Saül. Il tomba par terre et il entendit une voix qui disait : « Saül, pourquoi me persécutes-tu ? » Il répondit : « Qui es-tu, Seigneur ? — Je suis Jésus, celui que tu persécutes. Relève-toi et entre dans la ville : on te dira ce que tu dois faire. »

Seul dans la cellule où il passait désormais l'essentiel de ses journées, mal à l'aise sur un siège peu fait pour son large corps, Martin Luder réfléchissait. Assis à son pupitre, il avait pris sa Bible et y avait cherché ce passage. Ce qui était arrivé en juin dans le bois de Stotternheim avait décidé de sa vocation. Comme l'évangéliste, il était en route et approchait de la ville ; bien sûr, il ne s'agissait pas de Damas mais d'Erfurt, la Saxe étant sa Palestine. Mais la lumière qui l'avait effrayé, cette boule de feu tombée à côté de lui pendant l'orage, venait du ciel. Et si ses yeux n'avaient pas été aveuglés comme ceux de Saül, il avait entendu la voix. Non celle de Dieu qu'il imaginait grave et sonore, mais une voix féminine qu'il avait su reconnaître : sainte Anne l'appelait, la douce mère de la Vierge, celle qu'il avait implorée dans les nuits de son enfance lorsque le vent, de l'autre côté des murs, portait à ses oreilles le cri des démons cachés dans les bois.

Martin avait obéi. Puisqu'il avait survécu à cette foudre qui avait manqué le tuer, il s'était fait moine. Il était « entré dans la ville ». Non plus celle des hommes mais celle des saints.

Cela faisait deux mois. Reçu comme novice, il avait envoyé à son père une lettre où il expliquait ses raisons. Hans Luder avait répondu violemment. Il refusait de rien entendre et il lui retirait son affection.

Mais voici que Jakob, son frère, s'adressait à lui. De sa grosse écriture maladroite, il expliquait que les jumeaux Albert et Gerhard étaient morts, fauchés par une peste qui sévissait à Mansfeld. Martin fût-il resté chez ses parents, la maladie aurait pu le frapper : que Dieu lui ait évité ce danger lui parut un nouveau signe qu'Il voulait quelque chose de lui. Car le Seigneur l'avait déjà appelé avant l'événement de l'orage.

C'était le mardi de Pâques il y a deux ans, dans la même forêt, cette forêt qu'il détestait avec ses arbres serrés comme les dents d'un peigne. Il faisait le chemin entre Erfurt et Mansfeld, son cheval avait mis le pied dans un trou, il était tombé et, dans la chute, la dague qu'il portait au côté et dont il était fier (son père la lui avait offerte quand il avait été reçu bachelier) l'avait blessé, entamant une veine. Il perdait beaucoup de sang. L'ami qui l'accompagnait avait mis un garrot mais c'est seulement quand Martin avait invoqué la Vierge que l'hémorragie avait cessé. Il avait ressenti d'un coup une langueur, comme s'il allait s'endormir ; mais il n'avait su voir, à ce moment, que la porte des anges s'était entrouverte et il avait continué sa vie.

« Merci, mon Dieu, de m'avoir épargné, moi qui n'ai pas compris... »

Dans la maison de Mansfeld, ce devait être une immense désolation. Sa mère vivait pour ses enfants. Martin se souvenait combien elle avait pleuré quand Josef était mort, des années auparavant. Et le père... Hans était si fier de ses garçons. Il lui restait Jakob, le benjamin. Un enfant de quatorze ans. Martin lui-même ne se comptait plus dans la famille : son père l'avait renié quand il était entré dans les ordres et il appartenait à l'Église.

Il devait écrire. Il le voulait et Von Staupitz, le supérieur du monastère, le lui avait ordonné :

« L'amertume doit quitter ton âme, Martin. Ton père n'est plus ton père mais ton frère. Dans la douleur qui est la sienne il convient que tu lui montres le chemin. »

*

Un encrier, une plume et du papier étaient posés sur la table. Chaque jour, Martin inscrivait les pensées que suscitait en lui la Parole consignée dans le Livre, et chaque semaine il montrait à Staupitz ce qu'il avait écrit et en discutait avec lui. Il aimait ces moments où, avec l'aide de son tuteur, il découvrait le sens profond de ce qu'il avait lu et que, seul, il n'avait fait qu'entrevoir.

Martin prit une feuille et trempa la plume dans l'encrier. Il emploierait l'allemand puisque son père n'entendait pas le latin. Il utiliserait des mots simples pour s'adresser à l'ancien mineur. Peut-être, dans sa première lettre, avait-il usé d'une langue trop ardue ?

Il commença à écrire.

Erfurt, monastère des Ermites de Saint-Augustin,
le 8 août 1505

Mon cher et honoré Père

La lettre que vous m'avez envoyée après que je suis entré au monastère était si terrible et votre volonté de me renier y était si fermement exprimée, que je n'aurais osé ni voulu y répondre. Mais voici que Jakob m'écrit une affreuse nouvelle. La peste a emporté deux de vos fils, et Mère et vous craignez que la contagion soit aussi à Erfurt et dans le cloître où je reste enfermé. Mon Père, je me porte bien. Dieu ne veut pas encore de moi et aucun de mes frères en religion n'est touché : notre

Seigneur protège, sans doute, le couvent des augustins. Mais l'annonce que m'a faite Jakob m'accable et, au même moment où je songe à votre douleur, je m'inquiète pour votre santé et celle de Mère. Puis Jakob, Dorothea, Maria, et la petite Marga qui m'est si chère, pourraient être infectés ? Ainsi je ne peux rester ferme dans la décision que j'avais prise de ne pas vous écrire.

Je sais que mon entrée dans les ordres vous a causé une peine terrible et que vous ne pouvez pardonner que je m'y sois résolu sans vous en avertir. Mais voici que je demeure votre seul fils adulte. Continuerez-vous à me maudire ?

Martin hésita. Fallait-il dire à Hans que ses fils morts avaient rejoint le paradis et qu'après cette vie, il les retrouverait ? Qu'en savait-il lui-même ? Les jumeaux décédés avaient, quoi ? Seize ans, dix-sept ans ? Martin était parti de Mansfeld quand ils étaient gamins et il lui semblait qu'il les avait à peine connus. Ils aidaient à la maison, allaient chercher le bois, l'eau, à la place de la mère. Ni l'un ni l'autre n'avait voulu continuer d'étudier ou le père ne le leur avait pas proposé, et ils apprenaient le métier de la forge… Avaient-ils été des pécheurs ou bien de saints enfants ?

Et Hans lui-même, le père de famille sûr de lui, gonflé de fierté parce qu'il s'était enrichi ? Il n'avait rien compris à la décision de Martin. Le service de Dieu se bornait pour lui à la messe le dimanche et à bénir le pain au début du repas. Était-ce suffisant ? L'aveuglement d'Hans devant l'appel que le Seigneur avait lancé à Martin pouvait être le signe qu'il était damné. Il fallait qu'il ramène son père à ce que Dieu voulait.

Sa plume, de nouveau, gratta le papier :

Je supplie le Ciel de me donner les mots pour que vous m'écoutiez. Je sais, mon Père, que vous n'êtes pas homme à vous laisser aveugler par vos sentiments comme le font les femmes. Voulez-vous bien alors estimer selon votre raison si je ne devais pas fuir le monde et suivre mon projet ?

Il hésita, se relut.

« Estimer selon votre raison » ?

C'était trop compliqué. Staupitz, qui était lui-même un lettré, l'avait blessé à plusieurs reprises en lui reprochant ce qu'il appelait de l'enflure. Mais parler au nom de Dieu suppose un peu de hauteur, non ?

Il corrigea cependant :

... Voulez-vous bien juger si je ne devais pas fuir et suivre mon projet ?

Ainsi, cela devait convenir.

Il devait dire à son père le trouble qu'il avait ressenti en découvrant les mœurs d'Erfurt :

Dans cette vaste cité où vous m'avez envoyé, j'ai vu, mon Père, j'ai vu, la misère des hommes, le stupre, les adultères, les vols, la superbe, l'idolâtrie, les blasphèmes...

Stupre ? Idolâtrie ? Les mots, peut-être, étaient forts. Et ils étaient compliqués. Il fallait dire cela simplement. Tant pis, il y aurait des ratures.

Il barra, fit une croix dans la marge, et il écrivit en petit parce qu'il restait peu d'espace :

À Erfurt où vous m'avez envoyé, j'ai vu, mon Père, j'ai vu la misère des hommes, et les vices horribles auxquels ils se livrent...

Il ne raconterait pas à Hans les soirées dans les tavernes, quand on buvait, jouait aux cartes, jurait et que, souvent, les filles vous laissaient entrer dans leur lit pour quelques pièces blanches, mais il lui fallait dire, quand même, qu'il avait succombé :

> Me confesserai-je auprès de vous ? Moi-même, je ne sais échapper au péché. La chair est faible, j'en ai fait l'expérience, et Dieu ne me recevra pas en Son Royaume si je ne me repens vite.

Il aurait dit cela mieux si son père avait été moins inculte. Un passage lui revint de son Virgile, un livre qu'il avait aimé et qu'il ne s'était pas résolu à vendre quand il était entré au couvent. « Hélas, il me faut fuir ces terres cruelles, il me faut fuir ces rivages avares. »

Lui-même, le premier mois, s'était essayé à un poème chrétien. Incertain de savoir si c'était un péché, il avait détruit son essai au lieu de le continuer. Oubliant un moment la lettre, il s'en récita les vers, sa voix résonnant dans la pièce au haut plafond :

> Oh monde amer,
> Celui que tu séduis
> Est pris au piège
> Et il vit sans repos
> Dans la guerre et les luttes…

Un infime bruit de pas se fit entendre et, s'interrompant, il vit passer près de ses pieds, rapidement, une forme grise.

La souris…

Il y avait une fente dans le mur séparant sa cellule du couloir. La bête entrait par là quand elle était coursée par Lucifer, le chat du monastère. Martin, quelques jours après son arrivée, en tirant son lit d'un autre mur pour ôter la poussière, avait repéré un second trou. Comme il s'ennuyait, il avait pris sa plume et s'était allongé sur le sol. Pour voir si l'ouverture était profonde, il avait promené la hampe à l'intérieur. Le bout avait heurté une forme molle et la souris avait jailli en couinant de panique. Il s'en était fallu de peu que, désorientée, elle lui coure sur le nez. Depuis, le rongeur s'était habitué à sa présence, et Martin avait élargi la fente du côté du couloir pour qu'il s'y glisse aisément.

La souris cependant n'avait fait que passer. Martin reprit sa récitation :

Mais moi, je vais te quitter
Monde fallacieux et triste
Et je suivrai Jésus,
Mort pour moi sur la Croix

Sa voix déclina sur les dernières syllabes. Il eut l'intuition que peut-être, à déclamer ainsi dans une cellule vide, il était ridicule. Et puis quoi ? Son père ignorait la poésie et ce n'était pas des vers qui le rapprocheraient de son fils.

Martin devait revenir à sa lettre. Il allait parler de lui désormais. Il évoquerait ses larmes, les craintes qui l'avaient assailli. Si Hans l'aimait, il y serait sensible :

> Père, pour ne pas céder, j'ai travaillé le jour, le soir à la chandelle, et le matin encore quand l'aurore éclairait le dortoir. Vous admiriez que je m'épuise pour obtenir ce grade que vous souhaitiez pour moi, alors que je ne songeais qu'à abrutir la bête ! Pourtant quand je reposais mes livres, je suivais encore mes camarades et retournais pécher. Combien de fois ai-je prié le Christ de m'arracher à cette fange ? Combien de fois ai-je fait monter vers Lui ce cri : « Montrez-moi, Seigneur, la voie que je dois suivre. Car je veux élever mon âme. »

Martin relut ce qu'il avait écrit. Il était content de ces dernières lignes. Sous cette forme, il pouvait confesser à Hans les tentations qu'il avait affrontées et auxquelles il avait cédé, et les remords, les angoisses, les cauchemars qui avaient suivi ces soirs où, avec ses amis, il devenait un animal.

À mesure qu'il rédigeait, Martin se trouvait sûr de ce qu'il voulait dire.

> Ô mon Père : Dieu, dans Sa miséricorde, a répondu à ma prière. Bien que je ne sois pas digne, j'ai reçu ma vocation de Sa Grâce. De quelle ingratitude n'aurais-je pas fait preuve si, après qu'Il m'avait exaucé, je m'étais détourné ?
>
> Jésus ! Alors, sûrement, j'aurais été damné !

Martin ne répéta pas à son père comment il avait entendu l'appel. Dans sa première lettre, il avait raconté la lumière dans le bois et il avait narré comment, auparavant, la Vierge l'avait sauvé de perdre tout son sang. « C'était l'appel de Dieu », avait-il écrit.

Mais son père avait répondu que le Seigneur n'avait pas besoin de femmes pour passer Ses messages : « Saint Paul, Dieu s'est adressé à lui de sa voix tonnante. Il lui a fermé les yeux et les lui a rouverts par un vrai miracle, avait-il écrit. Toi, tu as eu un accident de cheval, puis tu as fait la bêtise de t'arrêter sous un arbre pendant un orage. Je ne suis pas sûr que ce que tu as vu ou entendu ait jamais existé. Même alors : pourquoi la Vierge plutôt que le Seigneur ? Pourquoi Anne ? À quoi songes-tu, mon fils ? Ce n'est pas Dieu qui te guide, c'est le diable qui te fait te fourvoyer ! »

En se souvenant de cela, l'apprenti moine eut un frémissement. Son père n'avait pas le droit de douter de sa vocation. Il pensa à abandonner sa lettre.

*

La souris sauva peut-être la missive. Au moment où Martin posait sa plume, le son de ses petits pas résonna sur les carreaux du sol. Elle était près de ses pieds. Dressée sur ses pattes arrière, elle fixait le moine de ses minuscules yeux ronds.

Martin en fut bouleversé.

« Toi, je t'aurais écrasée comme un rat il y a quelques semaines. Maintenant nous sommes amis », murmura-t-il.

La bestiole devait vouloir manger. Au-dessus du lit, à côté du Virgile, Martin gardait du pain qu'il prélevait à la tablée du soir. Habitude de paysan que lui avait transmise Hans, qui lui-même la tenait de son père. Lentement, en évitant toute brusquerie et sans se lever de son siège, il étendit le bras. Sa main atteignit le quignon : pour le coup, heureusement que la cellule était petite. La souris ne bougeait pas et elle continuait à regarder Martin. Il tenait désormais le pain dans sa main droite. Encore plus lentement, il le rapprocha de sa main gauche. Délicatement, il rompit la croûte. Doucement, doucement, il fit descendre le morceau le long de sa cuisse puis de sa jambe. Quand finalement il l'émietta, la souris trembla. Elle posa sur le sol ses pattes avant, tourna son corps, Martin pensa qu'elle allait fuir, mais finalement elle se dirigea vers les miettes. Elle prit dans sa bouche un petit morceau de la pâte dorée, revint à la place qu'elle avait quittée, mangea. Puis elle retourna à la friandise, repartit au même endroit, avala de nouveau. Elle refit cela une fois encore. Après quoi, elle posa son derrière sur le sol et, de nouveau sans bouger, elle contempla Martin.

« Qu'est-ce que tu veux me dire ? Trois fois… Du pain… Non, c'est impossible », murmura de nouveau le futur moine.

Il lui venait une idée bizarre.

« Lucifer. Ils ont appelé le chat Lucifer… »

Et si, de nouveau, Dieu lui signifiait quelque chose ? Si le chat au nom de diable représentait le Mal, en ce cas la souris était le Bien ; il avait donné au rongeur du pain comme on donne la Cène ; l'animal était venu trois fois à cette communion, comme si la Trinité du Père, du Fils et du Saint-Esprit voulait s'exprimer par lui…

Non, certainement il divaguait. Il fit un mouvement brusque et l'animal fila se cacher sous le lit.

Il décida qu'il continuerait sa lettre. Mais celle-ci, peut-être, devait être plus ferme ? Dans un an il prononcerait ses vœux, dans deux ou trois, il serait prêtre. C'est pour de vrai, alors, qu'il distribuerait la communion, au lieu de donner du pain à un rat. Ces dignités à venir lui conféraient l'autorité pour parler fort.

Où en était-il ? Il relut : « Jésus ! Alors, sûrement, j'aurais été damné ! »

Et il se remit à écrire :

En conséquence, Père, vous devriez remercier Dieu plutôt que de persister dans votre colère. N'est-ce pas une Grâce que d'avoir un enfant en Jésus-Christ ? Pour dire les choses nettement, ne croyez-vous pas que vous avez fort mécontenté notre Seigneur en voulant que je résiste à Son appel ? La mort d'Albert et de Gerhard pourrait être votre punition.

Une punition terrible et peut-être l'avertissement que de plus grands malheurs vont se produire si vous demeurez rebelle à Celui qui gouverne le monde.

Il faut que vous vous résolviez, à présent. Aimez-vous votre fils Martin ou ne l'aimez-vous pas ? Et qu'aimez-vous en moi ? Mon corps ou mon âme ? Si vous préférez mon âme, vous devez vouloir son bien. Alors, il vous faut vous réjouir et fêter mon entrée dans les ordres.

Martin imaginait Hans Luder en train de lire sa lettre. Entre irritation et impatience, il déferait le sceau quand on lui donnerait le pli. Voyant la longueur du message, il traînerait une chaise sur le seuil de la porte : ses jambes le faisaient souffrir s'il demeurait debout. À la grande lumière de l'été, il lirait et relirait les mots que celui qui malgré tout demeurait son fils avait écrits. Quel serait alors son état d'esprit ?

La souris était ressortie du lit mais elle se tenait à distance. Martin la regarda du coin de l'œil. Le museau de la bête frémissait comme si elle espérait quelque chose. Il lança un autre morceau de la croûte de pain, un peu loin pour ne pas l'inquiéter. La souris regarda le pain, elle regarda Martin, et elle se détourna de l'un et de l'autre.

Son père, réalisa le novice, prenait de l'âge. Désormais, privé des trois grands fils, il allait se sentir très seul. Il fallait consoler et non seulement admonester.

> Je le sais bien, mon Père, il est difficile de rompre des affections, et c'est ce que je vous demande de faire comme je le fais moi-même.
>
> Douteriez-vous de ma douleur à me séparer de vous de la sorte ? Jamais de ma vie je n'ai éprouvé plus de peine qu'en ce matin d'été où je me suis rendu au monastère, abandonnant ceux qui m'étaient chers pour remettre ma volonté entre les mains d'inconnus.

Martin leva le regard de sa feuille.

Ce qu'il venait d'écrire touchait au plus intime de ses sentiments. Pourquoi avait-il fait ce choix et avait-il bien fait ? Puisque le Christ n'avait pas craint de se mettre au service des hommes, il devrait être aisé de répondre à Sa voix.

Pourtant… Les yeux de Martin firent le tour de sa cellule. La souris avait disparu. Les murs étaient nus et resserrés. Au-dessus de la couchette, sur une planche, le Virgile, son seul bien frivole, était appuyé sur une cruche. Une cuvette dans un coin servait à sa toilette, près du pot qu'il utilisait la nuit. Le pupitre… il se demanda un instant ce que le pain faisait à côté de son encrier. La fenêtre donnait sur le cloître, vide à ce moment : que des pierres et pas d'arbres. Dans les autres cellules, des hommes qu'il ne connaissait pas vivaient ainsi qu'il le faisait, plongés dans le silence : ces hommes ne lui étaient rien et pour eux aussi il était un étranger. Peut-être, à ces isolés, la souris rendait-elle également visite ?

Il divaguait. Ses pensées étaient grotesques. Pour le coup, c'était Satan qui les lui inspirait.

Son père, quand Martin avait séjourné à Mansfeld avant l'accident de l'orage, lui avait annoncé qu'il formait le projet de le marier. Le brave homme s'était souvenu du médecin chez qui Martin avait vécu et qu'il avait apprécié les deux fois où il l'avait vu. Joachim était devenu professeur à l'université que l'électeur Frédéric avait créée et il avait déménagé à Wittenberg, où Hans était allé le rencontrer. Le couple n'avait pas d'enfant, mais leurs relations dans la ville étaient nombreuses et ils avaient trouvé pour Martin un parti admirable : une parente à eux, Barbara, la fille de patriciens. La fille avait seize ans, le bon âge pour un mariage. Ces noces laveraient Martin de la mine à laquelle Hans appartenait et achèveraient de le transformer en bourgeois.

« L'enfant est belle, en plus, avait dit Hans. Je l'ai vue chez ses parents. Elle a des cheveux noisette dont elle fait une tresse, et un joli visage. Assez petite, mais ce n'est pas un inconvénient. Elle a une belle poitrine, je dirais. »

Et puis, bien plus bas pour que la mère n'entende pas : « Et aussi un joli cul… »

Martin frémit à ce souvenir.

Des yeux, il chercha la souris, mais elle s'était cachée.

Il fallait qu'il achève cette lettre. En rapprochant la plume du papier, il vit qu'il y avait une miette et souffla pour l'écarter.

Je sais que vous me reprochez d'avoir fui sans rien vous avoir dit, comme vous nourrissiez pour moi le projet d'une union. Mais si je vous avais montré mes doutes, je n'aurais pu aller au bout de ce que je voulais entreprendre.

Je vous en conjure, Père, mettez fin à vos larmes. Ces jours de peine s'effaceront et, ensuite, vous et moi nous serons consolés : dans ce monde par la Grâce de Dieu ; dans l'autre par Sa Gloire.

Je n'ai rien d'autre à dire si ce n'est demander que vous réconfortiez ma mère et que, tous deux, vous m'accordiez votre bénédiction. Pour ma part, je prierai pour vos âmes et pour nos chers morts.

Martin allait signer mais il retint sa plume en l'air. Il n'était plus Martin, le fils de Hans, il n'était pas encore un frère. Il se demanda qui il était. Finalement, il choisit d'écrire son nom plutôt que son prénom. Mais plutôt que de marquer Luder, comme l'écrivait son père, il inscrivit en grosses lettres fermes

Luther

comme il l'orthographiait de plus en plus souvent depuis quelques années. Ainsi, il se donnait à lui-même un nouveau patronyme. Comme un second baptême.

Un bruit, de nouveau, par terre, attira son attention. La souris, entre ses jambes, fila et partit dans le couloir.

14

Céramiques

CAFAGGIOLO (TOSCANE),
VILLA ET FABRIQUE MÉDICIS, DÉCEMBRE 1505

Un samedi de la mi-décembre à la fin de l'après-midi, à Cafaggiolo en Toscane, Guido Liuciardi vérifiait l'emballage de terres cuites. À vingt et un ans, l'ancien adolescent était devenu un homme. Il était grand et svelte. Une légère barbe roussissait ses joues et il avait semblé à Bona, quand elle avait revu son fils, que la ligne de ses cheveux avait un peu reculé sur ses tempes.

C'était la deuxième fois que Guido revenait en Italie. À Blois, où ils ne devaient rester que quelques jours, Damiano Paroni et lui étaient finalement demeurés tout ce temps. Leur séjour s'était prolongé parce que l'un et l'autre se plaisaient en France et que Damiano y avait développé un commerce. Lorenzo dei Medici, en effet, avait vu juste : les nobles français étaient entichés de jolis objets. Doucine n'avait-elle pas dit qu'au château, même les vases de nuit étaient en métal précieux ? C'est à table surtout que le luxe était apprécié. La vaisselle qu'on avait déployée pour les noces de Claude et Charles était d'un goût vieilli et elle n'avait pas moins suscité l'admiration des convives. Proposer au roi et à la reine des rafraîchissoirs, des aiguières, des hanaps et des bassins en or ou en argent ornés des motifs neufs qu'on prisait en Italie, offrir aux moindres nobles des plats de céramique lustrée ou riche de mille couleurs, voilà quelle avait été l'idée de Damiano. Le jeune homme en avait parlé au Populaire et celui-ci avait jugé le projet excellent. Il avait avancé l'argent pour ouvrir un comptoir et fourni à Damiano son réseau de coursiers, à la condition d'un partage des gains. Filippo Liuciardi ne s'était pas formalisé que son ancien employé prenne son indépendance, mais il l'avait prié d'achever de former son fils. Cela convenait parfaitement aux jeunes gens, qui étaient devenus des amis.

Le projet de Paroni était d'autant mieux venu qu'il Popolano était le propriétaire, à Cafaggiolo, d'une fabrique de céramiques. Au début du siècle précédent l'ancêtre, Cosme, avait fait construire une villa près du village. Avec ses tours carrées et une enceinte, le bâtiment manquait d'élégance mais Lorenzo y avait passé ses étés d'enfance et sa femme, qui répondait au nom extravagant de Semiramide, ne s'y déplaisait pas. Aussi, quand, au temps de Savonarole puis après sa chute, la situation était devenue instable à Florence, en avait-il fait une de ses résidences.

Or, à Cafaggiolo, des ateliers de poterie défiguraient la cité. Même quand des incendies ne partaient pas des échoppes, les rues étaient enfumées et en tout cas bloquées par les charrettes portant l'argile et le bois de combustible, tandis que le ruisseau où on lavait les pièces était encombré des rebuts qu'on y jetait.

Lorenzo avait décidé de changer cela. Il avait racheté presque tous les ateliers et construit, en aval du village, une fabrique ordonnée d'une manière qu'il jugeait idéale : trois corps de bâtiments autour d'une cour, la rivière fermant le quatrième côté. On modelait les pièces dans une aile, on les peignait dans une autre pour que les couleurs ne reçoivent pas de poussière, on les serrait dans la troisième. Les fours étaient à part, éloignés du bâti et du bois pour éviter les risques d'incendie ; l'un était monumental, construit exprès pour des céramistes fameux de Florence, les Della Robbia, qui y portaient leurs pièces les plus considérables.

Pour lors, Guido se trouvait donc dans la salle des terres prêtes à être expédiées. Faute de chauffage, le jeune homme, qui œuvrait depuis le matin, avait les doigts glacés. Il avait faim, aussi, n'ayant pas pris le temps de déjeuner. En fait, il ne voulait pas s'interrompre : il brûlait de repartir en France et, pour cette raison, entendait achever rapidement sa tâche. Or les ouvriers qui mettaient en caisse s'en allaient dès que le soleil faiblissait, ce qui arrive tôt en ce moment de l'année.

Au début de leur commerce, Lorenzo avait sélectionné à Cafaggiolo les céramiques qui pouvaient être vendues à Blois et un homme de confiance les avait convoyées. Puis Damiano (on l'appelait Damien de Sienne en France) avait fait le déplacement et Guido l'avait accompagné. Cette fois, il était venu seul et il en était fier. Il avait la responsabilité de choisir les œuvres, celle d'expliquer les commandes qu'il reviendrait prendre ou qui seraient livrées, et il devait veiller à l'opération délicate de l'emballage des pièces.

En l'occurrence, il s'agissait de protéger une pièce exceptionnelle. Le cardinal d'Amboise, qui était devenu client de Damiano, achevait de décorer, à Gaillon, une demeure qu'il avait en partie fait construire. Pour les jardins, l'Italien lui avait proposé le projet d'une fontaine murale avec, au centre, un enfant pisseur fait dans cette terre qu'on qualifiait d'émaillée et que travaillaient les Della Robbia. L'atelier produisait en général des objets aux couleurs vives, mais le prélat avait fixé que le pisseur serait tout blanc, comme les enfants emmaillotés dont Damiano, ou Damien donc, lui avait expliqué qu'ils ornaient joliment l'hôpital des Innocents. Ainsi, avait dit le prélat, il ressemblerait plus à « un Éros plaisant à la manière des Antiques ». Damien avait fortement approuvé, puis il avait confié à Guido, en riant, que l'évêque aimait bien les petits garçons.

À présent, c'était donc cette statue que les ouvriers mettaient en caisse. Guido, en voyant l'œuvre, avait été amusé mais aussi stupéfait de la prouesse que son exécution représentait. Le pisseur avait la taille d'un enfant de trois ans. Il avait dû falloir, pour le cuire, l'évider complètement, donc le couper en deux, et pourtant il était impossible de voir une suture. Vêtu d'une chemise qu'il tenait relevée, le garçon était debout. Tête baissée, jambes écartées, il observait son petit sexe dressé, d'où un jet sortirait une fois la plomberie mise en place. La surface de la statue était blanche et brillante comme l'avait voulu Amboise, mais des touches dorées soulignaient les boucles de la coiffure et… le prépuce.

Avec tant de lieues à parcourir en charrette ou en bateau, et tant de gens qui manipuleraient la caisse, il fallait prendre d'extrêmes précautions pour que cette merveille n'arrive pas en miettes. Car si Amboise était content de sa fontaine, il en ferait l'éloge et peut-être la montrerait au roi. « Alors, avait dit Paroni (et en Italie Lorenzo avait paru du même avis), nous recevrons d'autres importantes commandes. »

*

Guido, donc, veillait, mais il n'y avait rien à redire. Maître della Robbia avait délégué son assistant préposé aux expéditions. Benedetto, c'est ainsi qu'il s'appelait, connaissait son affaire. Dans un premier temps il avait protégé la statue. Refusant toute aide, il l'avait emmaillotée de bandelettes qu'il avait enduites de cire liquide, de sorte qu'elles tenaient sur la surface d'émail et formaient tout autour une sorte de carapace.

« Il suffira de mettre la céramique au soleil pour que les bandes suent et retombent d'elles-mêmes, expliqua-t-il. Ensuite, il faudra bien rincer. »

Et il ajouta, ce à quoi Guido ne prêta pas attention :

« De cela, j'ai coutume de m'occuper moi-même. »

Le corps rigide ainsi enveloppé ressemblait à ces cadavres de l'ancienne Égypte dont Lorenzo possédait un exemplaire dans sa villa. Le Médicis l'avait montré à Guido et dit que cela s'appelait une *mummia*. Guido, alors, s'était souvenu que sa mère lui avait passé autour du cou, quand il avait quitté Sienne la première fois, un lacet avec un sachet de ce qu'elle avait aussi appelé *mummia*. Il continuait à porter sur lui le sachet parce que ce qu'il contenait était censé le protéger. Subitement, il en avait éprouvé de l'effroi.

La caisse était un prodige d'inventivité. Ses parois étaient rembourrées d'une laine enfermée dans un revêtement de cuir, « parce que c'est résistant et pour ainsi dire imperméable », expliqua doctement Benedetto. Dans le fond, l'homme avait prévu des réglettes, rembourrées aussi et qui soutenaient et calaient la sculpture aux endroits où elle était le plus fragile : le cou et les bras en particulier. Les creux qui demeuraient furent comblés avec des sacs de plumes assez petits pour s'insérer partout. Quand Benedetto étendit un drap sur la statue avant de poser par-dessus d'autres sachets, Guido eut décidément le sentiment que c'était un mort sur lequel on tendait un linceul et on jetait la terre. La boîte fut scellée non en clouant, ce qui eût été fatal, mais avec des crochets coulissants qui furent fermés à la cire, en posant, alternés, les sceaux d'Andrea della Robbia et de Cafaggiolo.

Cette sorte de cercueil ne serait plus touchée avant que Guido l'emporte.

Il restait d'autres céramiques à emballer, parmi lesquelles des carreaux pour la fontaine, mais c'était là un travail au-dessous des compétences de Benedetto. Celui-ci mit sa pelisse et récupéra ses gants : il travaillait mains nues pour que ses gestes aient plus de précision. Guido le saluait courtoisement lorsqu'un valet du Médicis ouvrit la porte du magasin.

« Sa Magnificence, proféra-t-il d'un ton pompeux, remercie messer Benedetto et le prie de dire à Maître Andrea qu'il se rendra bientôt dans son atelier. Il a besoin que ser Liuciardi vienne le voir sans attendre. Il a à lui parler. »

Guido s'agaçait toujours d'entendre nommer Lorenzo « Sa

Magnificence » et d'avoir désormais à s'adresser à lui ainsi. En France, où pourtant il y avait un roi et de vrais princes au lieu de marchands enrichis comme les Médicis, on ne faisait pas autant de manières, et c'était un comble qu'on usât de tant de civilité pour s'adresser à celui qui portait fièrement le titre de Populaire. Puis le jeune homme mettait sa fierté à rester présent jusqu'à ce que la dernière terre soit emballée. Mais Lorenzo les faisait vivre Damiano et lui, et d'une certaine manière son propre père aussi. Guido hésitait désormais à savoir si Filippo Liuciardi était un partenaire du Médicis ou un de ses employés.

Bref, il fallait obéir. Il remercia une dernière fois, plus brièvement, l'employé de Maître della Robbia, et il suivit le valet.

*

La pièce où Lorenzo attendait Guido était immense : rectangulaire, ouverte sur les collines par deux fenêtres vitrées, et les murs couverts d'une tenture représentant des chasses ou des mythologies – le jeune homme ne les avait jamais véritablement regardées. Dans la cheminée dont le manteau était également tapissé, un feu brûlait, rendant la température tiède. Mais ce ne fut pas ce qui frappa Guido. Lorenzo était installé d'un côté du foyer, sur un siège à accotoirs et haut dossier, une jambe étendue sur un tabouret : il souffrait de la goutte. Filippo Liuciardi se trouvait là aussi, assis sur un siège semblable de l'autre côté de la cheminée. Que venait faire son père, qu'il avait laissé à Sienne peu de jours avant, et pourquoi lui-même avait-il été ainsi sommé de quitter promptement l'atelier ?

Guido eut peur pour sa mère.

« Holà, jeune homme, le salua sans façon Lorenzo. Viens t'asseoir avec nous », lui dit-il en lui montrant un banc.

Guido avait des manières courtoises. Il souleva son couvre-chef et alla s'incliner devant son patron, puis il se détourna pour embrasser son père. Celui-ci le regarda en souriant, ce qui apaisa un peu ses craintes. Alors, il alla chercher le banc qui était contre le mur, le rapprocha en le laissant à distance convenable et s'assit.

« Ton père est là pour que nous parlions de ton avenir, mon garçon. Nous avons pensé que ce serait mieux de le faire ici qu'à Sienne, parce que je crois que tu vas travailler pour moi encore longtemps », commença directement Lorenzo.

C'était ce qu'il y avait de bien avec cet homme. Il ne s'embarrassait pas de détours et allait droit à ce qu'il voulait dire.

« Je sais que tu as beaucoup appris en France avec Paroni. Et je t'ai vu agir ici : tu es posé, scrupuleux, dur à la tâche. Rapproche-toi du feu si tu veux, il fait froid dans le magasin. Puis j'ai demandé qu'on apporte à manger. On m'a dit que tu ne t'étais pas arrêté pour souper, aujourd'hui. C'est précieux, un homme dévoué. »

Guido aurait apprécié les compliments, il avait de l'admiration pour il Popolano. Mais son patron ne l'avait certainement pas fait venir, ainsi que son père, simplement pour le féliciter.

De fait le Médicis continua :

« Je ne sais pas si tu as réfléchi au futur. Paroni se débrouille très bien en France. Au fond, il n'a pas besoin de toi. C'est étrange : ce jeune homme était le commis de ton père, et maintenant il semblerait que tu lui serves à ton tour de commis et que tu en sois content. Penses-tu que ce soit très sain et que tu te feras une belle vie ainsi ? » demanda-t-il.

Guido regarda Lorenzo :

« Je ne suis pas son commis. Nous sommes partenaires. Nous nous entendons bien et ce qu'il ne fait pas, je le fais. Ou le contraire. »

Il avait réussi à garder un ton modéré.

Lorenzo sourit et leva la main en un geste d'apaisement :

« On peut voir les choses comme cela. Je ne critique aucunement, sais-tu ? Messer Paroni a gagné ma confiance. » Pour la première fois à la connaissance de Guido, il utilisait *messer* devant le nom de Damiano. C'était sa manière de manifester l'estime qu'il lui portait.

« Je dis seulement que toi, tu ne peux rester indéfiniment à ses côtés pour l'aider. Il pourrait être embarrassé de ta présence à la fin, et tu perdrais ton temps. Tu as devant toi mieux que cet avenir modeste. »

Guido osa protester encore, d'une voix mesurée mais ferme :

« Un jour, Votre Magnificence (il oublia, pour le coup, sa réticence à utiliser ce titre), un jour, le plus lointain qui soit je l'espère, dit-il en se tournant brièvement vers Filippo, je succéderai à mon père. Je suis son fils unique, n'est-ce pas ? En attendant, je me trouve bien à Blois avec ser Paroni. J'apprends beaucoup, et nous pouvons développer, avec votre aide... »

Filippo l'arrêta net :

« Guido, tu sais très bien que tu n'as rien à espérer à Sienne. La ville est morte, un bourg de campagne à présent et j'ai eu tort de vouloir y attacher mon destin. J'avais placé ma firme sous l'emblème de la luciole, et j'avais oublié que ces petites bêtes ne vivent pas longtemps. Nous avons eu cette discussion il y a plusieurs années, n'est-ce pas ?

— Mais, en France... », reprit Guido.

Cette fois, c'est le Médicis qui l'interrompit :

« En France, à Blois, Damiano Paroni va développer un superbe commerce. Et pour cela il n'a pas besoin que tu restes avec lui. Ici, tu peux te rendre utile. C'est toi qui vas choisir les pièces qu'il pourra vendre, c'est toi qui expliqueras aux potiers ce qui lui paraîtra devoir plaire là-bas, et qu'il te décrira : des lettres suffisent pour cela. Et puis tu quitteras Cafaggiolo régulièrement. Mais pas pour aller en France. Tu sais voyager à présent et tu as commencé à comprendre les goûts qu'ont les riches étrangers et ce qu'ils vont aimer. Ce n'est pas la France que tu dois conquérir, quant à toi, mais d'autres territoires. »

Guido demeura interdit. Son père reprit, d'accord avec l'autre :

« À Cafaggiolo, Lorenzo a besoin d'un homme fiable à

qui confier les tâches importantes et qui puisse se déplacer. Damiano s'occupe de la Cour de France et il s'en occupe bien. Sa Magnificence veut qu'à présent tu explores si on ne pourrait commercer avec les îles anglaises ou avec l'Allemagne.

— Moi ? murmura Guido. Dans ces pays froids ? » Et il frissonna.

Les deux aînés éclatèrent de rire. Un valet entrait dans la pièce, apportant un plateau avec des gâteaux, des œufs et du vin chaud. Lorenzo ordonna qu'il serve en premier le jeune homme.

Puis il dit :

« Essayer de placer nos productions en Castille serait vain. Les potiers sont trop bons : quelquefois, c'est nous qui imitons leurs pièces. Mais ils ne savent pas vendre, apparemment. Et ce qui vient d'Italie plaît dans le Nord. »

Filippo confirma :

« C'est la rançon des guerres qui ravagent nos terres.

— Dans le royaume anglais, je ne crois pas que les riches s'intéressent beaucoup aux jolies choses », objecta Guido.

Lorenzo rit de nouveau :

« Et dans les duchés germaniques, on est aux confins de la barbarie : c'est cela que tu crois ? Jeune homme, peut-être va-t-il te falloir aller vérifier sur place s'il n'y a pas dans ces terres quelques personnes un peu plus raffinées que tu ne l'imagines. »

*

Ce que Guido imaginait fort bien et qui l'empêcha d'avaler quelque friandise que ce soit, c'était qu'on attendait de lui qu'il coure les routes glaciales vers le septentrion et qu'il traverse, malade, la mauvaise mer qui séparait la France et l'Angleterre. Les pays qu'on lui avait cités, il n'avait aucune envie de les visiter. À dix-sept ans, il avait quitté Sienne avec curiosité et avait découvert la France avec enthousiasme. Il en avait appris la langue, il s'y était fait des amis. Et aussi des amies, ce qui comptait. Le royaume de Louis XII était devenu son pays. Comment expliquer à son père combien la vie était joyeuse à Blois et surtout, comment l'expliquer à Lorenzo ?

Il songea que tout au moins il allait retourner à Blois porter les céramiques. Qu'est-ce qui l'obligerait, une fois là-bas, à rentrer en Italie ? Il écrirait une lettre expliquant combien il se sentait bien en France et son père comprendrait. Le cardinal serait content de la fontaine, et Damiano et lui vendraient si bien les autres céramiques que Lorenzo serait consolé.

Puis il lui vint un doute : et si on le privait aussi de ce bonheur ? Si Filippo et le Médicis lui interdisaient de repartir ?

Il eut le cœur serré à cette idée.

« Votre Magnificence, la confiance que vous me faites m'honore. Mais elle m'effraie aussi. Je ne sais si je serai à la hauteur, dit-il avec prudence.

— Je ne te ferais pas cette proposition si je n'en étais sûr, répondit Lorenzo.

— Me permettez-vous… Me permettrez-vous pourtant de réfléchir ? Pendant que j'accompagnerai les pièces à Blois, j'aurai le temps qu'il faut pour m'accoutumer à l'idée et me préparer à vous bien servir…

— À me bien servir ! se moqua gentiment Lorenzo. Avoir parlé français pendant quatre ans ne t'empêche pas de choisir tes mots. Mais, non. Tu ne vas pas réfléchir pendant ce voyage…

— Tu n'as même pas à réfléchir ! »

Filippo, pour une fois, avait coupé son ami et patron.

« La réponse est oui, tout de suite, et tu vas remercier Sa Magnificence pour sa générosité. Je ne comprends même pas que tu ne lui aies pas encore baisé les mains. C'est une splendide chance que t'offre le seigneur Médicis.

— Mais, les céramiques ? Il faut bien les porter à Blois ! tenta désespérément Guido.

— Ne t'inquiète pas de cela, jeune Liuciardi », répondit Lorenzo plus sèchement qu'il ne l'avait fait auparavant et en avançant sa main droite pour faire taire le garçon. Maître della Robbia est d'accord pour que son employé, l'homme que tu as vu, accompagne les pièces. Il veillera sur elles pendant le voyage et il défera les caisses. Quant à la fontaine, il y a là un enjeu que toi-même peux comprendre : Benedetto sait comment travaille son maître et c'est lui qui mettra en place les céramiques. Un ingénieur italien que j'ai choisi personnellement l'accompagnera pour les conduites d'eau. »

Guido était assez fin pour saisir qu'il Popolano, à demi-mot, lui disait qu'il était insuffisant. Pour avoir vu travailler Benedetto, il devait reconnaître que celui-ci était un expert, et que lui n'était riche que de bonne volonté.

Cependant le Médicis reprit, d'une voix adoucie :

« Je pense que tu reconnaîtras plus tard que je ne te dessers pas », prononça-t-il. Et il refit à l'adresse de Filippo, qui allait parler, le geste par lequel il avait arrêté Guido :

« Puis… je crois qu'il y a une autre raison encore plus impérieuse que le travail que je veux te confier, et qui va faire que tu ne partiras pas en France. Mais cela te regarde plus personnellement. Moi, je vais me retirer et ton père t'expliquera. »

Et, comme les deux Liuciardi se levaient :

« Demeurez. C'est l'heure où je vais dans ma chapelle. La fin du jour, mais pas encore l'angoisse du soir qui tombe : n'est-ce pas un bon moment pour prier ? »

Lorenzo se redressa avec effort. Il avait encore grossi ces derniers mois et il peinait à se déplacer. Le valet, qui était demeuré dans la pièce, s'approcha et lui présenta son bras. Le Médicis se dirigea vers la porte en souriant au père et au fils. Ceux-ci inclinèrent la tête et restèrent muets jusqu'à ce qu'il soit sorti.

Lorsqu'ils furent seuls dans la pièce, Filippo ne laissa pas une chance à Guido de s'exprimer :

« Tu vas m'écouter », lui dit-il. Et, posant fermement la main sur l'épaule du jeune homme, il le fit se rasseoir.

« Tu vas m'écouter, répéta-t-il, et tu vas m'obéir. Ta mère et moi avons longuement parlé et nous sommes tombés d'accord. Tu es un fils aimable et jusqu'à présent nous t'avons laissé vivre pour ainsi dire à ton gré. Mais tu as plus de vingt ans maintenant. Il est temps de t'établir. J'avais exactement ton âge quand j'ai épousé ta maman. »

Guido écoutait, sidéré. Se marier… Le visage de Doucine lui vint aussitôt à l'esprit. Mais épouser Doucine…

Son père continuait :

« Je ne sais si tu te souviens d'Antonio Vespucci. Nous étions dans son palais quand on a brûlé Savonarole. Il nous avait très aimablement accueillis. »

Quel rapport avec un mariage ? Guido eut la vague réminiscence d'un homme à la voix perchée. Il se souvint surtout qu'il n'aurait pas voulu être dans le palais, mais en bas, sur la place, avec les garçons dont il pensait qu'ils se battraient pour le frère.

« Messer Antonio commence à se faire vieux. En tout cas il est malade. Lorenzo dit qu'il tousse au point qu'on peut prédire qu'il ne vivra pas longtemps. »

Filippo était debout. Lui était toujours fort et vigoureux. Il aurait paru jeune si, son turban ôté – comme il venait de le faire –, il n'avait été chauve. Il poursuivit :

« Antonio s'est marié tard et sa femme a mis du temps à mettre au monde. Ils n'ont qu'un enfant, une fille. Elle s'appelle Lisandra. Tu l'as vue chez eux le jour dont je te parle. Peut-être te la rappelles-tu ? »

Guido le regarda, perplexe. Il n'avait aucun souvenir de la fillette. Mais encore une fois ce jour-là ce qui se passait sur la place l'intéressait plus que les gens dans la maison. C'était un miracle qu'il se fût vaguement rappelé Antonio.

« Ce n'était qu'une enfant et tu étais bien jeune. Elle était avec nous sur le balcon quand on a pendu le corps et qu'on a mis le feu. Elle a hurlé et la signora Vespucci, ensuite, a eu toutes les peines du monde à la consoler. »

Guido ne se souvenait pas. Il eut une sensation très brève :

une femme frôlait son poignet et cette caresse le troublait. Puis cette impression disparut. Il ne revoyait pas, en tout cas, la fillette. Comment se faisait-il que son père eût de ces faits une mémoire si précise ? Est-ce que par hasard, déjà, à ce moment, il avait pensé à l'enfant comme à une fiancée possible ? Il n'était qu'un gamin en ce temps-là, et son père disait que l'autre était plus petite. Il est vrai qu'en France, on mariait des bébés…

Filippo cependant acheva :

« Lisandra fêtera ses dix-sept ans en février. Mais nous sommes invités pour la Nativité. Nous irons à la messe au Duomo, et il y aura un banquet après chez les Vespucci. Sa Magnificence veut bien nous loger dans son propre palais puisque nous n'avons plus de demeure à Florence. »

*

La tête de Guido lui tournait. Tout, décidément, semblait avoir été fixé. Il était revenu pour peu de temps en Italie, heureux d'embrasser sa famille avant la naissance du Christ, et voilà qu'il était pris au piège. On le mariait avec une enfant inconnue, il habiterait Cafaggiolo, il irait où on lui dirait d'aller et sans doute sa femme lui ferait beaucoup d'enfants…

Il fallait arrêter cela tout de suite.

« Père, à Blois j'ai une amie », dit-il presque dans un cri.

Et il inventa, bredouillant un peu :

« Je voulais vous le dire, à Mère et à vous. Vous le dire… avant de repartir. Elle s'appelle Doucine, et elle est de bonne famille.

— Doucine ? L'amie de la fille que Damiano va épouser ? »

Guido en resta sidéré.

« Comment ?… Damiano ne va pas se marier ! »

Il avait manqué dire : « Pas plus que moi. »

« Vois-tu, dit le père, Lorenzo est un homme informé. Et je me soucie assez de toi pour m'intéresser à ce qui a fait ta vie ces dernières années. D'une part, Damiano va se marier. Sa future femme s'appelle, je crois, Lauretta ? Du moins est-ce la façon dont il a écrit son prénom dans une lettre que Lorenzo vient de me montrer. Le jeune homme veut faire oublier, sans doute, que la future signora Paroni est française. »

Filippo se pencha vers son fils. Il avait beau n'y avoir personne dans la pièce, il fit mine de lui parler à l'oreille, comme pour une confidence :

« Il semblerait que la demoiselle ait un peu oublié sa vertu entre les bras de mon ancien commis et qu'il faille très vite lui passer l'anneau des épousailles. Elle est grosse, en bref. Enfin… Damiano n'a pas écrit cela. Mais la vérité se lit entre les lignes, tant le mariage est hâté. »

Guido était tout à fait éperdu. Pourquoi Damiano ne lui avait-il rien dit ? Son père n'eut pas de peine à deviner ses pensées.

« Tu es parti depuis un certain temps, mon fils. Un enfant, quand il s'annonce, il faut faire vite si l'on n'est pas marié. Autrement, c'est un bâtard qui naît et la mère est déshonorée. Au moins Paroni est-il un honnête homme. »

Depuis le début de la conversation, Filippo était resté debout. Alors qu'il faisait face à Guido, il se détourna et s'approcha de la fenêtre, comme pour regarder. Ce faisant, il présentait au jeune homme son dos. Ce qu'il avait à dire, désormais, touchait à l'intimité du garçon.

« Pour toi, je sais aussi avec qui tu as couché. Car tu n'es plus puceau, mon fils, et cela me convient. Il faut être ardent avant le mariage… Sa Magnificence a su dès il y a quatre ans qu'une fille t'intéressait. Tu ne cessais de parler d'elle, paraît-il. Il semblerait qu'elle soit demoiselle de bonne famille et qu'elle serve une grande dame ? Elle trouvera à se marier. Mais ce n'est pas toi qu'elle épousera, mon enfant. Sa famille doit être imbue de son nom, ce sont des choses qui arrivent dans les Cours, et tu n'es qu'un tout petit rejeton de commerçant. Tu ne portes et ne recevras jamais aucun de ces titres qui font en France les personnes importantes. Puis la famille de cette petite ne possède rien : quelques terres qui iront à son frère ou ses frères, je ne sais plus ; un château dont on ignore dans quel état il est et d'ailleurs s'il existe. Lorenzo s'est renseigné, te dis-je. Tu n'es pas assez riche pour épouser une fille sans dot, même si elle a un beau nom. »

Il jeta un coup d'œil à Guido par-dessus son épaule.

« Je ne te dis même pas de renoncer à elle, parce qu'il n'y a pas lieu de le faire. Si j'ai compris la situation, peut-être es-tu amoureux, peut-être est-elle un peu éprise de toi. Mais j'ai dans l'idée qu'elle ne t'a pas fait de promesse et que tu sais déjà qu'elle ne sera jamais à toi… »

Comment Filippo était-il au courant de tout cela ? Bien sûr que Guido savait que Doucine ne l'épouserait pas. Bien sûr qu'il avait couché avec elle. Bien sûr – mais cela, son père l'ignorait ? – qu'il avait couché aussi avec Laurette. Son ami, lui-même et les deux filles avaient mêlé leurs corps sur le même lit… Quelle folie. Il rougit de songer à cela devant celui qui l'avait engendré et il sut gré à Filippo de s'être retourné. Puis il eut un instant de frayeur en songeant que, si Laurette attendait un enfant, il pouvait aussi bien être le père. Mais non… Il se retint de compter sur ses doigts. Il était parti après la moitié d'octobre et Laurette, dans la seconde moitié d'août, avait accompagné Damiano voir Monseigneur d'Amboise. Guido et elle ne s'étaient pas touchés depuis.

Filippo continuait de parler et Guido se rendit compte qu'il était incapable d'écouter vraiment ce que disait son père.

« … viendras avec nous… ne t'engage à rien… tu verras Lisandra. Elle est plaisante et elle te charmera… Son père… argent… pas beaucoup… espérances… Amerigo… des perles… »

*

D'un coup Guido se sentit terriblement fatigué. Il pressentit qu'il ne résisterait pas à Filippo et au Populaire. Leur autorité était d'autant plus implacable qu'elle était bienveillante. Puis quel plan avait-il ? Si Damiano et Laurette se mariaient, s'ils commençaient à avoir des enfants, la vie à Blois changerait du tout au tout. Et peut-être un jour son ami, en effet, serait-il embarrassé de lui.

D'autre part, il y avait une chose que son père ne pouvait deviner. Ce n'était pas parce qu'elle était bien née et sans fortune que Mademoiselle de Saubonne ne l'épouserait pas. Mais Doucine, définitivement, ne voulait pas d'un époux. Quand il avait tenté d'embrasser la jeune fille la première fois (c'était pendant le bal des noces de Claude et Charles), elle avait retiré son visage. Il avait pensé que c'était par pudeur, mais ensuite il l'avait vue baiser Laurette sur les lèvres longuement et fougueusement. Jeux de demoiselles, avait-il songé, étonné malgré tout. Sauf que ces jeux avaient pour Doucine une importance qu'ils n'avaient pas pour Laurette. Lorsque les jeunes gens avaient cohabité durant la visite des Flamands, puis quand les garçons étaient demeurés rue de la Chaîne et que les filles, retournées au château, leur rendaient visite, les sommiers avaient souvent grincé. Damiano et Laurette, les premiers, avaient passé la nuit ensemble. Doucine gardait sa porte fermée et plusieurs soirs de suite, Guido s'était retrouvé seul à dormir dans la cuisine.

Puis la jeune fille avait bien voulu s'attendrir. Un soir, elle était descendue et il avait pour la première fois caressé le corps d'une femme, un corps nu que les flammes dans l'âtre rendaient orangé. Ce jour-là, elle avait dirigé l'affaire. Elle ne l'avait pas d'abord laissé la pénétrer, mais elle avait étalé sur ses seins du miel et elle le lui avait fait lécher. Guido se souvenait qu'elle avait crié de plaisir, un cri rauque comme il ne savait pas qu'une femme en poussait. Lui-même n'avait pu se retenir, il avait laissé échapper sa semence sur le ventre de sa jeune amante. Mais ensuite pendant cette même nuit, Laurette était venue sous prétexte que du bruit l'avait réveillée. Damiano, avec retard, était descendu à son tour. Ç'avait été une fête dont il garderait le souvenir toute sa vie… Et cette fois il avait mené son sexe où il voulait aller – mais était-ce dans Laurette ou bien en Doucine ?

La fête avait continué plus ou moins durant quatre années. À la fin cependant, les enlacements avaient changé. On avait dansé moins fréquemment le quadrille et il était arrivé plus souvent que Damiano et Laurette, de nouveau, s'enferment pour la nuit. Ces soirées-là, Doucine boudait. À un certain moment, elle avait prétendu être malade – elle souffrait de fièvre et de migraine, disait-elle. Elle avait refait le lit dans le grenier et elle s'y était étendue seule, descendant dans la cuisine seulement pour manger et interdisant à Guido de la rejoindre. Frustré, il lui avait demandé de l'épouser : elle avait crié avec rage qu'il ne devait pas y songer. Sa réaction brutale l'avait bouleversé. Remise, elle avait moins souvent fréquenté l'hôtel. Laurette, elle, revenait chaque fois qu'elle n'était pas de service.

Finalement, un jour que les deux demoiselles étaient là et qu'ils avaient de nouveau couché à quatre, Guido avait redemandé à Doucine sa main. Mademoiselle de Saubonne, en réponse, lui avait dit ce qu'elle avait sur le cœur. Elle aimait bien les garçons mais pas assez pour en épouser un. Inéluctablement elle tomberait enceinte. Elle ne le voulait pas. Elle ne concevait pas qu'une grossesse lui déforme le ventre, qu'un fœtus la déchire en sortant entre ses jambes, et que ses seins soient flétris par une bouche qui téterait avidement. Et si inversement elle restait infertile, celui qui l'aurait épousée lui en ferait reproche. Le mariage n'était pas fait pour elle.

C'était en août dernier qu'elle avait dit cela. La violence du ton et de ses paroles l'avait de nouveau sidéré. Puis, quand Laurette avait accompagné Damiano chez Amboise, elle était demeurée sans retrouver Guido. Il n'avait pas baisé son corps depuis cette dernière fois qu'ils avaient fait l'amour à quatre, au milieu de l'été.

Le jeune homme se secoua et regarda son père. D'une voix désormais ferme, il lui dit qu'il veillerait à ce que les céramiques restant à emballer le fussent parfaitement pour que Benedetto soit content quand il serait prêt au voyage. Et il lui confirma qu'il irait au palais Vespucci au jour prochain de Noël.

Filippo s'approcha de son fils, et il l'embrassa doucement sur la joue. Il n'avait plus fait cela depuis que Guido était enfant.

15

La craie

CAZALLA, VILLA VESPUCCI,
NOVEMBRE 1506

Silvana était assise par terre… C'était contrariant les hommes montraient des feuilles sur la table celui qui restait beaucoup à la maison il fallait l'appeler Père l'autre ses yeux la suivaient sa bouche souriait Mère disait il faut regarder et sourire quand quelqu'un te regarde elle ne le ferait pas…

L'homme étranger lui avait apporté à l'enfant d'Amerigo et Maria Concepcíon une poupée vêtue d'une robe dont Mère avait dit qu'elle était splendide, et elle faisait glisser ses doigts à la surface du bois. Sur le visage, la texture était lisse. Tout autour du crâne, des rainures figuraient les boucles, elle y passa la langue. Elle avait déchiré le vêtement pour toucher le bois brut, s'était enfoncé une écharde et avait sucé le sang qui perlait de la minuscule blessure. Maintenant, l'esquille restait dans la peau. Silvana appuyait à l'endroit où elle était fichée : la douleur n'était pas désagréable.

Son frère aussi était dans la pièce. Ou il n'y était plus… Ulisse entrait et sortait constamment. Elle le chercha des yeux : il jouait avec un bateau que l'homme, également, avait donné. Par-dessous la table, elle voyait ses jambes et sa tête. Il était à quatre pattes et il avait dessiné à la craie sur le sol près de lui une côte et la mer avec sans doute des îles.

Silvana se leva et lâcha la poupée. En tombant, le corps fit du bruit sans que les hommes y prêtent attention. Elle contourna la table, discrète sur ses pieds nus – elle avait retiré ses chaussures –, et s'approcha de son frère. Ulisse avait posé la craie près du mur, elle la prit, la caressa entre ses paumes : c'était doux et cela laissait sur les mains un talc qu'elle lécherait aussi. Puis elle serra la pierre dans sa main gauche, avec laquelle elle était plus habile. Elle regarda les lignes qu'avait tracées Ulisse et à son tour elle se mit à quatre pattes, le repoussant doucement sans qu'il proteste.

Avec précaution, elle souleva le bateau, le tendit au garçon, marqua d'un rond l'endroit où il avait été et considéra l'ensemble. Son jumeau avait dessiné une côte avec une échancrure. Il y avait deux cornes – des promontoires. Il avait placé un gobelet de fer sur l'un d'eux :

« C'est un phare, dit-il comme elle portait sa main vers l'objet. On pourrait en faire un aussi sur l'autre cap. »

Il avait dessiné deux formes à l'écart de ce cap.

« Ce sont les îles. Des îles inconnues. Il y aurait plein de sauvages. Et une tempête », ajouta-t-il.

Silvana renifla. C'était sa manière d'acquiescer. Sur les deux caps, elle traça en perspective une grande tour de pierres, dessina la lumière à l'intérieur – une spirale qui semblait tourner sur elle-même comme une boule de feu – et elle figura des traits pour signifier la fumée. Sur l'autre phare, elle fit aussi des flammes avec de nouveau la fumée. Comme, dans un port, il faut amarrer les bateaux (elle le savait par ses séjours à Séville), elle indenta l'échancrure qu'Ulisse avait marquée et dessina des jetées qui avançaient. Puis elle traça des lignes, serrées et doucement ondulées dans le port, plus larges et finalement heurtées et saccadées en direction des îles.

« Tu fais les vagues ? C'est cela. Mets-en plein près de cette île. Il va y avoir gros temps ; peut-être le bateau fera naufrage. »

Silvana dessina des gouttes partant dans tous les sens et une série de cercles qui s'emboîtaient partiellement, s'interrompaient et reparaissaient entre les gouttes.

« C'est le vent ? » demanda Ulisse.

Silvana ne réagit pas.

« Alors, c'est le gouffre : le trou dans lequel le bateau disparaîtra, n'est-ce pas ? »

La fillette renifla encore. Elle reprit à Ulisse le bateau et le déposa sur le rond. Le navire était à mi-chemin entre la zone où les vagues étaient calmes et celle, près d'une des îles, où elles s'agitaient pour former le tourbillon fatal. Elle se releva, se déplaça, s'accroupit de nouveau près de la seconde île.

« C'est là que sont les sauvages, dit Ulisse. Ils sont méchants, ils ont des arcs, des peintures sur le corps, et ils vont manger les marins. »

Sa sœur eut l'air dépitée.

« Tu ne vas pas pouvoir tout dessiner, c'est trop petit, c'est cela ? Fais-moi un grand méchant sauvage. »

Silvana sembla réfléchir. Elle se pencha. Elle ne dessina pas un sauvage. Elle fit un arbre, très large, avec des grappes pleines de formes ovales : un palmier-dattier comme celui qui poussait dans la cour du palais où on la faisait dormir, quelquefois, à Séville. Près de l'arbre, elle traça des verticales terminées dans le haut par une pointe : trois lances fixées dans le sol. Sur la première, en travers, elle dessina une jambe. Sur la deuxième, un bras. Puis, avec la main, elle effaça la flèche de la troisième et la remplaça par une tête, plus grande que ne l'étaient les deux membres, avec la bouche et les yeux ouverts. Le cou était coupé, et elle indiqua au-dessous des taches qui voulaient dire le sang.

« Ah, c'est dégoûtant ! Tu es formidable Silvana ! » s'exclama le petit garçon. Mais il ne chercha pas à toucher ou à embrasser sa sœur.

Celle-ci leva la tête. Les voix qu'elle entendait quand elle avait commencé à dessiner s'étaient tues. Elle coula un œil vers la table : les deux hommes la regardaient. Alors, elle tourna son visage vers le mur.

*

Maria Concepción cherchait les jumeaux. Elle avait fouillé le jardin, ouvert les portes, et elle avait fini par aller dans la partie de la maison où son mari et le señor Cosa travaillaient. L'année auparavant, Amerigo avait acheté le terrain voisin. Il y avait fait construire un nouveau bâtiment avec une pièce pour dormir et une pour travailler. L'adjonction se trouvait à un niveau différent de la demeure principale et on y accédait par une rampe où Ulisse et Silvana faisaient rouler ou glisser toutes sortes de jouets. En l'absence de leur père, la salle de travail, très vaste, devenait leur terrain de jeu.

Les enfants se trouvaient là en effet. Quand leur mère entra, messer Vespucci et son hôte étaient derrière la table. Ils contemplaient quelque chose qui était sur le sol. Maria fit quelques pas et heurta un objet : Silvana a encore retiré ses chaussures, pensa-t-elle, agacée. Amerigo avait entre ses jambes Ulisse à qui il caressait les cheveux.

Elle peina à comprendre en voyant le dessin. Il y avait une ligne, droite d'abord puis qui formait une courbe, avec des formes rectangulaires qui se détachaient en épis. On reconnaissait des tours : elles étaient couchées comme si on les avait renversées. Plus loin se trouvait un arbre et près de lui quelque chose – elle grimaça – qui ressemblait à une tête de mort. Des lignes aux mouvements contrariés compliquaient l'ensemble. Lucia, la femme qui depuis toujours aidait au ménage, avait fait briller le carrelage la veille ; elle devrait retirer tout le blanc, à présent.

« Il est quand même étonnant, ce dessin… Comment la petite a-t-elle appris ? demandait Cosa comme elle pensait cela.

— Je ne sais… Ce n'est pas la première fois que je la vois dessiner. En général, ils font cela dehors, sur la terrasse de pierres. Ulisse demande à Silvana quelque chose, il commence à tracer et elle continue », répondit Amerigo.

Voilà qui est bien vrai, pensa Maria. Si elle n'avait pas interdit aux enfants de dessiner dans la maison, les murs auraient été couverts de leurs gribouillages. Comme ils adoraient ce jeu, elle avait autorisé la terrasse. Cela faisait longtemps qu'ils n'avaient enfreint l'interdit.

« C'est étrange, dit le señor Cosa, ces trois piques-là me rappellent quelque chose.

— Tu as demandé à Silvana de te dessiner ça ? » demanda Amerigo à son fils. Aucun des deux hommes ne songea à interroger la petite fille.

« Non ! Je lui ai dit que je voulais un sauvage ! »

Depuis qu'ils avaient commencé à comprendre le langage, les enfants écoutaient avec passion les récits de leur père. Même Silvana, dans ces moments, prêtait véritablement attention. Elle oubliait qu'elle avait aux pieds des souliers et son regard cessait d'errer dans le vide. Amerigo se souciait peu de diversifier ses histoires, mais chaque fois qu'il les racontait il semblait à Maria qu'elles devenaient plus merveilleuses et plus inquiétantes : les arbres étaient plus grands, la végétation plus luxuriante, les animaux plus féroces et leur apparence plus extraordinaire. Sans doute voulait-il capturer l'attention des enfants ? Quelques bêtes, au demeurant, existaient sans conteste : Amerigo avait rapporté un minuscule singe qu'il appelait ouistiti et qui avait fait le délice des jumeaux quand ils étaient très petits. Puis la bête était morte et on l'avait fait empailler. Silvana avait battu des mains quand elle l'avait revue après l'opération, et elle l'avait transportée pendant des mois entiers. Elle hurlait sans se calmer quand on la lui retirait.

« Qu'est-ce que c'est, pour toi, un sauvage, Ulisse ? demanda le señor Cosa.

— C'est un monsieur très méchant. Il ne sait même pas que le Seigneur existe », répondit le garçon.

Puis après un moment de réflexion :

« Il est tout nu. Et en plus il est cannibane.

— Cannibane ? Tu veux dire cannibale, sourit Amerigo.

— Il mange ceux qui croient en Dieu. »

Amerigo regarda Cosa :

« Je crois que nous avons parlé de ces choses un peu trop ouvertement devant eux », dit-il.

Maria pensa que son mari n'avait pas attendu que le señor Cosa fût là pour raconter aux enfants ces histoires de chair humaine mangée…

« C'est pour cela que Silvana a dessiné les piques ? » demanda Amerigo à Ulisse.

Maria regarda plus attentivement. Elle avait vu la tête de mort, sans comprendre qu'elle était fixée à une pique. Du coup, elle repéra la jambe et le bras enfourchés.

« C'est affreux, Silvana, ce que tu as encore dessiné ! » fit-elle d'une voix grondeuse.

La petite fille ne dit rien. Elle restait assise sur le sol, le visage tourné vers le mur. Seulement, ses épaules se mirent à trembler. Maria, comme chaque fois qu'elle grondait sa fille, se sentit désolée : autant Ulisse était tendre et câlin, autant Silvana ressemblait à un animal rétif. Elle ne pouvait la toucher, ni avec des paroles ni avec des gestes.

*

Ulisse et Silvana avaient cinq ans. Ils étaient nés une nuit de novembre après des heures de souffrance dont Maria essayait de ne pas se souvenir. Silvana était sortie la première, sa mère gardait la vision du corps sanglant qu'on avait retiré de ses jambes. Pour le garçon, elle avait perdu conscience. Piedad et la matrone qui aidait à l'accouchement – elle était morte, depuis – lui avaient dit ensuite qu'elle avait manqué périr. Lucia était allée chercher le prêtre, elle ne l'avait pas trouvé chez lui, ni à l'église ; plus tard, elle avait ricané qu'il était au bordel. Maria n'avait donc pas reçu l'extrême-onction. Un jour, elle avait dit à Piedad que c'était ce qui l'avait sauvée. La vieille femme l'avait grondée, mais sans trop de conviction : ce n'était pas que les sacrements fussent capables de tuer, mais enfin… quand le prêtre les donnait, Dieu savait qu'Il pouvait rappeler Sa créature, n'est-ce pas ?

Maria, quand elle repensait à cette période, songeait à combien elle était jeune et naïve alors. Si elle ne saignait plus, si son ventre grossissait, ça ne la concernait pas. Plutôt, elle avait honte. Quand elle avait perdu les eaux elle l'avait caché : comme si cela pouvait éviter quoi que ce fût. Messer Vespucci – non, elle devait penser à lui en usant de son prénom, elle en avait le droit –, Amerigo, donc, n'avait rien promis. Elle avait encore dans les oreilles ses paroles :

« Si c'est un fils, je le reconnaîtrai, je lui donnerai mon nom. »

Et, juste avant de s'évanouir, elle avait entendu qu'elle avait une fille.

Mais il y avait eu Ulisse ensuite. Comment Amerigo aurait-il agi si le garçon n'était pas né ? Ou bien s'il était mort ? Car le nouveau-né n'était presque plus vivant quand il était venu au monde. Piedad racontait alternativement que le cordon s'était noué à son cou ou bien qu'il avait avalé trop de son sang à elle. Allez savoir… Mais quand elle avait repris conscience et qu'elle avait regardé les petits, elle avait vu qu'il était minuscule, fripé, et la fille lisse et grasse.

Il était étonnant qu'elle ait donné naissance à des enfants si différents. La première fois qu'il était revenu à Cazalla après son long voyage, Amerigo en avait été interloqué. C'était le début de l'automne, les jumeaux avaient moins d'un an. On n'avait plus à craindre pour la santé d'Ulisse, que Maria prenait soin de nourrir en premier. Mais le contraste entre les bébés demeurait surprenant. Le duvet qui avait poussé sur le crâne d'Ulisse était léger et blond, et sa peau pâle comme celle de sa mère ou de Vespucci. Silvana, elle, était brune de chair et avait des cheveux déjà drus et couleur de terre.

« Mais c'est une moricaude ! s'était exclamé Amerigo. Tu es sûre qu'elle est de moi, celle-ci ? »

Il riait, ce qui avait un peu rassuré Maria. Mais il avait laissé la petite dans le lit commun des enfants et il avait soulevé Ulisse dans ses bras.

Amerigo avait arrêté les prénoms. À la naissance, Piedad avait versé sur le front du garçon, qui risquait de mourir, de l'eau au-dessus de laquelle elle avait fait le signe de croix. Elle appelait cela ondoyer et disait qu'ainsi, si l'enfant périssait, il irait au paradis. L'ondoiement supposait qu'on donne un prénom : Piedad avait choisi Innocent.

« Comme les petits enfants assassinés par Hérode au moment de la naissance du Christ. Comme ça, s'il meurt, il aura des amis », avait-elle commenté.

Pour la fillette, elle se portait très bien, on ne l'avait pas ondoyée. Elle n'avait pas de nom et tout le monde disait « la petite ».

Vespucci avait exigé un baptême, il était allé voir le prêtre, celui-là qui allait au bordel, et il avait payé pour une cérémonie. Mais quand il avait dit les prénoms, le curé s'était montré réticent.

« Silvana ? Ulisse ? Je ne connais pas de martyrs qui aient porté ces noms », avait-il protesté.

Amerigo avait expliqué que les jumeaux étaient nés hors mariage :

« Je ne veux pas leur donner les noms de vrais enfants de famille. »

Et comme le prêtre restait hésitant :

« Puis, voyez-vous, leur mère n'est pas baptisée. Elle est née sur les îles, elle était mon esclave. Mais elle croit en Dieu maintenant, on pourrait la baptiser avec les enfants. »

Le prêtre confirma qu'il ne pouvait envisager la chose autrement. Maria, puisque messer Vespucci la désignait ainsi, n'entrerait dans l'église qu'à condition d'y être baptisée. Mais pourquoi Vespucci l'appelait-il Maria si elle n'avait pas reçu l'eau lustrale ?

Le marchand, gêné, dit que la mère des enfants était arrivée en Espagne enfant, qu'on l'avait d'abord surnommée la Guanche puis qu'à un certain moment, comme elle ressemblait à une chrétienne, on avait commencé à l'appeler d'un prénom civilisé. Il donna au prêtre deux pièces de huit réaux et demanda que le baptême se fasse le soir, discrètement après le dernier office. Le prêtre empocha l'argent et prononça qu'on ajouterait au prénom de Maria celui de Concepción, puisque tout cela faisait suite à un enfantement :

« Évidemment, il ne s'agit pas de faire croire que la mère de vos jumeaux est vierge comme le fut celle de Jésus ! » conclut-il sur un ton égrillard.

Maria consentit à tout. Elle reçut l'eau bénite, et ce deuxième prénom qu'elle n'avait de nouveau pas choisi. Juste, elle demanda à Amerigo pourquoi il voulait Ulisse et Silvana pour nommer les jumeaux.

« Silvana, dans la langue qu'on appelle le latin, ça veut dire celle qui vient de la forêt. Et vraiment, c'est le cas de ta petite fille, tu sais… Ulisse, c'était un héros qui était aussi un très grand voyageur. Tout ce que je peux espérer pour mon fils. »

*

Cela, c'était il y a quatre ans, pensa Maria en ramenant les enfants vers la partie ancienne de la maison. Amerigo était heureux. Il semblait avoir amassé une fortune là où il était allé, il parlait achats et embellissements, il se réjouissait de la décision qu'il avait prise, jadis, de venir d'Italie en Espagne.

Quand même, il était reparti. Des mois durant de nouveau, elle n'avait plus eu de nouvelles de lui. Il était sur la mer, c'était tout ce qu'elle savait.

Quand il avait reparu, il lui avait conté ses malheurs. Une nuit, dans la baie du Cap-Vert, une île au large de l'Afrique qu'elle imaginait comme la terre d'où elle-même venait, la caraque sur laquelle il se trouvait avait pris feu. Les voiles, la cargaison, tout s'était embrasé en même temps. Quand la température était devenue insupportable, avant que le navire sombre, Amerigo s'était jeté à l'eau. Il savait un peu nager, et on l'avait récupéré très vite. Mais il avait des brûlures à un bras et à l'épaule et le capitaine de l'expédition avait refusé qu'il reparte. Il avait dû attendre sur place d'être remis, puis il avait été reconduit à Séville tandis que les autres continuaient.

Il semblait à Maria que l'affection (elle n'osait dire l'amour) qu'Amerigo éprouvait pour elle avait commencé alors à changer de nature. Son maître (elle peinait à le considérer autrement, encore à cette époque) avait vieilli au cours de ce dernier voyage. Lui qu'elle avait trouvé forci lorsqu'il était revenu après la naissance des enfants, voici qu'il était presque maigre. Et sa peau était marquée. Outre les cicatrices de l'incendie qu'il avait raconté, son cou était tavelé et le haut de ses épaules irrité. Souvent, elle lui passait une lotion qu'il se procurait à Séville et qui en effet le calmait, mais pour quelques instants. À ce geste se limitait désormais toute leur intimité physique. Quand Amerigo avait fait agrandir la maison, il avait établi sa chambre à l'autre bout de la demeure, dans la partie nouvelle. Désormais, il semblait répugner à se dénuder devant elle et à la toucher autrement que par quelques caresses abrégées. Cela convenait à Maria, qui redoutait de se trouver de nouveau enceinte. Elle se contentait en rêvant : de drôles de rêves dont elle se souvenait le matin, qui la transportaient dans les îles et où elle imaginait qu'elle aurait été libre, le soir, de choisir pour son contentement l'un ou l'autre des hommes qui lui auraient plu.

Quoi qu'il en soit, ils vivaient bien ensemble dans cette campagne. Il se disait content de la nourriture que Lucia préparait, il se souciait le matin de savoir comment elle-même avait dormi et, le soir, il lui demandait ce qu'elle avait fait s'il ne l'avait vue dans la journée. Entre les moments où il s'enfermait pour travailler à sa table, il jouait volontiers avec les enfants.

Puis, au commencement de l'année présente, il lui avait annoncé qu'il allait l'épouser.

« Il ne faut pas qu'Ulisse devienne grand en restant un bâtard. Et même Silvana : elle aussi et peut-être elle surtout, il faut la protéger. Elle est tellement fragile. »

Pas plus que pour le baptême, on n'avait fait de grande fête : aucun tapage. Le même prêtre était venu à la maison, et avec lui un notaire. Maria Concepción avait pour témoin Piedad, et Juan de la Cosa jouait le même rôle auprès d'Amerigo : il venait désormais parfois avec son fils, qui avait quelques années de plus que les jumeaux, et il avait ses habitudes à l'auberge toute proche. Amerigo avait fait présent à Maria d'un grand coupon de soie, un tissu de dame, avait-il dit, qu'il avait fait venir d'Italie, il avait passé à son doigt un anneau d'or avec une petite perle et mis à son cou une chaînette dorée.

« Maria Concepción, te voici señora Vespucci, la maîtresse de la Sierra Norte », avait-il dit en posant un baiser sur sa joue.

Cela avait été pour elle une grâce inespérée, elle en avait pleuré d'émotion. Mais elle avait gardé le beau tissu plié sans jamais rien en faire.

16

Une carte

MÊME LIEU, MÊME JOUR, UN PEU PLUS TARD

… Ulisse était dans le jardin il ramassait des noix Mère préparait les légumes elle voulait qu'elle l'aide elle ne voulait pas elle retira ses chaussures les souliers glissèrent le carrelage était froid elle passa la porte courut dans l'autre maison les hommes regardaient quelque chose le dessin restait là elle s'allongea souffla la poudre s'envola c'était la tempête sa paume passa sur l'arbre les piques les lignes la mer l'île tout disparut si la craie était là elle tracerait les vagues personne ne saurait qu'au-dessous il y avait eu quelque chose…

Vespucci et Cosa ne s'étaient pas aperçus que Silvana était revenue dans la pièce, tant elle était discrète. Inclinés sur la table, ils contemplaient une carte répartie sur des parchemins[1]. Il y avait trois peaux, la troisième dépassant du plateau.

« Ne dites pas que je vous ai montré ceci, Vespucci, avait prévenu Cosa quand il avait sorti les vélins. Cisneros a insisté que ce sont des documents secrets ou plutôt il me l'a fait dire par Fonseca, l'ancien chapelain de la reine. La carte n'est pas finie mais le Portugal, Venise ou les Anglais donneraient cher pour l'avoir quand elle le sera.

— Ce qui m'étonne, c'est qu'on ne vous ait pas gardé à Alcalá.

1. Voir la carte reproduite en début du volume, p. 10.

— Je ne leur ai pas laissé le choix. Je hais cette université. Sous prétexte de traduire en latin la Bible des Hébreux, les juifs y sont les rois, répondit Cosa.

— Vous détestez les juifs ? Dites plutôt que vous craignez qu'on découvre que vous êtes vous-même de cette secte, se moqua Vespucci.

— Nous avons eu cette conversation, Amerigo. Je suis chrétien autant que vous l'êtes, n'y revenons pas. Regardez plutôt et dites-moi ce qu'on peut faire avec cela », rétorqua Juan.

Depuis que, douze ans plus tôt à Tordesillas près de Valladolid, la Castille et le Portugal s'étaient partagé l'Océan, marquer ce qui appartenait aux deux royaumes était devenu un enjeu politique. Le traité garantissait à la Castille les terres situées à l'ouest d'une ligne arbitraire et donc la possession des îles que Colón avait découvertes. À l'époque, cela avait été célébré comme un triomphe : la reine de Castille Isabel devenait la maîtresse des terres nouvelles et le Portugal ne conservait que des immensités stériles d'eau salée. À présent, on était moins certain que le traité ait été favorable, car il était apparu que des pays, vers le sud, se trouvaient à l'est de la ligne.

« Je comprends que c'est une carte du monde, commenta Amerigo en se redressant (il avait mal au dos et porta les mains à ses reins). L'Europe et l'Afrique sont sur la feuille au milieu, l'ouest est sur le parchemin que vous avez posé devant mais, si le dernier vélin correspond à l'Asie, j'ai l'impression que tout y est dessiné au hasard. Ces feuilles ne sont pas poussées au même point de perfectionnement et les pays sont en disproportion. »

Il continua, perplexe :

« Même en admettant qu'il s'agisse d'un début, je ne peux croire que ce soit votre œuvre, Juan.

— Eh bien vous avez raison ou presque raison. Voyez. »

Cosa souleva la feuille qui portait les terres océanes et, avant de la passer à Amerigo, il la fit pivoter à quatre-vingt-dix degrés.

« L'image de San Cristóbal qui est en haut quand on place la carte à la verticale, c'est bien moi qui l'ai peinte. Mais c'était il y a des années… »

Dans un rectangle défini par des bordures carmin, à un endroit où le parchemin devenait rigide à force d'être épais, un homme, saint Christophe, traversait un cours d'eau, appuyé sur un bâton et ployant sous le poids d'un enfant juché sur ses épaules.

« Lisez ce qu'il y a en dessous. »

Amerigo éloigna la carte pour mieux voir. Il y avait sous le saint des mots qu'il ne put déchiffrer. Il sortit de son vêtement les lorgnons qui ne le quittaient guère :

Juan de la Cosa fit cela au port de Santa Maria en 1500

« C'était au retour de mon troisième voyage avec Colón… » Juan se signa comme il convenait : le navigateur était décédé au printemps précédent. « J'habitais dans cette ville à cette époque – c'est sur la baie de Cadix. J'avais même nommé *Santa Maria* un bateau dans lequel je m'étais risqué à prendre des intérêts, il a fait naufrage et cela explique mes ennuis d'argent. Mais vous connaissez cette histoire. En ce temps-là, je ne jurais que par le Génois. Vous voyez le saint ? J'ai essayé de lui donner ses traits, je ne suis pas trop sûr d'y être parvenu. Il porte Jésus sur ses épaules et il traverse les eaux : c'est comme cela vraiment que je voyais don Cristóbal, et que lui-même se voyait sans doute. Un géant amenant Dieu aux sauvages d'au-delà de l'Océan. J'ai toujours pensé que, son prénom signifiant Porte-Christ, Cristóbal se jugeait investi d'une mission divine. C'était beau et en même temps inquiétant… »

Il se tut et reprit d'une autre voix :

« Savez-vous, Colón se servait encore des vieilles cartes où l'orient était là où nous mettons le nord. Pour regarder ces cartes, il faut les basculer. Moi, j'ai joué avec les orientations. Le point qui m'a servi de repère est au-dessus de la tête de Cristóbal, et ce n'est pas le nord. »

Amerigo fit la moue, incertain de comprendre :

« Comme vous aviez disposé la feuille, alignée avec les autres parchemins, le saint était à l'horizontale. Cette position est étrange. »

Juan haussa les épaules :

« Ces cartes n'existaient pas quand j'ai peint mon Cristóbal.

— Vous n'êtes donc pas l'auteur du reste ? » Amerigo, d'un geste large, montrait les autres vélins.

« On a cru bon de me confier ces mauvais parchemins, qui vont peu me servir. L'Europe et l'Afrique ont été copiées à Alcalá, d'après un document qui doit dater d'il y a deux siècles. Pour l'Asie c'est pire : il n'y a rien que des fadaises après l'Arabie. C'est à moi de trouver ce qu'il faut dessiner et surtout, comment lier l'est à l'ouest qu'a trouvé Colón. Le tout sera remis sur des parchemins neufs. Ils m'ont laissé aller parce que j'ai prévenu que j'avais du meilleur matériel à Séville : de fait, vous savez ce que j'ai accumulé grâce à vous. »

Juan sourit. Le marchand et lui s'étaient affrontés une demidizaine d'années plus tôt, mais à la fin Cosa avait obtenu ce qu'il voulait. Vespucci lui avait donné une de ses belles perles ou plus exactement il l'avait négociée pour lui, et le cartographe avait pu marier ses filles, acheter une maison et des livres utiles. En contrepartie, il avait commencé à rédiger une chronique qui faisait de Vespucci le plus clairvoyant des navigateurs ayant traversé l'Océan au cours de ces quinze ans. Le texte était dans un beau latin, Juan s'étant fait aider d'un moine pour le traduire dans la langue des savants, on lui avait trouvé un titre, *Mundus Novus,* Nouveau Monde, et Amerigo Vespucci était devenu *Albericus Vespuccius.* L'entreprise avait réussi : la chronique avait été publiée en Italie, en France et en Allemagne. Des savants lorrains préparaient une édition où Vespucci aurait son portrait. Ils avaient écrit pour demander qu'on les aide et promis en échange de nommer d'après lui les terres nouvelles dont ils donneraient l'atlas. C'est pour fournir à Amerigo les éléments de ces cartes que Juan, honnête dans le marché que tous deux avaient conclu, se trouvait à Cazalla.

*

Amerigo avait reposé la feuille en la plaçant dans sa position initiale, avec San Cristóbal couché. Avec retard, il comprit comment était orientée la carte :

« Mais, Juan, c'est l'occident vers lequel pointe le saint, ce n'est pas l'est comme sur les cartes anciennes ! s'exclama-t-il.

— C'est ce que je vous disais, Amerigo. L'orient, l'occident… Ce sont des notions relatives dès lors que la Terre est ronde. Colón était persuadé qu'il trouverait les Indes en allant vers l'ouest. »

Amerigo regarda Juan d'un air étonné. Oui… on pouvait voir les choses comme cela. En naviguant à l'ouest, si l'on pouvait franchir cette barrière de terres où avait abouti Colón, on se retrouverait, à la fin, à l'est. Mais en ce cas on pouvait en dire autant des pôles ? Qu'un bateau parte au sud et circumambule, en toute logique il se retrouverait, longtemps après, au nord. Évidemment, parce qu'il y avait des glaces, il ne pourrait passer. C'était une vue de l'esprit.

Amerigo plissa les yeux. Juan désignait les formes qui occupaient la mer au-dessous de la figure du saint.

« Les îles, je les ai dessinées au temps où j'ai peint la vignette. En 1500, c'était la meilleure représentation qu'on pouvait en avoir. Je ne suis pas certain qu'on ferait mieux aujourd'hui. Celle qui a la forme d'un croissant de lune, Colón la nommait *Juana* mais les natifs l'appellent Cubanacan. J'ai raccourci et choisi de la nommer Cuba.

— Votre manie de donner des noms…

— Je ne suis pas le seul, mon cher, et ça ne vous dessert pas. Les Lorrains font de même et leur proposition d'utiliser votre prénom satisfait à ce que nous souhaitions », répliqua Juan.

Et il continua, comme l'autre se taisait prudemment :

« Un peu plus au sud et à l'est, juste au-dessous des pieds de saint Christophe, c'est Española. » Il indiqua le lieu avec son doigt. « Colón pensait qu'il était arrivé en Asie. En 1500, quand je lui ai prouvé que c'était une île en en faisant le tour, il a dit que c'était le Japon.

— Et cela ? demanda Vespucci en indiquant des masses qui enserraient l'archipel au nord et au sud. On dirait d'énormes feuilles de chou ! Ça ne ressemble pas à ce que nous avons longé.

— Regardez mieux, c'est pire que ce que vous pensez ! »

Les yeux d'Amerigo parcoururent les régions qu'il avait désignées.

« C'est étrange, le tracé vers le nord reproduit celui du sud. Golfes et caps courent vers l'est, puis le rivage oblique et se dirige vers l'ouest, dans un cas comme dans l'autre. Mais enfin… Dans le sud, les côtes s'orientent trop vite en direction de l'ouest. Vous n'avez quand même pas fait les terres en miroir ?

— En dupliquant le sud en symétrie du nord ? Non ! Mais c'est vrai, je n'y avais pas songé : les orientations se ressemblent. Ce qui appartenait à ma carte est au centre. Voyez : on a mis de la colle, c'est pour cela que le parchemin est si raide du côté de San Cristóbal. Les gens d'Alcalá ont reporté ce morceau sur un vélin entier et ils ont prolongé à leur idée les rives au sud et au nord. Le virage vers l'ouest est une pure invention. Mais qui ravit notre roi. »

Du doigt, Juan suivit un tracé tireté, peint en vert depuis le nord vers le sud et qui partageait en deux l'Océan. La ligne de Tordesillas. Elle portait l'inscription :

Ici se terminent et commencent les terres
de la Castille et celles du Portugal.

Son index s'arrêta sur le fragment de terre qui, au sud, franchissait le trait vers l'est.

« Ce minuscule triangle est tout ce qui excède à l'est la ligne de Tordesillas. La carte laisse à penser que ce que la Castille a signé n'exclut de ses possessions qu'un petit morceau dépourvu de richesses. Voyez, on y a peint un lion : il évoque une forêt dont on ne peut rien faire. »

Vespucci regarda encore la carte. Il fut frappé par l'ampleur des régions qui se trouvaient derrière les côtes nouvelles. On y voyait des dessins : un perroquet, de beaux arbres, des sauvages équipés de plumes et qui festoyaient de chair fraîche. Cela le fit sourire : tout le monde imaginait que les naturels mangeaient des hommes, mais qui les avait vus faire cela ? Il décrypta les noms inscrits.

« *Mare dulce*, la mer douce », murmura-t-il.

Ces mots ramenaient en lui le souvenir d'un monde aquatique immense, où chantaient les oiseaux et où la mer se perdait dans l'abondance des eaux déversées par un fleuve gigantesque.

« Les sauvages appelaient le lieu Orinoco », dit-il pour lui-même.

Son regard accrocha un mot écrit en gros à l'intérieur des terres :

ZIPANGO

« Zipango ? C'est le nom que donnait Marco Polo au Japon ! C'est absurde : Zipango est une île ! s'exclama-t-il.

— Oh, ce n'est pas fini, dit Juan. Lisez plus haut. » Et il indiqua ce qui était inscrit dans la partie des terres au nord de Cuba :

CATHAY

« La Chine ! Que signifie cela ?

— Ça signifie, dit Juan, qu'on me demande de valider de mon autorité, en plus de celle de ce pauvre Colón, que les terres trouvées sont l'Asie. Peu de chance, en ce cas, que vous laissiez votre nom à ce monde qui ne serait plus nouveau…

— Mais, protesta Amerigo, personne ne croit plus à cela ! Cristóbal se trompait ! Certains sauvages parlent d'une autre mer : on la trouvera un jour. »

Amerigo eut l'impulsion de gratter la vignette :

« Peut-être que le passage se trouve sous le saint que vous avez peint.

— Sauf que nous ne l'avons pas trouvé », objecta Cosa.

Et il continua :

« Tout ça, c'est pour tromper le roi. La reine de Castille n'est plus, mais on trafique la vérité pour son veuf qui exerce la régence : on invente pour Fernando des îles et des côtes qui seraient l'Asie et se trouveraient du bon côté de la ligne. Je crois que c'est pour ça qu'ils ont respecté mon saint : le coller en évidence fait oublier qu'en vérité il doit exister une mer qui sépare ces terres de la vraie Chine… »

*

Juan, d'un coup, se détourna de la table. De l'autre côté de la pièce, à l'opposé de l'endroit où Silvana se tenait silencieuse, il avait une besace qui restait chez Vespucci quand il venait à Cazalla. Il fourragea dedans, en sortit un compas et une de ces lames qu'utilisent les relieurs. Puis il revint vers la carte.

La ligne qui marquait le tropique du Cancer avait son origine entre les pieds du saint. Une rose des vents y était dessinée, près de Cuba. Le cartographe piqua au centre le compas, puis il écarta l'autre branche pour que sa pointe arrive en haut de la vignette. Alors, il traça un arc de cercle, qui raya l'encre au milieu des lettres qui formaient ZIPANGO et CATHAY.

Comme il reposait l'instrument, ses yeux tombèrent sur Silvana. L'enfant s'était levée quand il était allé fouiller dans le sac et elle se tenait debout entre lui et son père, sa tête dépassant à peine du plan de travail.

« Je ne sais pas ce que tu comprends ou non, petit sphynx femelle, dit-il gentiment, mais ce que tu vas voir là, on en parlera jusqu'au Conseil du roi… »

Il caressa sans y penser les cheveux de la fillette ; elle était si intéressée qu'elle se raidit à peine.

Cosa saisit la lame. Il appuya le tranchant dans l'incision créée par le compas, passa sans insister, revint en tranchant davantage, et enfin appuya profondément. Comme des épluchures tombent d'un fruit, deux fragments découpés glissèrent sur le sol – Silvana en récupéra un. Cosa se déplaça. Il prit la troisième feuille, celle sur laquelle il n'y avait presque rien, et il la glissa sous le parchemin retaillé. Entre la mer Océane et cette surface presque vierge, les terres découvertes étaient devenues étroites. Le rivage, à l'ouest, était en demi-lune et les mots qui avaient été inscrits se trouvaient amputés :

CATH…
…ANGO

« On dirait des navires en train de sombrer », fit remarquer Vespucci.

Cosa sourit drôlement. Fouillant de nouveau dans la besace, il sortit un sachet et un flacon de verre, les posa sur la table, revint chercher des pinceaux, et demanda à Amerigo un bol.

Le sachet était plein d'une poudre verte. Il en versa dans le bol, ajouta du liquide qui était dans le flacon et remua. Dans le mélange, il trempa un pinceau qu'il dirigea vers les rivages orientaux. Il posa la couleur sur les caps et les retraits, avançant, reculant, progressant à droite et à gauche, atteignant la côte et la soulignant sans jamais déborder.

Puis il prit une brosse et son geste fut différent. Le geste s'appesantissant, le poignet à présent amenait la couleur vers l'intérieur. Le vert recouvrait les terres que le découpage avait écourtées, les perroquets, les arbres, les sauvages disparaissaient dessous, et cela contraria Amerigo : il devait se trouver là, pourtant, des montagnes et des plaines, des fleuves et des lacs, et des oiseaux, des forêts et des gens. Quand le pinceau parvint sur les morceaux de mots qui étaient préservés, Cosa travailla de biais dans un sens puis un autre. Il n'hésita qu'aux limites occidentales des terres. Il pouvait rectifier la géométrie qu'il avait inventée, déborder sur le parchemin posé dessous et donner au littoral un aspect auquel on pouvait croire – il préféra le contraire. Soulevant légèrement le vélin, il coucha le pigment en allant à la tranche. Au-dessous, la surface de l'autre peau restait vide, le vide représentant la mer. Comme un croissant rubané couleur de la végétation au printemps, à mi-chemin entre l'Europe et l'Asie, le Nouveau Monde s'allongeait entre deux océans.

Cosa se redressa et fit un vrai sourire.

*

… Les hommes avaient quitté la pièce Ulisse était en bas il jouait près de la mare elle n'était pas profonde il avait les bâtons qui étaient les sauvages hier ils avaient fait les karibales Ulisse avait attrapé une grenouille ils l'avaient clouée à une planche la grenouille avait crevé la pâte verte sur la table et les pinceaux sentaient bon elle mit son doigt dans le bol ça fit un capuchon elle lécha c'était mauvais elle essuya son doigt dessous ce que l'homme qui lui avait dit singe femelle avait appelé par chemins dessus il y avait des animaux avec des bosses un homme portait une couronne il avait la peau brune sur d'autres du rouge faisait une maison ils avaient des turbans elle fit le tour de la table un monstre avait un visage sur son ventre elle vocalisa de plaisir un autre avait un museau de chien elle songea à découper l'humain-chien la lame n'était plus là elle se ferait trop gronder elle changea de côté près d'où était tout le vert une toile d'araignée et d'autres pareilles serraient dedans leurs fils des têtes qui crachaient leurs joues étaient gonflées elles étaient roses les cheveux bouclés jaunes c'étaient des enfants…

Silvana détestait les enfants rose et jaune. Avec ses doigts elle griffa la couleur.

Le pigment partit un peu et elle eut une idée.

La besace était restée ouverte, elle alla y regarder. Il s'y trouvait d'autres flacons, d'autres pinceaux et plusieurs sachets comme celui qui contenait le vert. Elle desserra les fils qui serraient les sachets, versa sur le parchemin un peu de poudre qui se trouvait dans chacun : il y en avait une jaune, une rouge, une brune, une bleue, elle n'avait jamais rien vu de si vif. Soucieuse de ne pas gâcher cette beauté, elle prit garde d'en faire tomber pour rien et remit ce qu'elle put dans les sacs.

Le rouge l'attirait le plus. Elle vida sous la table le peu qui restait du vert à l'intérieur du bol, récura avec son doigt, essuyant celui-ci cette fois sur sa robe, puis elle mit dans le récipient le pigment. Elle ouvrit le flacon, versa du liquide comme elle avait vu faire l'homme, prit le pinceau, remua avec la hampe et, de nouveau comme elle avait vu faire, elle enduisit les poils avec la mixture. C'était épais, visqueux. Sa main porta le pinceau vers les cheveux d'une tête qu'avait emprisonnée l'araignée, elle les recouvrit de ce rouge, faisant à la place une sorte de bonnet pointu – elle avait vu un jour, à Cazalla, un fou en porter un. Elle peignit pour chaque visage ce bonnet : ainsi, les mèches jaunes disparurent.

Le bleu était aussi très beau. Est-ce que ce ne serait pas bien un visage bleu ? Elle inclina le sac qui contenait cette couleur et un peu de poudre tomba dans le bol. Mais comme il restait du rouge qu'elle avait mis avant, la couleur changea, à sa grande surprise.

Ça lui plaisait également. Elle couvrit de violet les visages, épargnant les yeux et les bouches.

Il restait les petits traits qui sortaient de celles-ci, elle se demanda ce qu'ils signifiaient. Mère avait raconté que, petite fille (Silvana doutait que Mère ait jamais été petite), elle vivait sur une montagne et qu'un jour il avait fait si froid que du brouillard sortait de sa bouche.

Peut-être était-ce cela qui était représenté ?

Cette fois, elle nettoya le bol avant de mettre dedans le jaune et du liquide, et elle traça ainsi ce brouillard des bouches. Elle avait débordé, mais quand même, c'était joli comme ça. Elle pourrait continuer et colorier d'autres choses, mais la lumière baissait et Mère la chercherait, elle serait découverte.

Le pigment jaune mouillé qui demeurait dans le bol rejoignit le vert et le violet sous la table, elle frotta le pinceau, encore sur sa robe, dessinant une traînée qui semblait un serpent de la couleur du soleil. Elle ferma les sachets comme elle put, les remit dans la besace (elle hésita sur l'ordre dans lequel elle les avait trouvés), et posa le flacon là où il lui semblait que l'homme l'avait laissé. Personne ne verrait rien, on ne ferait pas attention que les visages avaient changé.

Elle avait manqué oublier le pinceau sur la table. Elle le mit dans son vêtement. La dernière bourse de cuir dont elle s'était servie, celle qui contenait le jaune, elle l'emporta aussi.

À pas rapides elle sortit de la pièce. Elle n'omit pas de fermer la porte derrière elle – il lui fallut se hausser sur ses pieds pour manœuvrer le loquet. Dans la chambre où elle dormait avec Ulisse, elle cacha le pinceau et la bourse sous leur matelas commun.

Elle était très contente.

En bas, elle entendit son frère qui rentrait dans la maison. Les sauvages avaient mangé la grenouille, disait-il. Ils s'étaient régalés.

17

Nuit de noces

BLOIS, OCTOBRE 1507

Normalement, Anne aurait dû être préparée par sa mère et par sa gouvernante, les servantes l'auraient aidée à ajuster sa belle robe et la reine elle-même avait proposé son coiffeur. Mais Madame d'Alençon était dans son oratoire à prier pour sa fille, la gouvernante était morte deux mois auparavant, Anne détestait les domestiques de sa maison qu'elle jugeait brutales et vulgaires, et son promis avait porté d'Italie une *scuffia d'oro*, merveille de filet d'or et de perles qu'elle poserait sur sa tête et qui supposait simplement de diviser ses cheveux en bandes et de les tresser dans son dos. Ainsi c'était Doucine qui, en ce début de matinée de la fin octobre 1507, se trouvait seule avec la fiancée afin de la laver, de l'oindre, de la vêtir et de la peigner pour l'homme auquel elle était destinée.

C'était déjà l'hiver à Blois, et quoique le soleil fût levé, on y voyait à peine dans la chambre de la fiancée. Au point que la première chose que Doucine avait faite était de rallumer les bougies que les servantes avaient trop rapidement éteintes.

Quand Mademoiselle de Saubonne entra, la petite s'était levée pour faire ses besoins. Elle se tenait debout devant la fenêtre et, entendant la porte, elle se retourna avec un visage éperdu.

« Et en plus, il déluge, dit-elle. C'est un mauvais présage, non, que le ciel pleure ? »

La question fit sourire Doucine : la promise n'était qu'une enfant.

« Mariage pluvieux mariage heureux », prononça-t-elle sans y croire. Les dictons avaient bon dos.

Anne disait n'avoir pu dormir tellement elle avait peur. Il n'en paraissait rien sur son jeune visage. Elle n'avait non plus rien avalé. Doucine commença par la faire recoucher et elle rapporta le plateau. Elles partagèrent les fruits, Anne grignota des amandes, puis du jambon, elles burent toutes deux du consommé. Finalement… Bien sûr, ce n'était pas la cérémonie qui inquiétait la jeune fille : depuis qu'elle était tout enfant, Mademoiselle d'Alençon fréquentait la Cour et elle saurait tenir son rôle dans la fête dont elle serait l'héroïne. Mais elle tremblait en pensant à ce qui adviendrait le soir, quand avec son corps nu elle devrait se donner à son époux.

Anne, à quinze ans, avait l'âge de se marier. Elle était fluette et ne paraissait pas son âge. Mais, si son corps s'était développé tardivement, elle saignait chaque mois depuis presque une année. En outre, son fiancé, le marquis de Montferrat qui avait brillamment jouté devant le roi quand il était tout jeune, était un parti magnifique et son promis depuis six ans.

Malgré cela, la jeune dame de Guerche, comme on l'appelait souvent, chipotait son repas et geignait doucement. Il était temps d'agir.

La robe de la mariée attendait sur une grande table. Le corset rigide soulevait le corsage, la jupe s'aplatissait sur la planche de bois et les plis du tissu retombaient jusqu'au sol : Doucine se fit la réflexion que le vêtement ainsi placé aurait pu être un cadavre, puis elle s'en voulut d'avoir pensé cela.

Elle appela pour qu'on desserve et dit qu'il était temps de préparer le bain.

La cuve avait été installée la veille devant la cheminée. Le feu brûlait vif, il n'y avait rien à redire. Un drap couvrait les planches pour éviter les échardes, et les domestiques versèrent dans le bassin un liquide si brûlant qu'il fumait. On avait mis dedans des plantes, fleurs blanches séchées de bergamote et épices qui remontèrent à la surface, surnageant comme de gros insectes. La vapeur, du coup, remplit la pièce de puissants effluves. Doucine fronça le nez : l'odeur était trop forte pour elle. Elle fit sortir les servantes, songea à aérer, mais ouvrir la fenêtre, fin octobre, n'est pas recommandé.

Anne sortit de son lit. Le bain lui faisait plaisir.

« Tu vas rester ici ? Tu ne vas pas te marier ? » renifla-t-elle quand même.

Doucine haussa les épaules, choisissant d'éluder. Mademoiselle d'Alençon et elle avaient parlé de ça dix fois. Doucine ne voulait pas d'époux et l'autre le savait. Mais la petite ne pouvait croire que son aînée puisse rester célibataire et ne pas entrer au couvent. Le mariage ou le cloître, n'étaient-ce pas les deux voies auxquelles étaient promises les femmes ? Doucine, cependant, disposait d'elle-même. Son père était mort, sa mère ne comptait pas, sa sœur Michelle, qui servait la reine, venait de se marier, ses frères avaient convolé ; et elle-même, qui était auprès de Madame d'Alençon depuis une décennie, avait de quoi subsister.

À vingt-six ans de toute manière, et sans dot, elle devenait trop vieille pour intéresser un parti et trop âgée aussi pour qu'on pût la forcer à entrer dans les ordres.

« Ôte ta chemise, maintenant, commanda-t-elle, ou nous allons prendre du retard. »

La petite obéit : elle obéissait toujours.

« Aide-moi », dit-elle cependant.

C'était pur plaisir : la jeune fille pouvait bien faire passer son vêtement au-dessus de sa tête toute seule.

Doucine avait déjà vu Anne nue, mais pour la première fois elle contemplait son corps au grand jour en étant seule avec elle. Quelle beauté… La jeune femme ne pouvait détacher son regard des petits seins haut placés, du ventre ferme, des hanches à peine évasées. Anne la regardait la regarder et elle esquissa un sourire : plus question de pleurer. Les yeux de Doucine descendirent le long des cuisses minces, des genoux fins, des chevilles délicates.

« Tu es belle, sais-tu ? » lui dit-elle à voix basse. Anne sourit plus franchement puis sa bouche s'arrondit et elle esquissa un baiser.

L'enfant était nu-pieds et Doucine remarqua que son deuxième doigt était plus long que les autres.

« En général le premier orteil est plus grand que tous les autres. Je n'ai jamais vu des pieds comme les tiens ! » s'étonna-t-elle.

Anne se contempla :

« Le cordonnier dit que c'est un trait de famille. Je tiens cela de ma grand-mère, paraît-il. »

Toutes deux éclatèrent de rire. Cette conversation, un jour si solennel, était inepte. Du coup l'émotion de Doucine s'estompa. Elle redevint pratique.

« Allez, Mademoiselle, jetez-vous à l'eau », ordonna-t-elle en riant encore.

Puis avec un scrupule :

« Vérifie la température, quand même. Ce n'est pas le moment de te brûler. »

Doucine et Anne passaient ainsi constamment du tu au vous. Devant le monde, elles se voussoyaient, se donnaient du « Mademoiselle ». Quand elles étaient seules, ce qui arrivait trop rarement, elles s'appelaient par leur prénom et, sauf par plaisanterie, elles se tutoyaient.

Anne avait essayé la température, elle l'avait trouvée bonne et était entrée dans la cuve. C'était délicieux… Sur ordre de Madame d'Alençon, les servantes préparaient la même cuve dans sa chambre, chaque mois, au bout des quelques jours où elle perdait son sang. C'était une consolation face à ce qu'elle jugeait être une horreur, cette sanie qui sortait de son corps. Mais le bain, en général, était tiède et à demi rempli : les servantes faisaient vite. Cette fois, quand elle y était entrée, l'eau avait presque atteint le bord du bassin. Anne avait soupiré de plaisir et s'était enfoncée davantage. La tête immergée, elle avait joué à souffler : les bulles montaient à la surface et cela avait amusé Doucine. Anne s'était redressée une fois à bout de souffle. « Je crois que la moitié de l'eau a débordé de la cuve », avait dit Doucine sans s'en formaliser.

La femme de charge avait préparé un gant de crin. Doucine le négligea. Le frère d'Anne, Charles, le duc d'Alençon, avait accompagné le roi en Italie l'année d'avant. De Provence où il s'était attardé, il avait rapporté du savon confectionné avec l'huile des olives qui poussent dans cette région et il en avait offert à sa famille. Doucine alla chercher ce savon : son odeur, qu'elle aimait, recouvrirait les autres. Elle mouilla le morceau, en frotta entre ses paumes la surface amollie et elle commença à laver les cheveux de la fiancée : il fallait savonner les mèches sans les emmêler puis les rincer avec l'eau claire de brocs que les servantes avaient portés. Ensuite elle massa le crâne, tournant et appuyant, pinçant légèrement la peau comme pour la décoller. Anne, les yeux fermés, sourit de plaisir. Doucine descendit ses mains le long du cou, elle palpa les épaules, remonta, pesa sur la nuque, les pouces s'enfonçant, ses paumes tirèrent pour dégager la tête et, finalement, elle frappa les clavicules avec le tranchant. Les coups firent hoqueter la jeune fille, qui rouvrit les yeux et de nouveau se mit à rire…

*

Le mariage proprement dit fut magnifique. À vingt-deux ans, Guglielmo di Monferrato, de la famille des Paléologues, n'avait pas gagné en taille depuis les jeux donnés six ans auparavant. Mais il était solide, son visage était agréable et ce jour-là il portait d'admirables vêtements, en soie rouge et blanche aux couleurs de sa lignée. L'épousée avait passé la robe que Doucine avait contemplée sur le lit, toute de bleu et jaune, l'héraldique des Valois dont les Alençon formaient une branche. Avec à son cou un long collier de perles et sur les cheveux la coiffe offerte par son mari, elle était belle à croquer. Comme son père était mort, le roi lui fit l'honneur de la conduire à l'autel, dans l'église Saint-Sauveur. La princesse Claude, à dix ans, représentait la reine, qui était grosse et restait alitée. François d'Orléans, désormais presque un jeune homme, assistait à la cérémonie : il était le fiancé de Claude, les anciennes noces ou promesses de noces avec Charles ayant été oubliées.

Le drame commença en privé. Lorsque, après la fête, les femmes de chambre menèrent Anne dans la chambre préparée pour Guglielmo et elle, elle pleura et il fallut presque la dévêtir de force. Sa mère, les domestiques écartées, la sermonna. Elle devait se préparer et se soumettre. Ce soir, son mari soulèverait sa robe de nuit : c'était ce que Dieu voulait. Il serait nu devant elle et elle verrait son sexe dressé comme une épée : elle devait l'accepter. Collant son corps au sien, il la fendrait avec ce bâton de chair, déchirant le tissu qui faisait d'elle une vierge. Anne aurait mal – toutes les épouses avaient mal. Elle saignerait. Le drap rougi circulerait le lendemain pour que toutes et tous sachent que les noces étaient consommées et que la mariée avait été pucelle. Marguerite d'Alençon fit s'agenouiller sa fille et tâcha de la faire prier : la petite sanglota davantage. Elle la laissa dans cet état sur le dernier conseil de continuer à prier, y compris pendant l'acte. Le mari, un instant plus tard, ouvrit la porte.

*

La nuit, d'après ce qu'Anne raconta à Doucine, avait été horrible. Lorsque Guglielmo était entré, l'enfant avait quitté sa position sur le prie-Dieu et elle était allée se cacher derrière le lit. Guglielmo avait cru à un jeu. Puis, la découvrant recroquevillée, la chemise tendue sur ses jambes et les bras autour de ses genoux, il s'était ému de son effroi. Il avait contourné la couche, avait approché sa main de ses pieds nus. Elle avait encore reculé, faisant glisser ses fesses sur le sol jusqu'à ce que son dos rencontre le mur. Guglielmo avait parlé : cela faisait des années qu'ils étaient fiancés, des années qu'il attendait ce moment où, enfin, l'ancienne petite fille serait à lui comme une femme doit l'être à un homme. Après coup, elle s'était dit surprise qu'il eût parlé ainsi, avec sollicitude ; sur le moment, elle n'avait rien entendu. Elle faisait non de la tête, nerveusement, et elle pressait ses mains plus fort contre ses jambes.

Il s'était approché davantage et, comme elle le voyait d'en bas, il lui avait paru gigantesque. Penché, il avait essayé de l'embrasser : elle avait continué à secouer la tête et fermé les mâchoires. Alors, il l'avait saisie sous les aisselles ; molestant ses côtes, il l'avait soulevée comme on lève un meuble et l'avait jetée à plat sur le lit. D'une main, il l'avait tenue couchée sur les draps :

« J'avais le visage contre le matelas, je ne pouvais respirer », rapporta-t-elle.

Avec son autre main il avait relevé sa chemise puis il s'était penché :

« Il a reniflé mes fesses et il a mordu. »

Anne résistait toujours. Ses jambes étaient libres et donnaient des coups de pied :

« D'un coup, il m'a retournée et il est monté sur moi. Il avait encore ses chaussures et le bout ferré m'a blessée » – elle montra à Doucine une contusion qu'elle avait au mollet.

Les doigts de Guglielmo avaient déchiré sa chemise et fait surgir ses seins :

« Là aussi, il m'a mordue ! »

Il avait beau être mince, son corps pesait sur elle :

« J'ai cru qu'il allait me rompre. »

Elle s'était soulevée, avait de nouveau tâché de le repousser. Il avait un peu ri puis s'était fait menaçant : « Calme-toi ou je vais devenir méchant. »

En se redressant au-dessus d'elle, qui ne pouvait bouger, il avait d'une main dénoué sa braguette : c'était compliqué, ça avait duré. Son sexe avait surgi. Il était autre et pire que ce qu'avait décrit sa mère : une excroissance des entrailles, luisante, rose et dure entre des poils noirs. Guglielmo avait continué à ruiner sa chemise – elle aurait toute sa vie dans les oreilles le bruit du tissu qui se déchire.

Son mari avait le visage rouge et il soufflait. Il avait écarté ses cuisses, s'était placé entre elles, et son sexe dressé était allé à la rencontre de son entre-jambe. Mais avant d'arriver il s'était arrêté :

« Il m'a regardée et il a souri. »

De nouveau, il s'était approché et il avait poussé. Doucement, puis plus fort.

En vain.

Il s'était retiré et il était revenu. Il avait poussé de nouveau. Puis de nouveau.

Et très fort.

Rien à faire. L'ouverture était trop petite, la muqueuse sèche empêchait l'organe de glisser et la mariée, maintenant, hurlait non plus de peur mais de douleur.

Guglielmo s'était redressé de nouveau. Il avait retourné sa femme et avait essayé de la pénétrer en se tenant en arrière, vainement aussi. À la fin, à son tour il avait poussé un cri… Elle avait senti sur ses reins un liquide tiède qui avait dégouliné sur ses hanches. Guglielmo était retombé, il l'avait laissée s'écarter et il était resté muet, sans bouger, regardant le ciel du lit.

Le lendemain matin il avait recommencé avec le même insuccès. Alors il l'avait regardée sans plus sourire et, retenant son corps contre le matelas avec son coude et ses jambes, il avait introduit sa main entre ses jambes. Avec ses doigts, violemment, profondément, il l'avait crochetée. Elle avait ressenti une douleur très vive et son sang avait mouillé le drap.

*

Anne ne raconta pas ce qui s'était passé le deuxième soir. Doucine sut seulement que, le matin qui suivit, le marquis de Montferrat demanda au roi une audience en urgence : une affaire dont l'avait averti un courrier l'obligeait à rentrer. Il partit aussitôt alors que les mariés devaient demeurer quinze jours. Il avait exigé que sa femme le rejoigne au plus vite : qu'elle parte dans la semaine.

Le même jour, Marguerite d'Alençon convoqua Doucine de Saubonne. Elle fit sortir les autres demoiselles et, quand elles furent seules, elle lui expliqua que la situation était grave. Le mariage, pas plus la deuxième nuit que la première, n'avait été consommé, on avait fait semblant et il n'y aurait pas d'enfant. C'était la faute de sa fille, qui était impénétrable – le mot « impénétrable » fit une drôle d'impression à Doucine.

« Si cette situation perdure, continua la duchesse, Anne sera répudiée. Elle n'aura plus qu'à entrer au couvent et ce sera une tache pour toute la famille. Il faut qu'elle se convainque d'accepter en elle son mari ou plutôt qu'elle convainque son corps de le tolérer. Les prières que j'ai faites et tous les bons conseils que j'ai pu lui donner n'ont pas servi et il me semble que je ne peux plus rien faire. »

Comme Doucine la regardait sans oser répliquer ni bouger et sans comprendre non plus ce que la duchesse pouvait attendre d'elle, celle-ci s'expliqua en mots clairs :

« Mademoiselle de Saubonne, vous n'avez pas d'époux mais je ne doute pas que vous sachiez la vie. On dit que de jeunes hommes partagent votre couche, et parfois des jeunes femmes.

Il est vrai qu'on raconte énormément de choses, et surtout à propos des demoiselles d'honneur… Quoique ces bruits soient assez souvent faux, ils comportent parfois une part de vérité. Ce que vous faites de votre vertu ne me regarde pas. Dieu vous absoudra s'Il veut. Soyez prête à m'aider, je prierai et je suis sûre qu'Il voudra pardonner d'autant votre licence. »

La duchesse se signa. Ses lèvres remuaient sans qu'aucun son n'en sorte : elle consultait le Seigneur.

Doucine restait strictement immobile, statue de sel semblable à la femme de Loth. Elle aurait voulu être à des milles de là.

Dieu avait dû parler. Madame d'Alençon revint au monde :

« Vous êtes, dans mon entourage, l'unique jeune femme que ma fille apprécie. Si je ne me trompe pas, vous seule pouvez l'aider. Usez-en avec elle comme vous le voudrez mais faites en sorte qu'à la fin elle connaisse et accepte ce que font tous les hommes. Anne va s'en aller, je ne saurai l'accompagner, mais vous, vous partirez avec elle. Et pendant ce voyage qui durera une quinzaine ou peut-être davantage, vous trouverez les mots ou… quoi que ce soit d'autre qui ouvrira son corps. »

Elle avait dit les derniers mots tout bas. D'une voix un peu plus haute, elle poursuivit et finit :

« Ma fille, si vous faites cela je vous récompenserai. Je ferai en sorte que votre avenir soit dès lors assuré. Enseignez mon enfant à supporter son mari et vous aurez gagné pour vous la possibilité de n'en avoir point. »

Doucine était de nouveau capable de bouger. Elle plongea dans une révérence et baisa la main sèche de celle qu'elle servait ; et elle hocha la tête en manière d'acquiescement.

Elle n'en revenait pas. Marguerite était veuve, elle ne savait sourire, elle se préoccupait de Dieu, de la Cour, très peu de ses enfants, et elles n'avaient pas eu toutes deux, en dix ans, une conversation personnelle. Mais la dame avait sur elle des informations très intimes, elle ne lui faisait pas de reproches, et il semblait en outre qu'elle n'ignorait pas les choses qu'une femme fait parfois à une femme. Car ce dont elle l'avait priée, si Doucine avait bien compris, c'était rien moins que d'initier Anne avec ses propres caresses, pour qu'elle accepte enfin celles, plus rudes, de l'époux.

Pourquoi pas ?

L'idée d'un voyage plaisait assez à Doucine, et la mission de caresser Anne lui convenait encore mieux.

18

La mariée

MONTFERRAT (PIÉMONT), 1507-1511

Doucine partit donc avec la nouvelle marquise. Calfeutrées dans leur voiture pour échapper au froid puis vite réfugiées dans des logements chaque soir nouveaux, elles ne virent pas grand-chose ou ne s'en souvinrent pas. Il y eut des plaines, des collines, des ruisseaux, des fleuves et des lacs, on traversa des villages et des villes qui furent autant d'étapes. Seules les Alpes parvinrent à les impressionner, aucune des deux n'ayant vu auparavant les montagnes. Sous les pics blanchis et le long des cascades gelées, la température était encore plus basse et les routes en lacets présentaient deux dangers : on pouvait choir dans les précipices, ou être assommé par les rochers dégringolés des falaises. On monta dans ces conditions jusqu'à ce qu'on leur dit être un « col », puis on en franchit un deuxième et peut-être un troisième. À la pluie se mêlait la neige et il fallut descendre, parfois, pour soulager les chevaux dont les sabots glissaient.

Les jeunes femmes voyageaient accompagnées de servantes, de valets et d'hommes d'armes. On avait préparé pour elles deux charrettes équipées de bâches solides et où abondaient les duvets et les couvertures de fourrure : si un essieu cédait, on utiliserait l'autre voiture. Les domestiques suivaient dans un chariot également bien fermé, et dans deux autres se trouvaient les coffres avec la dot : des draps, des robes (la mariée gardait ses bijoux avec elle), de la vaisselle et des livres aimés. C'est parce que ces biens, et les dames elles-mêmes, pouvaient être convoités que des gardes armés accompagnaient le convoi. À Chambéry où on s'arrêta deux jours, on augmenta l'escorte car les Alpes étaient pleines de brigands. La marquise et sa suite furent accueillies dans cette ville par le comte de Savoie, un homme aimable et jeune, qui leur fit voir dans une église humide ce qu'il appela « la plus précieuse relique du Christ, le Saint Suaire ou l'image vraie de Son corps ». C'était, sous un baldaquin d'or, un grand drap déplié, linceul dans lequel on avait enseveli Jésus. Des traces de sang tachaient le tissu blanc, Anne avoua ensuite à Doucine qu'elle avait repensé au drap du matin de ses noces et qu'à cause de ça elle n'avait pu prier.

Au cours du trajet, elles parlèrent beaucoup. Dans les relais et les auberges, elles partagèrent une chambre. Souvent, il n'y avait qu'un lit : Doucine ne demandait pas qu'on en installe un second. En habillant, en déshabillant Anne et en l'aidant à sa toilette, l'aînée habitua la jeune fille à être touchée et embrassée partout. Entre les draps qui étaient souvent humides et froids, leurs corps se tinrent chaud.

Anne se souvenait trop bien de ce que Guglielmo avait fait et les mains de Doucine ne purent approcher son sexe. Mais un soir cette dernière usa de la langue pour faire rouler dans sa vulve ce qu'elle appela « le bouton de l'amour » : pour la première fois, Anne ainsi branlottée éprouva du plaisir. Elle redemanda, les nuits suivantes, qu'Anne la lèche ainsi.

À Chambéry où elles disposaient d'un appartement bien chauffé, Doucine, la première nuit, se mit nue devant le feu. Elle cachait dans son dos un objet en cuir qu'Anne demanda à voir : c'était un godemiché, une sorte de gant avec un doigt unique qu'elle avait enduit d'un onguent qui le rendait glissant. En riant, elle promena le jouet sur le corps de la marquise, agaça sa bouche avec, puis, regardant la jeune femme, elle se l'introduisit dans le sexe. La seconde nuit, elle demanda à Anne de faire la même chose sur elle-même : la marquise s'accomplit, avec répugnance d'abord et ensuite sans déplaisir.

Jamais, cependant, durant toutes ces nuits, Madame de Montferrat ne rendit la pareille à Doucine. Elle se laissait caresser, elle permit qu'Anne la regarde manœuvrer le godemiché, mais elle ne lui rendit pas ses caresses, elle ne la baisa pas ni ne lui toucha à aucun moment le sexe.

Quoi qu'il en soit, l'épousée apprit au cours de ce voyage que les corps pouvaient s'étreindre sans se faire de mal. Lorsque, les montagnes passées, on trouva le soleil, la plaine et le large fleuve aux eaux argentées qui se nomme le Pô, Anne, pensait Doucine, était prête à accepter son mari. À Montferrat, la demoiselle de compagnie n'assista pas aux retrouvailles – à leur arrivée le marquis n'était pas chez lui –, mais la nuit où il rejoignit Anne dans ses appartements, il n'y eut plus apparemment ni de pleurs ni de cris : Anne supporta que Guglielmo entre en elle.

Doucine, cette nuit-là, dormit seule et très mal. Elle ne sut pas ensuite si la marquise avait joui ; si un corps masculin était parvenu à lui procurer du plaisir. La mariée, qui avait conté son malheur en détail à Blois, demeura muette en Italie. Mademoiselle de Saubonne aurait voulu questionner mais elle était, après tout, au service de la jeune femme et non pas son amie. En revanche, elle fut contente quand Anne, invoquant la saison et les routes, suggéra qu'elle reste quelque temps ; et elle le fut plus encore quand la marquise, d'elle-même, demanda de nouveau qu'elle la touche.

*

La ville était sans intérêt et la campagne autour faite de champs plutôt que de forêts. De toute manière on sortait peu du château, car il plut beaucoup cet hiver-là. Mais Anne et

Doucine ne s'ennuyèrent pas. Il fallut recevoir : les nobles et en particulier les dames, mais aussi les bourgeois et les petites gens, vinrent rendre hommage à la nouvelle marquise. Dans l'appartement qui avait été refait à neuf, les deux femmes prirent plaisir à disposer les meubles et à trouver une place pour ce qu'Anne avait porté de France. Aussi, chaque matin, une dame vint lui enseigner l'italien. La marquise, intelligente, progressa rapidement, et Mademoiselle de Saubonne ne fut pas en reste. La musique de la langue lui rappela l'arrivée de Damiano Paroni et de Guido Liuciardi à Blois il y avait des années : elle sourit en pensant que, si elle n'avait pas refusé d'épouser le second, elle aussi aurait eu un mari italien.

Le temps passa ainsi sans qu'elle s'en rende compte. L'Épiphanie succéda à la Nativité, puis vinrent la Chandeleur et le Jeudi gras. Ce jour-là, dans la ville, on fit des pyramides humaines, des combats d'hommes déguisés, et on lâcha des porcs qu'on joua à rattraper et qui furent tués – leur viande, grillée sur de grands brasiers, alla aux pauvres. Anne, à cette époque, découvrit qu'elle était enceinte. Elle se réjouit d'abord de ne plus saigner, puis elle pleura de voir ses seins enfler. Guglielmo apprécia la nouvelle et, quand le ventre grossi de sa femme la lui confirma, il ne l'approcha plus. La marquise supplia Doucine de rester jusqu'à l'accouchement : elle accepta de nouveau. Elle y gagna un joli mobilier et le droit de s'installer dans un logis du château qui donnait sur le jardin ; bref, elle eut ses aises et elle se trouva bien. Elle songea de moins en moins à retourner en France.

L'enfant naquit en septembre, c'était une fille, on la nomma Maria. La grand-mère française, avertie, envoya des cadeaux : des étoffes somptueuses où couper des vêtements pour une dizaine d'années et une chaîne d'or qui lui appartenait et était de grande valeur. Elle avait joint un présent à destination de Doucine. Un très petit paquet qui contenait une pierre, grosse presque comme une noix, jaunâtre, qui semblait un peu sale et avec sa surface accidentée d'arêtes. Un message accompagnait l'envoi :

> Veillez à ce trésor. Il n'est pas comme ces perles qu'on trouve trop souvent et qui perdent en valeur. On appelle ça diamant. Celui-ci vient des Indes. Sa taille et sa couleur en font une exception. C'est un fruit de la terre et non pas de la mer. Vous le ferez tailler et polir aux Pays-Bas pour lui donner sa gloire : il brillera de mille feux. J'ai obtenu ce diamant par le duc mon fils. Si vous résolvez de le vendre, il vaut une maison avec ses meubles. Et peut-être les domestiques. Ainsi nous sommes quittes.

Doucine douta qu'un simple caillou puisse avoir tant de valeur. À vrai dire, elle aurait de beaucoup préféré des perles, que celles-ci soient banales ou non. Elle rangea le diamant et elle n'en parla pas quand Anne montra sa chaîne.

Du temps passa encore. Guglielmo, après que sa femme se fut remise, visita de nouveau sa couche. Treize mois après Maria, une deuxième fille naquit. Anne la nomma Margherita en l'honneur de sa mère. Elle expliqua à cette occasion ce que son mari lui avait appris : dans la langue latine que ni Doucine ni elle ne connaissaient, *margarita* signifie la perle. Cette fois, cependant, Marguerite d'Alençon n'envoya pas de présents.

*

Finalement, pour l'orgueil et le soulagement du marquis, la marquise accoucha d'un garçon après la Noël 1510. Il fut appelé Bonifacio, du nom d'un aïeul de son père.

Une circonstance permit alors à Doucine de comprendre l'importance du cadeau qu'elle avait reçu trois ans plus tôt. Pour remercier sa femme de lui avoir donné l'héritier qu'il voulait, Guglielmo lui offrit un ornement de corsage : une épingle à laquelle étaient accrochées une pierre citron moins grosse qu'une noisette et d'autres, plus petites, de la même couleur et formant autour d'elle une corolle. Anne s'étonna du présent : elle avait coutume de perles, de broches ou de pendants où étaient ciselées des figures. Guglielmo lui fit regarder la pierre, il lui apporta même une loupe : les gemmes étaient taillées, leur surface formait une géométrie qui se retrouvait dans sa profondeur, les facettes régulières brillaient en reflétant la lumière et la plus considérable était si transparente que, hors sa belle couleur, on avait l'impression qu'elle était comme un verre grossissant. La marquise reconnut cela et resta incertaine. Quand son époux lui dit qu'avec le prix du bijou il aurait pu acheter trois voitures avec leurs attelages de quatre chevaux, elle commença à être convaincue. Et lorsqu'il ajouta que c'était le frère de la marquise, le duc d'Alençon qui, à Venise quand il était allé guerroyer, avait négocié la pierre, elle ne murmura plus. Guglielmo conclut en l'informant que cette rareté s'appelait un diamant.

Le diamant de Doucine devait être un morceau du caillou que le fils de Marguerite avait acquis en Italie. Il faisait trois fois le volume de la grosse pierre qui ornait l'épingle d'Anne.

Doucine calcula. Si l'épingle offerte par le marquis valait trois véhicules avec leurs animaux (en admettant qu'il n'ait pas exagéré) son propre bijou représentait… neuf voitures et peut-être… trente-six chevaux ?

Il était ridicule de raisonner ainsi : que ferait-elle d'une telle écurie ? Mais sa pierre valait peut-être encore davantage, car la duchesse avait dit que sa taille était exceptionnelle. Après tout, Madame d'Alençon ne s'était pas moquée d'elle, elle s'en voulut de ne pas lui avoir écrit qu'elle avait apprécié son cadeau. Mais il fallait bien croire en tout cas qu'elle pourrait acheter, si elle voulait, une petite maison et payer les services, disons, d'un valet et d'une femme de charge pendant plusieurs années. Encore fallait-il, sans doute, faire tailler le diamant avant de le négocier ? Ou bien c'était le contraire et chaque propriétaire choisissait de faire apparaître dans le caillou la forme qu'il voulait… Elle n'en savait rien et se demanda qui pourrait la conseiller. Certainement pas le marquis ni le duc d'Alençon, encore moins Anne – elle serait furieuse que Doucine ait une pierre plus grosse que la sienne. Ses frères ou sa sœur, en France, n'en sauraient rien, et même Damiano, à Blois, connaissait peu de choses en dehors de la soie et des belles céramiques. Il commerçait pourtant de quelques rares bijoux : c'étaient d'antiques agates (était-ce bien ce nom ?) qu'il appelait camées, et non pas des diamants.

Peut-être était-ce à son autre ami qu'il fallait s'adresser. Liuciardi s'occupait de la fabrique qui envoyait en France les pièces de terre cuite que Paroni vendait. Son père était aussi négociant, et le jeune homme avait dit un jour que les gens avec qui il était en contact s'intéressaient aux perles. À moins qu'il n'ait parlé du Médicis que Paroni et lui voyaient au début de leur séjour à Blois ? En fait, elle ne savait plus bien. Et puis une perle vient de la mer et non pas de la terre, écrivait la duchesse.

Il n'empêche : le diamant jaune avait été acheté à Venise et donc un Italien pourrait se renseigner.

Ce raisonnement pouvait être un prétexte, elle le savait elle-même. Elle s'ennuyait à Montferrat depuis quelques mois. Elle savait l'italien, elle aimait le parler, elle doutait de ce qu'elle pourrait faire une fois revenue en France : elle devenait trop vieille pour être demoiselle d'honneur et elle ne croyait pas que la duchesse d'Alençon la reprendrait près d'elle. Revoir Guido pourrait être intéressant. Qui sait, s'il avait choisi un autre moment pour faire sa demande, peut-être, finalement, aurait-elle acquiescé ? Il n'avait jamais cru qu'elle était vraiment malade, et pas compris pourquoi elle l'avait été…

Guido était parti en Italie à la fin de 1505 et n'était pas revenu. Ça faisait donc six ans qu'elle ne l'avait revu. Elle réalisa que quand Laurette et elle s'écrivaient en profitant des courriers qui allaient et venaient entre Blois et Montferrat, il n'était jamais question de lui. Les Paroni savaient ce qu'il devenait, pourtant. Qui sait, il était peut-être marié ?

Ce soir, elle lui écrirait. Il s'agirait de trouver comment faire parvenir la lettre. La Toscane était moins éloignée que la France de là où elle se trouvait mais il n'y avait pas de courrier entre les deux endroits. Le mieux serait quand même d'envoyer la lettre à Blois, d'où Damiano envoyait des coursiers jusqu'à Cafaggiolo.

Cela prendrait du temps, évidemment.

Elle fut contente de sa décision. Quoi qu'il arrive finalement, elle aimait à rêver : ces mois où il faudrait attendre, elle les occuperait à imaginer un futur. Elle se connaissait assez bien pour savoir que souvent, elle aimait mieux ces rêves que vivre ce futur, si même il advenait comme elle l'avait voulu.

Prise d'une inquiétude, elle alla vérifier que la pierre qu'elle avait cachée était toujours à sa place. Elle la regarda : ce n'était qu'un caillou décidément. Il était incroyable qu'une telle chose puisse changer une vie.

19

Voyage à Rome

WITTENBERG (SAXE), MAISON DES KOSSA,
MARS 1510, SOIRÉE

Martin était venu trouver Joachim parce qu'il craignait d'être gravement malade.

Au cours des derniers mois, il avait voyagé. De Wittenberg où il était désormais professeur comme l'était le médecin, il avait marché jusqu'à Rome. Il avait bravé les pluies à l'automne, s'était arrêté peu de temps dans la ville du pape, puis il était rentré avec les neiges hivernales. Il avait mis son corps à l'épreuve : peut-être avait-il trop exigé de son organisme ? La veille, il s'était trouvé faible. À midi, il n'avait pu manger. D'ailleurs, cela faisait quelques jours qu'il n'avait guère faim. Et puis cette dernière nuit il avait véritablement souffert : son estomac le brûlait, ses jambes se contractaient en des crampes si violentes qu'à deux reprises il avait dû jeter ses couvertures et poser ses pieds sur le carrelage froid – c'était la manière, avait-il découvert, de faire se relâcher les muscles. Et dans la matinée alors qu'il croyait être mieux, il avait eu un éblouissement. En s'agenouillant pour prier, il avait senti le froid entrer dans ses membres, monter jusqu'au cerveau, paralyser sa pensée et l'empêcher de dire les mots de ses prières… Il s'en était fallu de peu qu'il tombe en pâmoison.

Il y a quelques années, un accident semblable lui était arrivé. Alors qu'il achevait son noviciat, il était hanté par des bouffées d'anxiété : il dormait mal, des cauchemars l'éveillaient, il descendait dans la cuisine commune boire du lait pour se calmer, et il se punissait le lendemain en jeûnant entièrement. À sa première messe, pour son ordination, il avait cru mourir : devant l'autel, au moment de consacrer l'hostie, on avait dû l'aider. À tenir ainsi Dieu entre ses mains, à savoir qu'il pouvait transformer en Sa chair ce qui n'était que farine, il avait senti son cœur étreint par une main de fer : c'est qu'il n'était pas digne… Il avait mené l'office à son terme, mais quelle épreuve cela avait été.

Et voici qu'aujourd'hui il se sentait presque aussi misérable. C'était un malaise physique mais aussi une insupportable angoisse. S'il mourait juste là, dans cet état d'incertitude et de doute, il irait en enfer.

Maître Kossa avait accepté aussitôt de le voir. Averti par un valet à la fin d'un de ses cours, il avait proposé que Luther vienne dans la soirée si ce n'était trop pressé. Si le moine était faible, il le ferait prendre en charrette : un homme lui amenait les patients et les raccompagnait quand c'était nécessaire. Ou le médecin se déplacerait. Mais Martin avait assuré qu'il viendrait par ses propres moyens et il avait marché, d'abord doucement puis plus vite. L'air de mars, encore froid mais chargé d'un soupçon de douceur, lui avait fait du bien.

Le médecin l'avait interrogé sur ses peines, il avait reniflé son haleine, l'avait fait pisser et avait scruté son urine, et surtout il l'avait regardé et ausculté. Martin avait maigri, mais ses muscles, avait affirmé Kossa, étaient devenus durs pendant les mois de marche. Le souffle était bon, le sang qui courait sous la peau plein de santé. Le malaise passerait quand l'organisme de Martin se serait réhabitué à être sédentaire. En revanche, Kossa s'était étonné de la marque d'une blessure qui partageait un sourcil et il avait demandé au moine ce qui lui était arrivé. Celui-ci n'avait pas répondu. À la fin, le docteur avait prescrit une médecine calmante : des herbes qui l'aideraient à dormir et, avait-il plaisanté, dont la vente enrichirait l'apothicaire.

Martin était donc rassuré et déjà il se sentait mieux. Comme le médecin l'accompagnait hors de la salle où il consultait, Ursula les invita à la rejoindre dans la cuisine. Les Kossa passaient beaucoup de temps dans cette pièce où le feu brûlait en permanence et où un lit fermé permettait de dormir durant les nuits glacées de l'hiver. L'épouse de Joachim avait préparé du vin et une *torte* dont elle se souvenait que le jeune homme, jadis, l'aimait particulièrement. Cette attention fit sourire Martin : il ne prisait plus guère ce gâteau riche en miel mais il lui ferait honneur pour plaire à Ursula. Il s'assit, goûta au vin, n'entama pas la tarte mais se mit à parler : il avait tant à dire…

*

Martin était parti au commencement de novembre avec le frère Nathin. C'était un moine dont l'âge garantissait que le voyage ne serait pas l'occasion d'escapades immorales. Précaution peu utile : l'intention de Martin n'était pas de profiter du voyage pour rompre le vœu de chasteté qu'il avait prononcé. Le pape avait édicté qu'en Allemagne les ermites de Saint-Augustin devaient se regrouper et le vicaire Staupitz avait dépêché à Rome les deux clercs pour plaider la cause des couvents qui risquaient de disparaître. Martin en était heureux : il voulait voir le pape, souhaitait sa bénédiction, l'absolution de ses péchés et des pensées vicieuses qu'il continuait à former alors même qu'il châtiait son corps. Puis il voulait prier : prier sur la tombe où étaient les os de saint Pierre, prier sur les liens par lesquels celui-ci avait été attaché, prier, se mortifier, et gravir le Saint Escalier en disant les prières qui libéreraient du purgatoire les aimés qui y croupissaient peut-être.

« Le voyage a été pénible. Le temps qu'il faisait ou la longueur des étapes le rendaient difficile pour frère Nathin… Il était toujours fatigué. Je voulais avancer et il fallait s'arrêter.

Plusieurs fois, à l'aller, nous n'avons pas atteint le couvent où nous devions dormir et il a fallu trouver dans les villages ou en pleine campagne un lieu où nous reposer. Au retour, nous nous sommes séparés à Crema : repasser les Alpes à la fin de janvier, cela lui paraissait impossible. Les moines de cette ville nous avaient accueillis à l'aller, ils observent bien la règle et moi aussi j'ai songé à demeurer avec eux pour la durée de l'hiver. Mais l'Italie me rebute… Vous n'imaginez pas. »

Luther racontait que leur premier contact avec la péninsule avait été gâché par la présence des troupes qui couraient la région. À Crema justement, dans la plaine du Pô, ils s'étaient retrouvés au cœur du conflit. La ville était à la frontière de la République de Venise et du duché de Milan et, au fil des avancées de l'un ou l'autre camp, elle était occupée par les Vénitiens ou par l'empereur, le roi de France ou le pape. Le 23 novembre, avant que Nathin et lui n'entament la dernière partie de la route, les Français avaient envahi le couvent. Ils avaient expulsé les moines des dortoirs en disant qu'ils avaient besoin des lits.

« L'idée était que nous gagnions un couvent augustin presque à chaque étape. Je ne m'étais pas rendu compte du nombre de nos maisons. Mais toutes ne méritent pas de se réclamer de notre ordre. Voyez-vous, Maître Kossa ? Votre vin est excellent ; et ce gâteau, Frau Ursula, est un délice. Votre maison est confortable autant qu'elle est accueillante. Il n'y a rien de trop, pourtant, et c'est ce qui est bien. Mais dans certains monastères, en Italie… Vous ne pouvez concevoir la volupté de la table et le luxe dans lequel vivent ceux qui disent servir Dieu. »

À Florence, particulièrement, cette opulence l'avait choqué. La ville avait été gouvernée un moment par un homme qui avait tenté de réformer ses citoyens :

« Il s'appelait Savonarole, c'était un dominicain, il venait d'un monastère plus au nord, en Romagne. Les forces pontificales voulaient soumettre la ville et il leur a tenu tête. Je ne sais pas… Le pape d'alors l'a excommunié et finalement, il a été brûlé. On m'a montré l'endroit où le bûcher avait été dressé, sur une place au pied d'un château. J'ai visité le couvent qu'il avait commandé et j'ai compris que certains moines continuent à l'y honorer secrètement. Il n'empêche. Le couvent date du siècle dernier, l'architecture est simple, assez belle, et il y a dans les cellules des peintures dont je ne suis pas très sûr qu'elles aient des raisons d'être là mais qui montrent des sujets louables. Cependant, dans le cloître… Pour nous autres moines, Maître Kossa, se promener dans un cloître, c'est une chose importante. Sous les galeries, on marche doucement, en se taisant. C'est un lieu de méditation. Au printemps, le jardin en fleurs et les oiseaux qui chantent nous parlent du bon Dieu. À Florence, dans le couvent Saint-Marc (c'est ainsi qu'il s'appelle), il y avait des travaux. Des ouvriers appliquaient sur les murs des images de céramique. Il paraît qu'elles étaient chrétiennes, mais elles étaient remplies de petits enfants nus avec leur… »

Le moine s'arrêta brusquement, et il rougit :

« Pardonnez-moi, Ursula. J'ai failli m'oublier.

— Vous voulez dire qu'on avait représenté leur sexe ? Vous savez, je sais comment un homme est fait… », rit doucement l'épouse de Joachim.

Martin, interdit, ne sut trop quoi répondre.

« Continuez, Martin, je vous en prie, l'encouragea Joachim.

— Eh bien, une des céramiques, plus encore que les autres, m'a dérangé. Elle représentait Marie au moment où l'ange lui annonce qu'elle a conçu. La Vierge était très belle, vêtue de jaune vif et de vert – ce ne sont pas des couleurs qui conviennent. Plutôt que de remercier le Seigneur, elle se détournait… Comment dire ? Elle fuyait comme si l'ange était un être de chair et qu'il avait forcé sa porte. Les frères, qui font vœu de chasteté, n'en sont pas moins des hommes et il me semble que cette image-là, à quelques pieds du dortoir, doit immanquablement troubler les plus jeunes d'entre eux. D'autant que…

— D'autant que ?

— Pardon encore, Frau Kossa. L'ange lui-même était beau et très peu habillé. La robe qu'il portait flottait autour de ses reins et le tissu s'ouvrait : on voyait sa jambe nue. Il avait le visage d'un jeune garçon ou peut-être d'une fille…

— Vous avez regardé avec bien de l'attention, mon frère », remarqua Ursula d'un air moqueur.

Le moine, de nouveau, rougit. Joachim se souvint d'un rêve que Luther lui avait raconté, quand il l'avait revu pour la première fois à Wittenberg. Martin était arrivé depuis peu d'Erfurt. Il avait une vraie chambre et une couche douce, ce qui ne lui était pas arrivé depuis des années. « Le lit est trop moelleux, avait-il accusé. Mes sens se réveillent. J'ai fait le cauchemar d'un bel ange à qui je remettais l'anneau de ma consécration pour que Dieu le bénisse, et qui le gardait au doigt. Il devenait une femme et entrait dans mon lit… » Martin avait retiré son matelas et il avait demandé à Joachim des herbes qui calment la volupté. D'ailleurs, avait-il précisé, il ne demeurerait pas longtemps dans l'aile des professeurs : il avait demandé à prendre une cellule « chez lui », c'est-à-dire au couvent local des augustins.

Comme Luther, froissé peut-être, se taisait, Joachim questionna :

« Et Rome ? demanda-t-il. Parlez-nous de Rome, Martin, et du pape : c'était cela votre but, voir Sa Sainteté et discuter de l'avenir de votre ordre.

— Le pape était absent, je ne l'avais pas imaginé… Il était à Bologne, il dirigeait la guerre. Que le Seigneur me pardonne, mais pourquoi le successeur de saint Pierre a-t-il à faire la guerre ? Son pouvoir est spirituel ! Je sais que j'appartiens à l'Église et que je ne devrais rien dire qui soit contre le pape… »

Joachim ne répliqua rien. Il y avait en Martin une naïveté étonnante et en même temps une lucidité qui le rendait capable de voir tout ce qui n'allait pas, dans ce monde et dans l'Église.

Ursula demanda doucement :

« Et votre affaire, donc ?

— La papauté est une grande administration. Il y a foule de ministres, de secrétaires, chacun spécialisé dans une fonction et une partie du monde. Le protonotaire chargé de notre nation est un chanoine allemand qui est membre de notre ordre. Il m'a juré que notre monastère, à Erfurt, ne serait pas dissous mais il a mis pour prix à cela que nous choisissions vingt-cinq frères d'autres couvents et que nous les accueillions. J'ai… nous avons un peu changé d'avis, le frère Nathin et moi au cours de ce voyage. Même si les choses sont pires en Italie, en Allemagne même, dans les couvents où nous nous sommes arrêtés, la règle de saint Augustin est quelquefois peu respectée. Dans les petites maisons, les moines font ce qu'ils décident de faire : il faut peut-être fermer ces établissements-là…

— Mais Rome ? Comment est Rome ? Est-ce aussi beau qu'on le dit ? demanda Joachim.

— Nous avons dormi au monastère de Santa Maria del Popolo. C'est au pied du Pincio, une haute colline. Le supérieur est correct et la règle passablement observée. J'ai beaucoup marché, et beaucoup prié aussi. J'ai dit de nombreuses messes, dans plusieurs églises. »

Martin avait répondu d'un ton sec qui étonna ses amis. Il se resservit du vin. C'était la troisième fois. Joachim en fut surpris aussi : il savait le jeune homme presque sobre à l'excès. Il est vrai qu'il revenait d'un voyage éprouvant, il devait reprendre des forces. Ursula se leva et alla remplir de nouveau le flacon. Personne, durant un moment, ne dit rien.

*

Luther, de fait, n'avait pas envie de parler de ce qu'il avait fait à Rome et moins encore des doutes que ce séjour avait levés en lui. Nathin avait acquis là-bas un livre qui décrivait les lieux antiques. Dès lors, il aurait fallu courir pour voir des murs effondrés et des statues cassées. Cela ne convenait pas à Martin qui trouvait choquant d'honorer les restes d'un monde qui avait ignoré le vrai Dieu. Bientôt, une fois célébré l'office du matin et quand il ne fallait pas se rendre à la Curie, les deux frères avaient fait leur chemin chacun de son côté. Ils se retrouvaient pour les vêpres.

Le projet du moine était de visiter toutes les églises de Rome et, puisqu'il était désormais ordonné, de dire la messe dans chacune d'entre elles : Dieu compterait cet effort en faveur de son âme. Mais il avait été déçu. Il avait officié dans l'église des augustins comme c'était naturel, et à Saint-Pierre-aux-Liens où le prêtre titulaire était souffrant. Dans les autres églises, il avait essuyé un refus : les pèlerins étaient nombreux, il fallait pour les satisfaire que les offices se succèdent rapidement et les prêtres étrangers étaient réputés procéder avec lenteur. Le résultat était que Luther avait assisté à des services bâclés où ceux qui officiaient mâchouillaient le latin à force de prononcer vite et liquidaient le sermon en quelques phrases courtes.

La première basilique qu'il avait visitée était celle du Latran. La vieille architecture témoignait de la pureté des premiers temps chrétiens mais devant sa façade, la statue d'un ancien empereur semblait défier Dieu et il avait remarqué que des ribaudes, dans le cloître, recrutaient les clients en s'abritant de la pluie. Il avait aussi désapprouvé quand il s'était rendu à Saint-Pierre. Le très vieux bâtiment où avaient officié les anciens papes était à demi démoli et on donnait la communion dans un chantier où des ouvriers construisaient ce qui devait devenir, paraît-il, un moderne et grandiose monument.

En y songeant, Martin, que Joachim et Ursula avaient donc laissé se taire, ne put s'empêcher de raconter :

« À Saint-Pierre, la vieille basilique a l'air d'un poulailler encastré dans la demeure d'un géant. On a détruit des colonnes qui se trouvaient devant, la façade est tombée, le clocher est démoli, mais des piliers colossaux sont en train de monter qui éventrent les murs et doivent soutenir, dit-on, une voûte en forme de ciel. Les fidèles respirent la poussière, les prêtres s'époumonent sans qu'on entende rien tant les carriers et les maçons font du bruit, et l'officiant fait face à des chèvres à haubans quand il se tourne vers le chœur pour consacrer l'hostie. »

Ursula et Joachim ignoraient ce qu'étaient ces chèvres. Le mot les rendit songeurs mais ils ne voulurent pas interrompre Martin en posant la question.

Martin, cependant, ne dit pas ce qui l'avait le plus troublé. Quand leur entretien à propos d'Erfurt avait été fini, le protonotaire leur avait proposé de visiter le palais. Il les avait confiés à un garde qui venait de Zurich et parlait l'allemand. L'homme ressemblait à un coq : des bandes verticales jaunes et bleues décoraient son pourpoint et sa culotte – il expliqua que c'étaient les couleurs du pape Jules. Il leur fit traverser une cour où on installait des statues, monter un escalier et parcourir des pièces où on chaulait les murs :

« Ces salles sont destinées à devenir les appartements du Saint-Père, précisa-t-il, il y travaillera et il y recevra. »

Une des pièces était presque achevée. Les images, sur les murs, étaient vives et claires. L'une figurait la Trinité avec des saints et de grands personnages de l'Église, mais sur les autres, des hommes et des femmes vêtus de drapés lâches laissaient voir leurs jambes, leurs épaules ou même leur buste nu.

Le garde expliqua que le peintre avait voulu représenter les philosophes, les savants et les dieux de l'Antiquité. « Ici, dit-il (il montrait sur une paroi un homme à barbe blanche qui semblait avancer sous des voûtes), c'est Platon je crois, ou Aristote... En tout cas, un grand sage. Et là (il s'était tourné vers l'autre peinture), c'est Apollon, il parle avec des femmes qu'on appelle les Muses. Ce sont des déesses, elles représentent les arts... »

Nathin et Luther s'étaient regardés. N'était-il pas singulier que le pape choisisse de travailler au-dessous de ces figures païennes ?

Martin ne raconta pas cela. Mais le garde les avait menés dans ce qu'il appelait la chapelle de Sixte. Il pouvait en parler.

« Quand on élit un pape, les cardinaux s'enferment, et ils ne sortent pas tant qu'ils n'ont désigné le successeur du défunt. On les nourrit, on leur donne à boire. »

Il rit et osa ajouter : « J'ignore où ils font leurs besoins. »

Puis il continua en souriant toujours :

« Ce que je sais, c'est que comme cela dure longtemps, on construit sur place des cellules où ils peuvent dormir. »

Il se versa encore du vin, but et continua sur un ton plus grave :

« En théorie, l'idée est assez belle : les prélats restent ensemble, ils prient et Dieu leur montre le chemin. En réalité, on fait ainsi pour éviter les pressions extérieures. Ce moment, je l'ai compris, est l'occasion de terribles batailles. Les noms qui sortent de l'urne sont toujours italiens, je ne sais pas s'il y a jamais eu de pape allemand… Quoi qu'il en soit, la chapelle où les cardinaux se réunissent se trouve non loin des pièces que… enfin (il avait manqué oublier qu'il n'avait pas raconté son exploration du palais)… elle se trouve à l'intérieur de la demeure du pape. Sur les murs, des peintures imitent des tapisseries dans le bas, d'autres au-dessus portent des épisodes de la Bible, et encore plus haut il y a les portraits des pontifes. Je n'ai pas pu voir le plafond : des échafaudages le cachaient et on m'a dit qu'un peintre travaillait avec ses assistants. De fait, il y avait des pots pleins de couleurs partout et des garçons grimpaient et descendaient les échelles pour faire je ne sais quoi. J'aurais aimé monter moi aussi voir ce qui se faisait, mais l'homme qui nous accompagnait nous a expliqué que le peintre était sourcilleux et qu'il n'était pas question d'aller le déranger. »

Martin avait été gêné, se souvenait-il, parce que lorsque l'homme de Zurich avait parlé des peintres (ce n'était pas le même individu, apparemment, qui décorait les pièces du pape et la chapelle), il les avait désignés avec des noms d'archanges : Raffaello, Gabriele ou Michele… il ne savait plus. L'homme avait même employé le mot « Divino » à propos de celui qui ne voulait pas être dérangé. Martin s'était demandé s'il s'agissait de noms de baptême ou si le soldat, exalté, comparait véritablement ces barbouilleurs à des anges et à Dieu. Dans ce cas, c'était tout à fait déplacé.

*

Finalement, Martin Luther était demeuré à dîner. Comme c'était le cas quand il vivait chez eux à Eisenach, Joachim lui avait laissé dire le bénédicité. Ce soir-là, qui était un samedi, Frau Kossa servit un bouillon à la saveur corsée et un pâté de viande qu'accompagnaient des petits pains tressés. Le goût et le spectacle de la pâte nattée éveillèrent chez Martin un plaisir nostalgique parce qu'il se souvint qu'Ursula servait les mêmes plats la veille du dimanche, des années plus tôt. Quand il complimenta l'hôtesse, elle confirma qu'elle n'avait pas changé sa recette et que le bouillon cuisait seul depuis la veille sans qu'elle ait rien à faire. Sa réplique fit sourire Joachim, Martin ne le remarqua pas.

Les deux hommes discutèrent de l'université. Y avait-il une chance qu'elle devienne célèbre ? Joachim avait confiance, le destin de l'institution était entre les mains du duc Frédéric, qui savait mener son État et avait d'excellents conseillers. Martin objecta qu'il faudrait embellir la ville pour la rendre attrayante. Il n'avait guère aimé l'Italie, mais quand même : revenir en Saxe après ces mois d'absence lui avait fait réaliser combien l'électorat était isolé, et Wittenberg mesquine en cette fin d'hiver.

« On est assez loin de l'univers qui compte, ici, dit-il. Tout ce qui est beau est neuf : le château avec son église, et l'université. Autrement, il y a peu de maisons qui en vaillent la peine. Vous avez trouvé à vous loger, Maître Kossa, mais voyez les demeures alentour, les rues… Tout est médiocre et laid. »

Ursula, qui ne se déplaisait pas à Wittenberg, avança que la ville se transformait très vite. La zone entourant le château était en travaux, on démolissait des maisons pour élargir les rues. Et puis il y avait cette nouvelle chapelle vouée à tous les saints : Martin savait-il que le duc y avait réuni plus de douze mille reliques ? Le chiffre étonna les hommes. Comme Luther objectait qu'il n'avait jamais songé à compter mais qu'il doutait qu'il ait existé un si grand nombre de saints, Ursula sourit en disant qu'à coup sûr il oubliait les femmes :

« Ne serait-ce que les vierges : rappelez-vous, Martin, les onze mille pucelles qui sont mortes à Cologne avec sainte Ursule ! »

Puis plus sérieusement :

« Le duc a une fiole qui a un grand succès. Elle contient du lait qui a coulé de Marie. Les femmes la révèrent après leurs relevailles. Celles qui peinent à allaiter obtiennent de poser le flacon sur leurs seins, ça coûte de l'argent mais l'effet est garanti : le lait vient et leur enfant en a autant et aussi longtemps qu'il veut. »

Joachim tordit le nez, dégoûté : un lait vieux de quinze cents ans… Comme le moine s'étonnait qu'on fasse payer des mères qui étaient à la peine, Ursula précisa :

« Le porche de la chapelle est ouvert si vous voulez prier. Mais oui : pour aller aux reliques, il faut donner de l'argent. Et si on veut toucher il en faut davantage. Et encore un peu plus si on souhaite les baiser ou les appliquer sur son corps. »

Et puis, réfléchissant :

« C'est singulier, quand Joachim et moi nous sommes installés à Wittenberg, on pouvait encore faire ses dévotions sans payer devant les saints morceaux. À ce moment, il n'y avait pas grand monde. Maintenant qu'il faut sortir des sous, c'est comme si les reliques étaient devenues plus précieuses. Tout le monde convoite de les voir et l'apparence des gens qui rentrent chaque jour permet de deviner qu'ils viennent de très loin. »

Et elle conclut :
« C'est avec ça, peut-être, que Frédéric paie l'université ? »

Martin fit une moue, mais il scella ses lèvres. Il n'ignorait pas que Frédéric escomptait ses reliques. Un jour, il en avait parlé avec son supérieur, ce Staupitz qui l'avait guidé quand il était novice. Le vicaire n'avait pas condamné : le duc s'enrichissait ? La belle affaire… Il amenait les fidèles à se dépouiller d'un peu de leurs possessions et ce sacrifice même les servait auprès du Seigneur.

« Les gens croient, avait-il expliqué, que les reliques ont pouvoir de délier les péchés. C'est trop simple. Au moment où les pèlerins ouvrent leur bourse, leur âme se libère un peu de ses liens terrestres. C'est alors qu'elle peut commencer à espérer d'être sauvée. »

L'argument avait laissé Luther perplexe. Le pape, cependant, devait bien l'approuver, car à Rome aussi il avait fait l'expérience qu'on devait payer pour accéder aux lieux saints. Même, lorsqu'il avait voulu gravir ce fameux escalier, la *Scala* dont on disait qu'à chaque degré monté un péché s'envolait, il s'en était d'abord vu refuser l'accès : il n'avait pas l'argent qu'il fallait. Il était revenu le lendemain, ayant obtenu de ses frères italiens la somme nécessaire, mais l'ascension lui avait été gâchée. En disant ses Notre Père à genoux sur chaque marche, il n'avait pu s'empêcher de penser que les humbles se trouvaient exclus des bénéfices attachés aux gradins miraculeux. Les Pères de l'Église disaient-ils quelque chose à ce sujet ? Il faudrait qu'il cherche et peut-être qu'il prêche, un jour, lors d'une messe.

20

L'atlas

MÊME LIEU, MÊME JOUR, LA NUIT

Martin partit assez tard ce soir-là. Après le pâté, il avait achevé son morceau de tarte et, avec Joachim, ce qui restait de vin. Quand il les eut quittés, le médecin et sa femme discutèrent de comment ils l'avaient trouvé. Joachim prophétisa que malgré tout ce dont il se plaignait depuis l'adolescence, le moine aurait une longue vie : il y avait en lui une force propre à soulever des montagnes. La fatigue dont il souffrait, ses crampes, la perte d'appétit, tout cela était dû à la cessation de l'effort quand il était rentré. Les muscles ne s'accoutumaient pas à l'inactivité, l'estomac avait trop travaillé pour nourrir les longues marches et il voulait du repos. Ursula sourit que Martin avait bien mangé et bien bu pour quelqu'un qui disait ne pouvoir avaler grand-chose. Elle calcula l'âge qu'avait le moine à présent. Il devait approcher trente ans ? Sa maigreur nouvelle, jugeait-elle, lui allait bien. Il ressemblait à un héros, un athlète, plutôt qu'à ces prêtres gras qui hantaient les églises. Luther disait que saint Paul comparait le chrétien à un champion du stade, un de ces coureurs qui, en Grèce, traitaient durement leur corps pour remporter les prix. Il y avait de cela en lui, jugeait-elle : une force, une détermination tendue. Joachim était moins optimiste. Il trouvait que Martin s'était servi un peu trop fréquemment du vin, ses silences prolongés l'avaient frappé et l'amertume affleurait dans tout ce qu'il disait.

Il avait montré une acidité qui frôlait la colère et on pouvait se demander à quoi elle mènerait.

Il se faisait tard et leur conversation mourut. Dans la rue, un chien aboya, des voix d'hommes s'élevèrent : le début d'une algarade. Ursula se dirigea vers la fenêtre pour voir ce qui se passait. Le silence était déjà retombé, des nuages s'accumulaient dans la partie du ciel qu'encadraient les maisons, on n'entendait que le vent, qui se levait, et la lune cachée ne laissait rien distinguer. Elle ferma les volets. Joachim voulait travailler un peu, il laissa sa femme aller seule se coucher. La table sur laquelle le trio avait mangé resta non desservie, parce que le samedi Ursula évitait les besognes. Elle qui était chrétienne, baptisée tout enfant, se souvenait que sa grand-mère avait appartenu au peuple d'Israël et qu'elle avait épousé un « vrai juif », comme elle disait. Se tenir tranquille pendant le repos du shabbat était sa manière d'honorer leurs ancêtres à tous deux. C'est pourquoi Joachim avait souri à la remarque de Martin : le repas qu'ils faisaient ce jour de la semaine était préparé dès la veille, la servante, en partant, éteignait le feu sous le bouillon très chaud, le pain et le pâté de foie dont les recettes étaient prétendument alsaciennes étaient des nourritures convenant à la Loi juive.

Joachim appréciait l'effort d'Ursula mais lui ne se sentait plus juif. Il allait à la messe, communiait et même se confessait tous les deux ou trois ans (il haïssait le faire). C'était une façade : il ne croyait pas davantage au Dieu chrétien qu'il ne se souciait à présent de celui que son peuple appelait Yahvé. Peut-être lui faudrait-il un jour songer à ces questions ? Pour lors la vie seule l'intéressait. Les gens, les corps, le monde autour de lui. Ce qui poussait, ce qui croissait : les végétaux, les animaux aussi bien que les hommes ; le ciel avec ses étoiles.

À l'université, un collègue, Jan Solfa, un jeune homme extraordinairement pâle et blond, venait d'une ville qui s'appelait Kraków, en Pologne. Il s'y entendait en géographie et en astrologie comme en médecine. Un savant de chez lui, avait-il confié à Joachim, affirmait que la Terre n'était pas, comme le Grec Ptolémée l'avait dit, immobile au milieu de l'univers, mais qu'elle se mouvait sur elle-même et autour du Soleil, ce double mouvement expliquant la succession des jours et celle des saisons. Jan Solfa avait sorti un livre de la bibliothèque et lui avait recommandé de le lire : ce qu'il contenait contredisait la conception de Ptolémée. Depuis cinq jours à présent, le soir et quelquefois dans la journée, Kossa ouvrait l'ouvrage. Il dépliait une feuille plus grande qui s'y trouvait collée, en caressait l'image, restait à la contempler avant de replier le papier. Le livre l'appelait, il le captivait comme aucun autre ouvrage ne l'avait jamais fait, et pour tout dire il lui faisait un peu peur par le secret qu'il renfermait peut-être. Quand Kossa le lisait, il revenait souvent à une page particulière et son doigt accompagnait son regard sur une certaine ligne. Il maniait le volume doucement, presque pieusement.

*

Ce samedi soir encore, revenu dans la pièce où il avait examiné Luther, Joachim prit l'ouvrage. Il aimait ce moment quand tout dormait autour de lui. Quelquefois le chat de la maison le rejoignait ; il se nommait Adolf, le médecin avait aménagé pour lui un coin où se coucher. Ce soir, cependant, il était seul. L'animal dormait ailleurs ou bien il guettait les souris. Joachim, avec la chandelle rapportée de la cuisine, alluma les bougies. Il y en avait cinq, disposées en demi-cercle à deux rangs de hauteur. Elles étaient fixées devant des miroirs pour que leur lumière, en se réfléchissant, se trouve accrue d'autant.

Le volume, de petite taille, était rédigé en latin. Intitulé *Cosmographiae Introductio*, Introduction à la cosmographie, il montrait le monde en cartes en se bornant aux littoraux pour les régions peu connues. Surtout, il contenait le récit d'un certain

Albericus Vespuccius. L'homme était né en Italie, avait traversé l'Océan et il avait atteint ces rivages, à l'ouest, dont la découverte agitait l'Europe depuis près de vingt ans. Pour Solfa, qui avait vécu éloigné de la mer, une telle relation était spéculativement passionnante : les terres habitées, que Ptolémée limitait à l'Europe, l'Afrique et l'Asie, se trouvaient complétées par un quatrième continent. Pour Joachim, le récit du voyage avait une saveur concrète. Si loin des côtes espagnoles où il était né et après tant d'années, il retrouvait en lisant les impressions de son enfance. Lui qui croyait avoir oublié, il se remémorait l'odeur forte du varech quand la mer découvrait les rochers, le choc des masses d'eau lorsque, adolescent, il bravait les vagues sur la plage de San Martín, la brûlure du soleil, et le sel formant une pellicule qui tirait sur la peau et qu'il aimait lécher quand il sortait de l'eau.

Mais ce n'est pas cela, cependant, qui l'attirait tant.

Albericus Vespuccius racontait ses périples à la première personne. Il semblait que son récit avait d'abord été une lettre. S'il parlait surtout de lui-même, il évoquait un Iohannes Cosa qui serait né en Espagne dans un port sur l'Océan. Cosa était celui, écrivait Vespuccius, qui lui avait appris à estimer sa position en mer et c'est à lui aussi qu'il devait d'avoir compris qu'entre l'Europe et l'Asie les terres de l'Océan formaient un monde nouveau, un bloc gigantesque qui dressait une barrière et dont on ne savait pas si les bateaux y trouveraient passage ni s'ils pourraient ou non la contourner vers le nord ou le sud.

À la première lecture, Joachim Kossa n'avait pas réagi. Puis il avait déplié la feuille fixée au livre et s'était émerveillé. L'entièreté de la Terre s'y trouvait dessinée dans une forme oblongue : un cœur ou la section d'une prune qui serait un peu écrasée. Des hachures serrées représentaient les mers, elles séparaient les terres et les environnaient. L'Europe était au centre et, la carte étant orientée vers le nord, l'Afrique au-dessous et l'Asie sur la droite.

C'est la gauche de l'image qui stupéfiait Kossa. À l'ouest de l'Europe s'étendait l'Océan. Un quadrillage dont il ignorait la fonction se surimposait aux hachures, et des têtes encapuchonnées symbolisaient les vents. Mais la mer, que Kossa, quand il était jeune, avait imaginée infinie, n'était en fait pas si considérable. Depuis le nord vers le sud, une bande de terre continue la finissait, loin de l'Europe mais assez près de l'Afrique, vers laquelle elle s'orientait dans le bas jusqu'à presque la rencontrer. Du côté qui regardait vers l'est, le cartographe avait dessiné un rivage échancré avec de nombreux noms, mais il avait rendu la côte à l'ouest avec des lignes droites et sans y rien écrire, signe qu'il ne la connaissait pas. Sur la terre elle-même, des lettres indiquaient AMERICA. Puisque l'Europe, l'Afrique et l'Asie portaient des noms féminins, les auteurs du livre avaient décidé d'appeler le monde neuf d'après Albericus, mais en féminisant son prénom ; ce qui aurait dû donner Alberica. America devait venir de la langue italienne, puisque Albericus, semblait-il, était né dans ce pays.

La première fois que Joachim avait regardé la carte, ses yeux s'étaient arrêtés sur les terres. Il n'avait remarqué qu'ensuite les portraits qui se trouvaient en haut. L'un représentait Ptolémée : le graveur avait affublé le Grec d'un turban. L'autre figurait Albericus. C'était l'image en buste d'un homme entre quarante et cinquante ans, vêtu d'un manteau à manches larges et coiffé d'une toque. Ses cheveux frôlaient ses épaules, il portait une courte barbe et le médecin remarqua qu'on avait indiqué, près de l'œil et sur le nez, des manières de taches : des marques de naissance ou bien de maladie.

Sous la carte et de part et d'autre, le graveur avait figuré des rectangles encadrés avec pour chacun ce qui ressemblait à un anneau de suspension : ils évoquèrent à Kossa les tablettes de bois sur lesquelles, enfant, il s'exerçait à copier les lettres hébraïques sous l'œil de son grand-père. L'intérieur des rectangles était vierge ; pour une raison ou une autre, les cartographes n'avaient pas utilisé les espaces qu'ils avaient réservés. Mais on avait collé sur chacun un papier. L'un portait, non pas gravée mais dessinée, la figure d'un homme coiffé d'un bonnet avachi et qui approchait de ses yeux un instrument bizarre. Un texte était inscrit sur l'autre, qui expliquait le portrait :

A. D. Mcccclx Iohannes Cosa Santona natus est…

Le texte était dans un latin simple et Kossa le traduisit sans effort :

Iohannes Cosa est né à Santoña en l'an de grâce 1460.
Deux fois il a accompagné Cristophorus Colombus à travers l'Océan,
Puis avec Albericus Vespuccius il a atteint de nouveau les terres inconnues.
Après quoi il a dessiné cette mappemonde
Maintenant le voici reparti vers le monde nouveau
Sur l'ordre du roi d'Espagne Ferdinandus l'Invaincu.
Notre époque lui doit beaucoup.

L'évocation de Santoña le fit vivement réagir. Que venait faire dans ce document le port où lui-même était né ? Ainsi associé à ce lieu, le nom de Iohannes Cosa, auquel il n'avait pas prêté attention dans le récit d'Albericus, prenait une étrange résonance.

Iohannes, c'était Juan en espagnol, et en hébreu Yehohanan.

Cosa. Serait-ce possible ? Yehohanan Cocia pouvait-il être devenu Juan de la Cosa ?

La date de naissance. Quand Shimon avait envoyé au loin ses fils, son benjamin muait d'enfant à grand garçon. On était alors en… Kossa compta : c'était au milieu des années 1470. La date de 1460 était sans doute précoce, mais son frère était né en effet peu après cette année.

Le médecin s'était pris à rêver. Il avait saisi sur la table une loupe et rapproché autant qu'il le pouvait une bougie. Fébrilement, il avait tâché de mieux voir les traits qui étaient dessinés.

Mais la loupe, en grossissant le dessin, en soulignait seulement l'insuffisance. Le visage était à peine esquissé, le profil à demi mangé par la chose que la figure tenait, et le corps, borné à la partie haute, était sans caractéristique : il eût pu être celui de milliers d'hommes.

Il n'empêche.

La frêle idée, peu à peu, s'était muée en quasi-certitude. Yehohanan, quand ils s'étaient séparés, avait décidé de se faire matelot. Avant de traverser seul les montagnes, Joachim avait dormi avec lui dans un port qui s'appelait… Il ne se souvenait plus. Dans ce port, le garçon avait parlé aux marins et, comme ils expliquaient qu'ils pêchaient la baleine, il avait demandé s'il pouvait partir avec eux. Les hommes avaient ri qu'il n'était qu'un gamin et qu'il fallait attendre qu'il ait du poil aux joues. Au matin, l'enfant avait trouvé du travail. Il ne s'était pas embarqué, mais du haut d'un rocher qui dominait la mer, il surveillait l'arrivée des géantes que les autres chasseraient.

*

Durant cette veillée-là, Kossa ne déplia pas la carte du monde. Ses doigts, très doucement, caressèrent seulement le papier où étaient peut-être le nom et l'image de son frère. Il ne pouvait garder le livre, mais l'histoire ne s'arrêterait pas là. Après un tiers de siècle, le destin lui donnait des nouvelles de son cadet. Ou bien fallait-il dire que Yehohanan avait trouvé moyen de lui faire savoir qu'il vivait ? En dépit de la promesse qu'ils avaient faite à Shimon, les frères s'étaient juré, avant de se séparer, qu'un jour ils se retrouveraient. Joachim réalisa qu'il pensait à Yehohanan comme si celui-ci était un enfant. Il haussa les épaules : son puîné avait beau avoir quelques années de moins que lui, il était à présent un homme fait, si ce n'est presque un vieil homme… Quand même, l'inscription disait qu'il avait repris la mer : il devait se bien porter, en ce cas, et son âme était déterminée. Puis il était un personnage important puisque le roi d'Espagne lui avait confié une mission et que le dernier vers vantait ce que l'époque lui devait.

Le livre, comme l'indiquait la date 1507 sur la page de titre, avait été imprimé trois ans avant et le papier collé pouvait être plus récent. Yehohanan était-il encore en America ou était-il revenu ? Joachim peinait à imaginer l'aspect du monde où son frère se trouvait peut-être, mais il estimait bien les dangers qu'il fallait affronter durant les traversées. En plus des tempêtes qui pouvaient être farouches sur la mer Océane, des monstres se cachaient sous la surface de l'eau : les cartes, non pas celle-ci mais d'autres qu'il avait vues, les montraient dès qu'on s'éloignait des côtes, énormes et très laids.

Sur la feuille se trouvait mentionné le lieu de l'édition :

Gymnasio Vosego Sancti Deodati

Et il y avait un nom :

Martinus Hylacomylus

Du *gymnasium*, Kossa ignorait tout, sinon que ce vieux mot signifiait une assemblée d'érudits ; il savait que *Vosegus* désignait les montagnes qui bordaient l'Alsace. La région appartenait au duché de Lorraine, où on parlait français. Mais qui était ce *Sanctus Deodatus*, ou quelle était cette ville qui portait son nom ? S'il regardait sur la carte correspondante dans la *Cosmographia*, le nom serait encore en latin et il n'apprendrait rien de plus. Solfa saurait, peut-être, cependant. Ou mieux, le bibliothécaire.

Le bibliothécaire. Oui, c'était une bonne piste.

Wilhelm Holzmann avait commandé le livre pour l'université. Qui sait, son correspondant était peut-être cet Hylacomylus ?

Hylacomylus… Quel drôle de nom, songea Joachim. Du grec, sans doute, qui venait poétiser un nom français ou allemand. À moins que cet Hyla-quelque-chose ne soit juif lui aussi et ne cherche à le cacher ? Non, il y avait des noms plus simples pour dissimuler des origines hébraïques.

Joachim se leva, prit le livre et le rangea sur l'étagère. Il le rendrait le lendemain. Ce à quoi il songeait maintenant, c'était à envoyer une lettre pour quêter des informations. Rédigerait-il cette lettre ou la ferait-il écrire ? Il fallait user de prudence : il ne s'était pas caché pendant presque quarante ans pour, d'un coup, risquer de se dévoiler. Passerait-il par Solfa ? Il faudrait qu'il explique au Polonais la raison de sa curiosité… Mieux valait demander au bibliothécaire décidément : il ne poserait pas de questions.

Puis Joachim se mit à calculer. L'envoi des lettres et leur réception passaient par des voies d'échanges mystérieuses, Kossa était prévenu quand un courrier l'attendait, et les allers-retours étaient toujours très longs.

Il réfléchit aux délais dont il avait coutume. Il faudrait cinq à six semaines pour que la lettre atteigne le Gymnase, et si ceux qui la recevaient répondaient rapidement, il faudrait autant de temps pour que la lettre revienne.

Dans le meilleur des cas.

C'était curieux. Alors que depuis tant d'années il n'avait pas songé à Yehohanan ou y avait songé bien peu, voilà qu'il était impatient. Trois mois, peut-être plus, cela lui paraissait une durée insupportable. Il fut tenté de rouvrir le livre : ce frère de papier, c'était tout ce qu'il avait pour l'instant, et ce bien même n'était pas sûr. Car Iohannes Cosa n'était peut-être pas Yehohanan Cocia. Joachim douta subitement. Peut-être, parce qu'il prenait de l'âge, voulait-il simplement retourner à son enfance et le nom de Santoña avait-il fait surgir en lui un rêve vain.

Ces pensées étaient inutiles. Des songes creux de la nuit quand le corps fatigué perd son énergie. Ce qu'il fallait pour l'instant, c'était aller se coucher pour agir au matin, et puis être patient. On était au début du printemps et il saurait, peut-être, avant l'été.

Dans la pièce où le médecin se tenait, la bûche, qu'il avait cru avoir allumée dans l'étroite cheminée quand il était entré, était grise et ne s'était pas consumée. En fait, il faisait très froid. Il songea qu'Ursula était seule dans le lit et qu'il aurait bien chaud contre son corps endormi ; un corps un peu mûr mais qui n'était pas fait d'encre et de papier.

Avec le capuchon dont il aimait à se servir, Joachim éteignit les bougies. Il en garda une allumée pour cheminer dans la maison. En sortant de la pièce il dérangea Adolf qui, finalement, l'avait rejoint. La bête protesta avec un miaulement, puis elle le précéda en montant l'escalier.

II

VICISSITUDES

1511-1517

PRINCIPAUX PERSONNAGES

Juan de la Cosa, dit à Alger Yahia, pilote de marine.

Joaquín de la Cosa, son fils.

Amerigo Vespucci, son épouse Maria Concepción, leurs enfants Silvana et Ulisse.

Joachim Kossa, médecin à Wittenberg, et Ursula Brengebier, son épouse.

Jan Solfa, médecin polonais.

Martin Luther, moine.

Guido Liuciardi et Lisandra Vespucci, son épouse.

Damiano Paroni, établi à Blois.

Doucine de Saubonne.

Anne de Montferrat, épouse de Guillaume de Montferrat (Guglielmo di Monferrato).

21

Une dispute

SÉVILLE, HÔTEL COLÓN-VESPUCCI, JUILLET 1511

Dans la demeure où Cristóbal Colón avait habité et qu'il louait lui-même depuis sa mort, Vespucci attendait une visite. Sa vie était convenablement occupée, il était trop fatigué pour avoir envie de recevoir beaucoup, mais il était curieux de voir ce visiteur-là.

Le marchand ne naviguait plus : sa santé détériorée ne le lui permettait pas. Mais il portait de beaux titres, il conseillait les autres, il avait de l'argent, et il lui plaisait, dans ce qu'il savait être l'automne de sa vie, de vivre à l'aise dans un vaste hôtel : il avait réuni la maison où il avait habité à son arrivée à Séville, qui était désormais sa propriété, et la demeure plus riche du défunt Génois. Ulisse et Silvana, qui passaient l'hiver avec leur père, y trouvaient leur compte : eux qui avaient été habitués aux vastes espaces de la campagne conservaient pour jouer la place qu'il fallait. Comme Amerigo ne se déplaçait plus en dehors de Séville, Maria Concepción les rejoignait parfois. Amerigo et elle discutaient en amis, elle se promenait avec les enfants, et elle repartait au bout de quelques jours : elle préférait Cazalla. Le mariage étant officialisé, l'évêque Fonseca, qui possédait l'ancien hôtel Colón, n'avait pas émis d'objection à la présence de ceux qu'il aurait autrement regardés comme des bâtards. D'ailleurs, Amerigo n'avait pas expliqué au prélat que Maria Concepción lui avait appartenu mais il avait inventé la fable qu'elle était l'enfant naturelle d'un soldat de haut rang. Il ne donnait pas le nom de cet officieux beau-père mais livrait des détails : il avait servi Isabel contre la prétendante Joanna, la reine et Fernando l'avaient reçu à la Cour, il se préoccupait de sa fille mais ne voulait pas la reconnaître. On murmurait dans Séville qu'il s'agissait du *Gran Capitán* Gonzalo de Córdoba et Amerigo laissait dire sans jamais confirmer. Il avait remplacé les esclaves noirs et le personnel blanc qui avaient connu Maria Concepción quand elle était enfant et celle-ci, en se taisant sur son passé, avait aidé à faire oublier sa première condition.

Ainsi les jumeaux étaient-ils regardés par les gens qui fréquentaient la maison comme les rejetons de lignées honorables, et on prédisait à l'une un beau mariage, à l'autre une carrière dans les expéditions outre-mer. Des gens de l'ancien temps, seule Piedad était demeurée : Maria Concepción, ferme pour une fois, avait exigé que la duègne finisse sa vie auprès de ceux qu'elle avait servis. Piedad passait donc son temps entre Cazalla et Séville, servant accessoirement de gouvernante aux enfants, même si ceux-ci étaient désormais assez grands pour se passer à peu près de sa tutelle.

Les jumeaux avaient dix ans et Amerigo les aimait avec chaleur. Plus encore qu'à son fils, il était attaché à Silvana, toute brune et étrange qu'elle fût. Ulisse faisait l'admiration de ceux qui le voyaient. Indéniablement, il était beau : il avait conservé la blondeur de ses premières années et son corps svelte promettait d'être un jour grand et fort. Il parlait volontiers, disait qu'il n'aimait pas la mer mais qu'il voulait se battre. Il avait entendu le secret de ce grand-père qui avait combattu pour la reine et il sentait couler en lui le sang du capitaine : il voulait être officier. Le faire rester sur sa chaise était une opération impossible, mais il avait obtenu de monter à cheval et il se débrouillait à la petite épée dont un maître d'armes lui enseignait à se servir.

Silvana, quant à elle, demeurait tranquille. Si elle pouvait parler quand elle était en confiance, elle restait en public entièrement silencieuse. Son mutisme gênait les visiteurs : quand ils entreprenaient de causer avec elle, elle répondait par une révérence et se retirait sitôt qu'elle le pouvait. On la croyait très bête. Avec son père, cependant, elle se trouvait à l'aise : elle restait volontiers dans la pièce où il travaillait et dormait désormais, et pour qu'elle soit à l'aise il avait fait placer une table devant la fenêtre. Elle s'y installait des heures durant, le regard fixé sur quelque chose qu'Amerigo ne voyait pas, ou penchée, occupée avec des pinceaux et des ciseaux. Jamais elle ne faisait admirer à Amerigo ce qu'elle faisait mais elle ne cachait pas non plus son ouvrage. Lui aimait à la sentir là, même si, tant elle demeurait immobile et discrète, il lui arrivait d'oublier sa présence alors qu'il travaillait ou plus souvent sommeillait.

Il savait aussi que l'enfant n'était pas sotte. D'abord, il avait cru sans s'en soucier qu'elle ne savait pas lire. Qui, en fait, le lui aurait enseigné ? Piedad, Maria elle-même étaient à peu près illettrées et le curé qui, à la campagne, avait montré à Ulisse les premiers rudiments n'était pas payé pour s'occuper de la fillette. Mais un jour qu'il avait laissé ouvert un livre où il était question des terres où il était allé, il s'était rendu compte que sa fille déchiffrait, et même mieux que cela. Ulisse, interrogé, avait expliqué qu'il jouait quelquefois le professeur, et Amerigo avait conclu que Silvana comprenait plus vite que son fils n'apprenait.

La petite, surtout, était habile de ses doigts. Elle l'était depuis toujours. Dans le coin que son père lui avait réservé, elle conservait, enfilées sous la table, deux caisses avec des matériaux. Elle les sortait pour réaliser des choses bizarres, faites de morceaux qu'elle assemblait avec du fil, des aiguilles (le nécessaire avec lequel Piedad avait prétendu lui apprendre à coudre et à broder), ou avec de la colle qu'elle fabriquait dans la cuisine. Un temps, elle s'était spécialisée dans les soldats. Elle les offrait par dizaines à son frère, jusqu'à ce que celui-ci s'agace et les refuse : d'abord parce que ces soldats étaient tous différents et ne pouvaient constituer une armée, ensuite parce qu'il se croyait grand et n'avait plus l'âge de jouer. Alors elle avait commencé à créer, pour elle et non plus pour Ulisse ou pour quiconque d'autre, de petites poupées qu'elle vêtait à sa guise, puis des animaux, des vaisseaux, des réductions d'arbres et de maisons. Elle accumulait ces objets jusqu'à ce que Piedad les prenne et s'en débarrasse. Jamais elle ne montrait qu'elle s'apercevait de ces disparitions et elle s'en agaçait encore moins : elle aimait fabriquer des choses, mais elle se moquait de celles qui étaient achevées.

Outre cela, Silvana jouait avec les couleurs. Juan de la Cosa, jadis, lui en avait donné l'idée. Cela s'était produit lorsque, à Cazalla (elle était très jeune alors), profitant de ce qu'il s'était absenté ainsi que son père, elle avait, avec la peinture qui appartenait au premier, enjolivé de figures une carte que les deux hommes avaient déployée. Amerigo, quand il s'en était aperçu, avait redouté la colère du cosmographe, mais celui-ci était parti d'un formidable rire. Quand il était revenu la fois d'après, il avait porté à la fillette des pinceaux et des godets fermés contenant des poudres, plus une liasse de papier ; et il lui avait dit de s'amuser.

Depuis, Juan ou Amerigo veillaient à renouveler la provision de couleurs et de feuilles avant qu'elle ne s'épuise. Cela arrivait rarement : Silvana, quand elle prenait le pinceau (c'étaient de très petites brosses avec seulement quelques poils), découpait le papier selon des courbes plutôt que de le laisser rectangulaire, puis elle le remplissait de minuscules points et de tirets, chacun d'une couleur vive et différente, pour former des ensembles où son père peinait à distinguer des figures ou des objets. Le processus prenait de longs jours, et elle sortait de ce labeur épuisée et contente.

*

C'était à cause de Juan qu'Amerigo était impatient de voir son visiteur. Car l'ancien pilote, finalement, était reparti sur la mer. Quand Amerigo pensait à Cosa à présent, il y songeait comme à un ami. Un compagnon qui lui manquait d'autant plus que lui-même restait seul sur place. La chronique qu'ils avaient rédigée ensemble l'avait rendu célèbre. Après la magnifique édition qui avait paru en Lorraine, le livre était de nouveau sous presse à Florence, ce qui faisait au marchand un plaisir particulier.

Finalement, c'est en Espagne que le récit de Vespucci était le moins connu. Fonseca, désormais l'administrateur des terres d'outre-mer, tenait à contrôler tout ce qui s'écrivait. Le roi croyait toujours que les rivages nouveaux étaient une partie de l'Asie, et l'Espagne ne cherchait pas d'autre route vers l'Inde, le pays des épices. Les Portugais, quant à eux, s'étaient aventurés vers le sud. Leurs bateaux, contournant l'Afrique, rapportaient les précieux aromates. Or Vespucci, appuyé par Cosa, écrivait que les terres découvertes formaient une barrière qu'aucun bateau ne franchirait. Fonseca ne voulait pas lire cela. La première édition de la chronique, en Espagne, avait compté peu d'exemplaires. L'évêque proposa au marchand d'oublier de la republier. Il recevrait en échange le titre de Pilote majeur, c'est-à-dire qu'il aurait tout pouvoir sur la Maison du commerce, la Casa de Contratación. Les patrons de navire achetaient là leur licence pour prendre la mer et on y prélevait l'impôt sur les biens qui arrivaient : le Pilote majeur garderait une fraction des sommes.

Amerigo avait trouvé le contrat convenable.

Juan, lui, avait refusé de se soumettre.

Il y avait eu, à la Casa où Fonseca s'installait quand il venait à Séville, une très orageuse entrevue à laquelle Amerigo avait assisté sans rien dire.

« Vous n'avez rien ! Rien de sûr ! avait grondé l'évêque en s'adressant à Cosa. Vous griffonnez des cartes comme si vous voyiez la Terre du ciel et, au fond, quelle preuve avons-nous que vous n'inventez pas ? Vous voulez empêcher que nous passions par l'ouest. Il y a une voie quelque part, j'en suis certain. Si elle ne se trouve pas là où vous êtes allé, c'est qu'elle est plus au nord ou davantage au sud. Votre incapacité à rien imaginer vous fait nier que ce passage existe ! »

Et il avait formulé plus gravement :

« À moins que ce ne soit de la malignité et que vous ne vouliez que nous ne le trouvions pas… »

Juan avait répondu que lui, qui mettait sa vie en danger pour aller voir au loin, savait mieux que l'évêque, savant avec ses livres et expert à flatter :

« Vous demeurez au chaud et parlez à Sa Majesté, avait-il osé dire. Mais vos rêves éveillés vont mener des marins à leur perte sans que vous craigniez rien vous-même. »

Puis il avait fait pire.

L'année auparavant, le cardinal Cisneros avait organisé en Afrique une expédition pour récupérer des chrétiens prisonniers des musulmans. Un Portugais commandait l'opération, et à présent Cisneros voulait lui confier une force qui irait conquérir la région.

« Je sais ce que vous conspirez. J'ai des amis à la Cour, avait dit Juan. Ce Portugais, Magalhães, Cisneros veut lui faire mener la guerre. Mais cela permettrait au cardinal d'accroître son pouvoir et vous ne voulez pas. Alors, vous avez imaginé d'utiliser cet homme autrement : vous entendez qu'à son tour il franchisse l'Océan et qu'il aille se perdre en allant trop au sud. »

En parlant, Juan avait placé sur la table une carte de sa façon. Les extrémités du Monde neuf s'y perdaient vers ce sud sous une montagne de glace.

« Savez-vous ce que je veux vraiment ? reprit-il. Épargner la mort à des hommes, et convaincre le roi qu'il renonce à des projets qui ne sont qu'illusions ! »

*

Ce qu'il venait de dire et la façon dont il l'avait dit stupéfièrent Vespucci. On ne crie pas contre un évêque. Surtout pas contre Fonseca qui était si puissant. Quel fou était Juan. Il élevait la voix et en plus il accusait !

Fonseca, de fait, avait paru stupéfait. Puis il avait repris ses esprits et il avait commencé à tonner. Juan était un ennemi de l'Espagne, les blocs glacés qu'il avait dessinés n'existaient pas et il les avait inventés pour empêcher les royaumes catholiques de devenir ce qu'ils devaient être : la plus grande puissance du monde, maîtresse de la mer et des Indes de l'Est en même temps que celles de l'Ouest.

« C'est parce que vous êtes juif ! C'est parce que vous êtes juif ! avait-il répété à un certain moment. Vous ne le dites pas, mais moi je le sais bien ! Vous avez des amis à la Cour ? Et moi j'ai mes informateurs et tout ce qu'ils m'apprennent est d'un grand intérêt ! Vous ne parlez jamais de votre passé mais je sais, je sais de façon ferme, que vous êtes le petit-fils d'un rabbin ! Sale engeance ! Vous voulez venger votre peuple de nos rois, abaisser les Espagnes parce qu'elles sont catholiques et que vous haïssez le Christ. Voilà la vérité ! »

L'évêque avait dit à Juan qu'il allait commander qu'on l'arrête, qu'il le ferait mettre à la question et qu'il serait brûlé vif. Le prélat tremblait de colère et Amerigo avait songé qu'il allait se trouver mal.

Mais il s'était produit alors quelque chose d'inimaginable.

Juan avait commencé par écouter. Il n'avait rien dit tout d'abord. Il se tenait très droit et il était fort pâle.

Quand il avait répondu, il s'était exprimé non pas en sévillan mais dans une langue où Amerigo avait reconnu des mots castillans et beaucoup de sonorités hébraïques. C'était le dialecte que parlaient les juifs en Espagne et en l'utilisant Juan reconnaissait, proclamait, cette judaïté dont l'évêque l'accusait et qu'il avait toujours niée face à Amerigo.

La langue aurait pu être belle, mais Juan à ce moment parlait comme il aurait craché.

Debout devant la table, lui qui était petit paraissait presque grand. Les poings fermés, le buste dressé, il postillonnait les mots au visage du prélat. Ce qu'il disait, Amerigo le comprenait en partie. Il était question de juifs qui l'étaient à demi et de juifs qui l'étaient plus qu'à demi. De juifs qui se cachaient par force et de juifs qui trahissaient.

L'évêque était rouge et il semblait de plus en plus malade. Mais à son tour il s'était levé et à son tour il s'était mis à crier. Et lui aussi, alors, avait hurlé sa rage dans cette langue spécifique qu'on parle dans les familles juives.

L'évêque, un juif ? Amerigo s'était souvenu que, de Cisneros aussi, on disait que la grand-mère était juive...

Juan avait regardé Fonseca et il s'était mis à sourire. Il s'était détourné et il était sorti. La porte avait claqué et aucun garde ne l'avait arrêté. L'évêque s'était tu, il s'était laissé retomber de tout son poids sur son siège. Sur la carte qui était demeurée sur la table, Amerigo avait remarqué qu'un bateau avec le drapeau des Espagnes était dessiné dans le bas, la coque fracassée contre un obstacle blanchâtre qui était la glace. L'évêque avait dû voir cela, lui aussi. D'un coup, il avait saisi la feuille et l'avait déchirée en minuscules morceaux.

Puis il avait crié à Amerigo de sortir.

*

Cela s'était passé en juin de l'année précédente. Dans les jours, les semaines puis les mois qui suivirent, Juan n'avait pas reparu. On ne le vit bien sûr pas à la Contratación, mais pas non plus dans les rues de Séville ni dans l'un des tripots qu'il fréquentait parfois. Et, Amerigo l'avait fait vérifier en envoyant son valet, il n'était pas chez lui ni n'avait donné de nouvelles à sa femme ou à ses filles mariées. L'épouse ne semblait pas inquiète : pour la façon dont il la traitait, son mari pouvait aller se faire pendre, déclara-t-elle quand le valet vint la voir pour la seconde fois.

Ce qui donna à penser à Amerigo, ce fut que Fonseca lui-même ne semblait pas se soucier de Juan, à qui il avait dit qu'il le ferait mettre aux fers. Il est vrai que, dans le cas d'un procès, l'autre l'accuserait à son tour d'être juif : l'évêque n'y avait pas intérêt. Amerigo non plus, d'ailleurs, qui serait questionné sur ce qu'il avait entendu. Peut-être Fonseca avait-il réglé la question en faisant tuer Cosa ? Le corps de celui-ci serait trouvé quelque jour flottant sur le Guadalquivir…

À moins que le cartographe ne se soit embarqué. Juan était un peu âgé pour supporter de nouveau l'inconfort et les privations des grandes traversées, mais la mer était calme au début de l'été et les pilotes appréciaient d'avoir à leur bord un homme d'expérience.

Quelques jours après la dispute, le fils de Juan avait disparu à son tour. Il n'était pas rentré, le soir, d'un chantier où il avait commencé à travailler. Pour le coup, la señora Cosa s'était inquiétée : elle avait signalé l'absence du garçon à l'officier de justice. Amerigo, lui, était plutôt rassuré. Il ne pouvait pas croire que Fonseca exerce sa haine non seulement contre le père, mais contre un enfant qui devait avoir quinze ans.

Le plus probable, décidément, était que Juan s'était caché, qu'il avait récupéré son fils et pris la mer avec lui.

Depuis cette époque, une année s'était écoulée. Après les tempêtes de l'hiver, la mer était redevenue navigable et, dans le port accablé de chaleur, le trafic avait repris, plus fébrile que l'année précédente. Or, débarqué d'un convoi rentré de La Española où Colón avait jadis gouverné, un jeune homme avait demandé à voir le Pilote majeur. La requête était rare de la part d'un marin, et qui plus est novice. Le garçon n'avait pas dit ce qu'il voulait mais il avait indiqué qu'il s'appelait Joaquín, ce qui était le prénom du fils de Cosa.

C'était donc ce matelot, à présent, qu'attendait Amerigo. Il le recevait chez lui plutôt qu'à la Contratación. D'une part, même si Fonseca était absent de Séville en ce mois de juillet, il était imprudent pour le fils de Juan, si c'était lui, de se montrer là-bas. Si le père était vivant, on pouvait présumer que le garçon savait ce qu'il était devenu. L'évêque voudrait l'interroger, ça ne manquerait pas d'être rude.

Puis… puis Amerigo, ces jours-ci, n'était pas bien. Il y avait cette maladie qui le rongeait et que, d'après un médecin, il avait rapportée de l'autre monde, beaucoup de marins ayant traversé l'Océan s'en trouvant aussi atteints. La première année, le mal s'était manifesté par une inflammation. Des taches marquaient sa peau : comme les pétales rose clair du pêcher au printemps. Un chancre s'était développé sur son gland, il n'avait plus osé se montrer nu devant son épouse ni surtout l'approcher. Ensuite, sans qu'il en voie la raison, le mal avait semblé s'apaiser. Il l'avait cru vaincu, n'en restait qu'une fatigue. Mais depuis quelques semaines la maladie se réveillait. La chair était de nouveau irritée, sa vue avait baissé sans qu'aucun verre puisse l'aider, et il se sentait épuisé.

Ou bien était-ce la vieillesse, d'un coup ?

Il valait mieux n'y pas penser.

*

Piedad introduisit Joaquín. Cet été-là, elle était restée en ville avec les jumeaux : Amerigo voulait initier Ulisse au négoce, et c'est pendant les mois chauds que les bateaux arrivaient et partaient. Silvana, quant à elle, n'avait pas coutume de quitter son frère.

Le jeune homme qui entra était grand et fort. Sa peau était brune, hâlée par le soleil des semaines passées en mer. Il avait les cheveux drus et longs, rassemblés en une queue derrière sa nuque. Ce pouvait être en effet le fils de Cosa, ou ça ne l'était pas. Amerigo regretta de n'avoir pas fait davantage attention au garçon avant qu'il ne s'en aille.

Le visiteur, quoique Piedad ait refermé la porte, restait loin d'Amerigo. Il se balançait d'un pied sur l'autre et chiffonnait entre ses doigts ce qui devait être un béret. Amerigo n'arrivait pas à se décider : avait-il devant lui Joaquín ou un autre adolescent ?

« Avance ! Ne sois pas si gauche ! Je te connais depuis que tu es très petit… n'est-ce pas ? »

À cause de la chaleur ou pour avoir les mouvements plus libres, l'apprenti marin avait remonté jusqu'aux coudes les manches de sa chemise. Amerigo se souvint que le fils de Juan s'était brûlé, tout jeune, en recevant sur lui quelque chose qui chauffait. Il aurait pu mourir ou demeurer invalide après cet accident, et c'est à ce moment, avait senti le marchand, que Juan avait commencé à s'attacher à lui.

« Viens me voir : approche-toi, je ne vais certainement pas me lever », dit-il d'un ton bourru.

Alors que le garçon avançait avec timidité, il regarda ses bras. Malgré ses yeux fatigués, il crut apercevoir des marques sur l'un d'eux. Il mit ses lorgnons et il accommoda.

Oui : la peau était grumeleuse, décolorée par plaques, et y manquaient les poils qui poussent à l'adolescence.

« Qu'est-il arrivé à ton bras ? » demanda-t-il.

Le jeune homme sembla étonné par la question.

« Je… Je ne sais pas. Je crois que quand j'étais enfant je me suis renversé une soupe bouillante. Je ne me souviens pas. Cela ne me gêne pas. »

Et, maladroitement, en gardant son béret dans une main, il tâcha de faire descendre le tissu vers son poignet.

« Laisse. C'est sans importance, rectifia aussitôt Amerigo. Mais raconte-moi. D'où viens-tu ? Pourquoi as-tu voulu me voir ?

— J'ai… je suis… » Le garçon cherchait ses mots. « C'est mon père qui m'a renvoyé en Espagne. Il a dit que la première chose que je devais faire à Séville était de venir vous voir.

— Ton père ? demanda Amerigo, qui cependant n'avait plus guère de doutes.

— Juan de la Cosa. Je suis Joaquín, son fils. Mon père a dit qu'en donnant mon prénom vous comprendriez qui j'étais. Je suis venu ici avec lui il y a longtemps. Et j'ai dormi chez vous à Cazalla. »

Un grincement, dans la pièce, interrompit le garçon : le bruit d'une chaise qu'on recule en la traînant au lieu de la soulever. Amerigo avait oublié que sa fille était là. Silvana, avec décision, s'approcha du fils de Juan. Elle paraissait très petite à côté de lui. Sans dire un mot, elle saisit le bras meurtri, le souleva légèrement et effleura d'un doigt la chair mortifiée. Le jeune homme eut l'air sidéré.

« Ne… Ne te soucie pas d'elle. Silvana, ma fille, est un peu étrange », s'excusa Amerigo. Il fit mine de se lever pour écarter l'enfant, mais Joaquín dit que tout allait bien :

« Nous avons joué ensemble quand nous étions petits. Il y avait Ulisse, votre fils. C'était à la montagne, dans le jardin, nous faisions flotter des bateaux dans une mare. La mare était la mer. Les bateaux, c'est elle qui les fabriquait. »

Il indiqua Silvana, qui sourit.

Tout le temps que la discussion dura, la fillette demeura près de Joaquín. Comme Amerigo avait dit à celui-ci de s'asseoir, elle resta debout en manipulant son bras. Le garçon semblant supporter cette caresse, Amerigo prit le parti de ne pas contrarier sa fille.

Joaquín raconta.

Juan était parti sur la mer la semaine qui avait suivi la dispute avec Fonseca. Il était resté auparavant dissimulé dans la cale du bateau, le pilote étant un de ceux à qui il avait enseigné son métier, et il avait fait avertir son fils de le rejoindre avec un bagage sans rien dire à sa mère.

Joaquín ne donna pas le nom de celui qui les avait embarqués mais il précisa que lui-même savait désormais se servir des instruments de mesure :

« Mon père m'a appris et je sais faire le point aussi bien que la majorité des pilotes », dit-il avec fierté.

La traversée avait été bonne, sauf que, faute de vent, le navire était resté arrêté deux semaines dans la mer des Sargasses :

« Les algues sont partout, on dirait une prairie », précisa le jeune homme – ce qu'Amerigo savait bien : la première fois qu'il avait navigué dans ces parages, Cristóbal Colón avait cru qu'il s'agissait d'herbes et donc que la terre était proche.

Le garçon avait été malade à cause du soleil brûlant :

« Ma peau s'est couverte de cloques et j'ai eu la fièvre… »

Joaquín devenait bavard et Amerigo lui demanda de parler de son père.

Le bateau, rectifia en rougissant le matelot, avait eu pour destination La Española et Juan à peine débarqué avait demandé audience au gouverneur, qui était le fils de Colón. Monseigneur Diego se souvenait de Cosa, il l'avait embrassé et il avait demandé ce qu'il pouvait faire pour lui. Le projet de Juan était de s'établir, de devenir un de ceux qui, de plus en plus nombreux, construisaient dans les îles une seconde Espagne.

« Le gouverneur a donné à mon père des terres avec des gens dans une région qu'on appelle le Cibao ; c'est assez loin de la capitale, il faut passer par des gorges, mais c'est un beau cadeau car le sol est fertile et on y trouve de l'or.

— Ton père est chercheur d'or ? demanda Amerigo interloqué.

— Il ne s'agit pas de l'or qu'on trouve dans les rivières. Cela, c'est beaucoup de travail et très peu de profit, nous a expliqué Don Diego. Mais il y a de l'or aussi à l'intérieur des roches. Il suffit de creuser. En plusieurs endroits, les Taïnos – c'est le nom des habitants – ont ouvert des veines et on voit les points brillants. Mon père va être riche s'il découvre de telles veines.

— Mais comment sort-on l'or ? Comment sait-on où il est ? Il faut des hommes, des instruments. Il s'agit d'un métier. Ton père connaît le ciel, la mer et la surface de la terre, mais pas son intérieur !

— Mon père a des indigènes qui travaillent pour lui. À force de creuser les falaises, les Taïnos trouveront. Puis quand on aura l'or… Il y a une ville qui s'appelle Las Minas. On y fond le métal et on le purifie.

— Juan, donc, est resté là-bas. Et que fais-tu ici, toi ?

— Mon père a décidé que pour rester au Cibao, il faut y être né comme le sont les Taïnos ou avoir vécu comme il l'a fait lui-même. Il trouve que je suis trop jeune pour passer des années là-bas. Et puis…

— Et puis quoi ?

— Beaucoup de Taïnos mouraient avant que je parte. Père pensait qu'il y avait une maladie. Et il a craint pour moi.

— Et toi, tu voulais rentrer ?

— Je fais ce que mon père me dit. Mais…

— Mais ?

— La vie là-bas est… Il fait presque toujours humide et on est loin de tout. Père affirme qu'il ne reviendra pas mais il voulait que moi, je navigue, que j'apprenne à me battre, que je sois commerçant, à mon gré. »

Et, retrouvant sa timidité, il ajouta presque dans un murmure :

« Il a dit aussi qu'il fallait que je vous demande si vous pouviez m'aider. »

*

Joaquín était parti. Quand il allait quitter la pièce, Silvana était allée à sa table et elle avait saisi un objet avant de rattraper le garçon. Voulait-elle lui faire un présent ? C'était peu dans ses habitudes… Il n'importait.

Amerigo, resté seul, réfléchissait. Il n'avait pas de raison de douter que ce que le jeune homme avait dit était vrai : pourquoi Juan ou le garçon auraient-ils inventé cette histoire ? Mais il peinait à imaginer le cartographe occupé loin de la mer à creuser ici et là, avec pour seule compagnie des sauvages plus ou moins asservis et forcés à la civilisation.

En fait, il ne l'imaginait pas du tout.

Joaquín avait dit que les indigènes se nommaient Taïnos. Lui-même avait rencontré des sauvages jadis, ce n'était pas à La Española, qui se donnaient le même nom. C'étaient des gens simples, pas méchants, et qui vivaient nus. Comme les Potiguaras, ils étaient prêts à lâcher des trésors contre des petits riens fabriqués en Europe.

Quand même… Il sourit en supposant Juan, ce petit homme frêle, couché sur un de ces lits pendus qu'on appelait hamac, avec une belle sauvage.

Quelque chose n'allait pas.

Quoi qu'il en soit, où que soit en réalité et quoi que fasse Cosa, il lui avait confié son enfant. Que pouvait faire Amerigo pour Joaquín ? Le garçon était un marin, fort bien, lui trouver un autre engagement serait facile.

Ou l'aider davantage ?

Il pourrait l'envoyer aux Canaries où il avait encore des intérêts. Le garçon apprendrait à être marchand. Île pour île, il ferait meilleur vivre là qu'à La Española…

Il n'était pas difficile d'accomplir cela pour l'enfant, mais il faudrait faire des visites, en recevoir, ou au moins écrire quelques lettres… Le marchand était las à l'avance de la peine qu'il devrait prendre.

Il fut frappé que Juan se préoccupe à ce point d'un garçon qui n'était pas son sang. Joaquín savait-il qu'il avait été conçu alors que son supposé père était au bout du monde ? Au fond quelle importance ? Le géographe le regardait comme sien et il s'était conduit envers lui comme il s'était conduit avec ses vraies filles. Jadis, il avait bataillé pour elles : Amerigo en savait quelque chose.

Lui-même, se souciait-il assez de sa progéniture ? Ulisse était déjà un problème, mais que faire de Silvana ? Il doutait pouvoir la marier un jour, et il l'imaginait mal dans un couvent : l'enfant n'avait jamais manifesté de piété, elle se mettait en colère quand Maria Concepción et Piedad prétendaient la mener à la messe.

Bien sûr, il y avait encore son autre fille. Celle qu'il avait eue quand il était tout jeune et encore à Florence. Lisandra… C'était un joli prénom, sans aucun doute. Comme Joaquín, elle était une bâtarde et ne le savait pas. Sauf qu'elle était plus âgée et désormais mariée. Pour ses noces, quatre ans auparavant, il avait envoyé un cadeau : une parure (il lui restait encore quelques perles même s'il s'était séparé des plus belles) et de l'argent.

Une somme importante.

Plus qu'importante, en fait.

Il avait demandé qu'une partie serve à décorer les coffres qui orneraient la chambre des époux et dans lesquels Lisandra mettrait son linge. L'artiste devrait être Botticelli, dont Antonio lui avait confirmé qu'il travaillait encore. Le peintre, quand Amerigo était enfant, avait fait une image de la Vierge protégeant sa famille où lui-même figurait ; ainsi, il y aurait une sorte de lien entre lui et le décor où sa fille vivrait. La mariée, bien sûr, n'avait pas su ces raisons. Elle avait fait une belle lettre, bien écrite ma foi, où elle disait sa gratitude à cet oncle lointain et qui semblait si riche.

Les pensées d'Amerigo furent interrompues par le bruit d'une cavalcade dans la cour. Ulisse devait rentrer. Qu'il était agité et bruyant… Depuis le début de l'été, Amerigo échouait à le faire demeurer ne serait-ce qu'une partie du jour soit à la Maison du commerce dans le bureau des scribes, soit dans les entrepôts où pourtant la manutention exigeait du mouvement. L'enfant était trop impatient, il exécutait mal les tâches qu'on lui donnait à faire, il dérangeait tout le monde. Peut-être était-ce vain d'imaginer qu'il lui succéderait un jour ? Il voulait se battre et non pas commercer, et Vespucci commençait à en être d'accord : en Espagne, les marchands étaient mésestimés. Rien à voir avec ce qui se passait en Italie où les banquiers devenaient maîtres des villes aussi bien ou mieux que les soldats…

Mais cette fortune, quand même, qu'il avait fini par acquérir ? Le comptoir que jadis Lorenzo lui avait confié et qu'il avait racheté au fil des ans ? Que faire de tout cela et à qui le transmettre ? Si Silvana devenait assez normale pour ne pas effrayer un mari, il faudrait lui faire épouser un marchand. Un jeune qui aurait lui-même de la fortune et qui aimerait l'aventure du commerce lointain. Car l'avenir, qu'on gagne les Indes par l'Afrique ou qu'on se dirige vers le Nouveau Monde, était certainement du côté de l'Océan. Amerigo aurait voulu avoir vingt ans de nouveau et recommencer une telle vie. Mais il était vieux désormais et capable seulement de pensées velléitaires…

Il tâcha de se souvenir. Lisandra avait épousé, savait-il, un marchand. Comment se nommait-il, le mari de sa fille ? Impossible de se le rappeler. Mais Antonio avait insisté que c'était un jeune homme remarquable, le fils d'un associé, justement, de Lorenzo. Amerigo songea avec mélancolie que celui qu'on appelait il Popolano était mort l'année auparavant. Pourtant, le Médicis, même s'il lui avait servi de mentor, devait être un peu plus jeune que lui. Sa mort était un signe : une génération, celle à laquelle il appartenait, disparaissait, et elle devait accepter que l'avenir appartienne à la suivante.

Qu'avait dit son aîné, exactement, dans la lettre où il avait annoncé les fiançailles ? C'était loin… Amerigo eut l'idée de fouiller dans ses papiers, et puis il se souvint : le promis avait voyagé, il était allé en France à la Cour, il allait s'employer à présent à commercer avec quelques pays et vendre de beaux objets aux nobles et aux princes.

Un jeune homme ambitieux, formé à bonne école chez feu le Populaire.

Et si… En définitive, c'est un garçon comme cela qu'il lui faudrait à ses côtés s'il voulait préparer le futur. Quand il lui arriverait malheur (il ne pouvait se résoudre à penser le mot mort), un tel homme, pourvu qu'il soit lié à sa famille, assurerait la continuité des affaires. Il veillerait au bien-être de Maria

Concepción, à celui d'Ulisse qui n'était qu'un enfant, et à celui de Silvana, qui le resterait peut-être toujours.

Serait-il possible de faire venir cet homme à Séville ? Amerigo aurait alors près de lui Lisandra et celui qui était en fait son gendre, en plus de Maria Concepción, des jumeaux et de Piedad – la vieille femme était chez lui depuis tellement longtemps qu'elle faisait pour ainsi dire partie de la famille. La maison était grande et il serait doux de vivre entouré de la sorte.

Mais voilà qu'il s'attendrissait. Comme un vieillard.

Il ne fallait pas ça mais il convenait peut-être d'écrire. Que craignait-il, au fond, en s'enquérant du mari de celle qu'on croyait sa nièce ? Une telle démarche ne l'engageait à rien.

Amerigo se tourna vers l'étagère où il rangeait son papier. C'était le même depuis vingt ans qu'il vivait en Espagne : des liasses qui venaient de Valence. Les feuilles épaisses et blanches lui donnaient une sensation rassurante. Il caressa la texture à peine pelucheuse et regarda par transparence la légère gravure de la Vierge qui servait de filigrane.

Avec contentement, il prit sa plume et la trempa dans l'encre.

22

La lettre

CAFAGGIOLO, VILLA ET FABRIQUE MÉDICIS,
NOVEMBRE 1511

Ce matin-là, Guido fut éveillé par le chat. Quand Lisandra, jeune fille, avait adopté l'animal, elle l'avait laissé s'habituer à dormir contre son épaule. Maintenant qu'elle était mariée, il n'entendait pas abandonner le lit. Parfois, il se logeait entre les époux. C'était d'autant plus dérangeant qu'il était devenu gras. Alors, comme ce matin, Guido l'écartait fermement.

Il était tôt, à coup sûr : aucun jour ne filtrait à travers les volets. Et il faisait bon sous l'amas de couvertures. Le feu, qui avait brûlé vif au début de la nuit, était maintenant éteint et sans doute, hors du lit, on sentait l'humidité de la pièce. Novembre commençait, mais cette année l'hiver succédait en avance à l'automne, et la villa de feu Lorenzo avait été construite pour l'été et non pour les mois froids.

Guido était allongé sur le ventre. Doucement, il glissa vers le bas du matelas pour être davantage couvert. Maintenant, ses pieds débordaient. Il plia les orteils et agrippa le bord, étirant voluptueusement ses jambes. Quand même, son visage était à l'air et son nez était froid. Il rabattit le drap au-dessus de sa tête et, se tournant sur le côté, rapprocha les cuisses de son estomac. Non seulement il avait tout à fait chaud ainsi mais cela sentait bon. L'odeur intime des corps. Le sien et celui de Lisandra. Il songea que la veille, encore… L'acte expliquait l'odeur. Y penser le fit sourire et l'excita légèrement. Il était doux d'être marié.

Lisandra continuait à dormir, ramassée sur elle-même, la tête vers la fenêtre et les fesses contre lui. Guido descendit un peu davantage et il commença à lui caresser le derrière. Il dormait nu et Lisandra ne portait qu'une chemise courte. Que dirait Madonna Lisa si elle savait que les bonnets et les longues robes de nuit qu'elle avait fait préparer pour sa fille demeuraient enfermés dans un coffre depuis la nuit de noces ? Guido se rappelait les lacets qu'il avait fallu défaire et tous les tissus qu'il avait dû ôter avant de découvrir le corps nu de sa femme, le premier soir où ils s'étaient trouvés ensemble…

La chemise de la dormeuse était prise entre ses cuisses et le tissu tirait. Comme souvent, il s'étonna en continuant à promener sa main que le cul de Lisandra fût si petit. C'était d'autant plus admirable que sa femme, désormais, était une matrone (elle le tuerait s'il lui disait cela). De fait, elle avait donné naissance à leur petite Sofonisba et à présent, si le Seigneur voulait, elle était enceinte de nouveau : ne lui avait-elle pas murmuré qu'elle n'avait pas saigné depuis cinq semaines ? Il se demanda brièvement si les autres épouses confiaient si tôt à leur mari des secrets si intimes.

« Tu ne dors plus, je le sais… », dit-il doucement.

Lisandra répondit par un grognement.

« Tu ne dors pas, tu ne dors pas, tu n'as plus sommeil », continua-t-il en chantonnant.

Lisandra souleva la tête et protesta :

« Laisse-moi… Bien sûr que j'ai sommeil… »

Mais elle tourna son visage vers lui et sourit.

Le mouvement que Lisandra avait fait avait déplacé son vêtement. La toile, à présent, bâillait légèrement. Le doigt de Guido sculpta un chemin entre les fesses. Son index appuya, creusant la vallée de textile. Il se déplaça de bas en haut puis descendit à nouveau. À mi-chemin il s'arrêta. L'ongle fit pression, déformant le tissu. Il y avait là cet autre orifice qui plaisait à Guido. Le doigt trouva ce qu'il cherchait, s'enfonça, s'arrêta. Lisandra se crispa, mais à peine. Le doigt se remit en mouvement. Il s'insinua à l'intérieur de la chair, caressa en tournant. Lisandra laissait faire.

Alors, vivement, Guido releva le drap et le rejeta avec les couvertures. Il aimait quand Lisandra avait froid : la pointe de ses seins, qui étaient un peu lourds, en était redressée. Ce matin-là cependant, ce n'était pas ce côté de sa femme qui l'attirait. Presque rudement (elle aimait cette fausse brutalité), il la fit tourner sur le ventre, lui allongea les jambes, les ouvrit, et il s'agenouilla entre elles. La chemise était montée dans cette volte, il la tira jusqu'en haut. Les fesses fermes et blanches étaient parfaites. Plus profuse à mesure qu'elle allait vers le pubis, une végétation blonde recouvrait l'entre-jambe, dissimulant les lèvres. Il joua avec les poils humides, s'amusa à les enrouler puis avança sa bouche vers cette autre bouche. Lisandra avait mis un peu de temps à accepter cette caresse mais elle l'aimait à présent et il arrivait qu'à son tour elle prenne entre ses lèvres sa verge. La langue de Guido pénétra l'ouverture en amande. Il ne léchait ni ne caressait, mais l'organe buccal, pointé, bandé, avançait et reculait dans le vagin comme l'aurait fait le pénis. Lisandra gémit. Sa voix n'était pas rauque comme l'aurait été celle de Doucine – il se reprocha de penser à ce moment à son ancienne maîtresse – mais aiguë et montante dans les sons qui disaient son plaisir.

Mais il ne voulait pas faire jouir Lisandra ainsi.

La bouche quitta le sexe et remonta plus haut. Usant à nouveau des doigts, Guido écarta les lobes et il regarda la fossette où il voulait entrer. À présent Lisandra était silencieuse et elle bandait ses muscles, tâchant de résister. Sa main chercha celle de Guido pour qu'il retire ses doigts. Doucement il la saisit et la lui fit remettre sur le drap. Puis il embrassa ses reins et ses lèvres picorèrent des baisers tout au rond de son cul. Le corps, sous lui, se détendit de nouveau. La langue suivit le chemin que le doigt avait tracé, elle monta, descendit, s'attarda, humidifiant la chair et rendant la caresse plus sensible. Lisandra recommença à geindre. Guido avait mal, quant à lui, tant sa verge était gorgée. Le jeu dura un moment, puis la jeune femme eut une réaction qui surprit son mari. Elle dit quelque chose qu'il ne comprit pas et elle se souleva, l'obligeant à se redresser. Alors, se retournant et le regardant dans les yeux, elle cracha dans sa paume, prit son membre et déposa dessus sa salive, serra la main, montant et descendant. Et quand Guido à bout fut sur le point de crier, elle retomba allongée, cette fois sur le côté, présentant désormais son derrière sans réticence, le tendant en offrande. Guido colla son pubis contre elle et, presque sans forcer, il entra dans le fourreau.

L'éclair d'un instant, Lisandra se raidit. Puis elle se relâcha et, respirant plus fort, elle reprit son drôle de feulement.

Guido eut l'impression d'une seconde nuit de noces. Comme s'il avait défloré sa femme à nouveau, autrement.

*

Lisandra était contente. Dans la carte des actes amoureux dont elle ignorait tout quand elle s'était mariée, elle venait de franchir une nouvelle étape. Jusqu'à ce matin pourtant, elle s'était crue savante. Elle éprouvait une joie mêlée de honte à se remémorer ce qu'elle avait appris qu'un homme pouvait faire à une femme, et une femme à un homme. Mais ce qu'ils avaient accompli à la levée du jour, cela ne passait-il pas l'imagination ? En même temps… Ça n'avait pas été désagréable. Avait-elle vraiment aimé ce que Guido lui avait fait ou son plaisir venait-il de celui qu'il avait pris ? Au fond, elle savait bien ce qu'elle avait préféré. Au petit matin, la barbe de Guido repoussait dure et drue. Le contraste, sur ses cuisses, entre la douceur de la langue et le poil qui griffait était ce qui avait provoqué sa jouissance.

Lisandra pensait à cela en se faisant coiffer. La domestique s'appelait Jacopina. Dans le petit miroir qui était devant elle, elle tâcha de la voir, gênée à l'idée que son visage trahisse, peut-être, ce à quoi elle rêvait. Les autres maris faisaient-ils la même chose ? Jacopina était mariée depuis quelques mois, il y avait un ton de liberté entre les deux femmes, mais elle était la maîtresse et l'autre la servante : ces choses-là étaient certainement trop privées pour lui être confiées. Si Jacopina se mettait à parler et racontait ce qu'elle lui aurait dit ? Il était impossible de prendre ce risque.

Il eût fallu qu'elle se confie à une amie. Mais dans cette villa, aux mauvaises saisons, personne ne venait jamais. Non que Florence fût très loin, mais voilà : la vie en ville avait ses attractions, peu de dames avaient envie de chevaucher dans le froid et la pluie pour rendre une visite, et elle-même renâclait à aller à Florence. Cela eût rendu nécessaire qu'elle y dorme : mener là-bas Sofonisba était compliqué et l'enfant, en tout état de cause, était mieux à la campagne que dans le palais froid où vivaient ses grands-parents.

Un jour, elle avait demandé à sa mère jusqu'à quel point il convenait d'obéir à son mari lorsqu'on était au lit. Y avait-il des choses interdites ? Fallait-il avouer certains actes quand on allait voir son confesseur ? Lisa Vespucci l'avait regardée et avait souri d'un drôle d'air. Elle avait répondu que la meilleure des choses était qu'un époux soit heureux avec sa femme et qu'il fallait accepter tout ce qu'il demandait.

« Tout ! » avait-elle souligné.

Puis elle avait complété que les hommes d'Église n'avaient rien à entendre des questions du sexe. Que certains, il fallait que sa fille le sache, n'étaient pas eux-mêmes irréprochables.

« Loin de là », avait-elle insisté.

Et, avait-elle continué :

« Tant que ton mari t'aime et non qui que ce soit d'autre, ce qui arrive entre vous est du pain bénit. »

Elle avait insisté sur la fin de sa phrase en la prononçant.

Lisandra n'avait pas relevé le « qui que ce soit d'autre », mais elle avait trouvé osée l'expression dont sa mère avait usé : « pain bénit »… Plus tard, Madonna Vespucci revenue à Cafaggiolo avait donné à sa fille une peinture représentant une Vierge avec un Enfant Jésus au maillot, un bel enfant rose dont les doigts faisaient un geste trop compliqué pour être accompli à cet âge. Et elle avait dit que si, avant l'acte, sa fille avait des scrupules, elle devait regarder ce Jésus et considérer qu'il donnait sa bénédiction au lit.

Lisandra avait accroché la peinture du côté où elle dormait. Mais elle n'avait jamais eu besoin de la contempler pour acquiescer à ce que désirait Guido.

Jacopina avait achevé la coiffure. Lisandra lui demanda d'aller voir si Francesca, la nourrice, n'avait pas de souci avec la petite fille. D'ordinaire, elle levait elle-même l'enfant, s'occupait de la faire manger et elle jouait avec elle quand elle était habillée. Ce jour-là cependant, Francesca en prendrait soin toute seule. L'avant-veille, des soldats s'étaient installés dans la villa. Ils devaient manœuvrer dans la cour où la petite avait coutume de s'ébattre : la nourrice la mènerait dans le jardin qui était en arrière et éviterait qu'elle s'approche de ces gens. La signora Liuciardi, elle, devait se faire jolie pour l'ami que son mari recevait. Non un client ou un fournisseur comme il en venait souvent, mais ce Damiano Paroni dont Guido lui avait tant parlé au début de leur mariage et avec lequel il continuait à correspondre, par plaisir autant que pour affaires.

*

Damiano, que les gens de l'entreprise appelaient « di Francia », était arrivé la veille. Au dîner, il avait raconté sa vie. Il habitait une ville où l'on voyait souvent le roi de France ; sa femme, qui était française et que Guido avait connue, se nommait Laurette ; le couple avait deux filles (il montra une minuscule peinture qui les représentait) et ils attendaient pour bientôt une troisième naissance : « *speriamo un figlio* » – nous espérons un garçon, avait-il dit. La vie, bref, allait bien, et les affaires étaient prospères. Outre la céramique, il avait commencé à commercer du marbre. Il parla d'un chemin d'eau avec des dénivelés qui avait été réalisé dans cette pierre. Les plaques, qui venaient de Carrare, avaient navigué jusqu'à un port français puis on les avait transportées par charroi. Dans le jardin où on l'avait installé, ce décor faisait l'admiration de tous. Guido objecta qu'il ne comprenait pas ce qu'était un chemin d'eau et qu'une simple fontaine aurait sûrement été aussi belle, notamment si elle avait été en terre cuite. Il avait remarqué que depuis quelque temps Damiano commandait moins de pièces.

On parla d'une jeune femme, une amie de Laurette que Guido, semble-t-il, avait également rencontrée. Elle n'était pas mariée, n'habitait plus Blois, elle était devenue dame de compagnie de... Lisandra avait écouté d'une oreille distraite. Guido, assez vite, avait détourné la conversation : sans doute songeait-il que parler de personnes qu'elle ne connaissait pas ne pouvait que l'ennuyer. Il avait demandé à Paroni pourquoi il se trouvait en Italie. Le marchand accompagnait des prélats qui se réunissaient à Pise, à l'initiative du roi de France et à celle de Florence :

« C'est une mauvaise affaire, jugea-t-il. Louis XII veut rien moins que l'abdication du pape. »

Lisandra, choquée, demanda pourquoi on voulait démettre Sa Sainteté. Damiano répondit que cela regardait le pouvoir sur l'Italie et ajouta que le pontife, certainement, ne se laisserait pas faire. Guido hocha la tête : Semiramide, la veuve de son ancien patron, qui vivait à Cafaggiolo, craignait qu'il n'y ait la guerre. C'est pourquoi elle avait fait venir la garde. Damiano jura que la crise ne déboucherait sur rien :

« Mais, conclut-il légèrement, les prélats sont mes clients. Puisqu'ils sont en Italie, je vais leur faire voir des choses et les leur faire acheter. »

Les hommes avaient trinqué au commerce et, comme il était tard, Lisandra les avait laissés.

*

Paroni était plus inquiet qu'il ne voulait paraître. La visite que Guido et lui rendirent à la veuve d'il Popolano durant la matinée lui donna encore à penser.

Semiramide résidait dans l'aile de la villa donnant sur le jardin. Elle reçut les deux hommes dans la pièce où son mari et Filippo Liuciardi, jadis, avaient appris à Guido qu'il ne retournerait pas en France et qu'il se marierait. Guido était revenu dans cette salle sans jamais y penser mais comme, la veille, il avait été question de Doucine, il s'en souvint et eut un sentiment étrange. Damiano savait-il qu'il entretenait une correspondance avec leur ancienne amie ? Elle l'avait consulté sur une affaire de pierres : un diamant dont elle aurait voulu l'estimation. Il n'avait pu l'aider, mais ils avaient continué à s'écrire. De proche en proche, ils avaient abordé des sujets plus légers et le ton de leurs lettres était devenu un peu leste…

Semiramide était avec son fils, un gros homme qui se prénommait Pierfrancesco. Guido et lui se saluèrent brièvement. La dame avait la cinquantaine, elle était maigre et cachait ses cheveux sous un bonnet, Damiano songea que son physique convenait mal à la façon dont elle s'appelait. Mais son attitude montrait un caractère déterminé.

« Mon mari pensait du bien de vous, messer Paroni, dit-elle. Votre commerce en France est une issue majeure pour nos beaux produits. »

Elle sourit à Guido :

« Je n'oublie pas, bien sûr, quelle aide précieuse vous-même apportez. »

Puis, de nouveau à Damiano :

« Lorenzo, à la fin de sa vie, a appris que vous ne vous intéressiez plus aux seules céramiques. L'eussiez-vous avoué, il vous aurait aidé. Il pensait que nos productions ne contenteraient plus longtemps les seigneurs du Nord. Elles sont trop colorées et leurs sujets chrétiens finissent par lasser. Je sais que vous tâchez de procurer au roi français une copie d'un groupe ancien qu'on a trouvé à Rome : un homme et des garçons qui luttent contre des serpents. C'est une pièce curieuse, paraît-il. Vous intéressez-vous aussi aux peintures, messer ? En faites-vous commerce ? »

Damiano ne s'attendait pas à ce que Semiramide connaisse ses activités. Quand il avait fondé son comptoir à Blois, il n'était question de travailler qu'avec Cafaggiolo. Mais au fil des années il avait vu changer le goût de ses clients. Les évêques se rendaient à Rome et quand ils revenaient, ce qu'ils nommaient les « antiques » était dans toutes leurs conversations. Les seigneurs, quant à eux, guerroyaient en Lombardie. Un certain Leonardo vivait et travaillait à Milan : il remplissait la ville, paraît-il, d'incroyables chefs-d'œuvre. Damiano savait qu'il devait diversifier ce qu'il vendait. Mais pourquoi la signora Medici lui parlait-elle de peintures ? Il songea à biaiser puis, considérant qu'elle s'était informée sur lui, il le lui demanda sans plus de précaution.

Ce fut le fils qui répondit :

« Messer Paroni, vous savez la situation. Florence est l'alliée de la France et si le pape la prend pour proie, ceux des Medici qui se sont exilés reviendront et ils se vengeront de nous, les cousins restés sur place. Notre palais en ville sera pillé, certaines de nos villas pourraient être exposées… »

La voix de Pierfrancesco était trop forte : Guido appréciait peu l'homme, entre autres pour cette raison. Semiramide mit la main sur son bras et elle poursuivit d'un ton ferme :

« Nous avons commencé à faire porter ici ce qui a de la valeur. Cafaggiolo est une forteresse. Elle a une unique porte, lourde à enfoncer, nous avons des réserves pour tenir, et un puits dans la cour. Mais si les choses durent, il faudra peut-être acheter la paix. »

Elle se tut, vit la perplexité de Damiano et l'air étonné de Guido, et elle sourit :

« Vous nous jugez excessivement anxieux… Il est vrai que ce ne sont que conjectures et que peut-être il ne se passera rien. Il n'empêche. Je veux que vous examiniez, Damiano, des choses que j'ai fait grouper. Elles sont dans le Vieux Salon où Guido vous mènera. Vous déterminerez ce qui plairait en France et nous verrons ce que je peux céder. »

*

Guido aurait donc dû conduire Damiano dans le Salon. Mais le fils d'il Popolano tint à les accompagner. La salle, expliqua-t-il, avait une serrure dont il possédait seul la clé :

« Ce serait un comble que nous nous fassions piller par nos gens. Les gardes que ma mère a fait venir sont des vauriens et ils se serviraient aussi bien que nos ennemis. »

La pièce, très grande, était obscure et encombrée. Pierfrancesco alla vers les fenêtres, repoussa les volets, et le jour éclaira des formes couvertes de draps et des fresques que l'humidité avait tachées.

« Quand le Magnifique gouvernait Florence, mon père recevait beaucoup : Mirandola, Ficino, Poliziano sont venus ici », dit-il. Et il soupira, s'excusant d'avoir évoqué des penseurs dont ses interlocuteurs ne pouvaient connaître les noms. Damiano répondit qu'il avait lu Pic de la Mirandole (il utilisa le nom français), qui avait été prisonnier outre-monts, et qu'il avait assisté tout jeune à une représentation d'*Orfeo* de Politien :

« L'histoire de ce poète qui va chercher aux Enfers son amante m'a ému aux larmes, dit-il. Voyez-vous, votre Honneur, on peut s'occuper de commerce et aimer les Lettres, c'était le cas de votre père. »

Pierfrancesco ne releva pas. Le valet qu'il avait fait venir commença à tirer les tissus. Des piles de livres, des sculptures apparurent. Pour l'une, il fallut que Guido aide le domestique, la toile était entortillée. Quand elle fut défaite, on vit une nymphe debout, toute nue. Les tableaux dont Semiramide avait parlé étaient posés contre le mur, face cachée. À les retourner, certains s'avérèrent très lourds :

« Ils sont peints sur du bois. Le poids renchérira le transport s'il s'agit de les transporter en France », observa Damiano.

Pierfrancesco montra les livres :

« Ceux que vous voyez là sont imprimés, dit-il. Ma mère conserve chez elle les manuscrits que nous avions via Larga.

— Vous avez *La Divine Comédie* de Dante, avec les dessins, remarqua Damiano.

— Comment le savez-vous ? » demanda le Médicis, surpris.

Damiano fit signe à Guido qu'il se taise : le jeune homme allait évoquer Blois et la visite rendue au père de Pierfrancesco. Il répondit sur un ton de mystère :

« Vous avez pris des informations sur moi, votre Honneur. Permettez que j'aie aussi mes sources de renseignements... »

La statue qu'on avait eu du mal à dégager de son drap attirait Damiano. Comme Pierfrancesco commandait au valet d'aller quérir une table pour disposer les livres, il s'approcha d'elle. Elle était grande et sa nudité en était rendue plus troublante. Le corps était sculpté pour être vu de face, mais le visage, qu'encadraient des cheveux retenus par un lien, orienté de profil de sorte qu'il semblait qu'elle accomplissait un mouvement, comme si elle était inquiète.

« Elle tâche de comprendre l'origine d'un bruit », pensa-t-il tout haut.

Et Guido, près de lui, ajouta :

« Par exemple, alors qu'elle se baignait en se croyant toute seule, elle s'est aperçue que quelqu'un la regarde. »

Damiano sourit. Guido, en France, avait eu le sang très chaud. Il ressentait comme lui la forte volupté émanant de la statue.

« Regarde la façon dont le sculpteur a disposé ses mains, dit-il. L'une au-dessus de la poitrine, l'autre sur le bas-ventre. Une femme ferait cela si, loin de ses vêtements, elle tâchait de se cacher.

— Je vois surtout qu'elle ne dissimule rien. La première chose qu'on regarde, ce sont ses seins. As-tu vu comme ils semblent doux et pesants ? J'ai envie de mettre la main…

— Si tu mettais ta main, l'illusion se dissiperait parce que le marbre est froid. Le nombril, tu vois comme il s'enfonce ?

— Une bouche où ma langue apprécierait de fouiller… »

Damiano regarda sur le côté. Pierfrancesco discutait avec le valet. Il sourit encore et continua bas :

« Il y a aussi le pubis… Le renflement de la chair dans ce lieu qu'on appelle mont de Vénus.

— La colline de ma femme est plus poilue », observa, pince-sans-rire, Guido.

Puis plus sérieusement, alors que Damiano retenait un grand rire :

« Observe les lèvres. Je veux dire celles du visage. Il me semble qu'il y a des restes de rouge. »

Alors, se détournant, il passa de l'autre côté de la statue. Les fesses étaient si belles que, n'y tenant pas, il fit suivre à son doigt le sillon entre les demi-sphères de marbre. Ses yeux remontèrent, et il indiqua du même doigt un endroit de la chevelure :

« Là ! »

Et, déplaçant l'index :

« Et là : regarde. Il y a une paillette d'or. Ou peut-être de jaune, mais si brillant ! Tu te rends compte ? Cette dame impudique avait de la peinture sur elle : quel effet ça devait faire ! »

Damiano examina avec plus d'attention. Guido était sensible à la couleur. L'habitude, sans doute, de vivre auprès des fours. Il ne vit rien d'abord, et puis il remarqua des éclats qui saupoudraient les cheveux.

Il allait chercher sur la bouche les traces qu'avait vues Guido quand le fils Médicis s'adressa à eux :

« Cette statue vous intéresse ? Elle était en morceaux et je l'ai fait remonter. Remarquez qu'on repère à peine les sutures.

— Où avez-vous découvert cette dame, votre Honneur ? Ou bien était-ce votre père ? interrogea Damiano.

— Où elle était d'abord, je l'ignore. Les fragments se trouvaient dans notre villa de Trebbio. Le corps était dans une cave et la tête dans la pièce de réception. C'est le sculpteur Rustici qui a eu l'idée qu'ils venaient de la même sculpture. Cette œuvre-là, nous ne la lâcherons que très cher… »

Ils regardèrent les peintures : des portraits et des sujets chrétiens. Un tableau cependant laissa Guido et Damiano sans voix. Des amants étaient debout dans une chambre. Leurs corps nus se serraient l'un contre l'autre, leurs bouches s'embrassaient et l'homme avait les mains sur les reins de la femme. Le peintre avait représenté une fenêtre sur la gauche, et une fleur dépérissant dans un vase.

« À Florence, ce tableau décorait le cabinet où mon père s'habillait. Quelquefois, quand j'étais enfant, il me faisait venir dans cette petite pièce. C'était pour me faire entendre des avis ou me donner le fouet loin du reste de la famille. À l'époque, la peinture était cachée par un rideau. J'essayais de voir ce qu'il y avait sous le rideau et je ne sentais pas la punition… »

Il secoua les épaules, dépité :

« Je me demande pourquoi je vous raconte cela. Bref, cette peinture n'est pas une de celles auxquelles ma mère ou moi tenons. Si elle vous intéresse, négocions-la et vous pourrez partir avec. »

Il restait trois œuvres, qui étaient de Botticelli.

« Le maître est mort l'an passé. Ces tableaux datent de sa jeunesse. Ils valent beaucoup d'argent. »

Damiano regarda. Sur un panneau, une fille avançait sur la mer, debout sur une coquille. Sur un deuxième, très large, des femmes et des hommes nus esquissaient un pas de danse dans une clairière, l'été. Une demoiselle courait, sa bouche crachait des fleurs, un garçon couleur de cadavre tâchait de la saisir : le marchand trouva étrange que l'artiste ait représenté en si grand une scène où une fille était forcée. Dans la dernière peinture, une femme à la robe fleurie posait une couronne sur la tête d'un monstre très viril et très laid, aux jambes de cheval et au buste poilu. Damiano ne fit pas de commentaires et il n'avança de prix pour aucune des peintures.

Mais il était intéressé par le tableau au couple, et il envisagerait d'acheter la nymphe :

« Il faudra tenir compte, dit-il, de ce que votre Honneur a elle-même expliqué : cette sculpture est une ruine aux morceaux recollés. »

*

Au déjeuner, la conversation fut plaisante et Lisandra y prit une large part. Elle était en beauté, l'œil rieur, fraîche dans une robe échancrée qui montrait, sous le velours lavande, le blanc de sa chemise. La veille, Damiano lui avait remis un livre de la part de Laurette. Après s'être préparée, elle l'avait regardé. C'était un très petit ouvrage avec des images. On y voyait un bouffon coiffé d'un bonnet à clochettes, enseignant depuis une chaire d'église, jouant avec des singes, buvant aux mamelles d'une chèvre. Le texte, en latin facile, était une plaisanterie qui louait la folie. La jeune femme pouffa en parlant, alternativement excitée et timide. Guido fut étonné de sa hardiesse, qui avait une explication simple : ce qu'elle avait lu enseignait qu'il n'y avait pas de repas qui ne fût ennuyeux si un bouffon, un singe, un enfant ou une femme n'y mettait de la folie. L'auteur (il s'appelait Erasmus) parlait en termes crus du désir des hommes :

« Il y a toujours un moment, ai-je lu, où le plus sage des hommes fait avec une femme des choses extravagantes, sourit-elle. Et ce sont ces folies qui font que les enfants naissent. Le signor Erasmus n'est pas tendre pour les femmes. Il dit que nous sommes vaines et des créatures ineptes. Mais il nous reconnaît, à cause de notre beauté et de ce manque de raison, un pouvoir sur les hommes. Si nous n'étions pas telles, écrit-il, le monde serait terriblement ennuyeux ! »

Guido se demanda pourquoi Laurette avait fait porter un

tel cadeau à sa femme. Il regarda Damiano, qui semblait mal à l'aise. Lorsque Lisandra se fut retirée, s'excusant sur sa fille, ce dernier expliqua :

« J'ignorais ce qu'était le livre. Doucine en a laissé à Laurette plusieurs quand elle est partie. Elle ne lit guère elle-même, mais a dû y puiser. Peut-être ne sait-elle pas ce qu'il y a dedans. »

Guido fut froissé que la femme de Damiano ait choisi un cadeau de rebut. Il se dit, cependant, qu'il regarderait le texte qu'avait lu Doucine.

*

Damiano devait à présent partir. Avant qu'il ne les quitte, Guido lui demanda conseil :

« Tu sais que Lisandra est une fille Vespucci. Mon beau-père Antonio a reçu une lettre qui me concerne. Elle vient de son frère Amerigo. Il vit en Espagne. C'est un homme important et riche. Il a traversé l'Océan et la relation qu'il a écrite sur les terres nouvelles a fait du bruit. »

Damiano était au courant :

« Je sais ça. Le récit de messer Vespucci a été imprimé à Paris. On commence à parler du monde où il est allé en lui donnant son nom.

— Vespucci ? Le nom de ma femme ?

— Non : Ameriga. Le prénom de ton oncle par alliance. Au féminin. »

Guido leva les sourcils, surpris.

« Eh bien ! Lisandra ignore cela. Quoi qu'il en soit, son père a eu cette lettre. Messer Amerigo se fait vieux, semble-t-il. Depuis quelques années, il ne navigue plus, mais il fait grand commerce avec… – il sourit – “Ameriga”. Il a deux jeunes enfants. Dans la lettre, il ne parle pas de son épouse : peut-être est-il veuf ? Il se souvient de Lisandra, qu'il a connue petite et pour laquelle il a de l'affection. Il lui a fait de beaux présents lors de notre mariage.

— C'est un homme généreux, dit laconiquement Damiano.

— Très. Maintenant, il écrit qu'il est fatigué. Il pourrait rentrer à Florence mais il ne le veut pas. Il souhaite que Lisandra et moi allions en Espagne. Il a besoin de quelqu'un qui gère ses affaires en attendant que son fils soit en état de le faire (son autre enfant est une fille). Il croit que, négociant, je serais utile là-bas. Mais je ne connais rien à part les céramiques…

— Tu pourrais prendre sa succession ? Ou en tout cas une part dans ses affaires ? Tu hésites ? Bien sûr qu'il faut que tu y ailles ! C'est une occasion extraordinaire ! »

Guido regarda son ami :

« Tu le penses ? dit-il. Vois-tu, j'en ai assez qu'on décide pour moi. Il y a longtemps, quand Savonarole a été exécuté, mon père a arrêté que nous quitterions Florence. Je ne souhaitais pas rentrer à Sienne, il a fallu que je m'exécute. Ensuite, j'aurais dû aller dans un comptoir de Lorenzo en Italie ou en Flandre, l'idée me convenait, c'était un passage normal pour un futur marchand. Mais Père m'a envoyé en France. Non que je m'en sois plaint ou que je le regrette ; mais je ne l'avais pas demandé. Puis j'ai voulu rester à Blois. Tu le sais : j'étais amoureux de Doucine. Rien à faire : il a fallu m'installer à Cafaggiolo, devenir fabricant de terres cuites et épouser Lisandra. Maintenant, je suis marié, je connais mon travail, ma femme et moi avons à notre disposition la moitié de cette demeure… Et il paraît que je dois tout quitter et partir en Espagne ! »

Damiano ne répondit pas. Guido était en colère : il fallait que le venin sorte.

Les deux hommes étaient demeurés dans la pièce où on avait déjeuné. Le marchand se leva, alla vers la cheminée, remua les bûches puis, avant de se rasseoir, il remplit le verre de Guido et le sien du vin qui restait sur la table.

« Il est bon ce vin, remarqua-t-il. Je soupçonne qu'il excite peu le ventre. Il y a des vins trop lourds qui me font un effet pénible… »

Guido n'amena pas à lui son verre. Il continuait à enrager :

« Mon père est venu me rendre visite il y a deux semaines. Il a dit la même chose que toi : que je dois y aller. La mère de Lisandra m'a tenu le même discours.

— Qu'en dit ta femme ?

— Elle ne sait rien. De toute façon, nous avons Sofonisba et il n'est pas prudent de faire voyager une enfant. Puis… Je ne suis pas sûr… Peut-être que Lisandra attend un autre petit. »

Damiano regarda Guido.

« Puis-je te féliciter ? » sourit-il en levant son verre.

Guido rougit et ses traits se détendirent un peu.

« Rien n'est sûr, cependant. Ce serait le tout début. »

Damiano le regarda et il prononça d'un ton grave :

« Lorenzo il Popolano n'est plus. Son fils, certainement, ne te veut pas du bien. Même Madonna Semiramide me semble te traiter avec désinvolture. Puis imagine que ses craintes soient fondées ? Que ce soit la guerre, qu'elle ait besoin d'argent pour se sauver. Qui te dit que la firme restera entre ses mains ? Et même alors. Ces céramiques… Tu as entendu ce qu'elle a dit ? Ce qui paraissait beau il y a dix ans ne plaît plus autant aujourd'hui et il y a à parier que ce sera pire demain. Je ne crois pas que tu doives rester en Toscane. J'avais ton âge quand je me suis établi en France : pourquoi ne sautes-tu pas sur l'occasion ? Par ailleurs qu'en dit ton beau-père ? »

Guido fit la moue. Il semblait hésiter à répondre.

« Messer Antonio est un homme étrange. Lui aussi, il est fatigué. Il passe son temps dans son palais. Il vit à un étage et sa femme à un autre. Il s'entoure de jeunes gens… »

Damiano fit mine de regarder le feu. Il ne voulait pas être le spectateur de la gêne qu'éprouvait Guido. Celui-ci, finalement, semblait avoir compris. Savait-il, cependant, ce qui s'était passé à Florence il y a bien longtemps ?

« Ton beau-père… Il aime mieux les garçons que les femmes. Et quand j'étais encore en Italie, on disait qu'il consacrait à cette volupté plus de temps qu'à ses affaires. »

Il avait commencé. Il fallait que Guido ait les cartes. Il était un homme à présent, ce n'était plus la peine de le ménager.

« Quand tu étais encore un enfant, moi je servais ton père. Je n'étais qu'apprenti. Tu sais que Filippo Liuciardi était ami des Vespucci ; c'est par eux qu'il a connu Lorenzo. Il était lié à Amerigo en particulier – oui, cet Amerigo qui vous invite à Séville. C'est Amerigo, je crois, qui l'avait convaincu de venir à Florence. Un peu avant l'année où le Magnifique est mort, Antonio a eu de graves ennuis. Un matin, il a été arrêté avec deux autres individus. Apparemment, à eux trois ils avaient violé un jeune homme. Le garçon n'était pas un ange, il vivait en vendant son corps : n'empêche qu'ils l'avaient blessé à mort. Pour éviter à Antonio la prison, ou pire, il a fallu débourser une grosse somme. Je le sais : c'est ton père qui s'est chargé d'aller porter la caution et je l'ai accompagné. Mais même cette somme ne garantissait rien. Le frère Savonarole commençait à prêcher, on ne plaisantait pas avec la sodomie. En plus, il y avait eu meurtre… »

Damiano se tut. Guido fit la grimace, l'air perplexe.

« J'ai entendu des rumeurs. Pas si précises pourtant. Pourquoi me racontes-tu cela ? »

Damiano fit claquer sa langue contre son palais et sa bouche se crispa. Ce qu'il avait à dire était le plus délicat.

« C'est il Popolano, je crois, qui a eu l'idée… Pour couper court aux bruits, il fallait marier Antonio, et le marier très vite. Ta belle-mère, Lisa, était d'une famille décente mais son père ne pouvait la doter. Elle était la bonne candidate pour ce mariage hâté. D'un autre côté…

— D'un autre côté ?

— D'un autre côté il y avait Amerigo. L'oncle d'Espagne, donc, mais qui était encore en Italie. Il était le cadet de quelques années seulement.

— Et ?

— Et quant à lui, il aimait les femmes. Un peu trop même. À Florence, il avait engrossé une fille. Une servante. Il n'était pas question qu'il l'épouse, et d'ailleurs elle est morte en accouchant. Le nouveau-né a été porté à l'hospice. Je ne sais si tu t'es jamais demandé comment on fait. On place le bébé dans un guichet qui tourne, c'est-à-dire qu'on l'abandonne sans avoir à dire qui l'on est. Mais celui qui le dépose peut laisser un mot, un bijou, quelque chose. Au cas où on aurait des remords, la chose identifie l'enfant et on peut le reprendre. »

Guido avait l'air égaré. Damiano contemplait le feu, fuyant le regard de son ami.

« Je pense que ton beau-père ne s'est jamais approché du lit de ta belle-mère, mais pour que leur union soit crédible, il fallait qu'ils aient un enfant. Messer Liuciardi a été chargé de l'arrangement, il ne voulait rien faire lui-même, et il a commandé que j'agisse. C'était peu avant qu'Amerigo Vespucci ne parte en Espagne. Je suis allé à l'hospice, j'ai montré un ruban à la religieuse qui était là, elle a fait des recherches, et le jour d'après ou celui qui a suivi, j'y suis retourné et on a mis dans mes bras une petite fille de presque un an.

— Tu veux dire… tu prétends… »

Damiano baissa le menton et le releva, sans rien dire.

« Le bébé était Lisandra ? Tu te moques ? »

Damiano hocha de nouveau la tête, cette fois de droite à gauche.

« Je ne te crois pas.

— L'enfant était trop âgée pour passer pour un nouveau-né, mais la plupart des gens ont feint de ne s'apercevoir de rien. Quant à ceux qui jasaient… La roue du monde a tourné. Lisandra a grandi comme l'enfant légitime de tes beaux-parents. Il est probable qu'elle ne sait rien de ce que je te raconte. »

Guido était certain qu'en effet sa femme ignorait tout de ce passé. Il se sentait très mal. Puisque la tête lui tournait d'avoir appris cela, que serait-ce pour Lisandra si elle venait à savoir la vérité ? Il réalisa qu'il avait épousé une bâtarde, le fruit d'une domestique, une enfant dont on s'était débarrassé… Il en eut la bile à la bouche.

D'un autre côté… Cela voulait dire aussi qu'il était marié à la fille d'Amerigo. Donc qu'il était le gendre d'un homme riche qui le voulait près de lui.

« C'est pour ça ! dit-il. C'est pour ça que messer Vespucci – je veux dire le Sévillan – veut que je vienne. C'est Lisandra, en fait, qui l'intéresse. Peut-être qu'il a des remords. Il veut expier avant de mourir. Ou alors il lui est vraiment attaché, qui sait ? »

Il n'y avait plus grand-chose à ajouter. Un homme, au loin, réclamait Guido, et cet homme était, si Damiano disait vrai, le père de sa femme. Amerigo était riche, il donnerait peut-être à Lisandra une partie de sa fortune, et Guido en bénéficierait ainsi que leurs enfants.

Le jeune homme se mordit les lèvres. Ce qu'il avait craint se produisait et il ne pourrait l'éviter. Les yeux embués, il alla à la fenêtre. Les oliviers des collines se détachaient en gris sur le ciel d'un bleu froid, il aimait ce paysage, il ne pourrait l'emporter.

Du moins, songea-t-il, cette fois, en quittant le lieu où il avait appris à se plaire, il n'abandonnerait aucun être cher. Lisandra viendrait avec lui ainsi que la petite fille qu'ils avaient eue ensemble.

Damiano toussa discrètement et Guido se tourna vers lui. Son ami devait partir. Il tint à faire bonne figure et l'accompagna à travers la villa et la cour jusqu'à l'écurie. Ils dirent peu de mots pendant que le valet préparait la monture. Mais, au moment de se mettre en selle, le marchand fouilla dans le sac qu'il portait et en tira une lettre :

« J'ai hésité, dit-il, et je ne sais toujours pas, surtout à présent, si je fais bien de te donner ceci. »

Il lui tendit une lettre.

« Laurette m'a fait jurer. C'est elle qui a écrit. Je crois qu'elle parle de Doucine. Il semblerait que vous vous écriviez tous deux. Ma femme veut que ça cesse. Elle dit que notre amie ignore que tu es marié et qu'il est mal que tu t'amuses d'elle. Je suis désolé. »

Guido eut un pauvre sourire. Il prit la lettre et ne dit rien.

Damiano monta sur son cheval, il pressa ses jambes contre les flancs de l'animal et se mit en route.

Guido le regarda s'éloigner entre les oliviers, rapetisser et disparaître.

23

La plage des calamars

LA ESPAÑOLA (CARAÏBES), ET SUR MER, NOËL 1511-AVRIL 1512

C'est Las Casas qui avait eu l'idée. L'année auparavant, Juan, ainsi que Joaquín l'avait raconté à Vespucci, s'essayait à La Española à être fermier et chercheur d'or. Pour la veillée de Noël, il avait été invité par Pedro Renteria, le propriétaire du domaine voisin. Renteria possédait ses terres en partage avec ce Las Casas, qui était prêtre, vivait entre Cuba et La Española, et était là pour célébrer la messe dans une ville où il voulait construire une cathédrale. Pour lors, l'église se bornait à un toit sous lequel les Blancs s'étaient serrés pendant l'office – il avait plu alors que la saison sèche était censée commencer. C'était l'après-midi, en avance sur l'heure de la naissance du Christ, mais les Européens venaient de loin, il leur était impossible de cheminer de nuit. À présent, bien au-delà de minuit, les trois hommes, rentrés, achevaient en buvant un souper qui avait ressemblé, ou presque, à un banquet de *nochebuena* en Espagne.

Bartolomé de Las Casas avait trente ans, il était petit, mince, avec des cheveux blancs étonnants chez un homme si jeune. Il parlait volontiers et sidéra Juan en ne dissimulant pas qu'il venait d'une famille de juifs convertis. Il vivait dans les îles depuis dix ans mais, disait-il, il aimait ces terres depuis plus longtemps. Quand il était enfant, son père lui avait offert un sauvage pour l'amuser et le servir : le garçon avait à peine plus que son âge, il était devenu son ami. Pedro de Las Casas était marchand, il avait ramené l'esclave de la deuxième expédition qu'avait menée Colón à travers l'Océan. Il se trouva que Juan avait participé au même voyage sur une autre caravelle. Il se souvenait de Pedro qui, lui apprit son fils, était mort entre-temps. Le défunt était petit et sec comme l'était son fils.

La coïncidence rapprocha les deux hommes et, était-ce l'éloignement, ou l'alcool – un doux liquide ambré qu'on produisait sur place –, Juan fit ce qu'il n'avait jamais fait : il raconta son histoire, sans cependant préciser son sentiment exact à l'égard du Dieu chrétien. Il dit que sa famille était juive, que ni Juan ni Cosa n'étaient ses véritables noms et qu'il avait choisi de quitter définitivement l'Espagne parce qu'il lui paraissait que, tout converti qu'il fût, l'Église et la Couronne ne lui pardonneraient pas d'être né non catholique.

L'aveu eût pu être calamiteux : Bartolomé, chrétien par conviction et non opportunisme, était sur le point de se faire moine. Les dominicains l'attiraient : un ordre de conversion terriblement hostile aux juifs.

Bien entendu, Juan ignorait cela quand il avait parlé à l'excès.

Or Bartolomé avait ri de ce que Juan avait confessé. Il l'avait appelé « mon cousin d'ancienne religion » et il avait affirmé que l'urgence à présent n'était pas de s'assurer que les juifs ou les musulmans étaient bien convertis (ça se ferait petit à petit, il n'en doutait pas) ; mais de faire découvrir le Christ à l'immense, à l'innombrable peuple du Nouveau Monde.

« Il aurait dû y avoir un apôtre pour évangéliser ces terres, dit-il. Vous rendez-vous compte, Pedro ? Je ne m'adresse pas à vous, cher Juan, parce que je ne suis pas bien sûr que vous croyiez à cela… L'Europe, l'Asie, et l'Afrique comme l'atteste le royaume du prêtre Jean, ont reçu la Parole, mais personne jamais n'a prêché aux gens d'ici ! »

Bartolomé avait été ordonné à La Española. Cela faisait de lui, dit-il avec fierté, le premier serviteur de Dieu consacré sur les nouvelles terres. Il voulait sauver les Indiens et enseignait aux soldats de se montrer doux avec eux. Il échouait souvent.

Il raconta, les larmes aux yeux, qu'il avait assisté deux ou trois ans plus tôt à un massacre à Cuba, dans un endroit qui s'appelait Caonao :

« Les Indiens qui habitaient là-bas nous avaient fait bon accueil. Ils avaient porté à manger, nous avaient montré leurs poteries ainsi que des bijoux d'or. Cet or a rendu fous les soldats. Le chef du corps armé s'est persuadé que nos hôtes possédaient davantage de ce métal et il a voulu le trouver. D'un seul coup, les gens d'armes se sont précipités sur les hommes, ils les ont passés par l'épée du premier au dernier. Et puis – il fit de la tête un mouvement de droite à gauche, comme pour nier ce qu'il racontait – ils ont enfermé les femmes et les enfants dans la cabane commune au centre du village et… ils ont mis le feu. Il n'y a pas eu de survivants et, à la fin, on n'a pas découvert plus d'or. »

*

Le reste du dîner s'était passé à parler de leurs déconvenues de propriétaires et du sort des natifs taïnos.

Dans leurs exploitations, Pedro et Juan faisaient pousser des cannes : une plante étrangère qui donnait le sucre avec lequel on produisait l'alcool. Il fallait défricher et ensuite épierrer – *cibao*, en langue indigène, désignait un lieu où les pierres abondent. Les tiges ressemblaient à des roseaux. Quand elles poussaient, elles étaient d'un vert vif et la plantation évoquait de jeunes arbres au printemps. Mais en approchant de la maturité elles devenaient rougeâtres. Elles croissaient encore et séchaient. C'était laid. Les tiges, lorsqu'était venu le temps de la coupe, dominaient les Taïnos et il fallait à ceux-ci pour les sectionner de fortes machettes de métal qui étaient encore une chose neuve pour eux. C'était une tâche éprouvante et les femmes y participaient comme les hommes. Il arrivait que, de fatigue, l'un ou l'une s'effondre.

Quand il était arrivé avec son fils, raconta Juan, plus de cinquante familles habitaient les terres. Le premier jour, il avait ordonné que ses gens se rassemblent et, avec Joaquín, un soldat et des serviteurs blancs qu'il avait recrutés (de ces condamnés qui avaient échangé leur peine contre un départ), il avait compté les adultes en âge de travailler. Il en avait trouvé plus de cent. Mais au fil des semaines il s'était rendu compte que les Indiens célébraient des funérailles et qu'ils le faisaient trop souvent. Ces jours-là, tous refusaient le labeur. Il aurait fallu les fouetter, pendre des hommes, pour qu'ils viennent dans les champs. Certains propriétaires le faisaient, mais Juan ne le voulait pas. Les Taïnos, avait-il appris, escortaient leurs morts dans la montagne jusqu'à une caverne qu'ils disaient magique. Dans la grotte, ils rasaient les cadavres et ils peignaient leur peau avec l'huile d'un fruit qu'ils appelaient *roucou*. Ils leur liaient les jambes et les bras contre le ventre et ils les disposaient aussi près que possible de l'entrée. Un adolescent sang-mêlé, mère indienne, père blanc, qui parlait un peu l'espagnol, avait raconté à Juan le rite. Il avait expliqué aussi que les Taïnos buvaient dans ces occasions un breuvage qui leur permettait d'accompagner l'âme morte sur le chemin qui l'emmenait au loin. Juan avait compris pourquoi, chaque lendemain de ces funérailles, ses paysans peinaient à sortir de leur cabane et pourquoi ensuite ils maniaient si mollement leurs outils.

Près de la fin de la première année, il avait commencé à compter, semaine par semaine, les jours où se produisaient des obsèques :

« Je me suis rendu compte que, d'un dimanche à l'autre, d'une messe à la ville ou d'une prière à l'autel que j'ai fait bénir à la prière suivante, il n'arrivait pratiquement plus jamais qu'il n'y ait de tels événements. Une fois, j'ai compté deux journées de funérailles. Et le métis qui parlait l'espagnol m'a dit qu'une semaine on avait enterré quatre morts. »

Les efforts pour chercher quelles roches pouvaient contenir l'or avaient été décevants. Trois fois, il avait essayé. Avec les Indiens les plus vigoureux, il était monté jusqu'à des falaises noires. Comme il n'y avait pas de mules, on portait sur le dos les pics, outre le matériel et les vivres pour camper :

« Les trois fois, ce fut un échec. On n'a rien trouvé, les pluies nous ont trempés alors qu'on était dans la saison que l'on prétendait sèche, et les hommes, après deux ou trois jours, ont profité de la nuit pour s'en aller du camp et retourner chez eux. »

Puis, c'était au mois de mai, alors qu'il pleuvait chaque jour encore plus, il avait recommencé à compter. Six cabanes étaient vides, les familles ayant disparu, et les adultes jeunes n'étaient plus qu'une quarantaine :

« Mes valets ont parlé d'évasion ; j'ai dû leur rappeler que les Taïnos sont libres et non pas des esclaves. Il est possible que certains aient choisi de quitter un endroit où on exige d'eux, désormais, un travail très dur, mais je pense surtout que, soit leurs organismes ne supportent pas un si pénible labeur, soit une maladie ravage la vallée. »

Il finit avec un air de dépit :

« À la fin, le métis qui avait l'âge de mon fils est mort à son tour. Alors je n'ai pas voulu que Joaquín reste davantage. Maintenant, voilà six mois qu'il est parti. Je n'ai pas de nouvelles et c'est très bien comme ça : il vit sa vie, sans doute, à Séville ou ailleurs. »

Et il ajouta avec amertume :

« Pour moi, je ne sais plus trop bien pourquoi je me trouve ici. »

*

Les trois hommes s'étaient tus. Le ciel était trop couvert pour qu'ils puissent voir les astres, mais Juan songea qu'à présent même par les nuits claires cette consolation lui était refusée : les arbres étaient trop serrés, et la montagne trop haute. Il n'y avait rien non plus à scruter autour d'eux : au-delà de leur table éclairée par une lampe formée de plusieurs mèches, on ne pouvait pas voir. Juan ferma les yeux. Il écoutait au lieu de regarder. Le silence n'existait pas dans le Cibao : la pluie avait cessé mais les feuilles ruisselaient et les cannes frémissaient sous le souffle tiède du vent. Les colibris, les palmistes et les buses restaient muets, mais on entendait des rapaces. Puis, à mesure que les heures passaient et qu'on s'approchait du matin, des singes invisibles poussaient des hurlements.

Pedro reparla le premier :

« Il est arrivé la même chose sur mon domaine, raconta-t-il. Je suis là depuis plus longtemps que vous, Juan, et les gens qui me restent meurent peut-être un peu moins maintenant. Mais la moitié de ceux qui étaient là quand j'ai reçu les terres ont péri au cours des premières années. Et Bartolomé ne peut croire qu'ils soient simplement partis. »

Celui qu'il avait nommé hocha la tête. Il dit que ce que décrivaient les autres se passait dans toutes les vallées de La Española. Et il trouvait trop simple l'hypothèse d'un exode :

« Vous savez comment sont les montagnes au-dessus de nous. Les pentes sont trop fortes, on ne peut les cultiver et il n'y a pas moyen de fonder des villages. Quant aux côtes… elles sont désormais sous notre domination. Les Taïnos ne peuvent s'échapper. Et il va arriver la même chose à Cuba et dans les autres îles à mesure que nous étendrons nos conquêtes. »

Il avait continué d'un ton grave :

« Don Diego envisage une solution radicale. Puisqu'il faut de la main-d'œuvre pour produire le sucre et trouver l'or que l'Espagne exige, il est question d'importer d'Afrique des esclaves. Vous imaginez-vous ? On laisserait tout bonnement périr la population d'ici et on la remplacerait par des Nègres durs à la tâche… »

Dans sa tête, Juan imagina un défilé de bateaux amenant des Noirs vers cette terre que Colón avait décrite comme un éden et qui serait désormais un cimetière. Il se fit la remarque que cette solution ne résoudrait rien. Quand les esclaves fatigueraient, vieilliraient, mourraient finalement, il faudrait les remplacer. D'autres bateaux viendraient alors avec d'autres esclaves. Ça ferait la fortune des armateurs et des commerçants… À moins qu'on ne capture des femmes et qu'on ne les emmène de force aussi ? Le projet de ce transfert était une chose indiciblement mauvaise.

Il lui vint l'idée qu'on n'en serait pas là si Colón n'avait traversé la mer :

« Ce serait peut-être mieux si nous, les Européens, étions demeurés dans notre monde, si les gens d'ici étaient restés entre eux et si on laissait en paix les Noirs chez eux », osa-t-il dire.

Renteria répondit que ces spéculations étaient vaines puisque, de fait maintenant, le Nouveau Monde appartenait à l'Europe. Bartolomé hocha la tête. Il ajouta que le dessein de Dieu était quand même que les sauvages puissent entendre Sa Parole, et il continua :

« Il faut juste, je crois, faire les choses autrement. Recommencer ailleurs. Avec d'autres Indiens. En nous montrant tendres avec eux au lieu de nous poser en maîtres… »

Les autres le regardèrent avec perplexité :

« Je ne suis pas un rêveur. Je sais me battre et je l'ai fait à Cuba avant d'être ordonné prêtre ; et j'ai tué des hommes, que Dieu me pardonne (il se signa en disant cela). L'Espagne veut des provinces, nous allons lui en donner. Mais ce sont des terres vides, sur le continent, que nous prendrons cette fois-ci. On y transportera les Taïnos qui répugnent à rester : mais seulement s'ils le veulent. Ils ne travailleront pas la terre pour nous mais pour eux, et avec les moyens dont ils usaient par le passé. On amènera aussi des gens de chez nous : non plus de la racaille, mais des paysans, des maçons, des menuisiers, qui viendront de nos campagnes ; de pauvres chrétiens sans terres, sans moyens, à qui on donnera ces terres et des outils. Les nôtres et les natives se marieront : à la génération prochaine, tout le monde se confondra et il n'y aura plus de haine… »

Pedro fixait son verre, Juan souriait avec ironie… Ce prêtre… Les choses n'étaient jamais si simples, il fallait croire beaucoup en un Dieu de bonté pour les imaginer ainsi. Mais Bartolomé poursuivait :

« Vous ne me croyez pas… Et cependant j'ai obtenu une partie de ce que je voulais. Don Diego dit que si les sauvages fécondées par notre sang donnent des enfants solides, alors, ma solution sera moins dépensière que de faire traverser des navires pleins d'esclaves. En fait, je vais partir avec la prochaine expédition. Il y a, sur la côte continentale en se dirigeant vers le sud, une baie que les Indiens appellent Urabá et qui est magnifique. Je m'y suis rendu avec un navire et des hommes l'an passé. Les sols qui l'environnent se mettront aisément en culture et les populations habitent en retrait : nous ne les gênerons pas. Je fonderai une ville dédiée à la Vierge. Elle deviendra prospère et dans trente ou quarante ans – je ne le verrai pas, sans doute – elle sera la capitale de la Nouvelle Espagne. Moi, j'aurai été le prêtre et peut-être l'évêque de cette cité. »

Il s'était tourné vers Pedro et vers Juan :

« Voulez-vous venir avec moi ? »

*

Bartolomé avait une force de conviction étonnante. Pedro Renteria avait résisté en souriant : il était trop vieux. Juan avait le même âge que Pedro mais… son fils était rentré en Europe et ses terres périclitaient : il ne croyait guère au projet de Las Casas et cependant il était curieux. Puis qu'avait-il à perdre ?

Il vit un signe dans le choix de nommer la ville à naître Santa Maria : c'était le nom du bateau où il avait eu des intérêts. Que ce bateau ait désastreusement terminé ne signifiait pas que le projet de Las Casas tournerait aussi court.

En avril suivant, Juan avait quitté son domaine.

Seulement les choses ne s'étaient pas passées comme Bartolomé avait dit.

Treize navires étaient bien partis de La Española. Ils transportaient des soldats, des maçons et des charpentiers, et des paysans galiciens qui avaient reçu quelques arpents aux îles et auxquels on avait promis le double sur la Grande Terre. Il y avait des femmes : non des sauvages – les locales, pas plus que leurs hommes, n'avaient voulu partir et sans doute n'avaient compris où on voulait les mener – mais quelques épouses des agriculteurs et des constructeurs, certaines avec leurs enfants. Des femmes seules s'étaient proposées. C'étaient des prostituées, en Espagne, le prêtre les avait refusées.

Puis, à un certain moment, l'expédition s'était scindée. Alors que la majorité des bateaux continuait vers Urabá, trois navires dont celui sur lequel Juan se trouvait prirent une autre route. Le chef des bâtiments, désigné ou autodésigné, se nommait Ojeda : c'était le capitaine avec qui, des années plus tôt, Amerigo Vespucci avait eu maille à partir. Cosa, qui pensait du mal de cet homme, fut surpris de le retrouver là. Il doutait qu'Ojeda se soucie de fonder une ville, et il se demanda s'il n'y avait pas quelque arrière-pensée dans l'expédition généreuse que Don Diego avait encouragée.

Quoi qu'il en soit, le premier soir au mouillage, un métis – il y avait de plus en plus de ces naissances mêlées – rapporta que depuis quelques mois de gigantesques calamars, des bêtes monstrueuses grosses comme la moitié d'une caravelle, s'échouaient sur le littoral au nord de la baie où allait Las Casas. Les sauvages voyaient dans cet accident l'annonce d'un désastre et ils avaient bâti sur la grève une sorte de conque faite de pierres où ils déposaient les objets de valeur qu'ils possédaient pour apaiser l'esprit de ces créatures.

Ojeda avait cru ce qu'avait dit le métis. Il ne s'était pas demandé d'où l'homme tenait ses informations. Il voulait trouver la conque et, quatre jours durant, il mena pour cela les trois bateaux le long du littoral, faisant descendre des hommes dès qu'il apercevait une plage pour examiner si l'autel y était.

On n'avait découvert ni calamar ni conque. Mais dans l'un des endroits où ils avaient abordé, les sauvages leur avaient tendu une embuscade. Alors que vingt ans plus tôt ils auraient accueilli les Espagnols comme des dieux parce qu'ils étaient montés sur des monstres de bois, ils savaient désormais piéger ceux qui prétendaient s'imposer sur leurs terres.

Juan, lassé ce jour-là d'attendre sur le bateau, se trouvait avec ceux qui s'étaient dirigés vers le sable. Ils avaient visité le lieu sans trouver de trésor mais il y avait, à l'endroit où la marée ne montait jamais, une sorte de bassine évidemment creusée exprès et qui pouvait évoquer une coquille. Les indigènes, en voyant arriver les navires, se seraient-ils cachés et auraient-ils emporté les offrandes ? Un chemin trouait la végétation. Ils décidèrent de l'emprunter et de surprendre les sauvages.

Or c'est eux-mêmes qui avaient été surpris. À un moment (ils étaient au milieu de la jungle et ne distinguaient rien au-delà du vert qui les cernait), des cris s'étaient fait entendre. Ils n'apercevaient pas leurs ennemis mais ils voyaient les flèches : les sauvages les enflammaient avant de les tirer et, dans la semi-obscurité de la forêt, elles arrivaient sur eux en de fulgurantes lumières. La jungle en arrêtait un bon nombre, mais Juan avait été atteint et engourdi d'un coup. Le cœur comme arrêté, incapable de bouger, il était tombé ainsi que d'autres hommes également touchés, et les rescapés plutôt que de les secourir, avaient rebroussé chemin jusqu'à la plage et la chaloupe. Sans doute, après qu'à force rames ils avaient atteint les navires, Ojeda avait donné l'ordre de repartir.

24

L'arrivée

SÉVILLE, AVRIL 1512

Les Liuciardi partirent à la fin de l'hiver et Lisandra en fut contente. Le voyage était pour elle une expérience neuve et qui l'excitait. Bien sûr, elle était triste de quitter sa mère, et elle redoutait le poids de cet oncle inconnu auprès duquel, désormais, ils vivraient. Mais enfin, à Cafaggiolo, Guido et elle dépendaient déjà de cette femme, la signora Semiramide, qu'ils voyaient peu mais dont la présence était pesante. « Là-bas », c'est-à-dire à Séville, Guido avait promis qu'ils auraient une maison à eux et qu'elle en serait maîtresse. Elle l'arrangerait comme elle voudrait (ils avaient et emportaient peu de meubles) et en plus elle serait en ville. Alors, pour la première fois puisqu'elle avait vécu isolée y compris à Florence, elle profiterait des plaisirs citadins. Son mari avait dit aussi que l'espagnol et l'italien se ressemblaient et qu'elle pourrait vite comprendre et discuter comme si elle était née là-bas. Il disait bien « là-bas », plutôt que de nommer l'endroit où ils allaient, alors que dans sa bouche elle roulait avec gourmandise son premier mot d'espagnol : Se-vi-lla, il fallait prononcer le « v » comme un « b » pour le dire correctement. La chose qui comptait le plus était qu'ils partaient tous trois et qu'ils seraient bientôt quatre : elle était enceinte de sept mois et son ventre, plus gros que pour Sofonisba, était peut-être le signe qu'elle portait un garçon. Elle l'espérait très fort…

Ils s'étaient embarqués à Porto Pisano, où les fils Berardi avaient des bateaux qui faisaient les allers et retours entre l'Italie et l'Espagne. Les deux entrepreneurs les avaient installés dans le meilleur logement : une salle à l'arrière du voilier, ouverte par des fenêtres à vitres d'où on dominait l'eau. C'est que, leur expliqua l'un d'eux, Amerigo Vespucci avait travaillé avec leur père à Séville et, après la mort de celui-ci, il avait aidé leur mère à rentrer en Italie. L'endroit, quand même, était aménagé sommairement : Lisandra n'était pas plus tôt arrivée qu'elle sortit des coffres qu'ils avaient avec eux – un cadeau, justement, de l'oncle, quand elle s'était mariée – des étoffes, quelques céramiques et l'une des peintures (la Vierge, pas le couple nu que Guido avait acheté à Semiramide avant de s'en aller et qui la faisait rougir). Elle aménagea ainsi un appartement provisoire aussi joli que possible.

Cela valait la peine car la traversée fut longue. On était au début du printemps, le soleil brillait, la mer était calme, au soulagement de Lisandra, mais le vent, au début, très faible. Avançant à la rame, le bateau mit six jours entre leur point de départ et Naples, où ils relâchèrent trois autres jours et où, la ville ayant la réputation d'être dangereuse, la famille ne sortit que pour aller à la messe. Puis le vent d'est gonfla enfin la voilure : « un vent en poupe », dit Guido savamment, sans expliquer cependant de quoi il s'agissait. Il fallut encore sept jours en haute mer pour atteindre Almería, premier port espagnol. Là, les Liuciardi ne descendirent que pour faire quelques pas sur le quai. Leurs affaires étaient dans la nef et, bien que Guido ait confiance dans les marins, en ce pays inconnu il ne voulait prendre le risque qu'on leur vole quoi que ce soit. Le bateau fit le plein d'eau douce et de vivres frais, il navigua ensuite à proximité des rivages jusqu'à une autre cité qui s'appelait Málaga où on s'arrêta de nouveau, puis on reprit la mer et, à la fin du jour, Lisandra vit que les côtes se resserraient au point que, devant le bateau, l'Afrique sur le flanc gauche et l'Europe à droite semblaient vouloir se rejoindre.

« Nous entrons dans le détroit qui sépare la Méditerranée et l'Océan. Pour le franchir vraiment, il faudra profiter du retrait de la marée, quand le courant de surface n'est pas trop contrarié par les eaux d'ouest en est. On verra du côté espagnol un énorme rocher au nom arabe, Gibr'al-Tar », leur dit le capitaine.

Guido ne murmura pas ; Lisandra réalisa ce à quoi elle n'avait jamais pensé. Séville était sur la mer Océane et non un port de Méditerranée. Ça ne changeait rien à la distance et cependant elle se sentit d'un coup plus loin de l'Italie. Songeuse, elle n'écouta pas le capitaine raconter l'histoire d'un héros qui, pour faire se mêler les deux mers, aurait écarté l'Afrique et l'Europe comme s'il avait tenu des colonnes séparées.

Le détroit passé, au terme d'heures agitées où l'enfant souffrit du mal au cœur, Lisandra eut une autre surprise. Elle avait imaginé Séville léchée par l'eau salée. Or, après Cádiz, la dernière escale se fit au sein d'un estuaire, dans une rivière dont le capitaine leur dit que le bateau la remonterait le jour qui suivrait. Séville n'était pas sur la côte : c'était un havre à l'intérieur des terres. Lisandra vit donc le lendemain des marais dont les oiseaux étaient le seul charme, puis une plaine très plate où poussaient la vigne et des oliviers. Sofonisba était de mauvaise humeur, elle-même se serait plainte du dos si elle n'avait décidé qu'elle se montrerait enjouée, et Guido, immobile comme une statue, souriait trop ostensiblement.

*

Le Siennois commença à se détendre quand apparut la ville.

Appuyé au bastingage, avec sa fille dans ses bras et près de lui Lisandra, lui qui s'était senti nerveux au point de souhaiter parfois, malgré l'ennui, que la traversée ne finisse pas, il se trouva d'un coup bizarrement euphorique. Séville était apparemment une cité énorme, grande au moins comme Naples ; bien plus considérable, certainement, non pas seulement que sa cité natale, mais que Florence ou Blois. Les maisons, les clochers, recouvraient les collines sur une distance infinie. Dressant son toit pointu à une hauteur étonnante, une tour rectangulaire dominée par un haut lanternon surmontait une énorme cathédrale qui semblait écraser les demeures.

Le bateau était mené par des barques qui montraient où aller ; le fleuve était dangereux même s'il paraissait large. Comme on voyait maintenant l'enceinte urbaine, Guido s'étonna qu'il n'y ait pas de quais, mais un vaste terrain vague entre le fleuve et les murailles. Le capitaine, interrogé, leur dit qu'il y avait bien un môle vers lequel ils allaient, mais qui était exigu pour le trafic du port. Il faudrait attendre le départ d'une nef pour s'y amarrer :

« On s'arrêtera tout près, en pleine eau, cette nuit, et on accostera demain. »

Il expliqua qu'on construisait un vaste port au nord, mais que le chantier n'était pas achevé. Puis il ajouta qu'il était inutile qu'il dorme encore à bord. Certainement, Amerigo Vespucci était au courant de l'arrivée de leur navire, dont tous les capitaines, ici, connaissaient le profil.

« Donc vous êtes attendus. Nous mettrons une chaloupe à l'eau et vous pourrez descendre. On vous donnera quelqu'un pour vous mener chez votre oncle. »

Guido ne s'était pas préparé à cela. Il continuait à ne pas vouloir laisser ses biens sans surveillance et il n'imaginait pas comment, depuis ce pont très haut, on rejoindrait la barque. Une nacelle, peut-être ? Il objecta vivement :

« C'est impossible ! Ma fille est à peine plus qu'un bébé et ma femme est enceinte de sept mois ! On ne peut imaginer que… »

Le capitaine l'arrêta d'un geste et rectifia en souriant qu'il n'avait pas envisagé un instant que toute la famille s'en aille par ce moyen :

« Je pensais à vous seul. On fait glisser une échelle jusqu'à la chaloupe qui se tient contre la coque. Vous êtes jeune, vous n'aurez nulle difficulté. Votre épouse et l'enfant ne craignent rien à mon bord et vous serez de retour, demain, pour les accueillir sur le quai puis ensuite pour veiller au déchargement. Mais le señor Vespucci serait surpris, certainement… »

Il ne continua pas. Guido réalisa que, sans doute, il n'avait pas le choix. Il n'était pas mauvais, d'ailleurs, d'aller en éclaireur. Tout était si nouveau et peut-être, pour Lisandra, terriblement angoissant… Elle ne le montrait pas.

Il posa la petite, se tourna vers sa femme et l'enlaça :

« Qu'en penses-tu ? »

*

Le capitaine avait eu raison. Guido était attendu. Le marin qui le conduisit à terre l'accompagna dans un grand palais neuf qui était la capitainerie. Là, on le reçut bien : beaucoup de gens, semblait-il, savaient que « el señor Vespucci » – l'oncle était connu – accueillait son neveu pour qu'il s'installe et travaille avec lui. Un garçon lui fit traverser la cité, dont il vit peu de choses car le jour baissait et que le jeune homme marchait vite.

La « casa Colón y Vespucci », comme celui-ci l'appela, était faite de deux maisons raccordées par une cour. Une vieille femme, sans doute une gouvernante, le reçut lorsqu'il eut sonné et elle le fit entrer dans la plus grande des deux – le guide s'était éclipsé. Il y avait un escalier où, avant que la femme ait prévenu qui que ce soit, il entendit quelqu'un dégringoler les marches :

« Vous êtes le neveu. L'Italien. Je suis Ulisse, le fils d'Amerigo. »

Celui qui parlait était un peu plus qu'un enfant et un peu moins qu'un homme. Il s'exprimait en italien, ce qui surprit

Guido. Il n'eut pas le temps au demeurant d'apprécier ni de répondre, car une jeune fille apparut derrière le garçon ; une brune, petite, ronde, alors que l'autre était svelte et blond.

« C'est ma sœur, Silvana. Nous sommes jumeaux », dit celui qui se prénommait Ulisse.

Puis :

« Elle n'aime pas parler. Mais elle comprend tout. Nous savons l'italien : notre père l'utilise avec nous depuis qu'on est petits. »

Guido hocha la tête, il ne savait que dire. Le fils de la maison prit les choses en main.

« Père est en haut et il va vous recevoir. Il est un peu fatigué et il s'épargne l'escalier. »

*

Amerigo Vespucci était assis dans une pièce sombre. Il ne se leva pas quand Guido entra, mais il hocha la tête par deux fois. Il y avait d'autres sièges, installés peut-être exprès pour la venue de Guido. La jeune fille prit la main de l'Italien – il en fut surpris – et le mena à l'un d'eux. Amerigo approuva par un autre geste : est-ce que tous étaient muets, sauf le fils ? Un faible feu brûlait dans la cheminée, et quoiqu'il fît bon dans la pièce, Ulisse le rendit plus vivace. Silvana embrasa une tige de bois avec laquelle, ensuite, elle alluma des chandelles.

On y voyait enfin mieux.

L'oncle était plus vieux que Guido l'avait pensé. Il était grand et lourd, alors qu'Antonio, son frère, était et avait été chétif. Quel âge pouvait-il avoir ? Guido songea qu'il était de peu le cadet d'Antonio, qui était cacochyme et gâteux ; et il les avait fait venir comme il l'avait écrit, parce qu'il se sentait fatigué.

Quand même… C'était pire que de la fatigue. La chair trop abondante et molle, le crâne pour ainsi dire chauve, l'impossibilité, sans doute, de se lever : l'homme qu'il découvrait était à la fin de son temps.

« Vous êtes le bienvenu. Mon fils et ma fille vous ont accueilli. La femme qui vous a ouvert est la gouvernante, Piedad. Mon épouse, Maria Concepción, est à la campagne : nous avons une maison au nord de Séville… Un autre jour vous verriez aussi un jeune homme, Joaquín : il vit avec nous depuis quelques années quand il n'est pas en mer – il est marin. Il est au loin, en ce moment. »

Puis, abruptement :

« Où est votre femme ? Lisandra Vespucci ? Elle est bien venue avec vous ? »

Guido fut surpris que l'oncle ait appelé sa femme par son nom de jeune fille. Il le fut encore plus du ton acrimonieux que celui-ci avait utilisé et il répondit vite :

« Ma femme est sur le bateau, elle n'aurait pu descendre par l'échelle de corde jusque dans la barque qui m'a amené à la rive. Et nous avons une fille très petite. J'irai les chercher demain. »

Amerigo approuva, de nouveau de la tête.

Bien. Il était taiseux. Mais il parlait s'il le voulait.

L'impression désagréable que Guido avait eue s'estompa au cours du dîner. On mangeait dans une pièce au même niveau que celle où le marchand, semblait-il, se tenait habituellement. Sans doute cela n'avait-il pas été l'arrangement initial et faisait-on ainsi pour lui éviter l'escalier. Du moins Amerigo se déplaçait-il finalement par lui-même. Il avait une canne, mais nul besoin de cette chaise à roues dans lesquelles on installait quelquefois les anciens.

Le souper fut léger et savoureux. Piedad, puisqu'elle s'appelait ainsi, veillait à la cuisine, si elle ne cuisinait ni ne servait elle-même. Elle resta dans la pièce, assise sur une petite chaise. Guido dégusta du poisson frais, des légumes cueillis récemment, et des fraises qui étaient les premières qu'il goûtait cette année-là. Vespucci parla, Ulisse également – son père, cependant, le faisait taire dès qu'il se montrait trop exubérant –, et

Silvana ne dit rien : elle semblait rêver à quelque chose et elle bougeait ses doigts comme si elle malaxait quelque chose.

L'oncle voulut avoir des nouvelles de Florence : la vie qu'on y menait, si la ville avait changé. Guido répondit sans savoir trop quoi dire : d'une part, à Cafaggiolo, il n'était pas à Florence, d'autre part, il ne se souvenait plus à quoi avait ressemblé la ville, quand il y vivait dans son enfance. Il put en dire davantage quand la conversation vint sur les gens, et en particulier ses beaux-parents. Là encore cependant, il contraint ce qu'il disait : il ne pouvait avouer qu'Antonio était pour ainsi dire mort, et il était gêné de raconter les étages distincts où sa belle-mère et son beau-père vivaient, la quasi-réclusion de l'une, la succession de jeunes hommes que, à ce qu'il savait et pendant des années, le second avait accueillis dans ses appartements.

Il se sentit plus à l'aise quand Amerigo se mit à raconter Séville. Les enfants s'étant retirés, l'oncle proposa de retourner dans l'autre pièce. Il y avait une alcôve avec un lit que Guido n'avait pas remarquée, l'oncle s'y étendit, il le fit s'installer sur le fauteuil où il s'était tenu au début de la soirée, et ils conversèrent longuement. Amerigo raconta son arrivée à Séville des années avant (« la ville a beaucoup grandi depuis cette époque : vous verrez le nombre de bâtiments neufs »), souligna la façon dont il s'était battu pour parler un sévillan correct (« mon accent me dénonce : il y a un moment où j'ai renoncé ») et expliqua comment il avait « non pas construit, mais très fortement augmenté » son commerce. Il lui raconta l'Ameriga (« si vous n'avez pas le pied marin, si vous aimez votre femme et votre famille, n'y allez pas. Ce sont des mois et des années au loin... »), dit sa fierté que le nouveau continent porte son nom (« c'était une idée d'un ami aujourd'hui disparu... »), et il lui expliqua que si les bénéfices que l'entreprise faisait venaient du commerce avec l'Océan, il conviendrait dans les années à venir de chercher d'autres circuits et d'autres débouchés : « C'est que nous ne sommes plus seuls à aller vendre là-bas ; il y a de la concurrence. » Enfin il prévint Guido que dès cette nuit il dormirait dans l'autre maison, « celle où moi-même je vivais à mes débuts », où son lit était fait. « Ce sera votre logis, conclut-il. Vous serez chez vous mais en même temps aussi chez moi. Nous pourrons travailler, vous, moi, avec plus de facilité. »

Guido grimaça intérieurement : il avait promis à Lisandra qu'elle aurait une habitation à elle, éloignée de l'oncle qu'elle ne connaissait pas.

Mais que faire ? Il n'y avait pas moyen…

25

Chez l'oncle

SÉVILLE, HÔTEL COLÓN-VESPUCCI, AVRIL-JUIN 1512

On était entre le printemps et l'été et Lisandra arrivait au terme de sa grossesse. Elle dormait mal, elle avait de la peine à monter l'escalier au point que, puisqu'on était si bien dans la cour, elle avait fait aménager la pièce du rez-de-chaussée en une sorte de chambre où elle couchait seule, et elle vivait durant le jour entre ce refuge improvisé et l'extérieur. L'enfant, elle, montait et descendait pour un rien, ravie de ces marches dont elle avait eu peu coutume dans la villa de Cafaggiolo, et sa mère la voyait disparaître de longues heures dans ce qu'elle avait pris l'habitude d'appeler « la grande maison », celle où vivaient Amerigo et ses enfants et où Guido travaillait les matins.

Son mari avait craint que Lisandra ne fût fâchée d'avoir à s'installer dans cette demeure solidaire de l'autre. En fait, cela lui convenait. D'une part, elle n'était pas dans la situation où elle aurait pu choisir une maison et surtout l'aménager ; d'autre part, elle réalisait que, sans pouvoir parler le sévillan qui était beaucoup plus différent du toscan que Guido l'avait dit, elle se serait trouvée bien seule et empêchée dans cette ville inconnue. Chez Amerigo, des gens comprenaient sa langue. Les enfants de l'oncle, ou du moins Ulisse, parlaient volontiers et servaient de truchement auprès de Piedad et des autres domestiques quand elle avait besoin de quelque chose. La vieille gouvernante s'était révélée précieuse : elle avait observé l'état de Lisandra, le premier jour, et trouvé une matrone qui l'avait visitée et qui l'assisterait pour ses couches. Lisandra était peu inquiète. Sofonisba était née sans lui donner trop de douleurs et sa mère, à Florence, lui avait assuré qu'un deuxième enfant venait en général aisément – il est vrai qu'elle ne l'avait pas expérimenté elle-même.

Des jumeaux de Vespucci, ses cousins donc, quoiqu'elle ait du mal à le réaliser, Silvana l'attirait le plus. Le garçon était dévoué, aimable et beau comme un ange mais… c'était un garçon. Il était agité, volubile, il ne tenait pas en place. Chaque après-midi, il s'en allait en ville (le matin, il était retenu par un précepteur) et Guido soupçonnait que son père, qui se livrait alors à une longue sieste, ignorait qu'il quittait la maison.

Silvana, elle, sortait beaucoup moins. Elle allait au marché avec Piedad et le valet (les premières semaines, Lisandra avait pu les accompagner) et il était arrivé, une fois, qu'elle aille entendre la messe. Lisandra (c'était aussi au début de son séjour) était venue ; la cathédrale était énorme, avec des voûtes qui donnaient le vertige à force d'être hautes. Elle peina à se recueillir.

L'enfant, ou la jeune fille, était étrange. Il fallait pour ainsi dire lui arracher des paroles, et Lisandra avait pris l'habitude, assez vite, de lui parler sans attendre de réponse. Mais elle était gentille à sa manière. Sofonisba aimait aller près d'elle : à trois ans, la petite avait besoin de s'occuper. Aux heures chaudes, quand elle avait fini sa sieste, elle s'échappait pour rejoindre Silvana quelque part dans la grande maison. Après un temps qui variait, elle revenait, ravie, montrant quelque chose qu'elle avait fabriqué ou que Silvana avait fait pour elle. Souvent, c'étaient des animaux. Ils étaient modelés dans une pâte qui était molle au moment où l'enfant les rapportait et qui durcissait après quelques jours. Lisandra alignait ces jouets sur une étagère : ils devenaient nombreux et il faudrait prévoir pour les suivants un autre emplacement.

Une chose, cependant, ennuyait la femme de Guido. En fait, elle l'embarrassait fort et la rendait malheureuse. L'oncle, qui l'avait gâtée de loin dans son enfance, puis encore davantage pour son mariage, et qui les avait fait venir par affection présumait-elle, l'oncle, donc, lui battait froid. Alors qu'il travaillait en confiance avec son mari, alors que Sofonisba allait quelquefois le trouver et qu'il se montrait convenablement gentil avec elle (l'enfant parlait de lui, quoique sans émotion particulière), Amerigo ne la mandait jamais à ses côtés. Même, quand elle avait essayé de forcer une rencontre, prétextant une branche fleurie d'un arbre qui poussait dans la cour et qu'elle désirait lui offrir, il avait remercié et n'avait pas montré qu'il souhaitait qu'elle prolonge sa visite.

Comme d'autre part il ne quittait pas l'étage de la grande maison et qu'elle peinait de plus en plus à monter un escalier, la situation était devenue étrange : elle ne voyait pour ainsi dire jamais Amerigo, et elle était la seule de la famille qui soit dans ce cas.

Longtemps, durant ces semaines avant son accouchement, elle se tourmenta en supposant que c'était sa faute. Quelque chose s'était mal passé, la première fois que son oncle l'avait reçue ; elle en était sans doute coupable.

La nuit, avant de s'endormir, ou quand elle se reposait dans le fauteuil qu'on avait installé dans la cour, elle repassait dans sa tête l'entrevue et cherchait en quoi elle avait mal agi. C'était le premier jour. Non pas celui où elle avait débarqué – il était tard quand Sofonisba et elle avaient gagné la maison, Guido ayant tenu à ne pas quitter le quai avant le débarquement de leurs affaires ; mais le lendemain, au petit matin, alors qu'elle était encore fatiguée de tout ce qui s'était passé.

Amerigo était dans la pièce où, selon Guido, il semblait à la fois dormir, travailler et recevoir. Il était encore tôt, peut-être trop tôt pour lui et, le dos calé par des coussins, il se reposait dans son lit, ce qui la gêna comme si elle l'avait surpris dans une position indécente. Elle était entrée avec Guido, qui portait sa fille parce qu'elle voulait la montrer à l'oncle – sans doute avait-elle eu tort. Silvana, que Lisandra voyait pour la première fois, était aussi dans la pièce, assise devant une fenêtre. Sa cousine la déconcerta en ne se retournant pas et en ne la saluant pas lorsqu'ils entrèrent tous trois.

Ce qui s'était mal passé, d'abord, c'était que l'enfant avait voulu descendre des bras de son père et venir dans les siens et qu'elle s'était agitée, empêchant sa mère de se concentrer sur l'homme qu'elle voyait pour la première fois. Au lieu de saluer, s'incliner, peut-être demander à baiser la main de celui qui était son parent et son bienfaiteur, et tâcher aussi d'attirer l'attention de Silvana, Lisandra avait tenté de calmer l'enfant, qui s'était accrochée à elle et avait commencé de hurler. La fille d'Amerigo s'était alors enfin retournée, elle avait pris un air ennuyé, s'était levée, avait tâché de caresser l'enfant qui avait crié de plus belle, et finalement elle était sortie. Guido avait hésité, puis il avait emmené la petite. La porte avait claqué parce que, chargé de ce petit fardeau, il n'avait pu la retenir.

Quand elle y repensait… C'étaient les pires circonstances pour une présentation.

Elle s'était retrouvée seule avec l'oncle, mais elle guettait de l'oreille pour entendre si l'enfant se calmait. Il avait fallu qu'Amerigo l'appelle pour qu'elle retrouve ses esprits et s'approche de lui.

Le vieillard était blême, il avait l'air sévère sous le bonnet de nuit qu'il n'avait pas ôté ; ses mains reposaient sur le drap et ses yeux qu'il plissait ressemblaient à des fentes. Ce visage sans sourire l'avait déconcertée, elle s'était arrêtée avant d'atteindre le lit.

La suite, dès lors, avait été désastreuse. Amerigo avait constaté tout haut qu'il était bien laid, n'est-ce pas, à ses yeux de jolie femme ; il faudrait qu'elle s'y habitue. Elle n'avait su répondre à cette ironie glacée et elle était restée bête, immobile, à mi-chemin entre la porte et le lit. Il lui avait dit de s'asseoir « quand même », de prendre le siège qu'elle voulait, « même un peu loin » si elle préférait, puis il avait ajouté que cependant, s'il n'était pas beau, il ne sentait pas mauvais.

Elle avait mis un moment à comprendre ce qu'il voulait dire et à décider de rapprocher du lit la chaise qui était non loin d'elle.

En fait, elle avait mis trop de temps. Sans doute, cela avait été fatal. L'entretien qu'ils avaient eu ensuite avait été sec et terriblement bref. Vite, il lui avait dit qu'il était fatigué. Elle avait pris congé.

*

Amerigo était perclus, laid, mal aimable, Lisandra le disait et le redisait. Guido avait imaginé qu'elle aimerait le vieil homme et qu'il le lui rendrait au premier regard, or il n'en était rien. Le marchand évitait de rencontrer celle qu'il savait être sa fille, et celle-ci esquivait les visites à celui qu'elle regardait toujours comme son oncle. Quand Guido insistait, fâché, elle s'excusait sur son état et objectait que son parent ne la réclamait pas. Ce qui était exact.

Or Guido, à l'inverse, oubliait à mesure que le temps passait combien Vespucci était usé. D'une certaine manière, lui, le père de famille et l'homme qui avait vécu, se retrouvait écolier, et Amerigo était son maître. Cette situation aurait dû l'agacer et pourtant il s'y abandonnait volontiers.

Chaque matin, il passait quelques heures avec le marchand. Celui-ci avait l'esprit clair au début de la journée. Il vérifia d'abord que Guido savait tenir et évaluer une comptabilité, puis le mit au courant des produits dont il faisait le commerce et des prix auxquels on pouvait les acheter et les vendre. Il chargea un commis de lui faire voir les bateaux, insistant pour qu'il les visite entièrement, parle à leurs capitaines et connaisse les forces et les faiblesses de chaque homme et de chaque navire ; puis il commanda qu'il suive les marchandises depuis les entrepôts où elles transitaient jusque dans les navires où leur répartition obéissait à des règles strictes. Il sortit des cartes marines, désigna sur les côtes les comptoirs et sur l'eau les routes, et il tâcha d'initier Guido au système des vents et à celui des courants – l'Italien, pour le coup, ne comprit pas grand-chose, mais il mémorisa le temps que mettaient en moyenne les navires à aller d'un point à un autre en fonction des saisons. Ils regardèrent ensemble les lettres commerciales, le vieux les traduisant au jeune quand elles étaient en castillan, ce dernier s'exerçant à répondre s'il s'agissait d'italien ou de latin et, à la fin, après plusieurs semaines, Amerigo confia à Guido les chiffres qui permettaient d'engager la firme pour de grosses sommes. Ces leçons se faisaient dans la chambre-bureau d'Amerigo, Silvana Vespucci restait devant sa table, dessinant et modelant de la terre, indifférente, semblait-il, à ce que disaient les deux hommes.

Ce mode de vie convenait à Guido. L'après-midi, il passait du temps avec Lisandra et leur petite fille, ou il tâchait de converser avec les domestiques afin de perfectionner son espagnol, dont il se souvenait vaguement d'après les rudiments appris jadis à Sienne. Ulisse, souvent, l'entraînait à l'extérieur sous prétexte qu'il découvre la ville. Cela amusait Guido qui retrouvait dans l'adolescent la soif de bouger qui avait jadis été la sienne. La plupart du temps, ils allaient du côté de l'Arenal, vers le terrain boueux qu'il avait remarqué lorsque le bateau était arrivé à Séville. On trouvait là des cabanes en bois ou en tissu, bouges dont Ulisse, si jeune, n'aurait dû pouvoir approcher, et, plus près des murailles, des boutiques au négoce plus honnête, artisans en cordage, fondeurs de canons ou fumeurs de poissons, où le garçon avait, parmi les apprentis, des connaissances de son âge. Quand Guido eut dit au cousin qu'il s'était, en Italie, occupé de céramiques, celui-ci lui fit traverser le fleuve et ils se promenèrent parmi des ateliers où on travaillait la terre avec laquelle Silvana s'amusait. Dans le même quartier, moyennant quelques pièces, ils accédèrent à un balcon d'où ils assistèrent à un lâcher de taureaux : six monstres excités par la foule et qui galopaient dans la rue. Le spectacle rappela à Guido le *palio* sur la grande place à Sienne devant leur demeure, où des hommes à cheval affrontaient des taureaux également gigantesques. Il lui parut que c'était un signe favorable que de retrouver à Séville un plaisir qu'il avait connu en Italie.

*

Guido rencontra une fois la señora Vespucci. Maria Concepción aimait mieux la campagne que la ville, avait expliqué son mari. Alors que la chaleur commençait à être pénible – Lisandra restait des heures durant dans la cour ou sur son lit dans la pièce en rez-de-chaussée – elle vint chercher les jumeaux pour les emmener dans ce qu'elle appelait sa ferme et où ils seraient mieux durant les mois torrides. Elle emmenait Piedad : la gouvernante âgée souffrirait trop à Séville, à la fois de la température et de l'éloignement des enfants. Vespucci, lui, ne partait jamais : outre son état de santé, les mois d'été étaient propices au commerce. Guido, alors, insista pour qu'on ne le laisse pas seul pour souper mais qu'on monte manger avec lui. Lisandra n'objecta pas mais elle était désormais proche du terme et l'arrangement ne tint que peu de jours, jusqu'à son accouchement. Guido conclut que Dieu ou quelque mauvais diable s'opposait à ce que, d'une manière ou d'une autre, le père et la fille naturelle puissent se trouver et s'aimer.

Il était impatient cependant, lui-même, de la naissance, et fut heureux qu'elle arrive.

Les couches se passèrent bien, comme l'avait espéré Lisandra. Mais elle avait voulu un garçon et lui aussi avait espéré un fils, or une petite fille naquit. C'était ainsi, personne n'y pouvait rien. Le couple décida qu'on honorerait ceux qui les avaient accueillis en nommant le nouveau-née Maria du nom de sa grand-tante, et Ameriga du nom de son grand-oncle.

Vespucci dit qu'il appréciait, et qu'il verrait l'enfant dès que Lisandra pourrait la lui montrer.

26

L'aide de Las Casas

SUR MER, AVRIL-AOÛT 1512

Quatre mois. Juan de la Cosa avait passé quatre mois avec les Tupinambas : ainsi se nommaient les indigènes, même si par facilité Juan, ensuite, parlerait d'eux en abrégeant leur nom. Les autres hommes tombés sur le chemin étaient morts, lui avait survécu, il ne sut pas pourquoi mais il le devina. Les Tupis avaient fait l'expérience, depuis le nombre d'années que leur côte était visitée, que les Portugais et les Espagnols (ils ne faisaient pas la différence) rachetaient cher ceux des leurs qui devenaient captifs. Les flèches qu'ils lançaient n'étaient pas toutes faites pour donner la mort : il fallait empêcher l'ennemi de revenir, mais il était intéressant aussi de faire des prisonniers. Or ces sauvages utilisaient la nature en experts : ils soignaient et tuaient avec la végétation de la jungle. Le venin qui servait aux flèches était issu de ce qu'ils appelaient l'arbre de mort, un arbuste que Juan avait vu sur les côtes américaines sans jamais deviner qu'il était dangereux : il portait de jolies pommes qui donnaient envie de les manger et vous arrachaient la peau, paraît-il, si vous les croquiez en effet. Il en coulait, l'écorce déchirée, une sève blanche qui, à haute dose, arrêtait net le cœur de qui était blessé, et qui si l'on n'en mettait qu'un peu, endormait et paralysait pour plusieurs heures ou jours.

Les Tupis avaient commencé par soigner sa blessure, qui était à demi brûlure et à demi une plaie enflammée. Ils l'avaient forcé à boire en enfonçant une corne dans sa bouche et en y faisant couler l'eau puisqu'il ne pouvait bouger les lèvres. Il régurgitait et il avait pensé mourir asphyxié ; peut-être l'avait-il souhaité tant il ressentait de douleur à simplement respirer. Mais son corps, de la sorte, avait eu l'eau dont il avait besoin et il avait retrouvé ses forces et sa mobilité.

Quand il avait été mieux, les Tupis avaient continué à le bien traiter.

Un soir, quand il avait commencé à se sentir presque bien, ils avaient voulu voir l'entièreté de son apparence. Il avait dû se déshabiller devant le village réuni, les hommes, les enfants et les femmes, qui eux-mêmes étaient nus. L'exhibition eut lieu dans un espace auquel il penserait ensuite comme à une place ou une cour, entre de grandes huttes où les Indiens vivaient et dormaient collectivement (il avait sa couche dans l'une d'elles, un filet de fibres suspendu comme il en avait vu sans jamais en essayer, à La Española). Les Tupis avaient ri sans méchanceté de la couleur de sa peau, des poils qui poussaient drus sur son visage et de ceux qui couvraient la presque totalité de son corps – Juan était très velu. Ensuite, leur curiosité satisfaite, ils l'avaient laissé remettre ses vêtements. Peut-être étaient-ils rebutés par son apparence et préféraient-ils qu'il se couvre ? En renfilant sa culotte, il songea qu'il avait sur lui une lame ainsi qu'une arquebuse quand ils l'avaient pris, et que les soldats morts étaient pareillement équipés. Qu'étaient devenues les armes ? Les arquebuses étaient extrêmement dangereuses si les indigènes parvenaient à s'en servir.

Au début de son séjour forcé, Juan avait vaguement pensé qu'il pourrait être mangé. Il n'y croyait pas trop. Colón avait répandu la fable des sauvages mangeurs d'hommes. Dans une région où vivait un peuple appelé Kaníbas, ses hommes avaient trouvé des os humains sur le sol près des cendres de brasiers. Les restes étaient proches de villages et les marins avaient conclu, épouvantés, que les Kaníbas mangeaient la chair de leurs congénères. En revenant sur place, Juan et d'autres avaient observé qu'il s'agissait d'une manière de traiter les morts : les natifs brûlaient les cadavres et ils laissaient ensuite les os blanchir, avant de les rassembler dans la maison commune.

Il n'avait aucun indice que les Tupis aient des mœurs alimentaires incluant la chair humaine. Il espérait qu'il ne se trompait pas…

Il s'était en revanche attendu à ce qu'on l'épuise de travail : n'était-ce pas ce que les Blancs faisaient avec les natifs, dans les champs ou pour trouver l'or ? Or il n'en fut rien. Quand il eut compris qu'on le gardait pour le revendre, il jugea que les Tupis le ménageaient pour le maintenir en forme. Puis il changea d'avis. Aucun de ceux chez qui il se trouvait ne travaillait jusqu'à l'extrême fatigue. Chacun avait sa tâche ou la choisissait au fil des heures (il arrivait que Juan aide, sans que jamais cependant ils l'exigent), mais l'essentiel du temps se passait à parler, à manger, à dormir… à jouer ou à s'accoupler.

L'oisiveté permet de réfléchir. Juan eut l'idée que peut-être c'était la Bible, celle des juifs autant que celle des chrétiens, qui faisait du labeur une peine et une obligation. Il s'habitua dès lors à être paresseux. Les Indiens apprécièrent qu'il participe à leurs jeux, qui tournaient autour de cailloux très petits qu'on lançait pour les rattraper adroitement, et de plus gros qu'on tirait de sorte à faire tomber des légères piles de bois. Il ne resta pas non plus chaste. Une épouse tupi se devait à son homme, si le contraire n'était pas vrai. On reconnaissait les mariées à leur frange et à leurs cheveux coupés, et il comprit que s'il s'avisait de les toucher, il serait peut-être pour le coup dépecé et avalé. Mais avec les filles pubères, celles qui portaient leurs cheveux longs et dénoués, il était libre d'aller pourvu qu'elles consentent. Curieuses de se frotter à cet étranger velu, elles qui avaient coutume des hommes tupis glabres, plusieurs vinrent d'elles-mêmes le trouver, la nuit dans son hamac ou le jour dans un champ, et il se demanda, plus tard, combien de bâtards étaient nés de ces rapprochements.

*

Juan ne se trouva pas mal durant le long moment de sa captivité. Au fil des mois, il apprit quelques mots et des gestes qui comptaient pour s'exprimer ; mais cela ne suffit jamais pour lui permettre de vraiment converser.

Ce dont il souffrit le plus fut de ne pas savoir combien de temps durerait cette situation. Il n'allait pas finir son existence prisonnier dans ce lieu ? En pénétrant au fond de la plus grande cabane, celle où on ne dormait pas mais où on s'installait durant le jour, il avait découvert le cadavre desséché ou fumé d'un soldat portugais : un captif qui l'avait précédé et que nul n'était venu libérer. Suspendu à une poutre, le mort avait la barbe et les cheveux très longs, signe qu'il ne les avait pas coupés durant des années. Son colletin de fer, intact, couvrait ses épaules, mais sa culotte semblait avoir été usée aussi pendant longtemps.

Il finit par oser demander des explications et parvint à comprendre ce qu'on voulut lui dire. Les navires des siens longeaient assez souvent cette partie de la côte. Le plus souvent ils restaient au large : on les distinguait comme ils arrivaient, puis ils disparaissaient et rien ne se passait. D'autres fois, les bâtiments s'arrêtaient pas très loin du rivage. C'était selon, alors. S'ils étaient trop nombreux ou se montraient offensifs, les villageois se cachaient ou, comme ça s'était passé quand ils avaient eu Cosa, ils montaient un piège. Un vieillard avec qui Juan parla sourit que les Tupis savaient grimper aux arbres et imiter les cris d'oiseaux pour s'informer l'un l'autre sur ce qu'il fallait faire, et que les étrangers ignoraient les choses de la forêt. Dans le meilleur des cas (ça arrivait depuis qu'il avait pris de l'âge, précisa le vieil homme), un seul ou deux bateaux se montraient, jetaient l'ancre et attendaient. Ça signifiait qu'ils voulaient troquer : échanger leurs produits contre ceux du village.

Quand, dans une telle occasion, les Tupis retenaient un captif blanc, alors, ils le faisaient se déshabiller. Ils se rendaient sur la plage avec leurs arcs mais sans tirer de flèches, et en exhibant sur leurs piques les vêtements du prisonnier. Les étrangers comprenaient ce que ça voulait dire. Les discussions s'engageaient, on débarquait des cadeaux puis d'autres encore : les enchères montaient. À la fin les Tupis acceptaient les présents et lâchaient le captif.

C'est ce qui se passerait pour Juan, avertit le vieux. Il fallait juste être patient.

Mais pour le Portugais ça n'était pas arrivé.

*

La libération de Cosa ne s'était pas déroulée comme le vieux l'avait dit. À la mi-août presque exactement (l'ancien pilote n'avait pas perdu le décompte des jours), au très petit matin, une unique galée avait jeté l'ancre devant la plage : sans doute avait-elle passé la nuit dans une baie voisine. Juan ne sut pas qu'elle était là. Il pouvait circuler dans le village, il aidait dans les champs pourvu qu'il ne s'y aventure pas seul, mais le morceau de jungle qu'il fallait traverser pour aller au rivage lui était interdit. Le vaisseau, apprit-il par la suite, mouillait à la juste distance pour être hors de portée des flèches. Une chaloupe avait gagné la grève, avec deux soldats et deux hommes en robe noir et blanc qui ne portaient quant à eux ni arme ni protection de fer (cela encore, Juan l'apprit plus tard). Les quatre, sans attendre et sans qu'aucun Indien se soit encore montré, avaient déposé sur le sable des perles de verre, des couteaux, des coussins et des images de saints. Après quoi ils s'étaient rembarqués et avaient rejoint le vaisseau.

Les Tupis n'avaient jamais vu cela. Ils avaient attendu la nuit et avaient récupéré les babioles. Ils avaient, également, emmené pour la première fois brutalement Juan loin du village et ils l'avaient attaché à un arbre. C'est ainsi que l'Espagnol avait compris qu'il se passait quelque chose.

Le lendemain et le surlendemain la scène s'était répétée. La barque s'approchait avec les gens d'armes et les hommes en robe, des cadeaux étaient exposés, les Blancs se retiraient, les Indiens raflaient tout avant que la marée soit haute, et Juan demeurait accroché à son arbre.

Puis, au quatrième jour, les hommes en robe, qui étaient des novices dominicains, étaient venus tout seuls. Et au lieu de repartir ils étaient demeurés à genoux, des heures durant et même alors que le jour commençait à décliner et la mer à monter. Un conciliabule, sans doute, avait eu lieu : certains Tupis devaient souhaiter que ces étrangers trop hardis soient tués ou au moins qu'on se saisisse d'eux, d'autres désiraient savoir ce qu'ils voulaient.

Finalement, les Indiens s'étaient approchés des moines. L'aîné des deux, qui se nommait Jordán, avait raconté ensuite ce qui s'était passé :

« Ils ont vérifié que la galée était demeurée à distance : ils savent ce que nos canons peuvent s'ils ne se tiennent loin. Puis ils sont venus vers nous en avançant de trois pas et en reculant de deux. Nous n'avons pas bougé. Mon père est équarrisseur à La Española : je parle le taïnos et si la langue d'ici est évidemment différente, les gestes sont les mêmes pour exprimer certaines choses. Nous avons signifié que nous venions en paix et non pas pour la guerre, et ils nous ont compris. Je voulais obtenir de me rendre au village et qu'un Tupi accompagne Domingo (c'était l'autre novice) sur la galée : la vie de l'un garantirait celle de l'autre… Je ne sais pas comment ils ont été persuadés ; j'imagine qu'ils se sont dit que celui qui partirait reviendrait avec de belles choses ? Ils étaient cinq, et ils ont mis du temps à désigner celui d'entre eux qui irait avec nous… Toujours est-il que ça s'est passé et que j'ai suivi le chemin où vous avez été attaqué, entre ces sauvages qui serraient les doigts sur leur lance et me regardaient férocement. »

*

La suite avait peu d'importance. Il avait fallu un cheval, outre d'autres cadeaux, pour que Juan soit détaché, ramené au rivage et rendu à la liberté. Ce qui importait plus était que le sauvetage n'avait pas eu lieu par hasard. Bartolomé de Las Casas, quand il avait atteint Urabá, avait cru les navires d'Ojeda simplement retardés. Lorsque les trois bateaux avaient rejoint le lieu de la future ville, il s'était enquis de ce qui s'était passé. Le capitaine avait raconté que les sauvages les avaient attaqués près d'une île que Cosa jugeait sûre et où une avarie les avait fait mouiller. Des lances enflammées avaient consumé la voilure d'un navire, quelques hommes à bord avaient imaginé que le bateau flambait, ils s'étaient jetés à l'eau et les autres les avaient visés, cette fois avec des flèches. On décomptait trois morts, parmi lesquels Juan. Bartolomé avait regretté, mais il avait cru le capitaine. Cosa avait un fils, savait-il, qui vivait à Séville, sans doute près du marchand Amerigo Vespucci : il avait prié Ojeda d'écrire à celui-ci.

Mais quelque temps plus tard, un matelot qui avait des scrupules était venu le voir et il avait donné une autre version de l'accident présumé : Ojeda les avait fait descendre sur la rive, non d'une île mais du continent. Ils avaient cherché un trésor qu'ils n'avaient pas trouvé, avaient traqué des Indiens qui vivaient dans la jungle et qui les avaient attaqués en retour, sur terre et non sur mer. Il disait qu'on avait abandonné un peu vite les camarades tombés : peut-être ceux-ci n'étaient-ils pas si morts qu'il le semblait quand on les avait laissés, et attendaient-ils tous, prisonniers des natifs qui avaient tendu le piège ?

Bartolomé, alors, avait décidé d'envoyer un bateau.

Juan, à présent, était sauf sur ce bateau. On lui avait donné un baquet, une lame, un miroir et des vêtements neufs. Il s'était lavé, rasé avec volupté, et s'était tondu pour faire bonne mesure – ses cheveux gris emmêlés ne valaient pas qu'on les épargne. Il avait enfilé la nouvelle culotte, le pourpoint, avec délice, et avec plus d'inconfort les chaussures de cuir frais. Il avait si longtemps porté ses galoches élargies…

Il était, ô combien, reconnaissant au prêtre de l'avoir fait chercher ; et il songeait à Ojeda avec un désir de vengeance. Le bateau où il se trouvait allait rejoindre à Cuba une flottille qui rentrait en Espagne : il fallait donner au roi, avec quelques cadeaux, des nouvelles de la ville à naître et obtenir de lui qu'il envoie de nouvelles gens. Dans l'île, Juan devrait choisir : rentrer en Europe avec la flottille, ou attendre six mois le retour des bateaux et repartir là où à l'origine il devait aller, c'est-à-dire dans cette baie où Bartolomé voulait fonder une société heureuse.

Six mois, cependant, c'était long…

Il pourrait, entre-temps, retourner à La Española, mais son domaine, sans doute, avait été cédé à un autre.

Il demanda où en était le chantier de la cité. On lui dit que les premières constructions étaient désormais achevées et que le défrichage de la jungle était bien entamé. Il voulut savoir qui gouvernait aux travaux. La réponse fut que Las Casas se réservant le pouvoir spirituel, Ojeda auprès de lui était de fait gouverneur.

Juan, alors, se dit qu'il n'irait pas à Urabá.

27

Dissection

WITTENBERG, DÉCEMBRE 1512

C'était la nuit. Ça ne pouvait évidemment se faire que de nuit.

Même, une nuit sans lune.

Joachim avait vérifié : les nuages, ce soir-là, couvraient entièrement l'astre nocturne. Par les fenêtres, on ne distinguait pas l'arbre séparant son jardin de celui des voisins.

Au commencement de la soirée, une bruine avait remplacé la pluie de la journée. L'humidité et le froid, relatifs cependant (les gelées arrivaient en janvier ou février), dissuadaient les gens de sortir et il y avait peu de risques qu'un passant, sur le chemin du cimetière, entende le bruit que feraient les deux hommes. D'ailleurs, la boue étouffait les pas et permettrait que les pelles s'enfoncent avec un chuintement dans la terre fraîchement remuée et trempée.

Jan Solfa avait tout prévu. Lui et Lothar, son ami cordonnier, porteraient des vêtements se fondant avec la nuit. Une cape servirait à envelopper le corps. À cette heure, la porte de l'aître serait verrouillée mais, par l'arrière, le mur de clôture n'était pas très haut et ils pourraient l'escalader sans que personne les observe. Le terrain était trop boueux pour qu'on utilise une brouette, mais on mènerait une mule. On donnerait à la bête du foin pour qu'elle se tienne tranquille, on l'approcherait de la paroi et, en se mettant debout sur la selle, il serait aisé de passer de l'autre côté. Jan avait repéré des pierres irrégulières dans le haut, il y fixerait des cordes qui serviraient à remonter le corps. Quant aux outils, il était inutile de les apporter : Lukas et Paul, qui enterraient les morts, ne fermaient pas la cabane, à l'intérieur de l'enclos, où ils remisaient ceux dont ils se servaient.

*

Les choses s'étaient décidées rapidement, mais elles avaient été préparées par une longue réflexion.

Depuis qu'en 1510 le Polonais avait fait découvrir à Joachim la *Cosmographia* où celui-ci avait cru retrouver son frère, les deux hommes s'étaient rapprochés. Un quart de siècle avait beau les séparer, Solfa aimait venir le soir discuter avec le docteur vieillissant. Lothar l'accompagnait et, depuis quelque temps, il s'asseyait aux pieds de son compagnon. Cette liberté agaçait Joachim, mais Ursula accueillait les garçons avec bienveillance :

« Il faut bien que le cœur se pose quelque part, et ces deux-là se sont trouvés. Est-ce donc si terrible ? » avait-elle dit.

Et parce qu'elle savait que Joachim s'était essayé jadis au métier de cordonnier :

« Vous êtes faits pour vous entendre, Lothar et toi ; il y a plein de choses dont vous pouvez discuter », avait-elle ajouté, moqueuse.

Les sujets qui faisaient la conversation durant ces soirées étaient presque toujours les mêmes. Ce qui se passait à Wittenberg n'intéressait pas Solfa, il se moquait des petites affaires qui agitaient les gens et aussi des combats qui opposaient les professeurs. Les guerres entre les royaumes, les spéculations politiques, le Polonais s'en souciait comme d'une guigne. Et il se tenait aussi loin qu'il pouvait des questions théologiques. Au début de leur amitié, Kossa lui avait fait rencontrer Luther. Les jeunes gens étant sensiblement du même âge, il pensait qu'ils pourraient s'entendre. Le dîner avait été glacial, tous les deux s'étant détestés aussitôt.

Ce qu'évoquait Solfa quand il parlait avec Joachim, cela seulement qui le passionnait, c'était la configuration de ce qu'il appelait le « grand monde » qui était l'univers avec les corps célestes, et celle du « petit monde » qu'était le corps humain.

Le Polonais n'avait pas trente ans : l'ampleur de son savoir stupéfiait Kossa, même s'il comprenait qu'il venait en partie de ce que lui confiaient d'autres savants. Quand il ne s'occupait pas des étudiants, quand il n'assistait pas les professeurs plus âgés, Solfa, en effet, rédigeait des lettres. Il les écrivait en latin, en allemand ou en polonais, mais souvent quoique plus difficilement en italien car il avait, à Bologne et Padoue où se trouvaient les meilleurs médecins, plusieurs correspondants. Pour chaque lettre qu'il envoyait, il en recevait une ; chaque information qu'il obtenait d'une personne, il la rapportait à une autre ; et, le contrat étant tacite, cette dernière lui livrait en retour une étincelle de savoir acquis par ses recherches ou qu'elle tenait de quelqu'un.

Or, depuis quelques mois, une chose obsédait Solfa. En Pologne, le jeune professeur avait appris à ouvrir des chèvres, des porcs ou des chiens. Peu avant de partir, il avait examiné l'intérieur d'un singe : un magot qui avait appartenu à une reine morte. Mais jamais il n'avait disséqué de cadavre humain. Dépecer un mort, disaient les prêtres, c'était le condamner à ne pas ressusciter : car lorsque les défunts renaîtraient au Jugement dernier, les corps démembrés ne bénéficieraient pas de la gloire commune. Ursula, qui restait dans la pièce pendant ces conversations, avait demandé si les gens dévorés par des loups, l'hiver dans les forêts, se lèveraient avec des morceaux manquants ou s'ils seraient privés de la résurrection. Comme souvent, Joachim n'avait su trancher si sa femme posait sérieusement la question ou si elle se moquait.

Quoi qu'il en soit, il semblait d'après des courriers que Jan avait reçus, qu'en plusieurs endroits d'Europe des médecins avaient entrepris de braver l'interdit et qu'ils ouvraient des corps.

Tout avait commencé avec une lettre venue de Vésale dans le duché de Clèves. Un apothicaire voulait publier les écrits de son père qui avait été médecin impérial. Il soulevait un point : à l'endroit où la clavicule s'unit à l'omoplate, le savant grec Galien décrit un os auquel les tendons s'accrochent. En forme de crochet et absent chez les singes, cet os expliquerait la force de l'épaule humaine. Dans le carnet qu'il s'agissait d'imprimer, le défunt médecin avait constaté l'existence de cet os sur des cadavres de soldats puis de nouveau chez un pendu dont il avait récupéré les restes. Il n'avait en revanche pas disséqué de singe. Le fils demandait aux savants de l'aider pour rédiger une apostille au traité du père.

Solfa avait reproduit la lettre trois fois. Il avait envoyé les copies en Pologne, en Espagne et, à Rome, à l'hôpital Santo Spirito où un de ses correspondants plus rares signait du pseudonyme de *Leo*, qui signifiait « le Lion ».

Et Leo avait répondu par un courrier de trois feuilles.

La première portait des dessins d'une stupéfiante précision. Les muscles de l'épaule et du cou humains y étaient représentés, une fois de profil au repos, une autre de face avec un bras écarté orienté vers le bas et la dernière fois avec le même bras relevé de sorte à dégager l'aisselle.

La deuxième feuille ne contenait qu'un dessin, mais extraordinaire : la partie supérieure d'un squelette avec l'arrière du crâne, le cou, les omoplates et, par une très habile perspective, les os longs qu'on appelle petites clés situés sur la face antérieure. Semblables à des câbles, les tendons s'attachaient aux racines du crâne pour rejoindre la colonne ou partaient des vertèbres supérieures vers les omoplates et les clés. Le dessin était accompagné de commentaires que Solfa peina à comprendre, car Leo écrivait quelquefois les lettres à l'envers. Rien ne concernait, dans cette feuille ou dans l'autre, la comparaison avec le singe.

Le troisième feuillet ne répondait pas non plus à la question posée. Il consistait en une citation, en italien, d'un passage que le correspondant italien attribuait à Galien et dont ni Solfa ni Joachim Kossa n'avaient connaissance. Ursula vérifia dans le grand livre en grec et en latin qu'elle avait hérité de son père et elle n'y trouva rien non plus. C'étaient des conseils que le médecin antique donnait à ses élèves :

> Il faut voir par soi-même et étudier le squelette humain. Si aller dans un lieu où cela se pratique est impossible, essayez de récupérer des ossements comme cela m'est arrivé. Un jour où une inondation avait emporté des sépultures, j'ai retrouvé un corps dans un marécage, la chair décomposée mais les os tenant comme si on avait préparé le cadavre. Une autre fois ce fut le squelette d'un condamné que personne ne s'était soucié de dépendre. Les oiseaux de proie lui avaient enlevé la chair et il n'en restait que les os desséchés comme si, de nouveau, on les avait préparés pour que je les étudie.

Pour finir, Leo avait inscrit trois mots seulement :

Perche Lei no ?

Ce que Solfa avait traduit par « Pourquoi pas vous ? » : pourquoi ne feriez-vous pas de même ?

*

Quand Kossa avait examiné la première feuille, il s'était étonné que le médecin italien, si tant est qu'il s'agisse d'un médecin (il fallait être bien artiste pour dessiner aussi excellemment), ait représenté les muscles ainsi tendus :

« Je ne crois pas qu'on puisse enlever les chairs et tout le gras et dégager seulement les muscles et les os. Et je doute encore plus qu'un cadavre sur lequel on aurait réussi à faire cela et qui serait alors une chose en pleine décomposition puisse montrer ces muscles en tension. »

Lothar, au même moment, regardait la feuille avec les épaules et les tendons :

« On dirait les échelles de corde qui montent aux mâts des navires », dit-il.

Kossa fut surpris : en général, le garçon s'abstenait de rien dire. Il s'étonna par ailleurs qu'il connût quelque chose en fait de marine.

« C'est ma foi vrai, confirma-t-il. Or, à ce stade, les tendons également sont presque de la bouillie. Ce dessin aussi est une vue de l'esprit et, en même temps, il force la conviction... »

Ce fut au tour de Solfa cette fois d'être étonné : comment Kossa savait-il l'état d'un cadavre après plusieurs jours de dissection ? Il n'avait jamais entendu le médecin raconter qu'il avait ouvert un corps, même celui d'un animal.

Sa stupéfaction fut à son comble lorsque Joachim commenta à propos du troisième feuillet :

« J'ai fait la même chose... Je l'ai fait à plusieurs reprises avec Herr Brengebier, le père de ma femme. »

Solfa ne dit rien, mais il fixa sur Joachim un regard plus pressant qu'il ne l'avait jamais fait. Lothar, lui, baissait les yeux.

« Nous étions en Alsace, commença à raconter Joachim. La maison était grande, presque vide de meubles, et elle était isolée. Elle avait appartenu à la tante d'Ursula, dont ma femme était l'héritière. Ursula et son père étaient venus prendre possession de la demeure et la vendre, mais l'affaire était un peu compliquée et ils sont restés plus d'une année. C'est ainsi que nous nous sommes connus. J'habitais la maison : je finissais d'apprendre, je n'avais guère d'argent, la tante m'avait logé contre divers services. Plutôt que de me faire partir, Herr Brengebier m'a proposé de rester et d'être son assistant. Il voulait profiter de son séjour pour mener des études dont il n'avait pas le temps à Eisenach où il avait sa charge. En fait il s'agissait de disséquer des corps. Un employé de la ville apportait les chiens et les chats crevés qu'il trouvait dans la rue, et d'autres animaux : des rats, des écureuils. Nous avons découpé plusieurs renards et une fois une charogne de chevreuil. Puis un jour, l'homme a donné à Herr Brengebier un sac avec un bras humain. Il s'était arrangé avec celui qui, à l'hospice des miséreux, enterrait les indigents. Je suppose qu'il coupait un membre à ces pauvres hères avant de les envelopper de leur linceul et de les jeter dans la fosse commune… »

Joachim s'arrêta de parler et il appuya son doigt entre ses sourcils en fermant les yeux : un réflexe qu'il avait quand la migraine montait. Lorsqu'il retira le doigt, une marque était imprimée sur sa peau.

« Herr Brengebier n'a pas refusé le bras. Nous l'avons disséqué tous les deux, dans la cuisine de la grande maison. Ensuite, il a mis à bouillir ce qui restait. Les lambeaux de tissus se sont détachés, les ligaments se sont ramollis et les os se sont disjoints. À la fin, ils étaient parfaitement propres et Brengebier a reconstitué le bras. Plus tard, nous avons fait de même avec un crâne et le début du cou. Puis l'homme a apporté un pied. Mais là, je m'en souviens, il y avait tant d'osselets qu'avec toute sa patience et son habileté, mon beau-père a peiné à reformer avec eux quelque chose qui ressemble à un pied. »

Il expliqua ensuite comment le docteur, toujours avec son aide, avait pu ouvrir ensuite des cadavres entiers : ceux de plusieurs hommes et même – mais, là, c'était à Eisenach, après un meurtre – celui d'une femme enceinte.

L'idée d'aller déterrer un cadavre s'était imposée à ce moment. Restaient des interrogations d'opportunité : quel moment, quel mort et dans quel lieu procéderait-on ? Lothar, qui était encore apprenti, vivait dans une minuscule pièce au-dessus de la boutique où il travaillait, Solfa était logé à l'université : la seule solution était d'utiliser la maison des Kossa. Elle était en retrait grâce à son jardinet et comportait une cave. Ursula, que Joachim consulta hors la présence des jeunes gens, refusa d'abord catégoriquement. L'opération était trop risquée : Joachim, avec son accent, restait aux yeux des gens un étranger ; s'il était découvert, il serait d'autant plus rigoureusement condamné que son anatomie (les juges risquaient de vérifier) trahissait ses origines. Puis, comme Kossa, posément, lui avait rappelé que son père avait jugé utiles de telles opérations, elle s'était radoucie. Elle avait exigé en tout cas qu'on n'utilise pas ses casseroles s'il s'agissait de faire bouillir « quelque partie que ce soit » (ainsi s'était-elle exprimée). Puis elle avait conclu qu'il lui suffisait pour sa part d'avoir vécu l'épreuve jadis en Alsace et que, pendant qu'ils procéderaient, elle irait à la campagne. Sa cousine Barbara était mariée à un peintre, Lucas Kronach (quelques-uns l'appelaient Cranach), elle était enceinte de leur premier enfant et se reposait dans une demeure que le couple avait acquise au sud de Wittenberg. Barbara ayant perdu sa mère, elle serait enchantée d'avoir l'aide et la compagnie de sa cousine plus âgée :

« J'ai beau n'avoir jamais accouché, je suis sûre que je saurai la rassurer », conclut Ursula.

*

On n'entend pas de bruit et il y a encore moins de lumière. Les oiseaux qui ne sont pas partis vers le sud dorment ou se taisent en attendant le jour, et le vent qui souffle faiblement ne trouve aucune feuille sèche à décrocher des arbres.

Solfa et Lothar peinent à repérer les formes dans l'obscurité. En entrant dans la cabane, le premier fait basculer un pot placé près de la porte. Le bruit de la terre cuite qui roule sur le sol résonne dans le cimetière, mais peut-être n'est-il pas aussi fort que les deux hommes le croient.

En faisant attention aux obstacles, ils se dirigent vers la tombe qu'on a fermée hier. Comme ils l'avaient prévu, les pelles s'enfoncent facilement. Mais le monticule est haut et la fosse, avant qu'ils n'atteignent le cercueil, plus profonde qu'ils n'avaient pensé. Ils ont préparé des cordes pour remonter le coffre, ils n'ont pas oublié la barre pour forcer son couvercle. Le bois léger est de mauvaise qualité. Peu d'efforts suffisent pour ouvrir la bière.

Emporter le défunt est une affaire plus complexe. L'homme est mort depuis deux jours. L'enterrement a été expédié : une simple bénédiction par le prêtre local. L'occasion était parfaite pour disposer d'un corps en bon état et, de fait, le cadavre ne sent pas. Mais sous le drap dans lequel il est roulé, il est dur comme du bois. Solfa s'attendait à cette rigidité, il savait qu'elle caractérise un cadavre dans les premiers jours mais il ne pensait pas qu'elle serait aussi prononcée. Il est aussi impossible de plier le corps que de faire se ployer une statue. Comment vont-ils procéder ? Comment passer le mort par-dessus le mur et d'autre part, comment le faire tenir sur la mule pour le conduire chez Kossa, ce qui est le moment dangereux ?

Solfa et Lothar se consultent. Lothar demande si, avec une scie… Solfa ne veut pas envisager la chose. L'autre objecte que, de toute façon, il s'agit à la fin de découper le corps, mais Solfa résiste. En pleine nuit, au milieu de la boue, il ne saurait où tronçonner. Puis de toute manière il n'est pas certain qu'il y ait une scie dans la cabane et, dans l'obscurité, il sera difficile de la repérer.

La mule, qui doit avoir fini son foin, commence à braire. Il faut prendre une décision.

Lothar a eu l'idée. À côté de la tombe où était l'étranger, il y a une sépulture maçonnée. Elle est un peu prétentieuse, avec un gradin et la dalle proprement dite excessivement surélevée. Il suffit de coucher Hans sur le ventre – Hans, paraît-il, était le nom du mort – de sorte que son buste dépasse de la pierre. Solfa tiendra les jambes, peut-être montera-t-il à califourchon sur les hanches pour maintenir le corps solidement, et Lothar, qui est petit et fort, se servira de la pelle pour briser la colonne sous les dernières côtes. Il ne s'agira pas de sectionner le cadavre comme l'aurait fait la scie, mais de l'obliger à plier.

*

Et c'est ce que les deux hommes ont fait. Ils l'ont raconté à Kossa, qui les a fait taire quand ils ont précisé que la rupture des vertèbres n'a pas suffi et qu'ils ont dû forcer pour ployer les tissus. Même ainsi, qu'il ferme les yeux ou qu'il les ouvre, le médecin croit voir la scène. Il a l'impression de la vivre ou de l'avoir vécue.

À présent cependant, sa pensée s'obsède sur ce qui se passe à la cave. Le cadavre est arrivé dans la maison l'avant-dernière nuit. Depuis, Solfa travaille presque sans repos. Il a donné ses cours au début de la journée samedi puis, en passant par la porte du jardin comme il l'avait fait durant la nuit, il est revenu chez Kossa. Il a œuvré le jour et toute la soirée, n'est remonté qu'une fois pour avaler un bouillon et dormir quelques heures. Ce matin, profitant de son jour de congé, Lothar l'a rejoint : son métier l'a habitué à user d'outils à découper et il servira d'assistant.

Joachim n'a pas voulu voir le corps. Mais il a examiné, la veille, les viscères que Solfa avait d'abord retirés. Une fois que le crâne aura été scié, il veut avoir le cerveau : pour la deuxième fois de sa vie il examinera cette partie du corps où réside, dit-on, le siège de la pensée. Solfa lui remettra l'organe ce soir. Son premier cerveau était celui de la femme grosse. Quelque part doit se trouver la feuille où son beau-père avait écrit le poids et la taille. Si lui ou Ursula la retrouve, il sera intéressant de comparer.

Le jour décline, devient gris, le médecin se chauffe devant le feu. Il voudrait que son épouse soit là ; elle est partie comme il était convenu au petit matin il y a deux jours. Joachim a la sensation qu'une puanteur envahit la maison. Il sait que c'est impossible. En ce début d'hiver, la demeure est froide et la cave encore davantage. Puis Solfa a pris soin de faire brûler de l'encens sur les marches qui mènent au sous-sol. L'odeur qu'il sent est celle de la résine que les prêtres font brûler pendant les rites et non celle de la décomposition.

*

Le mort… Le mort était étranger au pays. C'est une des raisons pour lesquelles ils ont choisi ce cadavre. Joachim ne voulait pas qu'on découpe quelqu'un qu'il aurait connu et il refusait que le sujet soit une femme : l'expérience d'avoir pénétré les secrets d'un corps féminin lui avait laissé le sentiment, presque, d'avoir violé.

Solfa sait qu'à deux reprises Joachim a rendu visite à l'homme qu'il dissèque. Il lui a rapporté qu'il parlait peu, prononçait mal. Le malade a dit son nom et qu'il allait vers Stettin, mais il n'a pas précisé d'où il venait ni expliqué les raisons de son déplacement. Un messager, peut-être, au service de nobles ou de commerçants ? Il s'était logé à l'auberge quinze jours auparavant, se trouvant incapable d'avancer plus loin. Il n'avait souhaité faire prévenir personne mais il avait réclamé le médecin et il avait payé. Après qu'il était mort, l'aubergiste avait récupéré ce qui restait dans sa bourse et il avait gardé le cheval : une compensation pour les soins donnés et la chambre occupée, avait-il dit.

Joachim pense qu'Hans avait un peu plus de cinquante ans. Il était costaud, la peau épaisse et couperosée. Sans doute vivait-il depuis longtemps de voyager et son corps le montrait. La respiration lui manquait. En posant l'oreille contre sa poitrine, Kossa avait repéré un souffle : que pouvait-il y faire ?

À aucun moment il n'avait songé à demander au malade de se déshabiller. Or, quand Solfa avait débarrassé le corps de son linceul, le premier jour dans la cave, il avait constaté que les jambes étaient gonflées et la peau marquée d'ulcérations. Le premier symptôme concordait avec une maladie du cœur, le second ne semblait pas avoir de rapport.

Lorsque Jan a porté à Kossa le cœur avec les vaisseaux qui y entrent et qui en sortent, quoiqu'ils aient peu de moyens de comparaison, il leur est apparu que la grande artère issue de la gauche de l'organe était distendue et le tissu déchiré à hauteur de la dilatation. L'anomalie expliquait le souffle que Kossa avait entendu, et le sang échappé avait dû causer la mort.

Mais voilà qu'à présent le Polonais a découvert autre chose. Les lésions de la peau sont considérables : des chancres couvrent l'aine, les aisselles et le sexe – il le savait. Mais dans la bouche, que Lothar a forcée avec un bâton, le palais est profondément atteint. Sur un espace de la taille d'un pfennig, la muqueuse n'existe plus et il s'en faut de peu que l'os ait disparu.

L'homme a dû terriblement souffrir.

*

Lothar monte demander à Kossa si le malade s'est plaint d'une douleur dans la bouche. Celui-ci répond par la négative, vite et sans réfléchir. Les liens de Solfa et du cordonnier l'indisposent, même si Ursula lui a conseillé d'être complaisant. Puis il a conscience d'avoir peut-être hâté la consultation qu'il a donnée à Hans. Le garçon a à peine disparu qu'il se souvient que le malade non seulement parlait peu, mais aussi d'une voix nasale et en ouvrant à peine les lèvres. L'hôtelier avait dit qu'il bavait salement en mangeant, comme s'il avait du mal à ingurgiter : le trou dans le palais explique cette difficulté. Pourquoi le voyageur ne lui a-t-il pas montré spontanément sa bouche ?

On a parlé au médecin d'un mal qui perce cet orifice. Il se le rappelle maintenant. Sans doute, il ne correspond pas avec d'autres savants comme le fait Solfa, mais il s'intéresse à ce qui est nouveau.

Quand, où, et par qui a-t-il su cela ?

Il se concentre et une image lui vient : un grand arbre – un pommier. Un fruit tombé, mangé par les vers. Il ressemble à une tête de mort avec ses orbites et une bouche qui hurle. C'est le maître chirurgien Wilhelm von Hohenheim qui le lui a fait remarquer, ils étaient assis sur le banc dans la cour de l'université. Wilhelm revenait de Venise où il avait passé deux ans, il allait repartir. Normalement, un professeur de médecine ne parle pas avec un simple chirurgien, autrement dit un barbier, mais cet homme-là est particulier : on le dit enfant naturel issu d'un haut lignage et il court l'Europe avec son fils Théophraste, à la recherche de la connaissance, dit-il, et certainement aussi d'occasions fructueuses. En l'occurrence, les deux hommes parlaient des maladies qu'on n'avoue pas : celles que les hommes attrapent auprès des ribaudes et qui les rendent impuissants avant de les faire mourir. Avec l'impertinence qui lui est propre, Wilhelm a ri parce qu'une vérole qui frappe les soldats et les marins est appelée en Italie « gale française », et en Allemagne « le mal italien ». Kossa a demandé ce qu'avait de particulier cette vérole, et l'autre lui a répondu qu'elle fait comme une lèpre sur la peau, qu'elle attaque les organes et finit par trouer la bouche.

Joachim est excité. Et si Hans était mort de ce mal, plutôt que d'un défaut du vaisseau cardiaque ? Le médecin a beau répugner à descendre à la cave, il faut qu'il dise son idée à Jan. Il repousse sa chaise et se dirige vers l'escalier.

Mais à ce moment, on frappe à la porte.

Joachim n'attend personne.

Médecin, il a coutume d'être dérangé, mais le bruit du heurtoir résonne ce jour-là comme une menace. Jan et Solfa ont-ils été repérés ? S'est-on aperçu que la terre de la tombe a été remuée et a-t-on procédé à une enquête ?

La tête de Lothar apparaît au haut de l'escalier. Le garçon

lève les sourcils d'un air interrogateur. D'un signe impérieux, Kossa lui indique de redescendre.

Le marteau, de nouveau, tombe contre la porte : trois coups forts. Kossa a la bouche sèche. Il se force à lancer un « J'arrive » presque désinvolte, avant d'aller ouvrir.

28

Les canules

WITTENBERG, LA NUIT ET LES JOURS SUIVANTS

Ce ne sont pas les hommes du bourgmestre ni de l'évêque qui frappent à la porte, mais un novice augustin ; un tout jeune homme point encore tonsuré.

L'ami de Joachim et Ursula, presque leur fils en fait, Martin Luther, frère Martin ou frère professeur comme on l'appelle désormais, est malade. Très malade. Et il réclame le médecin. La veille, il est revenu de la maison de Halle à la fois glacé et fiévreux. Il tousse horriblement et de plus il a d'autres malheurs : Herr Kossa doit venir tout de suite.

Celui-ci ne se fait pas prier. Il est soulagé : on n'a pas découvert ce qui se trame dans sa maison et l'état de santé de Martin l'inquiète modérément. Le moine se croit si souvent malade… Il est fréquemment souffrant en effet, mais ses maux sont causés plutôt par sa complexion nerveuse que par une faiblesse qui mettrait sa vie en danger. Kossa soupçonne que Luther le dérange pour rien et en l'occurrence il s'en moque.

La maison du docteur est bâtie là où la ville finit, vers le nord. Le couvent où loge Luther se trouve au sud, à peu de distance de l'Elbe. Le novice est venu avec la charrette du monastère, une caisse protégée par du tissu huilé. Il y fait monter Kossa et mène le cheval en le tenant par la bride. Les rues sont sombres, quelques flocons mouillés tombent sans rien blanchir, l'obscurité humide rappelle au médecin le voyage que Martin jeune lui a fait faire des années plus tôt pour aller visiter un petit garçon qu'il n'a pu sauver.

Kossa n'est jamais entré chez les augustins. C'est une bâtisse récente haute de quatre étages, avec un escalier en colimaçon ajouté à la façade. Luther est logé en haut, et Kossa peine en montant l'escalier, qui est raide.

Sauf l'inconvénient de cette position, le moine, qui enseigne depuis quelques mois la Bible aux étudiants, est bien installé. Il dispose de deux pièces ouvertes par de grandes fenêtres, sombres et inutiles à présent. La salle par laquelle on entre sert d'étude en même temps que d'oratoire, l'autre est la chambre. Il y a des livres partout.

Martin est assis dans son lit, il appuie sa tête sur des coussins. Deux chandelles sont disposées près de lui et, tandis que le novice qui a accompagné Kossa se retire, le frère qui veille Martin s'occupe d'en allumer d'autres. Le docteur, ainsi, peut mieux voir.

Luther est vraiment malade. Son visage, qui ces derniers temps a tendance à s'élargir, est rouge, et la peau brûlante au toucher. Kossa n'a pas besoin d'écouter de près : les bronches sont prises. Le moine se redresse pour le saluer et le remercier. Sa voix, habituellement forte et grave, s'entend à peine et monte dans l'aigu. Il essaie d'expliquer qu'il a eu chaud et s'est trouvé trempé alors qu'il cheminait, puis qu'il n'a pu se changer et qu'il a eu très froid. Une quinte le force à s'interrompre : la toux est grasse, chargée de sécrétions. Quand il reprend son souffle, il dit que, de plus, il n'arrive pas à uriner. Le médecin fait la grimace : il va devoir rester toute la nuit.

Finalement, Kossa demeure aux augustins deux soirées et deux jours. Il retourne brièvement chez lui le premier matin (« parce qu'il me faut diverses choses », dit-il, ce qui est la vérité), et refuse que le frère novice l'accompagne. Quand il ouvre la porte avec un peu d'appréhension, il constate que la maison est vide : Jan doit être à l'université, Lothar chez son maître cordonnier. La cave est fermée, il ne cherche pas à y entrer. La cuisine est propre, il lui semble qu'une odeur de graisse brûlée flotte autour de la cheminée, où on a éliminé les cendres. Peut-être est-ce son imagination. Il retourne au couvent l'esprit apaisé.

Le refroidissement dont souffre Luther est dangereux mais Kossa peut lutter contre ce genre de maladie. Il faut alterner saignées, ventouses et lavements pour faire sortir l'humeur par toutes les issues possibles. La toux, si pénible soit-elle, contribue à libérer les poumons, aussi Kossa incite-t-il Luther à cracher le plus possible.

Ce qui inquiète le médecin, c'est l'absence de miction. Martin se plaint d'une douleur en bas du ventre et Kossa, le dimanche soir, en palpant, sent le globe vésical anormalement gros. Dans les heures qui suivent, le moine ne parvient à émettre que quelques gouttes. La peine qu'il ressent s'accroît et son teint jaunit : un homme ne peut pas rester sans pisser, ou son sang s'empoisonne et il meurt. Kossa pense qu'un calcul ou quelque autre obstacle doit encombrer l'urètre et qu'il va devoir l'expulser en sondant, quelle que soit la douleur que le malade en ressentira. C'est pour prendre les instruments nécessaires à cette opération qu'il est rentré chez lui le premier matin. Herr Brengebier lui a laissé une collection de canules en argent très fines, rectilignes ou courbes, qui s'emboîtent et peuvent s'enfoncer dans le canal pénien. Son beau-père était fier de ce matériel, qu'il appelait ses « pailles ». Il avait expliqué à sa fille comment en faire usage si le malade était une femme, et il avait prétendu que son gendre l'expérimentât pour son compte : c'est ce qu'il avait pratiqué quant à lui avec l'aide d'un autre médecin, avait-il dit. Kossa avait essayé tout seul et il avait renoncé dès le premier tube, jugeant la douleur insupportable. Jeune marié, il craignait aussi que l'opération n'ait des conséquences fâcheuses, comme il l'avait lu dans un livre…

Au petit matin le mardi, comme Martin n'a toujours pas

uriné et que sa fièvre augmente, Kossa prend ses pailles et demande que plusieurs moines tiennent le malade. Luther ne comprend d'abord pas ce que le médecin veut faire. Plus fiévreux que jamais, les yeux rougis, épuisé, il reste assis avec peine sur le bord du lit. Quand le médecin rabat le prépuce et tire sur le gland pour élargir le méat, il ne proteste pas. Mais il a un mouvement de recul lorsque le bord de la plus fine canule appuie sur l'ouverture et tâche de pénétrer. Kossa ordonne : il faut mieux maîtriser le moine. Il approche une nouvelle fois la canule, et de nouveau fait pression. Luther crie... et lâche un flot d'urine. Le médecin, surpris, recule brusquement – le jet manque le récipient qu'il a préparé et se répand sur le sol. Le vêtement de Kossa est un peu éclaboussé.

Luther ferme les yeux de plaisir. Le médecin soupire d'aise.

*

Alors qu'il soignait Martin, Kossa a reçu un message de Solfa. Le Polonais priait *Herr Doktor* de venir le voir à l'université ou de lui faire savoir quand il serait rentré : il avait une communication à lui faire, sans que rien cependant, il le précisait bien, soit urgent ni inquiétant. Kossa ignore comment Jan a su qu'il se trouvait chez Martin Luther. Il est vrai qu'à Wittenberg, tout se sait : c'est une si petite ville... Il s'en veut aussitôt d'avoir pensé cela. Si vraiment tout finit par se savoir, alors, les deux jeunes hommes et lui sont mal partis.

Kossa décide qu'il va passer voir Jan ; c'est un petit détour mais il peut être important qu'il sache ce que l'autre a à dire avant qu'il ne se réinstalle chez lui. Il est à la fois soulagé et frustré d'avoir été absent.

Jan est en effet à l'université, où il a achevé ses leçons. Kossa le rencontre dans une petite pièce qu'on lui a affectée. Le jeune professeur parle à mots couverts, pour le cas où les minces cloisons permettraient qu'on les entende. Il dit que Lothar et lui ont achevé ce qu'ils avaient à faire et qu'il reste seulement, « au fond du local que vous savez », une malle où sont « les restes secs ». Ils s'en occuperont plus tard, soit chez Kossa si Ursula et lui en sont toujours d'accord, soit ailleurs si le médecin le juge préférable.

Il continue d'une voix extrêmement basse :

« Nous avons vu, avec Lothar, que la colonne n'est pas droite comme nous l'imaginions, mais qu'une courbure la creuse à la nuque et de nouveau dans la région des reins. Avec du fer filé, je redonnerai ce mouvement aux vertèbres quand on reconstruira le squelette. Pour les articulations, nous les attacherons avec du cuir bouilli : c'est Lothar qui a eu l'idée, il en use pour faire les souliers. »

Kossa se demande ce que Solfa fera, ou lui-même, avec le squelette remonté. Avoir à son domicile Hans dans cet état ? Il est partagé entre l'amusement et l'effroi. Puis il songe qu'il devrait être fier : qui sait, peut-être est-ce la première fois dans l'histoire qu'on reconstruit ainsi la structure d'un corps ? Il ne se souvient pas qu'aucun médecin antique ou arabe ait accompli la chose. Ce que Solfa et le cordonnier ont fait est remarquable, mais c'est bien grâce à lui qu'ils y sont parvenus.

Quand Kossa quitte l'université, il prend conscience qu'il n'a toujours pas dit à Jan son idée sur la maladie de Hans. Est-ce que ça importe, finalement ? Le médecin se détache déjà de ce qui s'est passé. Avant de rentrer chez lui, il va chez un voisin prier qu'il veuille envoyer son fils à Wörlitz (c'est le nom du village où les Kronach ont leur maison) : il souhaite qu'Ursula rentre. Il paiera le déplacement. Avec un peu de chance, sa femme sera de retour le soir même, ou du moins le lendemain. Il a hâte de reprendre sa vie normale.

En fait, Kossa est de mauvaise humeur. Le premier jour, Luther, bien qu'il fût mal en point, avait tâché d'expliquer comment il avait pris son mal. Il avait marché un moment, trouvant épouvantable l'inconfort de la charrette. Peut-être la suspension était-elle mal pensée et les cahots trop forts ? Cela expliquerait que la vessie, molestée, ait ensuite mal fonctionné. En allant à pied rapidement, il avait transpiré et lorsque, fatigué, il s'était rassis, la sueur qui mouillait sa chemise avait refroidi, le glaçant. Or ce matin au moment où Kossa allait prendre congé, le frère prieur est venu le remercier. Il l'a congratulé pour les soins donnés, « même si les prières de la communauté sont pour beaucoup dans cette guérison ». Et il est revenu sur les circonstances de la maladie :

« J'ai interrogé le moine qui accompagnait frère Martin, a-t-il dit. Ils ont traversé un village où habitent beaucoup de juifs. Peut-être que ce sont eux qui ont soufflé sur notre frère, parce que c'est au moment où la voiture passait là qu'il s'est plaint de sentir un vent froid qui perçait son vêtement. »

Ursula a appris à Kossa à rester impassible quand il entend ce genre de déclaration : il n'a pas relevé. Mais il a remarqué que Luther a laissé dire. Le médecin sait que Martin supporte les propos hostiles aux juifs. Une fois, chez eux, le moine a même déclaré qu'un jour il prêcherait contre la secte des Hébreux : il s'appuierait sur les Évangiles pour montrer combien ils étaient détestables, menteurs, entêtés dans leur refus de croire en Jésus et coupables de sa mort. Luther s'adressait exclusivement à Ursula en disant cela alors qu'en général il parle à tous deux ou à Joachim ; il avait si évidemment évité de regarder ce dernier que celui-ci s'était demandé s'il ne soupçonnait pas qu'il appartenait au peuple élu.

Peuple élu… Kossa s'étonne d'avoir pensé en ces termes. Pendant des années, à force de se fondre parmi les chrétiens, il a fini par croire qu'il n'avait plus rien à faire avec le judaïsme. À Eisenach, il n'a pas eu l'occasion de côtoyer des juifs : Ursula lui a expliqué qu'un massacre avait manqué se produire lorsque son propre père était encore enfant, et que la communauté avait été expulsée. À Wittenberg, des juifs survivent autour d'une petite synagogue dans le quartier est. Ils ont leurs médecins : Kossa n'a jamais eu à soigner là-bas aucun malade et il s'en trouve bien. Sur la façade de l'église paroissiale, un relief montre un docteur juif examinant une truie. En fait, il regarde son cul… Des enfants à face de pourceau, l'un avec sur la tête le bonnet pointu que les juifs doivent porter en Allemagne, boivent le lait aux mamelles de l'animal. En lettres ornées à la dorure bien entretenue, l'inscription *Rabini* court au-dessus de la pierre. C'est Luther, il y a longtemps, qui a fait remarquer à Joachim et Ursula la sculpture : il la trouvait à sa place à l'entrée de la maison de Dieu et elle le faisait rire.

« C'est dans le cul de la bête que se trouve le *Schem Hamphoras* », avait-il dit.

Joachim, choqué, était resté muet. Ursula avait eu l'intelligence ou bien l'ingénuité de dire qu'elle ignorait ce que voulait dire ces mots.

« C'est leur façon de désigner leur Dieu. Ils disent que son nom ne peut être prononcé. De la crotte… »

*

La femme de Joachim soutient que l'intérêt de son mari pour les cadavres résulte de ce qu'il a appris du destin de son frère. Car Kossa, en octobre, a été informé que Yehohanan avait été assassiné. Il est mort dans ces terres qu'on appelle Ameriga, son cadavre pourrit dans les eaux de l'Océan ou dans une forêt chaude. En ouvrant d'autres corps, c'est son frère que le médecin cherche.

C'est ce qu'affirme Frau Kossa. Lui-même n'y croit pas.

Le matin où le bibliothécaire de l'université l'a informé qu'un courrier l'attendait, Joachim n'a pas su de quoi il retournait. Après deux ans et demi, il avait presque oublié avoir écrit pour savoir qui était le Iohannes Cosa mentionné dans la *Cosmographia.*

Le courrier ne venait pas des Vosges, de Saint-Dié comme s'appelait en fait le *Sanctus Deodatus* imprimé dans le livre, mais il arrivait de Séville. La lettre était signée Amerigo Vespucci, mais le navigateur s'excusait de ne pas rédiger lui-même. Il était souffrant, fatigué, un de ses employés qui paraphait G. L. avait écrit pour lui. Il appelait Iohannes Cosa *Juan*, disait qu'il le connaissait depuis des années et qu'ils avaient été, à la fois, associés et amis.

Juan était un peu plus jeune que lui, précisait-il. Eût-il vécu, il aurait eu environ cinquante ans. Il parlait volontiers, mais rarement de son passé. Une fois, semblait-il à Vespucci, il avait mentionné qu'il avait passé son enfance près de la mer dans l'Espagne du Nord. De fait et pour autant que lui-même, Vespucci, pouvait en juger alors qu'il était né en Italie, Cosa n'avait ni l'accent ni le parler des gens originaires de Séville.

Juan et Amerigo s'étaient rencontrés sur un bateau de l'amiral Colón. Par la suite, ils avaient traversé l'Océan ensemble plusieurs fois. Juan était pilote, ce qui revenait à repérer de jour et de nuit la position du bateau et donc à dire la route. Son talent était de savoir reconnaître les lieux. Il traçait les cartes, dessinant les territoires où on mettait le pied pour la première fois, les donnant ainsi aux royaumes chrétiens et ouvrant la voie à des voyages plus sûrs. Il inventait des noms : Vespucci racontait qu'il leur était arrivé de discuter des nuits durant de la façon dont il baptiserait un cap ou une baie.

Juan avait été marié, continuait Vespucci. Il avait eu trois filles, et un fils, Joaquín (presque le même nom que celui à qui il écrivait, la coïncidence le frappait), qui lui était cher. Vespucci utilisait le passé pour parler de lui, car Cosa n'était plus : il était mort à *America* (« puisque c'est ainsi qu'on me fait l'honneur de désigner ce monde », écrivait-il). Un hiver, il était parti s'installer à La Española (c'était une grande île qu'avait découverte Colón), sans que personne puisse comprendre pourquoi. Il avait de l'argent, possédait sa maison, mais il disait que ses ennemis étaient nombreux et qu'il n'était pas en sécurité en Espagne : « Impossible de le raisonner », se désolait le marchand. Bref, il s'était embarqué sans intention de revenir. Grâce à des protections, il était devenu fermier et entrepreneur de mines, car il y avait de l'or dans le sol de La Española. Mais ce nouvel état ne l'avait pas satisfait.

Les renseignements de Vespucci étaient moins certains à partir de ce point. Il disait avoir reçu une lettre d'un ancien capitaine que Juan et lui avaient connu, mais ce capitaine avait trépassé entre le moment où il avait écrit et celui où lui-même avait reçu son courrier. Il avait entendu aussi, de ses oreilles, un marin qui revenait des terres nouvelles et disait avoir assisté à la mort de Juan. Au vrai, il s'était décidé à écrire parce qu'il venait tout juste de recevoir la visite de cet homme. Les deux récits ne concordaient pas.

Ce qui était certain, c'est que Cosa avait quitté son domaine. Pour une raison qui n'était pas plus claire que celle de son départ d'Espagne, il avait accepté de participer à une expédition vers une baie appelée Urabá : que Joachim regarde la *Cosmographia* et il trouverait l'endroit. D'après le matelot, Cosa, qui s'était associé à un prêtre, voulait fonder là une ville. Mais il n'était jamais arrivé à cette destination. Dans un lieu que la lettre n'avait pas nommé et que le marin avait désigné comme la « plage des calamars », les choses avaient mal tourné. D'après le capitaine, les Indiens avaient mis le feu à un bateau et les hommes avaient brûlé ou ils s'étaient noyés : Juan avait sauté dans l'eau, on n'avait pas retrouvé son corps. Le récit du marin était différent. On les avait fait débarquer, soutenait-il, et courir la jungle. Il était question cette fois de flèches, et Juan faisait partie de ceux qui avaient été atteints. Le matelot, quant à lui, n'avait pensé qu'à fuir. Après coup, il s'était repenti. Il aurait dû songer, avec les autres, à tâcher de sauver les camarades tombés. Parce qu'il se trouvait coupable, à la fin il s'était confessé : au prêtre, précisément, avec lequel Juan était parti. Celui-ci l'avait absous, à condition qu'il profite d'une escale à Séville du bateau sur lequel il servait pour y voir le marchand qui s'occupait du fils de Juan.

Le récit de Vespucci s'achevait ainsi. Le Sévillan était navré d'écrire avec un tel retard : les savants vosgiens lui avaient fait parvenir la lettre de Herr Kossa (il écrivait bien « Herr ») avec beaucoup de délai ; et puis il avait tant à faire… Il voulait savoir, cependant, qui exactement était son correspondant et la raison de l'extrême intérêt qu'il avait senti dans son courrier. Comment un médecin allemand pouvait-il être curieux de son ami défunt ? Il ne comprenait pas. Quoi qu'il en soit, il saluait Joachim Kossa en Dieu, qui est grand et a conçu le monde grand.

*

Joachim avait ouvert le pli dans la pièce où il travaillait à l'université, puis il était resté là, plusieurs heures durant, à relire et réfléchir. En rentrant pour le déjeuner, il ne l'avait pas mentionné. L'après-midi, il avait fait ses cours. Puis le soir, il avait donné la lettre à Ursula. Il ne la lui avait pas lue à haute voix et il lui avait dit qu'il n'allait pas répondre. Puisque Juan de la Cosa était mort, Yehohanan Cocia pouvait vivre en paix dans son seul souvenir. Le hasard, à moins que ce ne fût Yahvé ou, plaisanta-t-il à demi, le Dieu chrétien pour le remercier d'avoir tâché de lui être soumis, lui avait permis de connaître le destin de son cadet. C'était une bénédiction pour laquelle il aurait dû être plein de gratitude.

Mais le miracle intervenait trop tard. Il avait été excité brièvement quand il avait songé que son frère vivait peut-être et qu'il lui faisait signe à travers un livre, mais tout son intérêt était retombé presque après qu'il avait écrit… Ursula se trompait quand elle croyait qu'il se souciait des morts à cause de cette lettre.

Quand même, il était touché que Yehohanan ait appelé son fils Joaquín. Pour son frère également, la rupture d'avec lui avait donc été douloureuse, et jamais il n'avait oublié son aîné ?

Ce qui l'intriguait fort était que Yehia ait fait alliance, si ce qu'Amerigo Vespucci était vrai, avec un prêtre. Juan, finalement, s'était donc converti avec conviction ?

Et pourquoi celui-ci, qui avait réussi en Espagne, avait-il renoncé à tout, d'un coup, pour recommencer une vie, à près de cinquante ans et si loin ? Vespucci parlait d'ennemis dont son frère était la cible.

Frau Kossa, en réalité, n'avait pas tout à fait tort. Les mots d'Amerigo Vespucci avaient cheminé dans l'esprit de son mari. Si ce n'était pas eux qui déterminaient son intérêt pour les morts, ils avaient peut-être contribué en effet à ce que Joachim commence à réfléchir de nouveau qu'il était un juif. Est-ce que cet héritage auquel leur père avait si fort exigé que Yehohanan et lui renoncent n'avait pas rattrapé son frère ? Est-ce que c'était lui qui avait déterminé son nouvel et définitif exil et sa mort, si sotte, dans les flammes, l'eau, ou sous les flèches de sauvages ?

Joachim ne savait ce qui le troublait le plus ou qui l'aurait troublé. Que Yehohanan soit mort en réclamant sa qualité de juif et lors d'un pogrom, ou qu'au contraire il soit devenu chrétien et que néanmoins sa fin ait été violente. C'était comme si le fait d'être fils d'Israël condamnait à tomber sous les coups de meurtriers, qu'on reste ce qu'on était, qu'on change de religion, ou bien qu'on fuie au-delà de la plus grande des mers.

La nuit, le médecin se demandait si et comment lui aussi serait assassiné.

29

Derniers instants

SÉVILLE, HÔTEL COLÓN VESPUCCI, JUIN 1513

Amerigo Vespucci n'acceptait pas que son sang soit sérieusement infesté. Il ne voulait pas croire que la maladie était née en lui des années auparavant, que les premiers signes en avaient été les blessures qu'il avait découvertes sur lui la dernière fois qu'il était rentré de l'Océan. Le docteur qui l'avait soigné lui avait expliqué qu'une peste nouvelle, transmise par les putains indigènes, arrivait en Europe, et que les marins étaient les premiers touchés. Amerigo n'avait pas le souvenir d'avoir pris du plaisir avec aucune femme sauvage, mais le médecin n'en avait pas démordu :

« C'est donc que vous avez payé ailleurs une prostituée qui était infestée. Cette maladie-là touche d'abord le sexe. Puis elle corrompt le corps : la peau flambe et s'en va par plaques si on n'y fait rien, c'est comme si le feu de l'enfer la brûlait par avance. Dieu nous punit parce que nous avons bravé la mer qu'il a mise entre les mondes, et pour cette fornication entre des races diverses. »

Le médecin lui avait donné un caustique au mercure. Il sentait fort, il fallait l'appliquer en frictions (Maria Concepción s'en était chargée pour le buste tant qu'il était demeuré à Cazalla), et il devait l'appliquer la nuit sous forme d'un cataplasme dans le haut de ses jambes et sur sa verge – c'était mal pratique et ridicule. Il avait décidé qu'il dormirait seul et résolu alors d'agrandir la maison de campagne. Le remède avait fait disparaître rougeurs et boutons, mais il avait eu des effets néfastes : à cette époque il avait mangé moins et ses dents avaient commencé à se déchausser. C'était sans doute la rançon du mieux.

L'infection, en réalité, demeurait en lui. Son sang, sa semence, ses humeurs, restaient contaminés. Les savants, quelques années plus tard, disserteraient longuement. Ils persévéreraient dans l'explication donnée à Amerigo ou ils en inventeraient de différentes. Des corpuscules inconnus, nés de copulations impures, infestaient les Européens. Ou bien les germes qui flottaient dans le ciel avaient profité du brassage des airs pour attaquer les hommes. À moins que les astres, par une conjonction néfaste, n'expliquent la maladie et sa brutalité. L'hypothèse d'un châtiment reviendrait le plus souvent.

Sur un point, après quelques années, les médecins tombèrent d'accord. Le mal se manifestait par des symptômes au début, et ensuite il se cachait. Il s'insinuait dans la partie épaisse du sang, dans les matières grasses qui y séjournaient, il se nourrissait de leurs impuretés. Ainsi il pourrissait les organismes en toute discrétion et à la fin, d'un coup, il les achevait.

Amerigo n'entendit ni ne lut rien de ces choses. Il ne reconnut pas le fléau qui allait le tuer. Il ne sut pas non plus qu'un auteur, vingt ans après sa mort, imaginerait d'appeler la maladie *syphilis*, d'après le nom d'un berger qui, dans des temps anciens, avait bravé les dieux et subi leur colère. Comme le temps passait, sa vue, progressivement, devint un grand problème. Il fit refaire ses lunettes puis en fit rechanger les verres : en vain. Il devait, pour lire, s'armer en plus d'une loupe et, des énormes bateaux qui passaient sur le Guadalquivir, il voyait à peine les fortes silhouettes.

Puis il se sentait fatigué. Chroniquement épuisé. À cause de cette fatigue, il avait écrit à Florence pour faire venir le mari de sa fille afin qu'il puisse l'aider. Avait-il bien fait ?

*

Amerigo était dans son lit, songeant. Il ne se sentait pas mal et même, il avait l'esprit clair, alors que depuis quelques semaines ses pensées s'embrouillaient au point qu'il confondait les faits, les dates et les gens. Il ressentait seulement une soif terrible, sans comprendre pourquoi. Deux fois, au début de la nuit, il avait sonné la cloche près de son lit pour qu'on lui donne à boire. Maintenant, quoiqu'il veuille encore de l'eau, l'heure était trop avancée pour qu'il puisse décemment appeler. La carafe et le verre étaient posés à portée, mais l'effort de se tourner et de tendre le bras lui pesait encore plus que l'envie de s'abreuver. Boire attendrait donc.

Depuis quelques années, il travaillait et couchait dans la chambre où Colón avait dormi. Le lit du navigateur était court : rester allongé était la position des morts, disait celui-ci. Amerigo pensait de même et d'ailleurs il n'avait rien changé à la configuration de la pièce depuis qu'il avait la maison. Il était donc assis davantage que couché et, s'il ne trouvait pas le sommeil, il ne voulait pas le chercher. Il rêvassait vaguement, seul à être éveillé dans la maison tranquille. Les murs autour de lui étaient nus, sauf une croix où pendait un crucifié qui perdait beaucoup de sang. Comme la nuit était claire et que les volets étaient ouverts en cette fin de juin, Amerigo se laissait captiver par la peau de ce Christ où le rouge s'accumulait en caillots.

Le calme du moment fut rompu par des pleurs. La fille de Lisandra s'éveillait pour réclamer le sein. Il avait cédé aux Liuciardi la maison qu'il louait à son arrivée à Séville et, comme les demeures étaient voisines et qu'eux aussi gardaient leurs fenêtres ouvertes, il avait le sentiment que l'enfant était dans sa propre chambre.

Il grimaça. Maria Ameriga était née en Espagne peu après l'arrivée de ses parents. Était-ce à l'été ou au début de l'automne ? Il ne savait plus bien. Mais l'enfant était à présent un grand bébé et qui ne devrait pas crier autant. Les parents avaient donné à leur fille son prénom associé à celui de sa femme, croyant lui faire plaisir ; il avait eu le sentiment que déjà, on le considérait comme mort et qu'on nommait la petite en souvenir de lui. Quand Lisandra lui avait présenté le nouveau-née, il l'avait trouvée laide : un morceau de chair vagissant. L'aînée, qui avait cinq ou six ans, était plus acceptable, mais il n'éprouvait rien pour elle.

Amerigo fit la moue de nouveau. Il avait eu tort de faire venir sa bâtarde à Séville. Très vite, il avait espéré qu'il n'y aurait pas de réponse. Mais Lisa Vespucci avait bientôt écrit. Elle était allée voir le père de Guido, un certain Filippo Liuciardi dont elle disait du bien, et qui s'était trouvé d'accord. Elle avait parlé avec son gendre – un homme de qualité. Celui-ci était honoré, touché et bien sûr il acceptait. Rien n'avait été dit d'Antonio : était-il si vieilli lui aussi, que sa femme ne songeait même plus à lui demander son avis ?

Amerigo s'était mis à soupçonner que, si on lui expédiait ainsi aisément le jeune homme, c'est qu'il n'était pas bon…

Les choses avaient été rendues encore plus difficiles par le fait que le couple était arrivé au moment où les signes de sa maladie étaient devenus beaucoup plus évidents. Il faisait encore froid, lui semblait-il, quand ils avaient été là. Le soir, ce froid pénétrait dans ses bras, ses épaules et ses jambes, provoquant une raideur douloureuse qui ne le quittait pas jusqu'au matin suivant. Puis il perdait ses dents – elles ne bougeaient plus seulement, mais tombaient. Un jour, il lui sembla qu'à l'avant de sa bouche, le morceau d'os qui formait son palais n'était pas loin de se rompre. Il commença à manger avec difficulté, parla plus lentement et en crachant un peu, et il prit l'habitude, quand sa bouche était fermée, d'en agacer la muqueuse avec sa langue, tout en craignant qu'un jour un peu d'os ne finisse par percer.

Il se détestait ainsi, se sentait diminué, et quand il vit ou crut voir sur le visage de Lisandra l'expression d'une répugnance, la première fois qu'elle vint le saluer, il s'éloigna d'elle et la tint écartée de lui.

*

La bouche d'Amerigo était sèche et probablement tout son corps. Depuis plusieurs années, ses nuits étaient interrompues par la nécessité de vider sa vessie. S'il se relevait une fois, il jugeait qu'il avait bien dormi. Or à présent il ne ressentait pas de besoin et il s'était couché également sans se servir du pot. C'était satisfaisant – il n'était pas certain qu'il aurait trouvé le courage de sortir du lit – et aussi inquiétant : la vie a besoin de fluides et ne pas uriner signifiait que ses humeurs étaient sèches.

Il eut à son égard un soupir de dérision : à force de fréquenter les hommes de la médecine dans les années passées, voilà qu'il se croyait savant à comprendre son corps. Il n'empêche. S'il avalait de l'eau, il se sentirait mieux.

Car il pouvait encore, seul, attraper de quoi boire ? Il se morigéna. De fait, il pivota le buste sans trop de peine, se pencha, tâtonna dans la demi-obscurité, vers la gauche vainement et ensuite à droite (une planche courait sur les bords de son lit pour qu'on y pose des choses). Il saisit le pichet. C'était un geste simple, il aurait été facilité si Piedad, qui plaçait l'eau tous les jours de l'autre côté, ne s'était pas trompée.

Mais où était le gobelet ? Transférant la cruche dans son autre main, il tâta de nouveau avec sa main droite. La nuit avait beau être claire, il ne voyait rien.

En fait, il n'y avait pas de verre. Piedad avait porté la cruche et oublié le verre. Elle était décidément vieille…

Amerigo eut une bouffée de colère. La servante était gâteuse, soit. Mais un autre domestique, ou Silvana quoiqu'on ne puisse rien attendre d'elle, ou Maria Concepción mais elle restait à la campagne, ou Lisandra puisque c'était sa fille – quelqu'un, quand même, aurait bien pu s'occuper que sa chambre soit prête… Il était malade, n'est-ce pas ?

Quelle était sa fonction dans cette grande maison ? Son fils se moquait de lui, sa fille était folle – enfin, elle était un peu folle –, sa femme était absente, les domestiques laissés à eux-mêmes ne faisaient pas grand-chose et les Li… Lu… comment s'appelaient-ils ? les Italiens s'enfermaient et ne se souciaient que d'eux-mêmes.

Il donnait de l'argent et on ne lui rendait pas d'amour.

Amerigo porta la cruche à ses lèvres. Le goulot était large, l'eau coula et mouilla sa chemise. Quelle misère…

En même temps, la fraîcheur du liquide lui fit du bien. Il avala une gorgée, en reprit, l'eau déborda de nouveau. Elle glissa sur son menton, sur son cou, jusqu'aux poils en haut de sa poitrine.

Il réalisa qu'en réalité il avait plus chaud que soif. Même, il était brûlant n'est-ce pas ? Il n'avait pas songé qu'il avait de la fièvre.

Il souleva la cruche à hauteur de son front. La terre aussi était fraîche, son contact agréable. Il devait rester beaucoup d'eau car le poids était lourd. Pourquoi remplissait-on la carafe à l'excès ? Jamais il ne boirait une telle quantité… Quand même, ses bras étaient forts bien qu'il fût souffrant. En saisissant le pot des deux mains, il le porta bien au-dessus de sa tête et se versa dessus tout ce qu'il contenait.

Puis il jeta la cruche, qui roula sur la planche et se brisa sur le sol de tomettes.

L'eau dégoulina sur ses cheveux, qui étaient gris et en bataille. Elle coula par l'encolure de sa chemise sur l'arrondi du ventre, et dans son dos le long de la colonne : c'était délicieux.

*

Il était plus calme à présent. Pourquoi s'était-il énervé de la sorte ? Une erreur, une étourderie, alors qu'au cours de la journée il recevait mille soins qui étaient pesants à donner. Par le passé il s'énervait rarement, mais depuis l'hiver passé, des riens le mettaient en colère. Il connaissait aussi des moments de dépit : il se prenait à haïr les gens au lieu de les aimer. Fonseca, à qui il s'était résolu à se confesser, lui avait donné pour raison qu'il n'acceptait pas l'approche de la mort. Plutôt que d'aspirer au ciel vers lequel il cheminait, il refusait que son existence sur terre arrive à son terme et, pour se détacher de ce qu'il aimait, il cherchait des raisons de se trouver fâché. Le médecin, quant à lui, avait parlé de mélancolie et d'une bile amère liée à son état.

Or il avait autour de lui des gens admirables. Maria Concepción… Il la revoyait enfant, perdue, débarquée sur le port, tenue solidement par Ba… Ber… : celui qui était juif. Maria Concepción était devenue une belle femme, et sa femme. Une femme de tête.

Était-ce l'aventure de la cruche ? Du goulot large d'où l'eau avait coulé et qui lui rappela les boissons que Maria enfant inventait à son profit ? Son esprit fonctionnait bizarrement… Il éprouva d'un coup pour son épouse absente une bouffée d'affection, sa mémoire devint claire, se fixant sur la conversation qu'elle et lui avaient eue des années auparavant. Il avait manqué être jaloux alors… Il revivait ce moment, dans son lit, comme s'il était transporté à Cazalla dans l'aile neuve de la villa où il aimait travailler.

Les jumeaux étaient grands. Il avait décidé que son fils serait désormais éduqué à Séville, il était impensable de séparer les enfants, et Maria Concepción, si attachée fût-elle à Ulisse, avait répugné à les suivre.

Il n'avait pas insisté : sa femme avait quitté la ville depuis trop longtemps et fait sa vie ici ; elle aimait cette demeure, où elle n'avait été d'abord qu'une servante grosse.

Pour la consoler du départ des petits, il lui avait offert une pierre qu'on appelait diamant. Elle venait d'un pays lointain et on l'avait taillée de facettes qui projetaient des éclats. Le voyage de la pierre et son brillant n'avaient pas ému Maria et elle l'avait prié de lui donner à la place le prix de sa revente.

Il avait souri, précisant que le diamant était d'une valeur plus considérable qu'elle croyait, mais elle avait insisté :

« Lucia et Rámon deviennent vieux et ils souhaitent vendre leurs biens. Cette pierre, si elle a tant de valeur, permettrait de les acheter. Il y a aussi les bois qui couvrent les collines. Ils appartiennent à des nobles qui ne s'en soucient pas. Le sol n'est pas fertile, seuls les chênes y poussent. Les porcs pâturent les glands, des moutons viennent l'été. On les aurait à bas prix. »

Il l'avait regardée et elle avait continué :

« Vous souvenez-vous, Amerigo ? C'était il y a longtemps… Je vous avais raconté les grands arbres, aux Canaries, parmi lesquels j'avais vécu, petite. Vous aviez nourri le projet de les utiliser pour construire des bateaux. Et si c'était ici, dans la Sierra Norte, qu'il fallait faire ça ? Les pins, pas plus que les chênes, n'ont besoin d'un sol riche pour croître, et c'est avec leur tronc que sont faits les hauts mâts. La rivière s'élargit à partir de Cazalla, on flotterait les grumes jusqu'au Guadalquivir et elles descendraient jusque là où on construit les navires. »

Amerigo était stupéfait. Comment Maria Concepción avait-elle conçu ça ? Il avait objecté qu'il faudrait porter le bois jusqu'à Cazalla mais il n'avait pas, en lui-même, jugé son rêve inepte.

« Pour les chênes, avait-elle poursuivi, les paysans d'ici font des semelles avec et ils en couvrent leurs toits : l'eau ne passe pas et les pieds, ou la maison, restent au sec. Alors… »

Amerigo l'avait encouragée d'un mouvement de sourcils.

« Voilà : au marché de Cazalla, on vend le vin et l'huile dans des flacons que Javier, le fils de Lucia, appelle touries. Elles ont une panse ronde, on les entoure d'osier pour les rendre solides, et le goulot, pour toutes, est d'une taille identique. Vous m'avez expliqué que les Anciens gardaient le vin dans des vases qu'ils fermaient avec des sceaux d'écorce. Javier pense que cette écorce devait être celle des chênes. On découperait des bouchons qui fermeraient les bouteilles mieux que la paille serrée qu'on y met aujourd'hui, il faudrait peu de matériel, et on vendrait très bien. »

Amerigo avait demandé si c'était tout. Elle était repartie de plus belle :

« Vous savez le reste, messer, si vous vous êtes promené autour de la maison. J'ai fait planter près de la rivière du *tabaco* que Javier vend à Séville où les esclaves des îles en fument les feuilles. Puis messer Juan m'avait fait présent de pousses d'*aguacates* quand les enfants étaient jeunes. Javier les a mis en terre et elles sont devenues des arbres. Sur les branches, leurs fruits sont durs et restent sans mûrir : c'est après qu'on les a cueillis qu'ils viennent à maturité. Nous pourrions avoir davantage de ces arbres et vous vendriez au loin ces *aguacates* puisqu'ils supporteraient le voyage. »

Le soir, Amerigo avait réfléchi aux paroles de Maria. À son lever, il avait exigé de voir Javier. Sa femme avait prononcé trop souvent le nom de cet homme et celui-ci lui avait certainement soufflé ses idées. Or s'il l'avait fait c'était qu'il était proche d'elle…

Seulement l'homme qu'il avait vu était mal bâti, avec une épaule affaissée : un défaut de naissance, lui expliqua Maria, l'accouchement s'étant mal passé. Puis, aîné de Lucia et Rámon, il n'était plus très jeune, le crâne chauve sauf quelques cheveux, le teint brûlé. Il s'était présenté gauchement, interdit. Debout devant le maître qu'il connaissait peu, il avait ôté son chapeau et s'était donné une contenance en en tracassant le feutre. Et il parlait en lançant des postillons. Amerigo, dès lors, avait reconnu en lui un intendant avisé mais il n'avait plus imaginé que sa femme puisse l'avoir pour amant.

*

Mais maintenant…

Maintenant le vieux marchand, qui s'était endormi, faisait un rêve étrange.

Un cauchemar ?

Maria Concepción était dans son rêve. Elle était belle, elle était nue, elle était noire. Une Négresse d'Afrique ou d'un coup, car les images du songe sont changeantes, une sauvage d'au-delà de l'Océan, aux pommettes hautes et à la peau couleur de brique.

Cette Maria fantôme était couchée dans un lit suspendu, ce que les habitants des îles appelaient un hamac. Elle dormait, les jambes en partie dans le vide, un bras renversé au-dessus de sa tête, l'autre main dans son entre-jambe.

Un homme reposait avec elle : comment l'étroit et instable berceau pouvait-il les contenir tous deux ? C'était une question que ne se posait pas Amerigo.

L'homme s'appelait Javier, le rêveur en était sûr, et pourtant il n'était pas le fils de Lucia. Il était laid aussi, mais autrement. Petit et avec un grand nez : il avait le physique de Juan de la Cosa. Le disparu. Le noyé ou l'empoisonné. Celui qu'Amerigo avait imaginé naguère dormant dans les îles avec des concubines et recherchant de l'or.

Maria, couchée dans le hamac, portait une robe en or en même temps qu'elle était nue. Javier qui était Juan avait les cheveux longs retenus en arrière ; ceux du jeune Joaquín. Sa voix chantante était celle de Guido, l'Italien qui était l'époux de sa fille, et il soulevait la robe que Maria portait et ne portait pas. Elle, cependant, mâchait des feuilles de *tabaco.*

C'était un rêve absurde et érotique. Si Amerigo avait été en bonne santé, il aurait joui et éjaculé. Il était malade et il pissa seulement – il pissa sans s'en apercevoir.

*

Était-ce l'humidité qui l'avait éveillé ? Sa chemise était trempée et les draps aussi jusque très bas. Il sut, dès qu'il eut repris conscience et alors qu'il ne se souvenait pas de son rêve, que l'eau de la cruche n'avait pu le mouiller de la sorte.

Ainsi, il en était là…

Son intelligence commença à divaguer. Peut-être qu'il se rendormait ?

Piedad, hier, lui avait raconté que Silvana avait perdu les eaux et avait tâché de le cacher… Ou bien ?

Silvana… non. Maria. Silvana était sa fille et c'est Maria Concepción qui avait accouché.

Mais c'était il y a longtemps.

Pourquoi donc pensait-il aux eaux que les femmes perdent lors d'un accouchement ?

Il reprit ses esprits.

Il était mouillé, il avait uriné. Il était comme une femme en couches qui perdait les eaux. Et il ne ferait pas comme avait fait son ancienne esclave : il allait prévenir.

Piedad, d'ailleurs… Il n'avait pas vu Piedad depuis longtemps. La vieille restait à la campagne avec Maria Concepción ou, quand elle était à Séville, elle s'occupait de Silvana – oui, Silvana – et pas de lui. Ce n'était donc pas elle qui avait mal disposé la carafe tout à l'heure, pas elle qui avait oublié le verre.

Un valet devait se trouver derrière la porte. Depuis toujours, Amerigo avait exigé d'avoir quelqu'un à portée de voix, le jour pour faire des commissions et la nuit pour le rassurer.

Le rassurer de quoi ?

C'est ce valet qu'il fallait appeler.

Il se souvint. On lui avait changé son domestique habituel, pour une raison qu'il avait oubliée. Le nouveau s'appelait

Guido. Il ne savait pas bien son travail et c'est pourquoi il s'était trompé avec l'eau.

L'eau… Qu'est-ce que c'était en fait que cette histoire d'eau ?

D'un coup, il avait oublié la carafe et qu'il était mouillé…

Le liquide se rappela à lui sous la forme d'un bateau. Sur le bateau se trouvait Juan avec qui il s'était disputé pour une affaire d'or ; d'or, ou peut-être de perles. La mer était très forte et les embruns qu'ils recevaient le trempaient ainsi que son ami. L'écume se disposait sur leurs vêtements en petites taches blanches, comme des perles justement.

Juan lui écrivait plutôt que de lui parler. Ou plutôt, il avait fini d'écrire, de parler, et Amerigo lisait tout haut les mots que Juan lui avait destinés.

Cependant, le pilote faisait le point. Il regardait la Lune et l'étoile brillante qui se trouve à sa gauche et se nomme Vénus, il lui rappelait que Vénus était la déesse des Amours, et lui montrait des astres qui, sitôt désignés, devenaient plus brillants.

Il lui disait qu'il le menait dans une île où il y aurait de belles juives et qui serait l'Éden.

*

On ne sut à quelle heure Amerigo Vespucci était mort.

Au lever du soleil, quand Piedad arriva pour lui donner le gruau et l'orange qu'il mangeait chaque matin (car la vieille était à Séville et elle s'occupait de lui quoi qu'il ait pensé avant de mourir), elle trouva assoupi le nouveau valet, qui s'appelait José. Ils ouvrirent la porte, découvrirent les débris de la carafe, le lit trempé et qui sentait fort, et le mort déjà raide. José jura qu'il n'avait rien entendu, que le malade n'avait pas appelé et que c'était un mystère si la céramique avait chu sans bruit. Ni Piedad ni Guido Liuciardi ne dirent rien : à quoi leurs reproches auraient-ils servi ? Mais il fut renvoyé – de toute manière il était devenu encore plus inutile.

La dernière tâche que l'Italien lui donna fut de quérir le médecin : celui qui s'occupait d'Amerigo depuis de nombreuses années. L'homme confirma la mort (elle n'était pas douteuse), jugea que le décès avait dû avoir lieu à la fin de la nuit, déclara qu'il s'attendait à cette fin et qu'au fond il était normal qu'Amerigo mourût d'un mal venu du monde qu'il avait nommé – Guido n'entendit pas ce qu'il voulait dire. Lisandra rappela qu'il fallait envoyer prévenir à Cazalla où se trouvait la veuve (nul n'y avait pensé) et, le mort étant son oncle, elle voulut se charger de la toilette, ce qu'elle fit avec respect et sans sensibilité inutile, aidée par Piedad qui savait les soins à donner. Silvana fut jugée trop jeune pour agir, mais elle resta dans la pièce tant qu'on opéra et elle regarda. Avant qu'on ferme la bière, ce qui fut fait le soir juste après l'arrivée de Maria Concepción, elle posa une plume sur la bouche de son père et des coquillages sur ses paupières. Sa mère laissa faire, Piedad ne vit rien ou fit semblant, Lisandra sidérée se tut aussi ; elle rapporta la chose à son mari, qui songea que la plume et les coquilles verseraient quand on transporterait le cercueil.

Le marchand fut enterré le matin qui suivit, car la chaleur exigeait des funérailles rapides. On déposa son corps sous le pavé de la cathédrale à quelques dalles du tombeau de Colón, dont Guido Liuciardi découvrit qu'il se trouvait là. L'évêque Fonseca, qui avait conseillé le marchand, n'était pas à Séville, et l'office fut dit par un prêtre qui savait à peine qui était Vespucci. Piedad sanglotait, cassée en deux, Silvana observait en oubliant de pleurer, Ulisse reniflait, la veuve, secondée par Lisandra, semblait perdue, incertaine de ce qu'elle avait à dire et à faire, et Guido s'occupa de recevoir les gens de la Maison de commerce et tous les capitaines venus rendre hommage. Joaquín était loin, parti sur quelque bateau : Guido, qui avait longtemps cru que le jeune homme était un autre enfant d'Amerigo, songea que s'il avait été présent il aurait voulu aider à porter le coffre du cadavre, ce que le vrai fils, trop jeune, ne pouvait assumer.

Le jour suivant, en présence de notables avec qui Vespucci était en affaires, un notaire fit à Maria et à Guido lecture du testament. Celui-ci avait été rédigé peu de mois auparavant, alors qu'Amerigo était déjà fort malade et que Guido et Lisandra étaient arrivés à Séville. Il confiait à Liuciardi la responsabilité de la firme, lui conseillant de se tourner désormais vers l'Europe : « Mon successeur regardera le nord. J'ai trop privilégié l'Océan. »

Le pouvoir de Guido avait des limites. Tant qu'il serait en vie, il toucherait la moitié des bénéfices, entretenant les jumeaux aussi longtemps qu'ils seraient des enfants. L'autre moitié serait versée à Maria Concepción. Ulisse, à partir de ses vingt-cinq ans, recevrait chaque année les deux tiers de la somme que touchait jusque-là sa mère. Au même âge Silvana, si elle demeurait célibataire, bénéficierait d'une pension équivalente prélevée sur le bénéfice de Guido. Si elle se mariait ou entrait au couvent, elle serait dotée au lieu de recevoir cette pension, et Vespucci avait fixé le montant à verser.

Le testament prévoyait que la maison fermière de Cazalla appartiendrait à « Maria Vespucci de Córdoba » – comme il était écrit – et que celle-ci exercerait sur ses terres une entière liberté de gestion. Quand la veuve mourrait, la propriété reviendrait à Ulisse. À la disparition de Guido, le commerce serait liquidé et le prix de la vente versé également au fils. Celui-ci ne deviendrait pas marchand : Vespucci notait que « en Espagne il faut choisir. Soit le négoce, soit les honneurs. Et mon fils doit s'orienter vers les honneurs ».

Lisandra n'était pas oubliée. « Ma nièce, lut le notaire, a passé la mer pour venir près de moi. Qu'elle en soit remerciée par la propriété de la maison où elle a installé sa famille. » Guido apprit ainsi, à la fois, qu'Amerigo avait acheté la demeure qu'il croyait qu'il louait, et que sa paternité vis-à-vis de sa femme ne serait jamais reconnue.

Les dernières clauses établissaient que Guido serait le tuteur des jumeaux, alors que Maria Concepción serait responsable de sa personne.

Le texte, admira Guido, fixait sa propre fortune, celle de Lisandra et donc de sa famille, pour longtemps sinon à jamais – il lui revenait d'investir sa part des bénéfices ; et il protégeait la veuve et les enfants.

Le soir, Lisandra écouta à peine la nouvelle qu'elle était propriétaire. Elle annonça à Guido qu'elle attendait un troisième enfant. C'était tôt par rapport à la naissance de Maria Ameriga. Mais la façon dont se déroulaient ces premières semaines, l'absence de nausées, lui faisaient espérer que l'enfant serait un fils.

30

Bain de vapeur

MONTFERRAT, CHÂTEAU, JUIN 1514

Dans la salle de sudation éclairée par des bougies au château de Montferrat, Doucine songeait à combien était loin la cuve dans laquelle Mademoiselle d'Alençon s'était plongée avant ses épousailles. La tête calée par des coussinets de ciment, Anne et elle étaient étendues sur un banc maçonné recouvert d'un drap blanc. Le père de Guglielmo avait fait installer pour la femme qu'il aimait, juste avant de mourir, cette merveille nouvelle qu'on disait inspirée des Romains et qui s'appelait *stufa*. C'était, dans l'aile droite au-dessous des appartements marquisiens, une pièce en rez-de-chaussée, rectangulaire et sans fenêtres. Du sous-sol, des tuyaux conduisaient vers des trous une vapeur brûlante, tandis qu'un robinet lâchait dans une vasque l'eau glacée de la montagne. Le contraste entre le froid et le chaud coupait le souffle quand on faisait gicler le liquide sur soi, mais qu'on se sentait bien ensuite ! On utilisait cette facilité l'hiver, et parfois comme à présent également en été. Comme Doucine accompagnait la marquise quand celle-ci s'y rendait, sa peau était plus douce et souple qu'elle ne l'avait jamais été en France et sa chevelure sombre paraissait plus brillante.

Anne surtout était belle, songeait Doucine en regardant Madame de Montferrat. Elle semblait aussi jeune que la fiancée de Blois. Elle n'avait pas grandi et son ventre demeurait ferme et mince, tel qu'avant ses grossesses. Ses seins seuls étaient lourds, bien qu'elle eût refusé d'allaiter.

Pourquoi, ce jour-là, Mademoiselle de Saubonne remâchait-elle de mauvaises pensées ? C'était peut-être la chaleur idiote de cette salle où elle avait suivi la marquise en ce jour de canicule commençante. D'un coup elle se demanda quel sentiment les unissait Anne et elle. L'épouse de Guglielmo était si terriblement égoïste. Elle n'aimait pas son mari, avait de bonnes raisons pour ça, mais même à ses enfants elle ne portait pas d'intérêt – elle confiait à des femmes le soin de les nourrir et de veiller sur eux. Quant à ses sentiments à son égard… La marquise appréciait d'avoir à ses côtés une compagne avec qui causer de la France, elle avait fait de Doucine sa confidente, déversant sur elle ce qui l'occupait, mais était-ce de l'amour ou même de l'attachement ?

Une chose était sûre, Anne n'éprouvait plus de désir, si tant est qu'elle en ait jamais ressenti. La jeune femme et elle échangeaient encore quelques calmes caresses : plutôt pour s'occuper que par un besoin de leurs corps. Le fait est qu'Anne était accoutumée à sa vie et qu'elle n'avait plus besoin de Mademoiselle de Saubonne, elle la gardait près d'elle presque par habitude.

Et elle-même, Doucine ? Qu'éprouvait-elle ? À Montferrat, elle ne se trouvait pas mal. Elle aimait les enfants du couple et, même si elle n'était pas leur gouvernante, elle s'en occupait, aidait à les coucher, jouait volontiers avec eux. Elle avait commencé à montrer l'alphabet à Marie, qui avait désormais six ans. Quant à celle dont elle accompagnait la vie depuis presque sept années, sa solitude l'émouvait. Guglielmo était si peu présent. Il avait une maîtresse, et un bâtard qu'il faisait élever au château. Il se préoccupait de ses terres, il allait à la guerre. L'année auparavant, ses troupes avaient protégé les soldats français qui revenaient de Milan après avoir été vaincus. Juste là, il venait de châtier un seigneur qui menaçait ses terres.

Il avait vaincu le rebelle et l'avait fait exécuter avec son fils : la lignée, de la sorte, était éteinte. On disait que l'empereur et le duc de Milan étaient fâchés d'une solution si radicale et que le Montferrat pourrait être attaqué. Anne ne s'inquiétait pas : Maximilien était un vieillard et Sforza, sans son appui, ne ferait rien. Mais Doucine était troublée.

Le temps était passé si vite… Elle n'avait pas choisi de rester : elle avait oublié de rentrer. À un moment seulement elle avait envisagé de s'en aller. Le fils d'Anne venait de naître, elle s'était découverte riche grâce à la pierre que la mère de la marquise lui avait offerte à la première naissance, et elle avait envoyé en Toscane une lettre à Liuciardi. Celui-ci avait répondu tendrement et elle avait pensé qu'il tenait encore bien à elle. La correspondance avait cessé quand Laurette lui avait écrit ce que leur ami s'était gardé de lui confier : il était marié et le couple attendait son deuxième enfant. Doucine gardait de cette péripétie un souvenir humilié.

*

Penser à ce mariage la fit ressouvenir de quelque chose. La veille, elle avait reçu une lettre, non de Laurette, justement, mais de sa sœur Michelle qui écrivait rarement. Les informations que Michelle donnait étaient considérables. Anne, peut-être, ne les savait pas : Guglielmo était à la chasse et le courrier qui lui était adressé depuis Blois lui était toujours remis en mains propres.

« Tu sais, ma belle, que le roi Louis, s'il a beaucoup pleuré à la mort de la reine, a décidé de se remarier ?

— Mais oui ! Anne de Bretagne est morte en janvier et il convolera avant la fin de l'année. Le nom qui court en France est celui de la fille d'Angleterre, la sœur du roi Henry.

— On disait aussi que ce pourrait être l'infante d'Espagne. Mais tu as raison : ce sera l'Anglaise. Elle s'appelle Mary et elle a dix-huit ans.

— Et Louis, qui me paraissait laid et vieux quand j'étais jeune fille, doit être tout à fait décrépit.

— La petite en revanche… Un peintre a traversé la Manche sur les ordres du roi et il a fait un portrait qu'il a vite rapporté à Blois. Sur le tableau, il paraît que la princesse est dodue comme il faut et extrêmement jolie.

— Un cadeau de chair fraîche pour un loup édenté. »

Doucine, étonnée de la formule, éclata de rire. Puis son visage redevint sérieux.

« Tu imagines si ce mariage se trouve être fécond ? dit-elle.

— Tu veux dire… Si Mary donne au roi le fils qu'il n'a pas eu ?

— Ma sœur écrit que les conditions du mariage sont fixées et que Sa Majesté a entrepris un traitement : des poudres pour renforcer la vigueur sexuelle. Tu sais combien Michelle était proche de la reine…

— Le dévouement de ta sœur pourrait lui porter tort. Pour l'instant, le plus probable est que le jeune François héritera du trône : il a épousé Claude. Si le ventre de l'Anglaise reste vide, il montera sur le trône. Lui et sa mère, alors, se vengeront de ceux qui ne voulaient pas qu'il soit roi : Michelle en fait partie. »

Doucine fut frappée de ce qu'Anne avait dit. La marquise, à qui la Cour française manquait, adorait la politique. D'Italie, elle continuait à se tenir au courant des intrigues. Jamais elle ne se laissait éblouir par le rang des personnes, mais elle savait deviner les secrets que cachaient leurs paroles et leurs actes.

*

Elles devaient transpirer depuis à peu près une heure. Doucine, décidément, avait besoin de fraîcheur. Elle se leva de son banc, alla à la vasque froide, s'éclaboussa, ouvrit la porte de la *stufa* et, dans la pièce attenante où la température était fraîche, elle prit un carré de tissu dont elle s'enveloppa, puis un autre avec lequel elle commença à frictionner Anne, qui l'avait suivie.

« Te souviens-tu du temps où la princesse était un bébé qu'on voulait marier à Charles de Habsbourg ? demanda-t-elle. Tu étais jeune toi-même. Ma sœur soutenait que la mère de François voulait éviter cette union. Elle y a réussi : le Habsbourg est célibataire, et François a pour femme l'héritière du royaume.

— Claude est bigle, obèse et boiteuse, la coupa Anne. Son mari la cocufiera. Il l'a épousée le mois dernier, parions que c'est déjà fait. Ce qui ne l'empêchera pas de la rendre grosse. Mais dis-moi : maintenant, que pense ta sœur ?

— Que le roi se remarie fend le cœur de Michelle, mais elle croit que ces noces pourraient être utiles pour la Maison de France. Je pense que tu as raison, mon Anne : ce qu'elle veut éviter, c'est que François devienne roi.

— Michelle réfléchit mal. Même si Mary enfante, François est le cousin et le gendre de Louis : il exercera la régence quand le vieux sera mort. »

« Le vieux. » Parler ainsi du roi, de celui qu'on appelait le Père du peuple… Doucine adorait ces hardiesses. Cela, et l'intelligence politique d'Anne, faisait partie de ce qui l'attachait encore à la marquise.

Mais celle-ci en avait assez de cette conversation sérieuse. Comme Mademoiselle de Saubonne l'aidait à se rhabiller, elle eut subitement une idée :

« Si le roi se remarie, il va y avoir des fêtes. Mary Tudor est fille et sœur de rois, il faudra lui faire réception, accueillir les ambassadeurs. Sa Majesté ne peut faire moins que d'inviter ses alliés. Doucine, Doucine : nous allons retourner en France, nous allons danser, festoyer, revoir ceux que nous aimons ! Sais-tu quand et où se feront les noces ? »

Doucine aussi avait, secrètement, songé à ce voyage. Une fois, déjà, la marquise avait manqué rentrer en France pour un mariage, mais l'état intéressant où elle se trouvait l'en avait empêchée. C'était un an après ses propres épousailles, pour l'union de son frère Charles. La mariée était Marguerite de

Valois : la sœur de François justement. De fait, les intérêts de Michelle et ceux de la femme qu'elle servait n'étaient pas les mêmes.

Mais quand, précisément, le roi fixerait-il les noces ? Michelle indiquait que la princesse franchirait la Manche vers la fin de l'été, que Louis l'accueillerait à Boulogne ou à Abbeville… Elle n'en disait pas plus.

« Quand ? Je ne sais pas. Et peut-être à Paris ou peut-être à Blois, je l'ignore. Mais ton mari aussi a dû recevoir des lettres. Il est peut-être mieux informé, répondit-elle. La seule chose que m'écrit en outre Michelle, c'est qu'elle s'occupe de la princesse Renée qui, à quatre ans, se retrouve sans mère et dont le roi n'a que faire. La reine, sur son lit de mort, a fait promettre à ma sœur de s'occuper de sa benjamine et cet arrangement ne semble déranger personne. Sauf que Michelle est veuve et qu'elle a trois petits enfants… »

Anne n'écoutait plus. Elle se moquait de la dernière fille du roi, de Michelle et de ses soucis domestiques, et sans doute de Doucine elle-même. Elle était en train d'imaginer son retour à la Cour, comment elle s'habillerait, quelle haquenée elle monterait.

C'était étrange et fatigant, chez une même personne, ce mélange d'intelligence et de superficialité, pensa Doucine.

*

Guglielmo, en effet, avait eu des nouvelles. Quand il revint au château, le lendemain matin, il les livra à Anne, et celle-ci les rapporta à Doucine quand elle vint souper avec elle, à sa demande, le soir. Guglielmo était reparti.

« Il est chez sa maîtresse, je pense », dit Anne avec flegme.

L'informateur du marquis à Blois était le frère d'Anne, Charles d'Alençon : Guglielmo et lui étaient amis depuis les joutes de Blois. Beau-frère d'un roi en puissance, il donnait à

Guglielmo le point de vue de ceux qui attendaient que Louis meure.

« Sais-tu ce que Charles écrit ? racontait Anne. Mary n'est pas farouche, cela se devine sur le portrait qu'on a vu à la Cour et on en jase en Angleterre. Le roi Henry a averti Louis de prendre garde et de ne rien tolérer, et il tient à sa sœur, dit-on, des discours sur la façon dont elle devra se conduire. Sauf que… »

Et Anne continua en faisant se rapprocher Doucine :

« Sauf que, vois-tu, on a reçu en France la liste des chevaliers qui vont accompagner Mary. Et il y a parmi eux un bel homme qui s'appelle Brandon et que Henry a fait duc alors qu'il n'était rien : le fils d'une nourrice, un valet de vénerie. Le néant, donc, mais… Il est l'amant de Mary : on le sait de façon certaine. À quoi joue donc l'Anglais ? Charles pense que peut-être, si Mary fait un fils, il n'importe pas à Henry que Louis en soit le père. L'enfant serait son neveu, et à partir de là… »

Anne se tut, jouissant de la curiosité visible de Doucine. Les dires du frère d'Anne, songeait celle-ci, étaient un tissu de ragots. Vrais ou faux, ils discréditaient la fiancée et jetteraient le doute sur la légitimité de l'enfant qu'elle donnerait au roi.

Mais c'était quand même une histoire palpitante… Elle ne résista pas :

« À partir de là ? demanda-t-elle.

— Eh bien, il suffit d'essayer d'imaginer le futur. Louis meurt, Henry tient sa sœur parce qu'il peut révéler la vérité, le Dauphin est mineur, Henry réclame la régence. Guglielmo dit qu'il en aurait le droit puisqu'il serait son oncle. Du coup François ne peut plus prétendre à rien sinon à la Bretagne. »

Anne faisait la moue, une telle issue ne lui convenait pas. Doucine réfléchissait en se mordillant la lèvre.

« Henry VIII est marié… Mais il n'a pas d'enfant ? demanda-t-elle.

— Sa femme, affirme Charles, est enceinte. Si c'est une fille et qu'on puisse lui faire épouser l'éventuel Dauphin, Henry pourra prétendre encore mieux à la régence. En fait, il gouvernera les deux royaumes. »

Doucine, incertaine, fronça le nez. Un réflexe qu'elle avait quand elle était perturbée.

Il faut dire que ces affaires étaient complexes.

Elle réfléchit un moment et reprit, sérieuse :

« Tu parles comme si Mary avait conçu et comme si la reine d'Angleterre avait accouché. Pour l'instant, Mary et Louis ne sont pas mariés et tu ne sais pas vraiment si Henry a rendu grosse sa femme. Comment s'appelle-t-elle, au fait ? »

Anne, agacée, balaya l'objection et ne répondit pas :

« Moi, je te dis ce que craint mon frère. C'est-à-dire le clan de François, pas celui de ta sœur. Puis tu sais bien. Les Anglais... Ils n'ont jamais eu qu'une idée : chasser les rois de France et prendre pour eux le pays. »

Mademoiselle de Saubonne continuait à méditer. Après tout, elle aussi avait la tête politique.

Ce qu'Anne soutenait, c'est que l'Angleterre fournissait en plus de la fiancée un géniteur qui remplacerait le mari au cas où celui-ci s'avérerait défaillant. Affaire de taureaux et de veaux... Jadis, à Blois, quand on soutenait que la mère de François avait pincé la petite Claude pour qu'elle hurle et déplaise à ses beaux-parents, Doucine s'était fait la réflexion que l'avenir des pays tenait à peu de choses. Mais ce coup-ci, si Anne avait raison, passait toutes les bornes.

La marquise était assise dans son lit, rose d'avoir donné des nouvelles excitantes. Elle dînait volontiers ainsi, un plateau sur les genoux. Elle picorait, en fait, plus qu'elle ne mangeait. Un rien de soupe, des laitages, quelques fruits. Doucine mangeait sur une table, à côté, de façon plus substantielle.

La marquise dégagea la tablette, la posa sur le drap. Et comme Doucine se levait pour l'en débarrasser, elle mit sa main sur son bras.

« Doucine… Il y a autre chose… Encore plus drôle peut-être… Qui fait dresser les cheveux sur la tête de mon frère… »

Doucine se rassit, bien sûr, l'oreille tendue. Anne reprit :

« Charles et mon mari utilisent un langage secret pour se confier des choses que personne ne doit lire. Ils appellent cela un code. Je ne comprends pas ce code, mais Guglielmo m'a raconté. »

Doucine leva les sourcils d'un air interrogateur. Anne était agaçante avec sa manie de faire attendre la suite de ses confidences. C'était sa façon de se faire valoir.

« En fait… François d'Orléans a vu le portrait de Mary et il en est tombé amoureux. Si la princesse est vraiment aussi belle que sur la peinture (et on dit qu'elle l'est), alors cet imbécile pourrait oublier qu'elle se trouvera être sa belle-mère… »

Doucine, d'abord, ne comprit pas.

Anne éclata de rire, un petit peu trop fort.

« François ne résiste pas à une jolie femme. Depuis qu'il est un homme, il ne songe qu'à son vit. Qu'elles aient consenti ou non, toutes les demoiselles de sa sœur ont été basculées par lui. Et même les femmes de sa mère, qui sont de vieilles carnes. C'est simple : il ne peut se tenir ! Sauf Marguerite, qui est sainte à ses yeux, et a du caractère, une femme, c'est pour lui deux tétons et un con : il faut qu'il palpe les tétons, il faut qu'il remplisse le con. »

Doucine n'était pas prude. Elle fut effarée, cependant, par le langage d'Anne. Où était l'enfant apeurée dont le corps, malgré elle, se fermait à l'approche du mâle ?

La marquise vit sa confusion et elle rit de nouveau :

« C'est mon mari qui m'a rapporté cela. Ce sont ses mots. Peut-être pas ceux de Charles. Guglielmo adore dire des choses très sales… »

Puis plus sérieusement :

« Quoi qu'il en soit, ce que mon frère redoute, c'est que si par bonheur Louis manque à sa tâche, si l'amant est éloigné (et le parti de François a l'intention d'y travailler), l'héritier possible du trône succombe et, avant que d'y penser, fasse un petit à la reine ! »

*

Doucine, atterrée, recula légèrement sa chaise. Décidément, qui étaient ces gens-là qui prétendaient régner, qui lançaient des soldats à travers l'Europe, tuaient des paysans, brûlaient des villes pour des intérêts prétendument supérieurs, et qui ne savaient pas gouverner leurs passions ? Qui était cette enfant face à elle, qui riait vivement au lieu de s'offusquer ?

Pour cacher son énervement, elle tira le cordon proche du lit, faisant sonner la cloche qui appelait la servante. La femme entra, fit la révérence. Elle prit le plateau d'Anne, le sortit de la chambre, vint récupérer la vaisselle qu'avait utilisée Doucine et laissa de nouveau la marquise et Mademoiselle de Saubonne.

« Veux-tu venir ? » demanda Anne en soulevant le drap.

Doucine fit un signe de tête. Elle ne voulait pas. Anne rabattit le drap et elle n'insista pas. Elle n'insistait jamais.

« Sais-tu quand le mariage est prévu, à présent ? demanda Doucine.

— Ah, je ne t'ai pas dit, répondit Anne, maussade. Il semble que la célébration aura lieu au début du mois d'octobre. Guglielmo veut partir dès septembre.

— Septembre ? Nous avons deux mois, alors, pour faire coudre nos robes ! C'est suffisant mais tout juste ! Quand penses-tu précisément que nous partirons ? »

La marquise détourna le regard. Elle releva le drap jusque sur ses épaules, comme pour se cacher.

« Guglielmo, d'abord, ne voulait pas que je parte. Il a dit qu'on ne peut pas laisser les enfants seuls. Maria et Margherita sont grandes, on pourrait même songer à emmener l'aînée. Mais Bonifacio a trois ans. Nous nous sommes disputés, sais-tu ? J'ai cru qu'il allait me battre. Il l'avait fait quand nous étions à peine mariés… »

Et elle continua :

« Pour finir, j'ai dit au marquis que j'avais fait mon devoir. Il voulait des enfants, un fils. Je les lui ai donnés. Vois-tu… Il tolère que je ne l'accepte plus dans mon lit depuis que Bonifacio est né. Mais quand même, l'enfant est très petit. Qui sait ? Il pourrait ne pas vivre ? Il veut un autre fils. Je lui ai dit que j'accepterai qu'il entre en moi autant qu'il le faudra, et que je lui donnerai ce fils. Que j'accepterai cela, mais pourvu qu'il me laisse l'accompagner.

— Donc ? demanda Doucine, méfiante.

— Eh bien, il a fait ce qu'il voulait : j'ai reçu sa semence. Mais d'abord il a juré ce que j'entendais qu'il jure : de me laisser aller. »

Anne releva la tête. Ses yeux se fixèrent dans ceux de son amie. Le visage fermé, elle prononça d'une voix forte :

« Je suis Anne d'Alençon, dame de La Guerche, marchesa di Monferrato, et ma belle-sœur est la sœur de celui qui peut devenir roi. Il est normal que j'aille au mariage de Louis. Le contraire serait indigne. Guglielmo en a convenu. Il a mis une condition. Les enfants t'aiment, tu les aimes. Il se fie à toi. Tu resteras à Montferrat. Ta sœur Michelle représentera ta famille. Je te rapporterai des cadeaux. »

Doucine devint blanche. Tout son corps se raidit, elle eut le sentiment que quelque chose, en elle, devenait de la glace. Elle regarda la marquise qui ne détourna pas le regard. Comment avait-elle pu s'illusionner à ce point ? Parce qu'à un moment la femme qui lui faisait face avait été fragile, elle avait cru qu'elle en serait aimée. Mais Anne n'était pas son amie, elle était sa geôlière. Et le Montferrat était une prison. Dans un monde étranger où on ne se souciait pas d'elle, Doucine se retrouvait servante, pour ne pas dire esclave, d'un couple et d'une famille pour qui elle n'éprouvait elle-même que de l'indifférence.

31

Cannibales

ALGER, SEPTEMBRE 1515

« Donc, quand le moment est venu d'exécuter le prisonnier, le village se rassemble. Il y a une grande fête où tout le monde chante et danse. Celui qui va être mangé doit participer aux chants et danser lui aussi. J'ai assisté à ça deux fois pendant le temps où je suis resté chez les Tupis. La fête dure trois nuits et trois jours et pendant ces trois nuits et ces trois jours il n'est pas question de dormir. Les sauvages préparent un breuvage spécial : j'en ai bu moi-même. C'est une boisson extraite d'une plante à épines qui écarte le sommeil en énervant l'esprit. Le matin du troisième jour est celui de la mise à mort. Cela ne se fait pas en un coup : c'est une sorte de jeu. Le prisonnier est attaché à une corde fixée à un pieu et il peut tourner, courir, à partir de ce pieu, autant que le lien le permet…

— Comme une chèvre au piquet, interrompit quelqu'un.

— Oui, c'est cela. Exactement. Au moment où le soleil se lève, le chef du village donne l'ordre de commencer. Alors, les Tupis se mettent en cercle, les hommes devant, les femmes en arrière avec les enfants. Et, je ne sais comment, ils se placent à l'endroit précis que le prisonnier ne peut atteindre, alors que je n'ai vu aucune ligne tracée sur le sol. Celui qui a capturé l'homme dont on va se partager la chair entre dans le cercle avec une massue ; le prisonnier, lui, n'a rien pour se défendre. La seconde fois que j'ai vu faire la chose, il y avait trois captifs qui étaient liés et trois Tupis leur couraient après avec leur bâton. La difficulté pour tous était de ne pas se prendre les pieds dans les liens ! »

Des rires s'élevèrent, mais aussi des protestations : le combat était trop inégal.

Yahia, dont le nom dans une autre partie du monde avait été Juan de la Cosa, leva la main pour demander le silence. Il l'obtint aussitôt. Outre lui-même, six juifs étaient dans la salle, dont le rabbin, Shimon ben Durán, et le marchand qui les recevait. Ils écoutaient avec passion. Le monde dont Yahia parlait était inconcevable et pourtant ses paroles, puisqu'il en venait, le rendaient réel et, dans sa violence, horrible et captivant.

« Il faut imaginer que tout le monde fait du bruit pendant la mise à mort. Les femmes tapent sur des tambourins et les hommes hurlent pour encourager je ne sais qui : les leurs à tuer vite et bien, ou peut-être les prisonniers pour qu'ils montrent leur vaillance. Les enfants ont peur ou ils sont excités et ils crient aussi et pleurent. Le jeu peut durer un moment, mais la fin est certaine : les captifs n'ont pas la moindre chance. Le premier coup qui les met à terre signe leur agonie : les sauvages leur cassent la tête et leur brisent les os. Pas forcément dans cet ordre... »

Yahia se tut. Les autres soupiraient, visages tendus, corps contractés, trouvant pourtant l'histoire délectable. Celui qui racontait était grisé de se sentir puissant. Sa parole faisait voyager ceux qui l'écoutaient. Ils n'étaient plus dans ce palais un peu délabré d'Alger mais sur la terre battue d'un village d'Ameriga, entre les cabanes où les Tupis dormaient et vivaient ensemble, et dans ce cercle où quelques-uns d'entre eux mettaient à mort d'autres sauvages sous les encouragements de leurs pareils.

« À partir de là, c'est-à-dire quand le prisonnier a rendu l'âme, tout va très vite. Les hommes s'écartent, ils retiennent les petits. Les femmes, elles, en commençant par les plus vieilles, s'approchent du mort ou des morts. Elles ont des couteaux dont la lame est faite dans une pierre dure et bien aiguisée : c'est à elles que revient la tâche de découper. Tout y passe. La tête est décollée et les membres retirés du buste. Les bras sont cassés et partagés au coude et au poignet. Les doigts, aussi, sont sectionnés. Pour les jambes, on les garde entières : ce sont les morceaux réservés aux jeunes hommes vaillants. On ouvre le ventre, on ôte les intestins puis les autres boyaux ; le tronc ne reste pas entier, mais les femmes font en sorte de sortir les côtes. La plus âgée a la charge du sexe : la verge et les testicules. Elle veille à ne pas les séparer. Tous les morceaux vont à un bûcher qu'on a préparé à l'orée du village. Chaque femme porte le morceau qu'elle a coupé et seulement celui-là. Elle le pose sur une grille de bois qu'on appelle boucan, et quelques-unes d'entre elles allument le feu. Les grilles sont placées assez haut et les flammes les lèchent à peine : la chair est fumée plutôt que cuite. La cuisson, de la sorte, dure presque tout le jour, et c'est l'occasion de se reposer jusqu'au festin du soir. »

Yahia savait ce qui allait suivre. Tous, désormais, se demandaient s'il avait participé au banquet : s'il en avait eu le courage, s'il y avait été contraint. Aucun, tant qu'ils seraient ensemble, n'oserait lui poser la question. Mais le rabbin l'interrogerait quand les autres seraient partis. La chair de l'homme est si évidemment interdite que la Bible ne la mentionne même pas parmi les aliments impurs. Les ruminants au sabot fourchu, le porc, le hibou, les oiseaux de proie, oui. Mais la viande humaine… Aucune considération n'amoindrirait la faute de Yahia et la répulsion des autres s'il disait l'avoir mangée. Il serait un sauvage parmi les sauvages : pire qu'un chrétien, qu'un musulman – un loup, une bête, elle-même immonde.

Yahia savait comment éviter cela.

« J'ai assisté à tout, j'ai dû porter des fagots pour alimenter le feu durant le jour. En m'approchant des boucans, en entendant le bruit que font les chairs en rissolant, en sentant l'odeur sucrée de la graisse qui tombait dans les flammes, j'ai cru que j'allais vomir. Tout le jour, les femmes surveillaient la cuisson. Une vieille très laide était en quelque sorte le chef de cette cuisine. Quand j'approchais avec le bois, quand je le disposais au-dessous des grilles de la façon qu'elle ordonnait, elle riait en me montrant les morceaux. "Ygatou ygatou", disait-elle : "C'est bon c'est bon." »

— Igatou, igatou, se prit à répéter le plus jeune de ceux qui écoutaient.

— Je n'ai pas mangé de cette viande. Je n'ai même pas eu à la refuser, ce que j'aurais fait quitte à y laisser ma vie : comment se dire un homme si on mange de l'homme ? Même si cet homme est un sauvage qui, quant à lui, vous aurait dévoré. Les Tupis se partagent la viande quand elle est cuite à point. Il faut que tous les membres du village en consomment, et seulement eux. Aux bébés, y compris les petites filles, on humecte les lèvres avec la graisse. Que tous, hommes et femmes, aient en eux la chair du vaincu : ils pensent que cela les unit, les rend forts. »

Il hocha la tête, posture parfaitement convaincante :

« Il y avait, outre moi, deux autres prisonniers : des sauvages d'une tribu adverse qui n'avaient pas été exécutés ce jour-là. Pas plus que moi ils n'ont eu le droit de manger de cette chair-là. »

Ceux qui l'écoutaient allaient bientôt demander autre chose. Pourquoi lui-même n'avait-il pas été mangé ? Comment se faisait-il qu'il fût là, parmi eux ?

Il fallait de nouveau que Yahia raconte sans attendre la question.

« Je ne sais ce que sont devenus ces captifs. Quant à moi, je pense que les Tupis n'ont jamais eu l'intention de me manger. J'étais trop différent. La peau des Indiens est brune : pas comme celle des Nègres, mais dorée, presque rouge. La mienne a à peine bruni sous le soleil humide qui écrase cette contrée. Je crois que mon apparence leur répugnait. Quand ils m'ont capturé, ils ont arraché mes vêtements pour voir comment j'étais fait. Aucun des hommes qui étaient là n'a souhaité les revêtir et les mères ont interdit aux petits d'en toucher le tissu. D'ailleurs, on me les a rendus. Les sauvages qui étaient prisonniers avec moi vivaient nus comme nos maîtres, ils avaient sur le sexe un parement de plumes comme ceux-ci en portent. Mais il n'a jamais été question que je sois sans habit, ils ne l'exigeaient pas et ils étaient contents que je cache ma peau. »

Le jeune qui avait répété « c'est bon » se gaussa que Yahia était trop laid. Les autres haussèrent les épaules.

Le conteur finit en expliquant comment il avait recouvré sa liberté. Un jour, c'était plus d'une année après qu'il avait été pris, il avait vu un bateau naviguer étonnamment près du bord. Il avait couru à la plage – il circulait librement dans le village et autour – et avec des pierres dont il avait appris à se servir comme d'un briquet, il avait allumé un feu qu'il avait depuis longtemps préparé en cachette. Très vite, les Indiens l'avaient récupéré, ils l'avaient molesté et ils avaient éteint les flammes, mais c'était trop tard. Les gens des navires avaient remarqué le brasier et s'étaient approchés. Ils avaient descendu une chaloupe avec des soldats et visité la plage : ils ne pouvaient croire que des Indiens aient voulu attirer leur attention. Juan avait placé ses bûches à côté d'un rocher où il avait gravé son nom et demandé secours, en mettant le mois, qu'il avait modifié quand il fallait, et l'année : les sauvages n'avaient pas fait attention aux graffitis. L'affaire avait été dès lors assez rondement menée. La tâche du navire était de récupérer les Blancs qui étaient prisonniers (car la situation de Juan n'était pas exceptionnelle, apprit-il aux autres) ; il venait non pas pour combattre mais pour négocier, à l'initiative d'un prêtre qui se souciait de racheter des captifs :

« Des moines de la même espèce travaillent à Alger, dit-il. Leur mission est de ravoir en Afrique les chrétiens que les mahométans ont fait esclaves, ou de les échanger contre les leurs qui sont réduits au même état en Europe. »

Le rabbin ayant acquiescé sans commenter, Yahia termina en souriant :

« J'ai été échangé contre un cheval. Les Tupis ne connaissent pas les chevaux, ils ont été stupéfaits quand ils ont vu l'animal amené sur la plage. Ils ont dû se convaincre, aussitôt, que la bête était mon juste prix. En fait, c'était une rosse… On a coutume, dans le Nouveau Monde, d'embarquer les vieux chevaux qui ne peuvent rendre service : on les mange pendant les traversées, ou on les cède aux sauvages contre des biens précieux.

— Il n'empêche, dit un des hommes, si le prêtre qui voulait récupérer ses chrétiens avait su que tu étais juif, il n'aurait pas donné la rosse.

— Plutôt, il aurait convaincu tes Indiens de te manger très vite », dit un autre.

Tout le monde rit à cette saillie. Yahia hocha la tête ; il n'en pensait pas moins.

*

Son regard vagabonda. Salomon Esmael, le marchand chez qui ils se trouvaient, était venu d'Espagne avec tous les biens qu'il avait pu emporter. Les sièges sur lesquels étaient assis ceux qui l'écoutaient étaient divers mais chacun assez beau. Deux coffres en marqueterie étaient accolés aux murs, il y avait des pendules, merveilles de mécanique, et dans un coin des tableaux que le juif avait retournés : œuvres lascives, scènes chrétiennes ? Les tissus dans lesquels ils étaient enveloppés ne permettaient pas d'en juger.

Il sembla à Yahia que sa vie était à l'image du lieu : encombrée de faits inavouables qu'il devait dissimuler et qui constituaient un tout presque impossible. N'avait-il pas changé de nom et de vie trop de fois ? Yehohanan, fils de cordonnier et petit-fils de rabbin ; Juan, pilote et cosmographe compagnon de Colón et de Vespucci, évidemment chrétien ; et à présent Yahia, séfarade réfugié en Afrique et dessinateur de cartes destinées à l'Empire ottoman.

Drôle de sort…

Dans le récit qu'il venait de faire, il n'y avait guère d'à peu près vrai que la fin, qu'il avait cependant embellie. Le reste de l'histoire était imaginaire. Il était seul prisonnier, bien sûr, chez les Tupis ; il n'avait jamais craint d'être dévoré ; et avait encore moins assisté à un banquet où on aurait mangé de l'homme.

Mais quoi ? Quel intérêt auraient bien pu avoir ses paroles s'il avait avoué qu'au cours des pauvres quatre mois qu'il avait passés chez les indigènes, il avait été bien traité ? Il n'avait pas menti en disant que ceux qui l'avaient pris étaient curieux de son corps et qu'ils en étaient peut-être un peu dégoûtés. Pas tant que cela, d'ailleurs, puisque des filles étaient venues le trouver dans la cabane commune… Et c'était en effet contre une rosse qu'il avait été échangé, même s'il avait fallu donner en plus des haches, des couteaux et des ciseaux, toutes lames précieuses pour ces gens qui n'avaient que des outils de pierre. À ces objets les soldats avaient ajouté un crucifix : une idée de Bartolomé, sûrement. Le Jésus que la croix portait avait le corps cuivré et les traits des Tupinambas, son sexe était caché par un bouquet de plumes sculptées. Les sauvages s'étaient passé l'objet, qui était de grande taille, et ils avaient beaucoup commenté.

Juan aurait dû ajouter cela. Mais comment l'évoquer, louer ce religieux alors que lui-même était présentement sur une terre d'islam et que l'Église avait pourchassé tous ceux qui l'écoutaient ? Mieux valait taire ces choses.

Alors, il avait inventé. Il avait entendu depuis tellement de temps l'histoire des mangeurs d'hommes… Il y avait même un mot pour signifier la chose : à La Española, des Indiens se nommaient Kaníbas, et ils mangeaient la chair humaine, croyait-on.

On disait aussi cannibales, c'était selon.

Ce qui ne changeait rien.

Dans cette ville africaine, très loin d'Ameriga et même de l'Europe, il était sans conséquence de relayer ce mensonge. Les juifs qui écoutaient tremblaient, et l'estime qu'ils avaient de lui pour avoir résisté à une telle épreuve s'en trouvait augmentée.

Quand même, Juan pensait aux Tupis et il n'était pas fier.

Il avait apporté sa pierre à la fable des cannibales.

Une très grosse pierre.

32

Le rocher

ALGER, MÊME SOIR

Juan s'était retrouvé à Alger un petit peu par hasard. Plutôt que de retraverser l'Océan, il aurait voulu remercier Las Casas, prendre part à une entreprise qu'il trouvait folle et d'autant plus désirable, mais cela aurait signifié retrouver Ojeda qui ne lui voulait pas de bien. Puis six mois à Cuba… L'île était dangereuse. La conquête avait commencé et il avait fallu user de force pour soumettre les Indiens. Le gouverneur de l'île, qui lui avait fait bon accueil, lui avait raconté :

« Des indigènes de La Española sont venus inciter à la révolte. Des sauvages pareils, vous imaginez ? Comment sont-ils passés ? »

Il avait expliqué que le meneur, un nommé Hatuey, avait été capturé. On l'avait brûlé vif ainsi que les rebelles dont on avait pu se saisir :

« Depuis, les natifs ont peur. Heureusement, parce que j'ai perdu trop d'hommes. »

En l'écoutant parler, Juan s'était souvenu de ce soir de Noël avec Pedro Renteria et Bartolomé. Le prêtre avait raconté un massacre, dans un village qui s'appelait… Il ne sut se souvenir. À cause de ce qu'il avait vu, Las Casas avait renoncé à la guerre et c'est alors aussi, peut-être, qu'il s'était décidé pour l'Église. D'une certaine manière, cet événement était la raison pour laquelle lui, Juan, se trouvait à Cuba et devant le gouverneur.

Ce gouverneur qui précisément lui proposait de l'engager parmi ses soldats :

« Quoique vous soyez un peu âgé pour porter les armes », avait-il nuancé.

Il se serait agi de tuer des Indiens. De Cuba ou de La Española. Peut-être, qui sait, des Taïnos qui avaient été à lui et qui avaient fui.

Il avait fait son choix.

*

Le bateau sur lequel il traversa était dans un désordre incroyable. Faute de pouvoir porter au roi de l'or ou des perles, on avait encombré le pont de curiosités susceptibles de plaire. Les marins manœuvraient entre des cages et des caisses de terre. Les premières contenaient des oiseaux et des singes, des cacaoyers poussaient dans les secondes, ainsi que des *tomatillos*, et des arbres à *nanás* qui produiraient des fruits au cœur jaune et sucré. Les soutes renfermaient les feuilles du *tabaco* que les Indiens mâchaient ou embrasaient pour en aspirer la fumée, et il y avait en outre trois couples de sauvages – on avait habillé les hommes de culottes et les femmes de robes pour que leur nudité ne suscite pas des pensées immorales. Deux des sauvages se jetèrent à la mer, la plupart des plants moururent à l'air salin et une contagion affecta les deux tiers des oiseaux, qu'on mit à la casserole.

La tentation de Juan était de revenir à Séville et de revoir son fils. Qui sait, le temps ayant passé, Fonseca, peut-être, aurait oublié la dispute ? Durant la traversée, il se fit apprécier du maître du bateau qu'il aida à trouver son chemin en jouant du courant et des vents pour arriver très vite dans l'archipel aux Chiens. Ainsi, ils discutèrent. Il apprit que l'évêque s'occupait plus que jamais des affaires océanes et que Vespucci, vieillissant et malade, était bien moins présent. Le nom de Joaquín ne disait rien au capitaine : Juan ne put avoir aucune nouvelle de son fils.

Aux Canaries, il restait incertain sur ce qu'il allait faire. Le même homme avec qui il avait sympathisé lui dit qu'on cherchait un pilote sur un navire qui mènerait des esclaves depuis les côtes océanes de l'Afrique vers les ports d'al-Maghrib : c'est ainsi que les Arabes désignaient le rivage sud de la Méditerranée, où les Ottomans étaient désormais tout-puissants. Juan, presque sur un coup de tête, décida d'accepter. Il se rendrait à Ceuta ou encore à Tunis où vivaient de nombreux juifs. Dans la première ville, où il débarqua en effet, on lui dit qu'on ne saurait à quoi l'employer mais qu'à Alger des capitaines musulmans avaient besoin de cartes. Ils se moquaient que ceux qui les dessinent soient d'une autre religion pourvu qu'ils ne soient pas chrétiens. Cosa trouverait à les servir.

Pourquoi pas ? Juan n'avait pas de raison de détester ceux qui croyaient à Allah. Il reprit donc le bateau, et il le quitta à Alger, qui était l'ultime destination et où on fit descendre les Noirs enfermés dans les cales.

*

C'est comme ça que Juan, devenu Yahia, se trouvait chez Esmael à boire une eau teintée d'anis en contant ses aventures.

La demeure du marchand était bâtie sur les hauteurs. Quand, le matin, dans la chambre qu'il lui louait, il repoussait les persiennes, l'échelonnement des coupoles et des minarets jusqu'à la mer le ravissait et il se disait qu'il pourrait demeurer à jamais dans cette ville. Comme on l'en avait averti à Ceuta, il avait aisément trouvé à travailler. Dans un édifice du quartier bas près du port, dix Maures et deux juifs créaient des cartes, sur des tables plus grandes qu'il n'en avait jamais vu. On appelait ces cartes *lawh-al rasm,* un mot que Juan apprit à prononcer même s'il pouvait parler espagnol avec plusieurs ouvriers qui avaient vécu comme lui en Andalousie.

L'atelier était financé par un Turc qu'on appelait le *reïs*. Ce dignitaire, quand il ne commandait pas sur mer, œuvrait, depuis Constantinople où était le cœur du pouvoir qu'il servait, à réunir des cartes. Il avait le projet d'un atlas de toutes les régions. Un jour, prédisait-il, les terres des mécréants seraient prises. À l'est on chasserait les Portugais de la mer Rouge (Juan ne savait pas qu'ils y fussent), à l'ouest on reprendrait Grenade et on construirait une mosquée au pied du Jabal Tarik, le Gibr'al-Tar espagnol. Les bateaux de l'islam passeraient les colonnes d'Hercule, ils contourneraient l'Afrique et, traversant la Grande Mer, ils iraient jusqu'aux terres d'où Juan revenait. Le monde entier, alors, chanterait la gloire d'Allah.

Le maître d'atelier se nommait Boabdil. Il était musulman et venait d'une famille de Málaga ; il parlait l'espagnol. Il sortit pour Juan ses plus belles planches, quelques-unes sur papier, d'autres sur parchemin. Les anciennes figuraient les continents dans un cercle : le monde s'y réduisait à l'Afrique et l'Europe, plus un morceau de l'Orient avec des tracés fantaisistes au-delà de l'Arabie heureuse. Les mers étaient en bleu à l'exception de l'Érythréenne qui était rouge, les rivières étaient d'une nuance azur plus claire, les montagnes en brun et les routes carmin. Des mots chargeaient les cartes : une belle calligraphie qui, comme l'hébreu, se lisait de droite à gauche et que Juan ne savait déchiffrer. Ceux qui avaient dessiné avaient évité les motifs humains ou animaux qui remplissaient les terres sur les cartes chrétiennes. Les bords étaient beaux : des arabesques lapis et cinabre, des bandeaux argent et or – rien de tel n'existait dans les cartes sur lesquelles il avait travaillé en Espagne.

À la fin, Boabdil sortit deux peaux souples et brunes : « Cuir de gazelle », dit-il avec un accent rauque.

La première, qu'il posa sur une des grandes tables, représentait les rives méditerranéennes de l'Europe, l'Afrique et un morceau d'Asie. Le continent des Noirs occupait la plus grande place. Sa côte bombait vers l'ouest, puis s'incurvait du côté de la Guinée : le tracé parut fiable à Juan, avec des détails qu'il n'avait jamais observés. Le rivage continuait vers le sud en une ligne presque droite puis, loin des latitudes où devait se trouver la glace, le mouvement s'inversait : la côte remontait jusqu'à l'endroit, au nord-est, où s'ouvrait la mer que les Hébreux avaient jadis traversée. Le doigt de Juan indiqua trois îles marquées d'un mot que Boabdil lut : « *Zanj* » – Zanzibar, pour les Portugais, qui venaient de s'en emparer, précisa-t-il dans la langue que Juan comprenait. Plus au sud, il posa son index sur une autre île, grande et plus isolée, et il énonça cette fois : « *Maqad-isu.* » Il dit qu'on l'appelait aussi la Grande-Île.

Après quoi il sourit et déploya l'autre peau. Il la plaça non sur une autre table mais à côté de la première, tâchant d'ajuster à peu près les bords dans la zone de la mer Rouge, bien que les proportions ne correspondent pas.

La carte montrait l'orient du monde. C'est-à-dire ce que Juan n'avait jamais vu.

Ce que peut-être il n'avait été donné à personne en Europe d'observer avant lui, et qu'il savait en tout cas qu'on ignorait à Alcalá aussi bien qu'à Séville.

Le cœur de Juan, d'un coup, battit plus vite.

À l'est du pays des Arabes, une mer étroite précédait un tracé, vers le sud, qui formait un triangle : c'était l'Inde. Une île la prolongeait à sa pointe :

« *Serendib* », dit Boabdil, sans tenter de correspondance en espagnol.

Plus à l'est encore, une péninsule finissait par une bande de terre et par des îles :

« *Malakat* », « *Jazirat-al-Muluk* », indiqua son interlocuteur.

Il ajouta d'un air neutre :

« *Gharb al-Ândalus.* » Puis, en espagnol, il expliqua que le mot qu'il venait de prononcer était le nom arabe du Portugal et que ce royaume était en train de s'emparer, ville par ville, des possessions qui étaient à l'Islam.

Juan se moquait de savoir qui gouvernait les terres. Son regard se porta vers l'extrême de l'Orient.

Le tracé de l'Asie. Des caps énormes, bombés. Des golfes aussi considérables.

Ce que Boabdil appela « *Si-am* ».

Puis « *al-Siyn* » : autrement dit la Chine – le Cathay de Marco Polo.

Et des îles qu'il prononça « *al-Yaban* » : le Japon, que Colón nommait Cipango et où il avait cru débarquer, mais beaucoup plus au nord que La Española et Cuba.

Il y avait une pointe, s'arrachant de Cathay pour aller vers Cipango, et qui venait lécher le sud de l'archipel : une péninsule en queue-de-poêle.

« *Koryo* ? *Goryeio* ? » essaya Boabdil comme il le questionnait du regard. Il fit une moue signifiant qu'il n'était pas sûr du nom.

Juan réfléchit qu'en Amérique aussi une langue de terre s'arrachait du continent pour rejoindre presque Cuba. Quand il était là-bas, le gouverneur de l'île avait dit qu'on l'appelait Florida. Colón avait-il vu une carte de la Chine qui ressemblait à ça ? Serait-ce la raison de son erreur ?

C'était de fait la seule ressemblance. La côte, plus au nord, continuait. Elle partait plein est, peut-être se prolongeait-elle jusque dans les régions glacées du pôle : mais le tracé, par là, s'interrompait. Ceux qui avaient dessiné la carte n'avaient su le continuer.

Ailleurs, partout jusque vers le bord, il y avait la mer : la mer immense.

C'était là l'Océan – il pourrait l'appeler oriental – dont il n'avait cessé de se demander s'il existait ou non au-delà du Nouveau Monde, et qui était la preuve qu'Ameriga était un continent…

*

Quand Yahia, après un long moment, avait reposé la carte, Boabdil était allé chercher deux peaux vierges, qu'il avait mises, pour l'une, à gauche de celle qui contenait l'Afrique, et pour l'autre, au-dessus de l'Europe. Et il s'était redressé :

« Ce que je te demande est de dessiner sur ces peaux les morceaux qui manquent : le nord pour l'Europe, et l'ouest avec les terres où tu es allé. La carte sera donnée au sultan. Pour moi, je vais aller au Caire où se trouve un atelier comme le nôtre et où on connaît mieux les parties orientales. Je reviendrai avec de quoi dessiner bien ce qui se trouve à l'est. »

Il se tut de nouveau, rien qu'un instant :

« Tu dois faire ta carte extrêmement précise, insista-t-il. Tu indiqueras les routes que les navires doivent prendre, et les côtes avec les mouillages. Et dans l'Ameriga, tu mettras les noms des sauvages et s'ils sont féroces ou non, ainsi que les villes que les infidèles ont fondées, avec à qui elles appartiennent, Espagne ou Portugal. »

Il fit un petit geste péremptoire :

« Tu te contenteras de dessiner. Les couleurs, mes hommes les mettront ; et un calligraphe inscrira les mots. Il n'est pas question que tu prévoies aucune figure : aucune de ces bêtises qu'on voit sur les cartes qu'on fait en Europe et qu'Allah réprouve. Jussef te surveillera : tu lui obéiras en tout. »

Jussef était le second de Boabdil. Il était musulman lui aussi, né en Afrique. Mais pour une raison ou une autre, il savait l'espagnol.

Le regard de Boabdil se perdit. Il semblait déjà voir l'immense document qui montrerait le monde. Puis ses yeux revinrent sur Juan et il acheva :

« Dans Alger, tout le monde sait qui tu es. Un homme considérable, le seul qui puisse faire ce travail. Aussi je te paierai bien si nous vendons la carte. Mais il faut que tu me serves fidèlement. Si tu vas inventer des choses, je le soupçonnerai. Le mouvement des côtes répond à des lois qui sont partout les mêmes. En ce cas, Allah te poursuivra jusqu'à la fin des temps ; mais moi, d'abord, je t'aurai tué. Un juif ne vaut pas grand-chose, de toute façon. »

Boabdil avait quitté Alger comme il l'avait dit et Juan, à qui il avait donné par provision un pécule, s'était mis au travail.

Quand il avait pris la plume, et la règle pour tracer les rhumbs, il avait ressenti une jouissance. D'un coup tout lui revenait. Les lignes qu'il avait dessinées jadis, les îles et leur emplacement, les côtes, jusqu'au détail des caps et des baies. Durant plusieurs semaines, la nuit, il rêva de la carte : elle serait plus complète, bien plus nouvelle, que celle qu'on avait voulu lui faire faire en Espagne. Le rêve l'éveillait, il prenait une feuille (il avait rapporté du papier de la ville basse), il expérimentait un rivage à la lumière d'une bougie (la cire était peu chère, en Barbarie) et il se souvenait. Sur ces mêmes feuilles, le soir aussi, il essayait des motifs, malgré l'interdiction de Boabdil. Il les montrait le lendemain à Jussef. Sur la Méditerranée de l'autre carte, Juan avait vu des bateaux musulmans. Il proposa de figurer nefs et caravelles chrétiennes sur la mer Océane, et Jussef en fut d'accord. Les dessins d'hommes étant interdits ainsi que ceux des animaux, il esquissa les cabanes où vivaient les sauvages. Jussef n'en voulut pas. En revanche, le second de Boabdil accepta les images de plantes : le tabac, l'arbre à *cacahua*… Il voulait comprendre le goût de ces végétaux : il fallait décrire les saveurs, c'était une chose à peu près impossible mais à laquelle Juan s'essayait aussi avec plaisir.

Maintenant, le travail était presque terminé. Du moins la part de Juan était-elle achevée. Il reviendrait à l'atelier, demain et le jour d'après, pour examiner comment on passait les couleurs sur ce qu'il avait dessiné et pour vérifier que les retranscriptions des noms qu'il avait donnés en caractères latins soient aux bons emplacements.

Il serait là, surtout, parce qu'il en avait envie.

*

Le soir était tombé, les amis d'Esmael étaient rentrés chez eux et Juan avait rejoint sa chambre. Accoudé à la fenêtre, il regardait vaguement. Il songeait qu'il avait rempli le contrat passé avec Boabdil : il n'avait pas inventé ni menti. Ce qu'il avait tracé sur la carte existait pour autant qu'il le sache. Il avait hésité sur la largeur à donner au Nouveau Monde et sur la façon dont il fallait dessiner ses contours à l'ouest. Et il avait choisi. En regardant l'immense mer qui se trouvait au-dessous de l'Asie, il s'était dit que peut-être un principe d'équilibre gouvernait la configuration du monde : il avait élargi les terres américaines au sud de l'équinoxe à la mesure de celles qui, dans le nord, constituaient l'Asie. De la sorte, l'étroite bande de terre qu'il avait imaginée jadis se trouvait augmentée, mais seulement dans le sud. Au nord, elle gardait la forme d'un ruban. Il avait été moins catégorique, aussi, pour ce qui était le passage par le sud. Puisqu'il était possible de contourner l'Afrique, peut-être pouvait-on rejoindre l'Océan oriental par le sud du Nouveau Monde ? Mais alors, Fonseca aurait eu raison… Juan n'avait pas dessiné un navire en perdition, mais il avait quand même figuré des glaces.

Il soupira longuement. Le soleil était sur le point de se coucher, c'était l'heure bleue, si calme. Les ombres dominaient et, au loin, celles des îles qui fermaient le port se projetaient sur l'eau. On nommait ces rochers *al-Jazā'ir*. À cause d'eux, il devrait peut-être repartir. Le plus gros était le *Peñon*, tenu par les Espagnols. Ils y avaient construit une forteresse avec des ouvertures d'où sortaient des canons. Un jour, les Algérois la prendraient, ils la détruiraient et massacreraient les soldats.

C'est ce que Boabdil avait dit. Jussef pensait de même. Ou bien, songeait Juan, ce serait le contraire. Les Espagnols attaqueraient, une flottille chrétienne arriverait et Alger entière serait conquise, comme avaient été pris Ceuta, Bougie et d'autres ports de Barbarie.

Ce jour-là, les disciples du rabbin ben Durán, les amis de Salomon Esmael, Juan lui-même, et encore Boabdil et Jussef, tous devraient s'en aller. Ils s'exileraient de nouveau ou ils seraient massacrés…

D'un coup, Juan se sentit fatigué.

Avant de se coucher, il fit encore une chose. Il avait rapporté de l'atelier, outre du papier, un pinceau et des poudres de couleurs : de ces teintes qu'il ne posait pas lui-même sur la peau de gazelle. Sur le mur, avec ces couleurs, il avait dessiné des croix : l'une verte pour le vendredi, jour d'Allah ; l'autre bleue pour le shabbat ; et la dernière rouge pour le dimanche chrétien. Les autres jours, il les indiquait par des points vert-de-gris.

Il comptait ainsi le temps en l'organisant par semaines, mois, puis années.

Cela faisait cent cinquante-six semaines et trois jours, maintenant, qu'il était à Alger. Soit presque trente-six mois. Autrement dit trois ans.

Juan posa un point vert-de-gris sur le mur et essuya le pinceau. Après quoi il retourna à la fenêtre et rabattit le volet.

33

Les taureaux

SÉVILLE, HÔTEL VESPUCCI-LIUCIARDI, SEPTEMBRE 1517

Penchée à sa table dans la position où Joaquín l'avait vue la première fois qu'il avait rendu visite à messer Vespucci, Silvana était assise, le dos tourné. C'était la même pièce, mais une autre table plus grande. Le lieu avait complètement changé depuis le temps où, presque un enfant encore, il était rentré de La Española. La salle où il avait vu Amerigo était devenue le domaine de la jeune fille. L'espace était encombré mais, d'une certaine manière, rangé. Il y avait dans des pots des plantes que la jeune fille taillait à ras quand elles poussaient trop haut. Puis, outre les caisses qui avaient contenu les papiers du marchand, partout sur le sol et sur des planches que Joaquín avait fixées lui-même, des casiers soit ouverts soit fermés. Avec Piedad qui faisait chaque matin le lit, vidait le pot de nuit et portait une provision d'eau, le garçon était la seule personne à entrer chez elle. Dans les caisses, qu'elle avait marquées chacune d'un dessin, elle entassait selon la matière, la couleur et la taille, des morceaux de tissu, des rubans, des papiers, du liège, des fragments de céramique et encore d'autres choses. Elle conservait près d'elle ce qu'elle jugeait précieux : de ces perles de verre colorées avec lesquelles les navigateurs commerçaient, des fleurs qu'elle faisait sécher, des coquillages et des plumes. Elle achetait quelques-unes de celles-ci chez des façonniers qui en ornaient des vêtements, mais Joaquín était fier de lui procurer les plus belles.

Le jeune homme avait ouvert la porte sans dire son nom, certain que la jeune fille saurait qui lui rendait visite. Il referma le battant aussi doucement qu'il put et approcha en faisant peu de bruit. À présent il était derrière Silvana et sa main aurait volontiers caressé son épaule : que la peau était fine sous la natte brune… Il se garda de la toucher ou de parler. Silvana travaillait et tant qu'elle n'aurait pas terminé, le plus gentil des mots, le plus aimant des gestes, provoquerait une crise.

Depuis six ans, Joaquín habitait la demeure. Tant qu'il était vivant, Vespucci s'était occupé de lui comme son père l'avait espéré. Il lui avait trouvé un emploi sur un premier puis sur un deuxième bateau. Ensuite, quand il était mort, son successeur et neveu Guido Liuciardi l'avait initié au commerce : il lui avait confié dans chacun des convois une petite cargaison pour laquelle, dans un port qui était quelquefois hors d'Espagne, il lui fallait trouver l'acheteur le plus offrant. Lorsqu'il restait à Séville, le jeune homme logeait dans une chambre inoccupée sous le toit. Le señor Liuciardi n'avait rien changé à cet arrangement fixé du temps d'Amerigo. Joaquín retrouvait donc Silvana aussi souvent qu'il voulait quand il résidait dans l'hôtel, la jeune fille l'aimait bien, autant qu'elle le pouvait et de la manière qu'elle pouvait, et l'Italien, qui servait de tuteur aux jumeaux, ne s'en offusquait pas.

Les doigts de Silvana travaillaient. Elle avait devant elle un bol d'eau et de la terre argileuse. Elle mouillait cette argile, roulait entre ses paumes des sphères et des cylindres qu'elle associait ensuite pour créer, parut-il à Joaquín, des personnages. Cela ne ressemblait pas à ce qu'elle avait fait jusqu'alors et il se demanda ce qui sortirait de cela. Quand elle aurait fini – quand elle aurait tout à fait fini, ce qui pouvait prendre des jours –, elle le lui montrerait. Il serait alors forcément étonné (il en avait l'expérience) et il admirerait ou non. Elle, à ce moment-là, ne s'en soucierait plus. Elle lui ferait cadeau de ce qu'elle avait fait, plutôt pour s'en débarrasser que pour lui faire plaisir, ou elle l'abandonnerait et un jour, plus tard, Piedad l'emporterait. Il semblait qu'il en allait ainsi depuis qu'elle était petite.

Seulement, s'il en jugeait par ce qu'il apercevait, le travail de Silvana était loin d'être achevé. Avant qu'il le soit, lui-même aurait quitté la maison pour longtemps.

C'est ce départ qu'il était venu annoncer à la fille d'Amerigo, même s'il savait qu'elle resterait sans réaction : le temps n'existait pas pour Silvana et si, souvent, elle était contente quand il était près d'elle, si même elle le lui manifestait clairement, Joaquín était persuadé de ne pas lui manquer quand il était au loin. La joie qu'elle éprouvait à le voir ne paraissait pas plus vive lorsqu'il revenait de voyage que s'il était parti la veille. Et elle ne cherchait pas à feindre un plaisir qu'elle n'éprouvait pas.

C'était ainsi. Il s'en accommodait.

*

Silvana continuait à travailler. Elle finit un bonhomme (enfin… il sembla à Joaquín que c'était un bonhomme), le posa à l'écart et chercha de la main son ami sans pour autant tourner la tête. Et elle dit :

« Un peu de temps encore. J'ai fini. J'en fais un autre. »

Joaquín fut agréablement surpris qu'elle se soucie de son impatience éventuelle. Il saisit la main et posa dessus un baiser, puis il la relâcha. Il recula et alla vers le lit pendant que la jeune fille recommençait à modeler. Il avait dans une poche une petite bourse en tissu d'une couleur vive. Il la sortit, en vida le contenu, défroissa le sachet et disposa dessus, à la manière d'une fleur, cinq très petites plumes aux teintes admirables. Après quoi il s'assit sur le lit, veillant à ne pas déranger l'ordonnancement des plumes.

Quand Silvana eut fini, ce qui ne fut pas long, elle ne lui montra pas ce qu'elle avait modelé mais elle le regarda :

« Je suis sûre que tu m'as apporté quelque chose. Tu le fais toujours quand tu t'assieds sur mon lit. »

Joaquín sourit en pensant au double sens que pouvait avoir la remarque. Silvana était-elle tout à fait dépravée ou absolument innocente ? Sans doute elle n'était ni l'un ni l'autre. Son esprit fonctionnait à sa manière à elle, qui n'avait pas d'exemple.

« Regarde », répondit-il.

La jeune fille s'approcha.

« C'est beau ! C'est plus beau que la Vierge et le Christ réunis !

— Ce sont les oiseaux d'Ameriga, encore une fois. C'est là-bas qu'ils sont les plus magnifiques. Ils sont minuscules et donc leurs plumes sont petites, mais tellement colorées… Les Indiens Kaníbas les appellent colibris.

— Je voudrais bien en avoir un vivant. Je ne lui ferai pas de mal. Je ne suis plus une enfant ! »

Quelques années plus tôt (Silvana elle-même le lui avait raconté), elle avait reçu en présent un perroquet rouge et jaune et elle avait martyrisé l'oiseau en tâchant de lui ôter des plumes.

« Je m'en servirai pour le Jésus, là-bas. » Elle montra de la main la table où étaient les formes d'argile. « Je fais Marie et Notre Seigneur. Et le fruit des entrailles.

— La crèche avec l'Enfant et la Mère ? Noël est encore loin !

— Il n'y aura pas Joseph. C'est la prière. Tu sais, *Ave Maria, gratia plena…* Jésus est encore dans son ventre. C'est pour ça qu'elle est grosse. »

Joaquín jugea inutile d'en demander davantage. Silvana avait retiré les plumes et les avait posées sur la table. À présent, elle était debout devant lui, et il restait assis. Comme le lit était haut et qu'elle n'était pas grande, il avait les yeux à hauteur de ses seins. Il posa ses mains sur sa taille et l'attira plus près.

« Tu es belle, tu sais. Tu es douce. Douce comme ces plumes. »

Elle se laissait complimenter, un sourire sur les lèvres. Elle était contre lui maintenant, et il serra ses hanches entre ses genoux. Elle ne résista pas. Elle était d'accord, toujours, pour ce qu'il voulait, pourvu que ce fût à un moment qui lui convenait.

Ses mains quittant l'endroit où la jupe commençait, il se laissa glisser sur le sol. Il troussa le tissu, relevant en même temps la sous-robe. La chemise de Silvana couvrait le haut des cuisses mais au-dessous, jusqu'aux genoux où montaient les bas, elle était nue. Le garçon plaqua son visage contre la peau et respira. D'elle-même, Silvana releva le vêtement là où il couvrait son sexe. Il songea bêtement que le triangle brun était plus fourni chaque fois qu'il le voyait. Les poils de Silvana étaient épais et longs, il y plongea le nez. Ils bordaient la vulve que sa langue seule – pas ses mains, pas son sexe – avait souvent explorée. Cette fois encore, il approcha sa bouche, la jeune fille écartant les pieds pour lui faciliter la chose. Les longs cheveux de Joaquín étaient attachés en arrière ; elle défit le lien tout en le laissant faire et, yeux fermés, y fit courir ses doigts. Puis elle recula et se mit à genoux. Le garçon dénoua le lacet qui serrait son pantalon et libéra son sexe. Silvana avait rouvert les yeux et elle se regardait maniant le vit dressé, de haut en bas, de bas en haut. Finalement elle introduisit celui-ci dans sa bouche, le mouillant de sa salive. Ses lèvres pressaient, ses dents agaçaient, sa langue jouait en tournant, une de ses mains cherchait la crête, une sorte de couture, en arrière des testicules, qu'il aimait qu'elle caresse. Il jouit, en un plaisir augmenté de savoir qu'elle allait avaler sa semence.

*

Cela faisait des mois que Joaquín et Silvana entretenaient ces rapports. Jamais il n'avait pénétré la jeune fille, jamais celle-ci n'avait demandé ni refusé qu'il la pénètre. Sa morale à lui était de la laisser vierge, et la prudence voulait qu'il évite qu'elle conçoive. Un jour, Piedad avait laissé échapper que la mère de

Silvana et Ulisse n'avait pas voulu les jumeaux et qu'Amerigo, alors qu'elle était jeune et sa servante, avait été imprudent. Il avait été étonné, surtout, que la señora Vespucci ait été une servante.

Plus généralement, il trouvait la situation étrange. Depuis que messer Vespucci n'était plus, sa fille était presque livrée à elle-même alors qu'elle était la personne du monde la moins capable de se gouverner. Maria Concepción vivait à Cazalla dans la Sierra Norte. Elle venait peu à Séville, et Silvana n'allait à la campagne que l'été, quand la chaleur devenait insupportable en ville. Ulisse, le frère jumeau, était demeuré avec elle, puis le señor Liuciardi avait exigé qu'il parte à l'université. Il étudiait à Valladolid et on ne l'avait pas revu depuis presque une année. Piedad seule veillait sur la jeune fille et ni messer Liuciardi ni l'épouse de celui-ci, qui se consacrait à ses enfants, ne se préoccupaient assez de Silvana pour s'inquiéter de ce qui se passait entre Joaquín et elle.

« Tu sais, Silvana, je vais partir dans le Nord. Je serai absent longtemps », dit Joaquín.

Les deux jeunes gens, maintenant, étaient allongés l'un contre l'autre, les jambes à moitié hors du lit.

« Regarde : avec mes doigts je peux faire la tête d'un taureau ! » Silvana montrait l'ombre que ses mains projetaient sur le mur face à la fenêtre.

« C'est parce que c'est presque le soir. Le soleil est bas et il arrive en plein dans la fenêtre.

— Je sais bien. La nuit, je fais des ombres avec ma bougie. Elles sont grandes et ça me fait peur. Mets tes mains tout pareil, on va faire le combat des taureaux. »

Joaquín sourit et il disposa ses doigts de la même manière que Silvana.

« Mais non ! Tu vois que les taureaux courent dans le même sens, là ! Il faut qu'ils se regardent ! »

Silvana changea elle-même la position de ses mains. Sur le mur, deux taureaux noirs aux hautes cornes s'affrontaient.

Celui de Silvana était vif et habile : le taureau de Joaquín rendit l'âme le premier. Peut-être aussi lutta-t-il avec moins d'ardeur.

« Je te disais que j'allais partir dans le Nord. Dans la région qu'on appelle la Flandre », reprit-il.

Les doigts de Silvana s'animèrent. Sur le mur apparut un petit personnage qui faisait le mouvement de la course. Elle prononça entre ses dents, très vite, aussi vite qu'elle faisait courir ses doigts :

« La Flandre c'est loin tu iras ou tu n'iras pas peut-être que tu accompagneras le fils du roi qui a été mort ou bien il restera en Espagne et tu reviendras d'abord tu dois accueillir le nouveau roi il sera à Valladolid et tu vas y aller avec messer Liuciardi et retrouver mon frère. »

Joaquín était stupéfait. Non seulement Silvana avait entendu ce qu'il disait mais en plus elle était au courant de ce qui émouvait Séville et de ce qui l'attendait lui.

« Comment sais-tu cela ? » demanda-t-il.

« C'est Guido Liuciardi qui en a parlé à table. Il a dit que le roi s'appelle Carlos et que vous devriez être partis.

— Un messager est arrivé hier à Séville. Le roi s'appelle Carlos en effet. Il est arrivé en Galice il y a dix jours alors qu'on ne l'attendait plus. Fernando est mort il y a près de deux ans, tu te rends compte ? »

Non, Silvana ne se rendait pas compte. Elle se moquait du temps décidément et, pour elle, deux ans, dix jours, hier ou demain… C'étaient des choses qui ne comptaient pas. Joaquín réalisa qu'il s'y prenait mal.

« Carlos gouvernait en Flandre. On dit aussi les Pays-Bas. Maintenant il va régner sur les Espagnes et il faut que quelqu'un exerce le pouvoir dans le pays qu'il a quitté. Alors peut-être qu'il va y envoyer son frère, reprit-il.

— Piedad dit que le roi a le même âge que moi. Elle ne comprend pas pourquoi on l'a fait venir puisqu'il y a un autre garçon presque aussi grand qui peut occuper le trône.

— Je ne sais pas… Carlos est né le premier et il doit hériter plutôt que son cadet. »

Le visage de Silvana se tendit alors qu'elle réfléchissait intensément. Elle ne dit rien d'abord. Mais elle plia les doigts contre ses paumes en laissant tendus les index. Ses mains, alors, esquissèrent un ballet. Alternativement, elles allaient de l'avant ou reculaient, les doigts pointés esquivant ou venant brutalement au contact. Le combat des deux frères… D'un coup, sa main droite s'envola. Elle retomba lourdement, le deuxième doigt toujours tendu, en plein dans le cœur de Joaquín, qui cria de douleur.

« C'est ça qui va arriver, dit-elle. Il y aura une guerre et si toi tu t'en mêles tu seras mort. Et Ulisse aussi. »

Joaquín regarda Silvana avec effroi. Le ton de la jeune fille n'exprimait pas d'émoi. Elle n'avait pas dit cela parce qu'elle était inquiète pour son jumeau ou pour lui, mais comme un constat, une certitude. Il songea qu'elle savait, de façon sûre, quel serait le futur.

34

Arrangements

CAZALLA, MAISON-FERME DE MARIA,
SEPTEMBRE 1517

La nuit était tombée depuis longtemps mais Maria Concepción veillait. Seule dans la demeure (Piedad était à Séville et Lucia et Rámon dormaient dans leur maison), elle n'avait pas peur. Sur la table où jadis son mari étendait des cartes, à la lumière de chandelles qu'elle avait rapprochées, elle achevait une lettre destinée à son fils. Elle ne savait pas beaucoup rédiger, ayant appris bien tard en suivant les leçons qu'on donnait à Ulisse, mais elle émaillait son écriture d'images que son fils comprenait : c'était leur manière de communiquer quand ils se trouvaient dans des endroits différents, elle à Cazalla et lui à Séville ou, comme désormais, à Valladolid. Silvana, quand elle était petite, avait inventé ce jeu où le dessin d'un personnage, d'un objet, remplaçait les mots et désignait soit ce personnage ou cet objet, soit le son auquel il correspondait. La fillette avait vite renoncé à ces amusements mais Maria Concepción et son fils n'avaient pas cessé d'en user. Évidemment, les missives étaient chaque fois un peu lourdes : il fallait plusieurs feuilles. Mais ça n'importait pas.

Un domestique missionné par Liuciardi avait porté à Maria la nouvelle quelques heures plus tôt que le roi venu des Pays-Bas était arrivé en Espagne et qu'il se rendait dans la capitale castillane, où étudiait son fils. Les notables de Séville envoyaient une délégation pour lui rendre hommage, Liuciardi en faisait partie, il s'en allait avec Joaquín Cosa qui lui servirait d'aide et promettait qu'Ulisse serait présenté au roi. Enfin, information d'une tout autre nature mais qui agaçait Maria, l'Italien la priait d'accueillir à Cazalla, tant qu'il serait absent, son épouse Lisandra avec leurs trois fillettes, outre Silvana qui ne pouvait rester à Séville avec la seule Piedad.

Sur la lettre, comme Maria Concepción avait achevé de l'écrire, un curieux aurait repéré les épées, les canons et les chevaux caparaçonnés qu'elle avait tracés sans trop de maladresse. Un vieillard dans une chaire, la bouche grande ouverte haranguant des écoliers, avait été biffé de deux lignes vigoureuses : Ulisse ne devait plus perdre son temps dans les salles de cours. Le dessin qui terminait la missive représentait un garçon avec une épée, agenouillé aux pieds d'un jeune homme assis sur un trône. Dans le dos du garçon, Maria Concepción avait tracé un U ; au-dessus du roi, elle avait écrit un C.

Un chat voulut sauter sur la table alors qu'elle séchait l'encre. Il manqua son élan et retomba. Maria se pencha, l'attrapa par la peau du cou et le plaça près d'elle. Songeuse, elle caressa son poil tout emmêlé de nœuds. L'animal était né quand elle avait accouché, le papier, beau et de qualité, venait d'Amerigo : elle avait à peine plus de trente ans et elle était entourée d'objets et d'êtres qui lui rappelaient le passé. Mais elle avait aussi préparé l'avenir en constituant à Cazalla un domaine qui était devenu presque important et elle en était fière. À la mort de son mari, elle avait craint que ce qu'elle avait acquis ne lui soit enlevé, mais l'évêque Fonseca l'avait honorée d'une visite comme il faisait aux dames respectables et Guido Liuciardi ne lui avait imposé aucun changement de vie. Les jumeaux, avait-il dit, demeureraient à Séville comme ils l'avaient fait du vivant de leur père, et sous sa surveillance. Quand elle le désirerait, elle serait la bienvenue. Mais elle pouvait aussi rester à la campagne à gérer ses terres : Amerigo l'avait voulu ainsi et fixé dans son testament. Et ça s'était passé ainsi en effet :

l'esclave pour ainsi dire forcée, l'ancienne petite Guanche, n'existait plus.

Le chat, descendu pesamment de la table, s'était perdu dans l'obscurité. Une chandelle fumait, Maria Concepción prit l'éteignoir plutôt que de la moucher. La mèche mal éteinte dégagea une odeur de suif qui la fit grimacer.

Restait à fermer la lettre. Elle bâilla, plia le papier, saisit le bâton de cire et en amollit l'extrémité à une flamme qui restait. La matière molle coula, la goutte s'étendit et sutura la lettre. Silvana avait dessiné jadis le tampon pour sa mère ; il portait, gravé, un triangle avec un palmier. Maria avait compris l'image du palmier : elle avait raconté à ses enfants que, petite fille, elle avait vécu dans une région où elle se régalait de dattes. Le triangle, en revanche… Silvana ne s'était pas expliquée.

Maria appliqua le cachet. L'arbre était plein de vérité, on voyait même les ovales qui signifiaient les fruits.

*

La veuve de Vespucci s'étira. Qu'il était loin le temps où, son mari vivant, il habitait ici avec les jumeaux et leur racontait des histoires. Le courrier était scellé, les souvenirs inutiles. La ferme allait bien, les pins poussaient même s'il faudrait des années avant de commercialiser les troncs, on vendait des bouchons et, de mieux en mieux, le tabac. Les gens s'étaient moqués d'abord de ses efforts. Une femme qui gouvernait une ferme et qui faisait pousser des plantes étrangères plutôt que la vigne et l'olivier ? Elle avait persisté et, maintenant, on l'enviait.

Elle sourit, satisfaite. Pour le monde, Amerigo avait inventé la fable que son épouse était une fille adultérine de grand sang. Même, dans son testament il l'avait nommée Maria de Córdoba… Quelle folie.

Personne en dehors du défunt et d'elle-même, hormis Piedad qui se taisait, ne savait ses vraies origines. Et personne ne les avait devinées. Silvana, si, peut-être ? Mais avec cette petite, rien n'avait d'importance. Ulisse, lui, croyait dur comme fer qu'il avait pour aïeul un soldat héroïque. Il était fier, bien plus fier de cet aïeul naturel que de son père marchand. Le *Gran Capitán* de Córdoba était mort il y a… Maria réfléchit : cela devait faire deux ans ? Il avait eu sa résidence à Loja dont il était l'alcalde : un exil imposé par le roi froissé de ses succès, avait dit Amerigo devant les enfants. Un matin, quand Ulisse avait douze ans (c'était peu après la mort de son père et il supportait mal l'autorité de Liuciardi), son lit avait été trouvé vide. On avait cherché le garçon désespérément, Maria prévenue était revenue à Séville sans pouvoir rien faire. Ulisse était parti à pied rencontrer don Córdoba. Il voulait se faire connaître comme son petit-fils et entrer dans sa garde pour devenir officier. Il était arrivé, de fait, chez l'alcalde. Córdoba, cependant, n'était pas à Loja : il se plaisait mieux à Grenade et y passait son temps. Les valets avaient fermé la porte à l'enfant mais un secrétaire de la ville s'était étonné de sa détermination : on le chassait, il revenait et s'asseyait sous les fenêtres de la maison. Il semblait affamé et il n'acceptait pas d'aumône. Ses vêtements, bien que froissés, étaient de bonne qualité. L'homme avait interrogé Ulisse. Il avait ri, d'abord, de ses prétentions, mais le nom de Vespucci l'avait surpris. Il avait nourri le petit et l'avait fait dormir chez lui, après quoi il avait ordonné à un serviteur de le raccompagner à Séville, monté sur une mule. L'enfant était rentré le deuxième dimanche, et le *Gran Capitán* avait tout ignoré de sa fugue :

« Si ta mère est effectivement la fille de don Córdoba, il le sait évidemment et il te trouvera. S'il veut faire ta carrière, il agira quand il sera temps. Attends donc de grandir et que la barbe te pousse », avait dit à Ulisse l'homme qui l'avait secouru.

Au retour du garçon, Liuciardi s'était enfermé avec lui dans la pièce où il traitait ses affaires. Il ne l'avait pas battu, ce que Maria n'aurait pas accepté, mais il l'avait fixé sur son avenir.

Amerigo s'était résigné à ce que son fils ne soit pas un marchand, mais il voulait qu'il se mette dans les conditions d'exercer une haute charge. En conséquence, Ulisse allait quitter Séville. Il irait, dès qu'on aurait constitué son bagage, à Valladolid. Il y intégrerait le Colegio Mayor où se formait l'élite. Il côtoierait de pauvres étudiants boursiers, ce qui ne lui ferait pas de mal, mais surtout il recevrait un enseignement qui ferait de lui un juriste et un théologien, le droit et la religion étant le fondement des fonctions prestigieuses.

Pendant le mois qui avait suivi, alors qu'on préparait le trousseau du garçon, Liuciardi était venu à Cazalla et Maria Concepción et lui avaient discuté.

Il avait été question de Silvana. Amerigo, apprit Maria, avait envisagé que la jeune fille pourrait épouser Joaquín. Il n'avait rien fixé dans son testament, c'était trop tôt, l'enfant étant à peine pubère, mais il pensait que le fils Cosa et elle pourraient s'accorder, et que la marier ailleurs ne serait pas facile. La mère n'était pas contre.

Surtout, on avait parlé d'Ulisse. Quand Amerigo avait renoncé à faire de son fils son successeur dans la firme, il avait commencé à le rêver en gouverneur des terres baptisées à son nom. Il souhaitait aussi (ils en avaient parlé le jour où il lui avait dit ses plans pour Silvana et Joaquín) qu'« il se marie bien ». Maria, en vérité, n'ignorait pas cela, mais elle fut surprise d'entendre de l'incertitude dans la voix de l'Italien : comme si celui-ci doutait que son mari ait tracé pour son fils le bon destin.

Enfin, Liuciardi avait réexpliqué à Maria les dispositions économiques du testament. Était-ce son mauvais espagnol, cette langue mâtinée de mots étrangers qu'il semait au hasard ? Pas plus que lorsqu'on avait lu devant elle le document, Maria ne comprit les chiffres dont l'autre l'affolait. Ce qu'elle savait c'était que, chaque mois de février, il lui ferait porter à Cazalla une bourse avec assez d'or pour qu'elle s'en trouve satisfaite. Le reste, l'avenir d'Ulisse, elle en faisait son affaire puisque, cela elle l'avait compris, la dot de Silvana n'était pas à sa charge.

Pour finir, Liuciardi avait déclaré qu'il accompagnerait son pupille à Valladolid et qu'il ne rentrerait qu'après l'avoir installé au Collège.

*

On avait fait ainsi et, depuis trois années, le garçon demeurait dans le Nord. Il n'était pas sot et il obtenait ses diplômes, quoique sans grands honneurs. Mais il détestait le latin, le grec, la scolastique, et le droit l'ennuyait plus que tout. Il envoyait à Cazalla des lettres où les mots prenaient au fil des mois plus de place que les dessins, mais qui s'achevaient toutes par l'image d'un garçon portant une lame : il avait expliqué à sa mère que, quitte à manger moins, il prélevait sur la pension que Liuciardi lui versait de quoi payer des leçons et qu'il était devenu un fort passable ferrailleur. Du coup, Silvana lui avait fait porter des pièces d'or. Avec, au lieu de manger mieux, lui avait-il confessé, il s'était mis à tirer : il avait acheté ces armes qu'on appelait arquebuses et arbalètes et il était fier de les manier déjà d'une façon experte.

À force de recevoir ces lettres, Maria avait formé un plan. Son mari avait admis qu'Ulisse ne voulait pas devenir un marchand : c'était bien. Mais il avait voulu que le garçon, en ce cas, exerce une grande charge. Or, il y avait un obstacle qu'Amerigo n'avait pas considéré et qu'elle ne pouvait dire à Guido Liuciardi. À Valladolid, le nom qu'avait porté son père et surtout, songeait-elle, l'identité de son grand-père supposé avaient permis qu'Ulisse soit reçu et gardé au Colegio Mayor sans résultats brillants.

Mais ensuite ?

À Séville, depuis quelques années paraît-il, l'Église enquêtait sur les familles avant de confier une charge à quiconque.

Or la généalogie d'Ulisse souffrait d'une tache et cette tache, c'était elle, Maria. Qu'on regarde son passé, qu'on fasse parler Piedad, Lucia ou son mari, ou l'un des serviteurs qu'Amerigo avait fait partir quand il l'avait épousée, le mythe du *Gran Capitán* s'effondrerait très vite et on découvrirait d'où, en réalité, elle venait.

Bien sûr, c'était moins grave que si elle avait été juive ou morisque. Comment disaient les clercs ? *Conversos*… Ceux qui s'étaient convertis et qui continuaient peut-être en secret à adorer leur dieu.

Ou alors c'était pire ? Dans le Nouveau Monde, les sauvages se régalaient de chair humaine, avait-elle entendu depuis qu'elle était enfant. Maria se souvenait de fêtes autour de bûchers quand elle était une Guanche, puis qu'elle avait refusé de communier à son arrivée en Espagne. Introduire dans sa bouche, sous la forme d'un disque rond et pâle, ce Dieu qui était homme l'avait terrorisée. Dans sa naïveté d'alors, elle avait cru qu'il s'agissait vraiment de manger de l'homme : même si on insistait qu'il s'agissait d'un dieu.

Et si cette conviction, pensait-elle à présent, venait de vagues souvenirs ? Si vraiment aux Canaries, ceux qui avaient été ses parents mettaient à mort d'autres hommes et dévoraient leur chair ?

Il fallait qu'Ulisse demeure ce qu'il croyait être et que le monde croyait qu'il était : le fils d'Amerigo Vespucci, né dans la chrétienne Italie et, par sa mère, le rejeton de l'honorable Córdoba, descendant d'une maison ancienne de Castille. Et pour ça il devait se détourner de toute charge supposant qu'on regarde qui étaient ses aïeux.

Maria avait donc réfléchi. Ulisse devait cesser d'étudier. Les diplômes qu'il pouvait acquérir le mettraient en danger.

Ce dont son fils rêvait depuis l'enfance, c'était de devenir ce qu'avait été son grand-père supposé : un soldat, un chef. Conquérir des pays, être le bras armé des couronnes d'Espagne, voilà à quoi il devait viser. Messer Liuciardi avait dit qu'Ulisse allait être présenté : que son garçon, alors, se jette aux pieds du roi, qu'il jure fidélité et l'assure de son désir de mourir pour lui.

C'est ce qu'elle avait écrit et ce qu'elle avait dessiné à la fin de sa lettre : le U devant le C, Ulisse face à Carlos.

Une autre chandelle, consumée, s'éteignit. Dans le noir de la pièce, sans se lever encore, elle songea qu'il y aurait des dangers. On peut être blessé, même mourir à la guerre. Puis son fils serait absent pendant de longues périodes.

Elle croyait à la bonne étoile d'Ulisse et ne pas le voir toujours, au fond, lui convenait : n'est-il pas plus facile de rêver ses enfants que de les avoir constamment près de soi ?

Elle eut un peu de honte à avoir pensé ça…

Ce qu'il faudrait vraiment serait qu'Ulisse se marie. Qu'il épouse une fille d'Espagne, d'une famille catholique depuis l'éternité. Amerigo avait eu raison sur ce point.

Ce mariage pouvait se faire : beaucoup d'aristocrates étaient désargentés et donneraient leur enfant à un officier possédant terres et fortune. Ulisse avait ou aurait cette fortune, et Cazalla constituait ses terres. Les nobles détestant le négoce, le domaine que Maria avait entrepris de créer ferait oublier comment son père avait acquis ses richesses.

Le fils d'une esclave accéderait à la *hidalguía*… Car c'est ainsi, n'est-ce pas, que l'on nommait la noblesse ?

*

Il était terriblement tard. Maria saisit la dernière chandelle et se leva. Quoiqu'elle n'ait pas sommeil, il lui fallait dormir. Elle avait convoqué à l'aube le serviteur qui porterait la lettre. Sans peine, éclairée par la flamme unique, elle remonta le couloir dont ses pieds connaissaient les défauts.

Elle souriait quand elle se glissa dans son lit et pinça la

flamme. Dans l'obscurité de la chambre, sur le mur de ses paupières, la scène qu'elle avait dessinée s'imposait avec la force de la vie : Ulisse devant le roi, s'étant avancé de lui-même, surprenant Liuciardi dans ce mouvement et embrassant Carlos qui le ferait se relever.

35

L'audience

VALLADOLID, OCTOBRE 1517

La salle du Palais royal était gigantesque mais encore trop petite pour la foule qui s'y pressait. Les gardes, régulièrement, appelaient au silence et à l'ordre. Mais depuis deux heures qu'on s'ennuyait à attendre, des protestations se mêlaient aux conversations sourdes. Seul à n'être pas espagnol, Guido se gardait de rien dire. Il avait épuisé du regard les ressources de la décoration et il en était dégoûté. Le plafond de la pièce était doré, des tentures avaient été accrochées sur les murs, un tapis à longs poils courait jusqu'à l'estrade où se trouvait le trône, entièrement en or lui aussi et surmonté d'un crucifix où était cloué un Christ coiffé de vrais cheveux. Douze jours auparavant, le roi Carlos était entré à Valladolid, il avait prêté serment à la cathédrale et reçu un par un les princes de sang, puis il avait vu les nobles. En dernier lieu à présent, il accueillait les bourgeois : des marchands, des entrepreneurs, qui faisaient la richesse de la Castille et qui s'étaient parés pour faire bonne figure.

Pour la énième fois, Guido compara la tenue de ceux qui l'entouraient à la sienne et à celle des jeunes gens qui représentaient avec lui la Maison de commerce Vespucci. Ils avaient tous les trois choisi une voie moyenne entre le costume espagnol où le noir dominait et les extravagances qu'osaient les courtisans flamands. Lui-même était en violet, couleur sobre ;

mais sa culotte et son pourpoint étaient de satin. Ulisse avait opté pour un habit rouge foncé brodé de rubans jaunes en forme de chiffre « huit », rappel des écheveaux du blason de Séville. Et Joaquín, de moyens et de rang plus modestes, portait un vêtement gris, sa vraie coquetterie consistant en un béret de velours vert terminé par un ruban d'où pendait une perle.

À un peu plus de onze heures, les clairons sonnèrent finalement. La porte face au trône s'ouvrit, les tambours donnèrent, leur musique agitant les entrailles, puis des gens d'armes se disposèrent pour contenir les marchands loin du roi. Tout de pourpre vêtus, les prélats, évêques et archevêques avancèrent, progressant lentement en faisant peser leurs regards sur les simples laïcs, qui baissèrent la tête. Une fois arrivés sur l'estrade, ils se répartirent de part et d'autre du trône, restant debout parce qu'on n'avait prévu aucun siège pour eux. Les tambours se turent, les clairons les relayèrent.

Alors, le nouveau maître de Castille parut : l'étranger qui était le roi.

Guido était sur le bord de sa rangée et il tendit le cou – le soldat qui se tenait là inclina sa pique pour lui interdire de se pencher davantage. La silhouette qu'il aperçut dans la porte était fluette et brève. Carlos Ier, puisque c'est ainsi qu'il fallait le nommer, hésita un instant puis, à l'inverse des prêtres, il se mit à marcher à petits pas pressés. Plutôt que de regarder ses sujets, il fixait le tapis comme s'il cherchait le pli capable de le faire tomber.

Manque de grandeur, songea Guido.

À distance suivait un garçon qui hocha gracieusement la tête en direction des marchands, menant une jeune femme par la main : l'infant Fernando et l'infante Leonor, le frère cadet du roi et sa sœur aînée, celle qu'il aimait le mieux. Puis revenaient l'Église et des hommes aux tempes grises, des Flamands inconnus hier et puissants aujourd'hui.

Quand le roi monta sur l'estrade et s'approcha du trône,

les tambours reprirent, les prêtres inclinèrent la tête. Il s'assit, Fernando et Leonor fléchirent le genou et voulurent baiser ses mains, il les releva et même, ce fut lui qui embrassa sa sœur.

Une femme vêtue de blanc remontait l'allée à son tour, entourée de suivantes également en blanc. Elle gravit les degrés et alla elle aussi s'incliner devant le roi. Carlos la laissa faire puis l'aida à se redresser, laissant ses mains dans les siennes un peu plus longtemps qu'il n'eût été nécessaire, sembla-t-il à Guido. La femme était doña Germaine, la veuve du roi défunt. Elle était jeune et belle, on disait que son époux était mort d'avoir pris des médecines pour pouvoir l'honorer.

À côté de Carlos, un trône restait vide : celui de Juana, la reine d'Aragon et la mère de Carlos. On l'appelait *la Loca* – la Folle, elle vivait recluse dans une forteresse avec pour compagnie sa fille Catarina. Depuis qu'il était en Espagne, Carlos n'avait pas décidé de faire sortir sa mère et on ne croyait pas qu'il soit allé la voir.

*

Dieu que ce roi est jeune, réalisa Guido. Il n'est pas seulement petit et maigre, mais il n'a pas de poil aux joues.

Il jeta un coup d'œil au solide Joaquín qui répondit par un air de connivence, et il chercha le regard d'Ulisse. Mais celui-ci, subjugué, contemplait le souverain.

Le marchand s'amusait. Il était donc bien vrai que le menton royal était extrêmement long… Tout Valladolid en jasait : Carlos avait un teint de lune et le bas de son visage évoquait une truelle. On prétendait que sa lèvre pendait au point qu'il en était gêné quand il voulait parler.

Mais Carlos n'allait pas parler. Les marchands étaient gens trop inférieurs pour mériter l'honneur d'écouter sa voix. Amerigo avait raison quand il ressassait que la noblesse terrienne comptait seule en Espagne. Puis le roi ignorait le castillan :

on lui avait parlé français en Flandre et nul n'avait songé à lui apprendre la langue du royaume qu'il devrait gouverner. Guido réalisa qu'à Blois, une éternité auparavant, il avait manqué voir celui qui était devant lui. On fêtait son mariage avec Claude de France, mais les noces en réalité ne s'étaient jamais faites. Si elles avaient eu lieu, Carlos serait roi de France, et peut-être alors les choses auraient tourné autrement. Guido serait resté à la Cour, il aurait épousé Doucine…

C'étaient de vaines pensées, se morigéna-t-il.

L'évêque de Tortosa s'exprima pour le roi. Lui aussi était flamand, avec un nom impossible à prononcer, et il ignorait comme Carlos les langues de l'Espagne. Il parla en latin et Guido songea que peu d'hommes dans la salle devaient comprendre ce qu'il disait. Il y eut de fait des murmures, et même le discret Joaquín maugréa à mi-voix. Ce mécontentement fut perçu et, lorsque l'évêque se tut, l'infant Fernando s'approcha de son aîné pour lui murmurer quelques mots. Guido se demanda si les frères échangeaient aussi en latin… Quoi qu'il en soit, Carlos hocha la tête et le prince, se tournant vers l'assistance, traduisit en castillan, d'une voix chargée encore d'intonations adolescentes, le discours qu'avait prononcé l'évêque :

« Carlos donne la bienvenue aux bourgeois. Élevé dans un pays lointain, il est heureux de découvrir la terre de ses aïeux ainsi que ses sujets. Les mœurs de la Castille lui restent inconnues, mais avec un peu de temps il se familiarisera avec elles et il les aimera. La langue qu'il parle ne peut être entendue en Espagne et lui ignore le castillan : il est prêt à l'apprendre. Les hommes qui l'entourent le conseillent. Il commande qu'on leur fasse bon accueil et qu'on leur explique le pays afin que leurs avis puissent être aussi excellents ici qu'ils l'ont été à Bruxelles. »

Fernando s'arrêta un instant. Puis, de son propre chef, sembla-t-il à Guido, et non parce que l'évêque l'avait précisé, il dit que Bruxelles – Bruselas – était la ville d'où Carlos venait et où il avait d'abord exercé son pouvoir. L'intention était bonne mais le procédé naïf : tous les négociants réunis savaient bien leur géographie.

Et il continua :

« Carlos est désormais l'héritier de Castille puisque son grand-père… Je veux dire notre grand-père, se reprit-il (et Guido fut certain qu'il avait complété ce qu'avait dit l'évêque), est mort : que Dieu reçoive l'âme du roi Fernando le deuxième. Fernando exerçait la régence au nom de notre très chère mère (de nouveau, "notre" était de son fait) la reine Juana, dont la faible santé empêche qu'elle puisse régner. Carlos gouvernera pour elle, il veillera à ce qu'elle participe autant qu'elle le pourra aux décisions qui concernent ce royaume. »

Un murmure approbateur s'éleva lorsque Fernando le Jeune eût dit cela.

« Le règne s'exercera aussi dès maintenant sur l'Aragon. Notre grand-père en a été le souverain et Carlos, encore, est l'aîné de ses descendants mâles : il est donc désormais à sa place le roi légitime. »

Fernando, de nouveau, s'interrompit. Son regard flotta sur l'auditoire et, lorsqu'il se remit à parler, Guido ne fut pas le seul à entendre que sa voix tremblait :

« Carlos est le roi que Dieu donne aux Espagnes mais il est aussi duc, maître des Pays-Bas où il est né et que son cœur ne saurait oublier. La distance est très grande entre les terres flamandes auxquelles il veut continuer d'apporter paix et prospérité, et notre royaume. Le roi Carlos confie à son frère Fernando… Il me confie… (la voix se fit plus basse mais le silence était si intense que tous l'entendirent) la charge et l'honneur d'exercer à Bruxelles en son nom les prérogatives qui sont les siennes. »

Et il finit, encore de son initiative :

« Je partirai le mois prochain pourvu que la mer soit bonne. Si Dieu le veut. »

L'assemblée des marchands frémit en entendant cela. La

nouvelle du départ du cadet de Carlos avait certes transpiré mais jamais, à ce que les bourgeois savaient, elle n'avait été confirmée. Donc cela était vrai : Fernando, le gentil prince né en Espagne, s'en allait dans les pays froids. Et le laid Flamand, lui, allait rester. Ça n'avait pas de sens…

Quelqu'un dut donner aux tambours l'ordre de recommencer leur musique. Sourdement puis plus fort, les baguettes frappèrent. Le son remplit la pièce et couvrit tous les bruits. Guido remarqua que les doigts du soldat qui était près de lui serraient nerveusement la hampe de la pique. Mais Fernando s'était reculé sur l'estrade et Carlos, aimablement, l'avait remercié d'un sourire. Les voix qui s'étaient fait entendre se turent, provisoirement vaincues, les tambours ralentirent, le silence revint.

Ce qui suivit fut sans grand intérêt. Un par un ou par groupes lorsqu'il s'agissait de parents ou d'associés, les bourgeois furent appelés et allèrent saluer le roi. À l'énoncé de leur nom, ils gagnaient l'allée centrale, la suivaient jusqu'à être près des marches, s'inclinaient, faisaient des tours avec leur chapeau comme on leur avait dit de faire, baissaient davantage la tête, et puis ils repartaient par un côté de la pièce. Le manège évoqua à Guido le mouvement des fidèles en train de communier à Pâques. Quand le nom de Vespucci résonna, Guido se faufila dans l'allée. Le soldat, pour le coup, le laissa passer. Ulisse puis Joaquín marchaient derrière lui mais, quand ils furent parvenus au pied du trône, Guido poussa doucement le fils de feu Vespucci pour qu'il salue avant lui et avant le jeune Cosa. Le garçon était rouge d'émotion et il s'en fallut de peu qu'il se mette à genoux plutôt que de faire seulement la révérence. Le moment dura peu, ils étaient si nombreux. Ulisse suait quand ils regagnèrent le rang d'où ils étaient partis, tandis que Joaquín semblait ne ressentir aucune émotion.

*

Plus tard, le soir, en se déshabillant dans la chambre qu'il partageait avec Joaquín, communauté théorique parce que le garçon découchait depuis plusieurs jours, Guido se trouvait dans un état d'esprit ambigu. Les cinq années qui venaient de passer lui avaient lourdement pesé. Lorsque Amerigo était mort, Guido commençait seulement à parler l'espagnol et à savoir les voies du commerce sévillan ; or, il s'était retrouvé d'un coup responsable du négoce de l'oncle, et le tuteur, en outre, de ses enfants et, en fait, du jeune Joaquín. De plus il était devenu, l'année qui avait suivi la mort de Vespucci et pour la troisième fois, le père d'une petite fille, Lisandra ayant donné naissance à un bébé qu'ils avaient baptisé, honorant les deux grands-mères, Bona Lisa. Maintenant, et pour la première fois, il éprouvait la satisfaction de se sentir quitte envers son parent. Il avait beaucoup œuvré dans le mois précédent et pris des décisions que son ancien patron n'aurait pas désavouées, croyait-il.

Ulisse ne serait pas juriste ou théologien comme son père avait espéré. Guido n'y pouvait rien si le garçon renâclait à l'étude. Combien de fois lui avait-il fallu négocier, financer des leçons d'épée, d'équitation, de tir, pour obtenir qu'il passe ses examens ? Il avait donné de l'argent, sans que la mère en sût rien, bien au-delà de la pension que l'écolier était censé recevoir : l'or coulait entre les mains d'Ulisse. À croire qu'il faisait vivre plusieurs prostituées…

Il arrivait à Guido d'être content de n'avoir que des filles : du moins n'aurait-il pas à se soucier du métier que celles-ci feraient.

Quoi qu'il en soit, le garçon, quand Guido était arrivé à Valladolid, lui avait montré une lettre de Maria Concepción lui ordonnant d'abandonner ses études et de devenir soldat. Guido n'avait pas lu vraiment : la missive contenait des dessins, avait-il aperçu, il n'avait pas compris pourquoi, et cela le gênait d'entrer dans l'intimité d'une mère et d'un fils. Il aurait pu objecter que la señora Vespucci n'avait pas la tutelle d'Ulisse et que lui seul, juridiquement, était apte à décider. Mais le jeune homme avait été convaincant. Il y avait en ville, disait-il, des Berbères qui demandaient de l'aide au roi nouveau venu : ils étaient les fils du sultan de Tlemcen, et un corsaire turc avait détrôné leur père. Ils s'engageaient, si les Espagnols les aidaient, à accueillir des prêtres et à laisser construire une cathédrale dans leur ville. Les ministres espagnols se souvenaient que, six ans auparavant, Fernando II avait manqué décider une expédition contre l'Afrique, et les conseillers flamands, d'accord pour une fois avec eux, avaient incité Carlos à accepter. Bref, on cherchait à présent des soldats pour combattre. C'était une occasion de briller qu'il serait sot de laisser perdre.

Tout cela, Guido le vérifia, était exact. L'inconvénient était que le garçon pouvait se faire tuer. Mais puisque la mère elle-même approuvait son choix… Puis Ulisse était grand : un homme presque, et non plus un enfant. Il donna son accord, l'héritier d'Amerigo Vespucci ferait carrière comme militaire. Il négocia pour lui un poste d'artilleur (il paya pour ça, car le garçon, novice, aurait dû rejoindre l'infanterie) et il acheta l'équipement.

Envers Joaquín aussi Guido jugeait qu'il avait fait son devoir. À l'annonce de l'arrivée de Carlos, il avait, malgré l'urgence, retardé leur départ. Un bateau de la firme s'apprêtait à partir pour les îles, plein du blé et de l'huile indispensables en Amérique. Il l'avait fait décharger et remplir des produits andalous susceptibles d'être vendus dans le Nord, en ajoutant des céramiques qu'il avait portées de Toscane et qu'il n'avait pu vendre. Le bateau gagnerait La Coruña sur le rivage de Galice. Au terme des cérémonies intronisant Carlos, les Flamands qui voudraient regagner leur pays embarqueraient très probablement de ce port. Alors, puisque le frère du roi s'en irait lui aussi, on constituerait un convoi. La nef Vespucci naviguerait sans craindre les pirates et Joaquín commanderait le vaisseau. Il vendrait la cargaison à Bruges où on débarquerait et, puisque les Pays-Bas et la Castille étaient désormais si liés, il nouerait des contacts pour des échanges futurs. À vingt ans, le garçon était, comme l'avait pressenti Vespucci, capable et ambitieux. S'il réussissait, s'il revenait avec de l'argent et des commandes, Guido ferait de lui son second. Joaquín irait vivre à Bruxelles ou Anvers, il ouvrirait une succursale ; et si, sincèrement épris ou juste judicieux, il ne répugnait pas à épouser Silvana, il partirait avec celle-ci et la dot qui allait avec.

Alors, enfin (Guido soupira de plaisir en songeant à cela), lui-même pourrait choisir ce qu'il voulait faire. Demeurer à Séville où Lisandra se plaisait, ou retourner dans cette Italie qui lui manquait, avec elle et les trois fillettes. Il fallait compter avec le fait que sa femme, de nouveau, était enceinte. Elle affirmait que la forme de son ventre promettait un garçon ; elle l'avait cru, déjà, avant Bona Lisa.

On verrait. Liuciardi était partagé : il serait bien d'avoir un fils, il était lourd d'être tenu par une grande famille.

De nouveau, fugitivement, ses pensées se tournèrent vers la France. La vie était légère quand il vivait là-bas... Il était célibataire alors et il avait une et même deux maîtresses, un ami, et aucune vraie charge.

Mais on ne pouvait retourner à ce temps béni, n'est-ce pas ?

III

LES GRANDS TOURNANTS

1517-1520

PRINCIPAUX PERSONNAGES

Joachim Kossa et Ursula Brengebier, son épouse.

Jan Solfa.

Martin Luther.

Juan de la Cosa, dit à Alger Yahia.

Joaquín de la Cosa, son fils.

Maria Concepción Vespucci, veuve d'Amerigo.

Silvana Vespucci, épouse de Joaquín de la Cosa, Lady Vespucci à Londres.

Ulisse Vespucci, soldat.

Guido Liuciardi et Lisandra Vespucci, son épouse.

Damiano Paroni, ou Damien Paron, établi à Blois, et Laurette Pihan son épouse.

Doucine de Saubonne.

36

Cousine

WITTENBERG, MAISON DES KOSSA ET MAISON DES KRONACH, OCTOBRE-NOVEMBRE 1517

Encore cette nuit dans son lit, à Wittenberg, à côté d'Ursula qui reposait si bien, Joachim faisait ce rêve.

C'était un cauchemar dont les personnages changeaient, mais non le lieu ni les circonstances.

Un cauchemar si pénible qu'en général il se réveillait. Et comme il reprenait conscience au milieu de son rêve, il se souvenait.

D'abord, c'était la forêt sans personne, en pleine nuit. La haute et dense forêt qui l'avait inquiété quand il était arrivé en Allemagne. Un chemin trouait les arbres, ses ornières remplies de feuilles en décomposition. Il faisait sombre et pourtant Joachim voyait ce qui se passait comme si on était en plein jour : allez comprendre…

Des gens arrivaient, des hommes et des femmes qui en faisaient marcher d'autres en criant et en les harcelant. Ils avaient des pierres et des bâtons. Parmi ceux qui étaient forcés d'avancer, des enfants se déplaçaient à quatre pattes et des vieillards étaient entassés sur un char qui semblait progresser de lui-même. À chaque tournant, la carriole manquait verser, mais cela n'arrivait jamais.

Le défilé avançait à un rythme à la fois accéléré et très lent, c'était comme une chose qui se serait passée en fonction d'une horloge déréglée.

À un moment de son rêve, ce soir comme d'autres soirs, ceux qu'il voyait ne se trouvaient plus sur le chemin mais dans une clairière. À moins que ce ne fût une place ? Joachim apercevait des bâtiments et cependant il savait qu'on était encore dans les bois.

À ce point il n'entendait aucun son : ni vent, ni animaux nocturnes, ni les cris de ceux qu'on menait ou de ceux qui menaient. Or il était évident qu'il y avait des cris, des gémissements : un brouhaha qu'il était pire de ne pas percevoir.

Son rêve, cette nuit-là, alla jusqu'au moment qu'il redoutait le plus : des corps chutaient dans une fosse qu'on avait creusée exprès. Ceux qui basculaient étaient morts. Quand ils avaient cessé de vivre et de quelle manière, il l'ignorait, mais il savait que c'étaient des cadavres qui tombaient et que ces morts étaient des assassinés.

Le rêve cependant prit cette fois un tour nouveau, parce qu'il était peuplé de peu de gens. Pour la première fois ainsi, Joachim observa les personnes avec leurs visages. Il ne reconnut d'abord aucun trait : il s'agissait de vraies gens mais non de familiers.

Et puis d'un coup il vit.

Le visage carré d'un homme encore jeune, la mâchoire puissante, les joues rondes avec un nez fort, et cette coiffure si particulière : les cheveux couvrant à demi le front et laissant à nu la moitié des oreilles.

Ce visage était celui de Martin Luther. Il figurait parmi ceux qui tuaient et non parmi les assassinés. Le médecin se redressa sur son lit, rêvant encore et hurlant.

Le cri avait réveillé Ursula. Elle secoua Joachim pour le réveiller. Comme il était trempé de sueur, elle le frictionna et lui fit changer sa chemise. Elle ne put rien savoir de ce dont il avait rêvé, et surtout pas que le moine était dans son cauchemar. D'ailleurs, hormis la première fois où il avait fait ce songe, Joachim n'avait rien dit. Ce à quoi il croyait assister était, disait-il, trop pénible.

*

En taillant sa barbe au petit matin (il avait réussi à se rendormir et se sentait moins mal), Joachim réfléchissait. Il savait pourquoi, cette nuit, Luther s'était introduit dans son rêve. La veille, Ursula et lui avaient passé la soirée chez le peintre Lucas Kronach, qui signait ses tableaux avec un dragon. Kronach était marié à Barbara Brengebier, la cousine d'Ursula, et une petite fille venait de naître après trois garçons. Ursula avait aidé et soutenu sa parente durant ses grossesses et celle-ci voulait l'honorer : la fillette porterait le prénom de Frau Kossa, qui serait la marraine.

Le dîner, qui avait lieu dans une aile du château où Kronach était logé, avait été arrosé et cela expliquait en partie le sommeil agité. Martin était le cinquième convive. Joachim lui avait fait connaître Lucas parce que le moine cherchait un peintre qui pût faire son portrait. Le médecin avait trouvé singulier qu'un moine veuille avoir son image, à l'instar d'un prince, mais Ursula avait souri :

« Martin a de l'ambition. Tu le vois comme l'enfant qu'il a été : un étudiant. Je crois que tu ne prends pas la mesure de ce qu'il est. De ce qu'il va être. »

Joachim avait levé les épaules : sa femme était toute faiblesse envers Martin.

Au début du repas, après les toasts en l'honneur du bébé (les aînés des Kronach avaient eu le droit de tremper leurs lèvres dans le vin), on avait parlé de tout et de rien. Puisqu'on buvait, il fut question des vendanges. Le maître de maison avait plusieurs fils, une fille, il aurait d'autres enfants, il voulait préparer l'avenir :

« Au rythme où va Barbara ! » s'était-il exclamé.

À la fin de l'hiver précédent, il avait acheté des terrains et fait planter des ceps.

« Ils sont près de notre maison à Wörlitz. Bien sûr, on

n'a jamais tenté des vignes aussi au nord. Mais les versants sont exposés au soleil. Et le temps a changé depuis quelques années : je parie que mes ceps vont grandir et que mon vin sera excellent. »

Du coup, on avait discuté du climat. Lucas soutenait qu'il n'y avait plus d'hivers et que les étés étaient anormalement chauds, Barbara et Ursula n'avaient pas d'opinion, Joachim se souvenait de la canicule de son enfance. Il garda pour lui ce qu'il pensait : en Allemagne, la neige et le froid étaient odieux aujourd'hui comme il y a vingt ans, et ce qu'on nommait été était un pauvre essai de ce qu'il avait connu en Espagne.

Martin, qui avait laissé dire, intervint brusquement :

« Le changement que vous ressentez, Lucas, pourrait être un avertissement : qui sait si le Jugement divin n'est pas à notre porte ? énonça-t-il. En Alsace, un religieux a fait des calculs et il dit que nous sommes à la fin des temps. »

Lucas et Barbara le regardèrent avec stupéfaction. Joachim aussi était surpris : le moine n'avait jamais évoqué de pronostications.

Ursula partit d'un petit rire :

« Je crois que Martin plaisante… »

Les trois autres se regardèrent, incertains. Martin, alors, leva son verre d'un air narquois :

« À votre perspicacité, chère Frau Kossa. »

Lucas, cependant, était troublé, il préféra revenir à des sujets plus légers. On fêtait une naissance, pourquoi parler de choses tristes, même en plaisantant ?

« Je me suis fait plaisir en acquérant des terres. Ce qui est plus important, c'est que j'ai acheté aussi l'apothicairerie près de l'université. Vous ne le saviez pas, Joachim ? »

Le médecin n'en avait pas entendu parler.

« J'ai gardé le secret tant que ce n'était pas fait. Il n'y a pas de boutique comme celle-ci en ville, elle devrait rapporter. J'emploierai un de mes neveux qui connaît ce négoce : j'ai des vues pour l'agrandir.

— Cela permet donc bien de gagner de l'argent, les potions, Maître Lucas ? demanda Ursula.

— Les habitants de Wittenberg croient d'abord aux reliques, répondit le peintre en souriant. Ils vont dans la chapelle du duc prier que les os des saints les guérissent. Mais si ça ne fonctionne pas, alors ils se tournent vers les potions, comme vous dites : les remèdes que votre mari leur prescrit, ma chère. »

Et il ajouta :

« Puis j'ai une autre idée. C'est dans ces officines que les peintres achètent leurs couleurs. Wittenberg grandit, il y a plusieurs ateliers où l'on fait des tableaux, et le vieux qui tient la boutique ne sait pas les leur procurer. Moi, je vais le faire. Même, je ferai plus. On fabrique la peinture avec un mélange d'huiles, il faut les cuire et bien les doser. Les peintres d'ici ne savent pas. Alors, moi qui sais, je vais leur vendre ma préparation. On la mettra en bouteilles et ils l'achèteront cher. Cela ne me fera pas concurrence : ils travaillent vite et mal, ou en tout cas pas assez bien.

— Et donc on en revient à l'argent, bien gagné et qui rendra vos enfants heureux. Vive la prospérité, alors, et vive la vie de famille ! » s'exclama Martin en levant de nouveau son verre.

*

Barbara et Ursula, à ce point, se regardèrent. Elles pensaient la même chose. Quand leurs yeux se croisèrent, elles furent prises d'un fou rire. Frau Kronach, qui tenait sa fille dans les bras, la donna à son mari tant elle hoquetait ; Ursula, qui avait le cadet des garçons sur les genoux, faisait trembler l'enfant à force de s'esclaffer. Cela dura : les cousines pleuraient tellement elles riaient. Les hommes se taisaient, mal à l'aise. Joachim, fâché, pria sa femme de conter ce qui les faisait rire toutes deux – elles repartirent de plus belle.

Finalement, Ursula essaya d'expliquer :

« C'est parce que… Enfin… Barbara ? »

D'un seul coup, elle redevint sérieuse. Même, elle semblait mal à l'aise. Frau Kronach aussi avait cessé de rire et elle avait rougi :

« En fait... Je ne sais pas trop dire... Je ne voudrais pas gêner frère Luder. »

Martin avait compris. Ses joues à lui rosirent aussi.

Il se leva et il expliqua.

« Je crois que je sais ce qui amuse ces dames. Il n'y a pas de mauvaise pensée... Enfin, c'est moi qui me suis mis dans un mauvais cas, ou les y ai placées, en levant mon verre à votre vie familiale, Herr Kronach. »

Ce qui s'était produit, c'est que des années auparavant le père de Martin, Hans, avait demandé conseil à Ursula pour marier son fils. La femme de Joachim avait présenté Barbara comme une fiancée possible. Joachim l'avait su, mais il l'avait oublié quand il avait présenté Martin à Lucas. Frau Kronach, ainsi, eût pu être aussi bien Frau Luder. Et en ce cas ç'aurait été à sa propre famille, à son épouse Barbara et à leurs quatre enfants et non à ceux de Lucas, que Martin aurait bu. Y penser avait fait rire les femmes.

« Je suis désolée, Martin, et encore plus à votre égard, Maître Kronach : nous ne voulions pas nous moquer », s'excusa Ursula.

Barbara regarda son mari, qui lui aussi s'était levé. Allait-il être très fâché ?

Martin sut trouver les bons mots :

« C'était il y a si longtemps, Maître Kronach. Vous voyez, j'avais moi-même oublié ! Je vous en prie, ne prenez pas ceci en mal : votre femme est magnifique et vous-même êtes l'époux que Dieu veut pour une famille chrétienne », dit-il en regardant Lucas.

Et il ajouta :

« Pour moi, j'ai choisi un autre destin. Il faut que je l'assume. »

Kronach se rassit, Luther et lui trinquèrent. La paix était faite, mais le mari de Barbara restait un peu irrité.

Que s'était-il passé dans la tête de la cousine d'Ursula juste après ce moment ? se demandait Joachim en essuyant son rasoir : les femmes étaient bien étourdies. Barbara, pour relancer la conversation, n'avait rien trouvé de mieux que de parler d'une nièce. Elle avait vanté les mérites de celle qu'elle appelait Katharina, s'adressant à Luther comme pour lui proposer, alors qu'il avait fait vœu de célibat, une fiancée possible s'il avait des regrets. La jeune fille, qu'on avait placée au couvent quand elle était petite, avait prononcé ses vœux deux années auparavant :

« Vous vous rendez compte ? Elle n'avait que seize ans ! »

Katharina venait souvent chez les Kronach quand elle était novice :

« Elle m'a aidée avec mes premiers bébés. C'est une fille adorable. Et jolie comme un cœur. »

Elle avait poursuivi :

« Elle ne peut plus sortir de son couvent à présent mais elle reçoit des visites. Je l'ai vue quelques mois avant la naissance de ma petite : elle m'a dit qu'elle était malheureuse. Même (nous parlions très bas), elle m'a confié qu'elle songeait à s'enfuir. »

Elle s'était tournée vers Martin :

« J'espère que je ne vous choque pas ? Et vous n'allez pas le dire ? »

Puis, comme le moine faisait un geste de dénégation un peu vague :

« Du moins, vous, frère Martin, avez choisi en connaissance de cause. Vous étiez adulte, alors. Vous auriez pu avoir un autre destin, vous avez préféré la chasteté et l'Église… »

Martin avait maugréé quelque chose que personne ne comprit : il était question de Rome, du pape qui… Comme Ursula osa dire que ceux qui exerçaient des fonctions religieuses, chez les juifs, pouvaient se marier, il rétorqua que les ennemis du Christ ne sauraient être un modèle. Mais il reconnaissait que le célibat des prêtres n'avait pas de nécessité :

« J'ai cherché dans les textes. Il n'y a pas d'interdiction.

D'ailleurs, les apôtres qui suivaient Jésus étaient presque tous mariés. »

Barbara avança qu'il fallait penser, surtout, aux religieuses : leur célibat n'était-il pas contre nature, puisque la vraie vocation des femmes était de faire des enfants ? Ursula, qui souffrait d'être demeurée stérile, pinça les lèvres mais n'objecta pas. Joachim, lui non plus, ne formula pas sa pensée : les hommes, plus que les femmes peut-être, avaient des désirs physiques et ne pas les satisfaire remplissait d'angoisse et de souffrance. Il se souvenait d'avoir fourni à Martin, quand celui-ci était entré dans les ordres, de quoi gérer au mieux sa continence forcée.

À cet instant, le bébé s'était mis à pleurer. Barbara, qui ne voulait pas le nourrir devant les autres, s'était retirée. Ursula l'avait suivie : les petits garçons commençaient à s'agiter, il était l'heure de les coucher.

37

Les « Thèses »

MÊMES LIEUX, SUITE

Joachim avait achevé sa toilette. Il nettoyait la cuvette en méditant toujours et il allait rabattre le rideau protégeant le miroir quand il entendit sa femme le héler. Ursula faisait ses courses tôt pour éviter le monde, elle en revenait juste et elle avait posé son panier près de l'escalier qui menait à la cave. Elle tenait dans la main une feuille avec des caractères d'imprimerie qu'elle montra à son mari.

« Regarde ! On distribue cela sur le marché. Il paraît qu'il y en avait une pile posée sur le parvis de Notre-Dame. Juste en dessous de l'image qui montre le docteur et la truie ! »

Joachim prit le papier. Il voyait mal – il n'avait pas chaussé ses lorgnons à cette heure matinale.

« J'ai entendu qu'au château, à la chapelle des Saints, une des feuilles est clouée sur la porte. Je ne suis pas allée voir… »

Joachim tâta ses poches – il avait remis sa pelisse la veille, parce qu'il commençait à faire froid. Où étaient-elles, ces lunettes ? Il les perdait toujours.

Ursula, agacée, émit un claquement de langue :

« Ah, je vois… Je vais chercher tes verres. »

Comment faisait-elle pour savoir toujours où étaient les objets ?

« C'est Martin qui a écrit cela ! » cria-t-elle depuis la chambre – les lunettes, il s'en souvint, devaient être sur le coffre, près du lit.

Ursula revint avec, il les mit sur son nez. Désormais, il pouvait lire.

Le texte était en latin, fait de paragraphes précédés chacun d'un chiffre romain. Le dernier était marqué XCV, c'est-à-dire 95 : cela faisait beaucoup de sections, mais chacune était courte. Le titre, où il était question d'une *disputatio*, discussion, semblait appeler au débat, mais les phrases étaient plus des affirmations que des questions. Il s'agissait d'*indulgentiae*, d'indulgences, et la signature du rédacteur était en évidence :

Martinus Luther, RP, Artis et Theologiae Magistro

Soit : Martin Luther, Révérend Père, Maître en Arts et en Théologie.

« Tu savais ? demanda Ursula.

— Pas vraiment, mais…, répondit Joachim.

— J'ai acheté une de ces indulgences que moi j'appelle des grâces. Tu te souviens ? Nous avions Martin à dîner et il s'est mis en colère quand j'ai dit que j'avais donné de l'argent. »

Joachim se souvenait parfaitement. C'était quelques semaines auparavant, en septembre : il faisait encore bon dans la journée. Son Ursula avait beau allumer un chandelier à sept branches et paresser le samedi, elle-même était chrétienne et aimait les reliques. Une fois ou deux par an, quand le duc Frédéric ouvrait la chapelle des os saints, elle y courait.

Le soir où ils avaient invité Martin, elle était revenue excitée et en avait parlé au moine :

« Pourquoi ne m'avez-vous pas dit, mon ami, que l'on peut contre des thalers racheter les péchés des personnes défuntes ? J'ai écouté un prêcheur, aujourd'hui : il a affirmé que c'était possible. Il a appelé cela obtenir des indulgences, et je lui ai donné de l'argent pour que l'âme de mon père sorte du purgatoire, si elle s'y trouve encore. »

Elle s'était signée, ravie de l'entremise qu'elle avait accomplie.

Martin, lui, était entré dans une rage terrible. Il avait tonné que cela ne se passerait pas ainsi et déclaré qu'il allait mettre un terme à ces marchés stupides qui discréditaient Dieu.

Joachim, surtout, se rappelait autre chose. La veille, chez les Kronach, quand les femmes s'étaient retirées, les hommes avaient parlé de la situation du pays. L'Allemagne vivait prospère sous le règne de l'empereur Maximilien, mais celui-ci se faisait vieux. On disait qu'il avait fait construire son cercueil et qu'il ne voyageait plus désormais sans l'emporter. Le soir, pour s'habituer à la chose, il s'y allongeait quelquefois. Qu'allait-il se passer quand il mourrait ?

« Il veut faire élire son petit-fils, Karl, le roi d'Espagne. C'est un jeune sans expérience, et il est loin… Le roi de France aussi voudrait devenir empereur », avait indiqué Lucas.

Comme les autres s'étonnaient qu'il sache ces choses-là, il dit qu'il les tenait de Frédéric dont il faisait le portrait.

« L'empereur est élu par les princes allemands. Frédéric, pour la Saxe, est parmi ceux qui votent. Il m'a dit, continua-t-il en baissant la voix, que le pape ne serait pas hostile à ce que lui-même se présente. Il doute, cependant ; il n'est pas sûr de vouloir assumer cela. »

Kronach n'en savait pas plus. Si ce qu'il disait était vrai, le duc lui avait déjà fait beaucoup d'honneur en lui parlant ainsi, songea Joachim.

Martin aussi possédait des informations :

« Frédéric est à peine moins âgé que l'empereur. L'aventure n'est pas sûre et lui coûterait de l'argent. Pourquoi s'y lancerait-il ? Lui qu'on appelle le Sage vit avec une femme qui lui a donné quatre enfants. Ils ne sont pas mariés – je ne révèle rien, toute la Saxe le sait. Mais à présent qu'il est près de la mort, il redoute le moment de rencontrer son Seigneur. »

Il sourit :

« D'un coup, il découvre que toutes les reliques qu'il a rassemblées ne vont peut-être pas assurer son salut. Pour moi, je ne le crois pas en effet. Même, je pense que par elles, il est très sûrement en train de se damner. »

Les deux autres l'écoutaient avec un intérêt croissant.

« En plus, il laisse ces prédicateurs parcourir le pays… Ceux qui viennent de Rome et qui vendent des grâces qu'ils appellent indulgences. Il ne les chasse pas. Plutôt, il accepte de l'argent pour les laisser dire. C'est insupportable et d'ailleurs… Vous verrez très bientôt. »

Le moine s'était arrêté là. Lucas et Joachim s'étaient regardés. L'épouse de Kronach aussi avait acheté des grâces. C'était au tout début de la prédication, peu après leur mariage. Frau Brengebier était morte, son trépas avait affecté Barbara, et racheter l'âme de sa mère avait soulagé la jeune femme. L'indulgence fonctionnait, avait dit le dominicain qui la lui avait vendue, d'autant mieux que la morte n'avait pas accompli de péchés graves. Si ses fautes avaient été lourdes, il fallait payer davantage. Lucas et Barbara avaient conféré : sa mère, disait celle-ci, avait été une femme bonne, et ses péchés ne pouvaient qu'avoir été véniels. La somme que Lucas avait donnée était donc modeste.

« Barbara et moi… », commença le peintre. Luther ne le laissa pas achever sa phrase :

« Les indulgences sont tout simplement un scandale. Demain, c'est la fête des Saints. On prévoit beaucoup de monde à la chapelle du château. Et une vente d'indulgences… Il y aura une surprise, je vous dis. »

Donc, c'était ça, la surprise. Ce papier qui circulait en ville et dont la lecture, si Ursula était bien renseignée, accueillait les pèlerins à leur arrivée dans le temple aux reliques.

Quel tremblement de terre Martin avait-il suscité ?

*

Ursula et Joachim étaient assis devant l'âtre. Comme décidément ce dernier se plaignait qu'il faisait froid, Frau Kossa avait allumé le feu. La cheminée tirait bien, les flammes étaient brillantes, le médecin s'était réchauffé.

Ils avaient lu et relu le texte qu'Ursula avait rapporté.

« Pourquoi Martin a-t-il rédigé ces propositions en latin ? demanda Ursula. Il aurait touché plus de monde s'il les avait écrites en allemand.

— Je ne sais pas, répondit Joachim. Peut-être s'adresse-t-il aux seuls gens d'Église ?

— Il n'aurait pas eu besoin de l'impression, en ce cas. Il suffisait d'un exemplaire écrit et peut-être recopié. L'homme qui m'a donné la feuille, au marché, en avait toute une liasse. Et je t'ai dit qu'à la chapelle, chez le duc, le texte de Martin est cloué pour que les pèlerins le lisent. »

Joachim ne sut que répondre. Ursula reprit l'imprimé :

« Même si c'était en allemand, je crois que peu de gens comprendraient. Les “lois canoniques”, les “lois pénitentielles”, la “rémission plénière”… tu sais ce que c'est, toi ? Il est écrit aussi à propos de je ne sais quoi : *per modum suffragii* – par le mode du suffrage. Ça veut dire quoi ? »

Joachim hocha la tête :

« Je n'ai vraiment aucune raison de savoir. Étant donné d'où je viens… Je m'en moquerais complètement, je t'avoue, si ce n'était pas Martin qui avait écrit cela. »

Ursula sourit :

« Remarque que… il y a des choses qui sont parfaitement compréhensibles. Tu as vu cela ? Le numéro 75. »

Elle pointa du doigt le paragraphe et, doctement, lut le latin :

Opinari venias papales tantas esse,
ut solvere possint hominem, etiam si quis per impossibile
Dei genitricem violasset, est insanire.

Joachim traduisit, sans peine et en riant lui aussi :

« C'est du délire que d'exalter les indulgences du pape jusqu'à prétendre qu'elles délieraient un homme qui, par impossible… *violasset…* aurait violé… *Dei genitricem !* la Mère de Dieu ! »

Ils partirent tous deux d'un immense éclat de rire. Bien plus grand que celui qui avait saisi, la veille, Barbara et Ursula.

Joachim, cependant, se forçait un peu. Frau Kossa ne s'en aperçut pas.

*

Joachim devait aller voir un bourgeois qui souffrait d'un mal de ventre pénible. Ce n'était rien sans doute, un coup de froid, ou l'abus des noix fraîches dont la récolte finissait : le domestique qui était venu le mander la veille lui avait dit que l'homme en avait mangé plus que de raison. Le malade habitait non loin et le médecin se rendit chez lui à pied, sa mallette à la main.

Tandis qu'il cheminait, ses pensées, avec amertume, dérivèrent de nouveau vers la façon dont, la veille, le dîner s'était achevé. Martin s'était retiré en même temps que les Kossa. Comme Ursula se plaignait de voir mal la nuit, Joachim et elle étaient venus avec un mulet sur le dos duquel elle monterait et qu'il conduirait au retour. Une petite pluie tombait et, pour épargner son épouse, le médecin était allé chercher la bête dans le pré où il l'avait attachée, un peu en arrière du château. Le moine l'accompagnait. C'est là que s'était passée cette chose si désagréable. Celle, Joachim le comprenait, qui avait fait qu'ensuite Luther non seulement s'était trouvé dans son rêve, mais qu'il s'y était trouvé du côté des bourreaux et non avec les gens qu'on menait jusqu'aux fosses.

Ce n'était que des paroles, mais ces paroles étaient atroces.

Luther était revenu sur la remarque qu'avait faite Ursula à propos des rabbins (elle n'avait cependant pas prononcé ce mot) qui pouvaient se marier.

Exactement – Joachim avait été si frappé qu'il réentendait dans ses oreilles chaque parole – le moine avait dit ceci :

« Je suis surpris, Maître Kossa, de l'intérêt que marque notre chère Barbara pour les choses du judaïsme. Ce n'est pas la première fois qu'elle dit ou fait une chose qui montre qu'elle connaît bien ce monde. Comment se fait-il donc qu'elle sache que les rabbins peuvent avoir une femme ? Cela m'a fait penser – cela me fait penser – qu'il est étrange, lorsque je viens chez vous et que c'est un samedi, qu'elle me propose toujours ce plat, très bon, mais qui chauffe si longtemps sur le feu. C'est comme si elle ne voulait pas cuisiner ce jour-là. Ne pas cuisiner, ne rien faire… J'en suis venu à me demander si à votre insu elle ne vous imposait pas le shabbat. »

Le sang de Joachim s'était glacé. Le moine avait continué, posant la main sur son épaule :

« Ne vous y trompez pas cher docteur : je ne vous soupçonne pas d'avoir de l'affection pour la fausse religion. Mais vous êtes toujours… si loin du monde réel. Je pense que votre femme agit à votre insu et que depuis des années, en feignant de croire à la vraie Église et même aux reliques et aux indulgences, elle dissimule d'où elle vient vraiment. Car vous ne savez rien, finalement, des origines de votre épouse et de qui était exactement le docteur Brengebier ou sa femme. »

Luther avait dit cela alors que tous deux étaient arrivés dans le pré. Joachim s'était penché pour délier le cuir qui entravait le mulet et empêchait qu'il aille loin. Cela lui donnait une contenance. Mais ses doigts n'arrivaient pas à dénouer le lien. Il était incapable de rien répondre.

Martin aussi, brutalement, s'était tu. Il s'était penché et avait aidé le médecin à défaire le nœud. Puis, avant de s'éloigner, il avait encore ajouté :

« Nous ne parlerons plus de cela. Je vous aime trop, Maître

Kossa, et je vous dois trop de choses. Et à Frau Kossa aussi. Mais je vous en prie : qu'elle soit plus prudente. Les juifs sont une engeance haïssable, et les vrais ennemis des chrétiens. Si elle a quelque chose à voir avec eux, par son père ou sa mère, il faut qu'elle le fasse oublier et qu'elle l'oublie complètement elle-même. On ne peut pardonner à un juif que s'il est prêt à devenir un chrétien irréprochable. Ou alors… »

Martin avait disparu dans l'obscurité.

Joachim avait attendu d'arrêter de trembler pour faire avancer le mulet. Cela avait pris un peu de temps. Il s'était excusé auprès des Kronach sur le tempérament bavard du moine. Ursula était montée sur la bête et elle s'était mise à jaser. Elle avait passé une excellente soirée.

Lui était resté muet, elle avait pensé qu'il était fatigué.

La nuit, il avait eu ce cauchemar et il s'était réveillé en hurlant.

38

La tempête

ESPAGNE, ET SUR MER, JANVIER-JUIN 1518

À l'hiver 1518, Joaquín habita plusieurs mois l'hôtel de Séville. Après Valladolid, il avait rejoint La Coruña comme Guido Liuciardi le lui avait ordonné et il s'était embarqué, mais pour rejoindre Santander où attendait finalement la flotte qui devait emmener aux Pays-Bas le jeune frère du roi. Or les nobles espagnols qui refusaient de voir partir Fernando avaient eu pour quelques mois gain de cause : l'infant n'avait pas rejoint le port de départ. Joaquín, bravant le risque des tempêtes commençantes et celui de ne pouvoir se défendre seul contre des pirates, avait mené la cargaison préparée par son patron à Anvers où il l'avait vendue, et il avait reconduit la *Vespuccia* – c'est ainsi que s'appelait le navire – chargée d'un blé acquis un peu cher mais qui serait vendu encore plus cher en Amérique. Alors, Liuciardi avait commencé à préparer un nouveau chargement. Il avait ajouté aux produits qui avaient eu du succès des tissus brodés fabriqués à Séville et des ivoires d'Afrique qu'un partenaire lui avait donnés en paiement. Joaquín, de nouveau, commanderait le bateau, il naviguerait cette fois avec le convoi, car on murmurait fort que l'infant devrait décidément partir, et il resterait en Flandre pour ouvrir un comptoir, sans doute à Anvers. L'entreprise Vespucci aurait un pied en Espagne et un autre dans les États du Nord. Mais on avait le temps : la flotte princière ne lèverait pas l'ancre avant le printemps.

*

Dans la demeure qu'Amerigo avait léguée à Lisandra, l'atmosphère était lourde. Doña Liuciardi, enceinte quand Joaquín s'en était allé, avait accouché d'un garçon, mais l'enfant était mort. Cela, il le sut par Silvana ; personne d'autre ne lui parla de ce deuil et le silence ainsi imposé lui sembla pire que si on s'était lamenté. Liuciardi, rembruni, travaillait derrière des portes closes, les fillettes jouaient en parlant à mi-voix, et Lisandra ne prononçait pas un mot quand elle paraissait aux repas. Silvana seule restait telle qu'il la connaissait, sauf qu'il y avait près de la table où elle s'asseyait un siège où l'épouse de Guido s'installait quelquefois.

La jeune fille n'avait pas fait la fête à son ami quand il était revenu, mais elle lui avait montré, comme s'il était parti la veille, ce qu'elle avait fabriqué pendant les mois où il avait été absent. Contrairement à son habitude, elle avait disposé ses créations dans la salle où la famille mangeait. C'étaient des figures en argile comme celles qu'elle avait commencées à l'automne, mais plus grandes et qu'elle avait groupées. Les visages étaient coloriés, les cheveux authentiques (il ne sut pas comment elle se les était procurés) et les vêtements en vrai tissu également. Un groupe figurait un mahométan lié à un poteau. Des soldats à l'armure blasonnée de la croix l'encerclaient et tiraient des carreaux d'arbalète. Avec plusieurs flèches fichées dans son corps, l'homme hurlait : en regardant de près, Joaquín vit ses dents très blanches dans sa bouche grande ouverte.

« Ulisse va faire ça en Afrique : c'est lui, là (elle montrait un soldat auquel elle avait fait une barbe). Et l'homme sur le poteau (son doigt indiquait le mahométan, dont la chevelure était rouge sous son grand turban), c'est Arudj, le Turc qu'il va tuer. »

Et elle ajouta, elliptique :

« J'ai vu une peinture, dans une chapelle à Santa Maria. C'était un chrétien, il recevait des flèches. J'ai changé les vêtements. »

Joaquín admira et il s'étonna que Silvana lui explique les scènes au lieu de s'en désintéresser comme elle le faisait d'ordinaire.

Il fut encore plus surpris quelques semaines plus tard quand la jeune fille, à table, un jour qu'on discutait la date où il allait partir, déclara d'un ton déterminé qu'elle l'accompagnerait et qu'il fallait qu'elle l'épouse pour que cela se fasse. Guido Liuciardi, bien sûr, participait au repas, il regarda Joaquín avec curiosité. Maria Concepción, qui se trouvait là également, se tourna aussi vers lui. Le jeune homme rougit, terriblement gêné. La famille favorisait ses liens avec Silvana, il l'avait compris depuis longtemps et même il supposait que Guido savait ce qui se passait quand la jeune fille et lui se retrouvaient dans la chambre de celle-ci. Il restait qu'il n'était qu'un commis, le fils d'un ancien ami recueilli par charité, et qu'elle était riche.

Comme il ne disait rien, Maria lui demanda froidement si un tel arrangement pouvait lui convenir. Il se reprit alors, se leva, et il sollicita avec une vraie émotion l'autorisation, puisque celle-ci le voulait bien, d'épouser Silvana.

Cette autorisation lui fut accordée. Puis, sauf qu'on but un verre en l'honneur de leur bonheur, le repas reprit comme si de rien n'était. Joaquín n'embrassa pas sa fiancée pour consacrer l'union et celle-ci ne fit pas mine d'attendre qu'il le fasse : hors ce qui se passait entre eux quand il lui rendait visite, Silvana n'aimait pas qu'on la touche et ses proches s'abstenaient de lui imposer des contacts qu'elle refusait avec hargne.

*

À partir de ce moment tout se passa très vite. Le commis eut dans l'après-midi une discussion avec Guido qui le fixa sur la dot et ce qu'il pouvait faire ou non avec l'argent de sa femme ; un notaire établit l'acte de mariage ; quelques jours plus tard, Fonseca accepta de bénir le couple. Guido dormit le soir même dans le lit de Silvana et Piedad commença à préparer le trousseau de la jeune femme sans que celle-ci marque le moindre intérêt.

En avril, les jeunes gens embarquèrent sur la *Vespuccia*. Le bateau était chargé jusqu'à la gueule, mais on avait préparé pour eux une pièce isolée par des cloisons. La famille, Lisandra et les filles comprises, les accompagna au port et assista au départ. Seule Piedad ne put venir : elle avait pleuré toute la nuit et elle se trouva mal au moment de se mettre en route. Silvana ne réclama pas sa nourrice, mais elle sut embrasser sa mère au moment de prendre congé.

En mai, à Santander, la *Vespuccia*, comme cela s'était produit six mois auparavant, attendit longtemps. Soit le vent permettait de quitter le port mais, soufflant depuis le nord-est, il rendait difficile la suite du voyage ; soit, ouest/nord-ouest, il interdisait de sortir de la baie. Et quand la brise était favorable, les solennités religieuses empêchaient qu'on lève l'ancre. Manifestement, certains ne se résignaient pas au départ de l'infant.

Enfin, après presque trois semaines, le lundi au lendemain de la Pentecôte, les bateaux levèrent l'ancre : six navires bourrés de canons formant l'escorte princière et quatre nefs, dont celle de Joaquín, qui tentaient l'aventure commerciale. La flotte partit à l'aube, le soleil brillait, le vent était régulier et fort, Joaquín songea que, de la côte, le spectacle des voiles devait être très beau.

*

Le mauvais temps commença l'après-midi, alors que les bateaux avaient déjà si bien avancé qu'on n'apercevait plus même les hautes montagnes qui dominent la région. Il ne cessa pas par la suite, sauf quelques rémissions. Joaquín n'avait pas peur pour lui. Il avait expérimenté des tempêtes, dont une, formidable, quand il était revenu des îles américaines. Mais il s'inquiétait pour Silvana : pour la première fois que la jeune femme montait sur un bateau, elle avait à essuyer cela ! Quand il la consulta, au début, elle lui affirma qu'elle n'avait pas peur, qu'elle voulait sortir de sa resserre de planches – il tenait à ce qu'elle y reste confinée. Puis, malade, elle voulut savoir si toutes les traversées faisaient ainsi mal au cœur. S'il n'avait su qu'elle était tout à fait incapable d'ironie, il aurait cru qu'elle disait cela par plaisanterie. De toute manière, à ce moment, il était très fâché contre elle.

Le pire se produisit entre le quatrième et le cinquième jour. Toute la nuit, il y eut des rafales et le ciel s'illumina d'éclairs, sans qu'on entende le tonnerre et sans que la pluie tombe. Ce qui inquiéta les marins était que ces rafales, par moments, formaient des tourbillons qui manquaient arracher les voiles et couchaient les bateaux presque à plat. On affala, les bateaux gîtèrent moins, mais les vagues restaient terriblement fortes et d'autre part, le convoi dérivait dans l'obscurité sans que les pilotes sachent où exactement on allait. À un certain moment, quelque chose de dur heurta la *Vespuccia* : on était en pleine mer, ce ne pouvait être un rocher, et nul ne sut ce qui avait cogné. L'eau, en tout cas, commença à entrer, non pas énormément mais assez pour qu'on doive écoper.

Alors, le jeune marchand fut véritablement anxieux. Durant la nuit, le pilote et lui n'étaient parvenus à distinguer les lumières que de quelques-uns des navires qui formaient le convoi. Quand le jour se leva, la flotte travailla à se regrouper et il se confirma qu'il manquait une des nefs princières et deux bateaux marchands (on apprit plus tard que la nef s'était sauvée). Le pilote de la *Vespuccia* ne comprenait pas la direction vers laquelle le navire commandant tâchait de les mener : l'ouragan les avait fait dériver vers l'ouest et ils continuaient toujours dans cette direction, ce qui allait, disait-il, les mener en plein milieu de l'Océan. Joaquín hésita à faire route seul vers le nord mais, comme le bateau prenait l'eau, il jugea qu'il valait mieux demeurer avec les autres : il trouverait du secours auprès d'eux si le bâtiment sombrait.

Cela dura trois jours. À de certains moments, la mer les ballotta sans qu'ils pussent rien faire. À d'autres, le convoi réussit à tenir un semblant de route, qui changea quand le commandant qui les menait se résolut enfin à rebrousser vers l'est. Outre la mer mauvaise, l'eau fraîche commença à manquer. Sur la *Vespuccia,* une délégation de marins insista auprès de Joaquín pour qu'on fasse demi-tour et qu'on rentre en Espagne. Silvana désormais restait sur sa couchette, blanche, incapable de manger et pour la première fois docile à l'ordre de ne rien faire.

Le samedi enfin, vers neuf heures du matin, une côte fut en vue : c'était celle de l'Irlande. On l'atteignit avant le soir. Un château et une ville s'élevaient au bord d'un estuaire défendu par des canons : il fallut, avant qu'on permît aux bateaux de se mettre à l'abri, expliquer qu'on ne venait pas en ennemis. Lady Catherine, l'épouse du roi anglais suzerain de l'Irlande, était originaire d'Espagne : cela aida beaucoup. On descendit des chaloupes, dont une manqua se perdre, on discuta par signes tant la langue était étrange, et avec quelques mots anglais. Et pendant tout ce temps, les navires luttèrent pour ne pas dériver. Bien sûr, l'ordre fut donné de taire que le frère du roi d'Espagne, l'infant Fernando, se trouvait sur un bâtiment ; cependant, quand les hommes débarquèrent, il s'avéra qu'en ville on ne jasait que de cela.

39

Pierre percée

KINSALE (IRLANDE), JUIN 1518

Le fleuve irlandais s'appelait la Bandon, le château et les maisons Kinsale. Provision d'eau douce et de vivres faite, le navire marchand qui avait échappé à la tempête en dehors de la *Vespuccia* repartit quand le temps se calma, mais Fernando et les nobles flamands voulurent se reposer un peu. L'infant et sa suite furent logés au château, qui appartenait à un seigneur anglais appelé lord Desmond, ceux qui n'avaient pas trouvé place au château louèrent des chambres en ville, et les marins dormirent dans les granges, où ils arrivaient le soir si saoulés de la bière noire locale que la paille leur convenait tout aussi bien qu'un lit.

Joaquín, lui, s'arrangea avec un fermier en dehors de Kinsale : il voulait protéger Silvana des écarts des matelots. L'homme, expédiant ses fils dormir dans une remise, rassemblant ses filles dans une pièce, leur offrit la chambre qu'il occupait avec son épouse. Celle-ci, qui était blonde comme tous les gens de l'île, s'extasia sur les cheveux de Silvana et voulut les toucher. Étrangement, la jeune femme accepta, en rit même, et assura à Joaquín qu'elle resterait auprès de l'Irlandaise pendant qu'il vaquerait à ce qu'il avait à faire.

Le souci de Cosa était que le bateau puisse reprendre la mer. Comment reparaîtrait-il devant le tuteur de son épouse si la mission dont celui-ci l'avait chargé avait pour résultat un navire abandonné au loin ? Le pilote affirmait que la fissure par laquelle l'eau était entrée était presque entièrement au-dessus de la ligne de flottaison : encore fallait-il s'en assurer. Il n'y avait à Kinsale aucun endroit où mettre le bateau à sec et aucune machine pour le décharger entièrement, mais on porta avec des barques tout ce qu'on put sur la grève et, quand le bâtiment fut allégé, il se confirma, au soulagement du marchand, que la voie d'eau venait du haut du bordé, où des taquets avaient lâché.

Dès lors, la préoccupation de Cosa fut différente. Les marins remplaceraient les planches et calfateraient, mais il coulait en Irlande une bruine qui pouvait abîmer les marchandises exposées sur la berge.

Le quatrième matin, alors que Cosa se levait, l'intendant de Desmond arriva avec un vieux villageois qui parlait un peu d'espagnol et avec un Flamand que Joaquín avait vu sur le bateau de Fernando.

« Lord Desmond veut savoir ce qu'il y a dans les tonneaux, les sacs et les caisses que vous avez mis dans le champ », dit l'intendant en gaélique ou en anglais. Joaquín ne comprit rien et ne sut pas reconnaître la langue, il se raidit en revanche quand le villageois eut traduit : énumérer les richesses de la *Vespuccia*, c'était risquer que les insulaires les confisquent. Il avait de la chance, en réalité, que ce ne fût déjà fait.

Mais l'intendant, par le truchement du traducteur, le rassura :

« Le señor Desmond a dit à votre prince qu'il devait se rendre à Londres pour saluer sa tante » – il parlait de la reine Catherine. « Le roi ne sera pas content si son neveu par alliance s'abrite en Irlande sans venir le voir. Mais don Fernando veut partir et rejoindre Anvers. »

Le Flamand, en espagnol, défendit la décision du prince :

« Le prince ne saurait s'attarder. On l'attend dans les Flandres, le pays est sans gouvernement. Puis la flotte est partie d'Espagne il y a longtemps maintenant : on va s'inquiéter bientôt, on la croira perdue. »

Joaquín cherchait en vain dans sa tête comment s'appelait le gentilhomme : les nobles du Nord ont des noms impossibles. L'homme était encore jeune, il parlait un castillan plus subtil que n'était celui du pêcheur, et il lui déplaisait manifestement que de modestes Irlandais parlent pour Fernando.

Le Flamand continua :

« Votre bateau transporte de beaux produits. Si on les offre au roi d'Angleterre, cela le consolera de ce que, autrement, il pourrait regarder comme une impolitesse. Je veux vérifier avec vous et le serviteur de Desmond l'état du chargement. Si les biens sont en effet de qualité et s'ils n'ont pas été malmenés dans le voyage, l'infant les rachètera et vous dédommagera. »

Joaquín attendit la suite. Il était un commerçant encore peu expérimenté, son bateau ne pouvait reprendre la mer, il n'y avait à Kinsale aucun collègue négociant à qui demander de l'appuyer : Fernando ou ses conseillers pouvaient lui imposer de céder sa cargaison pour une somme très au-dessous de celle qu'il obtiendrait s'il rejoignait Anvers. D'un autre côté le prince avait la réputation de ne pas mesurer ses dépenses.

Le Flamand balaya ses inquiétudes :

« À combien évaluez-vous ce que vous transportez ? Je veux dire : combien espériez-vous ou combien celui pour qui vous travaillez voulait-il que vous en retiriez ? »

Comme Joaquín répugnait à avancer un chiffre, il haussa le ton :

« Vous ne comprenez pas. Dites-moi votre prix. Je ne suis pas marchand, ces affaires d'argent sont au-dessous du prince. Nous n'allons pas nous perdre en tractations… Il y va de l'amitié entre deux royaumes liés. »

Joaquín ne savait toujours pas quel chiffre il pouvait dire. Il précisa cependant qu'il s'agirait d'une somme considérable. Le Flamand tapa du pied de dépit :

« L'infant ne se soucie pas d'épargner la dépense, ne le

sentez-vous pas ? Le roi, par Desmond, aura connaissance de la valeur du cadeau qu'il lui fait. Allons voir la cargaison. Proposez un chiffre avant ce soir, il sera accepté. »

La circonstance était donc diplomatique : à la logique marchande se substituait celle de la politique, où les sommes dépensées mesuraient l'amitié et le désir de plaire. Le jeune homme commença à se dire que l'affaire pourrait être profitable.

La somme que Cosa avança fut aussitôt acceptée. L'émissaire ne consulta pas Fernando et il ne feignit pas de trouver le montant excessif. Du coup le jeune homme se reprocha d'avoir été timoré : le chiffre avait beau être deux fois ce qu'il aurait obtenu en vendant à Anvers, peut-être aurait-il pu avoir encore davantage.

Quand même, la mission était sauvée et il en fut soulagé. Ça signifiait cependant qu'une fois la *Vespuccia* réparée, il aurait à naviguer jusqu'à Londres avant de partir, à vide ou plutôt à plein s'il le pouvait, vers Anvers où Guido avait fixé qu'il devait s'établir.

*

L'Irlande apporta à Joaquín une joie dont il comprit seulement en partie comment elle lui était venue. Quand Silvana était montée sur la *Vespuccia* peu après la fête de Pâques, elle était toujours vierge alors que leurs noces dataient du mois d'avant. À Santander, son hymen demeurait intact. Et la traversée agitée qu'ils eurent jusqu'en Irlande ne contribua pas à ce qu'il en fût autrement. C'était étrange : alors que la jeune fille acceptait depuis longtemps ses caresses et qu'elle lui accordait des plaisirs très intimes, elle ne voulait pas, ou semblait ne pouvoir imaginer, qu'il approche sa verge de sa vulve et qu'il la pénètre. Elle se servait de ses mains, elle offrait sa bouche, elle se laissait embrasser partout, et même, il pouvait lâcher sa semence sur ses cuisses, sur son ventre ; mais quand elle sentait son sexe effleurer la fente entre ses jambes, elle tremblait, criait et le griffait. Il fut impossible à Joaquín de la raisonner sur cela et, dans la maison de Séville où vivait la famille puis encore moins dans la cabine du bateau à peine séparée des marins, il ne put supporter l'idée qu'on entende Silvana hurler alors qu'il la forçait. User de violence envers elle lui répugnait d'ailleurs absolument, qu'il y ait de possibles témoins ou qu'il n'y en ait pas.

Ils étaient arrivés à Kinsale dans un état de frustration et de colère mutuelles. Lui se sentait blessé dans son orgueil d'homme – à quoi rimait cette union si la femme qu'il avait épousée lui refusait son ventre ? Elle lui en voulait de modifier les jeux auxquels ils se livraient depuis plus de deux ans.

L'Irlande changea cet état de choses impossible.

L'île, et la vie qu'elle y mena pendant les quinze jours où ils demeurèrent, plut à la jeune femme. Une bruyère pourpre couvrait les collines vertes, il y avait peu d'arbres, beaucoup de mousses, des ajoncs dont les fleurs sentaient bon, des roses et des aubépines sauvages sur le mur des maisons basses : tout cela miroitant de minuscules gouttes, car la pluie tombait presque à chaque heure, rompue par des éclats de soleil qui ravirent Silvana après les jours d'enfermement et de nausée passés sur le bateau.

La femme du fermier s'appelait Elwen. Elle et ses trois filles occupaient une partie de leurs journées à tresser de l'osier. On travaillait dehors, à l'abri d'un auvent. Il s'agissait de piquer des joncs dans des trous disposés en couronne ou selon d'autres formes, puis d'en enfiler d'autres pour faire le remplissage. À la fin, on tressait une galette et on la liait dans le fond : cela faisait des paniers et autres récipients. L'opération de base était simple, mais elles variaient le décor en diversifiant vides et pleins. Le travail se faisait en silence ou bien en bavardant : au fil de ces quinze jours, Silvana réussit à saisir un certain nombre de mots, qu'elle fut incapable, cependant, de prononcer.

Une fin d'après-midi, alors qu'elles besognaient, les quatre Irlandaises eurent une discussion où revenait souvent un mot qu'elles prononçaient en regardant l'Espagnole. Silvana laissa faire : elle ne comprenait rien et elle n'aurait su demander quoi que ce soit. Mais après le souper, une des filles s'en alla et revint accompagnée d'un vieil homme que Joaquín sembla connaître – il se leva pour le saluer. Le vieux parlait un espagnol hésitant et cependant compréhensible. Il expliqua, en s'adressant à Joaquín et non à Silvana, que toutes les femmes de Kinsale, ou en tout cas toutes celles qui étaient en âge de concevoir, se rendraient le lendemain à la pierre de saint Vio. Vio avait été un évêque. Il faisait des prodiges sur l'île où il était né et en particulier au lieu où se trouvait sa stèle. Il protégeait les enfants juste nés ou à naître, et, enfin… L'homme s'embrouilla, soit que sa maîtrise de la langue fût insuffisante, soit, plus probablement, qu'il s'agisse de secrets sur lesquels il le gênait de s'exprimer. Bref, les Irlandaises partiraient après le repas du midi et elles ne rentreraient que le surlendemain. Elwen et ses filles voulaient que Silvana vienne avec elles.

Le fermier, qui ignorait l'espagnol mais avait compris de quel sujet on débattait, hocha la tête. Il dit en gaélique que ce serait un mauvais présage si une jeune femme, même une étrangère, s'abstenait de participer à la cérémonie, dont d'ailleurs il ne savait rien. Le villageois traduisit.

Joaquín ne savait que répondre. Silvana n'attendit pas qu'il parle, elle fit simplement signe que, bien sûr, elle irait. Elle ne demanda pas à son époux s'il était d'accord, elle ne remercia pas le vieillard d'avoir fait office de traducteur, ni les Irlandaises de l'avoir invitée. Mais elle souriait.

Le lendemain, les femmes marchèrent. Il faisait une fraîcheur plaisante, les pèlerines, si on pouvait les appeler ainsi, avaient des chapeaux de paille pour les protéger du soleil et elles portaient, roulées et attachées dans le dos, des capes aussi en paille pour le cas d'une averse. Des mules les accompagnaient, chargées l'une de nourriture, une autre de couvertures, la troisième portant contre ses flancs, la face vers le ventre, deux statues à la tête entourée de fils d'or. Les Irlandaises bavardaient, riaient, elles chantèrent quelquefois sans que cela évoque rien qui ressemble à des hymnes. Certaines étaient très jeunes, d'autres plus âgées – des adolescentes et des matrones –, mais il n'y avait aucune enfant et aucune vieillarde. Aucun prêtre non plus, ni aucune religieuse. Silvana remarqua que deux femmes étaient enceintes. La grossesse de l'une était fort avancée, elle marchait d'un pas lent et le défilé régla sur elle son allure.

Bien sûr, l'Espagnole ne pouvait échanger aucune parole avec les autres femmes. Elle peinait aussi à participer aux chants : elle tentait quelquefois d'accompagner bouche fermée les sons qu'elle entendait, mais comme elle allait rarement à l'église à Séville, son oreille peu habituée l'empêchait de répéter les rythmes et les modulations.

Il n'empêche : elle était heureuse. Elle sentait en elle une joie qu'elle n'avait pas éprouvée depuis longtemps : depuis que, presque enfant, elle avait quitté Cazalla pour Séville. Les femmes lui souriaient, elles lui prenaient la main puis se désintéressaient d'elle et se tournaient vers celles qu'elles connaissaient si bien. Cela convenait à Silvana. C'était étrange : elle n'avait jamais vu, en Espagne, une telle campagne d'herbes vertes, de fleurs et de rochers affleurant, et pourtant elle avait le sentiment qu'elle s'en ressouvenait ou peut-être qu'elle l'avait expérimentée en rêve. Sans savoir pourquoi, elle avait dans la tête sa mère, comme si celle-ci marchait à ses côtés et qu'elle se trouvait bien dans ce pays sauvage. Or Silvana songeait peu d'ordinaire à Maria Concepción.

Le soleil était encore haut dans le ciel quand elles furent proches du lieu où elles devaient se rendre. Une pente montait vers l'ouest : la plus âgée des femmes donna l'ordre qu'on s'arrête à son pied. Silvana ne se sentait pas fatiguée, elle voulut monter pour découvrir ce qu'on voyait d'en haut, les femmes la retinrent. On étendit les capes sur le sol et on déballa la nourriture. Un ruisseau coulait, l'Irlande n'en manque pas ; on s'installa auprès et on se désaltéra. La femme en fin de grossesse était lasse, les autres la firent s'allonger, on lui ôta ses chaussures, ses bas et on massa ses jambes. L'autre femme enceinte, et une troisième dont Silvana n'avait pas remarqué l'état, réclamèrent et obtinrent le même traitement. Après le dîner, qui fut frugal, on sortit aussi les couvertures (les ombres s'étiraient et il faisait plus frais) et les femmes se couchèrent pour se reposer.

Ce ne fut pas long cependant. Silvana eut l'impression qu'on les avait réveillées à peine s'étaient-elles endormies. Les plus jeunes se relevèrent les yeux gonflés, bâillant, en plus mauvaise forme qu'avant de sommeiller, les plus âgées semblaient résister mieux. La femme qui était l'aînée leur dit de se déshabiller et de se plonger dans la rivière, où elle les précéda. Silvana hésita : pour elle qui venait d'un pays chaud, l'eau était insupportablement froide. Puis… Se mettre nue… Même si désormais il faisait sombre et qu'il n'y avait pas d'hommes pour les voir… Les autres s'exécutaient. Elle se déshabilla pudiquement, tandis que les jeunes filles pouffaient en ôtant leurs vêtements, et elle entra dans le ruisseau.

C'était abominable.

Non que ce fut profond : l'eau arrivait aux genoux.

Mais il fallait s'éclabousser complètement, s'accroupir ou s'asseoir, les matrones y veillaient. Les grandes filles d'Elwen vinrent vers elle et rapprochèrent leurs mains pour former une coupe. Elles recueillirent de l'eau et, ensemble, la versèrent sur sa tête. Les cheveux de Silvana étaient si épais que d'abord elle ne sentit rien, puis le liquide, que la lune argentait, arriva sur son cou et ses seins et elle glapit de froid.

Elle regagna la berge. On avait retiré les vêtements et, au lieu de les reprendre, elles durent, nues, s'envelopper dans les grandes couvertures qu'on leur avait données. Il fallait les nouer d'une certaine manière : les jeunes regardaient les plus expérimentées pour savoir comment faire, Silvana agit de même. Puis toutes enfilèrent les capes : ça faisait un singulier contraste avec leurs vêtements bigarrés de l'après-midi. Les choses sérieuses commençaient, mais Silvana, sans appréhension, se laissait aller. Elle grelottait cependant malgré la couverture et la cape, et elle remarqua que les statues de saints avaient disparu avec la mule qui les portait.

Ce qui suivit ne peut être raconté entièrement. Au fil de sa vie, Silvana en laissa échapper quelques bribes et surtout, elle façonna à partir de ce moment d'étranges simulacres de pierres pour en faire le décor de ses figures. De l'autre côté de la colline que, cette fois, les femmes furent invitées à gravir, il semble que s'élevait un champ considérable de rochers verticaux organisés en cercle. Au centre de ce cercle, une pierre avait la forme d'un anneau : c'était la stèle du saint. L'évidement résultait d'un miracle : cette partie du roc s'était retirée du reste, Vio était monté dessus et le disque minéral l'avait emporté dans les airs. La statue de l'évêque, l'une de celles que Silvana avait vues sur les flancs de la mule, était posée dessus le roc miraculeux, et l'autre, une Vierge tenant dans ses bras un tout petit Jésus, surmontait une pierre droite qui se dressait en arrière.

Il est certain qu'on partagea les pèlerines en deux groupes. Les plus âgées contournèrent la pierre creuse et allèrent s'asseoir près du roc qui était vertical, en embrassant la Vierge avant de prendre position. Les plus jeunes, parmi lesquelles se trouvait Silvana, ôtèrent leur cape. Une à une, elles passèrent dans le creux de l'anneau. Sous l'arc de la pierre, elles firent chacune ce que fit la première : elles dénouèrent en bas la couverture qui les couvrait et elles la remontèrent sur leurs jambes écartées jusqu'au-dessus du pubis. Puis, au sortir de l'anneau, elles allèrent vers l'autre pierre, et leurs lèvres se portèrent, non vers Marie et son fils mais vers la forme qui saillait du bloc et représentait un phallus. Elles embrassèrent ce phallus et déposèrent sur sa pointe leur salive qui ressemblait à du sperme.

Les femmes passèrent la nuit auprès des deux rochers. Elles s'y dirent des choses, ou elles y firent des choses, qu'on ne sut jamais. Au lendemain matin, elles remirent leurs vêtements, roulèrent couvertures et capes, les fixèrent ainsi que les statues aux mules qui les avaient portées, et elles s'en revinrent comme elles étaient venues, chantant et bavardant. Elles gagnèrent leur maison, et dans chaque demeure la vie reprit son cours.

*

Le soir où elle rentra avec les Irlandaises, Silvana, dans le lit, alors que son mari n'essayait plus de l'approcher, lui dit qu'elle voulait qu'il entre en elle. Il crut avoir imaginé ses paroles – peut-être s'endormait-il déjà ; mais elle les répéta et, relevant sa robe de nuit, les jambes grandes ouvertes, elle présenta son ventre. L'excitation de Joaquín grimpa aussitôt et, cette fois, sans préliminaires, il glissa son sexe durci dans son vagin sans qu'elle marque d'opposition. Le corps de Silvana ne se raidit pas quand il la pénétra, elle ne saigna pas (or il était certain qu'elle était vierge) et elle ne manifesta, non plus, aucun plaisir. Elle resta passive sous son corps, le laissant aller, gardant les yeux ouverts à le regarder ; il en fut un peu gêné. Puis quand ce fut fini et qu'il se retira essoufflé, elle glissa sa main dans la sienne et elle dit simplement :

« Maintenant, la terre est ouverte, la pierre l'a fécondée. »

Il aurait pu l'interroger sur cela mais il s'endormit avant de songer à le faire. Le lendemain, la phrase lui parut si mystérieuse qu'il se demanda s'il n'avait pas rêvé ce qu'il croyait s'être passé. Des taches de sa semence, sur le drap, là où son souvenir lui disait que Silvana l'avait reçu en elle, le persuadèrent du contraire. Le soir du même jour, puis tous les autres soirs à chaque fois qu'il voulut, Silvana l'accueillit encore. Comprenant que la nouvelle disposition de sa femme résultait du pèlerinage qu'elle avait accompli, il décida que quand il reviendrait en Espagne, il se renseignerait sur saint Vio et que, s'il avait gagné assez d'argent, il lui ferait faire une image.

Il devait y songer plusieurs fois dans les mois et les années qui suivirent, et puis bien sûr, ensuite, il oublia.

40

Une visiteuse

BLOIS, MAISON DES PARONI, JUILLET 1518

Dans la belle maison qu'elle habitait à Blois sur le bord de la Loire, Laurette Paroni, ou Paron comme son mari s'était enfin décidé à signer, se trouvait ennuyée. Elle était incertaine quant à la décision que Doucine de Saubonne avait prise de se rendre chez eux. Un messager envoyé par son ancienne amie avait annoncé que celle-ci était en route et qu'elle arriverait avant dimanche. Or on était à présent lundi et la maisonnée attendait toujours. Laurette avait préparé une belle chambre comme Damiano – elle-même l'appelait Damien depuis leur mariage – lui avait commandé de le faire et, les deux jours précédents, elle avait concocté avec la cuisinière un menu délicat pour plaire à leur amie. Il fallait recommencer à présent, c'était bien du travail, et de la nourriture gâchée. Damiano prenait le contretemps avec flegme, sachant que la durée des voyages pouvait difficilement être estimée, les enfants se souciaient peu de la dame annoncée, mais Laurette, alternativement, s'inquiétait et s'agaçait, et elle se demandait avec une crainte croissante ce qu'elle aurait à dire à celle dont elle avait été si proche. Doucine et elle n'avaient-elles pas été comme des sœurs quand elles servaient la Cour ? Laurette était honnête avec elle-même : en réalité elles avaient été amantes. Même – comment cela avait-il pu se faire ? – elles avaient partagé les hommes et mis Damiano et Guido Liuciardi en commun dans leur lit… Madame Paron rougissait en y resongeant. Elle se sentait vieille et sage face à ces folies de jadis.

Doucine était demeurée dix ans en Italie. Pendant ce temps, les deux femmes avaient correspondu régulièrement. Au fil des années, les sujets et le ton de leurs lettres avaient progressivement changé. Elles s'écrivaient au début parce qu'elles se manquaient l'une à l'autre. Puis, à cause de l'éloignement et parce que leur vie devenait si différente, leur amitié s'était un peu défaite. Pourtant Laurette continuait à écrire. En y réfléchissant, elle se disait que c'était pour elle-même désormais qu'elle rédigeait ces lettres. Chaque trois mois, presque rituellement, elle s'asseyait à sa table et sortait son beau papier. Elle avait plaisir à le faire, elle soignait sa calligraphie et, à la fin, elle aimait enfoncer dans la cire le cachet que Damiano lui prêtait à cette occasion : une chimère en forme de serpent avec des ailes et deux pattes de lion. Souvent, son mari souriait en regardant le monstre : l'objet lui avait été envoyé par Guido, de Séville où il vivait avec sa famille. C'était quelqu'un de ses proches, paraît-il, qui avait dessiné la créature bizarre.

Laurette prenait son temps lorsqu'elle rédigeait sa lettre. Écrire lui permettait de récapituler ce qui s'était passé au cours du trimestre et de savoir elle-même ce qu'elle ressentait. Au début, elle avait raconté la vie à Blois : la succession des règnes – la mort d'Anne de Bretagne, le remariage puis le décès de Louis, loin, à Paris ; l'avènement de François, premier du nom, l'énergie de ce prince qui avait dix-huit ans et qui aimait la Loire ; les fêtes qui se succédaient, les conflits à la Cour, les partis qu'on formait. Mais petit à petit, les affaires domestiques prirent le pas sur l'existence publique. Le commerce de Damiano occupait une part de ses lettres. Son mari connaissait des succès qui parfois l'effrayaient : il prenait de gros risques et une opération malheureuse ruinerait leur famille, il arrivait que Laurette se réveille la nuit avec cette hantise. Elle profitait cependant de leur fortune croissante et elle ne cachait pas qu'elle prenait plaisir aux bénéfices que tous deux en tiraient. Cinq années durant, ses lettres furent remplies du projet d'une maison qu'ils allaient construire, du bon choix du terrain, de l'avancement du chantier, du gros souci des meubles dont elle la remplirait et enfin du délice qu'était leur installation. Mais ce que Laurette passait du temps surtout à raconter, c'étaient ses grossesses et les naissances successives : l'arrivée, à la suite de Francine née juste après le mariage et que Doucine avait tenue dans ses bras, d'une deuxième fille qu'ils avaient baptisée Doucette en son honneur, puis d'un garçon, Cosme – le saint qui portait ce nom était un médecin que Damiano vénérait. La cadette et le benjamin étaient venus au monde, comme leur aînée, en lui donnant beaucoup de douleurs mais somme toute facilement, elle était faite, semblait-il, pour donner naissance aux bébés.

Les récits de Doucine n'avaient pas moins changé au cours de ces années. À son arrivée à Montferrat et durant les premiers mois de son séjour, chaque ligne qu'elle écrivait était chargée d'enthousiasme. Mademoiselle de Saubonne trouvait ce qu'elle voyait nouveau et surprenant, la marquise à qui elle tenait compagnie était fragile et drôle, le château austère mais commode, la langue italienne sonnait comme une musique, et le ciel était lumineux. Ensuite, sa chronique était devenue plus morne. Quelques lettres, encore, avaient manifesté de la joie. Il y avait eu, notamment, ce moment étrange… Quand était-ce ? Cosme n'était pas né. Or il avait six ans maintenant. Doucine racontait qu'elle avait écrit à Guido Liuciardi et que celui-ci avait répondu avec chaleur. Ensuite, plusieurs lettres qui venaient soit de Doucine, soit de Guido, et étaient à destination de l'un ou l'autre, avaient transité par Blois : Damiano entretenait des courriers qui portaient en Toscane les commandes et revenaient avec les pièces faites, on pouvait ajouter des missives. Doucine avait annoncé à cette époque qu'elle allait peut-être quitter Montferrat et faire à Guido la surprise d'arriver chez lui, et Laurette, cette fois, avait écrit deux billets : Damiano, se rendant à Cafaggiolo, avait remis à Guido le premier, et à son retour un messager avait porté l'autre à Montferrat. Laurette y expliquait à Doucine que Guido était marié, qu'il avait un enfant, en espérait un autre, et qu'il envisageait de quitter l'Italie pour l'Espagne – peut-être, au moment où elle écrivait, s'était-il embarqué. Elle déconseillait fermement à son amie de quitter le marquisat et la dissuadait d'écrire encore à Liuciardi.

Après cela, les lettres de Doucine s'étaient faites plus brèves et elles étaient chargées d'une amertume qui fatiguait Laurette. Mademoiselle de Saubonne ne se plaignait pas positivement, mais des piques émaillaient ses propos quand elle parlait d'Anne ou du marquis, et ses réflexions prenaient un tour pédant, mêlant des considérations sur la vanité de l'existence à d'autres, politiques, qui certainement ne regardaient pas les femmes.

Et puis, quinze jours auparavant, un mot bref était arrivé au comptoir de Damiano, parvenu non comme les lettres habituelles avec le courrier qu'échangeaient le marquis de Montferrat et Charles d'Angoulême son beau-frère, mais par un serviteur qui se disait envoyé par la *signorina* Saubonne.

Le message était de la main de la jeune femme, rédigé d'une écriture rapide et nerveuse. Doucine expliquait que le marquis mourait d'un mal étrange, que Montferrat était la proie d'une aussi étrange folie et que pour elle l'aventure italienne était finie. Elle avait de l'argent, elle rentrait en France, elle était en chemin. Elle demandait que ses amis l'abritent le temps qu'elle examine ce qu'elle ferait ensuite.

*

Et Doucine était arrivée, une semaine après le jour qu'elle avait annoncé. Même Damiano, à ce moment, s'inquiétait, et bien sûr Laurette avait renoncé à imposer à la cuisine des efforts spéciaux. Le samedi, à l'heure où les ombres étaient longues et où l'on avait couché les enfants, une charrette transportant du bois s'était arrêtée devant leur porte : Doucine, chargée seulement d'un petit coffre, en était descendue. Elle était tombée dans les bras de Laurette et de son mari, s'était exclamée que leur demeure semblait magnifique, que Laurette elle-même était splendide et puis, comme ses amis regardaient le véhicule qui l'avait déposée, elle avait éclaté de rire :

« J'ai compté : j'ai changé vingt-trois fois de transport pendant mon voyage ! La voiture ne paie pas de mine, mais c'était le plus rapide pour arriver enfin. Et je remercie les maîtres charpentiers qui ont bien voulu me prendre avec leurs poutres », dit-elle avec grâce en se tournant vers les hommes qui l'avaient amenée.

Elle avait débarqué à Saint-Dyé, le port proche de Blois. Un bateau l'y avait transportée depuis Orléans. Il n'y avait pas de service pour les voyageurs, ce jour-là, et le nautonier l'avait confiée aux compagnons chargés de convoyer des madriers qu'on avait débarqués. Il avait garanti à Doucine qu'elle n'avait rien à craindre, et la jeune femme avait fait confiance, avec raison.

À présent, ils étaient attablés pour dîner. Le menu était simple, l'ordinaire de la famille. Laurette avait pris le temps de passer une robe préparée exprès et qui attendait depuis des jours, mais la voyageuse s'était simplement rincé le visage et les mains avec de l'eau qu'on lui avait portée. Même ainsi, constatait Madame Paron, la différence entre elles était considérable. Doucine, qui avait traversé une montagne et un pays durant ces jours, était fraîche, avec une silhouette mince et les mouvements d'une jeune fille. Laurette, elle, se sentait lourde. Elle avait pris du poids au fil de ses grossesses et sa contenance était celle d'une femme mariée et mère plusieurs fois : elle parlait doucement, se mouvait posément, ce qui la vieillissait.

Elle fut soulagée de distinguer du blanc dans la chevelure noire de son invitée. Le temps passait aussi pour Doucine, et quant à elle, ses cheveux gardaient leur teinte blonde intacte.

Mademoiselle de Saubonne ne semblait pas se soucier de comparer son apparence à celle de son amie. Elle avait ri, pourtant, de la corpulence nouvelle et du crâne un peu dégarni de Damiano :

« Tu étais maigre quand je suis partie ! La nourriture de Laurette te profite. Enfin… Elle profite à ton estomac sinon à tes cheveux. »

En disant cela, elle avait posé la main sur le ventre de Damiano et celui-ci s'était souvenu, d'un coup, combien les gestes de la jeune femme étaient libres par le passé.

Cependant, la conversation était vite devenue sérieuse. Doucine, après le premier plat, avait commencé de raconter. La raison de son retard est qu'elle s'était cachée à Lyon plusieurs jours durant :

« Je n'ai plus peur, maintenant, dit-elle, mais tant que j'étais près des Alpes j'ai craint que la marquise ne me fasse revenir de force. À l'auberge, le jour où je me suis arrêtée après avoir envoyé en avant mon valet, j'ai reconnu des hommes que j'avais vus à Montferrat. Je ne sais si j'ai eu raison ou non, mais je me suis persuadée qu'ils étaient venus m'enlever. Je suis allée dans l'église à côté et j'ai demandé l'aide d'un prêtre. Il m'a menée auprès de sœurs que j'ai payées pour qu'elles me prennent avec elles et je suis restée là jusqu'à ce que je sois certaine que les autres s'étaient lassés. »

Damiano et Laurette avaient arrêté de manger. De quoi Doucine avait-elle eu peur ? Pourquoi était-elle partie si vite, pourquoi avait-elle fui Montferrat ? Ils écoutaient avec surprise. Leur amie expliqua :

« Le duc est malade. Il a trente ans, il s'est toujours porté comme un charme, c'était un homme valeureux, qui aimait batailler – vous vous souvenez comment il a jouté quand il était très jeune ? Et voici depuis quelques mois qu'il est faible et se plaint d'atroces douleurs de ventre. Récemment, il ne quittait plus son lit. Peut-être est-il mort, à l'heure où je vous parle. »

Laurette demanda de quel mal souffrait le marquis et Doucine, soulevant sa fourchette, précisa comme avec réticence :

« Personne ne sait… Les médecins encore moins que les autres. On a purgé le marquis, on l'a saigné, on a changé son régime. On lui a fait boire du sang de taureau, du lait de vache, il a pris des bains chauds et on lui a mis de la glace. À chaque traitement il devient plus malade. Mais il n'est pas le seul qui ait souffert… »

Subitement, elle s'était arrêtée de parler. Elle choisit un morceau dans son assiette, le mâcha consciencieusement, lentement, apparemment concentrée sur cette nourriture. Puis elle réfléchit qu'elle imitait la marquise : elle s'interrompait pour faire languir les autres. Elle avala alors et reprit :

« Il s'est produit quelque chose de terrible un jour au début de l'hiver. Plusieurs personnes au château, des familiers du marquis et de la marquise mais aussi des serviteurs, et des invités qui séjournaient, ont été prises de frissons et de vomissements. Puis le soir ç'a été comme si les trompettes de l'Apocalypse avaient sonné. Alors que les nuits sont tranquilles dans la forteresse (les murs sont très épais), les couloirs ont retenti des cris et du bruit de gens qui couraient. J'ai cru qu'on avertissait qu'il y avait le feu ou un malheur général et je suis sortie pour m'enfuir. Mais c'était une crise collective de folie. Deux courtisans ordinairement censés s'étaient jetés par la fenêtre en hurlant qu'ils étaient la proie du diable, d'autres personnes aussi voulaient se précipiter dans le vide et criaient qu'il y avait… je ne sais pas : des plafonds qui flambaient ou du sang qui dégoulinait des parois. Je suis rentrée aussitôt dans ma chambre et je me suis barricadée, mais je redoutais que ces fous ne forcent ma porte. Et puis je me demandais (je n'avais mal nulle part et ne remarquais rien d'anormal) si ce que les autres voyaient et qui leur faisaient peur existait réellement et si à mon tour j'allais le voir et peut-être en mourir… »

Doucine cessa de nouveau de parler, non cette fois parce qu'elle voulait ménager ses effets mais parce que le souvenir de ce qu'elle racontait la perturbait. Laurette et Damiano ne s'inquiétaient plus de ce qui leur restait à manger, occupés à écouter.

« La situation a encore empiré les jours qui ont suivi. C'était… terrifiant. Les femmes autant que les hommes, tous étaient pris de folie. Quand on enfermait ceux qui étaient atteints dans une pièce, volets fermés – que pouvait-on faire d'autre ? –, ils se tapaient contre les murs, de sorte qu'il a fallu attacher plusieurs grands personnages pour les empêcher de se blesser. Le marquis était parmi eux. Je n'ai pas pu le voir durant ces journées-là mais il paraît qu'il agitait ses bras et ses jambes de façon désordonnée, que ses vêtements étaient trempés de sueur alors qu'il ne voulait pas en changer, et qu'il tenait des propos où il était question du démon et de l'enfer. »

Doucine versa de l'eau dans son verre, le vida et le remplit de nouveau. En buvant, de sa main libre, le poignet souple et les doigts écartés, elle faisait des moulinets, indiquant à ses amis de prendre patience :

« En ville aussi il y avait des déments : beaucoup de gens sont morts, soit parce qu'ils ont voulu en finir, soit parce que… » Elle n'acheva pas sa phrase. « On a dit qu'ils sont tombés raides : pouf – comme ça. C'est comme s'il y avait en eux un poison qui leur dévorait les entrailles ou la cervelle. Ils perdaient la raison et parfois, la mort se saisissait d'eux. Ça a duré longtemps : plus d'une semaine. Je ne voulais plus quitter ma chambre, mais les servantes également s'abstenaient de sortir ou alors elles aussi étaient malades. À la fin il fallait bien aller chercher quelque chose à boire et à manger. Puis il y avait les enfants.

— Ils étaient touchés comme les adultes ? s'inquiéta Laurette.

— Deux des petits de la marquise, et Anne de Montferrat elle-même, étaient indemnes. Ils ne recevaient personne, je n'avais pas le droit de les voir. Mais la grande, Maria, était affectée. Je suis allée chez elle une fois, quoique j'aie eu bien peur : on l'avait sanglée dans son lit, même ses mains étaient retenues par des liens. Elle respirait très fort et elle n'arrêtait pas d'essayer de toucher ses cheveux : elle disait qu'ils étaient pleins d'araignées, et peut-être qu'elle les aurait arrachés si on l'avait laissé faire. Je suis restée un peu, j'ai essayé de la faire boire, je lui ai baigné le visage. Mais… »

En réalité, Doucine était vite repartie. Elle aimait la fille d'Anne, elle lui avait enseigné à lire, la petite lui faisait confiance, mais elle avait eu peur. La jeune femme eut un mouvement de tête : elle n'était pas fière d'elle.

« Chacun s'est protégé durant cette semaine : on ne savait pas comment l'épidémie se répandait. Peut-être de l'un à l'autre, simplement par le souffle, ou bien en regardant ou en touchant quelqu'un ? On n'a jamais compris. Certains ont accusé des sorcières, on n'a pas pu prouver qu'il y en avait, surtout dans le château. D'autres disaient que c'étaient les juifs. Mais il y a peu de juifs à Montferrat et ils se montrent discrets. Je crois qu'ils ont quitté la ville dès que la maladie a commencé, ils devaient avoir peur qu'on les rende responsables. On a pensé que ce pouvait être les araignées, de fait : il y en a de grosses en Italie, on les appelle tarentules. Leur morsure est mortelle, mais elle plonge dans le sommeil plutôt que de donner des hallucinations. Et puis il y avait trop de malades : tout le monde ne pouvait avoir été piqué. Ou bien c'était le pain. On dit *pane*, là-bas. Et c'est vrai qu'au début de la crise certains *pani* avaient un drôle de goût et une couleur un peu violette… »

*

Doucine regarda la miche sur la table : sa croûte dorée était brisée et une mie bien blanche l'emplissait. Elle tendit le bras vers ce pain, en brisa un morceau et mastiqua rêveusement.

Les autres se taisaient, Laurette recommença à manger, sans conviction.

Damiano voulut entendre la suite :

« Mais à la fin, qu'est-ce qui s'est passé ?

— À la fin ? Je ne sais pas s'il y a vraiment eu une fin. Ça s'est calmé peu à peu. Il n'y a plus eu de nouveaux cas. Les prêtres ont mis les malades les plus graves dans des chars fermés. Ils étaient ligotés. On les a conduits jusqu'à une chapelle, assez loin, dédiée à san Vito – notre saint Guy : il protège des convulsions. Beaucoup de gens ont suivi les voitures, formant une procession. Les malades ont été lavés dans l'eau froide qui tombe des montagnes : il fallait les baigner complètement, presque jusqu'à les noyer. Cet exorcisme faisait sortir le mal, c'est ce qu'ont dit les prêtres. Je n'y étais pas, je n'ai pas voulu venir. Quelques gens sont morts après cette cérémonie et les autres, la plupart, sont retournés doucement à la raison, mais ce qui est sûr, c'est que l'atmosphère à Montferrat, ensuite, n'a plus été la même. Tout le monde était triste et méfiant : ça pouvait recommencer, n'est-ce pas ? Ou d'autres calamités…

— Et le marquis ?

— Et la petite ? »

Les voix de Damiano et de Laurette s'étaient croisées pour poser ces questions. Doucine sourit.

« Maria s'est remise. C'est comme ça, les enfants… Après quelques semaines, elle ne s'est plus souvenue qu'elle avait été malade et qu'elle avait cru des horreurs. En tout cas, elle ne voulait plus qu'on en parle. C'était comme si rien de tel ne s'était produit en ce qui la concernait. Une attitude sage.

— Le marquis, donc ? insista Damiano.

— Pour Guglielmo, c'est une autre affaire. Il n'a plus d'hallucinations, mais on ne peut dire qu'il ait jamais guéri. Et c'est là que c'est devenu effroyable… »

*

Doucine, de nouveau, s'arrêta. Elle piqua dans son assiette un morceau et le porta à sa bouche, se donnant une contenance. Elle savait beaucoup de choses et ne voulait pas toutes les révéler. Sur les raisons de la maladie persistante du marquis, elle garderait le silence. Avouer ses soupçons était trop dangereux : même si loin de Montferrat, même face à de si chers amis.

Aussi se reprit-elle :

« Je veux dire… Il y a tout à redouter si le marquis succombe. Il a mené une guerre il y a quelques années, qui a mécontenté le duc de Milan et même l'empereur. Guglielmo est un soldat et un capitaine excellent : ses terres sont en sécurité tant qu'il demeure vivant. Si le bruit de sa maladie se diffuse et encore plus s'il meurt… La principauté pourrait être envahie et la ville mise à sac. Les gens ont peur, et moi aussi j'ai eu peur : une peur en plus de celle que la folie de l'hiver recommence. Les juifs ne sont pas rentrés, après décembre, et ceux des autres habitants qui le pouvaient ont aussi déserté la ville. Je n'avais pas de raison, quant à moi, de demeurer. Et puis… »

Damiano et Laurette la regardaient d'un air interrogateur.

« Et puis la marquise n'est plus la même. Quand nous avons quitté la France, c'était une jeune mariée attachante. Sa famille était loin et j'étais son amie : la personne qui lui rappelait son pays. »

La voix de Doucine se brisa. Ces dernières années, elle avait été très en colère contre la marquise ; et ce qu'elle avait cru deviner durant les ultimes semaines lui avait découvert un autre visage de la femme qu'elle avait été près d'aimer – un pan qui l'horrifiait et la mettait en danger. Néanmoins, Anne de Montferrat avait été aussi, jadis, cette petite fille qu'elle avait aidée à devenir une femme et dont l'âme et le corps lui avaient été si proches.

Elle continua :

« La marquise n'a pas changé physiquement. Peut-être l'avez-vous vue au mariage de feu le roi ? »

Laurette et Damiano firent non de la tête. Les noces avaient eu lieu finalement à Abbeville, tout juste à l'arrivée de la princesse anglaise : le roi était pressé. Puis quand une fête solennelle avait eu lieu à Paris, ils n'avaient pas été conviés et ne s'étaient pas déplacés pour se perdre parmi les badauds.

« Au-dehors, elle est restée semblable. Enfin, il me semble à moi : on dirait une fillette ou presque. Mais à l'intérieur… Son esprit s'est couvert d'une carapace. Je crois qu'elle ne sait plus aimer. Ni moi, qui ai été son amie ; ni ses enfants, en tout cas pas ses filles. Et certainement pas son mari, qui ne le mérite pas, d'ailleurs. »

Doucine regarda son assiette. Ce qu'elle contenait était froid. Elle déplaça le plat et installa ses coudes sur la table. Elle fronça le nez, plissant tout son visage. Laurette se souvint que c'était son habitude quand elle n'était pas bien et elle en fut émue. Un retour de sympathie lui vint pour cette femme qui, il y a un instant, lui paraissait étrangère.

Puis Doucine se lança :

« La seule personne qu'Anne aime peut-être ou du moins dont elle se soucie, c'est son fils Boniface – là-bas, on dit Bonifacio. Elle a eu un autre enfant mâle il y a deux ans, mais qui n'a pas vécu. Boniface a huit ans. C'est un joli bonhomme très vif et très joyeux. Si son père meurt, il sera seigneur mais il est bien trop jeune pour gouverner. Anne ne sera pas régente. Elle en serait capable, mais elle n'est Montferrat que par mariage, et pour faire comprendre à l'empereur et au duc de Milan qu'ils n'ont pas intérêt à envoyer leurs troupes, il faut mettre à la tête du marquisat un homme qui fasse peur. Boniface a un oncle qui a l'âge et le caractère d'un soldat. Et il est proche d'Anne… La marquise fait alliance avec lui pour le cas où Guglielmo disparaîtrait. Elle ne s'occupe plus de moi, je l'embarrasse plutôt en espionnant ses manœuvres, car c'est ainsi désormais qu'elle comprend ma présence quand j'insiste pour demeurer près d'elle. Bref, je ne suis plus désirée et même je suis devenue indésirable au château. »

Elle avait parlé avec un débit fébrile qui ne lui ressemblait pas. Elle conclut, relevant le menton :

« Il me fallait partir. »

*

Le soir, Damiano resongea à ce qu'elle avait raconté. Pourquoi le marquis était-il demeuré malade après la fin de la crise qui avait saisi le château et la ville ? Que signifiaient les mots que Doucine avait employés ? Anne était proche de son beau-frère : « proche », jusqu'à quel point ? Pour qualifier ses actes, elle avait parlé de « manœuvres ». Leur amie avait un emploi précis de la langue et, si elle avait tu, au dîner, le fond de sa pensée, elle n'avait sûrement pas choisi pour rien ces termes. Décidément, il faudrait qu'il l'interroge mieux. Mais la conversation, sur le moment, avait dévié. La servante avait apporté un autre plat et Doucine avait demandé qu'on lui parle des enfants, qu'elle n'avait pas vus. Laurette avait répondu avec plaisir, elle s'était attardée sur le caractère de Francine, de Doucette et de Cosme, elle avait raconté les maladies qu'ils avaient eues et précisé fièrement que l'aînée était devenue femme au cours de l'hiver – « il va nous falloir, bientôt, songer à son mariage », s'était-elle rengorgée. On avait encore parlé de la maison, des arrangements et, bref, on n'avait plus rien dit qui soit intéressant.

41

Le vase cassé

MÊME LIEU, LE LENDEMAIN

Ce que Doucine cachait est qu'elle soupçonnait un crime. Le frère puîné du marquis se nommait Giangiorgio. Bel homme de haute stature, il appartenait à l'Église. Il était évêque de Casale, portait la mitre et l'anneau pastoral lors des fêtes liturgiques, mais à cela se bornait sa participation à la vie religieuse. Ce qui le passionnait, c'était la politique : il rêvait de gouverner et il pouvait mener l'armée pour défendre le marquisat. Au commencement de l'hiver, quand avait éclaté la folie commune, il s'était installé au château, disant qu'il voulait prier près de Guglielmo pour l'aider à guérir. Des mois plus tard, celui-ci allait plus mal et Giangiorgio restait sur place. Le jour, et même certains soirs, il apparaissait dans les appartements de la marquise et alors, Doucine et toutes les autres femmes étaient priées de sortir.

« Puisqu'il est religieux, et mon frère par alliance, sa présence près de moi ne porte pas à conséquence, soutenait Anne. Or nous avons tous les deux à parler. »

De quoi discutaient-ils ? Ils causaient longuement en tout cas. Si longuement qu'un matin, la servante qui éveillait la marquise les avait découverts ensemble dans le lit… La femme avait vite disparu, renvoyée, dans le meilleur des cas, dans la ferme d'où elle venait, mais la nouvelle avait fait le tour du château.

Qu'Anne couche avec un homme, par choix et non par obligation, surprenait fortement Doucine. La marquise avait-elle découvert le plaisir avec le frère de son mari ou bien acceptait-elle dans son lit, par politique, celui qui aurait de l'influence à Montferrat dans le cas où Guglielmo mourrait ? Doucine l'ignorait. Mais ce qui était sûr, c'est que si Boniface devenait marquis précocement, son oncle Giangiorgio serait nommé tuteur. Or Anne rêvait de jouer un rôle dans les affaires qui concernaient son fief. De fait, elle l'administrait depuis que son époux s'en trouvait empêché.

L'adultère d'Anne ne mettait pas Doucine dans une position dangereuse. Mais la jeune femme avait découvert autre chose qui était bien plus grave. Si Guglielmo n'arrivait pas à se remettre, c'était que son épouse veillait à ce que son état empire.

Pendant toutes ces années où le marquis et la marquise étaient mariés, ils avaient pris peu de repas ensemble : ceux, seulement, où ils devaient paraître en commun lors de cérémonies. La plupart du temps, Guglielmo mangeait et dormait chez sa maîtresse. Mais depuis qu'il était souffrant, il demeurait chez lui. Or, pendant tous ces mois, la marquise veillait à ce que les collations qu'on portait à Guglielmo soient servies en sa présence. On posait le plateau avec le repas du malade dans la salle entre leurs appartements, Anne vérifiait la température des mets, les goûtait et, avec une valeureuse sollicitude, elle les portait à son mari ainsi que l'aurait fait une domestique. Même, quand le malade était agité ou au contraire apathique, elle le nourrissait elle-même, le faisait boire ou portait la cuillère à sa bouche avec une patience qu'elle n'avait pas eue pour ses enfants.

Doucine s'ennuyait pendant ces repas qui pouvaient être longs. Souvent, elle profitait de ces moments pour arranger la chambre d'Anne. La marquise était désordonnée. Les servantes passaient et ramassaient ce qu'elle laissait tomber, mais elles n'avaient pas de goût pour les petits objets et ceux-ci, qu'Anne choisissait pour ensuite ne plus les regarder, s'accumulaient au hasard et se couvraient de poussière.

Doucine appréciait la beauté. Elle soulevait chaque bibelot, l'époussetait, le faisait tourner dans ses mains, l'admirait, le reposait non pas toujours à la place où elle l'avait trouvé mais en organisant des proximités qui lui semblaient harmonieuses. La marquise collectionnait tout : il y avait des pierres antiques avec des visages très nobles – de ces camées qu'elle avait vus à Blois entre les mains de Damiano –, des bronzes amusants en forme de crapauds ou de monstres marins, une tête de Nègre qui formait encrier, des coquillages, une corne d'Afrique sculptée minutieusement, des médailles et même deux têtes de crocodiles-alligators qu'on lui avait données comme venant d'Ameriga.

Or un jour (c'était la troisième fois qu'elle rangeait la chambre), en soulevant un vase noir et jaune qui semblait très ancien et n'avait plus de fond, elle renversa un flacon qui se trouvait dedans. L'objet était en verre, il se brisa et une poudre blanche inodore se répandit sur le sol. Doucine fut ennuyée mais aussi intriguée : pourquoi une fiole se trouvait-elle dans cette céramique ? En ramassant les morceaux, elle reconnut le flacon : une bouteille ornée d'une spirale d'or qu'Anne, au début de son mariage, gardait près de son miroir sur la table où elle se parait. Suivant le conseil que lui avait donné sa mère en France, elle diluait la poudre dans de l'eau et se rinçait le visage pour avoir la peau blanche. Mais un médecin qu'elle avait consulté, parce qu'elle avait les bordures des yeux enflammées et les lèvres qui pelaient, lui avait interdit d'utiliser cette poudre, qu'il appelait *arsenico*. C'était, avait-il dit, un poison très puissant : « Il n'y a que des ânes qui puissent conseiller d'utiliser cela pour avoir une belle peau », avait-il commenté. Et il avait précisé que si une personne avalait cette poudre, elle périrait : « Vite ou lentement, avait-il nuancé (cela dépendait de la quantité absorbée), mais sûrement. »

Anne, dégoûtée, s'était exclamée que sa mère, décidément, était une sotte : « *un' asina* », avait-elle répété, reprenant le mot du médecin. Et, furieuse plus qu'amusée, elle s'était mise à braire.

De ce moment, Doucine n'avait plus vu la fiole. Elle avait supposé qu'Anne l'avait jetée.

Jusqu'à ce jour où elle avait soulevé la céramique.

*

Damiano eut gain de cause. Le lendemain, il conversa avec Doucine alors que Laurette s'occupait des enfants. D'abord, il la mit en confiance. Puisqu'elle s'était racontée, il le fit lui-même. Il lui avoua que quelques-unes des affaires qu'il menait à ce moment, dans la ville même de Lyon où elle s'était cachée, le mettaient dans une position qui pouvait achever de l'enrichir, ou le ruiner. En bref il demandait un gros prêt aux banquiers de cette ville pour acheter de la soie et prendre de court tous les autres marchands dans une affaire où, à terme, on pouvait gagner beaucoup. Il la pria de ne rien dire à Laurette, qu'il ne voulait pas inquiéter. Puis il lui signifia qu'il voulait qu'elle lui dise ce qu'elle-même n'avait pas raconté. À ce moment, il se fit grondeur et presque menaçant :

« Tu débarques chez nous après bientôt dix ans. Nous t'accueillons, même si sans doute tu ne sais pas ce que tu vas faire ni combien de temps tu vas rester. Comprends que j'ai le droit de savoir pourquoi tu as quitté Montferrat. Le frère de la marquise est marié avec la sœur du roi. Si une querelle vous oppose et que tu as fui sa demeure, tu peux nous faire avoir des ennuis. Et j'ai d'autres soucis, comme je viens de te le dire. »

Puis il continua, beaucoup plus amical :

« Je suis sûr que ce que tu caches est lourd. Si tu ne le dis pas, tu y penseras sans cesse et ça te gâchera la vie. Libère-toi et raconte : je te promets le secret. »

Doucine hésita. Il y avait du vrai dans ce que Damiano disait.

Si la marquise la cherchait parce qu'elle avait peur qu'elle parle, elle mettait en péril ceux chez qui elle s'abritait. Puis elle-même étouffait de ne pouvoir rien dire. Elle ne discernait plus, maintenant qu'elle n'était plus près d'Anne, si elle avait vu juste ou avait trop inventé.

Alors elle raconta.

Et conclut, éperdue :

« J'ai pensé… J'ai cru que je n'avais pas le choix. Cette poudre dont Anne sait qu'elle est dangereuse, son dévouement pour Guglielmo alors qu'elle couche avec son frère… »

Elle n'osait tout à fait formuler sa pensée.

« Tu t'es dit que ce n'était pas un hasard si la poudre était là où tu l'as trouvée, et que la marquise en versait dans la nourriture de son mari », compléta pour elle Damiano.

Il se tut un instant.

« C'est grave… »

Doucine, qui était toujours brave, s'était mise à pleurer. Damiano ne chercha pas à la consoler, il réfléchissait fort. Si Doucine avait raison, Guglielmo allait mourir et sa veuve n'aurait de cesse de faire taire la personne qui pourrait expliquer pourquoi il était mort. Or cette personne était chez eux.

Doucine, cependant, reprit d'une voix altérée :

« Peut-être que je me suis fait des idées. Anne est désordonnée : elle a pu remiser l'arsenic dans le vase pour ne plus le voir et elle l'a oublié. »

Elle fit une pause. Damiano demeurait silencieux.

« Ou alors… Elle empoisonne en effet Guglielmo à chaque repas. J'ai découvert l'arsenic un soir. Le lendemain, elle en prendrait de nouveau. Il ne servait à rien de remettre la poudre, le flacon était en morceaux. Elle savait que j'étais dans sa chambre pendant qu'elle nourrissait son mari et elle comprendrait que je m'étais occupée des bibelots. En ce cas… »

Damiano n'avait pas besoin qu'elle en dise plus. Doucine avait peut-être raison, elle avait peut-être tort. Mais si la marquise organisait en effet la mort de son époux, elle ne pourrait supporter que sa dame de compagnie soit au courant de son crime.

« Et donc, tu as décidé de partir, dit-il.

— J'ai pris ma décision tout de suite, j'avais tellement peur… J'ai ramassé la poudre avec le chiffon qui me servait à nettoyer les objets et je l'ai poussée sous un rideau. J'ai essayé surtout de ne pas en respirer. Puis j'ai attendu la marquise. Quand elle en a eu fini avec Guglielmo, je l'ai aidée à se déshabiller et l'ai laissée avec sa domestique pour les soins de sa toilette. C'est ce que je faisais tous les soirs. J'ai su me contenir. Puis j'ai pris mes dispositions pour partir la nuit même. »

*

Elle allait un peu mieux. Entre ses larmes, elle réussit à sourire, portant la main à sa coiffure :

« Tu vois ces cheveux blancs ? Je crois que je les ai gagnés ce soir-là. »

Damiano, par réflexe, toucha aussi ses cheveux. Il songeait que si elle demeurait chez eux dans ces conditions, les quelques-uns qui lui restaient vireraient de même au gris.

Doucine, cependant, reprit, encore sur un autre ton :

« Tu sais, je ne suis pas venue ici sans rien, je n'entends pas être à votre charge. La mère de la marquise, jadis, m'a fait un grand cadeau : elle m'a donné un diamant. Je crois, je sais – elle l'a dit – qu'il a beaucoup de valeur. Vends ce diamant et, si cela peut servir, au cas où tes affaires lyonnaises… »

Damiano ne s'attendait pas à cela. Que proposait Doucine ? Il avait besoin d'argent, plus qu'il ne l'avait dit, et elle l'avait compris ? Elle lui ferait un prêt ? Ou plus : un don ? Et elle demandait, en échange, sa protection ?

Il fallait examiner ce diamant. À la Cour de France, on

commençait à en voir : des petits et de plus gros, des transparents et d'autres de couleur. Il songea qu'après tout, si Doucine savait se faire discrète, personne ne devinerait qu'elle était rentrée à Blois.

Bref, pourvu que son diamant vaille ce qu'elle disait, on pourrait s'arranger…

42

Le siège

CAZALLA, MAISON-FERME DE MARIA,
NOVEMBRE 1518, LE SOIR

Guido Liuciardi se trouvait à Cazalla chez la veuve d'Amerigo. Deux fois déjà, il était venu dans cette demeure, une ferme plutôt qu'une villa d'agrément. La première fois, c'était par courtoisie après l'enterrement du mari. La deuxième, à son retour de Valladolid un an auparavant, lorsqu'il venait chercher Lisandra enceinte et les filles pour les ramener à Séville. Le séjour avait été plaisant : ses enfants lui avaient fait fête, sa femme était joyeuse et Maria Concepción réjouie grâce à une lettre où son fils expliquait qu'il serait officier dans les troupes qui partaient.

Ulisse avait rejoint son poste après la Noël 1517. En février, il était parti avec la flotte en direction de l'Afrique. Après quoi, on n'avait plus eu de nouvelles, sinon, après l'été, celle, considérable, que Tlemcen s'était rendue. Enfin, alors que novembre approchait, un messager était arrivé, annonçant qu'il s'était bien battu, qu'il était sauf, et qu'il arriverait vers le dix à Cazalla. C'est pour saluer celui qui, âgé désormais de dix-sept ans, demeurait son pupille, pour entendre ses récits et le féliciter, que Guido, brave homme, avait fait le déplacement. Il avait attendu deux jours, s'ennuyant ; et le troisième, onze novembre, Ulisse, finalement, était arrivé dans l'après-midi.

*

La mère et le fils s'étaient tendrement embrassés, Ulisse avait eu l'air content, même, de revoir Guido, et celui-ci en fut touché. Maria l'avait fait se laver, mettre des vêtements propres qu'elle avait préparés, et elle l'avait assis devant un véritable banquet, dans ce qu'elle persistait à appeler la nouvelle maison. Le garçon avait mangé de bon appétit, mais sans pouvoir évidemment épuiser le festin. À la fin, il avait repoussé son assiette et commencé à raconter.

En Espagne, les soldats avaient reçu très peu de formation :

« Par bonheur, je savais me battre et tirer à l'arquebuse. Si j'avais attendu qu'on m'apprenne… On nous a enseigné à marcher et à saluer, c'est tout. »

Guido songea qu'Ulisse oubliait qu'il était prétendument officier : un chef ne marche pas, n'est-ce pas ?

De l'expédition, les hommes savaient peu de choses. La cible, leur avait-on dit, était le Turc que les mahométans appelaient Arudj et les Européens Barbe-Rouge. Les chefs ignoraient ce que durerait la campagne, mais ils avaient averti que les bateaux seraient secoués pendant la traversée puisqu'on était en hiver :

« En fait, la mer n'a pas été trop mauvaise. À la fin février, nous avons jeté l'ancre à Mers el-Kébir : c'est proche d'un comptoir à nous qui s'appelle Oran. Nous étions près de trois mille – les rameurs ne comptent pas, ce sont des prisonniers qui restent dans les galées sous le contrôle des gardes. »

Guido et Maria, ce soir-là, étaient assis sur les bords longs de la table. Ulisse se trouvait entre eux, sur le petit côté. La señora Vespucci avait fait desservir, ordonnant de laisser seulement le vin avec trois verres (Guido et elle avaient bu pendant que le garçon se restaurait), et la servante était partie en oubliant d'emporter le pain. Ulisse se servit des objets pour former une sorte de carte :

« Tlemcen, dit-il en déplaçant le carafon assez loin sur la table, la ville que nous devions prendre, est à cinq jours de marche de la côte. » Il posa son couteau sur le bord de la nappe pour désigner celle-ci.

« Nous avons commencé par organiser les renforts : les gens là-bas détestaient le Turc presque autant que nous et beaucoup d'hommes voulaient aider. D'autant que les fils du roi déposé étaient avec nous et qu'ils sont vénérés comme les princes de sang chez nous. » Le garçon se leva : les mois de vie militaire l'avaient déshabitué de la position immobile.

« Il faudrait que vous voyiez à quoi ressemble le pays, dit-il. En s'éloignant du rivage, le terrain s'élève doucement et il y a des pins et des eucalyptus plus hauts que ceux qui poussent à Cazalla. Puis on monte davantage, on longe un lac salé. Il paraît que l'eau se retire, l'été, et laisse sur le fond une croûte qui scintille. »

Il avait pris la soucoupe au-dessous de la carafe pour figurer le lac et il fit la moue : le fond était rougi du vin qui avait goutté et cela évoquait du sang.

« Ensuite il y a un défilé. En des endroits, on ne peut avancer qu'à deux hommes de front et, si les janissaires d'Arudj nous avaient attaqués, nous aurions été massacrés du premier au dernier. »

Il attrapa le pain. La miche était presque intacte. En forçant avec ses pouces, il la brisa en deux. Il coucha les demi-sphères du côté de la mie, les installant l'une en face de l'autre, de sorte que la croûte imitait les falaises. L'air concentré du garçon fit sourire Guido : Ulisse était bien jeune, en fait. Maria regardait les demi-miches, attentive ; elle buvait les paroles de son fils.

« Le gouverneur d'Oran, Diego de Arellano, était notre capitaine. Il a compris le danger. Alors le soir, quand nous avons eu traversé ces gorges, il nous a laissé faire la fête. Les mules avaient porté plusieurs tonneaux de vin, qu'on a percés ; le lendemain, les hommes ont eu du mal à reprendre la route. D'autant qu'elle ne cessait de monter. » Il précisa, cette fois :

« Parce que j'étais chef, je montais un cheval. Mais les hommes à pied, qu'est-ce qu'ils ont souffert ! » Guido ne distinguait pas si Ulisse mentait et s'il avait fait partie des marcheurs, ou s'il disait la vérité.

« Le quatrième jour, reprit le garçon, nous sommes arrivés à des ruines. Don Diego a dit que ç'avait été une ville romaine. On y a dormi parce qu'il voulait regarder des pierres avec des inscriptions : il en a fait grouper et, au retour, les mulets qui avaient porté le vin ont été chargés avec ! »

Ulisse sourit à ce souvenir.

« Ensuite, les lacets ont repris. Vers le soir, on est passés à côté d'une montagne qui était éventrée. Ça voulait dire que nous approchions de Tlemcen : les pierres des bâtiments viennent de cette carrière. Peu après en effet, on a vu la ville sur un plateau élevé. »

Ulisse avait renoncé, semblait-il, à dessiner l'Afrique avec la vaisselle. À présent, pour décrire, il se servait de son corps. Dans l'espace, ses bras tracèrent un rectangle : les contours de Tlemcen. Ses mains mesurèrent l'enceinte et y ciselèrent des créneaux. Dans l'air, la droite indiqua les tours le long de la muraille. Puis les paumes sculptèrent des moitiés de globes, ses doigts esquissèrent des formes verticales effilées : les coupoles et les minarets.

Mais finalement ses bras retombèrent et sa voix perdit son excitation :

« Je ne sais pas si vous imaginez ce que c'est qu'un siège, dit-il. C'est très long et il n'y a qu'à attendre… Au début, nous avons fait donner les canons. Il y en avait six, qui étaient arrivés après nous : ce sont des armes lourdes, il faut plusieurs mulets pour les tirer chacun à travers les montagnes, et d'autres qui portent les boulets. »

Il passa les doigts dans ses cheveux, qu'on lui avait coupés pendant l'expédition et qui commençaient à repousser. Guido songea que se peigner ainsi était un geste de femme.

« Le premier essai a été désastreux. Le tube a explosé quand le canonnier a mis feu à la charge de poudre, il a été haché en morceaux et l'homme qui l'aidait a eu la jambe arrachée. Il a agonisé deux jours. Les autres canons ont fonctionné mais on n'a pas atteint les murailles. On n'arriverait à rien et Don Diego nous a fait prendre position devant les portes avec les machines qui restaient et des arquebuses et arbalètes. Ainsi, si nous ne pouvions entrer, les assiégés ne pouvaient pas sortir. Eux-mêmes n'avaient pas de pièces lourdes : ils n'avaient pas répliqué quand nous avions tiré. Il suffisait que nous nous tenions loin de leurs carreaux et que nous attendions. »

*

Le fils de Vespucci avait commencé à marcher. Il tournait autour de la table, profitant de la taille de la pièce. Une fois, il s'arrêta et de nouveau lissa ses cheveux. Peut-être cherchait-il ses mots. Quand il s'approchait de la chaise où il avait été assis, il la touchait avec le pied, un geste dépourvu de sens et qui montrait sa nervosité. Guido et Maria se taisaient. La mère suivait des yeux son fils, Guido regardait son verre. Il avait déplacé Tlemcen et il s'était servi.

Finalement et en déambulant toujours, Ulisse recommença à raconter :

« Nous avons attendu six mois. Nous ne manquions de rien : les rivières et les vergers sont nombreux, et on nous approvisionnait depuis la côte. Les Arabes qui nous accompagnaient levaient les lièvres avec des bâtons pour améliorer l'ordinaire. Même, nous avons chassé quelques gros animaux. On a essayé de goûter de la panthère, ce que nous déconseillaient les Maures. C'est une sorte de gros chat tacheté. En fait, ils avaient raison : la chair est immangeable. Jamais il n'a fait très froid et même pendant l'été la chaleur a été supportable…

— Mais ? demanda Maria.

— À l'intérieur de la ville, les réserves de nourriture ont fini par s'épuiser. Les assiégés ont mangé des lézards, des rats, je ne sais quoi. Et ils ont commencé à être malades. Nous l'ignorions, alors. Mais un jour, c'était au début de l'été, Arudj a fait ouvrir une porte et sortir des enfants, des femmes et des vieillards. Ces gens n'avaient pas d'armes, ils étaient maigres et faibles, les moins frêles soutenaient les plus fragiles. On a laissé les vieux et les petits traverser nos rangs sans leur faire de mal. Pour les enfants, nous avions hésité : ils étaient infidèles et c'étaient des ennemis possibles pour l'avenir. Mais les Arabes qui étaient nos alliés n'auraient pas admis que nous les tuions. »

Il y eut un silence que Maria et Guido n'interrompirent pas.

« Parmi ceux qui sont sortis, il y avait donc les femmes. Quelques-unes très jeunes, mais la poitrine formée, les hanches déjà larges. D'autres qui, quoique vieilles, pouvaient être désirables. Cela faisait des mois que les hommes couchaient seuls… »

Guido regardait Maria, qui ne cillait pas. Elle écoutait, le visage impassible. La voix d'Ulisse se fit basse. Il fallut que Guido tende l'oreille pour distinguer les mots :

« Aucune de ces Mauresques ne paraissait malade. Bien sûr, leur peau était tendue sur leurs os, mais il était évident que la famine régnait. Don Diego voulait que nous les renvoyions, il a dû s'incliner : ce sont nos propres soldats, cette fois, qui se seraient révoltés. Les femmes sont restées. »

Ulisse avait cessé sa ronde lancinante. Il s'adossa au mur et se laissa descendre. Accroupi, il continua son récit :

« Nous leur avons donné à manger et à boire. En fait nous avons bu et mangé avec elles. Nous avons partagé nos fiasques et nos auges. Et bien sûr nous les avons… »

Il ne dit pas le mot. Il parlait devant sa mère, pensa Guido, et il en racontait déjà trop.

« Elles n'ont pas hurlé, elles n'ont pas résisté quand nous les avons prises. Vraiment, elles se sont laissé faire. Toutes. Les jeunes et les vieilles. Comme si elles étaient résignées. Comme si elles se sacrifiaient… »

Et, d'une voix plus dure :

« Ou plutôt comme si Arudj leur avait ordonné de boire avec nous et de se laisser baiser. »

Nouveau silence. Finalement, Ulisse avait dit le mot. Ses compagnons et lui avaient violé ces femmes. C'était la loi de la guerre. Mais si le fils Vespucci ne mentait pas en disant que les Tlemcéniennes avaient semblé consentir, il fallait supposer que l'histoire ne finissait pas là.

*

Le garçon continuait à raconter. En disant les faits, il semblait les revivre. Ses poings étaient fermés, son visage agité, Guido ne l'avait jamais vu ainsi.

« Dans les jours qui ont suivi, les hommes qui avaient mangé et couché avec les Mauresques ont commencé à être mal. Ils se vidaient par en haut, par en bas : du vomi et des diarrhées blanches. Le camp entier puait parce qu'ils ne pouvaient pas atteindre les latrines. Ils avaient constamment soif aussi mais les médecins des régiments interdisaient qu'on les fasse boire, de sorte qu'ils pleuraient comme des enfants pour qu'on leur donne de l'eau. »

Il porta les doigts à ses tempes et il ferma les yeux :

« En quelques jours, ils étaient morts. »

Puis, après un silence :

« Les Mauresques, bien sûr, ont été malades elles aussi. Elles vomissaient, mouraient. Personne ne les soignait, mais personne non plus n'acceptait qu'elles finissent leur vie sans qu'on les ait punies. On voulait les brûler parce que c'étaient des sorcières, mais il n'y avait pas assez de bois. Don Diego a décidé qu'on les passerait au fil de l'épée. Les soldats valides les ont tuées de la première à la dernière et on a jeté leurs cadavres dans un ravin tout proche. »

Et comme Guido le regardait d'un air interrogateur – n'avait-il pas aussi couché avec les femmes ? Il eût dû être malade –, il conclut d'un air de défi :

« Le mal m'a épargné, Dieu sait pourquoi. J'ai donc fait partie de ceux qui ont puni. J'ai exécuté les mahométanes et j'ai fait rouler leurs corps dans le vide. Je n'en ai eu aucun regret. »

*

Ulisse s'était mis debout, il était retourné à sa chaise et il s'était rassis, les coudes sur la table. Sa mère reversa du vin. Elle tendit le gobelet à son fils et remplit le verre de Guido, sans se servir elle-même. Elle ne fit pas de commentaires, mais Guido vit qu'elle souriait, et il trouva cela sinistre. Ce qui importait à Maria, et qui lui importait seulement, c'était que son fils avait échappé au danger.

« Quand la maladie avait commencé dans Tlemcen, reprit celui-ci, Arudj avait fait enterrer les morts pour éviter que nous devinions ce qui se passait. Après l'épisode des femmes, il a donné l'ordre qu'on jette les corps par-dessus le mur. Au début, les cadavres étaient dans des linceuls : ils tombaient en restant rigides, comme des paquets ficelés. Plus tard, on les a précipités comme ils étaient au moment où ils étaient morts. C'est étrange, un cadavre qui tombe. On a l'impression qu'il se réveille, qu'il ne veut pas du choc qui l'attend. Les bras et les jambes s'agitent comme s'il se débattait... »

Il vida son verre et s'essuya la bouche sur sa manche.

« À la fin, la population de la ville s'est révoltée. Le Turc, la nuit, se barricadait dans le mechouar : c'est une forteresse. Un soir, dans les derniers jours d'août, après le pire moment de l'épidémie, la populace y est entrée et elle a mis le feu. Les janissaires ont été massacrés. Au matin, les habitants nous ont ouvert les portes : nous n'avons pas eu à porter un coup. Le roi pour lequel nous étions censés nous battre avait été assassiné, mais ses fils ont été rétablis : on a fait une belle cérémonie pour les introniser. Comment ils pouvaient régner et si cela pouvait durer, je n'en sais rien : notre affaire à nous, c'était de porter le Christ dans la ville. Don Diego a fait détruire les mihrabs, ce sont des sortes de niches vers lesquelles les mahométans se tournent quand ils font leurs prières, et on a remplacé au-dessus des minarets les croissants par des croix : ce fut notre premier travail après que nous avons eu pris nos quartiers.

— Et Arudj ? demanda Guido.

— Barbe-Rouge s'est sauvé par une galerie creusée dans le sous-sol. On aurait pu ne pas le rattraper, mais des bergers l'ont vu qui sortait par une grotte et ils l'ont dénoncé. Notre chef a envoyé un détachement, près de quarante cavaliers. Ils l'ont rejoint comme il passait un gué. Arudj a été décapité et sa tête enveloppée dans le manteau qu'il portait. Don Diego l'a fait exposer, je l'ai vue, comme tous les soldats. »

Son visage se détendit. Il rit presque franchement cette fois :

« Les cheveux et la barbe du Turc étaient roux en effet, d'où son surnom. Mais il y a à parier que ce n'était pas naturel : il devait utiliser la teinture dont les femmes font usage dans ces pays et qu'elles appellent henné.

— Tu veux dire qu'Arudj était un inverti ? » s'exclama Maria. Guido fut choqué que la veuve de Vespucci connaisse la chose et le mot, Ulisse ne sembla pas étonné, mais avant que sa mère puisse interroger plus avant, il continua sur un autre sujet :

« Au bout de quinze jours, la tête était lamentable. Les oiseaux l'avaient piquée de partout, la peau était trouée, les orbites vidées, et on voyait le crâne. Don Diego l'a fait retirer et il a donné l'ordre qu'on la rapporte en Espagne. On dit qu'elle va aller à un monastère de Cordoue.

— Toi, tu étais avec ceux qui ont tué le Rouge ? parvint à questionner Maria.

— Non, j'étais resté à Tlemcen. C'est à moi que Don Diego a confié l'honneur d'ériger la croix au-dessus de la grande mosquée », répondit Ulisse.

La veuve de Vespucci hocha la tête. Elle semblait satisfaite de la réponse. Elle se leva, s'approcha de son fils et, affectueusement, caressa son menton. Il portait une barbe peu fournie mais qui changeait son visage, glabre encore à son départ à l'armée :

« Tu es beau… Tu es un homme maintenant, il faut que tu te maries. Que tu fondes une famille. Tu sais, ta sœur… », commença-t-elle.

Ulisse l'interrompit. Il la repoussa d'un mouvement agacé :

« J'ai autre chose à faire qu'à m'embarrasser d'une femme », dit-il.

Maria recula, frustrée.

43

Mélancolie

MÊME LIEU, LA NUIT

Guido, Maria et son fils avaient fini par se séparer. En remontant le couloir qui menait de la « nouvelle maison », comme la señora Vespucci s'obstinait à l'appeler, vers le bâtiment plus ancien où elle avait préparé sa chambre, le marchand s'était tordu la jambe. Le sol était humide à cette période de l'année et, guidé par la trop faible lanterne que tenait Maria, il avait glissé. Il avait ressenti une vive douleur mais il s'était relevé, moquant sa maladresse et disant que ce n'était rien. À présent, au milieu de la nuit, dans son lit, cherchant en vain une position qui le soulage, il se repassait le récit du garçon. En quoi Ulisse avait-il tant brillé que le capitaine de l'expédition l'ait chargé de transformer en clocher le… comment avait-il nommé cela ? enfin… la tour de la mosquée de Tlemcen. Son pupille n'avait pu prouver aucun grade, il ne s'était vanté d'aucun fait particulier et il n'avait pas fait partie des hommes choisis par Don Diego pour traquer Barbe-Rouge. Probablement avait-il été un soldat terne et avait-il attendu que le temps passe, ce qui, d'ailleurs, était de bonne prudence.

La douleur ne cessait de l'élancer et il se demanda s'il parviendrait à marcher le lendemain matin. Comme le temps passait, il oublia Ulisse. Mais dans l'obscurité, les pensées qui lui vinrent ne furent pas agréables.

L'année qui précédait avait été douloureuse. Un peu avant Noël, Lisandra avait accouché d'un garçon ainsi qu'elle l'avait espéré. Guido en avait conçu une immense fierté : il appellerait l'enfant Filippo comme son père et lui donnerait pour second prénom Damiano en l'honneur de son ancien ami. Sauf que le nouveau-né était bleu quand on l'avait retiré du ventre de sa mère. L'acharnement de la sage-femme avait permis qu'il respire, mais il était si faible qu'il n'arrivait pas à téter et que, au lieu de prendre du poids, il semblait chaque jour encore plus minuscule. Puis, une nuit, alors que Lisandra le prenait pour tâcher de le nourrir, elle l'avait trouvé mort.

Ç'avait été un moment terrible. Les cris de sa femme avaient ameuté la maison endormie. Les fillettes, les domestiques, Guido, tous avaient accouru et personne ne savait que faire. La mère sanglotait à s'en étouffer, effondrée sur le sol et serrant dans ses bras son fils mort. Sofonisba, Maria Ameriga et la toute petite Bona Lisa, que personne d'abord ne pensa à éloigner, se serraient dans un coin et tremblaient de terreur. Piedad aurait pu être utile : elle était éperdue comme la jeune femme. Et Guido, terrassé, n'osait user d'autorité pour ramener son épouse à la raison.

Silvana, seule, avait su réagir. La jeune fille était rentrée de Cazalla avec les Liuciardi : la maison où ceux-ci vivaient avait appartenu à son père, ils avaient conservé l'hôtel de Colón, et elle se sentait là chez elle davantage qu'à la campagne. Muette, elle s'était approchée de Lisandra. Elle n'avait pas regardé le cadavre, n'avait pas tâché de l'ôter à la mère, mais elle s'était accroupie à côté de celle-ci et elle avait commencé à la toucher, la berçant comme Lisandra avait bercé le nourrisson et promenant ses lèvres sur ses cheveux, sur son front et sur ses joues. Puis, elle qui d'ordinaire parlait peu, elle avait chuchoté à son oreille, longuement et très bas. Piedad avait eu enfin l'esprit de faire sortir les petites et les autres domestiques s'étaient retirés avec elle. Guido, lui, était demeuré. Il n'entendait pas ce que Silvana disait et peut-être d'ailleurs les mots n'avaient-ils pas de sens : c'était une voix, d'abord, une voix qui calmait. À la fin, Silvana s'était placée devant Lisandra. Très doucement, elle avait tendu les mains. Lisandra s'était crispée puis elle avait donné l'enfant. La jeune fille l'avait soulevé et posé dans ce qui avait été son berceau. Elle avait aidé Lisandra à se relever et les deux femmes, ensemble, avaient commencé à déplacer le meuble. D'un mouvement de sourcils, la fille d'Amerigo avait indiqué à Guido d'ouvrir la porte. Poussant le lit ou le soulevant, les femmes avaient descendu l'escalier, traversé la cour, et transporté le mort de l'appartement où les Liuciardi habitaient à la pièce, dans l'autre maison, où Silvana vivait. Lisandra était entrée avec la jeune fille, Guido, qui les avait suivies, était demeuré sur le palier.

La señorita Vespucci, avant de refermer la porte, avait dit qu'il fallait que Piedad porte de l'eau et les plus beaux vêtements du bébé.

*

Ce qui s'était passé derrière la porte, il ne le savait pas. Il avait demandé l'eau, qui était arrivée. Une bassine. Des serviettes, des langes – Silvana avait pris le tout et refermé la porte. Seul dans le couloir, Guido avait attendu. Il s'était mis à pleurer. Les sons qu'il entendait à travers le battant évoquaient des choses qui le faisaient frissonner. Aurait-il dû toquer, demander à entrer ? Il était le père, il en avait le droit, peut-être le devoir. Mais cette mort d'enfant, comme un accouchement, lui semblait une affaire de femmes.

À la fin, Silvana avait ouvert la porte et l'avait fait entrer. Lisandra se tenait derrière le berceau et elle paraissait plus paisible. Guido s'était approché. Le mort reposait les yeux fermés, le drap était une jonchée de fleurs que les femmes avaient confectionnées en papier. De l'enfant émergeaient seuls le visage, lèvres vermillon, joues rosées (Guido comprit qu'on avait peint la chair), et les mains croisées l'une sur l'autre, ses minuscules doigts serrant un chapelet qui appartenait à Lisandra.

« Il est beau, n'est-ce pas ? » avait murmuré la mère.

Les funérailles, aussi, avaient été terribles. L'enfant n'étant pas baptisé, il avait fallu faire intervenir Fonseca et consentir à l'Église un don déraisonnable pour qu'il soit enseveli dans une terre sainte. Encore n'avait-on pas dit de messe, rien qu'une bénédiction à la fin d'une journée, pour ainsi dire en cachette. Silvana n'avait pas été admise :

« Elle est étrange, votre pupille. Qui sait ? Peut-être est-ce à cause d'elle que l'enfant n'a pas vécu ? » avait suggéré l'officiant.

Le soir, quand le couple s'était couché, Guido avait vu que la Madone accrochée près de leur lit en Italie, et qu'ils avaient redisposée à Séville, avait été retirée. À la place se trouvait un masque : le visage de l'enfant qui avait été brièvement Filippo Damiano. Lisandra expliqua que Silvana avait pris un moulage : « Elle s'est servie de la terre avec laquelle elle fait ses personnages. Après, elle l'a refait en cire. Elle l'a colorié et elle a mis les cheveux avec lesquels il est né… »

Guido avait fait à sa femme le signe de se taire. C'étaient les premières vraies phrases que Lisandra prononçait depuis la mort du petit : il ne pouvait les supporter. Il avait détourné son visage pour ne plus voir le masque.

*

Guido, durant cette nuit à Cazalla, se dit que, quand sa femme avait parlé, quelque chose en lui s'était rompu. Dans les mois qui avaient suivi, Lisandra avait passé du temps avec Silvana. Après le départ de la jeune femme, elle s'était établie dans sa pièce. Elle y lisait, cousait, et petit à petit les filles étaient venues près d'elle s'asseoir et bavarder : la vie avait repris ou elle avait semblé reprendre.

Mais Guido, lui, n'était plus le même. Sa jeunesse avait péri, il n'était plus ni léger ni gai. Pour ne pas revivre le même désastre, il s'était juré qu'aucun enfant ne naîtrait désormais de lui. Donc il n'approchait plus Lisandra. Au lit, il n'avait pas de mérite à se contenir : le masque glaçait ses ardeurs. Mais dans le cabinet où il travaillait, il contemplait de plus en plus souvent le tableau qu'il avait acheté jadis à Semiramide. Dans l'image des amants nus, il se voyait lui-même, jeune, près de la femme aimée. Et dans les traits de celle-ci, il croyait voir Doucine plutôt que Lisandra. Aussi enveloppa-t-il un jour le tableau dans un tissu et le rangea-t-il dans le coffre où il plaçait ses archives : il ne le regarderait plus. La maison, ce jour-là, lui parut terriblement vide. Il réalisa que, hors le valet qui dormait dans une soupente, il était le seul homme dans un foyer de femmes. Ulisse ne lui manquait pas, Joaquín davantage. Le commis, d'une certaine manière, était l'héritier qu'il n'avait pas et qu'il n'aurait jamais. Mais le garçon, désormais, était loin : installé à Londres avec Silvana.

44

Nouvel enfant

LONDRES, MAISON SUR LE PONT, JANVIER 1519

À Londres au début de l'année 1519, Silvana, à qui on s'adressait dans ce pays sous le nom de Lady Cosa, découvrit qu'elle était enceinte. Ne plus avoir ses règles la soulagea : elle détestait les linges qu'il fallait fixer à une ceinture à chaque menstruation, elle haïssait de ne pouvoir sortir, incapable de faire cesser le flux qui coulait sur ses jambes. Le sang qui sortait d'elle au début de son cycle était fluide et vermillon et il était si abondant qu'elle avait chaque fois l'impression que sa vie la quittait. Puis l'écoulement faiblissait et il dégénérait. Il devenait visqueux, se chargeait de déchets : des caillots ressemblant à des crachats. La première fois qu'elle avait saigné – c'était il y a longtemps, à Cazalla dans la maison de sa mère –, elle avait crié qu'elle voulait mourir. Deux journées durant elle ne s'était pas levée, n'avait pas voulu qu'on retire sa chemise, ses draps, n'avait pas mangé, pas bu, et elle s'était laissé aller à uriner dans son lit plutôt que de se montrer ou de se voir elle-même avec son vêtement souillé. C'est Piedad qui, à la fin, l'avait convaincue de se lever et qui, doucement, avait lavé son corps, l'avait purifié avec de l'eau tiède et un savon qui l'avait imprégné d'une senteur d'olive. Même encore, aujourd'hui qu'elle était femme et habituée au retour de son sang, elle s'abstenait d'aller à la selle pendant le temps qu'il coulait et évitait de pisser. Elle retardait le moment de se changer et quand elle y procédait, elle résolvait d'en voir le moins possible. Mais, à un moment ou un autre, elle dirigeait ses yeux vers le linge souillé : le lin qu'elle glissait entre ses cuisses et qui de mois en mois devenait plus grisâtre (on ne renouvelait les tissus qu'une fois dans l'année) formait une masse compacte dont la forme moulait celle de ses parties intimes et dont la couleur brune rappelait les excréments. Un fort effluve montait quand elle maniait les bandes : odeur de fer rouillé qui la révulsait et qu'elle humait cependant pour tâcher de la sentir, durant ces jours, à travers ses vêtements.

Quand Silvana annonça, à table, qu'elle n'avait plus de menstrues, Joaquín cessa de manger et il la regarda en lui demandant si elle voulait dire qu'elle portait un enfant et si elle en était sûre. Elle fut déconcertée par l'expression qu'il avait employée. Elle était enceinte, certainement. Cela voulait dire que son ventre allait grossir, qu'un enfant sortirait d'elle et qu'elle serait sa mère. Elle savait ces choses-là, et ne pas saigner plusieurs fois de suite alors que Jane, la servante, avait préparé pour elle les linges, voulait dire qu'elle était devenue féconde : c'est ce qu'elle répondit. Mais pourquoi Joaquín avait-il dit qu'elle portait un enfant ? Il n'y avait pas d'enfant et ses mains étaient occupées à tenir la fourchette et le pain, pour l'instant…

Joaquín rit de plaisir, il posa sa propre fourchette, recula le siège à dossier qu'il se réservait dans la salle du dîner et il fit le tour de la table pour la serrer dans ses bras : elle acceptait désormais qu'il la touche en diverses circonstances.

« Quand je dis que tu portes un enfant, cela signifie qu'il y a un petit être à l'intérieur de toi, et cet être qui va croître sera notre fils ; ou peut-être notre fille – ce sera très bien aussi si c'est une petite fille. »

Il lui demanda depuis combien de temps elle n'avait pas saigné et, comme Silvana répondit n'avoir usé de ses bandes qu'une fois depuis qu'ils étaient établis à Londres, il la regarda, stupéfait, et, calculant sur ses doigts, il compta qu'elle pouvait être enceinte de cinq mois.

« Mais tu n'as pas grossi ! Enfin… Je ne sais pas voir… Je veux dire, ton ventre n'est pas plus gros, et même tes seins… »

Il se tut brutalement, gêné par la présence de Jane qui demeurait dans la pièce pour faire le service. Mais la servante ne parlait que l'anglais, et Joaquín et Silvana s'exprimaient entre eux en espagnol.

« As-tu vu une matrone ? En as-tu parlé à quelqu'un en dehors de moi ? Il faut qu'on t'examine… Puis les femmes enceintes ont des nausées, elles sont fatiguées : tu ne t'es plainte de rien. »

Silvana haussa les épaules : elle n'était pas malade et n'avait besoin de personne.

« C'est Jane qui m'a dit de te dire. Je me débrouille avec elle et nous parvenons bien à nous comprendre. Elle m'a montré les bandes, ce matin, elle secouait la tête. Elle est drôle : elle en a pris une et elle l'a étendue sur la table où je fais mes figurines puis elle a roulé de la terre pour fabriquer une boule et l'a mise sur le ventre de la Vierge que j'ai finie hier. Ensuite elle a montré saint Joseph. Et elle a dit – Silvana rit en essayant d'imiter la servante – “Say it to the señor Jooquin”. Tu sais comme elle prononce ton nom, avec cette manière impossible d'ici… »

Joaquín regarda Jane. La jeune domestique hocha la tête.

« Tu ne m'aurais rien dit sinon ? Jusqu'à quand ? » demanda-t-il. Puis de lui-même il s'interrompit. Il était inepte de demander à Silvana d'avoir quelque conception du temps que ce soit. Elle lui en aurait parlé un jour prochain, sans doute. Ou il s'en serait aperçu.

« Tu es heureuse d'attendre cet enfant ? reprit-il. Je veux dire : tu vas avoir un enfant, tu vas être mère, comme tu l'as dit. Te réjouis-tu de cela ?

— Je suis heureuse si tu es content. Car tu l'es, n'est-ce pas ? »

Joaquín acquiesça :

« Mais toi, qu'est-ce que cela te fait ? » insista-t-il.

Silvana sembla chercher ses mots. Elle explora sérieusement ses sentiments avant de répondre. Son visage rond se crispa dans l'effort : elle fronça les sourcils de la même façon que la señora Vespucci quand elle était soucieuse.

« Il me semble que oui. Dans l'endroit où je suis allée en Irlande, avec les autres femmes, il y avait une mère qui allaitait encore. Elle avait laissé son enfant et ses seins étaient énormes. Elle a fait gicler le lait. J'ai demandé à en prendre et elle m'a laissé faire : c'était tiède et sucré. Ensuite, j'ai revu la femme quand elle donnait la tétée. Je crois que j'aimerai tenir mon enfant à moi, avoir du lait dans mes seins, enfoncer le tétin dans la bouche du bébé et ensuite, comme faisait l'Irlandaise, essuyer du doigt et goûter ou donner à goûter. »

La réponse était longue. Plus que Silvana n'avait coutume de dire. Elle n'était pas forcément conforme à ce qu'attendait Joaquín mais, somme toute, il fut rassuré. Silvana était enceinte, elle n'était pas malheureuse, et à sa manière elle mesurait les conséquences de son état… Il n'eut pas le temps de réfléchir plus loin car sa femme, d'elle-même, reprit la parole :

« J'ai pensé que peut-être la vie qui est en moi est celle de Filippo. Tu sais ? Le fils du señor Liuciardi, qui est mort à Séville quand tu es allé à Anvers. Avec sa mère, j'ai rendu le petit très beau entre le moment où il a cessé de respirer et celui où on l'a enterré. Peut-être le bon Dieu m'en a su gré et il l'a fait renaître à l'intérieur de mon ventre ? Alors il faudrait l'appeler Filippo lui aussi. Ça me ferait plaisir qu'après ce que j'ai fait, le premier Filippo revienne à la vie en moi. »

Joaquín ne répliqua rien. Il savait que beaucoup de femmes, et des hommes aussi, croyaient qu'un enfant mort pouvait ressusciter dans le corps d'un puîné, et puisque Silvana était proche de Lisandra, il n'était pas absolument impossible que Dieu ait fait germer de nouveau dans sa femme l'âme du petit garçon. L'idée lui déplut aussitôt : il était le seul père de l'être qui naîtrait, et il se sentirait moins père si la vie de cet être avait d'abord poussé dans le ventre de l'épouse de Guido. Décidément, il serait aussi bien que l'enfant fût une fille.

*

Ce soir-là, le marchand fit un rêve. De fait, il lui arrivait fréquemment de rêver. À l'instant où il ouvrait les yeux le matin, il se souvenait ou croyait se souvenir des images qu'il avait formées puis, en un clin d'œil, il les oubliait complètement. Mais ces nuits où il se rappelait avoir rêvé étaient celles où il se levait le plus en forme : songer contribuait à le défatiguer.

Or, après ce jour où il apprit qu'il allait être père, les fantômes qui le visitèrent ne disparurent pas comme les autres fois. La tête sur l'oreiller, il récapitula, tâchant de mettre des mots sur ce qui demeurait en lui pour que, cette fois, tout ne se perde pas.

Il s'était trouvé, en dormant, sur l'île américaine où il avait vécu avec Juan. La végétation était celle des forêts de là-bas : les arbres, dont les racines poussaient à l'air libre, semblaient portés sur des jambes et des lianes se tordaient à l'instar de monstrueux serpents. Il n'y avait pas d'animaux et pas de bruit : pourtant tout le temps qu'il avait été sur l'île, le feulement des singes qu'on entendait dans la jungle l'avait troublé jusque dans son ventre.

Dans le rêve, il était avec son père. Les paupières closes de Joaquín revoyaient le vert de la végétation et en même temps (c'est le propre des rêves, pensa-t-il) il se souvenait qu'il était dans une maison : une cabane en planches. Le « lui » qu'il était dans le songe avait son apparence d'à présent : il était adulte devant Juan, qu'il avait quitté encore presque enfant. Son père ouvrait les bras pour lui montrer quelque chose ou plutôt pour le démontrer. Ses mains esquissaient des mesures et ces mesures étaient les proportions de son corps et celles de son fils. Il s'offensait de ce que lui-même était petit (assis sur son fauteuil de branches, il ressemblait à un nain) et que

Joaquín était grand. Il indiquait ses cheveux qui étaient ternes et rares, et il désignait la crinière de Joaquín. Le jeune homme, dans son songe, ne distinguait pas les paroles, mais il savait que Juan évoquait les différences qu'il y avait entre eux : un père et un fils, tellement dissemblables… Puis Juan indiquait qu'il fallait qu'il parte. Il le chassait, en somme. Il portait sur la tête le drôle de chapeau qu'il affectionnait tant, et dont la pointe ployait et tombait vers l'avant. Joaquín était fasciné par le mouvement de cette pointe : elle heurtait le front de Juan quand celui-ci hochait la tête ou faisait quelque geste. Puis d'un coup (il semblait pourtant à Joaquín qu'ils n'avaient pas bougé), c'était Juan qui était debout et lui qui se trouvait dans le fauteuil. Son père se détournait, il présentait son dos et filait comme un voleur. Il portait un paquet : un paquet qu'il ne montrait pas à son fils mais que celui-ci voyait et qu'il considérait avec horreur. Un enfant, un nourrisson. Un petit garçon à deux têtes : une de ces monstruosités dont il avait vu un jour une image dans un livre que Silvana avait sur sa table à Séville. Que l'enfant ait deux têtes était affreusement effrayant. Mais une des têtes était celle de Juan avec ses cheveux ternes, et l'autre ressemblait à Guido, sauf que sa peau sèche couvrait un crâne de mort. La vision de ce visage était pire que le constat que l'enfant était un monstre.

Joaquín rouvrit les yeux, glacé. Il avait eu bien tort de vouloir retenir son rêve. La chambre était obscure, ce qui ne signifiait rien en ce mois de janvier. Mais l'on n'entendait pas, dehors, les bruits d'une ville qui se réveille. Il était donc probable qu'on était loin du matin. Il sut, pourtant, qu'il ne retrouverait pas le sommeil.

Il se retourna dans le lit. Silvana, près de son flanc, dormait, chaude et douce. Il s'abstint de la toucher et même, il s'écarta un peu.

45

Les ivoires

LONDRES, SUITE

La chambre où Joaquín passait cette nuit inconfortable se trouvait dans une haute maison qui paraissait au marchand dangereusement instable. Elle se dressait au commencement de l'unique pont de Londres, près de la rive sud et, orientée vers l'ouest, elle dominait le fleuve qu'on appelait la Thames. C'était une demeure en briques et en plâtre, tenue par une charpente qui datait de beaucoup d'années, plus étroite à la base que dans sa partie supérieure. L'appartement était au troisième étage, la bonne, Jane, avait sa chambre au-dessus, dans le toit. Les fenêtres donnaient vers l'amont, sur la partie du fleuve à laquelle les gros bateaux ne pouvaient accéder. Quand on sortait de la maison en revanche, on voyait de l'autre côté les énormes navires arriver ou partir au fil des marées qui faisaient grossir l'eau. Tout le jour, des navettes circulaient. À chaque heure, les portefaix ou des hommes conduisant des charrettes convoyaient tonneaux et ballots à travers les rues proches, ce qui rendait la circulation à peu près impossible. Silvana aimait contempler ce spectacle : sauf le ciel lumineux, la Thames lui rappelait le Guadalquivir et elle avait troqué sans difficulté un fleuve pour un autre.

L'immeuble appartenait à six marchands du Sud que lord Desmond avait présentés à Guido quand la *Vespuccia* était arrivée à Londres. Ces marchands tentaient de faire leur place dans un commerce dont les Flamands avaient gardé jusque-là le monopole, et ils prêtaient gratis les logis, les bureaux, et les réserves qui se trouvaient en bas du bâtiment, à ceux qui, portugais, espagnols ou italiens, entendaient s'établir à Londres. Alonso Camareña était l'un de ceux-ci : il était à peine plus âgé que Joaquín, valencien, d'une famille d'entrepreneurs. Il habitait au-dessous de Guido, était à Londres depuis quinze mois et il devait à présent (les marchands le lui avaient signifié) choisir entre repartir ou s'installer dans une demeure et des bureaux à lui. Il avait opté pour la seconde solution : il était fiancé à la fille d'un notaire londonien et celle-ci apportait en dot une somme suffisante, outre ses biens à lui, pour ouvrir un comptoir.

Camareña, après quinze mois, maîtrisait parfaitement l'anglais. Il se montra amical avec Joaquín et, la sympathie mutuelle confortée par un intérêt bien compris, les Espagnols devinrent rapidement proches. Alonso n'amena pas Joaquín dans le monde, il ne lui présenta pas la famille de celle qui serait son épouse et lui-même fut peu reçu dans l'appartement du troisième. Mais il fit parcourir la ville à Cosa en lui en expliquant les secrets, il lui exposa l'état du commerce (il fallait que le nouveau venu soit conscient qu'il aurait des ennemis parmi les gens des Pays-Bas) et il l'avertit :

« Tu ne pourras commercer, ici, avec seulement l'espagnol. »

*

L'avis du Valencien était inutile. Sur le bateau, entre l'Irlande et Londres, Joaquín s'était rendu presque malade de ne pouvoir parler avec le seigneur de Kinsale. Car lord Desmond s'était embarqué sur la *Vespuccia* après qu'on avait remis le bateau en état. Pour qu'il soit à son aise, l'Espagnol lui avait donné la pièce que Silvana et lui avaient occupée dans la première partie du trajet. Le dérangement le gênait médiocrement : le temps était au beau fixe, le vent soufflait dans le sens qu'il fallait, le voyage serait bref. Puis, des matelots étant partis servir sur les bateaux qui continuaient jusqu'en Flandre, on isola dans le dortoir un espace avec des rideaux. L'Espagnol racheta au fermier qui les avait logés le lit où sa femme et lui avaient consommé leur mariage, et le couple y dormit les deux nuits que dura la traversée, invisible mais entouré de ronflements et du grincement des hamacs où l'équipage dormait. Silvana trouva drôle cette circonstance et ils firent l'amour dans le bateau comme ils l'avaient fait sur l'île. Puisque la jeune femme avait saigné une fois après leur arrivée à Londres, Joaquín réfléchit que ce n'était pas là, cependant, qu'ils avaient conçu leur enfant.

Lord Desmond avait un projet qu'il avait décrit à Joaquín lorsqu'ils étaient en Irlande par l'entremise du seigneur flamand après qu'on se fut entendu sur la somme que valait la cargaison. La reine Catherine se trouvait, « pour la septième fois » avait-il précisé en souriant, « dans une intéressante position ». On allait faire passer la cargaison de la *Vespuccia* pour un présent qui augurerait de la venue si attendue d'un mâle. Comme Joaquín se montrait surpris qu'après six grossesses la reine n'ait pas de fils, le Flamand avait ironisé que peut-être la semence d'Henry se trouvait un peu faible : sur les six naissances précédentes, cinq enfants étaient morts et seule une grêle fillette avait réussi à survivre. Puis il avait continué sur un mode sérieux :

« Le roi hésite à choisir l'alliance de la France ou celle de l'Espagne. Catherine a de l'influence, son avis pourrait faire pencher la balance. Votre Charles appréciera que vous ayez, à votre manière, rapproché les royaumes. »

« Votre Charles » : Desmond donnait à Carlos son nom anglais et, quand il le prononçait, il semblait à Joaquín que le lord éternuait : Tccchhaaarles. Joaquín doutait que le roi d'Espagne se soucie de ce qui était advenu du chargement de la *Vespuccia*, mais sait-on jamais… Guido ne cessait de répéter que le destin du monde tenait à de toutes petites choses.

Le marchand, alors, se fit de nouveau du souci : ce que la *Vespuccia* transportait ne convenait pas, quoi qu'en dise Desmond, pour un cadeau royal. Il y avait du bon vin, mais tant d'*aguacates* que la reine ne saurait qu'en faire. On avait sauvé les oranges, mais le bateau était plein de citronniers en pots parce que Liuciardi avait entendu que, à Bruxelles, on pourrait les tenir dans des pièces spéciales. Or les arbres mourraient, dans la froide Angleterre, si on les conservait dehors. Ces inadéquations concernaient tout le reste de la cargaison.

Le lord, cependant, savait ce qu'il faisait. Sur la *Vespuccia*, en l'absence de traducteur, il tâcha de nouveau d'exposer ses intentions. Il parla lentement, utilisa des gestes, répéta ce qu'il disait. Mais comme l'Espagnol ne comprenait rien, il renonça finalement. L'impossibilité d'échanger pesait surtout durant les repas, que Joaquín, profitant du beau temps, faisait servir sur le pont à l'abri d'une tente. On mâchait longuement, échangeant des sourires et des politesses chacun dans son langage. La consolation du marchand était que Desmond ne pouvait s'étonner des propos que tenait Silvana.

La jeune femme et l'Anglais, au demeurant, semblaient bien s'accorder. Sur le bateau, ce dernier avait exigé qu'on laisse à portée une des caisses. C'était, Joaquín en fut surpris, celle qui contenait les ivoires africains. Guido les avait ajoutés parce qu'il ne savait les vendre en Espagne. À Kinsale, Desmond en avait eu entre les mains : l'homme qui le servait les avait remarqués et avait demandé à lui en montrer quelques-uns. Quand il voulut les voir durant la traversée, Silvana se montra curieuse.

Le matériau était beau, très blanc et qui devait venir de forts éléphants tant les pièces, pour deux d'entre elles au moins, étaient considérables. Les défenses, creusées, pouvaient servir de cors. Mais les figures sculptées étaient vraiment ineptes. Des lièvres et des singes couraient après des hommes alors que c'eût dû être l'inverse, et les animaux étaient aussi grands que les figures humaines. Outre ces cornes, dont Guido, d'ailleurs, avait dit qu'il s'agissait de dents, d'autres objets que Joaquín n'avait pas examinés étaient aussi d'ivoire, et également chargés de motifs stupides quoique habilement exécutés.

Or le lord contemplait tout cela avec sérieux et prononçait des mots qui semblaient appréciateurs. Puis, Joaquín en fut agacé, sans demander son autorisation à lui qui était le mari, il offrit à Silvana une des pièces, une sphère évidée fermée par un couvercle. La boîte pourrait servir de contenant à fards : le seigneur imita, pour l'expliquer, le geste d'une femme qui pose de la couleur sur ses joues, ce qui fit éclater de rire Silvana.

Comme la sphère n'avait pas d'équilibre, comme elle roulait sur la table où on la posait, à cause du tangage du bateau, la jeune femme alla chercher les joncs qu'elle avait tenus à rapporter de Kinsale. Les tiges étaient encore souples, mais elle les mit quand même à tremper pour qu'elles se plient mieux à ce qu'elle voulait faire. Elle prit les plus fines et, comme elle l'avait fait quand elle travaillait avec les Irlandaises, elle se mit à les tordre. Ses doigts tressèrent trois brins autour d'un quatrième qui était plus solide, montant une spirale qui rétrécissait puis s'évasait de nouveau. Les cercles, ou plutôt les coupelles ainsi tressées, avaient dans le haut et le bas même diamètre, de sorte que l'ensemble était stable et qu'on pouvait le poser dans un sens ou un autre pour y placer la sphère : il fallait simplement attendre que les lanières, en séchant, aient repris leur solidité naturelle.

Desmond s'amusait à regarder : il n'avait rien à faire pendant cette traversée. Si coutumier qu'il fût de la vannerie qu'on pratiquait dans l'île, il n'avait jamais vu fabriquer chose semblable. Il complimenta Silvana de quelques mots insulaires qu'elle sembla entendre. Alors, par goût ou pour lui faire plaisir, elle reprit les osiers et tressa devant lui, très vite, une feuille à trois lobes : une sorte d'oseille qu'on appelle *seamrog* et que les Irlandais regardent comme leur symbole. Le trèfle était sommaire, mais ses feuilles dessinaient des cœurs. Le seigneur le prit, baisa les mains de Silvana qui se raidit un peu, puis il sembla réfléchir et donna un ordre à son valet. Celui-ci s'en alla et revint avec une défense qui se trouvait dans la caisse. Le lord hésitait : comment pouvait-il expliquer l'idée qui lui était venue ? Il prit l'objet, s'accroupit, le posa sur le plancher du bateau et, en le tenant d'une main, il le fit balancer pour montrer qu'il ne tenait pas seul. L'épouse de Joaquín sourit, elle avait compris. Elle saisit la défense (elle pesait davantage qu'elle n'aurait pensé) et, mordillant sa lèvre, réfléchit visiblement. Puis elle se leva et partit plus loin avec l'ivoire.

Elle travailla jusqu'au coucher de soleil. Même, elle refusa de se rendre au souper. Le soir, elle ne montra rien. Mais, le lendemain au très petit matin, elle se présenta enchantée sous la tente où son mari et Desmond se trouvaient déjà. Elle tenait dans ses mains la corne, avec une drôle de forme qui dépassait au-dessous. C'était, en osier donc, un rectangle assez long – la taille de la défense – avec deux tiges qui partaient et soutenaient deux cercles dans lesquels la sculpture était maintenant sertie. Le rectangle reprenait avec légèreté les motifs fantaisistes que les Noirs avaient imaginés. Desmond voulut prendre la défense, Silvana l'arrêta – le jonc manquait encore de rigidité, il fallait manier le tout avec des précautions. L'Anglais hocha la tête, il discourut en s'adressant alternativement à Joaquín et Silvana, qui de nouveau ne comprirent rien.

*

Lorsque la *Vespuccia* parvint à Londres, Desmond ne remit pas à la reine toute la cargaison. Le seigneur, qui avait signifié qu'il resterait à coucher sur le bateau, s'absenta le premier jour et ne précisa pas où il s'était rendu. Le matin qui suivit, des charrettes bâchées sans marques sur leurs flancs s'arrêtèrent sur le quai et des porteurs enlevèrent les produits qui étaient en trop grosse quantité : l'Anglais les avait vendus et avait engrangé pour lui un solide bénéfice.

Le vin et les citronniers furent emportés le troisième jour de bonne heure. Ils furent embarqués dans des bateaux qui portaient des fanions avec les armes royales. Desmond partit avec, il prononça deux fois un mot que Joaquín entendit comme « *griniche* » avant de s'en aller, et il revint le soir, cette fois par voie terrestre et d'excellente humeur.

Le quatrième jour, Desmond emmena Cosa dans la maison du pont. Il présenta le Sévillan à un inconnu qui était Camareña. Grâce au Valencien, l'Espagnol et l'Anglais purent enfin se comprendre. Desmond expliqua que la Cour passait l'été à « Greenwich » – Joaquín avait presque saisi le mot. C'était un château devant lequel la *Vespuccia* était passée quand elle avait remonté le fleuve, les embarcations marquées du drapeau royal y avaient porté les biens destinés à Catherine. Le roi et son épouse tenaient audience deux samedis par mois, Desmond serait admis à présenter les cadeaux le prochain de ces jours et il entendait que Joaquín et son épouse l'accompagnent pour cette occasion :

« Vous avez belle apparence, votre épouse est la petite fille d'un fameux soldat et l'héritière de cet Amerigo d'après qui est nommé le Nouveau Monde, expliqua-t-il, Camareña traduisant. À défaut de seigneurs de votre pays, vous représenterez Carlos et l'aristocratie d'Espagne. »

Joaquín, éberlué, se demanda comment Desmond avait appris sur Silvana ce qu'il croyait savoir. Comme sa contenance signifiait le refus, Desmond continua d'un ton sec :

« Ce n'est pas une invitation : c'est une exigence inévitable. Vous ne voulez pas être la cause d'une crise où tout le monde perdrait ? »

Camareña ajouta de son chef que c'était une chance pour un marchand d'être reçu par le roi. Même, il demanda à accompagner le Sévillan :

« Nous serons deux natifs, ainsi, dit-il à lord Desmond, pour offrir les cadeaux de l'Espagne. »

L'Anglais précisa que c'était lui et lui seul qui présenterait les cadeaux, mais il consentit que le marchand de Valence vienne aussi à l'audience. Il ajouta que certains présents ne seraient que montrés le premier samedi et qu'ils seraient donnés lors d'une seconde audience :

« Je ferai voir les défenses et les autres ivoires, ce samedi, mais je ne les remettrai qu'après les avoir fait monter d'or. »

Puis il dit en regardant Cosa :

« J'ai besoin pour cela de l'aide de votre femme. »

Joaquín, de nouveau, tomba des nues. Avant qu'il puisse interroger, l'Anglais continua, Camareña le relayant avec un peu de peine tant il parlait vite :

« Lord Desmond... dit que votre épouse a des doigts merveilleux. Elle a imaginé avec des joncs, si j'ai bien entendu, des montures pour une boîte et pour un autre objet qu'il lui a montré quand vous étiez sur la mer. Le lord dit qu'elle a travaillé mieux que l'aurait fait l'orfèvre de la Cour. Il suffit à présent de changer les brins qu'elle a utilisés pour des tiges en or. »

Camareña, à ce point, eut un scrupule :

« Car, je comprends qu'elle a usé, pour faire ce qu'elle a fait, de simples herbes d'Irlande. Est-ce cela ? »

Et, comme Joaquín hochait la tête, toujours perplexe, il reprit :

« Sa Seigneurie soutient que le transfert dans l'or pourra être fait sans peine. Il y a des artisans spécialistes, des Allemands semble-t-il, qui se sont installés ici il y a quelques années et qui savent, depuis un lingot, tirer des fils solides du diamètre des joncs. Mais il faut que Lady Cosa accepte d'agrémenter de la même manière, ou plus exactement comme elle l'entendra, tout ce qui est dans la caisse. »

Il s'interrompit de nouveau :

« La caisse qui contient de l'ivoire, c'est cela ? »

Joaquín, de nouveau, eut un signe d'assentiment.

« Lady Cosa travaille vite, dit Sa Seigneurie. Il l'a vue faire : il affirme que cela lui prendra relativement peu de temps.

Même sans la presser, elle devrait pouvoir achever l'ensemble, imagine-t-il, d'ici trois semaines ou quatre. Vous pourrez alors repartir en Espagne. Ou vers Anvers si vous le préférez. »

Camareña avait traduit tout ce que lord Desmond avait dit. Il se tut. Le seigneur, cependant, ajouta quelque chose en riant. Et le Valencien reprit :

« Sa Seigneurie remarque qu'au demeurant avec l'argent que vous avez reçu, vous pourriez aussi bien ne plus aller en Flandre. »

Après quoi il changea de voix et ajouta pour son propre compte :

« Si vraiment vous avez de l'argent, señor de la Cosa, je peux quant à moi vous aider à acheter des choses qui rempliront votre bateau… »

*

Ce fut donc à cause des ivoires que les Cosa demeurèrent en Angleterre ; c'est-à-dire qu'ils se fixèrent à Londres par hasard plus que par décision.

D'abord, ils se transférèrent dans le logement de la maison sur le fleuve, provisoirement croyaient-ils car Joaquín conservait le projet de se rendre à Anvers. Mais il lui répugnait de partir seul pour faire venir ensuite Silvana et il n'osait mécontenter l'Anglais en lui retirant la jeune femme. En outre, Desmond avait proposé une assez jolie somme pour la tâche qu'il voulait. Et Silvana était disposée à la faire. Le travail du jonc l'amusait et le voir réalisé ensuite dans de l'or l'excitait encore plus.

De proche en proche, le jeune homme se trouva bien dans la vieille demeure. Le samedi fixé, Camareña et lui accompagnèrent seuls le lord à l'audience royale. Silvana avait refusé de s'y rendre, lui-même ne tenait pas à sa présence, et Desmond n'avait pas insisté. La reine ne se montra pas, empêchée par sa grossesse. Le château de Greenwich était dit aussi le « palais de plaisance », mais le bâtiment était triste et Joaquín jugea le roi et sa réception sans façons par rapport à ce qu'il avait vu en Espagne. En revanche il apprécia l'accueil qu'Henry fit à ses produits : le vin eut l'heur de plaire, les *aguacates* étonnèrent – un noble qui se trouvait là reconnut les fruits et les nomma *avocados*, un autre, plus bas, dit qu'ils ressemblaient à des couilles – et les citronniers davantage – on n'avait pas encore vu ces arbres en Angleterre. Joaquín ayant expliqué que les plants exigeaient des soins outre de la chaleur, il lui fut demandé s'il pourrait faire venir de son pays un jardinier qui s'en occuperait.

Surtout, les ivoires triomphèrent au-delà du raisonnable. Un bassin dont Desmond inventa qu'il avait été fait pour qu'on y mette le sel reçut mille louanges. Joaquín, qui l'avait à peine regardé, découvrit qu'il était orné de soldats et qu'une caravelle en parait le couvercle. Comme le roi demandait d'où venaient ces choses étranges, il eut l'esprit d'inventer que l'homme pour qui il travaillait avait créé dans le royaume du Binin (il se souvenait à peu près du nom que Guido avait dit) une fabrique où les indigènes les sculptaient. Le roi plaisanta qu'il était drôle que des Nègres travaillent une matière si blanche, les nobles rirent, mais plusieurs demandèrent si l'Espagnol pouvait leur fournir d'autres pièces semblables. Joaquín remarqua que nombre de ces courtisans mâchaient du *tabaco*, et il se souvint que sa belle-mère cultivait cette plante, à Cazalla. Il y avait donc à faire avec la Cour de Londres : le marchand décida qu'il ne repartirait pas.

Dans l'été, Camareña et lui conclurent un accord. Le premier investit dans un bateau moins gros que la *Vespuccia*, le second acheta, par Desmond, des draps et du grain bon marché qu'on récupéra à Kinsale. Les deux navires prirent la mer sans Joaquín et ils arrivèrent à Séville à la fin de septembre, commandés par Camareña qui expliqua à Liuciardi que Joaquín s'était fixé à Londres. L'Italien, froissé que son commis se soit établi ailleurs qu'il l'avait commandé, s'avoua cependant content du bénéfice. Il accepta que durant une année les bateaux aillent et viennent entre l'Espagne et l'Angleterre et il promit de trouver d'autres objets d'ivoire. Camareña rentra à Londres avant l'hiver avec du tabac, des citronniers et le jardinier que le roi Henry avait mandé. Il fut fixé que le Sévillan conduirait les bateaux en Espagne au printemps suivant, le Valencien étant alors nouvellement marié. Joaquín ne répugnait pas à cette expédition : l'idée de sentir de nouveau sur sa peau un vrai soleil bien chaud le réjouissait. Mais maintenant, la grossesse de sa femme changeait la donne. Leur premier enfant allait naître, et l'esprit de Silvana ne fonctionnait pas comme celui des autres femmes. Il ne pouvait être au loin au moment où elle accoucherait. Or, si son épouse avait raison sur ses flux de sang, la délivrance interviendrait en mai.

Joaquín sortit du lit. Le carrelage était froid et, alors qu'il avait été si joyeux la veille, il se demanda pourquoi il ne pouvait avoir une femme qui fût normale.

46

L'esclave

ALGER, NOVEMBRE 1519

Juan de la Cosa, qu'on n'appelait plus en Afrique que Yahia, était soucieux. Depuis quatre ans qu'il vivait à Alger, la ville lui paraissait toujours belle avec ses maisons blanches dégringolant vers la mer, et le travail qu'il faisait dans l'atelier de Boabdil lui convenait, même s'il l'accomplissait avec moins d'excitation qu'au temps de la grande carte commandée par le reïs. Il s'était accoutumé à ce que les muezzins, de leur voix incroyablement forte, l'éveillent chaque jour avant l'aube en appelant les Maures à la prière. À Séville, la maison qu'il avait occupée se trouvait à côté d'une église et le tonnerre des cloches aux heures des messes l'avait plus dérangé que cette mélopée. Seulement, la situation de la cité devenait sérieusement précaire. L'année auparavant, une armée espagnole avait pris Tlemcen où commandait le Turc qu'on appelait Barbe-Rouge. Or, à Alger, le frère de Barbe-Rouge commandait. À la fin de l'été qui venait de finir, une flotte conduite par le vainqueur de Tlemcen était apparue devant la ville. Une tempête avait dispersé ses bateaux ou les avait fracassés contre les rochers – la mer, ainsi, avait fait l'essentiel du travail – et les quelques soldats qui avaient débarqué pour attaquer par terre s'étaient fait piéger. Les musulmans criaient à la victoire, mais les juifs qui conservaient des rapports avec des parents demeurés en Espagne affirmaient que, gouvernés par un jeune souverain, les chrétiens se vengeraient et qu'Alger serait prise, l'an prochain ou l'année qui suivrait.

Que se passerait-il alors, pour des hommes comme Juan ? Les conquérants ne pourraient passer tous les Algérois par le fil de l'épée mais ils chercheraient et arrêteraient les juifs qui avaient fui l'Espagne et rallié les villes d'où partaient les corsaires ottomans. Yahia ne pourrait pas, cette fois, prétendre qu'il était chrétien. La sanction serait rapide et certainement fatale.

On était le premier samedi de novembre. Il était tôt mais la ville était éveillée, rendue gaillarde par le repos pris le jour consacré à Allah. Yahia-Juan était peu couvert et la température était fraîche : de petits pics de chair hérissaient ses bras et ses jambes. Il aimait avoir ainsi un peu froid. Le climat d'Alger était agréable, les étés moins torrides qu'à Séville grâce à la mer immédiatement proche, et dépourvus de l'humidité des terres d'Ameriga.

Yahia, en marchant, oubliait ses soucis. Il fredonna en descendant les marches qui formaient la ruelle – la remontée serait plus rude. Depuis deux ans à présent, il chantait à la synagogue. C'est le rabbin qui l'avait persuadé : jamais, dans sa vie précédente, il n'aurait songé devenir cantor. En plus, il ne lisait pas l'hébreu et n'en comprenait pas toutes les paroles. N'empêche : il aimait la rigueur de ces chants qu'on nommait *bakachots* et il lui plaisait de prononcer des mots qu'il avait entendus dans sa petite enfance. Puis le groupe était chaleureux, les chanteurs et le rabbin formaient autour de lui une sorte de famille. L'un des hommes avait insisté pour qu'il apprenne le luth ; il se contentait de taper, quelquefois, sur un tambourin.

Si Yahia se trouvait dans la rue à cette heure matinale, ce n'était pas par zèle de se rendre à l'atelier. Il préférait travailler durant l'après-midi. Du moins était-ce le choix qu'il faisait en été. À présent que les jours devenaient brefs, il allait falloir profiter de la lumière sitôt qu'elle était là.

Yahia se rendait sur la place où on vendait les esclaves. Les Arabes appelaient ce marché *badistan* : c'était un lieu horrible et, la plupart du temps, il évitait d'y aller, tant il haïssait voir ces hommes, ces femmes et quelquefois ces enfants razziés, mis aux enchères comme les bêtes d'un troupeau. Lui-même n'avait pas d'esclave, le rabbin ne l'aurait pas permis. Il en aurait eu les moyens pourtant, même si Boabdil ne lui avait donné qu'une petite partie de l'argent qu'il avait promis. De toute manière, que ferait-il d'un esclave ? Le maître d'atelier avait voulu lui prêter une Négresse du Soudan, une région au sud du Sahara :

« Elle te servira, préparera tes repas, elle veillera à ton linge. Et tu la mettras dans ton lit », avait-il dit.

Comme Yahia avait assez sèchement refusé, le patron de l'atelier s'était esclaffé en proposant autre chose :

« Tu peux avoir un petit Nègre si tu préfères. Il y en a de très jolis à qui on écrase les couilles pour qu'ils ne forniquent pas. Après cela, ils deviennent gentils… Tu pourrais en faire ce que tu veux, si c'est ce que tu préfères. »

Le regard de Yahia s'était fait mauvais. Boabdil s'était tu, mais il avait continué à rire en feignant de ne pas en penser moins.

Juste là, donc, à l'inverse de ce qu'il avait coutume de faire, Yahia se dirigeait vers le foirail aux humains. La vente de cette semaine était exceptionnelle. Les premières journées, où étaient offerts les lots de qualité, avaient été réservées : la place était fermée et les dignitaires turcs puis les notables arabes, successivement, y avaient été seuls admis. À présent, c'était le tout-venant qui pouvait se fournir : les Arabes les moins fortunés et ceux des juifs qui supportaient l'esclavage.

Les captifs vendus étaient les rescapés de l'armada chrétienne : des hommes exclusivement, blancs, jeunes pour la plupart, solides, des soldats espagnols et une minorité d'Italiens. Dans des bateaux qui s'étaient échoués, on avait pu récupérer la chiourme avant qu'elle se noie : des musulmans, eux-mêmes esclaves et qui étaient enchaînés aux bancs de rame. Ils avaient été libérés, habillés, on leur avait donné un pécule après les avoir réintégrés dans la communauté lors d'une cérémonie. Du moins était-ce ce que Yahia avait entendu : il n'avait évidemment pas assisté à ce qui s'était passé dans la Grande Mosquée.

C'est curieux, se disait-il en continuant à frayer son chemin (la casbah était désormais remplie de gens et il devait se serrer contre les murs pour laisser passer les marchands ambulants). C'est curieux d'imaginer que ces galériens d'hier, avec leur nouvel argent, vont peut-être aller sur le marché acheter le contremaître qui, sur le bateau, leur a mené la vie dure : je ne voudrais pas être à la place de l'homme qui aurait ce sort…

Yahia avait visité plusieurs fois le badistan malgré la répugnance que l'endroit lui inspirait. Jamais il ne venait quand on vendait des Noirs, des chrétiens d'Italie ou de pays qu'il ne connaissait pas. Mais il ne pouvait pas s'empêcher d'aller voir quand il se répandait dans la ville que les esclaves étaient originaires d'Espagne. C'était moins la curiosité que, s'il était honnête avec lui-même, une certaine nostalgie qui l'amenait à vouloir contempler ces gens qui, peu de temps avant qui sait, vivaient encore à Séville et peut-être dans le quartier où il avait habité. Il se demandait ce qu'il ferait s'il reconnaissait quelqu'un parmi ceux qu'on vendait. Ce serait selon. S'il avait devant lui l'évêque Fonseca par exemple, il l'achèterait, quelque trésor et dettes que cela lui coûterait, pour le plaisir de le pendre… On avait droit de vie et de mort sur les esclaves. Mais il pourrait aussi retrouver quelqu'un qu'il aimait. En songeant à cela, l'image de son fils s'imposait à Yahia et il imaginait comment Joaquín et lui tomberaient dans les bras l'un de l'autre.

Mais cela n'arriverait jamais.

*

Yahia était maintenant presque dans la ville basse. Il longea le mur de la mosquée des Chèvres (on refaisait le toit de la coupole) et passa devant un bain que l'on y construisait : les Turcs lançaient des chantiers, c'était leur manière d'affirmer que leur domination durerait. Finalement il déboucha sur la place.

Elle était longue et rectangulaire. Une mosquée ruinée et des palais délabrés la bordaient ainsi que des maisons basses, le tout en pleine démolition parce que le *bey*, comme il fallait nommer celui qui gouvernait la ville, voulait y édifier sa nouvelle résidence. Les hommes qu'on vendait étaient assis sous des arbres ou serrés dans la galerie d'un palais : il fallait qu'ils ne souffrent pas trop si la chaleur montait. Ils étaient liés entre eux par groupes de huit ou dix, et on avait mis non loin des tonneaux, l'un où ils pouvaient boire, l'autre où ils pissaient. Comme il faisait frais pour l'instant, l'odeur n'était pas forte.

Peu de gens cheminaient entre les Espagnols enchaînés : des hommes, artisans principalement, et quelques femmes ensemble qui riaient fort sous leurs voiles en observant les esclaves. Yahia se fit la réflexion que le nombre des acheteurs s'accordait avec celui des vendus : deux ou trois cents soldats seulement, alors que près de quatre mille hommes avaient été capturés. Les prisonniers de marque, officiers, capitaines de navire, pilotes, et même les médecins, n'avaient pas été emmenés au badistan : les plus riches seraient échangés ou rachetés par leurs familles et rentreraient en Europe, d'autres se verraient proposer la liberté et une fonction sur les bateaux ou chez les janissaires à condition de changer de religion. La plupart des soldats avaient dû être achetés durant les premiers jours pour servir aux galères, sur les chantiers ou dans les champs, il restait donc aujourd'hui les recalés : les sans-argent, les fragiles, les idiots… des marchandises peu attractives.

Yahia se dirigea vers un groupe d'esclaves. Ils étaient en culotte et chemise, se tenaient en tailleur et ils baissaient la tête, fatigués ou honteux, de sorte que le juif n'avait aucune chance de reconnaître des traits, eût-il connu l'un d'eux. Quand il vivait en Espagne, il avait entendu que les musulmans forçaient les chrétiens à se déshabiller pour que les acquéreurs jugent de ce qu'ils achetaient, et aussi qu'on leur faisait ouvrir la bouche et montrer les dents comme on le fait aux chevaux. Mais à Alger, Yahia n'avait rien vu de tel. Les captifs, à leur arrivée, étaient enfermés quarante jours dans une forteresse pour vérifier qu'ils n'étaient pas malades. Pendant cette période, des médecins leur apportaient des soins et on dressait pour chacun une fiche avec un nom arabe nouveau qu'on leur attribuait, leur âge connu ou présumé, et des mentions sur leurs capacités. Ces indications, inscrites sur une planchette qu'on leur mettait au cou, renseignaient l'acheteur mieux qu'une exhibition.

Les hommes que Yahia regardait n'étaient donc pas malades et ils n'étaient pas non plus perclus car on se débarrassait des prisonniers invalides : leur entretien aurait coûté trop cher. Tous avaient cependant un défaut. La plupart étaient un peu âgés : l'attaque sur Alger se serait-elle bien passée, cette campagne aurait été leur dernière. Ils mourraient d'épuisement si on les contraignait longtemps à de durs travaux mais ils pouvaient servir comme domestiques ou être utiles à des artisans.

Par curiosité, Yahia s'approcha de deux hommes et souleva leur planchette (à force de résider en Afrique, il comprenait et lisait désormais l'arabe). Il était écrit pour tous deux qu'ils avaient cinquante ans et qu'ils étaient d'excellents jardiniers... Peut-être après tout ne fallait-il pas se fier aux indications que l'on marquait ? Le juif aurait pu interroger les prisonniers. Mais d'une part, il était interdit de s'adresser aux esclaves autrement que par l'intermédiaire des vendeurs, et d'autre part, Yahia faisait ce qu'il pouvait, désormais, pour faire oublier qu'il était espagnol. Aussi ne posa-t-il aucune question.

Il aurait pu ainsi traverser le badistan sans presque voir les visages et sans prononcer un mot. Il aurait regardé les hommes dont des acheteurs demandaient qu'ils se lèvent pour les marchander et il aurait lu des planchettes. Telle était en tout cas son intention. Mais alors qu'il se dirigeait vers la galerie où se tenait une part des prisonniers, il se figea en entendant appeler derrière lui :

« Señor Juan ! Señor de la Cosa ! »

Juan ? Cosa ? Cela faisait des années qu'on ne l'avait nommé ainsi.

« Señor ! Je suis Ulisse ! Ulisse Vesp… »

La voix se tut. Yahia-Juan se retourna d'un coup. Il n'était pas difficile de savoir qui l'avait appelé : sous un arbre, le responsable du groupe d'où était venu le cri invectivait un homme, sans doute allait-il le battre.

« Arrête ! » cria à son tour Yahia en arabe mais avec son accent prononcé, en se rapprochant du vendeur et de l'esclave. Il avait oublié, pour le coup, qu'un juif ne doit pas donner d'ordre à un musulman.

Mais l'Arabe se contenta de le regarder avec mépris :

« Ce chien sait qui tu es. Il t'a appelé dans sa langue ! » dit-il d'un air mauvais.

Yahia ne connaissait pas le captif qui l'avait appelé. Il était jeune et laid. Il s'était relevé sans pouvoir s'approcher (le lien l'en empêchait) et il tendait vers lui un visage qui le regardait d'un seul œil, l'autre étant blanc et tiré vers le haut par une cicatrice récente. Il avait le crâne rasé et les joues brunes de poils, il était maigre.

« Vous êtes Juan, de Séville. Je suis le fils d'Amerigo et Maria Concepción… », dit l'homme en sévillan.

Le marchand le frappa sur la bouche. Un rude coup qui le fit se rasseoir. Il porta la main à sa lèvre, le sang coulait sur son menton.

L'Arabe regarda Yahia d'un air interrogateur. Il avait changé d'expression cependant :

« Il n'a pas le droit de te parler. Tu n'as pas le droit de lui parler ; pas tant que tu ne l'as pas acheté. Si tu le veux, il faut payer. »

Il commit, de la main, un petit geste signifiant de l'argent.

Yahia fit un immense effort sur lui. Il toisa le borgne, dont l'œil malade tordait le visage, puis il rendit au marchand son regard et il fit non de la tête.

« J'ignore qui est cet homme », prononça-t-il en arabe.

Il tourna le dos alors et, aussi vite qu'il put, il quitta le marché.

L'infirme cria et il fut frappé de nouveau. Il se mit à pleurer : de gros sanglots, presque ceux d'un enfant, mais que Yahia n'entendit pas.

*

Le cœur du juif battait fort, trop fort. Quand il eut rejoint les ruelles, il se sentit si mal qu'il éprouva le besoin de s'arrêter. Il y avait une échoppe où l'on servait à boire : il entra et s'assit, incapable de rien commander.

Le fait est qu'il avait été pris de panique. Il était venu en jouant avec l'idée de découvrir une personne de sa connaissance mais sans croire que cela arriverait, et voilà que la réalité était là : le passé – peut-être – bondissait à sa figure.

En Andalousie, Yahia avait fréquenté un petit garçon vif et blond qui se nommait Ulisse. Un homme, aujourd'hui, l'avait appelé Juan. Un homme dont les traits abîmés et la silhouette maigre n'avaient rien à voir avec l'enfant dont il se souvenait. Mais cela faisait dix ans que Yahia avait quitté l'Espagne et il était possible en effet que le fils de Vespucci fût devenu l'individu qu'il avait vu.

Comment cependant celui-ci l'avait-il reconnu ? Pour Yahia aussi les années avaient passé, elles avaient été dures et sûrement elles l'avaient changé. Il arborait ce jour-là une tunique ouverte sur une large culotte et, quoiqu'il eût aimé s'en dispenser, il avait sur la tête, non pas le vieux chapeau qui avait fini par se perdre chez les Tupis, mais celui, en forme de cône, que les juifs d'Alger étaient contraints de porter. Jamais il n'avait porté de tels vêtements quand il habitait en Espagne ; il fallait que le fils d'Amerigo ait été fort frappé par ses traits pour l'avoir identifié à son seul visage.

D'un autre côté, Yahia avait un nez qui le signalait aux regards… Et, à bien y songer, il était passé juste devant le groupe où se trouvait le prétendu Ulisse lorsqu'il marchait vers la galerie. Avant, quand il avait soulevé les plaques des deux présumés jardiniers, il devait être en face de l'arbre où l'autre était assis…

Les palpitations, dans la poitrine de Yahia, se calmèrent progressivement. L'esclave l'avait nommé de son nom espagnol, il s'était nommé lui-même et il avait dit les noms d'Amerigo et de Maria Concepción : il n'aurait pu savoir cela s'il n'était véritablement Ulisse.

Un Ulisse vieilli avant l'âge, borgne, avec la peau sur les os et le cuir chevelu tondu…

Yahia fut tenté de se lever pour retourner au marché : Ulisse ou pas Ulisse ? Il voulait en avoir le cœur net. Au fond, il n'avait fait qu'apercevoir le mutilé.

Ce fut la question du prix qui l'empêcha de revenir. Tel quel, maigre et avec un seul œil, l'esclave espagnol ne valait pas grand-chose. Mais dès lors que Yahia avait réagi lorsque l'autre l'avait hélé, le marchand ne le lui céderait que très cher. Et s'il se montrait de nouveau après avoir ainsi fui, cela renchérirait encore la vente. Peut-être n'aurait-il pas assez d'argent.

Yahia commanda une eau à la menthe. Il s'efforçait de réfléchir calmement.

Forcément, il songeait à son fils. Joaquín avait quelques années de plus qu'Ulisse. Quand il l'avait fait partir d'Ameriga, il était un adolescent. Depuis, il n'avait plus de nouvelles. Aucune. Il présumait seulement qu'Amerigo Vespucci avait pris soin du garçon. Ulisse, certainement, saurait. De nouveau il eut envie de retourner au marché.

D'un coup il trouva la solution. Il fallait demander à Boabdil d'acheter le garçon. Le cartographe n'était pas un mauvais bougre. Il écouterait et d'une manière ou d'une autre, il aiderait.

*

Ce fut ce qui arriva. Quand il eut bu et payé sa menthe, Juan se leva et alla directement à l'atelier. Le maître fut curieux de son récit ; il savait qui était Amerigo Vespucci, s'enquit des autres noms, et décida qu'il tenterait d'acquérir l'esclave. Il précisa qu'il ne se rendrait au marché que le soir, peu avant que les vendeurs quittent la place avec ce qui resterait de leur marchandise humaine :

« C'est le moment où on fait les bonnes affaires », dit-il. Yahia eut beau protester que le garçon serait peut-être vendu à ce moment-là, Boabdil n'en démordit pas :

« Inch'Allah. Si j'y vais maintenant et que je demande le borgne, le vendeur se doutera de quelque chose et il exigera un prix fort. »

Et il ajouta :

« Tel que tu le décris, ton homme a peu de chances de faire beaucoup envie. Je suis même surpris qu'on ne l'ait pas tué. »

Yahia rongea son frein le reste de la journée. Il tâcha de s'occuper en copiant une vieille carte, travail très au-dessous de lui. Enfin, au milieu de l'après-midi, après la prière rituelle, Boabdil rangea ses affaires et, manteau enfilé, il se mit en route. L'atelier se vida quand il fut parti mais Yahia demeura sur place. De fait, son patron revint alors que le soir tombait. Il était suivi non pas d'un mais de deux hommes. L'un boitait, l'autre était le borgne.

« J'ai eu celui-là pour peu de choses », raconta-t-il en montrant l'homme qui claudiquait.

Et, en désignant l'autre :

« Le marchand m'a pratiquement offert celui-ci. »

Il expliqua à Juan qu'il n'avait pas la moindre intention de lui revendre le borgne :

« Le boiteux, il paraît qu'il sait compter », expliqua-t-il en montrant la planchette que l'homme portait encore à son cou. « Si c'est vrai, il pourra m'être utile. Si c'est faux… je l'occuperai à balayer l'atelier et à encoller le papier. »

Et il ajouta en désignant l'homme à l'œil unique :

« Pour cet autre, le vendeur n'a pas su me citer une seule de ses qualités et la plaque n'en indique aucune. Es-tu sûr qu'il est vraiment qui tu dis ? »

Yahia regarda l'esclave, qui ne comprenait rien aux paroles de Boabdil. Le garçon avait l'air perdu quand il était entré dans l'atelier, puis il avait aperçu Yahia et son visage s'était détendu.

Il faisait sombre désormais dans la pièce et Juan alluma une lampe. Il s'adressa au borgne en espagnol et lui ordonna de montrer ses paumes. Quelques années après que son propre fils s'était renversé de l'huile sur le bras, Ulisse s'était déchiré la main sur une pierre. C'était peu de chose, avait-il semblé d'abord, mais la blessure, après quelques jours, avait suppuré et s'était creusée. Amerigo s'en était inquiété auprès de son ami et Juan se le rappelait parce qu'il avait pensé que cet accident, d'une certaine manière, rapprochait leurs enfants. Il ne savait plus, en revanche, quelle main avait été blessée.

L'esclave eut l'air étonné mais il obtempéra.

La main gauche n'avait rien, mais Yahia vit qu'une faible ride, comme une autre ligne de vie, creusait un sillon clair à l'intérieur de la main droite. L'esclave était Ulisse, indubitablement. Yahia le confirma à Boabdil, que cela mit de bonne humeur.

« En ce cas nous allons nous arranger pour faire savoir aux siens qu'il est ici et qu'ils peuvent le racheter. »

Et il ajouta, comme il l'avait fait des années plus tôt pour la carte du monde :

« L'argent me reviendra mais je te donnerai une partie de ce que j'aurai gagné ainsi. »

Il vérifia les planches, et lut tout haut que le boiteux se nommait désormais Mohammed et le borgne Ibrahim. Yahia, dit-il, pouvait prendre ce dernier chez lui :

« Je ne souhaite pas qu'il t'accompagne à l'atelier : un homme avec un seul œil ne peut aider pour ce que nous faisons. Mais tu peux l'occuper à ce que tu veux d'autre, à ton ménage, à n'importe quoi. Entretiens-le, fais-le grossir et qu'il soit présentable. Tu ne me demandes pas d'argent pour lui et nous voyons tous deux comment avertir sa famille et combien en tirer », dit-il.

*

Yahia emmena donc Ulisse-Ibrahim. Il allait acheter un matelas et il l'installerait avec lui dans sa chambre, la chambre qui donnait sur la vue de la ville. Il allait le faire manger, lui redonner apparence, et peut-être en effet grâce à sa revente, il obtiendrait de l'argent et quitterait Alger. Pour l'Italie qui sait ? On disait que les juifs y étaient heureux.

Mais d'abord, il allait faire parler le garçon : il se moquait de savoir comment celui-ci était devenu soldat, mais il voulait tout apprendre de Séville, des gens qui y vivaient et qu'il aimait ou avait aimés, d'Amerigo, de ses filles, même de sa femme – de cette marâtre qui se trouvait être sa femme.

Et, surtout, il voulait des nouvelles de Joaquín.

47

Le Camp des rois

PICARDIE, JUIN 1520

Ce qu'il y avait d'ennuyeux avec les grands personnages, pensait Guido, c'était que les fêtes et les jeux qu'ils donnaient s'éternisaient à l'excès. Certes, il avait aimé ce luxe quand il était jeune, au temps où il séjournait à Blois. Et comme l'argent dépensé était le meilleur aliment du commerce, la rencontre des jeunes rois de France et d'Angleterre s'avérait aujourd'hui une excellente affaire. Quand même, n'y avait-il pas dans tout cela beaucoup de temps perdu et une énergie qu'on pourrait dépenser de façon plus utile ? Il avait assisté à deux joutes et s'en était tenu à cela, hors la messe sur le pré.

« Le coût est de quatre cent mille livres... », prononça Damiano, qui savait deviner ce à quoi son ami pensait.

« Quatre cent mille livres ? De quoi parles-tu ? demanda Guido.

— De la somme qu'a coûtée aux Français ce bivouac si riche qu'on l'appelle le Camp d'or.

— C'est énorme !

— La moitié du montant vient du Trésor royal, l'autre a été empruntée à Lyon. Il faudra des années pour rembourser.

— D'un autre côté, je suppose que ce n'est rien par rapport à l'argent qu'ont versé l'an passé François et Carlos pour acheter les électeurs. Le bruit court que trois millions d'écus ont été gaspillés par le roi de France.

— Pour le Habsbourg – on l'appelle Charles en France –, personne ne peut dire à combien s'est élevé le prix de son élection. Mais les banquiers Fugger avaient donné à tous ceux qui votaient des lettres de change payables s'il était élu.

— En soumettant le paiement à son triomphe, le roi d'Espagne s'est assuré de la fidélité de ses soutiens…

— Qui n'avaient pas manqué d'empocher pour autant l'argent donné par les Français. »

Guido Liuciardi et Damiano Paroni partirent d'un grand rire. Ils discutaient côte à côte, dans une ville d'Artois qui se nomme Saint-Omer. Ils étaient accoudés à une fenêtre presque en haut du clocher de Saint-Bertin, l'abbaye de la cité.

« On est tranquilles ici, n'est-ce pas ? » avait apprécié Damiano.

Il portait à sa bouche un pipeau terminé par un épi évidé. Dedans se consumait une poudre dont il aspirait la fumée. On appelait l'épi « mayïs » et la poudre « tabacque », s'il avait bien compris, mais Guido avait aussi dit « pétun ». En tout cas, cela venait d'Ameriga et son ami, qui les lui avait apportés, en faisait grand commerce :

« Quand Laurette aura ses migraines, avait-il conseillé comme Damiano lui expliquait que sa femme y était sujette, tu lui en feras humer. C'est une bonne médecine. »

Peut-être. Le Blésois garderait plutôt le présent pour lui. Il trouvait le pipeau amusant et il éprouvait un sentiment de confort quand la fumée des feuilles entrait dans sa poitrine.

Les deux hommes s'étaient retrouvés huit jours auparavant. Guido logeait dans une auberge à Guînes où étaient fixés les Anglais. Il partageait un lit avec deux autres marchands. Damiano, lui, occupait seul une cellule dans un couvent du côté des Français : les moines avaient été priés de déguerpir pour qu'on loge les valets et de moindres commensaux qui n'avaient pas leur place dans le Camp du roi. Guido s'était déplacé ce jour-là pour rejoindre son ami, mais il ne pouvait demeurer la nuit : il ne convenait pas que les gens des Anglais restent le soir avec ceux qui étaient au roi français.

« Tu vois, dit Damiano, tout le monde s'exclame que les camps sont immenses, mais quand on les regarde de loin comme nous le faisons, ce sont des taches, rien de plus. »

Au-delà des maisons urbaines, la vue s'étendait vers les collines d'Artois derrière lesquelles se cachait la mer. Sous le ciel de l'après-midi, en ce 21 juin, premier jour d'été, les formes se découpaient nettement. Pourtant Guido eut beau plisser les yeux, il ne sut pas d'abord repérer les camps.

« Regarde : va chercher loin après Éperlecques, c'est le premier village que tu vois à ta gauche. » Avec sa main qui tenait le pipeau à humer, Damiano désignait un groupe de bâtiments à environ trois lieues.

« Tu aperçois la route qui traverse les paluds ? C'est celle que tu as suivie. Va jusqu'au rouge qui se distingue du reste : Ardres avec ses toits de tuiles. Plus loin, là où le terrain monte et où il y a les arbres, l'autre cité, c'est Guînes. En terre anglaise où tu dors. »

Guido voyait en effet : ce que Damiano appelait route était une jetée surélevée au milieu des marais. Il l'avait parcourue à cheval, mal à l'aise sur une rosse fournie par l'aubergiste, agacé et inquiet à cause des moustiques : on disait que ces bestioles donnaient des maladies qui pouvaient faire mourir. Appréhender l'espace d'un coup et à l'envers changeait la notion des distances. Il n'y avait pas tant de chemin, finalement, de Guînes à Saint-Omer.

Damiano l'interrompit dans cette pensée : « Maintenant, fixe ton regard vers la droite entre les villes… Ce sont les camps. »

Mais oui, c'était cela ! Deux formes géométriques presque claires – les toits de la plupart des tentes étaient d'un blanc qui commençait à griser, après dix jours de pluie et de soleil. On les remarquait surtout parce qu'elles faisaient, dans cette zone de feuillus, deux vides prolongés par d'autres grandes clairières.

« On a massacré les futaies, là-bas, pour cette rencontre. Il y a de belles essences, du hêtre, du frêne, des chênes, tout cela quelquefois très ancien. Elles ont été sacrifiées pour faire des palissades et des poteaux de tentes, maugréa Damiano.

— Je n'arrive pas à comprendre ce que ton roi espère. Il rit et déambule avec le souverain anglais, les reines devisent autour de sucreries, et puis quoi ? Il suffit de voir la tête des conseillers d'Henry pour comprendre qu'il ne cédera rien.

— D'abord, François n'est pas mon roi. Je suis toujours italien même si je vis dans ce pays, rétorqua Damiano. Puis tu connais la situation tout aussi bien que moi. Le roi de France règne depuis trois ans, tout semblait lui sourire, mais à présent il ne décolère pas d'avoir manqué l'Empire et craint d'être encerclé par les terres du Habsbourg. Il veut que l'Angleterre devienne son alliée, mais Henry règne sur une île et il n'a rien à craindre en fait d'encerclement. Puis sa femme est la tante de Charles. Ou sa cousine, je ne sais plus.

— On dit que François veut marier son fils nouveau-né à la fille d'Henry. Comme Henry n'a pas d'héritier mâle, les royaumes seraient fondus durant le prochain règne.

— Sauf que récemment l'Anglais a eu de sa maîtresse un garçon qui se porte très bien. Ça lui a donné à songer.

— Je l'ai entendu dire à Londres.

— Le bâtard se prénomme Henry comme son père et il a été fait lord Fitzroy : le Fils du Roi. C'est tout dire. Henry le légitimera plutôt que de laisser son royaume aux Français. »

*

Dans le bivouac et aux alentours de ce qu'on appelait le Camp d'or ou le Camp du drap d'or, tout le monde parlait politique. La petite histoire et la grande se mêlaient : celle des coucheries royales et celle des alliances qui faisaient le destin des pays.

Les camps étaient remplis d'environ dix mille hommes et de beaucoup moins de femmes. Les reines étaient là avec leurs suivantes, quelques très hauts seigneurs avaient amené leur épouse, mais la plupart des nobles, qui vivaient quelquefois très loin, étaient venus sans elles. Aux mascarades, les jeunes aristocrates se déguisaient en dames pour rendre les danses plaisantes ; qu'on les sache travestis n'empêchait pas les Grands de leur pincer les fesses quand ils avaient bu. Les courtisans les plus riches avaient leur propre tente, ceux qui l'étaient moins résidaient à frais partagés de sorte que les bannières de plusieurs familles se trouvaient associées à la cime de nombreux pavillons. Depuis deux ans que les conseillers français et anglais préparaient l'entrevue, la noblesse de France et celle d'Angleterre avaient dépensé des fortunes pour parader sur place. Le bénéfice qu'y trouvaient ces seigneurs demeurait un mystère mais, comme concluait cyniquement Damiano :

« Nous, nous nous sommes enrichis ! »

Tout en laissant errer son regard sur le vaste paysage, Guido songeait que l'événement avait constitué en effet une occasion commerciale inouïe. Deux ans auparavant, Damiano avait obtenu le marché des tentes françaises. À Lyon, la seule ville de France où on fabriquait de la soie, il avait sollicité les banquiers (c'est par eux qu'il apprit ce que François avait emprunté) et obtenu un prêt avec lequel il avait acheté, outre les réserves qu'il avait pu trouver, toute la production soyeuse de l'année à venir.

« J'ai pris un sacré risque, murmura Damiano en repensant à ce qu'il avait fait. Sais-tu ? Je n'ai rien dit à Laurette à l'époque : elle ignorait que j'avais emprunté et je n'imagine pas ce qu'elle aurait dit si elle avait connu les sommes en jeu.

— Il est possible que tu n'aies pas été raisonnable, même si à la fin tu as gagné. Au vrai, c'est la matière qui te fascine : la soie, encore plus que l'argent qu'elle t'a procuré », prononça flegmatiquement Guido.

Il exagérait à peine. Déjà, quand Damiano travaillait pour Filippo Liuciardi, il aimait le tissu dont le père de Guido tâchait de faire commerce : il en trouvait admirable la légèreté, la douceur, le brillant, et il s'émerveillait parce que sa couleur changeait quand on le manipulait.

« Tu sais avec quoi c'est fait, pourtant ? demanda Damiano.

— C'est la bave d'un ver. Des chenilles qui se tordent dans des chemises blanches et qui mangent les feuilles d'arbres qu'on appelle mûriers : je le sais depuis l'enfance. Mon père… »

Il renonça à expliquer qu'il avait tôt compris que la luciole qui formait la marque commerciale de son père était en réalité la chenille qui sécrétait la soie. Il compléta seulement :

« Et nous avons parlé des vers le premier jour à l'auberge. Quand je suis arrivé et que nous avons dîné. »

Damiano eut l'air étonné :

« J'ai tout à fait oublié… Nous avions beaucoup bu. Et cela, je te l'ai dit ? L'effet que ça m'a fait la première fois que j'ai visité un élevage, dans une ferme. Avant d'utiliser les cocons récoltés, on tue ce qui est dedans en les jetant dans l'huile… Ensuite on lave puis on dévide les brins : on les tresse pour faire le fil. Ce soir-là, dans mon lit, j'ai rêvé d'une charogne débordant d'asticots qui crachaient des mesures de soie. Ça m'a empêché à jamais de placer mon argent dans la production. »

Il avait en revanche fait travailler les tisserands et même, il en avait déplacé à Blois où on devait fabriquer les tentes. Et il avait ainsi gagné beaucoup d'argent :

« J'aurai multiplié ma mise par six, dit-il avec contentement. Mais toi aussi, tu as fait un joli bénéfice. »

Car le roi avait voulu pour sa tente et pour celle de la reine, non du fil de soie mais un brocard d'or. Peu avant de mourir, Leonardo da Vinci, l'artiste qu'il avait fait venir de Milan, avait dessiné les motifs qu'il faudrait reproduire. Alors Damiano s'était souvenu que son ami Guido vivait à Séville où l'or d'Amériga arrivait et où on brodait bien. Il avait envoyé un émissaire, appris que Liuciardi venait d'ouvrir un comptoir à Londres, et sut qu'on pourrait faire coup double : Henry également préparait ses tentes, il fallait aussi lui vendre l'or et la soie tout en lui envoyant des experts.

« Tu sais exactement ce que j'ai gagné, dit un peu âprement Guido. Nous avons fait le partage. Je voulais les trois quarts des gains sur l'or et une commission sur les commandes de soie que tu recevrais pour Londres, et tu as fait en sorte que j'aie moins. Mais, oui – au total, j'ai bien gagné. »

*

Le premier soir quand ils s'étaient retrouvés, l'Italien de France et l'Italien d'Espagne avaient un peu peiné avant de se sentir à l'aise. Même, avant de se saluer dans leur langue natale, ils n'avaient pas su un instant la manière de se parler. Guido avait pris l'habitude de s'exprimer en espagnol, Damiano n'utilisait que le français. De plus ils ne s'étaient pas vus depuis une décennie et ils étaient surpris de leurs changements réciproques. Guido, à trente-cinq ans, boitait légèrement quoiqu'il fût et paraisse toujours jeune. Damiano, à quarante-trois, en faisait davantage : les cheveux qui lui restaient avaient pâli, son vêtement tirait sur son ventre et il s'en manquait de peu qu'il n'eût un double menton. Il fallut la bonne nourriture qu'on leur servit et une boisson couleur de miel que Damiano appela *bière* – cette boisson qui les rendit saouls – pour qu'ils se retrouvent. L'auberge où ils dînaient était pleine de monde mais Damiano, prévoyant, avait payé pour une table dans une pièce à part, une sorte d'alcôve qui devait servir plus souvent aux clients désireux de s'ébattre avec les filles publiques.

Tacitement, les deux hommes s'accordèrent pour ne pas parler d'abord de leurs affaires. Ils passèrent un moment à se raconter comment allait leur vie. Tous deux étaient prospères, leurs épouses se portaient bien et leurs enfants étaient désormais plus nombreux. Guido expliqua qu'après Sofonisba dont le prénom leur avait été suggéré par la veuve du Popolano, ils avaient eu Maria Ameriga qu'ils avaient appelée en l'honneur de son grand-oncle, et finalement Bona Lisa qui portait le nom de ses deux grands-mères. Damiano n'objecta pas à cette caractérisation familiale.

« Pour moi, je ne sais si tu te souviens, nous attendions un troisième enfant quand j'étais venu à Cafaggiolo, dit-il. Comme nous l'espérions, nous avons eu un garçon. »

Il sourit de plaisir et précisa que le petit avait été baptisé Cosme : « Cosimo, en italien. Tu comprends pourquoi ? »

Comme Guido ne voyait pas, il se moqua gentiment :

« Mais si ! Mon saint patron est le pieux apothicaire Damiano. Il avait un frère, un médecin qui s'appelait Cosimo. J'ai trouvé amusant… Même si je ne souhaite pas que mon fils s'occupe de médecine. »

Cosme était un bonhomme qui lui ressemblait beaucoup, se vanta-t-il :

« Il est de bonne taille pour son âge, et je crois qu'il sera enrobé comme moi. »

L'enfant étant grandet, Damiano voyait en lui, déjà, son héritier :

« Il étudie bien avec son maître d'école. Il lit, il compte. Il lui faut encore un peu de latin, davantage de maturité, et je le prendrai avec moi pour ses premiers voyages. Mais après toi, qui va diriger le commerce de feu Vespucci ? Messer Amerigo avait une famille, en fait, que devient-elle ? »

Guido expliqua que la señora Vespucci vivait toujours, retirée à la campagne :

« Elle a des terres où elle fait pousser des plantes d'Ameriga, nous vendons loin et cher celles de ses productions qui réussissent. Une partie du pétun dont je commerce vient de chez elle. »

Il décrivit les enfants :

« La fille, un peu bizarre, s'appelle Silvana. Tu te souviens que je t'avais fait porter un cachet après mon arrivée à Séville ? C'est elle qui l'avait dessiné. À présent, elle est mariée à Joaquín Cosa qui gère mon comptoir de Londres. Le garçon, c'est Ulisse.

Du nom d'un ancien Grec qui a beaucoup voyagé, d'après ce que j'ai compris. »

Il hésita un moment puis il continua :

« Ils sont jumeaux. Et nés avec le siècle ou à peine après. Le jeune Vespucci est un homme maintenant, mais il n'a pas voulu être marchand. Il a choisi l'armée, il est parti se battre en Afrique et on croit qu'il est mort. Des prêtres ont bien dit à sa mère qu'ils le savaient prisonnier et qu'elle pourrait le faire revenir contre une rançon, mais on n'a pas de preuves. »

L'Afrique, les musulmans… C'était loin. Damiano n'avait pas d'avis là-dessus. Il revint aux soucis qu'il connaissait :

« Ta femme… Elle peut encore concevoir. Si tu as un fils, il te succéderait ? Après tout nous savons que Lisandra est, en réalité, la fille d'Amerigo. »

Guido hésita de nouveau. Mais non : il n'avait pas envie de raconter qu'un garçon était né et puis qu'il était mort.

Il biaisa, disant cependant la vérité :

« Quand nous avons quitté l'Italie, Antonio Vespucci était très malade et, même si Lisandra est d'abord attachée à sa mère, elle avait du remords à l'idée qu'elle serait loin quand il mourrait ; en fait il vit toujours et ma femme continue à croire qu'il est son véritable père. Quant à messer Amerigo… Il nous a fait venir, il m'a confié les clés de son négoce, et il a donné à ma femme une pension qui durera jusqu'à sa mort. Mais les enfants – les nôtres – n'ont droit à rien. Il n'a jamais dit à Lisandra qu'elle était sa fille et même, il l'a tenue très à l'écart de lui. »

Il se tut un moment :

« Je ne vois pas l'intérêt de révéler à ma femme quoi que ce soit. D'ailleurs, le testament de messer Amerigo est clair et inattaquable. »

Puis encore :

« Tu sais, j'aime bien ce jeune homme : celui qui est à Londres et marié à Silvana. Son père était pilote et cartographe, ou cosmographe… je continue à ne pas bien comprendre ces choses. Il était l'ami de Vespucci et il est mort à Ameriga. Messer Vespucci s'est occupé de l'orphelin et moi à mon tour je le considère, je ne dirais pas comme mon fils, mais… Si jamais le frère de Silvana est mort ou s'il ne revient pas, elle héritera sans doute et lui par elle. Cela me conviendrait. Il m'est fidèle, il fait de beaux gains qui m'enrichissent aussi et il mériterait de reprendre la firme. »

*

Guido s'était gardé d'avouer qu'il ne touchait plus Lisandra et que pour cette raison il n'espérait pas avoir d'héritier mâle. Mais, la bière aidant, Damiano se livra à des confidences :

« Te souviens-tu, demanda-t-il, des jeux que nous menions dans la maison de l'évêque, quand tu étais à Blois ? »

Comment pourrait-on oublier cela ? Guido leva un sourcil, cligna de l'autre œil, et tous deux se mirent à rire.

« Je crois…, commença Damiano en redevenant sérieux, que Laurette est une bonne femme. Et une bonne mère aussi. Mais elle n'était pas faite pour ces folies. Aujourd'hui, il ne faut plus lui parler de ces nuits. Elle me tuerait si je lui rappelais ce que nous faisions tous les quatre ; en tout cas, elle nierait. Elle a enseveli ces choses et, vraiment, elle les a oubliées. Pour elle, c'est comme si ça n'avait pas existé. »

Guido laissa venir. Au fil des ans, il avait appris à écouter. Le silence mettait mal à l'aise. Il suffisait de se taire et bientôt l'autre parlait et disait au-delà de ce qu'il voulait dire.

« Je ne sais pas ce qu'il en est pour toi avec Lisandra. Au début – au tout début – nous avons eu Laurette et moi des moments délicieux. Ensuite, quand elle a attendu notre première fille, elle a moins aimé que je la touche. J'ai pensé que c'était son état. Mais quand l'enfant est née, elle a dit que son lait serait troublé si je… enfin, tu comprends. Elle savait d'autres jeux, mais elle ne voulait plus : “Je suis une femme mariée, disait-elle, une mère." Elle ne pouvait faire que les choses que l'on dit honnêtes, son confesseur était passé par là. Le bon Dieu, quelquefois… »

Il s'arrêta avant de blasphémer.

« Bref, nous faisons l'amour quand elle veut un enfant. Et beaucoup plus rarement sinon. Et pourtant j'ai encore envie d'elle. Elle a forci, elle est dodue, un peu molle ; ce n'est pas pour me déplaire. »

Il hésitait à poursuivre. Fidèle à son système, Guido s'abstint d'ouvrir la bouche.

« En fait, j'ai une petite. Une jeunette que j'ai connue à Lyon. La fille d'un soyeux. Elle aussi est grassette, et délurée comme Laurette l'était avant notre mariage. Je l'ai connue quand je suis allé là-bas pour ce que tu sais. Son père était un des ouvriers que je voulais faire venir. Je suis allé chez eux, j'ai repéré l'enfant. Ou peut-être, plutôt, elle m'a repéré : elle est assez coquine, je te l'ai dit. Quoi qu'il en soit, le père est demeuré à Lyon avec la mère et les autres enfants, et moi, j'ai installé la fille près de Blois, dans un village où je la vois aisément et où je la surveille un peu. »

Il avait dit les derniers mots avec un mouvement du front qui avouait ce qu'il pensait : il aimait sa « petite », il ne croyait pas tout à fait qu'elle l'aime en retour. Il se tut de nouveau et puis il ajouta :

« Elle s'appelle Rose. C'est un très joli nom. »

Guido se taisait toujours. Damiano appela la femme qui servait et demanda qu'on leur donne davantage de bière. Ils avaient fini presque toute la nourriture, leur estomac était plein, mais ils se sentaient bien ensemble à présent et ils allaient continuer à boire ce breuvage dont le goût était neuf pour Guido.

Damiano poursuivait. Rose donc. Et quelques autres chances dont il avait profité à l'occasion de déplacements. Il n'allait pas chez les catins :

« On est trop sûr d'attraper une chaude-pisse. »

Mais il y avait beaucoup de petites filles dans le peuple, et des veuves, qui savaient se rendre disponibles.

À un certain moment, il tint à assurer Guido de son attachement pour Laurette :

« Ne va pas croire : je l'aime beaucoup », balbutia-t-il.

Sa voix, progressivement, devenait pâteuse. Guido persistait à parler peu : ce n'était plus par décision mais à cause de la boisson. Chaque fois qu'il se resservait (la servante avait apporté un troisième pichet), il regardait à la surface du liquide la mousse qui se formait. Au début du repas, Damiano lui avait appris à incliner son verre pour qu'elle ne monte guère. Maintenant, il découvrait que s'il tenait le verre verticalement et qu'en outre il versait de haut, elle augmentait comme l'écume de la mer quand elle rencontre la plage…

À jouer à cela, Guido n'écoutait plus. Plus tard, il devait se rappeler que le Blésois avait répété que la mousse était dégoûtante. Il avait plongé le doigt dans les bulles, récupéré un peu de ce qu'il appelait le « col » et il avait tracé avec, sur la table, des formes sinueuses :

« Ce sont des a-as-ss… ticots, avait-il bégayé. Des vers… avec leur chemise… » Il riait fort.

*

C'est ce souvenir qui, sur le clocher de Saint-Bertin, était revenu à Guido, lui permettant d'affirmer à son ami qu'il lui avait parlé, déjà, des chenilles à soie. Damiano, cependant, palabrait toujours. À présent, il racontait les gens que tous deux avaient connus : François, Claude, Marguerite… Guido, en fait, s'en moquait. Ces anciens enfants étaient devenus des hommes et des femmes qui l'indifféraient. En descendant les marches de la tour, il se remémora la fin de l'autre soirée. Le mari de Laurette s'était affalé sur la planche où il avait tracé les virgules, il s'était endormi le nez dans les flaques de bière. Lui, Guido, s'était encore resservi. Du pichet presque vide avait coulé un mince filet doré : on dirait du pipi d'enfant, avait-il pensé. Après quoi, à son tour, il avait plongé dans le sommeil. Le lendemain, il s'était éveillé sur le sol, avec l'autre près de lui. La servante les avait fait boire, mais de l'eau, cette fois.

Damiano, jusqu'à ce qu'ils se séparent, ne cessa de discourir. Il était moins hâbleur, songea Guido, quand il était plus jeune. Ou bien c'était lui-même, Guido, qui avait changé : il se sentait plus mûr, plus sage que son aîné. L'ivresse, il y a huit jours, les avait rapprochés, mais c'était une intimité factice. Devait-on rester amis parce qu'on l'avait été, jadis, le pouvait-on seulement ? Il sentit la tristesse envahir son esprit.

Les deux hommes, quoi qu'il en soit, allaient quitter le Camp. Ils avaient vérifié que tout se passait bien, que les tentes fournies faisaient bon effet, les Cours satisfaites avaient payé ce qu'elles devaient, il était inutile qu'ils restent. Damiano avait convaincu Guido de le raccompagner : à Blois, ils feraient leurs comptes et ils imagineraient les moyens de gagner un autre argent ensemble. Le lendemain, ils se retrouveraient dans le village d'Aire. Il leur faudrait six jours pour rejoindre la Loire, l'ex-commis avait tout prévu, on savait chaque soir où coucher.

Six jours, cela faisait beaucoup d'heures à chevaucher à deux, beaucoup de dîners communs, et Guido craignit que Damiano et lui n'aient que peu à se dire pendant ces occasions.

48

Chantage

SÉVILLE, HÔTEL VESPUCCI-LIUCIARDI, JUIN 1520

Maria Concepción attendait entre la maison où elle avait servi Amerigo Vespucci et celle où avait vécu son mari dans ses dernières années. Séville était brûlante en juillet et il fallait l'amour qu'elle portait à son fils pour qu'elle soit en ville. D'autant qu'elle était seule dans la double demeure. Guido voyageait en France et Lisandra avait pris l'habitude, en l'absence de son mari, d'aller à Cazalla. Il ne restait dans l'hôtel qu'un valet, outre Piedad qui retombait en enfance. De tout cela, Maria se moquait : ce qu'elle avait à faire était trop important pour que la canicule ou la solitude l'arrêtent.

La cour, enserrée de hauts murs, était l'endroit où la chaleur accablait le moins. Mais ce n'est pas pour ça que Maria avait choisi d'y recevoir Fonseca. Elle avait longuement réfléchi sur le lieu où le voir. Hors de sa demeure ? Ce serait à la Maison du commerce, qu'on appelait « Palais l'évêque » tant le prélat y était présent, et il y aurait l'avantage. Mais dans l'hôtel, quelle salle choisir ? La chambre était exclue, la salle où on mangeait ne convenait pas, et elle se sentait étrangère là où travaillait celui que, après toutes ces années, elle continuait à appeler « l'Italien ». Elle aurait pu se tenir dans ce qu'Amerigo avait appelé son *studio*, mais la présence de son mari et celle de Silvana qui s'y était établie après la mort de son père demeuraient si fortes qu'elles l'empêcheraient d'être elle-même.

Aussi la señora Vespucci avait-elle élu la cour. À la désapprobation du valet (il s'appelait Ugo, Liuciardi l'avait recruté), elle avait fait installer sur un tapis une table et des sièges, en plus d'une banquette qu'elle appelait le lit de jour – Piedad affirmait qu'il avait servi à Lisandra quand elle était enceinte. Une grille aux mailles étroites fermait le lieu du côté de la rue, la vieille était dans sa soupente (elle y restait désormais les après-midi durant) et, pour le valet, Maria lui avait donné l'ordre d'aller à l'autre bout de la ville quand il aurait fait entrer le visiteur : il n'y aurait pas d'yeux et pas d'oreilles pour espionner ce à quoi celui-ci et elle s'occuperaient.

Tout était donc prévu, et Maria avait le ventre noué. Pour la première fois, elle serait seule avec le prélat. Il avait prévenu qu'il ne voulait pas de témoin : « Ce que nous avons à faire ne regarde que nous », avait-il insisté. La remarque pouvait concerner l'affaire qu'ils avaient à régler, mais Maria n'était pas naïve. À trente-cinq ans ou peut-être un peu moins, peut-être davantage, les ridules autour de ses yeux et une mèche blanche dans sa chevelure n'empêchaient pas qu'il puisse la désirer. Il est vieux, je ne suis plus jeune : mais je le suis toujours bien davantage que lui, mon âge ne me sauvera pas, se disait-elle.

Cinq mois. Il y avait cinq mois qu'elle avait eu, par Fonseca, des nouvelles d'Ulisse. Elle récapitula pour se rassurer. D'ailleurs, durant ces cinq mois elle n'avait fait que cela : penser à ce qui s'était passé et à ce qu'elle devait faire. Son fils était vivant mais il était esclave. L'évêque voulait l'aider, il allait demander quelque chose en retour. Elle le lui donnerait puisqu'il le fallait. Par lui, elle aurait l'argent qui permettrait de libérer le garçon – une très grosse somme. Au prix de ce à quoi elle consentirait, il serait à Séville après quelques semaines.

*

En février, l'évêque était venu trouver Maria à Cazalla. Il l'avait fait prévenir par un postillon : il savait ce qui était arrivé à son fils, il voulait le lui expliquer. Il venait de Tolède et s'arrêterait chez elle, avant de dormir chez le prêtre au village et de continuer jusqu'à Séville.

La nuit, la journée qu'elle avait passées… Le coursier ne savait rien que le message qu'il avait appris et les questions qu'elle avait posées s'étaient heurtées à son silence imbécile. Eût-il paru dissimuler quelque chose, Javier l'eût malmené jusqu'à ce qu'il raconte. Là… Durant des heures interminables, elle avait redouté l'annonce de la mort d'Ulisse.

Mais non. Vers la fin de l'après-midi, Fonseca était arrivé, porteur d'une nouvelle meilleure. Son fils vivait. Il était toujours en Afrique. Il y avait une chance qu'on puisse le faire rentrer. En entendant cela, Maria Concepción avait sangloté : de soulagement, mais aussi de rage que l'évêque, au lieu d'ordonner au valet de la rassurer, l'ait rendue presque folle à force d'inquiétude.

Fonseca tenait donc à être le porteur de la bonne nouvelle. Quand elle avait retrouvé son calme, le soir, seule, après qu'il était parti, elle avait jugé cette prévenance étrange. Des heures de route en carriole (l'évêque ne montait pas à cheval), le détournant du chemin le plus droit entre la Cour et Séville, par des routes boueuses, dans le pire mois de l'hiver, tout cela pour une ancienne esclave ? Il est vrai que Fonseca ignorait ses origines. Maria était à ses yeux la veuve d'un riche marchand et, ce qui comptait davantage, la fille naturelle d'un grand soldat d'Espagne.

Que c'était ridicule…

Ou alors il y avait autre chose. Plusieurs fois dans le passé, Fonseca lui avait semblé la regarder avec concupiscence et non comme un prélat. Du temps de son mari, lorsqu'il leur faisait l'honneur de manger à leur table, sa main frôlait la sienne quand elle le servait et ce ne semblait pas être l'effet du hasard. Elle rougissait alors de cette mauvaise pensée, qu'elle n'osait pas dire quand elle se confessait. Plus tard, Fonseca avait marié Silvana et Joaquín. L'Italien avait paru étonné qu'un évêque unisse des jeunes gens peu remarquables, une fille étrange et un garçon recueilli par charité ; il ne savait pas qu'elle le lui avait demandé. Elle était allée voir Fonseca à la Casa. Elle avait rendu coquette sa tenue de veuve, et elle avait joué la femme faible cherchant une protection. Il avait aimé ça et s'était montré délicieux.

*

Ce que Fonseca avait raconté à Cazalla, ce qui s'était confirmé dans les mois qui avaient suivi, c'était l'histoire de nombreux soldats et non seulement d'Ulisse. Encouragé par la réussite de Tlemcen, Carlos ou ses conseillers avaient décidé une croisade pour enlever Alger. L'aventure avait tourné au désastre quand, devant la ville, l'ouragan avait fracassé les bateaux et que des hommes débarqués avaient été pris à revers. Ulisse Vespucci faisait partie de l'expédition. Était-il sur un des navires ? Comptait-il parmi ceux qui se trouvaient à terre ? On ne le savait pas et, à ce point, c'était sans importance. L'essentiel était qu'il avait survécu et qu'il était prisonnier :

« Il a été blessé apparemment, et c'est pourquoi il est apparu si tard dans les listes qui ont été données aux frères trinitaires. Les Turcs ont attendu de voir s'il survivrait ou non », expliqua l'évêque brutalement.

Maria Concepción voulait savoir, bien sûr, quelle était la blessure d'Ulisse et comment il se portait. L'évêque l'ignorait. Il présumait seulement que le garçon allait convenablement :

« Les infidèles, sinon, ne l'auraient pas soigné ou ne l'auraient pas laissé vivre. Sa blessure n'a pas dû être si grave. »

Il savait plus de choses sur l'ordre de la Trinité.

« Les moines, expliqua-t-il, rachètent les prisonniers, on les appelle pour cela les frères de la Merci. Le Turc qui gouverne Alger les tolère parce qu'ils l'enrichissent. Le bey (c'est ainsi qu'on appelle ce chien) leur donne les noms des captifs et permet qu'un navire à eux s'arrête dans le port. »

Pour récupérer leur parent, les familles devaient se saigner, avertit-il :

« Vous payerez très cher si vous voulez Ulisse. Le sultan de Constantinople doit y trouver son compte, le bey veut s'enrichir, et il faut bien payer tous les intermédiaires. Même les trinitaires exigent de l'argent. Ils disent que ce n'est pas pour eux mais pour récupérer les hommes que les familles indigentes ne peuvent racheter. Pour ma part… »

Il ne put dire ce qu'il pensait, que l'Espagne n'avait rien à gagner au retour de soldats que la défaite et la prison avaient abîmés, car Maria Concepción osa l'interrompre. Elle voulait savoir où Ulisse était et quel était son sort, puis ce qu'on devait faire pour le récupérer et non ce qu'il faudrait payer. Or, sur tout cela, l'évêque savait très peu de choses. La liste qu'il avait mentionnait pour Ulisse « esclave particulier ». Le garçon avait donc été vendu au lieu d'être employé aux galères ou sur quelque chantier. Le nom du propriétaire et son activité n'étaient pas précisés : Ulisse travaillait peut-être dans une ferme, ou bien comme domestique. L'évêque penchait pour ce dernier état :

« Si Ulisse a été malade ou blessé, il a probablement été jugé trop faible pour des travaux éprouvants. C'est sans doute pourquoi on ne l'a pas envoyé à la chiourme. Il sert alors dans une maison. En ce cas… »

L'évêque ne finit pas. Il ne confia pas à Maria Concepción que les mahométans châtraient leurs esclaves pour éviter qu'ils ne touchent à leurs femmes. Car les musulmanes étaient, disait-on, d'un tempérament très lascif… Mais Ulisse aurait-il survécu à une telle opération ? À sa connaissance il n'était jamais arrivé que soient revendus en Espagne des hommes émasculés.

Quand même, comme Maria le pressait d'achever ce qu'il avait commencé de dire, il fit la grimace et murmura qu'il n'y avait rien de sûr, mais que les musulmans pouvaient bien affamer les chrétiens ou les battre à mort :

« Si Ulisse n'est pas racheté, il y a fort à parier que sa vie sera misérable. Mais vous vous ruinerez si vous le reprenez et vous ne savez pas dans quel état votre fils reviendra. Il sera un homme fini… »

*

Durant la période qui suivit, Maria Concepción pleura secrètement et elle agit beaucoup.

Son soulagement à savoir Ulisse vivant céda la place à une inquiétude nouvelle. Car la liste de Fonseca avait été établie à Alger des semaines plus tôt, et qu'Ulisse n'ait pas été mort à l'automne ne signifiait pas qu'il fût encore en vie en cette fin d'hiver. Il devait être sorti d'Afrique très vite.

L'ancienne petite servante était un esprit pragmatique. Elle alla voir Liuciardi pour discuter avec lui : il fallait vendre la firme ou au moins les bateaux que celle-ci possédait pour racheter le garçon. L'Italien répondit fermement que le testament rendait cela impossible, il était le gestionnaire et seul Ulisse, qui n'était pas encore majeur et qui n'était pas là, pourrait décider d'une telle vente. Maria Concepción n'objecta pas : le mari de Lisandra n'avait jamais aimé son pupille et il n'aiderait pas pour le faire revenir. Elle décida qu'elle engagerait sa terre, et elle resta sur place pour faire le siège des trinitaires.

Les moines la reçurent bien. Il fut question de son chagrin, des chances qu'il y avait de faire rentrer Ulisse et de chemin qui permettrait d'y parvenir. Celui qui l'entretint s'appelait Fray José. Il expliqua que, si la señora Vespucci de Córdoba était bien décidée, on quêterait des informations plus précises. Que celles-ci soient bonnes, qu'elle demeure d'accord avec la somme à payer (« car nombre de parents hésitent à la fin »), alors, un bateau partirait pour l'Afrique et reviendrait, dans le meilleur des cas, avec le garçon.

« Tout ça prendra du temps, avertit-il. Nous ne pouvons nous occuper d'un prisonnier seulement mais nous partons pour plusieurs quand nous avons réuni, au fil des semaines, de bons renseignements et suffisamment d'argent. Sinon, nous ne survivrions pas. Je veux dire… économiquement. »

On en revenait à des considérations financières : la libération d'Ulisse dépendait du montant que Maria Concepción pourrait et voudrait dépenser. Plus elle donnerait d'argent, plus sûrement son fils reviendrait, et plus vite.

L'entrevue ne s'était pas arrêtée là. Fray José avait ajouté que la somme versée servirait non seulement pour Ulisse et d'autres prisonniers mâles, mais que seraient rachetés des femmes et des enfants qui étaient en grand nombre parmi les captifs :

« Ils sont pris sur les côtes que les Turcs razzient », avait-il expliqué.

Puis il avait soupiré que c'était un cercle infernal : les mahométans s'emparaient des chrétiens mais les chrétiens aussi prenaient des musulmans chaque fois qu'ils pouvaient :

« Nos bateaux avancent avec des captifs qui sont pour la plupart des fervents d'Allah. Nous ne prenons pas leurs femmes, leurs enfants, direz-vous ? Mais plus au sud, là où vivent les Noirs, nos soldats se saisissent d'eux de force et ils mènent chez nous y compris les plus jeunes pour qu'ils servent dans les maisons. »

Il avait ajouté, appuyant sur les mots à la fin de sa phrase :

« J'ose vous dire cela parce qu'il se murmure que feu votre mari a eu plusieurs esclaves et qu'il en a libéré certains. Et certaines. »

Les joues de Maria s'étaient embrasées tout d'un coup.

*

Ce qu'avait dit le frère obligea Maria à reconsidérer ce qu'elle envisageait comme normal : qu'on se saisisse de gens qui ne venaient pas d'Europe et qu'on en fasse des esclaves. Il y avait longtemps eu dans l'hôtel d'Amerigo une cuisinière d'Afrique et des valets noirs, se souvint-elle : ils devaient être esclaves ? Elle-même l'avait été. Comment se faisait-il qu'elle n'y ait pas songé ? Et des mahométans ? Elle ne se souvenait pas d'avoir vu chez Amerigo de domestiques, ou en réalité d'esclaves, à la peau blanche et qui loueraient Allah. Peut-être ramaient-ils cependant sur les bateaux que son mari avait envoyés dans le monde ?

Le soir où elle eut cette conversation avec le trinitaire, elle posa la question à Guido, qui confirma en partie. Amerigo, à ce qu'il savait, avait adopté la coutume espagnole d'acheter ses serviteurs. Piedad était une exception, elle servait comme femme libre, ainsi que l'avait précisé le testament où Vespucci lui laissait une somme.

Guido, lui, répugnait à s'entourer d'esclaves :

« Cela ne se fait guère en Italie. Les princes, peut-être, en possèdent. Et la cité de Venise. Je suis, de ce point de vue, beaucoup plus réticent que votre défunt mari. »

C'est pourquoi il avait recruté l'actuel valet, un Espagnol de la campagne qui voulait tenter l'expérience de la ville :

« Je le paye chaque mois, et s'il veut s'en aller il lui est loisible de le faire. »

Quant aux rameurs de la firme, il était excessif de dire qu'il s'agissait de captifs arabes :

« Je connais mal ces choses, réfléchit-il tout haut. Pour moi, je m'occupe de ce qu'on doit transporter, pas de la façon dont on fait avancer les bateaux. C'est le rôle des capitaines. À vrai dire, ça fait des années que je ne suis descendu voir les bancs de vogue… »

Puis, continuant à méditer :

« Quand même, c'est vrai que nous devons utiliser des infidèles. J'en suis sûr en fait, puisque les comptes montrent deux types de soldes. Certains sont payés et d'autres presque rien du tout : ceux-là doivent être achetés. Tous nos hommes cependant, pour autant que je le sache, se déplacent librement lorsqu'on atteint les ports. Et il me semble que dans les équipages, ce monde fait bon ménage. La tâche est rude pour tous, et tous reçoivent à manger et à boire largement, et également je crois. Il y a aussi une ligne pour des pécules : c'est ça que j'ai appelé leur solde. Ils ne doivent pas être absolument malheureux… »

*

À partir de ce mois de février, Maria Concepción songea beaucoup à ce que c'était qu'être esclave. Son fils était désormais la propriété de quelqu'un, c'était un coup du sort qui la forçait à se souvenir qu'elle-même l'avait été. Elle essaya de se rappeler comment elle avait vécu petite enfant, les circonstances dans lesquelles elle avait été prise, ce qui s'était passé sur le bateau puis à Séville quand Vespucci l'avait achetée. Rien ne venait : elle avait voulu oublier et elle y était trop bien parvenue. Il lui restait des images de forêts, de fleurs, et de femmes qui criaient autour d'une autre femme, mais elle avait raconté ces souvenirs, jadis, à celui qui devait devenir son époux, et elle ne savait plus si elle les avait vécus ou si elle les avait inventés. Parfois, il lui semblait revoir une grande silhouette : elle ignorait si c'était un père, un frère, ou le marchand d'esclaves qui l'avait emmenée.

À sa première visite chez les trinitaires, Maria Concepción était seule. Par la suite, l'évêque l'accompagna ; dès lors, il ne fut plus question que de choses pratiques.

Il fallut plusieurs mois pour obtenir des informations. En avril, les moines confirmèrent qu'Ulisse était toujours vivant. Un marchand de papier l'avait acquis pour qu'il balaie l'atelier puis, découvrant qu'il était de bonne famille, il l'avait envoyé à la campagne où on le traitait bien. Il ne le montrerait, ne le rendrait, qu'une fois qu'on se serait entendu sur le prix qu'il valait et qu'on aurait payé. Il ne dit pas la somme qu'il entendait avoir mais il refusa deux fois une offre des trinitaires. Ulisse Vespucci était riche, son père avait été à la tête d'une firme à plusieurs bateaux, sa mère possédait des terres et elle était la fille d'un seigneur qui avait commandé dans les armées du roi : les siens pouvaient payer.

Fonseca, en entendant cela, s'était redressé sur sa chaise :

« Comment ce mahométan peut-il savoir ces choses ? tonna-t-il. C'est forcément votre fils, Maria » – qu'il l'appelât par son prénom devant le moine lui embrasa les joues. « Il est bien imprudent d'avoir dit tout cela : son rachat en sera renchéri et il vous ruinera tout à fait sûrement !

— Les prisonniers racontent ce qui peut les sauver, nuança Fray José. Certains en rajoutent, parfois. S'ils sont blessés ou malades et que les Turcs songent à les tuer, il faut bien qu'ils leur donnent des raisons de les épargner. »

Fonseca ne répliqua pas et prit un air dégoûté. Un garçon de vingt ans, acheté pour des tâches ménagères qu'un vieillard pourrait faire ? L'héritier Vespucci devait être en bien mauvais état. Le moine lui donna raison par ce qu'il dit alors :

« Outre la valeur qu'ajoutent les circonstances, le maître de votre fils insiste qu'il faudra payer son entretien. Sa blessure l'a affaibli : il serait entretenu à ne rien faire depuis maintenant des mois. »

Le ventre noué, Maria Concepción se taisait.

« Tout cela, corrigea cependant le frère, pourrait aussi n'être qu'un tissu de mensonges. Si Ulisse Vespucci a été vendu à un maître privé, c'est qu'il était sain de corps et qu'il n'avait pas dit, alors, qui il était. Donc la situation est tout à fait inexplicable. Nous n'avons pas non plus rencontré son propriétaire mais seulement un émissaire qui parle parfaitement l'espagnol. Il était habillé à la manière musulmane mais avec un bonnet qui le désignait comme juif. »

Fonseca serra le poing à cette information. Cependant le trinitaire continuait : c'est ce demi-Arabe demi-juif, qui avait fourni la preuve que le garçon vivait. Il sortit de son habit une lettre décachetée :

« Vous allez voir que le sceau est brisé. C'est la procédure normale : nous lisons les lettres pour vérifier que le maître d'un esclave mort n'extorque pas de l'argent aux familles éplorées. Cette lettre sonne vrai, mais il y a outre les mots une chose dont vous seule, señora, pouvez ou non confirmer que votre fils l'ajouterait. »

Maria Concepción esquissa en tremblant le geste de prendre le papier ; Fonseca la devança, arrachant la missive :

« Je vais lire la lettre. La señora Vespucci le ferait sans doute assez difficilement. »

Maria ne put protester : elle savait lire bien mieux que l'évêque ne le disait. Mais celui-ci avait une autorité à laquelle on ne résistait pas.

« C'est une lettre brève. Il y a un dessin : c'est ce qui vous étonne ? » demanda l'évêque en regardant la feuille.

Il commença à lire :

Ma Mère

Si le Très-Haut le veut, si les frères qui rachètent les captifs acceptent de venir vous trouver, vous recevrez cette lettre. Si le Ciel ne le veut pas, si vous ne recevez pas ce mot, alors, je serai perdu : nous ne nous reverrons pas.

Le désastre de la flotte réunie pour prendre Alger a été complet. Mon navire a été de ceux qui ont sombré et je dois à la vigueur de mon corps d'avoir survécu aux vagues. Tous mes efforts pour échapper aux Turcs ont été vains et l'on m'a mené avec des dizaines de mes compagnons jusqu'à une immense salle où on nous a chargés de fers et où nous avons croupi durant des jours entiers. J'ai été conduit sur une place pour y être vendu, on m'a traité et marchandé comme si j'étais un Nègre ou une tête de bétail. Il paraît que c'est le prix à payer pour nous qui attaquons les ports des infidèles et qui sommes défaits.

L'homme qui m'a acheté m'épargne et ne veut pas que j'écrive son nom. Il faut seulement que j'écrive que je suis vivant, en santé et que je reste entre ses mains. Il me traite bien, mais il ne me libérera pas pour rien. Il dit qu'il a peu de moyens et que, parce que je suis jeune et malgré une blessure, je coûte beaucoup de piastres. Puis pour qu'il s'intéresse à moi j'ai avoué qui était mon père. Cela fera qu'il faudra payer plus : je ne pouvais faire autrement. J'ignore cependant ce qui sera exigé et dans quelles conditions je pourrai revenir à la maison.

Ma Mère, je vous supplie, ne m'abandonnez pas.

Votre fils misérable qui attend tout de vous.

ULISSE VESPUCCI

Quand il eut achevé sa lecture, Fonseca maugréa que la lettre était élégamment tournée. Trop peut-être pour émaner du garçon qu'il avait vu grandir :

« Je sais qu'Amerigo a fait donner à son fils une belle éducation, mais enfin… Un soldat, ça n'écrit pas comme ça ! »

Il tendit la missive à Maria Concepción. Celle-ci serra le papier comme elle eût serré son fils. Ce n'était qu'une feuille, mais cette feuille avait été tenue par lui. Il s'était penché dessus pour écrire, ses mains l'avaient pliée, elles avaient peut-être appuyé sur les plis pour mieux les marquer. Les propres doigts de Maria Concepción suivirent les saillies de la feuille. C'était un peu d'Ulisse que, après des mois d'absence, elle avait entre ses mains.

Si la lettre était de lui.

Ce que tout, en elle, pressentait.

Quand même, elle examina l'écriture sans relire le texte : les grandes lettres rondes pouvaient être d'Ulisse.

Ses yeux allèrent surtout au dessin après la signature. Une petite chose à la plume : la même plume apparemment avec laquelle il avait écrit. La forme était maladroite comme elle l'était toujours dans les dessins d'Ulisse, mais ce qu'il avait à faire savoir était clair. Un homme assis par terre levait la tête pour supplier. Il était jeune, le poil lui mangeait les joues, ses mains et ses pieds étaient liés par des chaînes.

« C'est Ulisse, dit Maria d'une voix cassée. Il n'y a pas de doute. »

Fonseca lui reprit la feuille. Il regarda mieux le dessin.

Ce pouvait en effet être le jeune Vespucci, reconnut-il avec regret : les traits avaient de la ressemblance.

*

L'évêque avait reposé la feuille, se souvenait-elle en ce jour de chaleur où elle était assise dans la cour à l'attendre. Il était resté silencieux un moment. Puis il avait murmuré en la regardant fixement :

« Peut-être, peut-être pourrais-je vous aider, si vous le voulez vraiment. »

Et il avait dit encore :

« Bien sûr, il faudrait que vous soyez gentille. »

49

Le viol

MÊME LIEU, MÊME JOUR

Fonseca était arrivé. Ugo l'avait fait entrer puis il s'était retiré comme il lui avait été commandé. Piedad était invisible, dans la cour on n'entendait pas les bruits du quartier : l'évêque et la veuve étaient seuls.

Le rendez-vous était la condition pour que Fonseca lui procure la somme qu'il fallait. Rien n'avait été dit bien sûr, mais elle avait compris. Au printemps, le prélat avait insisté pour que les moines refusent le truchement de l'homme qu'ils avaient rencontré : « Un juif qui mime les Arabes et qui parle espagnol ? C'est un émigré de chez nous. Un de ces successeurs des assassins du Christ. » Mais comment procéder ? Les trinitaires avaient agi comme ils l'entendaient et à la fin un prix avait été fixé. L'évêque, alors, avait proposé à Maria Concepción de lui acheter sa ferme. Il était riche et pouvait se le permettre. Il promit à la veuve qu'elle resterait sur ses terres et qu'elle continuerait à les administrer : rien ne serait changé en apparence, et elle ne devrait rien à Guido Liuciardi. La condition, de fait, était qu'elle ne dise rien : « Si l'on sait que je vous ai aidée, tous les parents de captifs me demanderont l'aumône », avait-il argumenté. Aucun scribe officiel ne devait donc intervenir, ni personne de la Maison du commerce. La signature des actes se ferait entre eux deux, le notaire épiscopal les validerait après coup. Fonseca verserait la somme aux trinitaires plutôt qu'à

Maria ; c'est-à-dire l'exacte quantité d'argent qui ramènerait Ulisse.

« Il sera chez vous un mois plus tard, ou six semaines au plus », avait-il promis.

L'ancien chapelain d'Isabel était désormais un homme âgé. Il était fort, le visage large sous une calvitie que masquait sa barrette, la moustache très noire, teinte probablement. Sa tête sans cou paraissait encastrée dans ses épaules à cause de la rigidité du tissu qui formait sa chasuble.

Cet après-midi-là, il semblait mal à l'aise dans cette intimité à laquelle ni l'un ni l'autre n'étaient habitués. Il attendit pour s'asseoir qu'elle lui eût proposé le siège en face d'elle : il n'avait pas ces façons en général et posait son gros corps là où il le voulait et quand il le voulait.

« Vous souvenez-vous, Maria – il prononçait son prénom avec gourmandise –, la première fois que nous nous sommes vus ? Je savais votre existence et que vous viviez à la campagne : je ne comprenais pas pourquoi votre mari vous tenait éloignée. Cristóbal Colón était mort, votre époux désirait sa maison. Elle appartenait à l'épiscopat et il me revenait d'accepter ou non de la louer. Vous êtes venue dans la demeure et j'ai été saisi par votre beauté... »

Maria rougit et ne répondit pas. L'évêque commençait fort.

« Monseñor, il fallait que nous nous voyions aujourd'hui et vous savez pourquoi.

— Je le sais très bien et nous allons procéder. Mais pourquoi hâter tant les choses, ma fille ? »

Il posa sa coiffe sur la table, façon de préciser qui était le maître. Son crâne avait un calibre étonnant, la barrette devait bien y tenir.

« Je suis un vieil homme, hélas, dit-il. Je sais beaucoup de choses. Si je m'intéresse à vous, ma chère, c'est qu'à la vérité je vous ai connue bien avant que vous soyez mariée. »

Il y eut une pause gênante.

« Jusqu'à ce jour où vous êtes venue dans ce qui allait être votre maison, je n'avais pas fait le rapport entre l'enfant qu'Amerigo Vespucci possédait, et Maria Concepción Vespucci, née prétendument du *Gran Capitán* Gonzalo de Córdoba. »

Il y eut un autre silence. Maria écoutait, les yeux réduits à des fentes, la bouche desséchée.

« Quand vous êtes arrivée, esclave, chez Amerigo, j'habitais Séville en permanence. »

Il sourit :

« Je venais quelquefois chez votre maître, je vous entrevoyais. Vous n'avez pas fait attention à moi, je faisais un peu plus attention à vous. »

Il s'arrêta de nouveau, fixant ses yeux dans ceux de Maria. Elle ne sut faire autrement que les fermer et elle baissa la tête.

« Vous étiez très jeune, n'est-ce pas. Mais que vous étiez belle déjà ! Vous aviez une manière de vous comporter qui n'était pas servile. Vous étiez… Je ne saurais dire… Effrontée, mais d'une manière si naturelle qu'on n'aurait su vous gronder. On avait envie, alternativement, de vous caresser ou… de vous donner la fessée. »

Il s'arrêta un moment. Puis dans un souffle :

« Ou bien le fouet peut-être… »

Maria Concepción ne cilla pas. Mais elle se tenait si raide que tous les muscles de son dos étaient douloureux.

Le prélat continua aussi bas :

« Je n'ai fait ni l'un ni l'autre. Il aurait fallu vous racheter à Amerigo Vespucci. J'y ai songé, il ne l'a pas permis. Vous étiez sa chose, je suppose. »

Le prélat se tut de nouveau un instant. Il se cala plus à l'aise sur son siège et continua d'une voix plus haute :

« Quand vous êtes arrivée, on ignorait votre nom : vous aviez beau le dire, personne ne comprenait. On vous appela la Guanche, et ensuite Maria Canar. Un jour, vous avez disparu. Amerigo a dit que vous preniez trop de liberté, que vous ne l'amusiez plus : il vous avait vendue. Cela m'a fort déplu : il savait que je vous voulais. Même quand il m'a annoncé plus tard qu'il s'était marié, je n'ai pas pensé qu'il vous avait épousée. »

À présent il jouait avec sa bague d'évêque, ses gros doigts la faisant tourner autour de l'annulaire. Un moment, il tâcha de l'ôter : elle le gênait sans doute. Mais avec la chaleur ou à cause des années, l'anneau ne passait l'articulation des phalanges. Il tirait en vain.

« J'ai dû conclure alors qu'il s'était débarrassé de vous, sa maîtresse, pour pouvoir aisément se trouver une femme. Puis je n'y ai plus pensé. »

Finalement, Fonseca réussit à retirer la bague. Lorsqu'il la posa sur le bois de la table, cela fit un bruit sec qui le fit rire :

« Elle est lourde, cette bague… Le pectoral est pire. »

Maria Concepción avait rouvert les yeux. Elle fixait l'anneau, une massive chose qui faisait du prélat un époux de l'Église. Elle se refusait à lever son visage.

« Avez-vous vu cette croix, appuyée sur la tête de mort ? questionna-t-il en montrant le chaton. C'est morbide, mais beau : le sacrifice de Jésus triomphe de la mort ; votre fille a imaginé cela… Par ailleurs, l'anneau est en or massif. »

Les yeux de Maria Concepción demeuraient sur la bague. L'évêque s'en saisit, se pencha sur la table, prit sa main et la lui mit dans la paume. Il en profita pour caresser la peau, doucement mais avec insistance. Maria Concepción lutta et retira sa main. Elle regarda mieux le chaton : Silvana avait de ces inventions… Elle avait confectionné pour elle, pour son père et pour d'autres, même à destination de personnes qui n'existaient pas, des sceaux singuliers et beaux. Elle les modelait en argile, Amerigo faisait fondre les plus remarquables dans le métal. Maria ignorait cependant que Silvana avait fait la bague de l'évêque.

« C'était pour son mariage. Pour me remercier de procéder moi-même, dit l'évêque comme elle le regardait d'un air interrogateur. Vous étiez venue me voir, mais votre fille également. »

Maria Concepción sentit dans son estomac un grand vide. Se pouvait-il que…

Le prélat devina sa pensée et il rit grassement :

« N'ayez crainte : Silvana est la femme d'un seul homme, votre gendre Joaquín. Lui seul l'aura touchée : ce doit être une drôle d'épouse. »

Et il poursuivit, de la même intonation basse dont il avait usé quand il avait avoué qu'il l'avait désirée petite fille :

« Je suis un homme continent, Maria. J'ai juré chasteté en prononçant mes vœux. Il n'y a que vous qui puissiez me faire rompre mon serment. »

La chose était dite. Maria recula sur son siège, mit ses mains sur ses genoux, hors de vue et de portée, et de nouveau baissa la tête.

« Il nous faut signer, monseñor… », tenta-t-elle.

*

Elle y croyait peu, or cela eut un effet. L'évêque souleva une besace qu'il avait posée sur le sol, fouilla dedans et en sortit des feuilles chargées d'écriture.

« Voici l'acte de vente. Il est en deux exemplaires. Un pour vous, un pour moi. La somme que nous avons dite y figure, celle que je verserai aux trinitaires. Il y a même un peu davantage : j'entends que vous soyez contente de la transaction. Vous aurez le supplément, qu'un homme à ma livrée portera à Cazalla : il est trop dangereux pour une femme de voyager avec de l'argent. »

Maria Concepción rapprocha de la table son siège et étala les feuilles. Elle ne chercha pas à lire : le texte était rédigé dans cette langue des notaires qu'on appelait le latin, elle n'aurait rien compris. Elle regarda le prix, qui était inscrit en chiffres : le montant dépassait en effet la somme que les trinitaires avaient demandée. Le vin est tiré, songea-t-elle, maintenant, il va falloir le boire – c'était Amerigo qui lui avait appris l'expression. Vite, elle trempa dans l'encrier la plume qu'elle avait préparée et s'apprêta à signer. Où devait-elle le faire, cependant ? Elle eut un moment d'incertitude.

Le prélat, avec un petit rire, se leva de son siège.

« Je vais vous montrer, mon petit. Il ne faut pas se tromper. »

Le corps pesant fit le tour de la table. Maria Concepción ne bougea pas, mais elle mordait ses lèvres. L'évêque était derrière elle à présent. Elle sentit son vêtement puis, sous son vêtement, le gros ventre qui appuyait contre son dos.

« Ne soyez pas crispée, Maria. Tout va bien, dit-il, tout va très bien. »

Il mit sa propre main sur la main de Maria Concepción, comme elle tenait la plume, l'arrêtant plutôt que cherchant à la guider. Et les doigts de son autre main se posèrent sur la nuque de celle qu'il avait connue comme la Guanche, à la bordure du col.

« Tout va bien », répéta-t-il, la voix plus rauque. Sa main droite quitta la main de Maria Concepción, qui laissa tomber le porte-plume. Elle se posa sur sa robe, devant, à l'endroit de son sein. La main gauche descendit aussi, se posa sur l'autre sein, le fit sortir de l'encolure et palpa, pinçant le mamelon. L'évêque soufflait fort. Il inclina la tête et son nez se perdit dans sa chevelure, respirant les effluves. Tout le haut de son corps, à présent, se frottait au sien.

À travers l'habit du prélat et sa propre robe, Maria Concepción Vespucci sentit le pénis gonflé poussant contre ses fesses.

C'était le moment.

Elle pria un dieu que ça aille très vite.

50

Douce Loire

BLOIS, MAISON DES PARONI, JUIN 1520

Le voyage, finalement, s'était bien passé. Depuis Aire-sur-la-Lys où ils s'étaient retrouvés, Guido et Damiano avaient chevauché par Saint-Pol et Doullens, traversé une ville avec une cathédrale puis une autre avec encore une église, ils étaient passés par des villages dont l'Italien oublia aussi les noms et par Chartres où ils dormirent, encore, près d'une cathédrale. Ces massifs de pierres s'embrouillaient dans la tête de Liuciardi : il préférait de beaucoup le Duomo de son enfance à Sienne, strié de noir et blanc et aux décors plus rares. En fait, il était nerveux à cause de ce que Damiano lui avait révélé :

« Tu sais, lui avait dit le marchand après qu'ils s'étaient mis en route, Laurette voulait te faire la surprise mais le secret me brûle. Doucine. Elle vit à Blois maintenant. Depuis presque deux ans. Tu vas la voir chez nous. »

Sans doute, Guido aurait été plus contrarié s'il s'était trouvé en présence de son ancienne amie sans avoir été prévenu. Même ainsi il se trouva dépité. Se mettre en colère ? Ne pas aller à Blois ? Il y songea mais, la curiosité l'emportant, il persista finalement. Durant tout le trajet, il spécula sur comment serait Doucine et ce qui se passerait.

Il était près de midi quand ils parvinrent en vue de Blois. Le soleil baignait d'une lumière vibrante le fleuve, les maisons alignées, l'église et le château. Revenir après vingt ans dans une ville qu'on a aimée… Guido eut un serrement de cœur et cela ne tenait pas, cette fois, au souci de la femme qu'il allait retrouver.

« Tu as vu comme la Loire est basse ? fit remarquer son compagnon. Il n'y a presque pas eu de pluie cet hiver. La navigation devient chaque année moins possible. »

Damiano, l'homme pratique… Que dire ? Guido ne répliqua rien. Il n'avoua pas le mélange de plaisir et de déplaisir qu'il avait à être de nouveau là.

Les chevaux avançaient au pas sur le chemin de halage, désert en cette période où, en effet, l'affleurement des bancs de sable empêchait qu'on utilise le fleuve. Ils progressaient de concert et Damiano, à un moment, toucha le bras de Guido pour le faire s'arrêter :

« Tu vois la maison rose, là-bas ? demanda-t-il en indiquant des bâtisses de l'autre côté du lit. C'est la mienne. Elle est neuve : je l'ai fait construire quand mes affaires ont commencé à vraiment prospérer, vers la naissance de notre seconde fille. »

Guido distinguait la demeure : une façade large et haute, crépie dans une teinte qu'il n'aurait pas choisie, et surmontée par le bonnet noir des ardoises ligériennes. Au centre, une partie avançait. Il y avait, peut-être, une fenêtre avec des colonnes.

« Tu apprécieras mieux quand nous serons plus près. Te rappelles-tu que j'avais commandé des terres cuites pour l'évêque de Rouen ? J'ai demandé aux ouvriers qui ont œuvré chez lui de travailler pour moi. Tu verras : sous la corniche, en haut, il y a une surprise ! »

Ils repartirent et empruntèrent le pont. Des paysans y vendaient leurs légumes, on n'aurait pu passer s'il y avait eu du monde. Le fleuve franchi, Damiano mit au trot son cheval et Guido suivit plus lentement. Juste là, il se serait trouvé mieux d'arriver à Séville et de retrouver Lisandra.

À Chartres, Damiano avait payé un homme pour qu'il aille avertir de leur arrivée prochaine. Ainsi, ils étaient attendus.

Deux fillettes, un garçon, étaient assis sur des marches. Ils bondirent sur leurs jambes à la vue des cavaliers.

« Papa, papa !

— Attention ! Poussez-vous, le cheval va vous faire mal, laissez-moi le temps de descendre. »

Les petits reculèrent à peine. Damiano mit pied à terre, souriant ; la porte s'ouvrit et une servante accourut, prit le cheval et l'écarta. Guido avait arrêté sa monture et regardait. L'ami s'était accroupi à la hauteur des enfants et les serrait contre lui. Ceux-ci parlaient en même temps, excités, et Guido, qui s'était à peine réaccoutumé, à Ardres, à entendre le français, ne comprit pas ce qu'ils disaient.

À la porte restée ouverte, une autre femme parut, et derrière elle encore une. Elles souriaient, le regard fixé sur lui plutôt que sur Damiano.

« Tu es Guido : mon Dieu, que cela fait longtemps », dit la première, qui était Laurette.

À son tour, Guido descendit de cheval. Il n'aurait su que faire de l'animal, mais un valet arriva qui le lui prit. Les Paroni étaient bien servis.

Damiano s'était redressé :

« Les enfants, je vous présente Guido Liuciardi. C'est un ami à moi, de ma jeunesse. Un ami de votre maman, aussi. Et de Doucine. Saluez-le et considérez-le comme une sorte d'oncle. »

Les petits s'approchèrent, les fillettes firent la révérence, le garçonnet, qui était replet comme Damiano l'avait dit, se dressa sur la pointe des pieds et embrassa le prétendu oncle.

« Entrez ! Il fait meilleur dedans », décréta Laurette.

Ils entrèrent donc, les enfants se battant pour tenir la main du père. Guido, l'espace d'un instant, se demanda comment saluer les femmes : s'incliner était trop respectueux, embrasser trop familier… Mais Laurette, d'elle-même, ouvrit les bras et le serra contre elle. Elle était devenue dodue en effet, et même grasse. À travers sa chemise que la sueur du voyage plaquait contre sa peau, il sentit les larges seins et le ventre de la femme de son ami. Doucine, elle, était fine comme dans leur jeunesse. Elle se tenait juste derrière Laurette et, souriant mais avec plus de réserve, elle inclina le buste quand il fut proche d'elle, croisant ses paumes sur son cœur, en un geste d'accueil qui la dispensait de contact. Guido répondit spontanément en portant la main à sa bouche et en la retournant vers elle, dans une esquisse de baiser, sans la toucher non plus. D'un coup, il sentit revenir pour elle une bouffée de désir.

*

On avait préparé pour l'invité une chambre, à l'étage, qui donnait sur une cour. La pièce était fraîche, il y avait un bassin, de l'eau, des serviettes : Laurette avait bien fait les choses. Il se lava rapidement, changea de chemise, et il descendit pour la collation. « Ce ne sera rien : nous avons la coutume de mieux manger le soir », avait dit Laurette.

Les petits étaient là, pépiant, Doucine s'était retirée il ne savait pas où : on mangea dans un relatif désordre et dans un grand tumulte. Après quoi les maîtres de maison lui firent les honneurs de la demeure. Avec les enfants et ensuite sans eux comme ils s'étaient lassés, Guido parcourut les pièces, admira les histoires en grisaille aux carreaux des fenêtres, les cheminées qui rendaient la maison douce à vivre l'hiver, et le dressoir où Laurette exposait sa vaisselle. Au dernier étage (ce fut le couronnement de la visite), on le fit sortir sur un balconnet et se tordre le cou pour découvrir ce que Damiano avait appelé « la surprise » : deux têtes en pierre sculptée juste sous la corniche, qui figuraient le Sieur et la Dame Paron.

« J'attends que les enfants soient un petit peu plus grands et ils auront leur portrait eux aussi. Puis un jour mes gendres », dit Damiano d'un air important.

« Et notre belle-fille. Et les fils de notre fils », ajouta Laurette.

Guido hocha la tête, perplexe et n'en laissant rien paraître.

*

À la fin de l'après-midi puis plus tard au dîner, où Doucine reparut et où l'on mangea en effet abondamment, sans les enfants, ils parlèrent de ce qui s'était passé depuis le temps où Guido était là. Pour les Paroni, l'essentiel tournait autour de la présence ou de l'absence du roi :

« Louis XII a aimé cette ville, expliqua Laurette. Après, François a fait de même pendant quelques années. Puis, je ne sais pourquoi, il s'est détourné de Blois. Il a résidé à Amboise, il a eu des plans pour un château à Chambord et il a imaginé de construire une nouvelle cité dans je ne sais quel lieu.

— Peut-être l'a-t-il fait parce qu'il se lasse d'être toujours avec Claude ? suggéra malicieusement Damiano.

— Il est heureux du moins que la reine demeure sur place, répliqua Laurette d'un ton pincé. Sa présence garantit un peu d'activité dans la ville. »

Il fut question de da Vinci, dont Damiano avait expliqué, quand ils étaient dans le Nord, qu'il était mort récemment. L'Italien était arrivé en France quelques mois après que François avait remporté près de Milan une victoire militaire. Guido voulut savoir si son ami avait rencontré l'artiste, mais celui-ci reconnut que non, avec mauvaise grâce :

« J'aurais pu, certainement, si je l'avais voulu. Mais vraiment, à quoi bon ? Leonardo est venu ici âgé, et malade. Le roi lui a donné un manoir près d'Amboise. Il n'en sortait jamais. Il aurait fallu aller jusque-là, tâcher de forcer sa porte et ça n'aurait servi à rien. »

Doucine, à son tour et parce qu'on l'en pria fortement, raconta son histoire, comme avec réticence. Elle était revenue de Montferrat deux ans auparavant et depuis, elle vivait à Blois, dans sa propre maison mais près des Paroni. Et, non, elle n'était pas mariée :

« Je ne serais pas ici, sinon ; ou je n'y serais pas seule », remarqua-t-elle d'un ton neutre.

Elle dit qu'elle avait éprouvé du plaisir à aider Anne d'Alençon à s'habituer au mariage, qu'elle avait vu naître ses enfants et qu'elle les avait aimés, puis que progressivement tout avait empiré :

« Je me suis sentie prisonnière derrière les montagnes. Et la marquise, de moins en moins, m'a témoigné de gratitude. »

Il fut question alors d'un départ précipité au temps de la mort du marquis, d'un adultère plus ou moins incestueux et même d'un empoisonnement. Mais pour raconter ces péripéties, Doucine, qui s'exprimait en français, commença à parler très vite, pressée peut-être d'en finir, et Guido ne comprit pas tout. Il fut seulement frappé d'entendre que le brillant cavalier qu'il avait vu jouter vingt ans auparavant, le tout jeune garçon qui avait plié le genou devant le roi pour demander de combattre, était mort à présent. Comme la vie allait vite…

51

Dans le labyrinthe

BLOIS, LE LENDEMAIN

Guido se serait ennuyé à rester chez les Paroni. Damiano devait s'occuper de questions domestiques et il n'avait pas de temps, encore, pour discuter de ce qu'ils pourraient faire ensemble. Aussi lorsque Doucine vint saluer ses amis le lendemain matin et qu'elle lui proposa de lui remontrer la ville, il en fut bien d'accord. Il apprécia que la jeune femme lui parle en italien, qu'elle maîtrisait parfaitement depuis qu'elle avait séjourné outre-monts.

Doucine habitait une maison à étages, étroite mais d'un aspect convenable. Elle la lui montra depuis la rue, sans lui proposer d'y entrer.

« Quand je suis revenue à Blois, j'ai d'abord habité chez les Paron. Cela ne me convenait guère et à eux encore moins. Je leur rends des services, je vis beaucoup près d'eux, j'enseigne aux petites filles, mais il me plaît le soir de rentrer chez moi », indiqua-t-elle.

Et elle ajouta :

« D'ailleurs Laurette n'aimait pas que je couche avec eux. »

Guido ne répliqua rien.

Il voulut voir l'hôtel où jadis ils avaient vécu. Elle sourit mélancoliquement et lui dit qu'il allait avoir une surprise. La rue de la Chaîne, vers laquelle elle le dirigea (il ne savait plus la géographie de la ville), n'avait pas changé dans ses premiers abords mais il n'en reconnut rien un peu plus haut dans la pente. On avait abattu des maisons qui dataient de plusieurs siècles et on en avait construit d'autres assez semblables à celle des Paroni, avec un décor qui se voulait italien. À la place qu'elle montra (il n'aurait pas deviné que c'était le bon lieu) il y avait une dent creuse : « L'hôtel où nous logions s'est écroulé d'un coup quand j'étais en Italie. Tu te souviens du toit ? Il laissait passer l'eau… Apparemment, c'est toute la charpente qui était abîmée : peut-être que nous avons couru, alors, un grand danger. »

Elle avait songé à acheter le terrain et à faire bâtir :

« Mais c'était du travail et je n'y connais rien. J'aurais eu Damiano sur le dos tout le long des journées. Non qu'il ne sache pas faire, mais… »

Elle haussa les épaules et ne continua pas. Mais elle reprit, concentrée :

« Puis cela coûtait trop. Je peux avoir mon chez-moi. J'ai un petit peu d'argent – mais seulement un petit peu. J'ai acheté la maison que je t'ai montrée, qui était toute bâtie et convenablement récente. S'il n'y avait autant de marches je m'y trouverais parfaitement. »

Et, avec un sourire :

« C'est à la fois assez loin et assez proche des Paron. »

*

Le bien que Doucine avait acquis devait avoir, quand même, une certaine valeur. Où Mademoiselle de Saubonne avait-elle trouvé la somme ? Un héritage, peut-être ? Guido ne posa pas la question mais il s'étonna de ce nom, Paron, qu'elle avait utilisé deux fois :

« Je sais depuis longtemps que Damiano se fait appeler Damien en France, mais pourquoi le nommes-tu Paron ?

— On connaît la famille ainsi à Blois, répondit la jeune femme. Bien peu de personnes savent que Damiano n'est pas français. Non que cela aurait de l'importance, mais je crois que Laurette aime mieux. Ici, il n'y a que moi qui l'appelle par son vrai prénom ; et encore, quand nous sommes tous deux seuls, ce qui arrive rarement. »

Guido entendit de l'amertume dans la voix de Doucine. Quelle était au juste la position de la jeune femme chez les Paroni – ou les Paron ? L'ancienne demoiselle de Madame d'Alençon était bien habillée, elle avait porté, la veille au dîner, des bijoux assez beaux, et elle possédait une maison. Si elle n'était ni une gouvernante, ni une amie recueillie par charité, que faisait-elle auprès du couple de marchands ?

Les deux anciens amants allèrent au château : Guido trouva curieux, là aussi, de confronter ses souvenirs à la réalité. Il ne se rappelait pas, par exemple, qu'il y eût un dénivelé pour passer de la ville à la résidence royale. Pourtant, ils durent gravir une pente et, comme il avait monté aussi la rue de la Chaîne, son genou abîmé commença à l'élancer. Doucine, bien qu'elle se fût chargée d'un sac, avançait d'un pas agile. En la regardant de dos dans la robe cerise qu'elle avait choisie ce jour-là, il remarqua la manière qu'elle avait de se déplacer à enjambées légères comme si elle ne pesait rien. Il avait su cela et l'avait oublié.

La jeune femme cependant se retourna et le regarda venir :

« Tu boites. Il t'est arrivé quelque chose ?

— Une chute, éluda Guido. Cela passera, ce n'est rien. » Il ne précisa pas que l'accident datait d'il y a presque deux ans.

Ils étaient à la porte du palais. Le roi et la reine étant absents, encore à Ardres ou sur le chemin du retour, on pouvait entrer librement dans la cour et dans les jardins.

« Moi, je peux y aller également quand Claude est là, précisa celle qui le guidait. Je ne sers plus le château, plus régulièrement, mais il arrive qu'on m'appelle lorsque la reine reçoit des dames importantes : je fais nombre avec les demoiselles qui l'entourent et parfois aussi, je forme celles qui sont fraîches et ne savent pas les convenances. »

Et elle ajouta juste après avoir salué d'un sourire deux gardes :

« Tu vas être surpris. Ce n'est pas seulement Blois qui a changé, le roi adore les travaux et sa demeure aussi est toute transformée. »

La cour du château fit de fait au marchand une drôle d'impression. Vingt ans plus tôt, elle était en chantier et faite de morceaux d'âge distincts. À présent, une nouvelle construction se dressait, sa façade très blanche enlaidie par un massif de pierres avec des ouvertures de guingois. Guido, qui ne comprenait pas l'usage de cette partie en saillie, interrogea Doucine, qui rit de sa perplexité :

« C'est le chef-d'œuvre du château, paraît-il. Un escalier. Il monte en colimaçon et chacun peut se faire voir ou regarder par les baies qu'on y a disposées en biais. Il a été achevé à l'automne. »

Un tunnel leur permit de traverser le bâtiment pour gagner le jardin. De nouveau, tout était différent de ce qu'il se rappelait. Quand il s'était promené, jeune homme, le terrain était planté d'arbustes minuscules. À présent, il découvrait de hauts buis taillés de formes bizarres. Il dit son étonnement à Doucine, qui remarqua prosaïquement que le temps avait passé :

« Moi-même, quand je suis revenue de Montferrat, j'ai été plutôt surprise. Un buis, cela vit plusieurs existences d'hommes. C'est censé pousser très lentement. Mais ceux-là doivent avoir quelque chose de spécial, ils sont plus hauts que nous ! »

Mademoiselle de Saubonne aurait bien pu dire qu'ils étaient plus hauts qu'elle : elle le dominait nettement par la taille. Il se demanda si elle avait grandi… Évidemment c'était impossible.

Le jardin avait trois niveaux, Doucine fit descendre Guido jusqu'à la terrasse basse. Là, sur une vaste surface, les buis dessinaient des galeries.

« Entrons, dit-elle. Quand tu vivais à Blois on voyait à peine les dessins, maintenant, ça forme ce qu'on appelle le labyrinthe. Tu n'es pas pressé ? À cette heure il n'y a personne. Nous pourrions bien nous perdre avant de ressortir. »

Guido était sceptique. Son genou, décidément, lui faisait mal. Il n'allait pas, cependant, jouer les rabat-joie. Un labyrinthe… Cela lui rappelait une très vieille histoire qu'il avait sue jadis.

« Il y a une fable, chez les anciens Grecs. Je crois qu'il s'agit d'un taureau… Est-ce qu'il n'est pas caché au fond du labyrinthe ? »

Doucine n'en savait rien. Elle se moqua gentiment :

« Un taureau… Tu es bien présomptueux, mon cher. »

Guido rougit. Quand il était tout enfant, son père l'avait emmené à Lucques. Sur la porte d'une église, il lui avait montré un dessin qu'il nommait *labirinto*. C'était un cercle avec des stries dedans. L'enfant avait suivi du doigt les rainures qui semblaient cheminer vers le centre et s'interrompaient brusquement. À côté du labyrinthe, il y avait une inscription en latin qui racontait une histoire. C'était…

Doucine ne le laissa pas se rappeler ce qui était écrit :

« Viens, commanda-t-elle. Le jeu est de rejoindre le cœur du labyrinthe. Il s'y trouve une surprise. »

Ils étaient seuls dans le dédale vert. Laurette et Damiano avaient raison : quand le roi et la reine n'étaient pas là, la ville était comme morte.

Doucine l'entraîna entre les denses haies, elle déjouait les pièges, tournait d'un côté, d'un autre – il fut incapable de déceler une logique dans ce vagabondage. Mais après un moment, ils arrivèrent à ce qu'elle appelait le cœur : un espace circulaire où se trouvaient des bancs et d'assez beaux orangers : la surprise, sans doute.

Guido fut content de s'asseoir :

« Tu es forte, complimenta-t-il.

— Je suis venue assez souvent ici. La reine aime bien ce lieu, il faut y mener les visiteurs. »

Mais elle continua, mi-figue mi-raisin :

« Si je te laissais et que je parte en courant, tu errerais des heures dans le labyrinthe… Je pense que tu y dormirais. »

Il fut surpris du ton qu'elle avait employé. Il n'était pas loin de contenir une menace.

« Mais tu ne le feras pas. Tu n'as aucune raison », répondit-il. Aucune raison… Sa voix, cette fois, manquait un peu d'assurance.

Doucine se tut un moment puis répéta, en détachant chaque syllabe :

« Aucune raison ? »

Elle le regardait fixement et il eut de la peine à ne pas détourner les yeux. Quel sot il avait été de croire qu'elle avait oublié…

« Ne fais pas semblant. Je ne suis pas une mégère. Je ne vais pas crier, mon intention n'est même pas de te faire de grands reproches. Je n'ai pas et n'ai jamais eu de droits sur toi : c'est moi qui ai refusé, quand tu voulais m'épouser. Mais enfin… Pourquoi, en Italie, quand je t'ai écrit, m'as-tu répondu sans me dire que tu étais marié ? Je ne t'ai pas envoyé une lettre, mais deux, mais trois ; et toi chaque fois tu m'as réécrit… »

De colère, quoi qu'elle en dît, elle fronçait le nez, déformant son visage. Comme il restait muet, elle continua :

« C'est Laurette, à la fin, qui a fait cesser cela. J'avais presque décidé de partir en Toscane pour te faire la surprise. Elle m'a arrêtée. Quelle sotte j'ai été ! »

La voix de Doucine était plus frustrée que chagrine. Comment lui expliquer ? Encore une chose qui s'était passée il y avait si longtemps… Lui-même ne comprenait plus très bien. Il n'avait pas précisément voulu la tromper en ne lui disant pas qu'il avait une famille. Simplement, il n'avait pas imaginé qu'elle pourrait sérieusement penser à le rejoindre. Comme elle l'avait dit elle-même : elle l'avait rebuté. Lisandra et Doucine appartenaient à deux mondes. Il avait, en Toscane, sa vie réelle qui lui convenait ; et, par les lettres de Doucine, arrivées impromptues alors qu'il croyait qu'il n'aurait plus de nouvelles, un peu de sa vie française qui continuait, un peu de sa jeunesse qui se prolongeait…

Doucine haussa les épaules. Ses traits se détendirent, elle fit un signe d'apaisement :

« Arrêtons. Je ne vais pas t'abandonner ici. Mais toi, tu t'es conduit comme un idiot. »

Puis, s'asseyant à son tour, sur le même banc que lui mais en laissant de la distance :

« C'était il y a presque dix ans… Je suppose que ça ne servirait à rien de t'en vouloir encore. Sais-tu ? J'ai trente-cinq ans maintenant. Je suis presque une vieille. »

Il eut envie de lui dire qu'elle semblait bien plus jeune. Il le pensait vraiment.

*

Doucine, en réalité, avait un peu triché. Elle avait trente-sept ans. À cet âge, on se doit d'être pratique. Elle prouva qu'elle l'était :

« J'espère que tu as faim, dit-elle. La cuisinière de Laurette nous a préparé des pains au pâté qui sont en général un délice. »

Le sac était posé à ses pieds. Elle l'ouvrit, fouilla, sortit les pains, un peu d'ail, une bouteille de vin, des gobelets et de la confiture de cassis.

« Ce n'est pas grand-chose, mais enfin… »

Elle eut un sourire content. Guido avait chaud et il aurait préféré de l'eau au vin. Elle devina, sourit, lui dit d'écouter et elle se tut elle-même. On entendait le silence. Des oiseaux. Même le tremblement des feuilles agitées doucement par le vent. Et… oui : le bruit de l'eau.

Il sourit à son tour.

« C'est comme une partie de cachette, dit Doucine. À toi de trouver la fontaine. Elle n'est pas loin. Ne t'éloigne pas trop quand même parce que pour le coup si tu te perds, je ne suis pas certaine de savoir te retrouver. »

Subitement, Guido se souvint. C'était pour qu'il échappe à un taureau monstrueux qu'une femme, elle s'appelait Arianna, avait donné à son amant un long fil. Quand l'homme s'était égaré dans le labyrinthe où était le monstre, il avait dévidé ce fil à mesure qu'il avançait. Puis il en avait remonté le long déroulement. Et il était sorti.

Guido ne questionna pas Doucine pour savoir si elle avait prévu un fil. Il craignit de poser au pédant.

*

Guido avait trouvé la fontaine, il avait rempli les gobelets, il avait su revenir. Ils avaient mangé – les pâtés étaient délicieux ; bu l'eau et puis le vin ; et ils s'étaient régalés du pot de confiture en partageant la même unique cuillère. La tension entre eux était tombée à mesure qu'ils se restauraient : la colère, l'amertume ; la timidité de savoir ce qu'ils étaient devenus après tellement de temps ; mais aussi, pour Guido, la brève volupté qu'il avait éprouvée la veille au moment où Doucine l'avait salué, puis le matin comme elle marchait devant lui. Maintenant, ils discutaient comme de vieux amis, avec confiance, sans désir apparent.

Ils s'expliquèrent leur vie mieux qu'ils ne l'avaient fait chez les Paroni. Guido évita de parler de Lisandra, mais il raconta ses affaires et ceux qui importaient pour lui en dehors de sa famille : le vieil Amerigo, qui avait été le fondateur de la firme ; Ulisse, le fils de celui-ci, qui était perdu en Afrique ; Silvana, la jumelle d'Ulisse, qui ne savait pas se conduire et dont les mains étaient toujours occupées ; et celui qui serait sans doute un jour son successeur, Joaquín, un garçon dont le père était mort dans les terres lointaines.

Doucine écoutait sans poser de questions mais avec attention. Puis elle-même raconta, et ce fut au tour de Guido d'entendre en se taisant. Elle parla de l'Italie, d'Anne et de la déception d'affection que celle-ci lui avait donnée. Plus longuement que la veille, elle décrivit ses derniers mois sur les terres de Guglielmo, la folie qui avait saisi les gens et finalement les jours ultimes : l'effroi qu'elle avait eu quand elle avait heurté le vase, ce qu'elle avait imaginé alors, et sa fuite :

« J'avais si peur… Jamais je ne me suis déterminée aussi vite. Le fils d'une servante m'était dévoué : je lui avais rendu service et il m'aimait beaucoup. Il dormait au château dans l'aile des domestiques. Je l'ai fait prévenir que je devais m'en aller et qu'il fallait me trouver un mulet – “tout de suite, pas dans des heures”. Il n'a pas objecté. Il a pris dans les écuries deux bêtes, en a bâté une pour supporter un coffre, a mis dessus une sorte de chaise où j'ai pu m'asseoir, et il a harnaché l'autre monture pour lui. Deux jours plus tard, j'étais à Lyon. Je m'y suis cachée un moment et ensuite j'ai rejoint Blois, que je n'ai plus quittée. »

Guido était stupéfait. Il avait cru qu'il menait une vie aventureuse : il maniait de l'argent, voyageait. Mais Doucine, en Italie, avait vécu des choses plus dangereuses.

« Cette folie, le poison… Je pensais que ces choses n'existaient que dans les contes », murmura-t-il pour lui.

Puis plus fort :

« Mais au moins, es-tu en sécurité maintenant ? Et la marquise, elle a vraiment… ? Guglielmo est mort, as-tu dit… » Il ne savait par où commencer.

Doucine sourit doucement :

« Le marquis a été enterré quelques semaines après que j'ai eu quitté Montferrat. Nous l'avons su à Blois parce que sa veuve a fait prévenir le roi. Il y a eu un service, j'ai évité de m'y rendre. Des personnes qui m'avaient vue là-bas pouvaient y être et je ne souhaitais pas qu'elles me reconnaissent.

— Tu craignais d'être toi-même… ?

— Je ne sais. Ç'aurait pu être possible. Damiano le redoutait. Et pas seulement pour moi.

— Que veux-tu dire ? »

Elle hésita. Ou peut-être fit-elle seulement semblant d'hésiter.

« Damiano… Damiano a craint que je ne les mette en danger, Laurette, lui et leurs enfants. La marquise avait forcément compris pourquoi j'étais partie, elle pouvait vouloir me tuer mais aussi se venger sur ceux qui m'abritaient. »

Elle se tut. Comme elle restait silencieuse, il avança :

« Damiano, donc, est un très bon ami. Il a pris un vrai risque en te laissant demeurer auprès d'eux. Tu dois lui en être reconnaissante ? »

Doucine resta muette. Elle détournait le visage et ses yeux se coulaient vers le bas au lieu de regarder Guido. Il tenta de nouveau :

« N'est-ce pas ? »

Cette fois, Doucine redressa la tête et elle regarda Liuciardi dans les yeux :

« En fait, je n'ai pas à être reconnaissante, mais il m'a accueillie en effet. C'est un marché. »

Et, comme Guido ouvrait de grands yeux :

« Tu as entendu parler de la soie, bien sûr : la soie du roi qu'il fallait acheter à Lyon. Damiano a payé et il a soudoyé en plus des maîtres de corporation. Il te l'a dit ? Vous avez sans doute gagné beaucoup d'argent tous les deux à la fin, mais il y a eu un moment où ses dépenses ont considérablement excédé les moyens qu'il avait. Quand je suis arrivée, il était proche de la faillite : Laurette n'en savait rien. Sa maison, les beaux meubles, la vaisselle de Madame… tout ça aurait pu être vendu s'il n'avait pu payer les échéances qu'il devait. Ce n'était même pas sa faute : le roi aurait dû consentir une avance, mais rien n'est venu de sa cassette. Damiano a eu chaud… »

Peut-être était-ce ce mot, « chaud », qu'elle avait prononcé. Midi était passé, Guido sentit la canicule et elle-même sortit un mouchoir pour s'essuyer le cou.

Mais elle continua :

« Quand je t'ai écrit la première fois, je voulais ton avis sur une pierre que Madame d'Alençon m'avait envoyée ; tu t'en souviens, j'en suis sûre. À Montferrat je n'ai rien fait de cette pierre, mais à Blois j'ai proposé à Damiano qu'il la vende. Je lui donnerais la somme, sauf une petite partie pour garder avec moi le garçon qui m'avait aidée et qui ne devait pas retourner en Italie. Damiano me rembourserait quand il aurait gagné, en attendant il m'abriterait chez lui. L'été dernier, le roi a commencé à le payer, j'ai acheté ma maison et quitté leur foyer. Ainsi nous sommes quittes et bons amis. »

*

Tout était dit. Guido se demanda si, sans l'argent, Damiano aurait aidé Doucine. La question était vaine.

Alors, il changea de sujet :

« Et la marquise ? interrogea-t-il. Qu'est-elle devenue ?

— Anne se porte magnifiquement pour ce que j'en sais, répondit Doucine. Sa grande affaire est d'essayer de marier Maria, son aînée, au marquis de Mantoue. Sauf que le fiancé avait une maîtresse à laquelle il était dévoué et qu'elle est morte au début de l'hiver. On a dit en Italie, et le bruit est venu jusqu'à la Cour, ici, qu'elle avait été empoisonnée. On a aussi murmuré qu'Anne avait commandé le crime… Ce peut être un faux bruit, n'est-ce pas ? En tout cas, Maria est encore célibataire : le marquis a signifié qu'il ne voulait plus d'elle. Comme la petite est très jeune, je n'en suis pas mécontente. »

C'était de mieux en mieux… Elle continua :

« Ce qui est sûr, c'est qu'Anne participe avec l'oncle de son fils au gouvernement du marquisat. L'aide que lui donne Giangiorgio – c'est le nom de ce parent – est tout à fait attentive. Je crois qu'elle continue jusque dans le creux du lit. »

Et en disant cela, elle partit d'un grand rire.

52

La haute maison

MÊME LIEU, SUITE

Guido n'avait pas aimé le rire dont Doucine avait accompagné sa dernière remarque. Quand même, il serait sans doute demeuré avec elle au sein du labyrinthe. Qui sait ? Les murailles feuillues les abritaient des regards, les orangers portaient encore des fleurs, et l'herbe entre leurs caisses invitait à la sieste : avec un peu de chance, le vin, la chaleur, l'émotion des confidences se seraient combinés pour qu'ils renoncent au banc et s'étendent l'un près de l'autre. Mais un groupe de gens, des garçons et des filles jeunes comme ils l'étaient quand ils s'étaient connus, arriva au moment où cela aurait pu se produire. Ils riaient bruyamment : tous deux les entendirent avant qu'ils ne parviennent au seuil du labyrinthe. Le temps que, d'impasse en fausse route, ils trouvent leur chemin, Guido et Doucine avaient plié leurs affaires, ils s'étaient rincé le visage et les mains et s'étaient remis en route.

Guido, qui n'avait rien attendu positivement, était déçu comme d'une occasion manquée. Or, à la sortie du château, Doucine saisit un instant sa main, la serra avant de la lâcher – sa paume était humide :

« Nous ne sommes plus des enfants. Veux-tu venir à la maison ? Je veux dire : dans ma maison, pas chez les Paroni. Blois est une petite ville : on jasera. Je m'en moque. Nous dirons, s'il le faut, que tu es mon cousin. »

Guido acquiesça de la tête. Il en avait envie. Envie depuis le début : depuis qu'il avait revu Doucine. Ou depuis que, parti d'Ardres, Damiano lui avait dit qu'elle vivait à Blois.

À moins que ce ne fût depuis qu'il avait quitté la France.

*

Le logis de Doucine comprenait en bas une pièce en longueur donnant sur un jardin, mais Guido ne le vit pas. Ils montèrent à l'étage par des marches très raides. Malgré la sécheresse qu'il faisait au-dehors, l'escalier dégageait la même odeur mouillée que l'hôtel où ils avaient vécu. La chambre de Doucine était dans la pénombre, les volets rabattus. Un lit remplissait l'espace : il n'aperçut rien d'autre. Elle le poussa doucement et le fit tomber dessus. Il se laissa faire. Simplement, avec la pointe des pieds, il retira ses galoches. Doucine se pencha sur lui, elle défit les lacets qui fermaient sa chemise, tira avec ses dents le ruban qui retenait ses chausses et, effleurant son sexe à travers la braguette, dégagea les ferrets. Il souleva les reins pendant qu'elle lui retirait sa culotte. Il n'était pas choqué qu'elle prenne l'initiative : c'était ce qu'elle faisait quand tous deux étaient jeunes. Mais, de nouveau en utilisant ses pieds, il fit glisser ses bas : un homme nu, avec des tuyaux de tissu flottant sur les chevilles, c'était trop ridicule.

Doucine lui faisait face alors qu'il restait allongé, entièrement déshabillé à présent. Sans se presser, tournée vers lui, elle défit ses cheveux puis dénoua sa robe. Elle souriait, avec une expression concentrée cependant. Sa bouche était entrouverte, et elle commença à chanter – Guido n'en crut pas d'abord ses oreilles :

« Tou-tes les ouvertures : mes oreilles, mon anus, ma vulve, mon nombril, tou-tes les ouvertures, je veux que tu les visites. »

Et quand elle eut fini, elle recommença :

« Tou-tes les ouvertures… Tou-tes les ouvertures… »

Le lien qui attachait le corset de sa robe était maintenant défait et il se balançait comme une tige fatiguée sur la jupe en corolle. Le drap cerise bâillait, tombant sur les épaules, dégageant la chemise, teintant la peau de rose. Sans cesser de fixer Guido, elle secoua les hanches, une fois puis de nouveau : la robe tomba comme une feuille en automne. Maintenant, elle n'avait plus que sa chemise et ses bas ; une femme avec des bas, ce n'est pas ridicule.

Son corps se découpait sur la faible lumière que laissaient passer les volets. Elle fit voler sa chemise par-dessus sa tête, puis elle resta ainsi, les mains levées rapprochées l'une de l'autre. Dans le geste qu'elle faisait, ses petits seins dressés semblaient aspirer à monter. Elle rabaissa les bras, à demi seulement. Debout, paumes ouvertes, silencieuse maintenant, elle restait immobile : un oiseau qui n'aurait pas replié ses ailes.

Le regard de Guido explorait. Les yeux de Doucine lui parurent plus grands. Le cou fin… Les épaules gracieuses… Les seins, décidément… Pas ceux, gros, de Lisandra, mais la gorge d'une jeune fille.

Le désir lui coupait le souffle. Il eut envie de parler, de lui dire d'approcher : sa voix n'eût pas été assurée.

Ses yeux descendirent encore. Entre le nombril et les hautes chaussettes, la peau était d'une pâleur que la demi-obscurité de la pièce assombrissait à peine. Il poussait sur son sexe une pilosité profuse, une vraie forêt de poils.

Il aimait qu'une femme soit velue…

Il ferma les paupières, anxieux que la semence qui gonflait sa verge ne trouve une issue trop rapide, et il ouvrit les bras.

Doucine avança lentement, attentive à ne pas abréger sa propre émotion de plaisir. Elle mit un genou sur le lit, sa jambe toucha celle de Guido puis, tandis qu'il gardait les yeux clos, elle monta sur lui, ses mollets entourant les siens. Appuyée sur ses avant-bras, elle rapprocha son corps : ses tétins frôlèrent sa poitrine, ses lèvres baisèrent ses lèvres, son ventre toucha son ventre, et leurs cuisses se collèrent.

Mais alors, dans la maison silencieuse, les marches de l'escalier craquèrent. Guido rouvrit les yeux, inquiet. Doucine lui ferma la bouche de la main :

« Chut, ce n'est rien. C'est mon valet. Le garçon de Montferrat. Il habite la soupente. »

Et en effet le craquement monta au-dessus d'eux. Puis à travers le plafond ils entendirent le parquet qui grinçait. La chambre devait être à l'aplomb de leurs têtes.

Doucine se redressa à demi, elle rampa et assura ses genoux contre le buste de Guido. Les bras appuyés contre le mur et penchée en avant, elle donna son sexe à sucer à son amant. Elle poussait de petites plaintes, tâchant de modérer sa voix pour que le valet, là-haut, n'entende pas. Ensuite elle proposa son cul. Elle dirigeait toujours : Guido ne détestait pas mais il était dérouté. Après un moment, sans un mot, sans qu'il eût rien demandé, elle changea de nouveau de position. Ce fut son ventre qu'il lécha, sa langue agaçant son nombril : « toutes les ouvertures », avait-elle chanté… Il fit ce qu'elle avait voulu. Finalement il put pénétrer en elle. La gaine était étroite et humide comme il fallait, il poussa à peine et se trouva au fond. Il éjacula les yeux de nouveau clos, le visage rougi, toute conscience du monde perdue, n'existant que par le plaisir de sentir ce fourreau dans lequel il était.

Quand il fut immobile, Doucine se dégagea, s'allongea, et il posa la tête sur son épaule. Il s'endormit, elle resta éveillée. Pendant le temps qu'avait duré leur étreinte, elle avait tenu ses yeux grands ouverts ; son plaisir venait de guetter sur les traits de Guido les signes qu'il jouissait. À présent, son visage près du sien, elle le regardait qui ronflait légèrement. Un sourire, doucement, arqua ses lèvres : impossible de dire s'il était tendre ou moqueur.

IV

LE TEMPS DES ÉPREUVES

1521-1522

PRINCIPAUX PERSONNAGES

Joachim Kossa et Ursula Brengebier, son épouse.

Martin Luther, ancien moine, réformateur.

Jan Solfa, médecin, géographe, organisateur des postes impériales.

Maria Concepción Vespucci.

Ulisse Vespucci, ancien soldat, ancien esclave, dit Uli en Allemagne.

Juan de la Cosa, qui a abandonné ses prénoms antérieurs et se fait appeler Yahia.

Guido Liuciardi, Lisandra Vespucci son épouse, Doucine de Saubonne sa maîtresse.

Joaquín Vespucci et Silvana Vespucci, son épouse (« Lady Cosa »).

53

Le projet

SÉVILLE, MARS 1521,
HÔTEL VESPUCCI-LIUCIARDI

Maria Concepción le voulait. Ce ne pouvait être autrement. Elle irait où elle devait aller, elle trouverait Ulisse et le ramènerait.

Elle ne dirait rien à Guido Liuciardi, qui la dissuaderait. Il lui demanderait combien d'argent elle comptait de nouveau dépenser pour un jeune homme qui ne voulait pas rentrer et, qui sait, peut-être avertirait-il Fonseca qu'Ulisse se trouvait avec un juif en fuite, ce qui rendrait son retour tout à fait impossible.

Mais l'Italien, de loin, ne pouvait s'opposer à elle. Il avait dû se rendre à Londres où, paraît-il, les intérêts du comptoir l'appelaient. Comme si Joaquín n'était pas assez bon commerçant pour veiller… Par une lettre qu'elle avait reçue de Silvana, Maria Concepción soupçonnait autre chose. Mais ce n'était pas son affaire.

*

C'est sur Camareña qu'elle s'appuya donc pour accomplir ce qu'elle projetait. Deux fois l'an, le marchand, qui était devenu le partenaire de Joaquín en Angleterre, faisait l'aller-retour entre Londres et Séville. Avec la cargaison arrivaient le courrier et les cadeaux que les uns et les autres se faisaient : Silvana envoyait des poupées qui étaient censées représenter la fille qui lui était née, et de petites peintures qui figuraient des gens.

Cette saison, Camareña résidait dans l'hôtel Vespucci-Liuciardi. Maria Concepción elle-même avait proposé de le loger. Elle appréciait la simplicité d'Alonso et sa gentillesse bavarde. Un soir, après qu'ils avaient discuté, elle tenta sa chance : elle, qui parlait peu, raconta presque tout. Son fils Ulisse avait été fait prisonnier à Alger à l'occasion d'une expédition périlleuse – Camareña le savait. Il avait été racheté par les frères de la Trinité dont c'était la mission de faire revenir les chrétiens qui s'étaient bien battus, il avait quitté l'Afrique en effet mais il n'était pas revenu au foyer :

« Quand le bateau des moines est arrivé à Séville en septembre dernier, mon fils n'était pas parmi ceux pour lesquels les familles avaient payé. Personne n'a pu m'expliquer comment il a pu se faire qu'il ne soit pas à bord. Les frères ont juré que les chrétiens rachetés étaient gardés ensemble pour leur sécurité et pourtant Ulisse, à un moment qu'ils n'ont su préciser, n'a plus été dans le groupe. »

Elle avait continué, d'une voix qui laissait paraître étonnamment peu d'émotion :

« J'étais désespérée, vous le pensez. J'ai demandé aussi à récupérer mon argent, mais les moines ont refusé. Ils avaient donné la somme à celui qu'ils ont appelé le maître de mon fils et ils étaient certains qu'Ulisse n'avait pu être enlevé : "Pourquoi l'aurait-on repris ? L'homme qui le possédait était un artisan. Il n'avait pas d'intérêt à organiser sa capture et il n'en avait pas les moyens." »

Elle ajouta que, d'après les moines, le souverain d'Alger n'aurait pas toléré que le propriétaire d'un esclave trompe ceux-ci, parce qu'ils donnaient de l'argent à chaque transaction.

Et elle conclut :

« Donc, les trinitaires affirmaient qu'Ulisse s'était échappé de lui-même. En fait, ils avaient raison. Sur le moment, j'ai cru qu'il était mort et qu'on ne me le disait pas. J'ai soupçonné les frères, aussi, de n'avoir rien fait : et s'ils m'avaient simplement extorqué l'argent ? C'était l'avis de l'Italien… Je veux dire… mon gendre. Votre partenaire. Il était à Séville quand cela s'est passé. »

Le marchand valencien n'ignorait pas ce que pensait Guido. En fait, il en savait davantage qu'il ne laissait paraître. Liuciardi lui avait parlé du fils de Maria :

« La tante de ma femme, avait-il dit, ne jure que par son fils. Ulisse est faible et lâche. Un grand dépensier, aussi : s'il n'est pas mort depuis longtemps et que cette affaire de captivité et de rachat n'est pas un rêve, peut-être a-t-il commis une félonie et s'est-il entendu avec son prétendu maître pour récupérer une part de l'argent. »

Il avait conclu, riant jaune :

« Le frère de Silvana vit peut-être dans l'opulence, converti à l'islam. Il a trois ou quatre femmes, à moins que ce ne soit des amants, et, je ne sais comment, la cassette de sa mère lui fournit ce bonheur… »

Liuciardi soupçonnait le fils Vespucci d'aimer les hommes mieux que les femmes ? L'énormité de ce qu'il avait entendu sidéra Alonso, mais Guido, clairement, ne voulait en dire plus. Or il s'était produit, en Espagne, une chose que celui-ci ignorait. Maria raconta :

« Liuciardi est reparti. Et je suis retournée à Cazalla. Je ne pouvais rien faire de plus à Séville et je serais moins mal à la campagne. Quelqu'un est venu me voir. »

Elle précisa la scène :

« Ce quelqu'un, c'est Ciro. Vous l'avez rencontré : il habite désormais l'hôtel et il me rend tous les services qu'il peut. »

Ciro était petit, fort, très brun et très poilu, et il boitait bas. Alonso, qui avait vu Javier un jour où celui-ci était venu rendre des comptes, se dit que la veuve d'Amerigo aimait les hommes laids.

« Ciro, ils l'avaient appelé Mohammed en Afrique. Avez-vous parlé avec lui ? »

Camareña fit un signe de dénégation. Maria Concepción eut un sourire :

« Il s'exprime de manière impossible. Il est de Naples, en

Italie. Il croit qu'il maîtrise l'espagnol, mais un mot sur deux qu'il dit est inventé. »

Elle continua, redevenue sérieuse :

« Il a été le compagnon d'Ulisse : ils ont été capturés en même temps et ils ont eu le même maître. Un artisan cartographe – c'est cela qui est important. »

Camareña regarda Maria sans comprendre. En quoi la profession de l'Arabe qui avait acheté Ulisse comptait-elle ?

Elle vit sa perplexité et sourit de nouveau, avec une expression cette fois plus mélancolique :

« Il y avait un homme, chez ce cartographe, qui était d'origine espagnole. Il n'était pas esclave : il travaillait par sa volonté dans cette échoppe, même si ce n'est pas par sa volonté qu'il avait quitté l'Espagne. »

Camareña ne voyait pas où elle voulait en venir. Du doigt, Maria Concepción tortillait une mèche de cheveux. Il pensa que ce mouvement exprimait son hésitation :

« C'est compliqué… Je ne sais par où commencer. »

Camareña se pencha et mit la main sur la sienne :

« Par le commencement ? »

Maria ferma les yeux, incertaine. Puis elle respira un grand coup, comme prenant son élan.

*

« Il y a des années, Amerigo Vespucci était ami avec le père de Joaquín, Juan de la Cosa : ils ont traversé l'Océan ensemble à plusieurs reprises. Cosa savait tout sur les étoiles, et il faisait des cartes… Dans ma campagne, où vous n'êtes jamais allé, il y a une table spéciale : Juan y étendait des parchemins, il dessinait ou corrigeait les tracés du monde et mon mari l'aidait. Silvana, petite, adorait se cacher dessous. C'est comme ça qu'elle a commencé à… »

Maria Concepción s'arrêta. Silvana enfant en train de dessiner n'avait pas place dans son récit. Elle reprit sur un fil plus droit :

« À un moment, il y a eu une dispute. Pas entre mon mari et Juan, mais entre celui-ci et l'évêque qui contrôle la Maison du commerce. Il semble que Cosa était juif, et celui-ci l'a découvert. Or chez nous, comme vous savez… »

Elle n'eut pas besoin de continuer. Camareña était espagnol lui aussi.

« Juan a fui. Il est allé dans les îles de l'autre côté de la mer. Après un temps, nous avons recueilli son fils. L'enfant était parti avec son père, mais celui-ci l'a fait revenir. »

Camareña ignorait ces circonstances. Joaquín, songea-t-il, ne parlait jamais de son passé. Le marchand ne voyait pas le rapport avec le nommé Ulisse.

« Ensuite, continua Maria Concepción, on nous a dit que Cosa était mort. Mais ce n'était pas vrai. Une fausse nouvelle. Une erreur, ou une de ses malices pour qu'on cesse de le chercher. »

Elle releva la tête, regardant Alonso dans les yeux :

« Ce Ciro… L'homme musulman l'a acheté en même temps qu'il a acquis Ulisse. Il a fait ça parce que l'Espagnol qui travaillait chez lui le lui a demandé. Peut-être qu'il a payé avec son argent. Et cet Espagnol, il n'y a pas de doute : c'était Juan. »

*

C'était donc cela… Camareña composa son visage. À Londres, Guido Liuciardi l'avait prévenu : « La señora Vespucci invente des fables, elle se convainc de ce dont elle rêve. Elle ne veut pas admettre qu'elle ne reverra pas Ulisse. » Joaquín, lui, croyait comme Maria l'avait dit, que les frères de la Trinité avaient berné la veuve en jouant sur ses espoirs.

Par pitié pour la pauvre femme, le marchand ne murmura pas ce à quoi il pensait.

La señora Vespucci continuait :

« Vous avez sûrement du mal à me croire. Mais j'ai la preuve.

Quand j'ai discuté avec le moine qui devait ramener Ulisse, il m'a dit que leurs émissaires, là-bas, ont rencontré un homme qui parlait l'espagnol comme s'il était d'ici : c'était Juan bien sûr. »

Elle appuyait ses paroles de petits coups de menton. Sa rage de persuader inquiéta Camareña.

« Ciro m'a raconté. Dans les premiers temps où ils ont été prisonniers, Ulisse et lui étaient avec d'autres soldats. Mais leur sort à eux deux était incertain parce qu'ils étaient blessés. Ciro à la jambe, vous l'avez vu ; et mon fils – elle s'interrompit, peinant à prononcer ce qu'elle avait à dire –, eh bien... il a perdu un œil. »

Puis, après avoir soupiré :

« Les Maures auraient pu décider qu'ils étaient trop faibles pour qu'on les vende. On les aurait tués, en tout cas, si personne ne les avait achetés. Ce danger les a rapprochés. »

Camareña allait questionner. Elle l'arrêta d'un geste – elle voulait aller au bout de ce qui importait :

« Je ne vais pas vous narrer leur captivité. Mais ce qu'il faut que vous sachiez, c'est ce qui s'est passé à la fin. »

« Il faut »... C'était une réponse à la question qu'Alonso voulait formuler. Maria Concepción ne racontait pas pour soulager son âme mais parce qu'elle attendait quelque chose de lui. Il écouta la suite avec plus de souci.

« Les frères ont payé pour Ulisse. Ciro ne sait comment, mais Cosa a obtenu qu'ils le rachètent aussi. En échange, le Napolitain a juré qu'il viendrait me trouver. Il a prêté serment sur la Vierge, m'a-t-il dit : c'est un homme très pieux. »

Un serment prêté devant un juif... Alonso manqua hausser les épaules.

« Il avait pour moi un message d'Ulisse. Non pas écrit, les esclaves sont forcés de laisser tout ce qu'ils ont sur eux avant de revenir en Europe, mais qu'il l'avait chargé de me dire. Ulisse a recouvré la santé et il est libre, il veut que je le sache. Mais il pense qu'il n'a rien à faire en Espagne. Il ne peut être soldat avec un œil perdu ; il ne veut pas non plus rester à Cazalla en s'occupant des terres ; ni devenir marchand comme Liuciardi et vous.

— Mais, alors, il est resté là-bas ? »

Camareña était sidéré. Le garçon aurait refait sa vie en riche mahométan ? Guido l'avait imaginé plutôt par plaisanterie.

« Non, dit laconiquement Maria Concepción.

— Et où serait-il, alors ?

— Il est… Il est en Italie. À Venise.

— À Venise ? Mais… »

*

Maria chercha comment finir ce qu'elle voulait dire. La conversation se passait dans la cuisine de l'ancien hôtel Colón, où brûlait, bien qu'on soit déjà en mars, un feu qu'elle avait allumé pour faire provision de chaleur avant la nuit. Silencieuse, elle alla vers une étagère, saisit un flacon un peu dissimulé et deux gobelets d'argent :

« Goûtez cela », dit-elle, revenue près d'Alonso.

Le liquide était translucide et d'une teinte verte. C'était fort, sucré, avec une pointe d'amertume : Alonso fit claquer sa langue pour signifier son plaisir.

« Il faut de l'alcool et cette plante qu'on appelle absinthe. Je mets aussi de l'anis et du fenouil. Plus du miel pour que ce ne soit pas acide. »

Alonso avait vidé son verre. Cela la fit rire et elle le resservit :

« Faites attention, quand même. C'est un breuvage traître… »

Puis elle se rassit, balançant la timbale entre ses doigts :

« Je crois qu'Ulisse a peur de se montrer, dit-elle. C'était un splendide garçon. Ciro dit qu'il demeure beau d'une certaine manière… Peut-être qu'il n'accepte pas qu'on le voie borgne ? »

Elle approcha le gobelet de ses lèvres puis l'abaissa sans boire :

« En même temps… Je n'ai pas eu de mal à faire avouer au Napolitain où il se trouvait. Ulisse devait se douter qu'il me le dirait, alors, s'il l'a laissé savoir, n'est-ce pas pour que j'aille le chercher ? »

Alonso commençait à comprendre où Maria Concepción voulait en venir :

« Vous avez dit qu'il était à Venise ? Comment se trouve-t-il là ? demanda-t-il un peu brutalement.

— Il s'est enfui. Dès la première nuit où les frères l'ont amené retrouver les autres hommes rachetés. Il semble que ça n'ait pas été difficile : il n'était plus prisonnier, n'est-ce pas ?

— Mais Venise ?

— C'est une idée de Cosa. Il y a là-bas, paraît-il, un quartier réservé aux gens de sa secte. On l'appelle le *ghetto* : ils y vivent selon leurs lois. Ulisse l'a accompagné. D'une certaine manière, il devait la vie à Juan.

D'un geste prompt, elle posa son absinthe. Sa main alla à sa poche, en sortit un objet enveloppé d'un papier qu'elle tendit à Alonso :

« Ouvrez. »

Le marchand déplia l'emballage. Dedans, il y avait un anneau en argent de belle qualité, avec un gros chaton.

« Voyez ce qui est gravé », ordonna-t-elle.

Alonso regarda. La tête de la bague était plate, sauf un dessin.

« C'est un cachet. Un sceau. Mais je ne vois pas de lettres. Aucune inscription. À qui cette bague appartient-elle ?

— Regardez mieux le dessin », répondit seulement Maria Concepción.

La bague n'était pas grande mais Alonso avait de bons yeux. Il vit une étoile entre les bras d'un compas.

« La bague est à Cosa. Il l'a donnée à Ciro. Je lui ai demandé comment il avait fait pour la conserver, il n'a pas voulu me dire. L'étoile, c'est pour le métier de Cosa, peut-être aussi que c'est un signe juif. Le compas, je n'ai pas besoin de vous expliquer. »

Alonso, dans ses navigations, avait vu les pilotes user de l'instrument.

Maria Concepción retira de son index un anneau très semblable :

« Voyez, la forme et le métal sont ceux de ma propre bague. Silvana a fait les dessins quand elle était petite. Pour moi, elle a imaginé ce palmier avec les grappes de dattes. »

Le marchand approcha cet autre sceau de ses yeux et il vit, dans un triangle, un arbre avec des fruits. Le regard de Maria affronta le sien :

« Cet anneau est la preuve, dit-elle. C'est bien Juan de la Cosa qui a sauvé mon fils. Ulisse et lui sont ensemble. Si je tarde, mon fils pourrait être reparti. Il faut que j'aille à Venise très vite pour le trouver et le convaincre de revenir ici. »

Un silence, puis :

« Et je veux que vous m'aidiez. »

54

Le procès

WORMS, MAISON DES CHEVALIERS TEUTONIQUES
ET RÉSIDENCE IMPÉRIALE, AVRIL 1521

Le 16 avril 1521, Martin Luther entra dans Worms pour y comparaître devant les représentants des États germaniques réunis. Ce fut d'abord une fête : les gens s'entassaient dans les rues pour lui crier leur amour. Des enfants envoyaient des baisers, des femmes se signaient, plusieurs hommes qui voulaient le toucher durent en être empêchés, cependant que la majorité s'écartait pour laisser passer la voiture sans qu'elle soit gênée.

Joachim Kossa trouva cela remarquable. Lui qui accompagnait Luther dans ses voyages, il avait vu monter l'amour des Allemands. Mais là, c'était le comble : dans cette Worms où le théologien devait être jugé, la population se serrait, unanime à soutenir celui dont elle avait fait son héros. C'était presque une « entrée joyeuse », songea le médecin, à qui on avait raconté l'accueil, à Aachen, de l'empereur Karl venu s'y faire sacrer. Une entrée dépourvue d'ornements : aucune autorité n'aurait accepté qu'on pavoise pour accueillir cet homme que Rome avait excommunié et que les princes allaient probablement condamner. Mais les bourgeois et les bourgeoises, Joachim le voyait avec évidence, avaient tenu à lui faire honneur.

*

Quatre ans plus tôt, les *Thèses* que Luther avait distribuées à Wittenberg avaient agité les esprits autant qu'Ursula et son époux l'avaient prévu. Le dominicain responsable des indulgences que le moine fustigeait avait exigé du prince électeur son emprisonnement. Frédéric avait objecté : sa puissance ne s'exerçait pas sur un homme d'Église. Staupitz, qui avait formé Martin, refusa aussi de le livrer. Luther s'était fait discret, le scandale était retombé, les prêtres avaient recommencé leur trafic. Mais après quelques mois le moine avait recommencé à prêcher, de plus en plus durement. Il ne prétendait plus que ce qu'il avait imprimé était un appel au débat, il ne soutenait plus que le pape avait été abusé, mais il affirmait qu'on voulait extorquer aux Allemands leur argent pour payer à Rome la construction d'une église :

« Son toit rond – a-t-on jamais vu cela : un toit rond ! – crèvera les nuages comme la tour de Babel et les pierres auront été achetées avec les richesses qu'on nous vole », s'était-il écrié en chaire.

À Heidelberg où son ordre l'avait mandé, à Leipzig où il avait débattu, il avait refusé de lâcher quelque terrain que ce soit.

Puis il avait recommencé à publier. En quelques mois quatre libelles avaient vu le jour, Luther les offrait aux Kossa avec toujours la même dédicace :

Au docteur Kossa et à Ursula son épouse.
Pour qu'ils deviennent de vrais chrétiens.

La phrase inquiétait Joachim, Ursula pensait que Martin voulait redresser leur foi. Le médecin feuilleta seulement les opuscules, mais Ursula les lut et lui dit ce qu'il fallait penser. Ces brûlots renversaient le système de pensée de l'Église. Ils donnaient aux fidèles le droit de lire la Bible et de réfléchir par eux-mêmes, et ils affirmaient qu'aucune « œuvre » (« ça désigne les actes que nous faisons », expliqua Frau Kossa) ne saurait racheter l'âme pécheresse, qui pouvait être sauvée par la confiance en Dieu :

« C'est cela que Luther appelle "foi", et c'est la condition pour que le Seigneur aime un pécheur, commenta-t-elle.

— Martin n'a pas pu écrire ça ! » objecta Joachim. Ou bien on pourrait commettre un crime et aller au paradis ? »

Ursula réfléchit :

« Martin n'est pas un fou et j'ai dû mal comprendre, dit-elle. Je vais lire une nouvelle fois. »

Un texte attaquait les sacrements. Ursula sut que Martin refusait toute puissance à l'extrême-onction :

« Mon père, à l'agonie, a été apaisé par l'huile que le prêtre a mise sur son front. Pourquoi Martin refuse-t-il cette consolation ? »

Le moine ne voyait pas non plus de légitimité à la confession, qu'il voulait remplacer par un examen personnel. Elle nota, les sourcils froncés :

« C'est plutôt une bonne chose. Mes péchés ne concernent que Dieu. »

La communion se ferait, disait le moine, « sous les deux espèces » :

« Ça veut dire que les fidèles boiront le vin consacré au lieu d'avaler seulement l'hostie. »

Joachim s'étonna qu'avec cela il ne restait plus grand-chose aux prêtres. L'Église n'accepterait jamais les positions de Martin. Ursula était d'accord. Elle conclut :

« Tu sais, il écrit que les prêtres sont des hommes comme les autres, et les religieuses aussi. Et que s'ils restent célibataires cela peut conduire à des crimes. Barbara m'a raconté comment un jour, chez eux, Luther a expliqué que parfois les novices, dans les monastères, acceptent les caresses de moines plus âgés ou font des choses entre eux. Vois-tu… Quelquefois il arrive qu'un homme soit attiré… Enfin… Qu'il se trompe en voulant coucher… Jan… Je veux dire… »

Ursula, incapable de finir, avait rougi comme une jeune fille. Joachim sourit et n'ajouta rien. Les médecins anciens appelaient pédérastes les hommes mûrs qui avaient de jeunes amants. L'Église condamnait les amours du même sexe, et la tradition juive également, croyait-il.

*

Ce que Martin écrivait ne pouvait avoir entraîné ces foules, réfléchissait Joachim à Worms en regardant les gens. Le moine avait commencé à écrire en allemand, se rendant plus accessible, mais certains textes demeuraient en latin : une minorité de ceux qui se trouvaient là devait les avoir lus. Et si Luther savait être convaincant quand il parlait, encore fallait-il l'avoir entendu : de nouveau ce n'était pas le cas des gens qui se pressaient ici. Ursula avait peut-être raison. Elle soutenait que ce qui importait, ce n'était pas ce que Luther professait mais la façon qu'il avait d'en appeler à une « nation allemande » :

« Pourquoi crois-tu que le prince Frédéric le soutient ? avait-elle dit. Je comprends peu de chose à la politique mais ce que je sais, c'est que des étrangers veulent gouverner l'Allemagne. L'empereur Maximilien, au moins, était bien de chez nous » (qu'elle ait employé cette expression, « de chez nous », laissa Joachim rêveur). « Ce Karl, au contraire, qui vient d'être sacré, il est roi en Espagne ! Quant au pape de Rome, il nomme des évêques à sa dévotion. »

C'était peut-être ça, en effet. Joachim ne savait pas bien ce qu'était une nation, mais la foule, de fait, aimait Luther.

Il avait mal aux jambes. La veille, à l'étape, Martin avait dit qu'ils marcheraient quand on entrerait dans Worms. Lui seul resterait en voiture : sur son char avec les blasons aux couleurs de la Saxe, il montrerait qu'il avait le soutien de Frédéric. Aussi, depuis deux heures à présent (depuis qu'on avait aperçu les premières maisons qui annonçaient la ville), ses compagnons de voyage piétinaient sur les pavés de la route.

Luther savait se faire valoir, songea le médecin. Il s'était renseigné sur la date du marché et avait ajouté une étape pour arriver quand la cité serait pleine. Avant de franchir la porte, il avait ordonné aux gardes de rester en arrière, ainsi, il donnait l'impression d'aller seul, comme un martyr s'en remettant à Dieu. Puis il avait troqué les chevaux qui tiraient sa voiture contre un simple mulet qui montrait son humilité. Un valet dirigeait la bête, et lui, debout sur le chariot, levait le bras dans un geste de salut ou de bénédiction. Le géant Caspar Sturm précédait l'attelage, la contenance impassible, ses larges épaules faisant presque éclater sa livrée. L'homme était le héraut de l'empereur. Il avait porté à Luther la lettre intimant l'ordre de comparaître, avec le sauf-conduit qui lui permettait de voyager car, sans ce papier, il aurait pu être assassiné. Il était désormais dévoué à Luther, et c'est par attachement et non pour obéir qu'il aurait tué sans nul doute celui qui s'en serait pris au moine.

Encore un que Martin a su retourner, se dit Kossa.

*

À Worms, ils logèrent dans la commanderie des chevaliers teutoniques. C'était une grosse maison précédée d'un jardin, avec une forte tour. Un tunnel, prévint celui qui les accueillit, permettrait de quitter la demeure si la situation tournait mal. On leur offrit de la bière et une collation. Luther devait comparaître l'après-midi du lendemain, il se retira tôt, dans la grande cellule dotée d'une cheminée où le grand maître logeait quand il était de passage.

Le jour d'après, Joachim sut ce qui s'était passé par ce qu'on lui rapporta. Le matin, les plus proches du moine s'enfermèrent avec lui pour préparer la session. Martin déjeuna seul, il mangea avec appétit paraît-il, ensuite il pria un moment. Puis vint l'heure de partir.

Kossa n'assista pas à l'assemblée, qu'on appelait la Diète. Il y avait là du beau monde : l'empereur avec son cadet Ferdinand et tous leurs conseillers ; les princes allemands qui avaient élu Karl, dont le duc Frédéric et sa suite ; et des nobles à peine moindres. Aucun prêtre, normalement, n'aurait dû être là : la Diète était une assemblée civile. Mais dans le cas présent, la question religieuse étant prédominante, l'empereur avait dû accepter la présence d'évêques, de frères dominicains et de délégués de Rome. Comme il y avait en plus le bourgmestre et des bourgeois de Worms, la salle était si encombrée qu'on avait eu du mal à faire de la place au moine. Celui-ci dut entrer sans les frères qui étaient ses conseils.

Un homme isolé, ainsi, contre les autres : c'est ce qu'avait dû ressentir Luther.

Il n'empêche.

Lui qui s'était montré infiniment courageux jusque-là avait semblé brusquement perdre ses esprits.

Il s'était avancé dans la pièce d'un pas qui avait paru hésitant et, devant l'estrade où étaient l'empereur et ceux qui devaient le juger, pour ainsi dire avant que rien commence, il s'était affaissé.

C'est Jan Solfa qui informa Kossa. Le Polonais était la dernière personne à qui Joachim avait songé ces dernières années. Ils avaient été amis, jadis, Joachim lui avait prêté sa cave pour y découper un cadavre ; mais depuis dix ans qu'il avait quitté Wittenberg, personne n'avait plus entendu parler de lui. Or le pâle médecin était là. À peine changé, parfaitement reconnaissable. Il avait recueilli Luther à la sortie de l'assemblée et l'avait ramené, avec les autres moines qui n'avaient pu entrer, jusqu'à la commanderie.

« Il s'est mis à suer. D'un seul coup », dit-il comme on allongeait Luther dans la salle où on leur avait donné à manger. J'étais un peu devant et j'ai compris très vite qu'il allait défaillir. On lui avait posé la première question, à savoir s'il reconnaissait comme siens les livres qu'on avait exposés. Il a seulement bafouillé qu'il fallait qu'il réfléchisse… »

Les chevaliers et les amis de Luther écoutaient avec stupéfaction.

« Vous vous rendez compte ! “Il faut que je réfléchisse.” C’est vraiment ce qu’il a dit ! »

Et, comme les autres demeuraient muets :

« Les gens qui écoutaient étaient moins consternés ou furieux qu’ébahis. En fait, tout le monde a vu que le moine était très mal. Il a demandé à sortir et il a fallu que cet homme – il désignait Sturm – le soutienne jusqu’à la porte. »

Il continua, excité :

« Je suis sorti aussi et j’ignore ce qui s’est passé ensuite à l’intérieur. Comme on sait que je suis docteur, on m’a laissé l’approcher. Votre protégé était effondré sur un banc avec ces deux messires qui ne savaient que faire » (il montrait des moines qui étaient les favoris de Martin). « Il était immobile et il ne parlait pas : son visage était blanc, sa peau couverte d’une humidité glacée. Il reste dans le même état maintenant, vous pouvez le constater. »

Il s’interrompit et commanda brusquement :

« Il faut que vous changiez ses vêtements. Tout son corps est trempé. Je ne sais ce qui va se passer mais il mourra de froid si on le laisse macérer. »

Puis, sur un ton perplexe :

« Lorsque j’ai pris son pouls, qui était presque insensible, il est arrivé quelque chose que je n’ai jamais vu : j’avais soulevé sa main pour compter les pulsations et, quand je l’ai lâchée, l’avant-bras est resté dans la position où je l’avais laissé. C’est-à-dire dans le vide. Il a fallu que je l’abaisse moi-même et le pose sur ses genoux. »

*

Martin Luther demeura plusieurs heures dans l’état de sidération qu’avait décrit Solfa. On le transporta dans la chambre que Brandebourg lui avait destinée, on fit un feu, on ôta son habit et on changea sa chemise contre une qui était sèche, sans qu'il réagisse. Tous ceux qui étaient là étaient impressionnés.

Après cela cependant, les médecins firent sortir le monde. Ils demeurèrent seuls avec le malade. Que convenait-il de faire ? Le saigner ? Lui poser des ventouses ? Aucun des deux ne croyait à l'efficacité de ces traitements, tout au moins en ce cas. Le Polonais essaya de piquer le malade : Luther ne sentait pas la douleur ou il ne réagissait pas. Finalement, ils choisirent de s'asseoir et d'observer sans rien faire. Joachim expliqua à Jan que Martin était sujet à des crises depuis son enfance, que son cœur, quand il était ému, palpitait de façon désordonnée, mais rien qui soit semblable à ce qui se passait cette fois, qui était le contraire : une absence où le corps et l'esprit, au lieu d'être excités, semblaient proches de la mort.

Dans les heures qui suivirent, ils surveillèrent le souffle et les pulsations. La poitrine du théologien se soulevait faiblement, mais un peu moins faiblement à mesure que le temps passait. Son pouls, tout doucement, reprit de la vigueur. Le corps semblait récupérer lentement. La peau, au bout d'un moment, cessa d'être absolument blanche. La sueur, aussi, diminua.

Vers minuit finalement, Martin tourna vers les deux hommes un regard qui semblait intelligent. Il chercha à dire quelque chose, mais sa parole était trop embrouillée. Les médecins lui proposèrent à boire. Avec leur aide, il vida un premier verre, un deuxième – et vomit.

Après quoi, il revint à la vie.

*

Joachim Kossa et Jan Solfa parlèrent longuement, le lendemain, de ce qui était arrivé à Luther. Au matin, le moine s'était réveillé très tard. On lui avait porté un bouillon et il avait exigé quelque chose de solide. Les médecins avaient interdit : il les avait renvoyés et sans doute avait-il mangé davantage. Il lui fallait reprendre des forces à présent, et d'urgence, disait-il.

De fait, des envoyés de Karl étaient passés de bonne heure, portant une lettre qui rappelait le théologien le jour même et dans le même lieu. La missive donnait à Martin du « Cher et pieux docteur », mais il était clairement exigé que celui-ci obtempère. « Car si tu y manquais, tu rendrais notre justice sévère », avait fait écrire l'empereur. La même lettre fixait que la Diète fonctionnerait comme une Chambre fermée. C'est dire que personne ne pouvait accompagner le moine. Solfa, concluant qu'il ne serait pas davantage admis, décida qu'il resterait à la commanderie.

Kossa et lui discutèrent d'eux-mêmes, après avoir épuisé le sujet du moine. Joachim complimenta le Polonais sur sa belle apparence : à pas tout à fait quarante ans, son corps s'était musclé, sa peau paraissait moins diaphane et, loua Joachim, sa courte barbe lui donnait un air mâle. Jan ne répliqua pas à cette dernière remarque et il ne dit pas non plus comment il trouvait son aîné après ces dix années.

Ils se dirent l'un l'autre ce qu'ils étaient devenus. Joachim enseignait toujours et c'était à ce titre, pour représenter l'université autant que comme médecin de Luther, qu'il se trouvait à Worms. Son épouse allait bien, leur vie demeurait la même, mais le temps blanchissait leurs cheveux et rouillait leurs articulations.

Jan en dit davantage. Il accompagnait depuis Venise Francesco Tasso. Comme le nom ne disait rien à Joachim, il s'étonna :

« Vous ne savez pas qui c'est ? Ici, on l'appelle von Taxis. L'empereur l'a anobli ainsi que toute sa famille. »

Les Taxis, expliqua-t-il, tissaient un réseau d'estafettes qui maillerait l'Empire : des courriers partant à jours et à heures fixes, transportant les lettres, galopant d'un poste à l'autre et passant le relais à des valets qui chevaucheraient jusqu'au poste suivant :

« Ainsi pourra fonctionner l'État sur lequel règne Karl. Si

l'empereur, où qu'il se trouve, ne reçoit pas les nouvelles des terres qui dépendent de lui, comment voulez-vous qu'il gouverne ? De même, s'il ne peut faire parvenir ses ordres, son pouvoir est de pure forme. Ce que les Taxis ont conçu, c'est l'outil qui lui permettra de dominer. »

Francesco, semblait-il, avait gagné une fortune considérable. Mais il était âgé et inquiet de sa santé. Pour se rendre à la Diète, il avait tenu à ce qu'un docteur l'accompagne. Un docteur qui savait des secrets, précisa Solfa.

« Voyez-vous, il existe des substances qui donnent de l'énergie aux organismes fragiles. Les natifs d'Ameriga se soutiennent en mâchant une plante qu'on appelle *coca*. En Italie, je me la suis procurée et j'ai appris à la préparer. Francesco en consomme tant qu'il faut, il m'arrive d'en prendre moi-même. »

Il regarda Joachim et compléta d'un air goguenard :

« Vous le dirai-je ? Il n'est pas impossible que j'en aie donné au cuisinier pour qu'il en mêle un peu, aujourd'hui, à ce que Luther mangerait… »

*

La fin de la journée parut longue à ceux qui demeuraient sur place. La veille, Luther avait été ramené moins de deux heures après être parti. Ce jour-là, nul ne savait combien de temps il resterait absent. Peut-être tomberait-il de nouveau en syncope ? Solfa ne serait pas là, cette fois, pour lui porter secours. Et il était certain qu'on ne lui offrirait pas une troisième chance.

Sans se donner le mot, à un certain moment, les compagnons du moine se retrouvèrent dans sa chambre. Solfa était présent. Sturm n'était pas là : il était parti avec Luther quand la garde était venue le chercher. Une horloge était posée sur la table du théologien – le cadeau commun de ses disciples. L'un des moines, dont le nom allemand signifiait terre noire et qui se faisait appeler, d'après le grec, Melanchton, l'orienta pour que tous puissent la voir. Un cadran signalait les heures et l'autre les minutes. Il sembla à Kossa que la mécanique était déréglée tant les aiguilles des cercles se déplaçaient lentement. Les moines prièrent à haute voix puis chantèrent des hymnes, Kossa se contentant d'ouvrir à demi la bouche ; personne ne mangea ni ne but, le jeûne étant leur manière d'accompagner Luther ; mais tous, à un certain moment, s'assoupirent un peu.

Enfin (l'horloge marquait qu'il était plus de minuit), le bruit de sabots, dehors, et un cliquetis d'armes signalèrent que la garde était de retour : au moins, on ramenait Luther, il n'avait pas été mis aux arrêts. Dans la cellule, tous se regardèrent, craignant ce qu'ils allaient apprendre. Puis Solfa se leva et, à sa suite, ils se précipitèrent.

Les soldats avaient raccompagné le moine. Ils n'étaient pas entrés quand le concierge avait ouvert la porte. On entendait de nouveau les pas de leurs montures : déjà ils repartaient. Le dos appuyé à l'huis, Luther était seul, à l'exception de Sturm et d'un clerc inconnu qui s'avéra plus tard être un proche de Frédéric. Le moine avait l'air épuisé, mais il rayonnait :

« Tout s'est bien passé, dit-il. C'est-à-dire très mal. J'ai affirmé ce que je croyais et je n'ai rien renié. J'ai parlé très longtemps, nul n'a pu ou n'a osé m'interrompre. Mais l'empereur m'a condamné. J'étais excommunié, maintenant je suis banni. »

Puis, levant le menton bravement, il conclut :

« Il ont brûlé Jean Huss au siècle dernier. Cela parce qu'il voulait une Église spirituelle et pauvre. Sans doute ils me brûleront aussi. Je l'accepte : si je meurs, l'Allemagne se révoltera et mon message aura davantage de poids. »

55

Au ghetto

VENISE, AVRIL 1521

À force de discuter, à petits coups d'absinthe et avec beaucoup de persuasion, Alonso Camareña avait fini par accepter d'organiser pour Maria Concepción un passage en Italie. Un bateau l'avait conduite à Valence, un autre à Barcelone et un autre encore à Gênes, où le commerçant avait des contacts. Elle avait continué par les routes, traversant une montagne puis longeant longtemps un large fleuve paresseux. Une nouvelle mer atteinte, elle avait pris une barque. Ciro l'accompagnait, et une lettre de change lui permettait de ne pas transporter d'argent. Dans les villes où Alonso lui avait dit de faire étape, elle trouvait des maisons de banque : elle y montrait sa lettre, marquée d'une série de sceaux, posait sa signature sur de nombreuses écritures, elle murmurait des chiffres qui étaient des secrets, et elle obtenait des monnaies dont elle devait apprendre le nom et la valeur. Que cela fonctionne l'étonnait chaque fois.

À présent, elle était depuis deux jours à Venise. Seule dans une *gondola* qui était une barque à fond plat, elle attendait. Le bateau, loué pour l'après-midi, était arrimé à un ponton de ce qu'elle avait appelé le *ghetto.* Ciro était parti en reconnaissance, et les rameurs bavardaient sans rien avoir à faire.

La ville était un écheveau de ruelles et de canaux, une accumulation de maisons posées à fleur d'eau sur des poteaux, et dans ce chaos elle ignorait où elle se trouvait : « vers le nord », avait dit le Napolitain. Il avait expliqué que, la nuit, on relevait les ponts unissant le quartier des juifs au reste de Venise : ceux-ci ne pouvaient sortir, mais ils étaient tranquilles chez eux. Pour la première fois, elle se demanda ce que c'était qu'être juif.

Un drap, sur des tiges de métal, l'abritait des regards. En l'écartant un peu, elle pouvait voir une place, des immeubles collés les uns aux autres et, en tordant le cou, d'étroits bras d'eau s'enfonçant entre les demeures.

C'est ici que mon fils vit, pensa-t-elle. C'est par ici que je vais le voir arriver…

Ciro était venu la veille étudier ce qu'il en était. Ulisse et Juan habitaient-ils vraiment là où, en Afrique avant de le laisser, il lui avait dit qu'ils iraient ? Il était arrivé à Maria Concepción de songer qu'elle faisait ce voyage pour rien : pour une parole en l'air, un projet vague que le juif, ou Ulisse, pouvait avoir changé après l'avoir envisagé. Quand elle pensait cela, son corps se couvrait de sueur.

Mais Ciro avait rapporté des nouvelles :

« J'ai demandé partout : "Un vieux qui vit avec un borgne, vous connaissez ? J'ai un message et de l'argent pour eux." Les adultes se méfiaient, ils ont fait ceux qui ne savaient pas. C'est un gamin qui m'a indiqué la maison : "l'homme à l'œil fermé", comme il dit, lui donne parfois une pièce. Je me suis établi où il m'avait conseillé, j'ai attendu et je les ai vus : Juan et Ulisse. Je brûlais de me montrer à eux mais vous me l'aviez interdit. »

Maria Concepción avait voulu partir aussitôt. Il faisait nuit cependant, et on ne pouvait pas entrer dans le quartier. Pour la même raison, Ciro la dissuada de retourner au ghetto aux premières heures du jour :

« Au moment où on rétablit les ponts, les gens doivent être nombreux à passer pour se rendre dans le reste de la ville. Vous ne savez pas si le juif et votre fils restent dans ce secteur ou s'ils le quittent pour la journée, et vous ignorez en ce cas par quel pont ils passent. Nous ne les trouverons pas et votre présence, si nous devons attendre au long des heures, va rendre les gens curieux. »

Ils avaient fixé de revenir l'après-midi, un peu avant le moment où les deux hommes étaient rentrés la veille. Comme Maria Concepción tenait à accompagner le boiteux, il avait refusé qu'elle fasse autre chose qu'attendre dans la barque :

« Il ne faut pas, signora, avait-il dit. Les femmes, au ghetto, ont une tenue spéciale. Quand elles sortent, une cape noire les couvre entièrement. Et puis… Les gens se connaissent, dans ce ghetto. Ils se demandent déjà ce que je suis venu faire. Si vous êtes là aussi et que nous nous rendons chez Juan et Ulisse, tout le monde en parlera. Je ne sais pas ce qu'ils ont dit d'eux-mêmes, mais c'est les mettre en danger que d'arriver ainsi. »

Maria Concepción avait dû reconnaître qu'il avait raison.

Maintenant, le boiteux l'avait quittée depuis un moment. Soit il n'y avait personne encore chez le juif et son fils, soit quelque chose se passait mal. Maria Concepción avait peur. Et si Ulisse refusait de venir ? S'il partait brutalement – s'il fuyait ?

Le temps continua à s'écouler et rien n'advint. Les deux hommes qui avaient conduit la gondole s'ennuyaient et elle les autorisa à s'éloigner ; ils passèrent le pont proche, sans doute pour aller boire. Lasse, nouée intérieurement, Maria observait les passants. Le quai, presque désert lorsque le bateau s'était arrimé, était désormais peuplé. Quelques femmes passaient, cheminant à plusieurs, ou en compagnie d'enfants qu'elles tenaient par la main : un grand vêtement les couvrait en effet de la tête aux pieds. Les hommes, plus nombreux, avaient l'air las ou occupés. Ils revenaient au quartier, franchissant en sens inverse le pont qu'avaient emprunté les bateliers. Maria Concepción cherchait Ulisse parmi eux, elle ne vit que des étrangers.

Les gondoliers revinrent. L'heure à laquelle Ciro avait vu Juan et Ulisse était largement passée. Un des rameurs prévint qu'il allait falloir repartir, le soir tombait et on ne pouvait naviguer après le coucher du soleil sur les canaux bordant l'île. Maria Concepción supplia qu'on reste un moment, elle sortit des ducats et obtint un délai, mais à la fin les gondoliers ne voulurent rien entendre : ils auraient une très forte amende si la police des doges les découvrait là. Ils redescendirent dans la barque, celui qui était à la proue mit en place la rame de manœuvre et son compagnon, à l'arrière, commença à défaire la corde qui retenait le bateau. Maria Concepción voulut descendre, elle attendrait sur le quai – ils l'en empêchèrent :

« Vous n'êtes pas de cette religion, vous n'avez rien à faire au ghetto. Nous aurions des ennuis s'il vous arrivait quelque chose », lui dit en vénitien l'homme qui déliait la corde. L'autre grommela qu'elle ne se rendait pas compte que « ces gens-là » pouvaient la mettre en morceaux.

Maria Concepción ne comprit pas ce qu'avaient dit les rameurs, mais elle fut bien forcée de rester dans la barque et elle fut reconduite, seule, à l'hôtel des pèlerins, sur un très grand canal, où Ciro et elle s'étaient établis.

*

Ce fut une nuit terrible, et courte heureusement. Bien sûr, elle avait convoqué les rameurs pour le tout petit matin, ils avaient accepté car elle payait bien. Mais ce fut inutile. Le jour n'était pas levé que Ciro reparut. Il était accompagné d'un vieil homme, barbu, voûté – elle eut du mal à reconnaître Juan.

Ciro commençait à expliquer : « Ulisse n'habite pas toujours le quartier. Hier, après que maître Cosa a été rentré, nous sommes ressortis pour aller où il reste à dormir. Il a trouvé un compagnon, un chrétien… »

Elle l'interrompit – elle se moquait d'entendre :

« Pourquoi n'est-il pas avec vous ? » demanda-t-elle juste.

Ciro la regarda, gêné, et fit un signe de tête indiquant qu'il fallait interroger le vieillard. Celui-ci la fixait avec méfiance et elle se mit aussi à le regarder mieux :

« Juan. Je vous reconnais bien. Je veux savoir où est mon fils. Je veux le voir. Où est-il ? »

Juan ne répondit pas d'abord. Il observait Maria.

« Dix ans… Ça fait dix ans que je ne vous ai pas vue. Vous avez changé, j'ai changé », dit-il finalement. Son ton était sans émotion et sans amertume : il constatait seulement.

Maria Concepción se rapprocha de lui. Ciro, un instant, pensa qu'elle allait le gifler :

« Je me moque de savoir si nous avons changé. Mon fils est avec vous ? Pourquoi ne vient-il pas ? »

Cette fois, Juan sourit :

« Je savais bien. J'avais dit à votre mari – Yahvé ait son âme – que vous étiez comme le feu. Il le savait d'ailleurs. Vous sembliez gentille, discrète. Quelle âme !

— Mon fils ? »

Cette fois, Juan répondit :

« Il est ici. Peut-être. Ciro vous l'a dit. Ou peut-être pas. Pourquoi êtes-vous à Venise ?

— Je suis ici parce que Ulisse est mon fils. Je veux le voir. Le ramener. »

Les yeux de Juan se firent plus petits : deux fissures dans un visage où les rides couraient. Il fit « non » de la tête :

« Justement. Ulisse ne veut pas retourner en Espagne. C'est pourquoi je ne vous dirai pas où il demeure. Vous ne le forcerez pas. »

Maria Concepción en demeura muette.

Les trois étaient debout dans la petite chambre où elle avait ses pénates. Il y avait une table avec son tabouret, et une couchette. Elle prit le tabouret et, d'un geste, elle les incita à s'asseoir.

Puis, sans qu'elle y puisse rien, elle se mit à pleurer.

56

L'attaque

SAXE, DANS LA FORÊT, MAI 1521

« Voyez-vous, cher docteur, les remèdes de demain viendront d'Ameriga. »

De nouveau, Joachim Kossa était dans une voiture. Celui qui lui parlait était Jan Solfa. Le Polonais avait voulu accompagner Luther et ses compagnons à Wittenberg et le moine, reconnaissant de l'aide qu'il lui avait portée à Worms, avait accepté.

Les deux hommes étaient assis dans la charrette qui suivait Martin. On avait quitté la ville impériale l'avant-veille, après des négociations qui n'avaient pas changé la décision de l'empereur : Luther était banni, il pouvait rentrer à Wittenberg régler quelques affaires, puis il quitterait à jamais les terres de l'Empire. Où irait-il ? Il ne livrait pas ses plans. Inconscient ou héroïque, le théologien paraissait tranquille.

Il y aurait encore quatre jours de voyage. Le temps était clément, les routes convenablement pavées, et la forêt de Thuringe bruissait de chants d'oiseaux dans les arbres aux feuilles tendres – rien à voir avec les cauchemars qui troublaient Joachim. C'était le matin, le roulement incitait au sommeil, les compagnons avec qui le médecin et Solfa partageaient la charrette dormaient, tandis que dans la première voiture, Luther conversait avec son frère Jakob qui les avait logés la veille et conduisait l'attelage. On devait s'arrêter après midi chez le seigneur d'Altenstein et on y dormirait. Le châtelain avait envoyé deux cavaliers de sa garde escorter le convoi ; sur ordre de l'empereur ou de son propre fait, Sturm était aussi là.

Les médecins discutaient à mi-voix pour ne pas éveiller les autres. Quelques années plus tôt, Jan avait rencontré un barbier qui revenait du Nouveau Monde. Il devait à cet homme, dit-il, ce qu'il connaissait de plus utile : non seulement la *coca,* mais aussi le *kurary* :

« C'est une liane à fleurs blanches. Si on met un quart de goutte de son suc à la pointe d'une lancette, le malade s'endort et il ne sent plus rien pendant un long moment. Évidemment, il ne faut pas se tromper sur les proportions, sinon… »

Il fit un petit geste qu'un chaos transforma en un grand mouvement. Cela le fit rire :

« Sinon le malade tombe raide. Comme j'ai manqué le faire avec ce nid-de-poule. »

Le voisin de Solfa avait ouvert un œil. Le Polonais s'installa de façon moins instable, attendit que l'autre se fût rendormi, et reprit :

« Mon chirurgien utilisait le *kurary* pour arracher des dents. Il faisait pousser la liane dans son jardin et il n'en manquait pas. Un jour qu'il a eu besoin qu'on l'opère, il s'est confié à moi. »

Il ajouta :

« Dans mes bagages, j'ai des feuilles séchées et des graines que je lui ai chipées. Quand nous serons à Wittenberg… »

Il ne finit pas sa phrase mais s'arrêta bouche bée, comme des cavaliers sortaient de la futaie.

Ils étaient une dizaine ou peut-être une quinzaine. Armés, vêtus de noir, le visage caché, ils encerclèrent les voitures. Ils hurlaient – Kossa ne comprit rien de ce qu'ils criaient. Un homme sauta sur leur voiture, faisant tomber le cocher recruté le matin ; d'autres arrêtèrent les chevaux ; les derniers pointèrent leurs lances vers les voyageurs – le frère qui s'appelait

Terre Noire protesta qu'ils n'avaient pas d'argent. Mais on ne les toucha pas et on ne leur vola rien. Les assaillants sectionnèrent les harnais et firent décamper les bêtes, puis ils repartirent comme ils étaient venus, entraînant avec eux le moine sur un cheval.

Cela dura peu de temps, à peine quelques minutes, et la forêt retrouva son calme. Demeuraient sur le chemin les chariots sans attelage, les compagnons de la seconde charrette, et Jakob Luther. Le cocher qui avait été jeté à terre avait disparu, les gardes qui devaient les protéger, et Sturm, étaient invisibles. Sans doute poursuivaient-ils les attaquants.

Personne, cependant, n'était blessé ni mort.

*

Le frère de Luther, le premier, recouvra ses esprits. Sur le moment, Joachim en conçut de l'admiration : son cœur battait si fort qu'il crut qu'il allait défaillir. Il se trouvait en tout cas presque empêché de penser.

« Il faut aller à Altenstein, dit Jakob fermement. C'était là que nous devions manger et dormir ce soir, c'est vers là que nous devons nous diriger. Vous allez garder les chars et les bagages, et moi je vais trouver un village d'où ramener de l'aide. »

Même s'il n'avait pas été si affecté par ce qui venait de se produire, Joachim aurait été incapable de marcher longtemps et vite pour accompagner le parent de Luther. Il se posa sur une souche, l'esprit confus, désolé de son impuissance. Les jambes flageolantes, blanc comme s'il s'était vidé de son sang, Terre Noire – Melanchton – fit de même, ainsi que les autres moines. Jan proposa d'accompagner Jakob. Sa voix était ferme et il n'avait pas éprouvé le besoin de s'asseoir. Le frère de Martin refusa : il fallait un homme fort pour veiller sur les voitures et dissuader d'éventuels brigands. Il sortit de dessous des sacs deux épées et dit qu'ils devaient les montrer si des gens douteux apparaissaient.

Solfa répondit par un drôle de sourire, il observa qu'il eût mieux valu, puisqu'on avait des armes, les distribuer avant que ne surgissent les cavaliers aux masques. Mais il prit une lame, en donna une autre à celui des religieux qui paraissait le moins mal en point, et il laissa partir Jakob.

57

Le château

ALTENSTEIN (SAXE), MAI 1521, PETIT MATIN

Quelle comédie que tout cela, songeait Joachim pour la centième fois. C'était la troisième nuit qu'il passait au château. Elle avait été exécrable. Impossible de dormir. Que faisait-il dans cette chambre, loin de chez lui ? Depuis trois ans il gâchait sa vie à accompagner Luther sous prétexte qu'il était son médecin. Il était allé ici, là, et maintenant il était coincé dans la demeure d'un seigneur qui ne se montrait pas.

Il était encore tôt, mais une lueur mauve montait des contrevents. De toute manière Joachim en avait assez de rester allongé. La nuit, ce que son esprit pouvait gérer convenablement dans la journée devenait insurmontable.

Le lit était très haut : il descendit avec précaution pour ne pas se faire mal.

Son dos le faisait souffrir – la faute au matelas. La douleur descendait jusqu'à la cheville, il fut forcé de s'asseoir pour enfiler ses chausses. C'est à des misères comme celle-ci que se comptent les années, songea-t-il. Les voyages n'arrangeaient pas les choses.

Quand ils avaient eu du secours… – un bouton qui servait à fixer le col lui resta entre les doigts alors qu'il le fermait : décidément rien n'allait.

Quand ils avaient reçu les secours, Kossa et les amis de Luther s'étaient un peu étonnés que Jakob ne fût pas avec ceux qu'il était allé chercher. Cependant les villageois qu'il avait envoyés avaient mené d'autres chevaux, avec des harnais. On était reparti, l'humeur morose et d'un bon trot. À Ruhla, le bourg où habitaient ceux qui avaient aidé, on n'avait pas trouvé Jakob ni obtenu aucune information. Le frère de Martin avait dû aller en avant, pour prévenir le seigneur qui les attendait.

Mais dès ce moment-là, Jan avait commencé à proclamer ses doutes :

« L'attaque a été trop bien conduite, affirmait-il. Luther n'a pas montré de surprise. Il n'a pas fait un geste pour résister. Jakob non plus n'a pas bougé. »

Il se disait peu surpris que le frère de Martin ait voulu aller seul pour donner l'alarme :

« Vous êtes-vous demandé pourquoi Jakob a pris la peine de conduire lui-même et comment il s'est fait que nous ayons eu un homme neuf pour guider notre chariot ? Les soldats que le châtelain nous a fait envoyer, et le cocher qui s'est proposé par miracle quand notre valet n'a plus été là ? Les deux gardes, et même Sturm, disparus avec les cavaliers en même temps que le moine ? Et maintenant Jakob que nous ne retrouvons pas ? Ils sont de connivence. »

Le matin dans la voiture, il avait observé Martin et Jakob. Les frères, soutint-il, avaient scruté la forêt dès qu'on y était entré :

« Ils étaient comme des gens qui attendent quelque chose et qui sont impatients que cela se produise. Ils ne montraient pas de crainte, mais une excitation qu'ils tentaient de cacher. Vous ne vous en êtes pas rendu compte, docteur Kossa ? »

Le Polonais avait raison. Quand les rescapés de l'attaque étaient arrivés à Altenstein, ils avaient trouvé le personnel du seigneur serein. Le chambellan était passablement amusé :

« Notre Maître m'a dit de bien vous rassurer, avait-il prononcé. L'assaut dont vous avez fait les frais n'était qu'un coup monté. Martin Luther n'a jamais été enlevé. Le prince de Saxe pense que le sauf-conduit ne suffit plus désormais pour qu'il soit en sécurité. Notre maître a arrangé sur ses ordres un rapt dont la victime et son frère ont été avertis hier. »

Et comme tous, sauf Solfa, se récriaient, il ajouta :

« Il faut vous taire : ne rien dire de tout cela. Vous devez le jurer sur la Bible. Le prince et frère Martin le demandent. Ainsi on fera croire que le moine réside au château et qu'il est empêché de partir. En réalité, lui et Jakob Luther s'en sont allés vers une destination que j'ignore. Le docteur changera provisoirement son nom et il se cachera tout le temps qu'il faudra pour qu'il soit protégé du pape et de l'empereur. »

*

Le médecin étudiait ses joues dans le miroir. Il ne s'était pas rasé depuis qu'ils avaient quitté Worms et sa barbe, où ne restaient que quelques fils noirs, était longue. Mais quel ennui c'était d'avoir à s'en occuper… Il remplit la cuvette de la pierre à laver, s'étonnant qu'à cette hauteur il puisse y avoir une pompe, et éclaboussa son visage. Son col bâillait d'un côté à cause du bouton manquant : il n'y pouvait rien.

Il quitta la chambre. L'escalier donnait dans la cour. Il avait faim : si les cuisines étaient ouvertes, il se ferait servir une soupe, puis il se promènerait dans le jardin comme il l'avait fait le jour d'avant. Solfa avait coutume de se lever tôt. Peut-être descendrait-il également ? Alors, ils bavarderaient. Le Polonais l'agaçait avec sa prétention à tout comprendre, mais son savoir était extraordinaire.

Les cuisines étaient fermées. Le jardin n'était pas accessible à cette heure. Un banc courait le long du mur, Joachim s'y assit, frissonnant légèrement – la cour était dans l'ombre. Jan ne se montrait pas, peut-être dormait-il encore, finalement.

Le médecin s'ennuyait. Ses pensées s'emmêlèrent un peu, non qu'il eût la tête faible en cette matinée, mais parce qu'il avait trop à penser.

D'abord, il fallait se résoudre et imposer sa résolution.

Aujourd'hui ou au plus tard demain, il voulait quitter Altenstein. De la part de Luther, de celle donc du prince, on le presserait de rejoindre le lieu où se cachait le moine. Le seigneur du château enverrait un émissaire. Celui-ci proposerait de l'argent, il menacerait peut-être. Il n'était pas exclu qu'on l'emmène de force.

Joachim n'avait pas envie d'aller il ne savait où ni pour combien de temps. Il voulait être chez lui, dans sa maison et auprès d'Ursula. Même son chat lui manquait. Un jour, quand il reviendrait, sa femme lui dirait qu'Adolf était mort…

Ses pensées du matin étaient aussi sinistres que ses rêves la nuit.

Ses rêves… Peut-être, s'il arrêtait de bouger, cesseraient-ils tout à fait ? Et avec eux les vertiges, la sueur, les palpitations quand il s'extrayait du sommeil ? À Worms, le soir après le bannissement de Luther, il s'était trouvé de nouveau dans la forêt sinistre. Il n'avait pas vu le moine, mais très distinctement et parmi les victimes le visage d'Ursula.

Que sa femme si chère figure dans son rêve n'était pas supportable. Il s'était réveillé en eau, s'était levé trop vite pour chasser les fantasmes, et il s'était évanoui pour la première fois de sa vie. Solfa, qui partageait sa chambre, avait ouvert sa chemise et il l'avait fait boire. Joachim avait repris ses esprits au bout de quelques instants. Mais ç'avait été un avertissement.

Le médecin calcula : il avait peu coutume de songer à son âge. Il avait dix-huit ans quand il avait quitté Santander ; et vingt-cinq quand il s'était marié. C'était en 1483, peu avant la Noël : il y aurait bientôt trente-huit ans.

Cela faisait… Il grimaça : soixante-trois ans. Le grand-père Meir devait avoir cet âge quand il se disputait avec son père ; le rabbin, alors, lui semblait un centenaire.

Soixante-trois. Il devait surveiller sa santé.

Dire qu'il était trop vieux suffirait-il à obtenir qu'on le laisse rentrer à Wittenberg ? C'était douteux. Depuis qu'il avait reçu, l'année d'avant, l'avis de son exclusion de l'Église, Martin était certain qu'on voudrait l'empoisonner : « Sous prétexte de me donner une médecine, n'importe quel docteur pourrait me faire avaler un poison ou me saigner à mort », disait-il pour convaincre Kossa de l'accompagner.

Le moine n'avait pas tort, même s'il exagérait le danger.

Et si… Solfa était médecin, il pourrait soigner Luther ? Jan avait secouru Martin à Worms, et le moine l'appréciait peut-être désormais ?

Une porte s'ouvrit à quelque distance de Joachim. Une femme parut. Et un peu plus tard une autre. Cette dernière le salua de la tête en allant puiser de l'eau ; il n'avait pas remarqué qu'il y eût un puits dans le coin de la cour. Les domestiques se mettaient en action, il eut l'espoir d'avoir bientôt sa soupe.

*

Finalement, Solfa avait rejoint Joachim. Le médecin avait mangé et il était rassasié. Il demanda une seconde assiettée, simplement pour accompagner son ami qui, à son tour, goûtait avec plaisir au bouillon consistant. Jan avait bien dormi, il était de bonne humeur et volubile comme à son habitude ; ce matin, cela convenait à Kossa. Il expliqua au docteur qu'il trouvait ces jours de résidence forcée utiles pour l'aider à choisir ce qu'il allait faire. Il avait quitté Francesco Tasso, mais il n'avait pas renoncé pour autant à travailler pour la famille qui construisait la poste de l'Empire :

« Ils ont besoin de gens pour fixer les étapes et organiser les relais. J'aime à me déplacer. Comme médecin, je sais les efforts qu'on peut imposer aux corps et donc imaginer quelles distances peuvent couvrir un homme à cheval ou des voyageurs en voiture – il est question peut-être qu'on transporte des personnes et pas seulement des lettres. »

Il ne renonçait pas à retourner un jour en Pologne :

« Mais le temps n'est pas venu de m'isoler si loin : c'est en Allemagne et en Italie que se passent les choses importantes. Peut-être en Espagne dans une moindre mesure… »

À Worms, il avait observé l'empereur. C'était un homme calme et d'un maintien très noble. Il dit avec emphase :

« Il est vrai qu'il est jeune, mais peut-être que notre monde a besoin de cette jeunesse. »

Joachim n'avait pas d'opinion, il écouta cependant avec de l'intérêt : en plus d'être empereur, Karl était roi d'Espagne. Ça suffisait à rendre Kossa curieux.

Mais si Solfa songeait à un autre métier que médecin, son projet de lui faire soigner le moine allait se trouver empêché…

*

Le Polonais s'était tu pour achever sa soupe, Joachim le laissa manger. À la fin, l'autre posa sa cuillère. Il s'essuya la bouche et dit d'un ton acide :

« Savez-vous ? Que l'assaut de l'autre jour ait été un simulacre, je le regrette presque. Si le moine disparaissait, ce ne serait pas un mal. »

Joachim le regarda, effaré. Voilà qui résolvait la question de savoir s'il pouvait lui confier Martin.

Solfa continuait, la voix basse parce qu'une servante s'affairait non loin :

« Comprenez-moi. Je ne sais pas si Luther a raison ou tort dans tout ce qu'il soutient. Mais il y a, pour changer les choses, d'autres moyens que de hurler. Vous souvenez-vous, docteur ? Quand nous nous sommes connus, je ne jurais que par un de mes aînés : Mikolaj Kopernik – il signait Copernicus quand il écrivait en latin. Il résidait très loin au nord de la Pologne et il était illustre dans tout le pays. Je crois qu'il vit encore. Sans rien faire imprimer mais en se contentant de lettres, il soutenait que la Terre n'est pas au centre du monde comme le dit Ptolémée et comme l'Église l'affirme. »

La voix avait changé. Il ne dénigrait plus Martin, mais il rêvait tout haut ce qui lui tenait à cœur.

« Vous rappelez-vous aussi ce “Leo” qui avait envoyé des dessins ? demanda-t-il. Nous cherchions des informations sur je ne sais quels os. Le vrai nom de Leo était Leonardo et il venait d'une ville qui s'appelle Vinci. On dit qu'il est allé en France et qu'à présent il est mort. Je ne sais ce qu'il en est. »

Le visage de Solfa parut s'illuminer. Un instant, il sembla à Joachim qu'il l'avait oublié.

« À Venise, prononça-t-il doucement, j'ai pu voir la copie d'un de ses manuscrits. Il dit que les os du corps sont les rocs, les poumons qui inspirent et expirent les marées, et les veines les rivières. J'ai lu aussi une louange du Soleil qu'il a écrite : il pense que de cet astre est née toute la vie. »

Puis le timbre de sa voix se durcit et ses yeux affrontèrent Kossa :

« Comprenez-vous ? Leonardo va plus loin que Luther. Là où le moine discute des points de théologie, lui se passe de Dieu. Mais il est ou fut prudent comme Mikolaj Kopernik : jamais il n'a crié haut ses idées et jamais il ne les a imprimées. »

Comme Joachim bredouillait qu'une vérité ne sert à rien si elle n'est diffusée, Solfa haussa les épaules et dit que la question était de travailler doucement à ce qu'elle vienne au jour :

« Il faut du temps, c'est tout. Martin de Wittenberg brave l'Église pour rien. C'est la pire solution. »

58

Syncope

MÊME LIEU, JOURNÉE ET SOIR

Après la sortie qu'avait faite Solfa, ce dernier et Joachim étaient retournés dans la cour. Avant qu'ils se séparent, le Polonais avait reparlé de Kopernik :

« Si des liens existent entre le corps et le monde et que nous nous trompions en plaçant mal les astres, alors, les soins que nous donnons aggravent les maladies au lieu de les guérir », avait-il constaté.

Tout le jour, Joachim ressassa cette remarque. Il en fut si excité que les tempes lui battaient. L'idée que le corps humain était le reflet de l'univers lui était familière. Les femmes accouchaient quand la Lune était pleine ; Vénus, Mars ou Saturne rendaient les hommes fous, belliqueux ou mélancoliques ; et l'utilité d'une potion dépendait du jour où on la donnait : cela, il le savait. Or tout changeait si on positionnait les astres par rapport à un Soleil central.

Il repensa aussi à ce Leonardo. Si l'Italien ne se trompait pas, si le Soleil déterminait la vie et que le corps humain était fait avec les matériaux de la Terre, alors Solfa avait encore raison : l'idée d'un Dieu n'était plus indispensable. Cette idée foudroya Joachim : ce Dieu pour lequel on se battait et on se détestait, chrétiens contre juifs, gens de l'islam contre les autres, catholiques de Rome contre réformateurs allemands…

il n'existait peut-être pas ? Tout ce temps perdu, ce sang versé, pour rien ?

À supposer cela, il se sentit moins libéré qu'oppressé. Son cœur battait la chamade : comme celui de Martin quand il a une émotion, songea-t-il.

Il résolut de se calmer et de réfléchir pratiquement, en savant. Il avait du papier, de l'encre, une plume. Il s'isola dans sa chambre, commençant sur les feuilles des phrases et des éléments de dessins, réfléchissant à des dispositions pour les astres qui changeraient la physiologie humaine. Ses mains, d'excitation, devenaient moites et il lui fallut les sécher contre son vêtement pour ne pas tacher le papier.

Si les organismes étaient faits de la matière de la Terre, alors, il fallait tenir compte de la configuration de celle-ci. D'autant que nous sommes comme attachés à elle durant toute notre vie, songeait-il : par les pieds quand nous sommes debout, par le siège quand nous sommes assis, et de partout quand nous sommes couchés. Donc ce qui la constitue doit nous influencer encore plus que les étoiles.

Il traça au milieu d'un papier le Soleil, et sur le côté un disque avec une silhouette humaine. Si la Terre bougeait… S'appliquant, il fit partir du disque où était l'homme une ligne qui tournait autour de l'astre brillant. Sa main tremblait sans qu'il sache pourquoi : le cercle s'écrasa en bas, il en fut agacé, mais cela n'importait pas. Il voyait désormais les choses : dans le système de Kopernik, le Soleil devenait le point fixe et la Terre n'était plus qu'un errant dans la périphérie du monde.

Le dessin, outre la maladresse, était très imparfait. Quelles tailles respectives fallait-il donner au Soleil et à la Terre ? L'étoile qui éclairait le monde paraissait assez petite quand on considérait le ciel, mais elle était si loin… D'ailleurs, à quelles distances étaient réellement les deux corps ? De toute manière la feuille était trop petite pour qu'il puisse rendre leur éloignement, même s'il avait connu les chiffres.

La plume en l'air, Kossa hésita pour placer la Lune. Kopernik ne remettait pas en cause le fait qu'elle tournait autour de la Terre, n'est-ce pas ? Mais passait-elle au-dessus des pôles ou bien à hauteur de… Comment cela s'appelait cette ligne qui partageait la Terre en moitiés Nord et Sud ?

Ses tempes battaient fort. Il dessina la Lune sur le dessus de la Terre – il fallait se résoudre.

Il éprouvait du plaisir. C'était la première fois qu'il entreprenait de dessiner depuis le temps où, étudiant, il apprenait les corps. Il vit combien les choses devenaient claires quand on se les donnait à voir.

Sa tension était telle qu'il avait vraiment chaud. Il se leva pour attraper le linge qui avait servi à sa toilette le matin, trempa le tissu dans l'eau et se tamponna le front. Le cousin Kronach avait peut-être raison quand il disait qu'il ferait croître des vignes près de chez lui : on n'était qu'au mois de mai, et voilà qu'il suait comme en plein été.

Il se rassit, un peu rafraîchi. Ce n'étaient pas les astres, au fait, qui l'intéressaient. Il prit une autre feuille, médita et inscrivit :

> La Terre, sa configuration selon les découvertes récentes.

Il releva la main, réfléchit davantage, barra, recommença :

> La Terre : l'influence de sa configuration nouvellement connue sur la santé de l'homme.

Il sourit. S'il parvenait à quelque chose avec ce qu'il entreprenait là, il prierait Ursula de recopier les feuilles et il les enverrait au loin. Le nouveau bibliothécaire, à Wittenberg, était un homme jeune. Il devait connaître les noms des savants qui comptaient à présent ?

Il reprit de l'encre et, d'un trait horizontal terminé par une boucle, souligna les mots :

Ce que ni Kopernik ni Vinci n'avaient pris en considération, c'était le lieu précis où on vivait sur Terre. Les gens nés dans le Nord et ceux qui habitent dans le Sud diffèrent, songeait-il. Lui-même était très brun, petit et sec ; Solfa était long et pâle ; les Allemands, sa femme par exemple, souvent blonds et sanguins. C'étaient autant de types qui dépendaient de la force du Soleil, mais probablement pas seulement : sa nature à lui n'avait pas changé depuis qu'il était en Allemagne, et il savait un Nègre qui, resté en Allemagne, demeurait aussi noir.

Donc, il y a des forces dont on ne tient pas compte, conclut-il.

Il conçut cette idée : la balance des terres et des mers devait intervenir. C'était affaire de poids et de contrepoids, ce qu'on appelle la physique…

Il écrivit :

> Il n'y a pas si longtemps, on ne savait pas qu'un continent existe à l'ouest de notre Europe et de l'Afrique, au-delà de l'Océan. Ce continent et l'Asie s'équilibrent, et leurs masses compensées influencent les corps dans la partie du monde qui se trouve au milieu…

C'était brillant. Pour aller plus loin il faudrait qu'il consulte des géographies. Il se souvint de l'atlas que Solfa avait emprunté pour lui. Dans l'ouvrage, il avait cru trouver la trace de son frère.

Quelle bêtise. Comment avait-il pu penser alors que la Fortune, ou Dieu, lui ferait retrouver son cadet ? Il avait confondu son désir et la réalité.

Au fait, ce frère, comment s'appelait-il ?

Kossa porta nerveusement la plume à sa bouche. Il ne se souvenait plus. Les barbes de la hampe grattèrent contre ses lèvres, c'était désagréable.

Il ne se souvenait plus.

Il ne se souvenait plus…

Kossa mit sa tête entre ses mains : il recommençait à suer. Dans la cour du château, il entendit des gens. On appelait au service, sans doute : le tambour battait. Peut-être le seigneur du lieu s'était-il décidé à venir ?

Il hésita à aller à la fenêtre. Il se sentait lourd, fatigué.

Sa pensée retourna à son frère : Yehohanan, bien sûr ! Il avait retrouvé le nom qu'il cherchait, mais il ne pouvait plus lui associer un visage.

Comme si j'avais inventé, pensa-t-il. Peut-être que je me suis raconté des histoires : l'Espagne, un pays imaginé ?

Il rêva vaguement qu'il avait vécu plusieurs vies. Son pays était l'Allemagne, cette existence-ci était celle qu'il menait avec Ursula. Le reste était réminiscences.

Il faisait sombre autour de lui. Le soir tombait déjà, il en fut étonné : comme le temps passait… Il devait revenir à ce qu'il avait entrepris. Il voulait dessiner la Terre et y placer Ameriga.

Le jour baissait encore et le bruit augmentait. Le rythme des tambours était rapide et toujours plus sonore. Désormais, il envahissait la pièce comme si les soldats étaient là. L'huisserie, probablement, était légère.

Joachim couvrit ses oreilles pour ne plus entendre aussi fort. Il ferma les yeux un moment : ce serait bien de dormir. Tout en bas de son crâne, il ressentit une douleur : il eut l'image d'une déchirure, comme un accroc dans un tissu qui serait sa chair. Cela faisait très mal.

Ses mains redescendirent vers la table. Il s'appuya sur le plateau pour se lever, sa main humide se posa sur la feuille, juste sur la belle inscription. L'encre humide bava, l'écriture se répandit en traînées.

Le médecin était maintenant debout. Une partie de son corps ne répondait plus, il sentit la peur envahir son esprit.

Puis plus rien. Il tomba, le siège où il était assis bascula avec lui, et son corps ne fut plus qu'une chose affaissée sur le sol carrelé.

Pour Joachim Kossa, le Ciel, la Terre et la Lune désormais n'existaient plus. Ils étaient devenus des fantômes, comme peut-être son frère, ce Yehohanan qui avait ou n'avait pas existé.

59

Pensées du soir

LONDRES, MAISON SUR LE PONT,
JUIN 1521

Un an après le jour où elle avait conduit Guido dans sa maison de Blois, Doucine de Saubonne alluma une bougie. Pas un de ces bâtons qui servent quotidiennement, mais une belle tige blanche à la mèche en coton. Elle avait acheté vingt-cinq cierges avant de quitter la France. Si elle en allumait à chaque anniversaire, les épuiserait-elle avant que la mort les sépare ou se lasseraient-ils l'un de l'autre avant ?

Guido avait accompagné Doucine à Londres à la fin de l'hiver, il s'était occupé de son emménagement et il était reparti : elle savait qu'il vivrait beaucoup à Séville. Ça ne la gênait pas : à presque quarante ans, l'ancienne demoiselle de compagnie n'était pas disposée à accepter près d'elle en permanence quelqu'un, ou quelqu'une d'ailleurs puisqu'elle aimait les femmes. Parfois, quand même, son courage faiblissait. Dans cet appartement, le même qui avait servi aux Cosa à leur arrivée en Angleterre, elle ne se sentait pas chez elle. Au retour de Guido (on l'attendait la semaine suivante ou celle qui suivrait), ils s'installeraient dans un logis qu'ils avaient acheté en commun et qu'on aménageait.

Aimerait-elle cette maison autant que sa demeure française ? Elle s'était décidée bien vite…

Un flacon reflétait la flamme de la bougie. Il contenait un vin qui s'appelait *madeira*. Il venait de très loin et il était sucré.

Doucine se servit. Le gobelet d'argent, un cadeau de Laurette, se teinta de doré. Il y a dans ce vin le soleil de régions où je n'irai jamais, pensa-t-elle. Et moi, en le buvant, je m'emplis de leur chaleur.

Car le madère produisait cet effet : une tiédeur qui détendit ses muscles et la laissa joyeuse.

*

Le ciel de Londres change souvent. L'après-midi avait été humide, et maintenant les nuages s'écartaient, laissant voir un soleil orangé. Elle alla à la fenêtre qu'elle ouvrit en grand. Le cri des mouettes la saisit : on pouvait se croire en mer, traversant la Manche. Des barques passaient sous le pont. Sur la rive près d'où elle se trouvait, une église se dressait. Au nord, la vraie Londres s'élevait : des bâtisses de bois, innombrables et surmontées elles aussi de clochers. Au-delà commençaient des collines : une campagne où elle n'était pas allée.

Quand même, elle pourrait se plaire ici. On lui avait tant dit, en France, que le climat serait atroce ; mais la ville était à peine plus humide que Blois. Il est vrai que je suis arrivée à la belle saison, corrigea Doucine pour elle.

S'exprimer en anglais était un défi qu'elle appréciait. En trois mois, elle avait progressé, échangeant avec la servante et les commerçants : elle pouvait s'exprimer, même si l'arrangement de ses phrases et son accent faisaient rire les gens à qui elle s'adressait. En Italie aussi j'avais appris vite, mais je disais d'autres choses, s'amusa-t-elle. Car elle n'était plus à la Cour mais dans une cité et auprès de bourgeois.

Ces bourgeois, outre Guido bien sûr, l'avaient gentiment accueillie. Elle avait été reçue chez ce couple, les Cama… un nom qu'elle n'avait pas retenu. La conversation avait été laborieuse, ni le mari ni l'épouse ne parlant français ou italien. Mais c'était surtout Joaquín et Silvana Cosa qu'elle voyait beaucoup. L'employé de Guido et sa femme lui avaient prêté leur servante

(Doucine sourit car ce prêt recelait un secret), elle allait souper dans leur foyer et elle passait de fait un temps croissant chez eux.

C'était une pente dangereuse. La maison où Guido et elle vivraient était la jumelle de la leur et les demeures étaient mitoyennes. Guido l'avait voulu ainsi : il serait rassuré de la savoir en compagnie pendant ses absences.

Les inquiétudes de Guido… Elles étaient réelles certainement, mais elles ne l'empêchaient pas de s'en aller. Peut-être, lui aussi, appréciait-il que dans sa vie elle n'existe qu'une partie du temps ?

Le soleil, à une allure qui semblait s'accélérer, s'enfonçait derrière l'horizon. Il se réduisit à la moitié d'un disque, ne fut qu'un tiers de cercle, un croissant et finalement il disparut. Là où il s'était couché demeurait de la lumière, mais elle savait que, si elle avait eu la vue sur l'autre côté du pont, tout aurait paru sombre. Jamais elle n'avait pris le temps de regarder, en France ou en Italie, cette mort quotidienne de l'astre qui éclairait le monde :

« J'y aurai gagné ça : voir ce que je ne voyais pas… », prononça-t-elle tout haut.

Elle revint vers la table. Se resservirait-elle du madère ? Puisqu'elle ne ressortait pas… Néanmoins…

Elle reprit du vin. Très peu.

Elle était de nouveau maussade.

La maison de Londres ne sera pas, à l'inverse de Blois, entièrement à moi, songeait-elle pour la énième fois. Un étage est à Guido et un autre m'appartient, l'arrangement est précaire. Ici, on me croit son épouse, mais ce n'est pas le cas et les Cosa le savent. Puis je m'occupe trop des affaires de ce ménage. Silvana est incapable de gérer sa maison, Guido l'a dit et Joaquín lui-même semble attendre de moi que j'y mette de l'ordre. D'autant qu'il y a la petite, Seamrog… De quelle façon impossible ils l'ont appelée !

Seamrog, dont Doucine ignorait que le prénom désignait le trèfle irlandais, avait un peu plus de deux ans. Elle marchait et commençait à parler. Elle était tout aussi adorable que l'avaient été, en leur temps, Maria, Margherita et Bonifacio di Monferrato.

Doucine eut un serrement de cœur. À Londres, elle ne pouvait plus espérer de nouvelles des petits d'Anne. Elle était trop loin pour avoir vent des rumeurs, et Laurette n'en saurait obtenir : elle ne connaissait personne à la Cour.

On a bien tort d'aimer des enfants qui ne sont pas les siens, concluait-elle avec amertume. Mais comment faire autrement si on les côtoie et qu'eux-mêmes s'attachent ?

*

Guido, quand ils avaient décidé qu'elle viendrait à Londres, avait évoqué la possibilité de lui faire un fils. Il ne touchait plus Lisandra, avait-il dit. Donc, c'était d'elle qu'il pouvait espérer ce bonheur. Elle n'avait su que dire. Que Guido « touche » (comme il disait) ou non sa femme lui importait peu. Elle aimait Liuciardi, certainement, mais ce n'était pas pour ce qu'ils faisaient au lit. Elle aimait qu'il l'aime, adorait le séduire, rire avec lui, et elle aimait aussi qu'il lui rappelle sa jeunesse. Pour le reste… S'il trouvait son plaisir auprès de son épouse, eh bien soit. Elle-même… Silvana Cosa pouvait être délicieuse si on choisissait le moment.

Un fils. Il avait précisé « un fils ».

Elle se servit encore un doigt du vin qui venait de loin.

Elle avait répondu qu'elle était sans doute trop âgée. Qu'ils pouvaient essayer, mais qu'elle n'était pas sûre. Liuciardi avait acquiescé, il avait conclu que la Fortune, ou Dieu, déciderait.

Étonnamment, il n'avait pas insisté.

Ce qu'elle n'avait pas avoué, c'est qu'elle savait très bien qu'aucun enfant ne naîtrait. Quand ils étaient ensemble, il y a si longtemps, elle avait été enceinte. Était-ce de Guido ou bien de Damiano ? Elle ne le savait pas et ne s'en souciait pas : elle ne voulait pas. Elle n'avait rien dit, ni à Laurette, trop sotte, ni aux deux Italiens. Mais elle était allée voir le médecin de la reine. Les demoiselles se tournaient vers lui, savait-elle, quand elles se trouvaient dans cette situation. Il n'avait pas paru surpris, en effet. À peine avait-elle parlé qu'il lui avait indiqué une matrone, qu'il avait appelée du nom bizarre de « sage-femme » : elle savait aider les dames mariées à accoucher et les filles célibataires à ne pas le faire, avait-il expliqué en souriant, sans sembler la juger. Mademoiselle de Saubonne s'était rendue dans le lieu qu'il avait dit. La demeure était propre, la sage-femme plus jeune qu'elle ne l'aurait pensé – elle avait craint d'avoir affaire à une sorcière. La praticienne n'avait pas posé de questions, elle n'avait pas demandé son nom et elle avait accepté sans l'ouvrir le sac de ses économies. Puis elle l'avait fait asseoir sur une chaise percée, l'avait nettoyée, et elle avait coincé ses cuisses dans des anneaux. Après quoi étaient entrées des assistantes dont les visages étaient dissimulés par des masques, et qui l'avaient tenue en la serrant si fort que les marques sur ses bras et ses épaules avaient duré des jours.

La sage-femme s'était accroupie, elle avait sorti une tige et elle l'avait introduite dans son vagin.

En y repensant, la Française frémit et serra le godet de métal. Après vingt ans, elle croyait ressentir la blessure que l'outil avait faite, quand il était entré et puis en ressortant. Elle but d'un coup la fin de son vin et écarta le flacon d'un geste un peu rude. Elle n'allait pas quand même s'habituer à boire parce qu'elle était seule, avec son homme au loin ?

Lorsque la matrone avait ôté le crochet, quelque chose était tombé de son ventre. Un agglomérat de choses brunes : elle l'avait vu dans le seau quand elle s'était levée.

Elle était revenue rue de la Chaîne soutenue par une assistante. C'était le soir, la fille avait remplacé son masque par un capuchon et elle n'avait pas prononcé un mot. Laurette avait ouvert la porte, elle l'avait vue épuisée et blanche, elle avait compris et s'était abstenue de rien dire. Mais elle l'avait aidée à se hisser dans le grenier en haut de la demeure et là, vite, elle avait refait le lit.

Plusieurs jours durant, Doucine avait saigné, continûment, beaucoup, puis moins. Elle avait eu la fièvre, mais son corps n'avait pas atteint une chaleur qui eût été mortelle. Et elle avait pleuré.

Laurette l'avait soignée. Son seul commentaire avait été que, quant à elle, certains jeux étaient finis. Doucine pensait de même mais elle n'en avait pas tiré, ensuite, la conclusion qu'elle devait se marier. Guido la guettait lorsqu'elle s'était décidée à descendre, il n'avait rien trouvé de mieux, abruptement, que de lui demander de l'épouser. Elle avait refusé avec rudesse. C'est à ce moment, supposait-elle, qu'il avait commencé, secrètement, à penser repartir.

La sage-femme avait dit à Doucine, alors qu'elle s'en allait, qu'elle ne concevrait plus.

60

L'escalier

MÊME LIEU, MÊME JOUR, LA NUIT

Les vieilles maisons, comme les neuves, ont des escaliers indiscrets. En place depuis des décennies, la menuiserie devrait rester d'aplomb quelque pression qu'on exerce. Mais non. Le bois chante de la manière qui lui plaît, une planche crie alors que l'autre fait silence, et bien malin est celui ou celle qui, voulant monter sans bruit, se souvient des endroits où il peut poser le pied et de ceux qui dénoncent.

Joaquín faisait grincer les marches quelque effort qu'il fît. Comme chaque fois qu'il montait en pleine nuit, il réveilla Doucine. La Française avait le sommeil léger et la capacité d'ouvrir les yeux en étant de bonne humeur. Elle n'eut pas peur, elle ne se leva pas, mais elle sourit, doublement amusée. Le craquement lui rappelait l'inquiétude de Guido au moment où, à Blois, il avait entendu le valet se rendre dans sa soupente. Puis elle trouvait drôle que Joaquín, qui venait un soir sur deux, prenne toujours les mêmes précautions inutiles. Elle ne pouvait lui dire, pourtant, que depuis des semaines elle avait éventé son secret ? Ni non plus révéler qu'elle n'était disposée, ni à s'en offenser, ni à le dénoncer. Auprès de qui d'ailleurs aurait-elle pu le faire ? L'adultère du jeune homme n'était pas l'affaire de Guido, et Silvana, probablement, ne s'en préoccuperait pas beaucoup.

Le señor de la Cosa, sir Cosa à Londres, rejoignait Jane Bennett. C'était la domestique. Une jeunesse, mais chargée d'un enfant. Elle avait eu un mari, disait-elle, mais on ne savait pas si ce mari était mort, s'il s'était éclipsé ou même s'il avait existé. L'enfant, un garçon, était élevé à la campagne. Il était en nourrice ou dans la famille de Jane. Celle-ci s'absentait toutes les deux semaines pour lui rendre visite : elle partait le dimanche et rentrait dans la nuit ou, depuis quelques semaines, le lundi seulement, ainsi que Joaquín l'avait proposé.

Jane occupait la chambre sous le toit dans la maison du pont. Elle servait les Cosa, elle aidait pour le peu de ménage et de cuisine qu'il y avait à faire chez Lady Doucine (elle ne parvenait pas à prononcer le prénom de la Française) et elle faisait le tout avec efficacité et grâce, veillant aussi sur Seamrog autant qu'elle le pouvait.

Jane était, physiquement, le contraire de Silvana : elle était fine, blonde, la peau pâle et les yeux clairs. Ces caractères auraient pu séduire le marchand mais ce n'était pas à cause d'eux qu'il avait rendu les armes.

Jane était solide, Jane était prévisible et Jane était constante. C'était réconfortant et ce fut cela qui emporta son cœur.

L'Espagnol avait peu l'expérience des femmes. Quand il était enfant, sa mère avait trompé son père et n'avait pas cessé d'en médire. Ses sœurs… Il avait eu peu de contacts avec elles : il était le dernier, elles s'étaient mariées et l'avaient oublié. Ses premières émotions dataient de La Española où Juan l'avait mené. Les sauvages étaient nues, leur peau brune tatouée et leur sexe fourré de poils sombres : l'adolescent n'avait osé s'approcher. En Espagne, Maria Concepción vivait presque recluse à la campagne et ne lui adressait pas trois mots et, de Lisandra, il se souvenait surtout combien elle était restée sombre après la mort de son fils.

Silvana seule était attachante. Elle avait les cheveux bruns comme les femmes de l'île, mais sa peau était claire et sans marque de dessins. Elle fut la première qu'il connut sexuellement et elle resta longtemps la seule : sauf à Valladolid où il avait jeté son pucelage, il répugnait à aller dans les bordels, il ne savait pourquoi.

Mais son épouse était si compliquée… Il avait beau la connaître, il la brusquait sans le vouloir et elle le brutalisait sans s'en apercevoir. Il choisissait les mots pour être compris d'elle, écoutait ses propos et tâchait d'en saisir la logique, mais une part d'elle lui restait une énigme. Il s'étonnait de ce qu'elle fabriquait, et ce qu'elle admirait le dépitait parfois. Ainsi pour les ivoires : elle les avait aimés et avait eu raison puisque les Anglais les achetaient. Il s'était senti bête de n'avoir pas su en comprendre la valeur. Bête et un peu froissé.

Et puis elle s'occupait si mal de leur enfant… Elle la nourrissait, lui racontait des histoires ; la cajolait, l'habillait, la déshabillait, jouant à la parer jusqu'à ce que la petite pleure ; ensuite elle l'oubliait pendant de longues heures. L'enfant hurlait sans que sa mère bouge et, lasse, elle s'endormait ou bien s'aventurait ailleurs.

Jane, à côté de sa femme, était une merveille. Il était simple de lui parler, de l'écouter et de la comprendre. On pouvait formuler une demande, un ordre : elle ne raidissait pas le cou, elle ne crispait pas son visage sous prétexte que ce n'était pas le moment. C'est grâce à elle que la famille mangeait : elle fixait les repas, envoyait le valet acheter ce qu'il fallait. Et elle s'occupait que Seamrog reçoive les soins qu'il fallait et ne se trouve jamais – jamais – en situation de danger.

*

Joaquín avait poussé la porte que Jane, attendant sa venue, avait entrebâillée. À leur tour, les gonds produisirent un grincement : le métal geignit comme l'avait fait le bois. Ni l'un ni l'autre ne s'en soucièrent, cette fois.

Le lit où couchait la jeune femme était à la mesure de la pièce, c'est-à-dire très étroit, et Joaquín et elle devaient se serrer pour dormir après avoir fait l'amour : c'était un autre charme de cette chambre qui semblait perchée dans le ciel et où, certaines nuits, le spectacle des étoiles était époustouflant. Il était rare, au demeurant, que Joaquín le contemple : il s'assoupissait dès que l'acte était consommé et il dormait d'une traite. Le matin, elle devait le réveiller.

Ce fut encore le cas durant cette nuit d'été. Jane avait relevé le drap quand il était entré, elle était nue dessous, et la lune qu'on apercevait dans un coin de la fenêtre pâlissait davantage sa peau. En se glissant contre elle après s'être déshabillé, Joaquín pensa qu'il rejoignait l'Éden.

Il n'eut aucune peine, quelques instants et mouvements plus tard, à trouver le sommeil.

61

Les messages

LONDRES, SUR LA TAMISE,
JUIN 1521, PETIT MATIN

À quelques heures près, Guido Liuciardi aurait croisé, en se rendant dans la maison du pont, Joaquín de la Cosa qui en ressortait juste. La situation aurait été délicate. Guido se serait posé des questions, les explications de son agent auraient été embrouillées (son patron ignorait sa liaison avec Jane Bennett) et l'un et l'autre se seraient retrouvés, à la fin, très gênés.

Cette rencontre ne se produisit pas. La remontée du fleuve est lente et le navire sur lequel se trouvait Guido, quoiqu'il fût arrivé la veille, s'était arrêté pour la nuit quelques méandres avant Londres. Le bateau était reparti à l'aube, guidé par des pilotes, et quand il fut au mouillage il fallut attendre, pour descendre, que s'arriment les embarcations plus petites qui, tout de suite, avaient commencé de converger.

Guido se trouvait donc sur l'eau pendant que Joaquín, avec l'aide de Jane, s'habillait, descendait l'escalier en le faisant craquer, et se dirigeait vers sa propre demeure.

*

Liuciardi avait voyagé sur la *Vespuccia*. Le bateau avait traversé les tempêtes, il avait été réparé plusieurs fois et portait des cicatrices, mais c'était encore lui auquel le marchand, qui n'aimait pas la mer, faisait le mieux confiance. La traversée s'était très bien passée. On était parti tôt, le chargement étant achevé et le temps favorable, et le vent propice avait poussé le bateau. Les marins ne se souvenaient pas d'être allés de Séville à Londres aussi vite : cinq journées seulement.

Guido était heureux de retrouver l'Angleterre bien que, il ne se le cachait pas, il ait joui aussi de son séjour à Séville. Lorsqu'il était revenu au début du printemps après avoir installé Doucine à Londres, Lisandra avait tout à fait oublié la perte de Filippo Damiano ou elle l'avait acceptée : elle s'était montrée enjouée. Il n'avait plus trouvé dans leur chambre le masque du petit mort mais elle avait remis à sa place la Vierge d'Italie. Il jugea sa femme embellie, rajeunie. Ils avaient fait l'amour le premier soir, doucement, tendrement, il avait envie de dire, avec confiance. Puis ils l'avaient refait plusieurs fois.

Pourvu qu'elle ne soit pas enceinte, songea Guido.

Il avait eu plaisir, aussi, à revoir ses filles. L'aînée, Sofonisba, avait changé pendant le temps où il était resté au loin. Ses joues avaient perdu les rondeurs qu'elles avaient et, sous la fine robe des premiers mois un peu chauds, sa mère lui faisait porter une gorgerette qui masquait ses seins naissants. Guido ne détestait pas l'idée d'être entouré, bientôt, d'un harem de nymphes.

N'empêche. Rejoindre Doucine le charmait. En Doucine, il y avait de la fantaisie : une intelligence, une drôlerie – un peu de brusquerie quelquefois – qui manquaient à Lisandra et pimentaient la vie. Doucine, outre qu'elle inventait au lit des jeux auxquels il n'aurait pas pensé, était une partenaire de travail : elle voyait juste et loin. Elle donnait son avis, ne mâchait pas ses mots quand il fallait prendre un parti. Elle l'avait convaincu, à Blois, qu'il fallait soutenir ce qu'avait commencé Joaquín à Londres, mais en le surveillant.

« Je ne connais pas ce garçon, avait-elle dit. En s'installant de l'autre côté de la Manche, il a pris une décision qui allait contre tes ordres. Il semble qu'il ait eu raison, mais c'est le signe, aussi, de son ambition. Il faut te méfier. »

Elle était responsable, également, du rapprochement durable de l'entreprise Vespucci et de celle de Paroni. Désormais, les deux firmes étaient associées dans le comptoir de Londres. Appuyée par Liuciardi, Doucine avait réclamé à Damiano le reste de l'argent qu'il lui devait après l'achat de sa maison. Elle avait mis la somme dans l'entreprise commune et, étant associée, elle avait demandé à regarder les comptes.

Guido avait refusé. L'arrangement financier n'ôtait rien à la responsabilité de Cosa. Eût-il été celui-ci, il se serait fâché qu'une femme examine ses affaires. Pour surveiller lui-même, il avait pris parti de partager sa vie entre l'Espagne et Londres.

Telle était du moins la raison qu'il avait donnée à Lisandra pour ses fréquents voyages.

*

Une chose, ce mois de juin, atténuait pour le marchand le plaisir de l'arrivée. Il apportait deux lettres, une pour Silvana et une pour Joaquín, toutes deux adressées par Maria Concepción. Les lettres étaient cachetées, il ne pouvait les lire.

Et il ne savait pas s'il devait les remettre.

Quand Guido était arrivé à Séville, il avait découvert que Maria Concepción rentrait elle aussi de voyage – elle était allée à Venise. Que la veuve d'Amerigo Vespucci ait accompli à son insu une telle expédition lui avait beaucoup déplu. S'il n'était pas son tuteur, il se sentait néanmoins responsable de celle qui était, peu importait qu'il soit seul à le savoir, la belle-mère de Lisandra et la tante de ses filles.

Il était allé voir la veuve à Cazalla et, plus rudement, sans doute, qu'il n'aurait dû, il lui avait demandé ce qui lui était passé par la tête pour se lancer dans une entreprise si folle :

« Vous n'avez jamais accompli de plus grands trajets que ceux que vous faites entre ici et Séville, et vous partez sur la mer, comme ça, d'un coup de tête ! » s'était-il écrié.

Elle avait levé la main pour qu'il se taise et elle avait dit d'une voix ferme :

« Que savez-vous de ma vie, señor Liuciardi, vous qui supposez que j'ai toujours vécu dans les Espagnes ? »

Cette question, et le regard qu'elle lui avait lancé, avait stupéfié Guido. Que voulait dire la señora Vespucci ? La conversation, ensuite, avait été plus calme.

Maria Concepción était allée chercher son fils en Italie. Elle l'y avait trouvé : il n'avait plus qu'un œil et il ne voulait pas retourner en Espagne. Mais elle n'avait pas découvert que lui. Ulisse était allé à Venise en compagnie d'un vieux qui l'avait acheté ou racheté à Alger. Maria jurait que ce vieillard était Juan de la Cosa, le père de Joaquín. L'ami de son défunt mari vivait dans le ghetto, un quartier réservé où il se faisait passer pour un juif :

« Ce qu'il n'est pas et n'a jamais été, bien sûr, conclut-elle fermement. Sinon mon époux ne se serait pas lié à lui. »

Le juif, ou celui qui se faisait passer pour tel, n'entendait pas davantage qu'Ulisse revenir en Espagne.

Maria Concepción expliqua qu'un étranger, d'autre part, avait pris sous sa protection Ulisse, qui allait peut-être l'accompagner au loin. Son fils était redevable à cet inconnu, qui était médecin : il avait achevé de soigner sa blessure et, depuis, une amitié les liait. Sa voix tremblait un peu comme elle racontait, et Guido se demanda quel rôle jouait cet homme auprès de son pupille.

Ce qu'elle dit sur le prétendu juif était aussi peu clair. Elle avait reconnu l'homme, c'était bien le pilote avec qui son mari avait voyagé plusieurs fois et qu'ils avaient reçu dans cette maison même.

Mais tout le monde savait bien que Juan de la Cosa avait été dévoré par les cannibales ? Puis cette histoire de chrétien qui se faisait passer pour juif ?

Un mort ressuscité et qui changerait de religion ?
À moins…

À moins évidemment que ce ne soit le contraire. Guido, en rentrant de Cazalla après cette conversation, avait eu une idée. Il était très certain qu'en Espagne on haïssait les juifs. Peut-être ce Cosa avait-il caché sa confession quand il était à Séville ? Peut-être avait-il été découvert et alors il avait fui et inventé la fable de sa mort ?

*

En songeant à cela au petit matin sur le bateau, Guido palpait ses poches. Les lettres étaient là, scellées du cachet au palmier, l'emblème de Maria.

Cette histoire, ce que la mère des jumeaux avait dû écrire, allait provoquer des catastrophes. Silvana serait la moins affectée. Elle aimait son frère comme elle aimait tous ses proches : avec modération et par moments. Elle serait soulagée qu'Ulisse ne soit pas mort, ennuyée qu'il soit mutilé (elle fera une figure avec un homme borgne, pensa-t-il), fâchée peut-être qu'il ne rentre pas à Séville ou ne se réfugie pas à Londres, et puis elle oublierait, toute à son présent. Pour Joaquín, c'était plus difficile à prévoir. Il risquait d'apprendre à la fois que son père, mort depuis des années, était encore vivant ; et que ce père qu'il croyait un chrétien honorable était un renégat, un juif confirmé.

Est-ce qu'avoir un père juif faisait de Joaquín un juif ? Il y avait des règles, pour être ou n'être pas considéré comme tel. Guido ne se souvenait plus desquelles.

À moins que tout cela, Joaquín l'ait su. Qu'il ait été complice et qu'il n'ignore pas, ni que son père vivait ni sa vraie religion ? Qui sait, peut-être que lui-même se regardait comme juif en le dissimulant ?

Guido se moquait de la religion du garçon. Lui-même était

chrétien et il y pensait peu. Mais si le jeune Cosa avait caché tout ça, Guido ne pouvait plus le regarder comme un homme simple et franc. Il deviendrait alors difficile, comme le disait Doucine, de lui laisser la main sur les comptes à Londres.

D'autre part, Guido aurait voulu savoir qui avait aidé Maria Concepción à organiser son voyage. Une femme ne se présente pas d'elle-même à un capitaine pour demander le passage… Maria n'avait rien dit quand il avait demandé, mais il avait son idée. Il supposait que Camareña, qui se trouvait à Séville quand il était dans le Nord, était le responsable. Le Valencien avait accédé à la demande de la veuve sans songer que lui-même trouverait à redire. C'était insupportable.

D'autant que Camareña aussi avait des intérêts dans le comptoir commun. Encore un avec qui il faudrait s'expliquer.

Guido eut un moment de fatigue. Il haïssait les difficultés.

Et si… Penché sur le bastingage, il regarda l'eau qui se trouvait très proche, le navire étant chargé. Et si Joaquín et Silvana ne recevaient pas les lettres ?

Je pourrais les avoir perdues. Je les ferais tomber et ce serait alors comme si toute cette histoire n'avait pas existé. Ils ne sauraient jamais, j'ignorerais et nous continuerions ainsi.

Il sortit les lettres de son vêtement et les porta au-dessus du vide. Il écarterait les doigts…

Une barque qui serrait le navire passa au-dessous de lui comme il allait lâcher prise. Au même moment une main se posa sur son épaule. Il était si plongé dans ses pensées qu'il n'avait pas entendu le capitaine approcher.

La barque qui se mettait en place était pour lui et allait le mener au quai. Guido ramena son bras et il rangea les lettres.

62

Dernier banquet

WITTENBERG, MAISON DES KRONACH,
MARS 1522

Martin regardait la fille avec trop d'insistance, songeait Joachim. Il faut dire que… Dieu qu'elle était jolie ! Quand elle s'était penchée pour embrasser ses mains plus tôt dans la soirée, il avait plongé ses yeux dans son décolleté. Deux globes ronds et tendres se balançaient doucement. Il faut qu'elle me les montre alors que je ne peux rien sentir, rêva-t-il, amusé et amer. Peut-être cela valait-il mieux.

Maintenant, il était à table avec les autres. On avait rapproché la chaise munie de roues où il restait assis le jour, on lui avait mis un linge autour du cou (il bavait en mangeant) et sa femme, assise à ses côtés, allait s'occuper de lui faire un peu profiter du festin.

Que ferais-je sans elle ? pensa-t-il une nouvelle fois.

Joachim Kossa ne parlait plus que très difficilement : les mots qu'il concevait sortaient de sa bouche amollis et privés de leur forme. Le côté gauche de son corps était paralysé, la partie droite valait à peine mieux. Mais sa lucidité était intacte et, s'il restait muet, il observait tout ce qui se passait. C'est ainsi qu'il avait remarqué que la fille, qui s'appelait Katharina, regardait elle aussi Luther.

*

Pour fêter le retour du moine après presque dix mois, Lucas et Barbara Kronach avaient improvisé un banquet. En plus de Martin et des Kossa, il y avait Melanchton, qui pérorait autant qu'avant et dont Joachim détestait qu'il parle sans jamais s'adresser à lui : ce n'est pas parce qu'on est malade qu'on n'existe plus !

Solfa était là également, invité à la demande de Martin qui le regardait désormais comme un de ses alliés. Il séjournait à Wittenberg pour les affaires des Taxis et ne s'occupait plus de médecine. Il avait cependant conseillé des potions à Joachim ; celui-ci avait remercié et signifié à Ursula qu'il ne les prendrait pas. Un jeune homme borgne l'accompagnait, il se prénommait Uli et ne parlait pas l'allemand. Joachim le voyait pour la deuxième fois, le garçon étant venu avec le Polonais lorsque celui-ci leur avait rendu visite en revenant dans la ville ; il s'était alors assis tranquillement, avait ouvert grand son œil unique et il les avait observés, Ursula et surtout lui, Joachim, d'une manière que ce dernier avait trouvé dérangeante. Le garçon, sans doute, était le nouvel ami de Jan. Le premier amant que Joachim avait connu à ce dernier était un cordonnier ; il se demanda, amusé, quel était le métier de ce cyclope taiseux.

Et donc, il y avait cette charmante, qui faisait mine de ne pas savoir qu'elle était séduisante. C'était la cousine de Barbara. Ursula avait rapporté à Joachim qu'elle s'était enfuie d'un couvent où on lui avait fait prononcer ses vœux et que désormais elle vivait chez les Kronach :

« Tu te rappelles ? Barbara nous en avait parlé : une petite qui n'avait pas la vocation et à qui on n'a pas laissé le choix. »

Joachim ne s'en souvenait pas.

Les trois grands enfants de la famille, deux garçons et la filleule de Barbara, ayant eu l'autorisation de rester, cela faisait beaucoup de monde à table ; les convives étaient serrés et la bonne humeur s'en trouvait augmentée.

Martin était arrivé deux jours auparavant. Sachant le docteur malade, il était vite allé chez lui prendre de ses nouvelles, ce qui avait touché Joachim. Le docteur avait aussi apprécié que le moine, une fois qu'Ursula lui eut assuré qu'il comprenait, lui parle comme à une personne valide.

Luther était rentré parce qu'il s'inquiétait de ce qui se passait dans la ville.

« Ma parole a porté ses fruits, avait-il dit, mais tout pourrait bien être gâché à présent. »

De fait, Ursula l'avait rapporté à Joachim, l'Église était en plein chaos : les monastères se vidaient de leurs moines, les nonnes (Katharina en était un exemple) quittaient les couvents, on disait la messe en allemand et non plus en latin et on donnait le vin en communion à ceux qui le demandaient. Des prêtres s'étaient mariés : Melanchton lui-même avait jeté le froc et convolé. Il avait épousé la riche fille du bourgmestre, ce qui avait fait jaser.

« Je n'ai rien contre tout cela, avait affirmé Luther. Mais les choses vont trop vite. Des gens de l'extérieur ont commencé à prendre le pouvoir, ils se disent prophètes et éclairés par Dieu. Alors que je veux que chacun s'imprègne de la Bible, ils prétendent que lire empêche d'entendre en soi la parole du Seigneur. L'un d'eux se déguise en portefaix pour être proche du peuple ! L'autre semaine, ils ont convaincu les conseillers de la ville d'ôter les images des églises. S'ils n'en voulaient qu'aux saints, à la rigueur… Mais le crucifix encourt leur disgrâce, parce qu'il y a Jésus sculpté dessus ! Ils copient les juifs qui refusent qu'on représente Dieu. Dans la chapelle du château, ils auraient tout brisé si les soldats n'avaient veillé. »

Joachim savait cela. Ursula lui avait conté qu'on s'était battu dans l'église et que les sculptures et les vitraux avaient été sauvés in extremis.

« Il faut de l'ordre, et mener ce que nous voulons plus doucement, avait continué Martin. Frédéric a peur. Il pense que les gens, sous prétexte de ma réforme, finiront par prendre les armes et le renverser lui et les autres princes. »

Et il avait conclu, de la voix grave avec laquelle il prêchait en public :

« Je ne peux me permettre de perdre son appui et, par ailleurs, il n'a pas tort. Si l'on n'y met pas un terme très vite, tout pourrait basculer. »

*

Luther était donc rentré prévenir à Wittenberg ce qu'il avait appelé « la pagaille », et finalement « la guerre ». Avant que le dîner commence, les deux petits garçons sur ses genoux, il avait raconté les mois qu'il avait passés :

« Après qu'on m'a eu enlevé, malgré moi quoi qu'on en ait dit, j'ai été emmené dans un château qu'on appelle la Wartburg. Je croyais que c'étaient mes ennemis qui nous avaient attaqués et j'étais prêt au pire. J'ai mis du temps à comprendre que, vraiment, on ne me voulait pas de mal. Le prince me protégeait. Il exigeait seulement que je ne quitte pas les lieux. »

Il secoua la tête, cherchant les mots pour décrire la forteresse :

« Le château est vieux et austère. Il y a fait glacial durant tout l'hiver. La seule chose de bien est que l'espace n'y manque pas : on est sur une hauteur et on voit le pays sur des milles à la ronde. »

Le cadet des garçons s'était déjà lassé. Il se laissa glisser et fila quelque part. L'autre resta sur Martin, qui caressa ses cheveux. Joachim remarqua le geste et, d'un coup, il revit l'enfant malade qui avait été le frère du théologien et qu'il n'avait pu sauver. Il lui revint que le petit s'était prénommé Josef.

Le moine – ou fallait-il dire l'ancien moine, désormais ? – hochait la tête, prenant les autres à témoins :

« Dix mois ! Vous vous rendez compte ? Je suis resté là-bas

dix mois : pratiquement une année. » Il semblait le premier surpris que cela ait tant duré.

« Je ne pouvais demeurer indéfiniment caché, n'est-ce pas ? J'aurais fini par ne plus savoir qui j'étais. »

Car, au château, on l'avait connu sous le nom de Junker Jörg : le Chevalier Georges.

« Je me suis fait pousser la barbe pour ressembler davantage à un noble », expliqua-t-il. Il caressa cette barbe, qu'il n'avait pas coupée et qui était longue en effet. Joachim, depuis sa chaise, repéra le geste et le jugea chargé d'une sensualité assumée.

« Ne vous rasez pas demain, Meister Luther, interrompit Kronach (le théologien, désormais, refusait qu'on l'appelle frère Martin). Je veux faire votre portrait tant que vous la portez. J'ajouterai une cuirasse, nous mettrons une croix : vous serez le Chevalier chrétien. On gravera cela, on le diffusera.

— *Miles christianus* », commenta doctement Melanchton.

Martin sourit. L'idée, apparemment, ne lui déplaisait pas.

« Mais vous ne sortiez jamais ? » demanda Ursula.

Sa voix croisa celle de Barbara qui remarquait :

« Vous avez dû vous ennuyer, dans ce château ! »

Katharina aussi allait poser une question. Le maître de maison leva la main, l'arrêtant net : une jeune fille n'avait qu'à se taire.

Luther sourit : ce que les hommes pensaient, les femmes le demandaient toujours. Les maris ou les pères les laisseraient-ils faire, leurs questions n'auraient pas de fin. Il répondit pourtant avec gentillesse :

« Bien sûr que je sortais. Je suis même monté à cheval. Mais je m'étais engagé à ne pas franchir l'enceinte et j'ai tenu parole. Le mur de la forteresse court loin sur la montagne, ça fait une grande aire où l'on peut se promener. »

Il ajouta, ironique :

« Il faut qu'on ne se lasse pas, quand même, de faire le même tour, avec les mêmes arbres et les mêmes cailloux. »

Puis, d'un ton plus sérieux :

« Et j'ai eu des visites. En fait assez nombreuses. Je ne peux pas vous dire qui est venu me voir mais c'étaient des personnes importantes. Et il est clair que tu as fait fréquemment le voyage, mon cher Philipp. »

Martin s'était tourné vers Melanchton et lui souriait largement. Joachim n'eut pas de peine à dissimuler sa surprise, puisque les muscles de son visage ne savaient plus marquer les émotions. Martin tutoyait donc le maigre compagnon et l'appelait par son prénom ? Il n'avait pas réalisé que les deux hommes étaient à ce point amis.

Quand on servit les viandes, Ursula mit dans la bouche de son mari des petits morceaux qu'elle avait d'abord écrasés. Le malade avala : sa langue fonctionnait, mais c'était sa mâchoire qui peinait à descendre et à monter. Il fallait tourner et écraser contre le palais, avant de mener la nourriture en arrière et de la faire descendre par un effort de déglutition. C'était lent, laborieux, et on n'éprouvait plus le goût d'aucun des aliments. Très vite, il leva la main droite en remuant les doigts – il le pouvait encore – pour signifier qu'il ne voulait plus rien, et il se concentra sur ce qui se disait.

Luther expliquait qu'il avait travaillé. Il ne détailla pas parce que, comme il l'exprima :

« Aux repas, il faut manger. On peut parler aussi mais avec peu de lourdeur. »

Quand même, il dit que sa réclusion lui avait donné l'occasion de traduire la Bible :

« C'est un très gros labeur. Je suis parti de la version d'Érasme, en grec, plutôt que du latin de saint Jérôme. Là encore, je dois beaucoup à Philipp : il excelle à imaginer quels mots allemands peuvent rendre des idées qui sont poétiques ou complexes. À nous deux, nous avons achevé les Évangiles et les Actes des apôtres. Il nous reste l'Ancien Testament. »

Melanchton partit d'un rire :

« Une vétille, n'est-ce pas ? »

Cette complicité, de nouveau, donna à penser à Joachim. Martin, certainement, avait besoin d'un ami. Mais il aurait voulu pour proche du théologien un esprit moins ratiocineur.

Il constata aussi, sans en être étonné cette fois, que Martin ne disait rien de ce qu'il lui avait confié la veille pendant un moment où Ursula les avait laissés seuls. Si le Chevalier Georges avait beaucoup travaillé, c'est aussi qu'il retardait le moment, le soir, où il devait éteindre sa chandelle. Après quelques années de paix, Martin avait renoué avec les fantômes qui le hantaient quand il était novice.

« Quand je me réveillais, jadis, sur mon lit de bois dans ma minuscule cellule, je voyais souvent que je m'étais souillé et je savais alors que j'avais rêvé des rêves interdits », lui avait-il confié.

Puis il avait continué, d'un ton préoccupé :

« À la Wartburg, ce n'étaient plus des rêves. Des diables me visitaient. Ils étaient dans ma chambre, comprenez-vous ? Certains étaient affreux, ils me faisaient très peur. Ils m'offraient une couronne ou des sacs d'argent. Il y avait des démones : des femelles qu'on aurait pu dire attirantes, avec des seins, des fesses… »

Il avait affirmé qu'une nuit où il travaillait, une de ces diablesses l'avait tenté en s'étendant sur sa couche devant lui :

« Je l'ai chassée en lui envoyant mon encrier sur la tête. Elle a disparu. Mais le lendemain, les domestiques se sont demandé pourquoi il y avait de l'encre sur mon oreiller. »

La gravité de Luther, quand il avait expliqué cela, avait stupéfié Joachim. L'histoire était très drôle si on voulait plaisanter. Mais Luther y croyait : il n'y avait pas de sourire dans ses traits et aucune ironie dans sa voix.

Joachim essaya, ce soir-là, de conter à Ursula ce que leur ancien protégé lui avait narré. Elle ne comprit rien : les mots venaient trop mal pour permettre un récit. Ce fut un mauvais moment et le médecin se sentit très seul.

*

On avait porté les desserts. Une tarte aux amandes et un gâteau à étages nappé de confiture. Prévenante, Barbara déposa devant Joachim une compote aux fruits lissés. Il refusa d'y toucher. Il savait qu'il devait se nourrir, qu'il maigrissait dangereusement, et il s'en moquait. À quoi bon, pour une telle vie ?

Luther, à cet instant, n'était plus le héros de la fête. La fillette dont Ursula était la marraine, poussée par sa maman, s'approchait de Katharina avec sur ses bras un paquet plus gros qu'elle. Arrivée devant la cousine, elle semblait prête à dire un compliment mais, quand le monde se tut pour la laisser parler, elle tendit vite son paquet et plaça ses mains sur son visage pour ne plus être vue. Cela fit rire la tablée.

« Ce présent est pour vous, ma fille, prononça Kronach quand le calme fut revenu. Pour vous aider à bien commencer dans votre nouvelle vie.

— C'est son anniversaire, précisa tout fort Barbara. Et il est de bon augure que nous le fêtions le jour où nous honorons Martin Luther. Katharina a vingt-trois ans. »

Joachim l'aurait cru plus jeune…

Rosissante d'être la cible des regards, la jeune fille restait assise sans ouvrir son cadeau.

« Allons ! » l'encouragea Barbara.

L'ex-nonne repoussa le tabouret sur lequel elle était assise. Debout, précautionneusement, elle défit le ruban et dégagea la gaze qui formait l'emballage.

« Oh… Que c'est beau », fit-elle, timidement.

Elle tâtait de la main en même temps qu'elle admirait. C'était une étoffe brun-noir, grande, et que Barbara l'aida à déplier :

« Elle est en velours de laine, dit-elle. Tu t'y tailleras une robe. »

Ursula se leva pour aller apprécier le tissu.

« C'est un bon choix, commenta-t-elle. La texture est épaisse : la robe durera. »

Elle toucha la face rase, légèrement brillante, puis l'autre où les fils courts formaient une matière douce.

« Le côté lustré doit être plaisant à porter et l'autre, avec les petits poils, donne envie de caresser.

— Ça vient de loin, dit Kronach. De France. C'est un beau cadeau en effet. »

Le peintre avait dit cela sur un ton satisfait. Il avait les moyens, il était généreux, il lui importait qu'on le sût.

« Il y a encore quelque chose dans la gaze ! » s'exclama un des petits garçons.

Il tendit à Katharina une résille, brune aussi, cousue autour d'un galon doré. La jeune fille le prit et fit un nouveau « oh » de surprise.

« Essaie-le ! Essaie-le ! » pressèrent les trois petits. L'enfant Ursula regardait avec convoitise le bel accessoire au ruban en or.

« Mais… », protesta faiblement Katharina.

Elle avait porté la main à sa tête, qu'épousait un bonnet de lin. À ce moment seulement, Joachim remarqua que les mèches qui dépassaient sur son front et sa nuque étaient étonnamment courtes.

« On a coupé ses cheveux quand elle n'a plus été une novice. Il lui était interdit de les laisser rallonger. Elle est arrivée chez nous presque tondue, et ça commence seulement à pousser », expliqua Barbara.

Il y eut un moment de gêne. La religieuse, à présent, avait les joues en feu. Du menton, en souriant de nouveau, Barbara l'encouragea, et Ursula Kossa, précautionneusement, ôta à la jeune fille sa coiffe.

Ce fut… une surprise. Katharina était blonde ou peut-être un peu rousse, ses cheveux clairs se dressaient en épis, retombant à peine là où le bord du bonnet avait plus appuyé, et ils étaient si fins, si brefs, qu'on voyait la peau à travers. C'était comme si on avait mis à nu une partie interdite de son corps. Joachim songea au velours qu'on venait d'offrir : passer la main sur cette tête devait être semblable à caresser ce velours.

Cela ne dura pas. Plus vite qu'elle n'avait retiré le bonnet, Ursula disposa la résille sur la tête de Katharina. Le ruban mettait en valeur le front haut ; le filet, qu'aurait dû remplir une ample chevelure, tombait vide sur la nuque.

« Pourquoi tu as pas de cheveux ? Tu es un garçon ? » demanda la benjamine des Kronach.

Ursula la jeune, décidément, avait le talent de faire rire. Sa question défit le nœud qui serrait l'assemblée. Les yeux de Joachim se portèrent sur les convives. L'étranger, qu'on avait oublié, avait l'air subjugué. Mais surtout, le théologien étonna Joachim. À demi levé, se mordant la lèvre, il contemplait Katharina, et ses joues à lui aussi étaient cramoisies.

*

Quand le dîner fut fini, les femmes débarrassèrent la table et allèrent nettoyer et ranger – le logis des Kronach disposait d'une pièce spéciale qui servait comme cuisine et resserre. Les enfants disparurent, les hommes restèrent seuls. Joachim aurait voulu partir mais Ursula, bien sûr, devait aider sa cousine. Il écouta Lucas raconter comment Katharina s'était évadée de Nimbschen où elle était religieuse.

« Elle est partie avec huit autres nonnes, dit le peintre. Elles avaient pour complice l'homme qui livre le grain. Il est venu avec des sacs supplémentaires, pour un second monastère qu'il livrait ensuite a-t-il prétendu. Ces sacs, en réalité, contenaient de la paille ; les religieuses les ont vidés, elles se sont cachées dedans, et l'homme est reparti avec les moniales. Pas vu et pas connu ! Il les a déposées à Torgau, qui est acquise à notre réforme. Là, elles se sont débrouillées pour faire avertir à Wittenberg. »

Philipp Melanchton prit le relais :

« C'est moi qui ai été prévenu. Personne n'était censé savoir où se trouvait Martin. Ce n'était pas la première fois que ce genre de choses se passait : de la Saxe entière arrivent des moines et des moniales en rupture de vœux. Ils viennent à Wittenberg parce qu'ils savent qu'on les y protégera. »

Martin acquiesça. Il approuvait tout cela. Sans doute songeait-il qu'il faudrait veiller à ce que ces hommes et ces femmes jeunes, seuls et déshabitués à vivre par eux-mêmes, restent dans le bon chemin chrétien. Il demanda ce qu'étaient devenues les huit religieuses.

*

Joachim Kossa était de plus en plus las. Ursula s'attardait et il ne pouvait rien y faire. Solfa dut s'apercevoir de sa fatigue. À un moment, il se leva et alla à la cuisine. Il y demeura un moment. Les autres conversaient toujours, le vieillard n'écoutait plus. Il essayait de ne pas somnoler : eût-il fermé les yeux qu'on aurait achevé de conclure qu'il était gâteux. Après un moment cependant, Jan revint en compagnie d'Ursula. Celle-ci, tout bas à son oreille, lui dit qu'elle désirait dormir chez les Kronach : Katharina était perturbée par la soirée qui venait de passer, elle avait besoin de parler, les deux femmes plus mûres devaient la conseiller.

« Jan Solfa a proposé de s'occuper de toi ce soir », lui annonça-t-elle. « Il est solide, il sait faire bien sûr, et le jeune homme qui est avec lui, Uli, est tout prêt à l'aider. Veux-tu bien ? »

Joachim ne voulait pas. Depuis qu'il était malade il avait besoin d'Ursula encore davantage que quand il avait été sain. L'idée de demeurer seul chez lui avec cet inconnu, Uli, et ce quasi-étranger, Solfa – car Jan n'était pas, quoi qu'il en voulût, un proche –, cette idée le terrifiait. Il agita les doigts à sa manière qui était celle du refus.

Ursula ne voulut rien voir. Elle sourit, caressa la joue du vieil homme, y posa un baiser :

« Tout se passera bien. C'est ce qu'il faut faire, je crois. »

C'était une drôle de phrase : de quoi parlait-elle ?

Il ne le sut pas. Ursula se relevait, elle se tourna vers Jan et lui confirma que son époux était d'accord.

Les doigts de Joachim, en vain, continuèrent à s'agiter.

63

L'étoile réunie

WITTENBERG, MAISON DES KOSSA,
MÊME JOUR, MINUIT

Jan et Uli avaient ramené Joachim. Ils avaient installé le médecin dans le lit de la cuisine qui servait jadis pour les nuits les plus froides et où il dormait désormais en permanence : inconvénient supplémentaire de la maladie, la chambre qu'il avait partagée avec Ursula, à l'étage, lui était devenue inaccessible. Comme les roues de la chaise s'enfonçaient dans les ruelles boueuses, comme elles se coinçaient s'il y avait des pavés, Joachim ne sortait pas non plus, sauf en des circonstances comme ce soir. Son univers se bornait désormais à cette cuisine, dont il partageait l'espace avec Adolf, le vieux chat, qu'une paralysie postérieure empêchait lui aussi à peu près de bouger, et qu'on n'appelait plus que Do.

Jan avait des gestes précis. De la délicatesse, aussi : il avait prié son compagnon d'attendre hors de la pièce plutôt que d'imposer au malade d'être changé devant un étranger. Car il y avait cette horreur ultime, bien sûr : outre ne plus savoir s'habiller, manger, parler, n'être plus le maître de ses sphincters ni de sa vessie.

Jan parlait en s'occupant du vieux corps. Sa voix était ralentie, plus sourde aussi, insinuante : il ne bavardait pas comme à son habitude, mais il voulait signifier à Joachim quelque chose qui était sans doute important et vers lequel, celui-ci en prit conscience, il le menait doucement.

« Vous souvenez-vous, il y a plus de dix ans, ce livre que je vous avais fait regarder ? Il contenait des cartes du monde entier et vous l'avez conservé longtemps près de vous, pour une raison que j'ignorais alors. Ensuite, vous avez demandé au bibliothécaire d'écrire là où on l'avait imprimé. J'ai su que vous aviez prié qu'on envoie ce courrier et j'ai été surpris que vous ne m'en parliez pas, alors que je vous avais fait connaître l'atlas. »

Le Polonais avait entrepris de faire tiédir de l'eau, il avait pris une bassine et, maintenant, il achevait de dévêtir Joachim.

« Je ne vous ai rien demandé, puisque vous ne vouliez rien dire… Puis j'ai tout à fait oublié. »

Il se redressa pour aller tâter l'eau dans la casserole :

« Elle est trop froide encore. Il faut attendre. »

Joachim avait le buste et les jambes nues, Jan plaça sur lui la couverture qui était pliée sur le lit.

« Il y avait deux signataires à ce livre, la *Cosmographia.* L'un était *Albericus Vespuccius* : tout le monde le connaît maintenant comme Amerigo Vespucci. L'autre (je n'avais pas fait attention que son nom figurait sur la première page) était *Iohannes Cosa.* C'est un nom qui ne dit rien à personne. »

Solfa était retourné vers la cuisinière. Cette fois, l'eau lui sembla assez chaude. Il remplit la bassine, prit un linge, revint vers le malade et se mit à le frictionner doucement. Ses yeux étaient fixés sur la partie du corps dont il s'occupait ; il ne regardait pas le visage de Joachim.

« Ce nom, il vous a dit quelque chose, à vous. »

Il lavait à présent les pieds du malade. Le talon, la plante, chaque orteil.

« Joachim, ce n'est pas un hasard si je suis seul ici avec Uli. J'ai parlé à Ursula. Elle était d'accord pour que je vienne et que vous appreniez ce que je vais vous dire. Elle pense que vous devez l'affronter seul, parce que cela n'appartient pas à votre vie d'ici. »

Joachim avait froid. Ce n'était pas la température qu'il faisait : le feu brûlait dans la cheminée, et Jan déplaçait la couverture à mesure pour ne pas le laisser nu.

« Je sais, Ursula me l'a confirmé, que vous n'êtes pas alsacien comme vous prétendez l'être. Un Alsacien petit et très brun ? Allons donc... Vous êtes né en Espagne, dans un endroit sur la mer près des montagnes Pyrénées, qui s'appelle Santona... Je ne suis pas sûr de bien prononcer. »

Joachim aurait voulu ne pas entendre. Pourquoi ces noms, Iohannes Cosa, Santoña, revenaient-ils maintenant, alors qu'il était à l'extrémité de sa vie ?

Mais l'autre continuait en passant le linge sur ses jambes :

« Vous êtes né dans une famille juive. Votre père a décidé que vous deviez partir quand une reine arrivée sur le trône a jugé que les juifs et les musulmans devaient être pourchassés. Fuir vous a permis d'échapper au massacre. »

Il fallait interdire à Solfa de continuer. Les doigts de Joachim tambourinèrent. Solfa ne le remarqua pas ou il ne voulut pas comprendre.

« Je ne sais si vous avez reçu ou non une réponse de ceux qui ont publié la *Cosmographia.* Mais Amerigo Vespucci vous a écrit qu'il avait bien connu Iohannes Cosa. Son vrai nom avait été Juan de la Cosa. Il était mort. »

Jan s'occupait à présent des mains de Joachim. Celui-ci entendait avec toujours autant de répugnance. Un jour, il avait voulu retrouver Yehohanan ; maintenant, il voulait mourir en paix.

« Le garçon qui est avec moi, Uli, il s'appelle Ulisse en vérité. C'est le fils de Vespucci. Il est espagnol comme vous. Je l'ai connu à Venise il y a quelques mois, il est en quelque sorte apprenti de ce Juan de la Cosa, qui n'est pas mort du tout. Je les ai recrutés tous deux pour les Taxis. »

Les bras de Joachim étaient propres. Jan les souleva l'un après l'autre, rafraîchit les aisselles, frotta le buste. En faisant cela, il resta sans rien dire, peut-être pour laisser à Joachim le temps d'assimiler la nouvelle qu'il venait de donner. Puis il recommença à parler :

« Uli a vu sa mère, la veuve de Vespucci. Comment elle s'est retrouvée à Venise ainsi qu'Ulisse et Cosa, ce n'est pas une affaire qui vous intéresse. Mais elle a fait le lien entre Juan et vous. »

Il s'interrompit un instant, rinça le tissu qui servait à la toilette, essora, rinça de nouveau. Puis il reprit :

« Quand son mari est mort, il y avait dans ses papiers un double de la lettre qu'il vous avait écrite. L'adresse était mentionnée, et la ville de Wittenberg. Ce nom, Wittenberg, l'avait frappée : elle avait bien connu, elle-même, celui qui, donc, est votre frère, et elle s'était étonnée qu'un Allemand demande de ses nouvelles. Vespucci également, d'après ce que j'ai compris, avait été surpris, et il avait voulu savoir qui, précisément, vous étiez. »

Le Polonais retourna Joachim. Il ôta la couche qui lui ceignait les reins, le lava là aussi, changea l'eau, revint baigner le dos. Il manipulait Joachim doucement, comme une chose fragile. Celui-ci songea qu'il était, dans la situation la plus humiliante qui soit, en train d'apprendre ce qu'il avait voulu savoir sa vie durant et qui ne l'intéressait plus.

« Un peu de temps après avoir fait la connaissance de Juan et d'Ulisse (ils portent d'autres prénoms, à Venise), je me suis trouvé avec eux alors que Maria Vespucci était là. Elle est discrète, elle écoute beaucoup. Et quand elle dit quelque chose, c'est son fils qui écoute. Je repartais en Allemagne et il s'agissait de savoir si Uli m'accompagnerait : il peut rendre des services, et Juan lui a appris à dessiner des chemins. Il n'est pas un expert comme l'est votre frère, mais il s'y entend : son travail est de noter les lieux, les distances, les directions et tous les repères importants, pour que je puisse ensuite faire dresser des cartes. Puis vous l'avez compris : il est mon compagnon. »

À mesure que Joachim entendait, il changeait de disposition d'âme. Il s'agaça des détails dans lesquels se perdait Solfa : que lui importaient le travail du garçon et ses relations avec Solfa ? Ainsi, son frère serait vivant ? Jan l'avait rencontré – vraiment ? Et ce garçon, Ulisse, était proche de lui, et sa mère également ?

Il en était venu, ces dernières années, à penser qu'il avait rêvé son frère…

Cependant, si Yehohanan existait, que faisait-il au loin juste à présent ? Pourquoi n'était-il pas venu le voir lui-même à Wittenberg ?

Il est peut-être, comme moi, impotent, prisonnier d'une cuisine. Peut-être que nous vivons la même désastreuse expérience, à des milles de distance, réfléchit-il brusquement.

Solfa cependant continuait :

« Vous devez vous moquer de tout cela, s'excusa-t-il, mais je voulais vous expliquer le contexte. »

Puis, avec un sourire que Joachim, nez tourné vers le mur, ne put voir :

« Ce qui importe est que j'ai dit que je passerais du temps à Wittenberg : les événements qui se produisent inquiètent l'empereur et il veut, pour ici, un réseau d'estafettes comme pour les grandes cités. »

Or il n'avait pas plus tôt cité la ville que Maria avait réagi :

« Elle s'est rappelé la lettre et elle en a parlé. Cela n'intéressait votre frère qu'à demi, mais il était curieux : il lui a demandé, à son tour, si elle savait qui l'avait écrite et pourquoi. Elle ne savait pas. »

Il reposa l'éponge, alla vider le bassin :

« Il se trouve que je pouvais répondre. »

*

La toilette était achevée. Jan Solfa avait enfilé à Joachim sa chemise de nuit et il l'avait calé, assis contre les gros coussins qu'Ursula avait entassés à la tête du lit. Il avait hissé Do sur la courtepointe : le vieil homme et le vieil animal cohabitaient décidément.

Joachim, désormais, avait vue sur la pièce. La porte de la cuisine était ouverte et Uli, ou Ulisse, se tenait dans l'embrasure. Il était immobile, ne faisait aucun bruit. Joachim était sûr de l'avoir vu sortir avant que ne commence la toilette ; il ne savait quand il était rentré.

« Maintenant, je vous laisse tous deux, dit Solfa sobrement. Je monte. Je vais m'allonger dans votre chambre, si vous le permettez. »

Joachim ne pouvait rien permettre ni refuser. D'ailleurs, il s'en moquait.

Ulisse avança vers le lit. Le feu dans la cheminée, la flamme que Solfa avait laissé exprès brûler sur le fourneau, et des chandelles devant des disques de cuivre reflétant leur lumière, rendaient la cuisine convenablement lumineuse. Quand même, la force des ombres faisait la silhouette d'Ulisse longue et maigre, et ses traits abîmés avec le cache-œil, étranges et menaçants.

Le borgne s'arrêta tout à proximité du lit. Il semblait dérangé de dominer le vieillard et il n'osait s'asseoir sans en être prié. Joachim bougea son petit doigt pour l'inviter à se poser sur le lit, Ulisse ne comprit pas. Mais il y avait un banc à côté de la table, il alla le tirer finalement, l'approcha, s'assit dessus. Son visage, désormais, était à la hauteur de celui du médecin. De près, il semblait plus jeune et moins redoutable. Joachim fut surpris de deviner que, même, c'était le cadet, d'eux deux, qui se sentait le plus mal.

« *Esss… ol* », parvint à dire Joachim.

Ulisse le regarda, hésitant à comprendre.

« *¿ Ess… pañ… ?* » répéta Joachim, en redoublant d'effort.

« *¡ Ah, sí, soy español !* »

Le garçon avait l'air soulagé :

« *¿ Me oyes, señor Kossa ? ¿ Me entiende ?* »

Oui. Joachim l'entendait. Et il le comprenait. Le garçon avait juste parlé trop fort, comme si son interlocuteur était sourd.

Il fallait répondre et le jeu des doigts ne ferait rien : Ulisse ne savait pas, il ne regardait pas la main de Joachim.

Il fallait réussir à sortir les mots :

« *¡ Ssss… Ssss… Sí !* » put-il siffler très bas.

Ulisse se pencha plus. Le médecin eut le sentiment qu'il sentait l'odeur du cuir cachant l'œil. Il comprit que l'Espagnol cherchait à mieux entendre, qu'il voulait lire sur ses lèvres les sons qu'il peinait à former.

Un borgne et un paralytique, pensa-t-il brièvement. La chose aurait eu un côté drôle, si elle n'était si triste.

« Ye… Y… »

Yehohanan. Pas moyen : le nom était trop long, il n'y parviendrait pas. Juan : c'était plus court, mais difficile aussi. Et ça faisait tant d'années qu'il n'avait prononcé les sons de l'espagnol…

Ulisse se redressa avant que Joachim soit parvenu à rien.

« Juan de la Cosa m'a donné une chose pour vous », dit-il en espagnol.

Juan de la Cosa. Il n'était donc peut-être pas nécessaire de tâcher de parler.

L'Espagnol glissa la main dans son vêtement entre le tissu et son ventre et il en retira un papier.

« Ce n'est pas une lettre. Le señor de la Cosa dit qu'en certains pays, il fait si mauvais être juif qu'une lettre signée de quelqu'un qui habite le ghetto pourrait vous compromettre. J'aurais pu perdre la lettre, on pourrait me voler… »

Le ghetto de Venise.

Joachim n'était pas sûr de comprendre.

Ulisse déplia le papier. Il le plaça devant le visage du malade. Trop près. Le vieillard loucha – il ne pouvait rien voir. Ulisse le réalisa, apparemment : il éloigna la feuille.

C'était une carte. Des cartes. À l'évidence. Et que ce soit des cartes avait une logique.

La *Cosmographia*…

« Il y a là tout le monde où mon maître est allé. Mon maître, c'est votre frère. Enfin… ce n'est pas mon maître tout à fait, c'était l'ami de mon père. Mais dans une circonstance il m'a sauvé la vie. Et il m'a tout appris. Du moins beaucoup de choses. Alors, c'est mon maître… »

Les doigts de Joachim s'agitèrent sur le drap. Ça ne servait à rien mais ça le soulageait : ce que disait l'Espagnol était incohérent.

« Il m'a recommandé de vous dire. Les cartes que vous voyez sont les lieux où il a vécu ou qu'il a visités. Depuis celui où vous êtes nés tous les deux paraît-il, jusqu'à Venise où il réside à présent. »

Il montra avec son index. Il y avait quatre cartes, petites, chacune dans un rectangle.

« Ici, c'est l'Espagne. Vous reconnaissez le pays. Juan a indiqué sur la côte, dans le Nord, la ville de Santoña. De là, il a tracé un chemin : le voyez-vous ? »

Le doigt d'Ulisse suivit une courte ligne, bien marquée, qui partait vers la droite, remontait vers le nord en suivant le littoral, et se séparait en deux routes.

« Ce chemin, c'est celui que vous avez suivi : le señor Cosa sait que vous vous le rappelez. Vous êtes parti ensemble de Santoña : lui était un enfant, vous étiez déjà vieux… »

La formule était étrange. Le garçon s'en aperçut et rougit :

« Je veux dire : vous étiez son aîné. Vous avez continué vers la France et mon maître n'a plus rien su de vous. Peut-être étiez-vous mort, c'était ce qu'il pensait, m'a-t-il raconté. Lui, il s'est arrêté dans un port qui se nommait… »

Il tourna le papier vers lui pour lire :

« Il l'a écrit ici. Le port s'appelait Getaria. »

Les doigts de Joachim s'enfonçaient dans les draps. Il ferma les yeux, puis les rouvrit de peur que celui qui parlait croie qu'il s'était endormi. Il n'était plus indifférent à ce qui se passait : il revoyait le port, il se souvenait de la dernière accolade qu'il avait donnée à son frère, son petit frère, et l'avoir vu ensuite sur le rocher qui dominait la mer…

« Plus tard, continua Ulisse en désignant un autre rectangle, Maître Juan est allé à Ameriga. Plusieurs fois. Avec Cristóbal Colón puis avec mon père. Il y est allé seul aussi, avec Joaquín – le señor Juan a un fils qui s'appelle Joaquín. »

La proximité phonétique dut le frapper d'un coup :

« Joaquín est votre neveu. Il porte le même nom que vous, même si on n'écrit pas et on ne prononce pas pareil… Il a épousé ma sœur Silvana. Ils vivent tous les deux à Londres. »

Et, incertain que Joachim sache où était Londres :

« Le roi d'Angleterre habite là. C'est la plus grande ville d'Angleterre. Un port de commerce – votre neveu est commerçant, il gère là-bas la firme de mon père. Je n'aime pas le commerce, moi, j'ai été soldat. »

Il se tut et écarta le papier. Il avait l'air perplexe. Il réfléchit un moment et reprit, incertain :

« Je vous dis trop de choses, dans le désordre. Je ne sais pas bien parler. Je savais me battre, et maintenant je sais dessiner des chemins… Vous devez ne rien comprendre. »

Puis, d'un ton fatigué :

« Vous m'écoutez toujours, au moins ? »

Mais oui, Joachim écoutait. Yehohanan avait eu un fils. Le sang du vieux Meir, celui de son père Shimon, continuait à couler dans les veines d'un jeune homme. Il l'avait su jadis, on le lui confirmait. Il crevait d'entendre la suite. Or il semblait qu'Ulisse se dégoûte et puisse arrêter son récit. Il ne le fallait pas.

Joachim ouvrit les yeux aussi grands qu'il pouvait : si l'autre ne regardait pas ses mains, il comprendrait, peut-être, le langage de son regard ?

*

Et Ulisse comprit.

« Je crois que vous avez fait exprès d'écarquiller les yeux. Si vous m'entendez en effet, comment dit-on ? » Il chercha le bon mot : « Battez des paupières… Cillez. »

Cela, Joachim pouvait le faire. Il cligna le plus fort et le plus vite qu'il pouvait et l'autre, aussitôt, l'arrêta :

« C'est bien. »

Et, après un tout petit temps de réflexion :

« Si vous ne comprenez pas, si vous voulez que j'explique mieux, ou plus, cillez comme ça, très vite plusieurs fois. Je tâcherai de deviner ce que vous voulez savoir. »

Il reprit son récit :

« À Ameriga, votre frère n'a pas seulement navigué. Il a vécu quelque temps. Il a eu une propriété, il faisait pousser des cannes à sucre et il cherchait de l'or. Cela n'a rien donné. Il a manqué être malade et a renvoyé son fils en Europe. Joaquín, je veux dire. Et lui, il a cherché à se réinstaller ailleurs. Il y avait un prêtre, un homme bien, dit-il. Ils ont voulu fonder une ville ensemble et ça s'est mal fini. »

Il regarda Joachim. Celui-ci ne cillait pas. Il continua donc :

« À un moment ils sont arrivés sur une plage et ils se sont fait attaquer. Les Indiens, comme on les appelle, ont tué beaucoup d'hommes et ils ont retenu prisonnier votre frère : c'est là qu'on l'a cru mort. Mon père l'a cru, en tout cas. Peut-être un peu moins, quand même, qu'il ne l'a dit à votre neveu : en tout cas c'est ce que pense ma mère. »

Joachim, cette fois, se souvint formellement qu'il avait su cela : une lettre d'Amerigo, cette lettre dont Jan avait parlé, le lui avait appris. Il restait à poser des questions, sans doute – mille questions –, mais ce qu'il aurait désiré vraiment, c'eût été de voir son frère.

Peu à peu lui revint l'idée que cette histoire ne le concernait pas. L'homme dont on parlait, il ne le connaissait pas. Durant des jours, il y avait très longtemps, en regardant l'image sur l'atlas, il l'avait senti proche. À présent, on lui racontait l'existence d'un étranger.

Ou bien, ce qu'on lui racontait était de pures fadaises.

Ursula aurait inventé cela avec Solfa, juste pour lui donner ce qu'elle croyait être un ultime bonheur…

En même temps, le garçon était effectivement espagnol. Et les cartes qu'il montrait ne pouvaient avoir été dressées que par Yehia.

« … C'est là qu'il m'a sauvé la vie. Il m'a racheté ou fait racheter… »

Joachim avait perdu un bout de ce que racontait Ulisse. L'Espagnol désignait une autre carte : on était en Afrique, il était question de Turcs, d'esclaves, de fuite. Qu'on était loin de l'Allemagne et de sa propre vie…

Il eut la tentation de fermer les yeux et de s'extraire de ce récit.

« À présent, Juan est à Venise. Il a repris le nom qui lui servait en Afrique : il se fait appeler Yahia. Il l'écrit autrement. »

Yahia, donc. Pas tout à fait Yehia…

« Il vit dans le ghetto. C'est-à-dire, a-t-il tenu aussi à ce que je vous explique, dans l'équivalent de ce qu'était la *judería* à Santoña. »

Santoña… la *judería*… Joachim, cette fois, ferma délibérément les yeux. Sa tête se remplit d'images lumineuses : le soleil, de l'eau, des maisons éclatantes de blancheur, des rues en pente. Le poisson sur le port… Il avait vécu cela. C'est là qu'il souhaitait aller. Loin de ce lit et de cette cuisine.

Le chat miaulait. Ulisse ne parlait plus. Sans doute croyait-il que Joachim dormait.

« *¿ Me entiende, señor Kossa ?* »

Il entendit parfaitement, ne voulut pas répondre. Ses yeux restèrent obstinément fermés.

« *Se puede oír, contéstame.* »

Il pouvait – entendre ; il ne le ferait pas – répondre.

Il sentit qu'Ulisse se levait. Il y avait une autre présence dans la pièce : Solfa, certainement.

« J'avais une autre chose pour lui », entendit-il Ulisse prononcer, dans une langue qui n'était plus l'espagnol mais qui lui ressemblait. « Une chose que Juan voulait que je lui donne. »

Joachim fut tenté de rouvrir les yeux.

Ulisse dut montrer à Solfa ce dont il s'agissait. Solfa lui répondit, dans cette même langue qui n'était pas l'espagnol et où Joachim saisissait des mots :

« Donne-lui. Mets-lui dans la main. Ursula le lui fera voir demain. S'il est encore vivant. »

Joachim sentit qu'on dépliait les doigts de sa main droite – sa bonne main. Ulisse ou Solfa y plaça un objet mince et petit. Il ne sut ce que c'était.

Puis on disposa l'édredon sur lui et Do, de nouveau, miaula. On avait dérangé le chat, sans doute, en arrangeant l'étoffe.

Les pas des deux hommes s'éloignèrent. La porte fut refermée. Ulisse coucherait avec Jan dans la chambre, en haut.

Décidément, qu'importait ?

*

Il était seul et cela lui fit du bien. Allait-il oublier qu'il avait quelque chose dans sa main ? Non : il se souvint. Il toucha. C'était lisse, cela lui avait paru froid mais à présent la matière était tiède. La forme était simple, des tiges réunies par des angles, et le vide au centre. Il fit tourner l'objet entre son pouce et le majeur, délicatement pour ne pas le perdre. Trois côtés rectilignes se joignaient pour former un triangle.

Qu'est-ce que… ?

D'un coup il se souvint.

La ville de l'enfance. Le soleil de nouveau. La maison, profonde, pleine d'ombre.

Et la mère. Son visage sous le drap ténébreux dont elle s'enveloppait.

Elle s'appelait Alika. Depuis des années il cherchait vainement son visage. Là, il le retrouvait, clair et tendre avec son sourire et ses yeux soucieux.

L'objet. Ce triangle :

« Vous avez été juifs. Vous ne devez pas l'oublier. »

C'est ce qu'elle avait dit, la dernière fois que, le nommant Yehoyakim, elle l'avait embrassé.

Ce qu'il avait dans la main, il n'en doutait plus, c'était le demi-hexagone doré, le fragment d'étoile juive qui ne pouvait les trahir et devait les faire se souvenir. Le sceau de Salomon. Alika avait cousu dans son manteau à lui et dans celui de son frère les triangles.

Il avait dans la main celui de Yehohanan.

Et, cousu aussi, non plus par Alika mais par sa propre femme, à sa demande, l'autre triangle, dans l'ourlet du duvet.

Son épouse et lui dormaient sous cette protection depuis leur mariage.

Demain, il demanderait à Ursula de découdre l'ourlet. Elle découvrirait le triangle entre ses doigts, il lui ferait comprendre ce qu'il attendait d'elle.

Les branches de l'étoile seraient ainsi réunies. Comme si les deux frères, vraiment, s'étaient trouvés.

Demain.

Épilogue

CORRESPONDANCES

1525

LETTRE DE LAURETTE PARON À DOUCINE DE SAUBONNE

Blois, l'an de Dieu 1525, le 2 mars

Ma Douce

Sans doute, quand tu recevras cette lettre, sauras-tu les événements qui nous bouleversent. Ce n'est pas pour te les annoncer que je prends la plume, mais parce que j'ai besoin, pour cesser de pleurer, de me plaindre et que toi, ma très chère amie, tu me lises et, à la fin, me consoles.

Le roi de France est battu. Le roi de France est blessé : il a été jeté à bas de sa monture par un mercenaire italien. Le roi de France est en geôle : comme un gueux, il a été enchaîné. On va l'emmener loin, dans ce pays où ton amant réside – je veux dire Guido. François Ier est l'otage de ce Charles qui est, à la fois, roi d'Espagne et empereur, et l'ennemi de notre France.

Nous avons appris la nouvelle hier, ou plutôt elle a transpiré de la Cour où les gens informés la savaient. Depuis octobre, quand François avait repris Milan, nos troupes assaillaient une forteresse qui s'appelle Pavia. Lundi ou mardi (la date n'est pas claire), les Impériaux nous ont encerclés et défaits. Nous étions plus nombreux, nous étions les meilleurs, et on nous a trahis. Le connétable de Bourbon, que le diable le porte dans son enfer, est passé à l'empereur. Il a dû soudoyer les Suisses, qui sont des gens peu fiables : leurs piquiers, qui devaient lutter pour nous, ont déserté la veille. Bref, notre armée a été massacrée. Nous avons perdu nos meilleurs chevaliers : Bonnivet, La Palice, sont de ceux-là. Le poète de la Cour, qui suivait les armées, serait mort, et le beau-frère du roi, le duc d'Alençon, est si fort abattu qu'il pourrait ne pas survivre. Sais-tu que s'il mourait, il y aurait un combat entre sa veuve Marguerite, qui est la sœur du roi, et Anne de Montferrat, qui, elle, est celle du duc et qui, puisque le couple n'a pas d'enfant, réclamerait l'héritage ?

Te rends-tu compte, Doucine ? Il y a dix ans nous célébrions à Blois Marignan. François, Claude dont tu avais eu la charge, commençaient leur règne, et ce n'étaient que des fêtes et des bals.

Il est vrai que déjà tu n'étais plus en France. Mais tu étais heureuse, encore, à Montferrat ?

Depuis que tu es partie, tout va de mal en pis. Damien et moi sommes en bonne santé et les enfants aussi, grâces à Dieu, mais en dehors de nous les deuils se sont accumulés. Madame Claude, notre petite Claude donc, est morte en juillet – on dit de plus en plus que le roi lui avait donné la vérole. Philiberte de Savoie, la tante de Marguerite, a rejoint le ciel également : on lui a fait une belle messe chantée. Je ne l'avais jamais vue, mais Marguerite semblait avoir beaucoup de peine…

Ah si, quand même, il y a une chose drôle. Françoise de Foix (tu sais, la maîtresse de François) est, paraît-il, dans tous ses états. Que va-t-elle faire, si son amant n'est plus là ? La mère du roi la déteste, et toute la Cour avec elle, je ne sais pas pourquoi : il est probable qu'elle va devoir rentrer chez elle ou plutôt chez son mari, le sieur de Châteaubriant. Tu imagines comment celui-ci va l'accueillir ?

Il n'empêche, ces tristes événements me désespèrent. Ils m'affligent d'autant plus qu'il se pourrait que les affaires de Damien et donc notre vie ici s'en trouvent affectées.

Tu le sais : Blois n'est plus ce qu'elle fut. Ces dernières années, la présence de Claude maintenait un peu d'activité. Mais la reine est morte et le roi ne va pas revenir avant… personne n'en sait rien ni même s'il rentrera vivant. De toute manière, François n'aimait plus Blois ; il a promené son entourage ailleurs, il s'est empressé de faire construire ou embellir des châteaux, et souvent il s'est rendu à Paris.

Pardon. Une larme est tombée et a brouillé le mot que ma plume a tracé. C'est te dire la peine et la peur que j'éprouve.

… Paris. J'écrivais que le roi a résidé à Paris ces derniers temps. Il y a là le Parlement et il fallait son accord pour qu'il puisse disposer de l'argent propre à la guerre.

Quelle bêtise la guerre. C'est la paix qu'il nous faut, à nous marchands, n'est-ce pas ? Un commerce qui va bien est plus utile au pays que des conquêtes vite perdues. C'est Damien qui le dit : je suis sûre qu'il a raison.

Que va-t-il se passer, à présent ? Louise, la reine mère, est à Lyon, elle va gouverner sans doute, comme elle l'a fait la première fois que François est parti au combat. Mais elle le fera de là-bas. Guido croit que Blois va s'endormir, devenir un village avec un grand château et presque rien autour. Il prétend que dans le labyrinthe où tu es tant allée, des moutons iront paître : tu sais la façon qu'il a de pousser tout aux extrêmes… Mais il est possible en effet que le pouvoir se déplace, et avec lui ceux qui nous font vivre. Lyon pourrait devenir capitale, ou Paris.

Je ne comprends pas bien ces choses-là.

Ce que je vois, c'est que nous avons fait construire une belle maison. Que Damien y a fait sculpter son visage et le mien, et que nous entendions décorer la façade avec ceux de nos enfants. Maintenant il parle de vendre : « brader », comme il dit – je crois qu'il a appris ce mot en Flandre, ça veut dire perdre de l'argent –, avant que la ville ne soit plus rien et que la valeur des biens s'effondre.

Sais-tu, j'ai de nouveau pleuré. J'ai rattrapé la goutte juste avant qu'elle ne brouille, encore, les mots que je t'écris. Tu mesures ma détresse.

Tu vas recevoir cette lettre dans… je ne sais. La Manche, qui était un couloir, devient un obstacle entre nos deux pays. Avec de la chance, tu me liras dans un mois ? Ou plus, si le bateau ne part pas. Et dans les circonstances actuelles, même si tu choisis de me répondre aussitôt, ce dont je ne doute pas, je recevrai ta réponse dans une éternité.

Ce délai m'est insupportable.

Toute cette affaire me contrarie au point que j'ai mangé ce matin tellement que j'en ai le ventre douloureux. Toi, les malheurs te coupent l'appétit – les bonheurs aussi il est vrai. Moi, ils l'augmentent au point que je pourrais vider le garde-manger en un jour. Ma peau s'est relâchée, au fil de cette année, et moi dont les cheveux sont blonds, j'ai vu dans mon miroir qu'ils prenaient des teintes blanches près du crâne, quand ils repoussent.

Peut-être Dieu me punit ? Je sais ce que tu penses : que j'ai été bien dure quand tu es revenue de Montferrat. Mais tu voulais d'abord vivre dans notre maison, et je craignais très fort que tu me voles Damien…

En lisant ce que j'écris, tu vas friper ton nez comme tu le fais chaque fois que tu es contrariée et tu vas me juger : « Cette petite a peur de tout. Elle a peur de sa meilleure amie, elle a peur de bouger. Elle ne sait que se plaindre et manger. »

Et c'est la vérité. De nous deux, tu es celle qui est hardie. Tu peux être heureuse ici et tu peux l'être là, ou du moins tu sais trouver le courage de tenter.

Moi, je ne suis brave pour rien. Changer de domicile ? Cela m'est impossible. Je préfère la Loire, dont tu m'as raconté que tu la trouvais molle, au Rhône impétueux vers Lyon ou à ce fleuve, la Seine, qui coule à Paris.

Je suis comme cela.
Et je crois que je mourrai si je dois m'éloigner.

Je t'embrasse, ma Douce, du fond de mon cœur qui saigne.

Ta Laurette qui t'aime

LETTRE DE DOUCINE DE SAUBONNE
À LAURETTE PARON

Londres, 1525, le 13e jour d'avril

Mon amie, ma très chère,
Ma branche de laurier,
Ma Lau,

Ta lettre m'afflige, et il me désole que, comme tu l'avais deviné, je la reçoive si tard et qu'il n'y ait pas moyen que je te prenne dans mes bras et te serre contre moi ainsi que je le voudrais. Mon cœur saigne puisque le tien souffre, et je suis impuissante à t'aider et presque à te conseiller. Londres est bien loin de Blois ces mois-ci, même s'il se murmure que le roi d'Angleterre, inquiet des réussites de son neveu d'Espagne, pourrait redevenir favorable au parti de la France. De ce qui se passe de l'autre côté de la Manche, nous n'avons que des bruits. Je suis avertie que, comme tu le pensais, Madame Louise n'est pas revenue sur la Loire. Je sais aussi par Guido (il vient d'arriver à Londres, tu sais qu'il a coutume de passer le printemps avec moi) que le roi de France n'est pas encore en Espagne ou que du moins il était en Italie lorsque la *Vespuccia* a quitté Séville (Guido a décidé que ce serait le dernier voyage de ce vieux rafiot : l'eau entre dans la cale y compris quand la mer est calme). D'après les rumeurs qui courent, François est retenu dans une forteresse qu'on appelle Pizzighettone :

ni moi, ni Guido qui connaît bien l'Italie, ne savons où ça se trouve. Son transfert vers l'Espagne est retardé parce qu'on craint une attaque pour le libérer, soit par terre lorsqu'il s'agira de lui faire gagner la côte, soit surtout sur la mer où des pirates recrutés par Louise pourraient tâcher de le récupérer. Il faut donc une armée, une flotte, pour aller chercher François, et c'est le pape, cette fois, qui renâcle à voir approcher tant de bateaux équipés de canons.

Bref, je me demande si Louise ne reste pas à Lyon parce qu'elle s'y sent plus proche de son fils resté de l'autre côté des Alpes. Peut-être, en ce cas, retournera-t-elle à Blois une fois que François aura été emmené ? À moins que les choses ne s'arrangent et que, finalement, on libère le roi contre une forte rançon et contre des territoires. Il me paraît quand même peu imaginable qu'un souverain retienne en otage loin de ses terres, durablement, un autre souverain. C'est aussi l'avis de Guido.

Nous avons parlé quoi qu'il en soit du déménagement possible de votre famille. J'ai lu, hier, cette partie de ta lettre à Guido et à Joaquín (bien sûr, je ne leur ai rien dit de ce que tu écrivais à la fin, de toi, de moi, de nos deux caractères). Il y avait aussi Alonso : je veux dire, Camareña, le marchand qui est notre partenaire. Ils sont tous d'accord, ma pauvre petite Lau. Il faut que ta famille s'en aille, que la firme de Damiano s'en aille de la Loire. Le fleuve est mal pratique pour les marchandises : c'est un inconvénient. Puis, même au retour du roi dans quelque délai qu'il rentre, Blois ne sera plus la même. Une remarque d'Alonso m'a frappée. Selon lui, Claude morte et François ayant éprouvé une si grande défaite, celui-ci voudra reprendre ailleurs de façon plus heureuse le cours de son règne. À trente ans, il a de longues années devant lui si Dieu le veut. Ces messieurs ont beaucoup discuté pour trancher si ton mari devrait choisir Lyon ou Paris. Guido penche pour Lyon, Damiano y connaît les banquiers et les soyeux, puis les biens allemands y transitent vers l'Italie et réciproquement. Joaquín juge Paris préférable : le Parlement est là, et le roi affaibli par sa captivité devra y résider, affirme-t-il. Alonso, encore, a une autre idée. Il juge que Le Havre serait le port où vous devriez vous établir : c'est une ville neuve où, quand on aura fini ses aménagements, les biens du monde arriveront et repartiront, a-t-il dit. Ces messieurs ont envisagé aussi que Damiano prenne une résolution radicale : qu'il s'en aille de France, qu'il passe du côté de l'empereur et ouvre ce comptoir à Gand ou à Anvers dont Guido, il y a des années, voulait la création. Peut-être ai-je tort de t'écrire cela : qui sait ? si ma lettre était lue par d'autres…

Je n'y crois pas vraiment.

Pour moi, j'ai écouté. Je n'ai rien dit parce que je sais quelles souffrances, quels regrets, tu éprouveras à abandonner Blois. Il faut cependant que tu y réfléchisses et peut-être que tu t'y résolves.

Qui sait ? Il se peut que ta prochaine lettre m'apprenne que vous êtes partis ?

Et que la suivante m'annonce que tu as retrouvé du bonheur ailleurs ?

Je veux te raconter les choses qui se passent ici. Les grandes et les petites. Celles qui sont relatives au royaume et qui sont ridicules ou graves, je ne sais ; et celles qui me regardent, ou plus exactement qui concernent la maison où je vis et ceux qui sont devenus, j'ose le dire, ma famille.

Mettons que je commence par les grandes. Pendant que ton roi se morfond dans une tour sinistre ou que j'imagine telle, Henry, lui, fait rire sous le chapeau l'Angleterre entière. Il veut un fils, il veut un fils, il veut un fils ! C'est son obsession, elle le tourmente depuis des années. La reine a été grosse un nombre incalculable de fois : pire que feu notre Claude. Mais alors que la Française avait donné à son époux six, non, sept ? enfants viables dont trois héritiers mâles, Catherine accouche de filles mortes avant d'être nées. Enfin, j'exagère à peine. Le seul de ses enfants qui ait survécu est Mary qui, à neuf ans, est paraît-il très sage, très sérieuse et très laide. Or Catherine est vieille à présent. Du moins… Elle a le même âge que moi, ma pauvre Lau. Elle n'aura plus d'enfant et le roi est furieux.

Furieux et… troublé.

Car il s'imagine, ou feint d'imaginer, que l'infertilité de Catherine est un châtiment de Dieu. Avant de l'épouser, la reine était mariée à son frère, le prince Arthur, qui est mort très vite. Donc Henry couche avec sa belle-sœur, c'est-à-dire sa sœur à quelque chose près. C'est une turpitude que le Ciel réprouve.

Peut-être le roi d'Angleterre est-il sincèrement convaincu d'avoir péché. Ou peut-être pas. Le bon appui que nous avons à la Cour, le seigneur Desmond, dit que ses prétendus scrupules sont une manigance visant à obtenir que le pape dissolve son mariage. Quelle pouliche le roi épousera-t-il s'il obtient cette rupture, qu'on appelle ici *annulment* ? La question est ouverte ; les fiancées se pressent.

Les petites affaires, maintenant. Il s'agit encore d'enfantement : de fils et de filles. La famille Cosa s'est accrue parce que Silvana a accouché de jumeaux. Deux adorables et gras garçons (bon : l'un est gros et l'autre un peu moins…) qui feraient périr de jalousie Henry. La mère se porte bien, tout comme les enfants.

Mais ainsi que tu le sais, Monsieur de la Cosa a en outre une maîtresse. La domestique, Jane : la femme qui servait chez eux et a aidé chez moi dans la maison du pont. Jane, à présent, est établie chez elle : elle ne sert qu'elle-même, et sans doute Joaquín. Elle a sa propre demeure, plus modeste que la mienne et que celle des Cosa, en bois, à trois pâtés d'ici.

Et Jane a accouché aussi. D'une fille. Dont le père est, bien sûr, le mari de Silvana.

Bref, le commis de Guido se trouve chargé de deux femmes et, avec son aînée, de quatre enfants en tout. Je lui souhaite bonne chance.

Il va sans dire que nous ne connaissons, dans la maison des maîtres (comme on dit ici), qu'une seule famille Cosa : celle que forment Joaquín avec Silvana et leurs, désormais, trois enfants. En réalité, c'est secret de comédie. Jane se fournit pour chez elle, et nous nous fournissons pour chez nous, sur le même marché. La nouvelle domestique qui l'a remplacée (c'est moi qui l'ai choisie : elle est vieille et laide) est allée chez la maîtresse quand celle-ci était proche de son terme. Et Samy (il s'appelle Samuel en réalité), le fils que Jane a eu d'un amour précédent, est accueilli chez nous et commence à faire le coursier. Que pourrions-nous avoir à redire, Guido et moi, dans la situation où nous nous trouvons tous les deux ?

Il m'arrive quelquefois de me demander si le bon Dieu, Lui, jugera cela chrétien, au jour où nous serons morts. Mais bon, je ne sais faire autrement. Pour Guido et pour Joaquín, eh bien, il leur faudra encore plus de bons anges qu'à moi…

La seule qui, à Londres, pourrait être fâchée, c'est évidemment Silvana. Mais Silvana ne voit rien, ne sait rien ou ne veut rien savoir : il est difficile de dire ce qu'il en est exactement. La femme de Joaquín se préoccupe d'elle, de Seamrog quand l'enfant est gentille, et passionnément des jumeaux depuis qu'ils sont nés. Elle adore nourrir, laver, tenir des petits contre elle : c'est une mère parfaite pour ses nourrissons. Le père dit qu'il en fut de même pour la petite fille, et qu'elle supporte moins les enfants qui grandissent. Quant à Joaquín, elle l'aime et se réjouit de sa présence… et elle est bien contente, aussi, quand il n'est pas à la maison.

Il est vrai, oserai-je te le dire ? que je suis assez comme elle sur ce point. J'aime quand Guido est là, et j'aime quand il repart.

Il n'empêche. Silvana Vespucci est décidément drôle. Jusqu'à son terme, elle a continué à s'asseoir à sa table dans la pièce la plus lumineuse de la maison – une lumière relative, les hivers sont terriblement gris ici. Les dernières semaines, pour travailler, elle devait reculer son siège et tendre les bras tant son ventre était gros. Jamais elle ne s'est plainte, jamais elle n'a renoncé. Je t'ai expliqué qu'elle fabriquait, depuis deux ans et selon les saisons, des Golgotha et ce qu'elle appelle des *Navidades* : des scènes de Noël. Elle fait les personnages avec de la farine à la place de la terre dont Joaquín dit qu'elle se servait avant d'arriver en Angleterre, elle prend des tissus pour feindre les vêtements, des tiges d'osier forment le paysage, et elle peint le tout : les visages ont des yeux, une bouche, des cheveux bruns ou roux. Je ne sais pas si c'est beau, mais ce qui est frappant c'est qu'en s'approchant pour ne voir que les groupes, on… comment exprimerais-je cela ? On oublie que l'ensemble est petit et faux et on a l'illusion d'être vraiment dans la crèche ou auprès du calvaire. Bref, les paroisses de Londres adorent ces inventions, de sorte que *Mistress Liuciard*, comme ceux qui viennent la voir l'appellent, a une liste de demandes sur laquelle, à cause de son accouchement, elle est très en retard. D'autant que dernièrement, elle a reçu mission, figure-toi ! de la reine elle-même. C'est le confesseur de celle-ci, un franciscain, le frère Forest, qui est venu la voir. Joaquín et moi étions là, et nous avons veillé à faire à ce personnage important l'accueil qu'il méritait. Au demeurant, Silvana était dans un de ses bons jours : elle a été presque gracieuse. Forest a vu son état (c'était en janvier, elle était déjà énorme), il a paru gêné et il a dit que, bien sûr, il comprenait que la réalisation de ce que Sa Majesté voulait prendrait un peu de temps. Il a commandé un plateau rempli de personnages avec l'histoire de la sainte dont Catherine porte le nom : une fille de roi qu'on a déchiquetée entre des roues crantées, et puis décapitée. Il paraît que la reine avait dans sa chapelle, quand elle était enfant, une image avec son histoire.

Peut-être pense-t-elle que c'est parce qu'elle ne l'a plus qu'elle est privée de fils ?

Les gens ont des idées si étranges, nous le savons toi et moi.

Oserai-je te dire ? Il me semble que j'ai trouvé le bonheur en Angleterre. J'aime Guido, je le rends heureux, il me rend heureuse. Silvana me touche, elle me fait penser à ces hérissons dont les poils sont alternativement doux ou piquants comme des brosses dures. Comme je suis incurable, je me suis attachée à Seamrog ainsi que je l'avais fait pour les enfants de la marquise, et comme j'aurais aimé les tiens si tu n'avais été la mère admirable et jalouse que tu es, et que tu as raison d'être. Seamrog me le rend bien. Sais-tu ? Elle m'appelle *Mum*, ce qui veut dire Maman en anglais, et elle nomme sa mère *Madre*, plus sèchement.

Cette petite me fait fondre…

Je t'embrasse, ma Lau. Je t'embrasse et je te souhaite tout le courage du monde. Tu peux, tu vas, tu as tout pour, être heureuse : à Blois, à Lyon, à Paris, ou ailleurs.

N'hésite pas : va où la vie et les intérêts de ton mari doivent naturellement vous conduire.

Et mange moins. Tu es belle avec ton embonpoint – mais il n'en faut pas plus.

Ta Doucine

LETTRE DE LISANDRA VESPUCCI À GUIDO LIUCIARDI

Florence, mai 1525

Mon cher époux

J'avais oublié à quel point le printemps est doux en Toscane. Alors qu'en cette saison Séville brûle aux ardeurs du soleil, on respire sur les rives de l'Arno. Ne seraient-ce les circonstances dans lesquelles je suis partie et tout ce que j'ai appris ici et qui m'a bouleversée, je saurais être heureuse.

Je suis allée sur la tombe d'Antonio Vespucci dans la chapelle familiale. Il n'y avait rien à voir : voici deux mois maintenant qu'on a refermé la tombe, je suis arrivée bien trop tard. Le vieil homme a été enterré sous une dalle de marbre, auprès de sa mère et de son père. Le corps d'Amerigo demeurera en Espagne, cela me convient bien, mais l'idée que ma chère maman soit un jour couchée près d'Antonio me glace.

Te souviens-tu des lieux ? Après tout, tu n'as vécu à Florence que peu de temps quand tu étais enfant. Ognissanti se dresse sur une place bordée de maisons basses. Ce serait une belle église, si sa façade était faite. Mais, soit qu'on n'ait pas eu l'argent pour la payer, soit qu'on n'ait pu s'accorder sur le décor à lui donner (tu sais la passion des débats qui règne ici), le mur reste de briques, avec pour ornement au-dessus de la porte une Vierge et des saints en céramique dont il m'a ému d'apprendre qu'ils ont été cuits à Cafaggiolo. Si j'avais la dextérité de Silvana, je t'en ferais le dessin. Mais le talent n'est pas un bien qui se partage en famille et je suis incapable de faire ce dessin.

Dans la chapelle, qui donne à droite sur la nef, il y a une grande fresque que mon arrière-grand-père a fait faire. La Vierge s'y dresse, gracieuse et très grande : son visage doux est peut-être celui de mon arrière-grand-mère lorsqu'elle était jeune fille. Elle écarte les bras et soulève la cape bleue qui la couvre : des anges l'aident dans ce mouvement. Sous l'abri de ce manteau, elle protège contre les malheurs mes ancêtres agenouillés près d'elle.

Ma mère m'a montré mon bisaïeul, qui s'appelait déjà Amerigo : un homme impressionnant, aux cheveux blancs et au grand nez. Elle m'a fait voir ses fils : Nastagio, Bartolomeo (elle n'était pas sûre de le reconnaître) et Giorgio Antonio qui était moine.

Elle a désigné deux garçons. L'un, brun, maigre, les cheveux comme collés par la sueur, est Antonio, des années avant que ma mère l'épouse. L'autre, un blond alors très jeune qui se tient du côté des femmes, est Amerigo, le découvreur des Indes comme on dit ici. En me montrant la peinture, maman s'est mise à pleurer. Et elle m'a raconté. Elle a raconté tout ce que j'aurais dû deviner ou savoir, et que personne auparavant ne m'avait révélé, pas même toi, qui savais tout parfaitement, comme ma mère me l'a confirmé.

Antonio Vespucci n'était pas mon père. L'homme dont j'ai cru descendre n'était rien que mon oncle.

Amerigo est mon père. Celui que j'ai appelé Oncle, j'aurais dû le nommer Père.

Comment as-tu pu, comment avez-vous pu, tous, me faire cela ? Ne rien dire…

J'avais peur de lui, il n'a rien confessé, lui non plus. Il m'a dotée, fait venir près de lui, il a assuré mon avenir (cette rente que je touche chaque année). Il a fait ta carrière aussi, et ménagé de la sorte l'avenir de nos filles. Et il ne m'a pas aimée. Et ne m'a pas laissé l'aimer.

Pourquoi ? Je ne comprends pas et je suis, à cause de tout ça, infiniment malheureuse. Et t'en veux à un point que tu n'imagines pas.

J'en veux aussi à ma mère : mais elle a été victime, comme moi.

Pourquoi vous être tus ainsi ? Me preniez-vous donc pour une femme si fragile ? Une sotte ?

Sotte, je l'ai été en effet de ne rien deviner si longtemps. Je ne suis pas seulement fâchée, je suis humiliée.

Et j'ai le sentiment, encore, qu'on m'a volé ma chance. Aurais-je su, m'aurais-tu fait la confiance de me dire, j'aurais parlé au signor Amerigo, j'aurais conquis son amour pendant le peu de temps qui lui restait à vivre. J'aurais eu un père, il aurait eu une fille. Pas une nièce timide prise sous sa protection. J'aurais pleuré sa mort, comme une fille doit le faire.

Quand je pense que j'ai fait sa toilette, et que je ne savais pas…

Je suis sèche de larmes, ici, pour Antonio.

Puis il y a mon frère et ma sœur. Il m'est insupportable de penser que j'ai vécu dix ans à Séville presque à l'écart de ceux que je regardais comme simplement mes cousins, alors que le même sang issu d'Amerigo coule dans nos trois corps. De quelle manière Silvana m'a aidée, soutenue, à la mort de notre fils… J'avais songé alors qu'elle se conduisait comme une fille, comme une sœur : j'avais plus raison que je ne le croyais.

Il est vrai cependant que je suis une niaise, toute mariée et mère que je suis depuis longtemps.

Lisa m'a expliqué ce que je n'aurais pu imaginer toute seule. Si Dieu a voulu que les femmes aiment les hommes et les hommes les femmes pour la génération, il arrive quelquefois que la nature divague et qu'une personne d'un sexe aime une autre du même sexe. Dans *La Divine Comédie*, qu'elle m'a fait relire, les ombres damnées pour ce péché s'appellent des sodomites. Elles résident dans le troisième giron du cercle sept, où elles marchent sous une pluie éternelle de feu. Notre Dante s'étonne qu'elles soient si nombreuses, et d'y reconnaître des amis.

Mon père, ou plutôt celui dont on m'a fait croire qu'il était mon père, était comme ceux-là. J'écris ces mots avec le dégoût que tu peux imaginer. Ma mère dit que tu m'as caché ce qu'il en était pour m'éviter cette peine… Peut-être. Je n'aimais pas Antonio Vespucci (je ne veux plus écrire « mon père ») : je l'ai peu vu, il ne m'a pas élevée, et même pas dotée. Je ne peux concevoir ce que ma mère a enduré au lit avec un sodomite, mais j'ai de la peine aussi quand je me dis, à l'inverse, qu'elle n'a jamais connu, peut-être, la couche conjugale. Elle est restée silencieuse sur ce point et je ne l'ai pas interrogée.

Je suis une fille naturelle et personne ne sait le nom de celle qui m'a donné naissance, m'a dit la femme que je désire encore regarder comme ma mère et qui pourtant (le souffle me manque quand je pense à cela) ne l'est pas véritablement. À qui appartenait le ventre dont je suis sortie ? On m'a dit que c'était une pauvre jeune fille égarée, et qu'Amerigo aussi était jeune : trop jeune. Cette jeunesse, la différence de leur condition, aurait fait qu'ils ne pouvaient se marier.

Ma mère m'a dit aussi que celle dont je suis l'enfant était morte en couches. Est-ce vrai, est-ce faux ? Peut-être vit-elle encore, cette femme, et veut-on simplement que je ne la cherche pas. Peut-être est-elle, était-elle, non une « fille égarée », mais une prostituée ?

Comme j'ai dit cela, ma mère m'a regardée avec douleur et elle a murmuré qu'en ce cas, Amerigo, incapable de savoir si j'étais son enfant, ne se serait pas soucié de me confier à elle et à Antonio.

Sa réponse m'a un peu consolée.
Un peu.

Mon époux, je ne sais me résoudre à quitter Florence. Demain, la lettre que j'écris partira à ma place sur le bateau qui devait me ramener, et les filles resteront avec moi. Je ne me sens pas le courage de quitter Lisa et elle, ma mère quoi qu'il en soit, se trouve trop âgée pour nous accompagner à Séville.

C'est une vieille femme, sais-tu, que j'ai trouvée. J'avais le souvenir d'une matrone imposante : elle l'était quand nous avons quitté l'Italie, n'est-ce pas ? La veuve qui m'a accueillie a les cheveux tout blancs ; elle est comme rapetissée. Sofonisba, dans la splendeur de ses quinze ans, la domine de la moitié d'une tête.

Ma mère me fait de la peine et je ne conçois pas qu'elle puisse mourir alors que je serais au loin ni que, avertie tard, je rentre pour découvrir sa tombe close depuis des semaines, comme c'est le cas pour celui que je croyais être mon père.

Je reste, mon cher Guido. Je reste à Florence. Chez moi.

Car c'est ici « chez moi », qui que je sois vraiment, puisque le nom que je porte fait de moi l'héritière du palais d'Antonio et Lisa.

Pourquoi, finalement, restons-nous à Séville ? Tu n'es que le gestionnaire de l'entreprise de mon vrai père, pas son propriétaire. Le serais-tu, nous n'avons pas d'héritier, notre Filippo Damiano étant mort avant d'avoir vécu. Ce ne sont pas nos filles, n'est-ce pas, qui reprendront la firme ?

Toutes trois se portent bien. En un peu plus d'un mois, elles sont presque devenues de véritables Florentines. Elles s'expriment avec aisance, puisque nous avons toujours parlé l'italien en famille, mais leur intonation fait sourire ceux avec qui elles conversent. Après Sofonisba, Maria Ameriga est devenue une femme : ce qu'elle attendait tant s'est produit juste comme nous arrivions – tu comprends ce que je veux dire.

Te souviens-tu du palais ? Nous nous sommes installées, les filles et moi, à l'étage où vit Mère : les enfants partagent une chambre, Mère a fait dresser un lit dans la pièce qu'elle utilisait le jour, et je m'y suis établie. Les salles de réception, délabrées, sont fermées. Tu m'as raconté que, de leur balcon, on nous avait fait voir l'exécution de frère Savonarola quand nous étions enfants. J'y ai beaucoup pensé, je me suis placée là à plusieurs reprises, mais non : je ne me rappelle rien. Les petites dédaignent ces pièces : leur plafond est trop haut, leur décor trop solennel, elles préfèrent jouer dans l'appartement d'Antonio – elles continuent, bien sûr, à croire qu'il s'agit de leur grand-père. Le lieu est encombré de meubles laids et en mauvais état, Antonio ayant vendu tout ce qu'il possédait et qui avait de la valeur pour le remplacer par des choses qui n'en avaient pas. Ma mère a de quoi manger, et elle se moque du reste.

La situation, cependant, est différente maintenant puisque je vais rester. Je commence à rêver des travaux que je pourrais entreprendre à l'intérieur du palais. Les murs sont en bon état, le toit aussi, je crois : il n'y a pas de fissures et il ne pleut nulle part dans l'étage du haut. Il faudrait seulement, j'ignore quelle somme cela coûterait, nettoyer, parer et racheter des meubles, pour l'appartement du dessus et pour les réceptions.

De la pension d'Amerigo, j'ai assez peu dépensé, ce sont de belles économies. Si tu rentrais ici, la vente de celle des maisons qui nous appartient à Séville permettrait de financer les travaux et de redonner à ce palais le prestige qui fut le sien.

Je sais que cela fait longtemps que tu veux retourner dans ton pays : peut-être est-ce le moment ?

Songe que nos trois filles doivent trouver des époux et que leurs chances de bien se marier sont accrues à Florence par l'aide que nous donneraient les Medici, désormais rétablis et puissants dans la ville. T'ai-je dit que la signora Semiramide était morte ? C'était il y a deux ou trois ans. La femme du Popolano était, paraît-il, un obstacle à l'entente entre le rameau que nous connaissons et le reste du clan. Le fils, Pierfrancesco (il n'a pas maigri depuis le temps que nous l'apercevions...), entretient à présent les meilleurs rapports avec ceux de ses parents qui tiennent le pouvoir. Il a lui-même deux fils, trop jeunes pour nos aînées mais dont l'un, qui sait, pourrait devenir un parti pour Bona Lisa ?

Guido : il n'est pas sûr que je revienne jamais. Je n'ai pas pris la décision de me fixer ici mais je ne rentrerai certainement pas bientôt à Séville. Ton métier de marchand te retient au loin trop de temps, et je n'ai rien à faire en Espagne, avec mes filles, alors que mon vrai père est mort, que ma sœur vit au loin, que mon frère est perdu quelque part en Europe après s'être égaré en Afrique, et alors que tu passes la moitié de l'année à Londres.

À mon tour de te révéler, mon époux, le secret que je garde pour moi, avec rancune, depuis des années. Je ne crois pas que ce soient seulement les affaires qui te conduisent deux fois l'an dans le Nord. Des mois durant, tu t'en vas. Ce ne sont pas la traversée, les marchandages qui te font t'attarder, mais une femme à laquelle tu t'es attaché.

Je ne sais pas seulement que cette autre existe mais je sais qui elle est.

J'ai deviné sa présence, d'abord, par le pressentiment de mon amour d'épouse. La première fois que j'ai craint quelque chose, c'est quand tu es parti fâché, quelques mois après la mort de notre enfant. J'étais alors terrassée, incapable d'être la compagne joyeuse que tu désirais. Je suis restée dans les mêmes dispositions quand tu es rentré de ce que tu appelais le Camp des rois. Puis quand tu es de nouveau parti, je me suis accusée : j'ai compris mon erreur, et le risque que notre amour courait. À ton retour j'étais gaie ou du moins je ne t'ai plus montré la tristesse qui me restait et qui me restera jusqu'à la fin de ma vie.

Nous nous sommes bien entendus, alors ? J'ai cru que je t'avais reconquis. Même, j'ai espéré que mon ventre avait conçu.

Mais non. Et tu t'es rembarqué, et tu es resté loin, tout un été. Et quand tu es rentré j'ai fait de moindres efforts et tu n'as pas semblé en avoir quelque souffrance. Tu es de nouveau reparti.

J'ai voulu savoir alors, et j'ai obtenu ce que je voulais. Camareña, une des dernières fois qu'il est venu en Espagne (tu sais combien il est aisé de s'entendre avec lui et comme il est bavard), a mentionné une femme qui aidait Silvana et s'occupait de sa fille. Pas une bonne, a-t-il dit : une amie, une Française.

Il a rougi d'un coup, disant cela – il avait trop parlé. J'ai fait celle qui savait. Je me suis souvenue et j'ai tenté le nom de Doucine. Ce ne pouvait être qu'elle, puisque l'autre Française, la Laurette qui m'avait envoyé jadis un ouvrage, est mariée à Blois.

Camareña a acquiescé vaguement et il a rougi davantage. Je n'ai pas murmuré, la conversation a cessé, il me suffisait d'avoir entendu cette confirmation.

Ces syllabes, Dou-ci-ne, ont creusé des galeries dans le livre de ma mémoire et dans celui de mon cœur. Laurette, Damiano et Doucine : ces trois êtres sont la quintessence de ta jeunesse. Ta folle et gaie jeunesse sur la Loire, dont tant de fois j'ai compris que tu la regrettais.

Tu es l'associé de Damiano, tu vas chez lui à Blois, tu vois Laurette, tu vas à Londres et tu y retrouves Doucine. Tu l'y as fait venir, j'imagine que tu l'as rencontrée, revue, quand tu t'en es allé il y a cinq années en France pour la rencontre des rois.

À Séville, tu as ta vie d'adulte : le mari, le père de famille, l'homme chargé de soucis.

En France, en Angleterre, tu joues au jeune que tu n'es plus.

Illusions que cela…

Guido : nous sommes trop vieux époux pour que je sois longtemps en colère. Et ce que j'ai appris de mon père, ce que je devine trop de la vie de ma mère, me convainquent qu'il n'y a pas de ménage ou d'amour heureux éternels.

Mais pourquoi demeurerais-je à t'attendre, seule, dans un lieu où, aujourd'hui, personne ne m'est rien ?

Je reste en Italie et tu peux, j'espère que tu voudras, m'y rejoindre un jour.

Telle est ma position. Il te faudra en faire beaucoup pour que j'en change.

Ton, affectionnée encore,
épouse

LETTRE D'URSULA KOSSA
À ULISSE VESPUCCI

Wittenberg, 2 juin, an 1525

Uli, cher jeune ami

Au moment où je me résous à commencer cette lettre, je me dis que je ne saurai trouver les mots. Faut-il avouer les choses aussitôt, faut-il y préparer celui qui me lira ? Ce pli vous parviendra par un de vos collègues, ces chevaucheurs des postes que Johann Benedict Solfa – votre Jan – a si bien mis en place. Son objet est d'éviter, s'il est temps, que vous ne reveniez dans le pays sanglant qu'est devenue l'Allemagne. Il faut la faire lire aussi, ou plutôt l'expliquer, à Herr de la Cosa, autrement dit à Yehohanan Cocia. Mais elle vous concerne, hélas, et de la même manière que lui.

Je ne sais comment écrire ce que j'ai à vous dire, et en utilisant les mots simples de l'allemand que vous savez un peu…

Mon mari est mort. Je suis veuve. Joachim Kossa, qui était resté dans le secret de son cœur Yehoyakim Cocia – Joachim n'est plus.

Ce n'était pas imprévu. Ce qui n'était pas attendu, plutôt, c'était qu'il survive quatre ans à l'attaque qui l'avait terrassé et laissé immobile et impuissant à parler.

Joachim attendait la fin depuis ce moment-là. Il l'espérait, il voulait que son âme quitte un corps devenu une prison. Mais la mort, longtemps, s'est refusée à venir. Même, la vie a voulu réveiller à nouveau les membres qui ne répondaient plus. Au fil des mois, lentement, mon mari avait retrouvé l'usage de ses mains, il pouvait se soulever un peu et sa bouche, sa gorge, avaient récupéré de leurs capacités. Il mangeait, il avait assez d'appétit pour durer, et il parlait ou du moins il prononçait des mots que, moi, je comprenais.

Mais cela, vous ne l'ignorez pas, Uli, puisque vous nous avez quittés il y a peu de mois. Et vous savez aussi, ou Jan savait bien, que ces faibles progrès ne pouvaient rien contre la conviction que sa vie était finie et que la conclusion, quand elle adviendrait, serait une délivrance.

Nous nous attendions à une nouvelle attaque, la hantise de Joachim était qu'elle ne le tue pas mais le laisse amoindri de façon encore pire. Je partageais cette crainte.

Ce n'est pas ce qui s'est produit. Un matin (il dormait dans la cuisine ainsi que vous le savez, je couchais à l'étage), un matin, donc, je l'ai trouvé mort. Endormi pour toujours. Le corps déjà froid.

Le vieux chat sommeillait près de lui ; ce chat maigre et perclus dont il disait qu'il nous survivrait à tous deux. Peut-être avait-il raison.

Je ne pouvais appeler Jan, vous savez qu'il était au loin. Un autre médecin est venu – l'obligation, à Wittenberg, est de faire constater les décès. Ce médecin m'a dit que le cœur de Joachim avait dû cesser de battre alors qu'il dormait. Il a cru me consoler en disant que c'était une mort douce et que peut-être *Herr Doktor*, comme il l'a appelé, était parti dans un rêve. Je sais quant à moi qu'il faisait des cauchemars horribles et je crains qu'il n'ait quitté cette vie sur la peur imaginaire d'être enseveli vivant, ou que je le sois moi-même.

C'était il y a cinq jours. Nous avons enterré Joachim hier. Barbara Brengebier ma cousine, Lucas Kronach son mari, et leurs enfants, ont conduit avec moi le cortège qui a mené mon époux dans sa dernière demeure. C'était un maigre convoi : j'avais donné quelques sous à des pauvres comme il convient, je les avais fait habiller de drap noir pour qu'ils accompagnent le cercueil ainsi que le veut la tradition, mais je n'ai recouru à aucun des autres usages auxquels, étant donné le rang de mon mari à Wittenberg, j'aurais dû sacrifier. J'ai fait couvrir le cercueil d'un poêle noir sans broderie et j'ai renoncé aux crieurs pour prévenir le populaire : ce deuil est une affaire privée et Joachim était d'accord que les pompes qui entourent les obsèques devraient être réservées aux princes.

Puis la situation à Wittenberg, en ce moment, fait que de toute manière de grandes funérailles auraient été déplacées. J'ai quand même fait exposer la dépouille de Joachim sur le lit dans la cuisine ; les professeurs de l'université ont prié pour son âme.

Moi, je n'ai pas prié. J'ai seulement pensé à lui. Au bonheur que ce fut de vivre presque la moitié d'un siècle avec un tel homme. Je suis sûre que pourvu qu'une vie éternelle existe, Joachim n'a besoin d'aucune oraison pour la gagner. Si je n'ai pas trop mal vécu, nous nous retrouverons tous deux dans cette éternité.

Martin Luther est venu se recueillir, quelque peu de temps qu'il ait en ce moment.

Je n'ai pu lui fermer ma porte.

Vous devez être surpris, Ulisse, de lire ces derniers mots. Fermer la porte à Luther ? Le garçon qui fut presque notre fils ?

Luther est coupable de crimes, ou d'avoir crié à la haine. La guerre contre les rustauds, qu'on appelle aussi les savetiers je ne sais pourquoi, sévit à cause de lui. Cette guerre qui avait un peu commencé quand vous êtes parti et dont vous avez évité les troubles en passant plus à l'est, cette guerre, donc, est née du grand espoir qu'il avait suscité. N'a-t-il pas écrit qu'un chrétien est le maître de toutes choses et le sujet de personne ? N'a-t-il pas renchéri que Dieu fait pousser les plantes et naître les animaux pour l'ensemble des hommes ? Les serfs ont cru qu'ils pouvaient, selon la volonté de Dieu, s'emparer des propriétés.

Comme ils se sont trompés… Leur férocité a été à la mesure de leur grande misère. Ils ont tué atrocement ; ils ont saccagé des châteaux, malmené dans les couvents les moines et les religieuses qui ne s'étaient pas ralliés au dessein de Luther.

Ils ont cru qu'ils le faisaient avec la bénédiction du théologien, ils étaient certains de son soutien.

Mais les princes qui appuient Luther les ont combattus, soucieux de leurs privilèges et épouvantés, aussi, par leur fureur. Ils les ont massacrés, bien sûr. Ils les ont massacrés parce qu'ils avaient les soldats et les armes qu'il fallait, et que les autres n'avaient rien.

Imaginez, Ulisse : nos lansquenets allemands avec leurs longues piques, des arbalétriers venus exprès d'Espagne ou demeurés chez nous depuis le couronnement de Karl, des chevaliers caparaçonnés, des canons même, pour mater la révolte.

Et les simples, sans ordre, sans habitude de guerre. Sans armes que les faux et les haches qui leur servent aux champs. Et avec leurs chariots, des voitures faites pour transporter les récoltes, transformés en murailles pour des camps de fortune.

Réalisez, mon ami : des boulets contre des wagons, des carreaux contre des binettes…

Luther aurait pu éviter cette horreur. Je sais peu de politique et je connais encore moins la guerre. Mais il a le premier poussé à la révolte et il est très coupable de n'avoir rien fait pour modérer, au moins, la fureur des princes.

Savez-vous ? Non vous ne savez pas, vous n'étiez plus en ville bien sûr.

Il a prononcé un sermon. Il a dit qu'il fallait frapper le serpent de la rébellion. Assommer, égorger. Passer au fil de l'épée, poignarder, pourfendre, égorger, le tout à qui mieux mieux.

C'étaient ses mots et il s'en délectait…

Sur son ordre, on a imprimé le sermon sur des feuilles qui portaient le dessin d'un rustre avec un canard et, près de lui, un sac d'or volé. Les seigneurs ont ri puis, de partout, même depuis chez nous où rien ne se passait, ils sont partis vers le sud où la révolte grondait.

Peut-être Frédéric aurait-il agi. Le prince était sage, il eût pu… Mais il est mort au commencement de mai. D'un coup, sans qu'on puisse s'y attendre. Vous ne le savez pas, sans doute.

La guerre était en Souabe ; près du lac de Constance ; à Allstedt où prêchait un jeune que Luther a formé. Et puis dans cette Alsace d'où ma mère était originaire et où, vous le savez, Joachim et moi nous étions rencontrés.

Ulisse, cher Uli. Est venu à présent le moment que ma plume trace les mots que je ne veux pas inscrire.

Jan Solfa était en Alsace. Vous savez qu'il avait mission là-bas.

Jan Solfa n'est plus. Il a été tué. Ignoblement assassiné.

Je suis si désolée… Perdre un vieux mari est une douleur terrible et cependant normale. D'une certaine manière, j'espérais sa mort. Cet homme merveilleux, mon époux adoré, ne faisait que se survivre, et son propre déclin l'abattait comme il me faisait peine.

Souffrir la perte d'un jeune aimé, un homme qui est presque… Je ne sais et ne peux qualifier les liens qui vous unissaient. Ces liens dépassaient l'amitié, Joachim l'avait admis et je l'avais compris avant lui. L'amour que Jan Solfa vous portait n'avait d'égal que votre affection pour lui, et ces sentiments partagés étaient certainement respectables.

Solfa n'avait pas l'âge de mourir, vous avez encore moins celui de l'avoir perdu.

Je conçois, je sais trop bien, la douleur qui va être la vôtre. Et je pleure avec vous.

Je sais un peu ce qui s'est passé et je dois vous le dire, même si les conditions de cette mort vous rempliront de haine davantage que de paix.

Jan avait à faire en Lorraine. Il voulait se rendre dans un

lieu qui s'appelle Saint-Dié. Il y a des érudits, là-bas, mon mari a connu par eux le livre où on parlait de votre père et de Juan. L'endroit, une abbaye ou de quelque manière qu'il faille le qualifier, dispose de messagers : ils circulent depuis ou vers l'Allemagne et dans toute l'Europe. Jan voulait s'accorder avec eux pour nouer les chemins postiers. Il disait que rapprocher les humains revenait à prendre le pouvoir sur le temps. Vous savez quelles belles idées remplissaient la tête de votre ami.

Sauf que Jan Solfa n'est jamais arrivé à Saint-Dié. Quinze jours après votre départ, malgré les nouvelles alarmantes, il a voulu partir. Le 16 mai, ou peut-être le 17, à Saverne, il a trouvé la mort.

La ville n'est pas une étape sur le chemin de Saint-Dié. Je connais la région. Après Strasbourg où il avait dit qu'il s'arrêterait, il aurait dû poursuivre vers le sud. Or Saverne est au nord.

Jan a fait exprès de s'y rendre.

Parce qu'il savait que se jouait là, ou allait se jouer, un drame épouvantable.

Son valet Michael, que vous connaissez, m'a raconté. Il est arrivé il y a trois jours. J'étais au début de mon deuil, Joachim n'était pas encore enterré. Le garçon a fui ce qui était, a-t-il dit, un épouvantable charnier. Il est rentré en tâchant d'éviter d'autres champs de bataille aussi épouvantables.

Jan était médecin. C'était son vrai métier, n'est-ce pas ? Et il savait aussi beaucoup de chirurgie. Quand il a appris, à Strasbourg, que les troupes de Lorraine allaient affronter les rebelles enfermés dans Saverne, il s'est pourvu d'une trousse avec des instruments, et il a exigé que Michael l'accompagne. Le garçon était terrorisé…

Ils sont arrivés le soir où les paysans avaient décidé de se rendre. Ils avaient perdu des combats dans la campagne proche et n'avaient plus d'espoir. Michael a pensé que Jan et lui allaient échapper au pire.

La reddition était prévue pour le petit jour. Pendant la nuit, Solfa a soigné les Lorrains : il a posé des bandages, oint, fait ce qu'il fallait pour éviter des infections, mais il y avait peu de blessures sérieuses. Il travaillait à la lumière de feux, il était à son affaire, habile comme en chaque chose, et Michael dit qu'à ce moment il paraissait heureux.

Au matin (le récit du valet est confus), les portes de la cité se sont ouvertes et les rustauds sont sortis. Rien que des hommes, tête basse, avec des bâtons blancs en signe de soumission. Les fantassins formaient autour d'eux une double haie silencieuse : on n'entendait, paraît-il, que les pas des vaincus.

Et puis, après la position où se tenaient Jan et son aide, un soudard lorrain a arraché sa bourse à un des paysans. Il y a eu injures, résistance, le soldat a brandi une épée… Quelqu'un a ordonné de tuer. Les paysans ont reflué vers la ville, les reîtres les ont bloqués et, de toute manière, la porte était trop petite pour le flux des personnes. La bande a été piétinée, étouffée – les piquiers ont écrasé contre les murs ceux qui étaient coincés et frappé les autres qui étaient sur le chemin.

Michael a fui vers l'arrière. Jan, lui, a porté secours.

Dans la foulée, les soldats avaient pénétré dans Saverne. Ils sont entrés dans les maisons, en ont fait sortir les femmes et les enfants et ils ont violé, et bien sûr pillé et brûlé. Et quand il n'y a plus eu de bénéfice à prendre, ils se sont retirés.

Le lendemain, Michael a osé revenir. Il est entré dans la ville où il n'y avait plus de soldats. Pas non plus d'hommes valides, paysans rebelles ou bourgeois : tous, indifféremment, avaient été tués. Les survivants pleuraient, cherchaient leurs morts dans l'amoncellement des cadavres. Le sang coagulait sur les pavés des rues. Les Lorrains avaient incendié un clocher où des irréductibles s'étaient réfugiés : ceux qui étaient dedans avaient sauté dans le vide ou ils avaient brûlé vifs.

Le garçon a fait comme les autres. Il a examiné les cadavres et il a trouvé Jan : non sur le sol mais pendu à un saule.

Il avait sur lui le signe de Lorraine : il l'avait mis quand il s'était occupé des soldats. C'était la condition pour circuler dans le camp.

Jan Solfa a été pendu parce qu'il a voulu soigner les rebelles ou qu'il a cherché à freiner leur massacre et celui des habitants. L'armée a dû juger qu'il trahissait. Je ne peux le comprendre autrement.

Michael a décroché le corps, il l'a installé les mains croisées sur la poitrine, il a fermé les yeux et il a étendu sur le cadavre le propre manteau qui le couvrait. Il ne pouvait faire plus.

Pour éviter la contagion, je pense qu'on a fait à Saverne ce à quoi on procède chaque fois qu'il y a de nombreux morts. On creuse une grande fosse, on y fait basculer les corps, dans le meilleur des cas on les installe sur le dos en couches superposées, les femmes d'un côté et les hommes de l'autre, et on verse sur tous de la chaux pour que les miasmes ne tuent pas les rescapés.

Il n'y a ainsi aucun espoir, Uli, que vous récupériez la dépouille de Jan.

Ce n'est pas pour être cruelle que je vous révèle ces infamies, ajoutant à votre peine. Nous vivons dans un monde où l'on tue des miséreux parce qu'ils croient à une vie meilleure, où on assassine des croyants parce qu'ils placent leurs espoirs dans un ciel différent, et où on pend des médecins parce qu'ils aident ceux qui souffrent. Il vous faut le savoir. Il faut, également, que vous ne reveniez plus dans ce pays de folie. Restez en Italie si vous y êtes bien. Soignez de la Cosa, que vous appelez votre maître. Et s'il advient qu'il meure, que vous vous sentiez seul, retournez en Espagne puisque vous êtes chrétien et que vous n'y craignez rien ; et aimez votre mère.

Ce que je vais écrire maintenant est à l'adresse de Juan. Ou de Yehohanan.

J'ai enterré Joachim à Wörlitz, dans un champ attenant à la demeure de mes cousins Kronach, là où dans quelques jours, mes affaires mises en ordre, je vais me retirer, sans doute pour toujours. J'ai eu un éclat de chance à l'intérieur de mon malheur. Martin Luther refuse qu'on enterre les morts dans ou près d'une église, il ne veut pas qu'ils dorment dans les vieux cimetières où sont couchés les papistes, et il ne souhaite pas qu'on dise aucune messe. L'âme des défunts, si elle survit (il ne semble pas très sûr), est dans les mains de Dieu, affirme-t-il : les hommes n'ont pas pouvoir d'influencer son sort. J'ai donc pu mener Joachim où j'ai voulu, et je l'ai fait coucher sous un tertre de terre, sans croix et même sans son nom chrétien. Lucas Kronach a trouvé que j'agissais rudement, je lui ai répondu que je suivais à la lettre les préceptes de Martin, qui assure qu'une dépouille ne doit pas être honorée puisque l'âme est partie. Il n'a rien objecté.

Ma cousine, elle, était dans le secret des origines de mon mari ; elle m'a approuvée.

Je sais qu'il y a des rites propres aux juifs pour les funérailles. Mais j'ignore ces rites, connaissant seulement le nom de la prière qui s'appelle *kaddish*. Je n'ai pas su trouver les paroles de ce kaddish, et il n'y a à Wittenberg nul enfant d'Israël que je puisse consulter. Puis (ce que vous avez dit, Uli, de Juan de la Cosa, me permet de présumer qu'il ne sera pas horriblement fâché), Yehohanan Cocia ne croyait pas, à la fin de sa vie, en un quelconque dieu. Il ne s'est pas converti à celui de Rome, il faisait seulement semblant d'être né catholique. Il a trouvé bien rude la foi de Martin Luther. Et la religion juive était pour lui un attachement d'enfance plutôt qu'une adhésion.

Il n'y avait pas lieu d'un enterrement juif.

Pas plus que de funérailles chrétiennes.

Uli, dites-le bien au frère de mon mari. Joachim, sous la terre, est vêtu du seul vêtement de sa peau. J'ai cousu de mes mains, autour de son corps bien lavé, le drap parfaitement blanc qui lui sert de linceul. À ce drap j'ai fixé l'objet auquel Yehoyakim tenait tant : l'hexagramme composé de morceaux, le triangle qu'il avait et celui que vous lui avez porté, dont les fragments, ensemble, forment le sceau de Salomon.

Ami, répétez à Cosa, dans votre langue, exactement, les mots que ma plume va tracer : Mon mari est parti avec cette étoile. La moitié de son cœur était demeurée en Espagne et avec vous, son frère.

Et dites encore à Juan ce qui suit :

Grâce au don de ce sceau, de cette moitié de sceau, le fils d'Alika a eu le sentiment que les retrouvailles s'étaient produites. Que son frère cadet était de nouveau avec lui. Ce baume a adouci le calvaire de ses dernières années.

Je vous le redemande, Ulisse. Répétez, en espagnol, exactement ces mots. Ils s'adressent au beau-frère que j'aurais pu chérir, Yehohanan Cocia.

Il y a une dernière chose que je voudrais vous conter, mon très cher Ulisse.

Hier, Martin Luther est venu me voir dans ma grande maison désormais très vide. J'ai cru que le théologien désirait me consoler : on fait de ces visites aux veuves. Il l'a fait en effet : il m'a expliqué que Joachim était mieux, sûrement, là où il est maintenant.

Mais il n'était pas venu seulement pour cela. Il souhaitait m'annoncer son mariage avec celle qu'il appelle désormais « meine Käthe ».

Ce n'était pas une surprise : Katharina von Bora est jolie et aimable. Elle n'est plus toute jeune, ce mariage est une providence pour elle et je ne doute qu'elle sera bonne épouse. Mais quand j'ai demandé à Luther pourquoi il se décidait finalement après tellement de temps (cela fait bien cinq ans qu'il connaît Katharina), il m'a dit que c'était à cause de la guerre. « Nous avons remporté une bien belle victoire », furent ses mots. « Les paysans étaient les fils bâtards d'une entreprise qu'ils pouvaient tuer net, et il est temps à présent de faire de bons enfants : que ceux qui m'ont suivi convolent avec des nonnes qui croient à la vraie foi, et nos fils hériteront d'une Église qui durera mille siècles. Mon mariage est un signe d'espérance. »

Les noces ont lieu mardi, la semaine qui vient. Je me suis excusée sur mon deuil pour ne pas y aller.

Uli, portez-vous bien. Portez-vous, tout au moins, du mieux que vous pourrez. Si cette lettre remplit son objet et empêche que vous reveniez à Wittenberg pour rien, nous ne nous reverrons pas. Si une vie existe après celle-ci, vous y retrouverez Jan, j'y rejoindrai Joachim, et tous quatre nous pourrons être amis. Quoi qu'il en soit, sachez que vous resterez dans mon cœur et jusqu'à mon trépas, le garçon, l'homme, venu de nulle part, qui apporta à celui que j'aimais des nouvelles qu'il n'attendait plus.

Dites, redites à Juan, l'amour que lui portait son frère.

Ursula Brengebier-Kossa

LETTRE
DE MARIA CONCEPCIÓN VESPUCCI DE CÓRDOBA
À SILVANA COSA Y VESPUCCI

Cazalla, le 23 août 1525

Ma fille

Cette lettre sera courte. Je n'aime pas écrire et toi tu sais mal lire. Je ne veux pas pourtant que tu demandes de l'aide à Joaquín. Lis, toi seule, ce qui suit, ce que j'ai à te dire est simple.

Ton frère, Ulisse. Ton frère est revenu.
Il est à Cazalla. Vivant. Fatigué. Presque en bonne santé.
Je le déciderai à rester en Espagne.

Le miracle, car c'est un miracle, est arrivé quand je suis revenue du pèlerinage d'Elx. Il y a là une image de la Vierge qui accomplit des prodiges. Le 15 août, on y célèbre l'Assomption. Pour aller, j'ai pris le bateau jusqu'à Alicante et ensuite une voiture. J'ai accompli les rites, j'ai baisé la statue, j'ai pleuré quand on l'a couchée sur un lit dans la cathédrale, j'ai suivi l'enterrement et j'ai déchiré ma robe puis j'ai crié de joie quand un ange, dans une machine d'or, a emporté la Vierge au ciel où le Père et le Fils lui ont mis une couronne.

J'ai supplié Santa Maria de ramener mon fils, et quand je suis revenue par le même bateau qui m'avait amenée, un domestique m'a dit qu'Ulisse était à Cazalla.

En changeant deux fois l'attelage du chariot pour qu'il avance plus vite, je suis arrivée avant le soir. Ulisse est tombé dans mes bras et j'ai eu l'impression d'accoucher pour la seconde fois.

Ma fille : convaincs ton mari de revenir se fixer en Espagne ou accompagne-le lors d'un de ses voyages. Il faut que tu revoies ton frère.

Ton jumeau. Celui avec lequel tu as partagé mon ventre.

Je veux aussi que tu oublies ce que j'ai pu écrire jadis. Je t'avais envoyé une lettre en revenant de Venise, tu n'as pas répondu – tu ne réponds jamais. Eh bien, j'entends que tu considères que tu n'as pas reçu cette lettre. Je me suis trompée, à coup sûr. Comment ai-je pu imaginer qu'Ulisse et l'homme polonais dont j'ai oublié le nom pouvaient… Enfin…

J'étais triste : j'ai mal compris ce que j'ai entendu. Ces choses-là sont horribles, les avoir imaginées est un péché que je n'ose certainement dire à un confesseur.

Sais-tu ? Le vice auquel j'ai cru que ton frère s'adonnait est puni de mort en Espagne…

Ulisse est ici avec un étranger. Un juif qui ne dissimule pas et raconte des choses auxquelles je ne comprends rien : qu'il est le rejeton d'une tribu d'Israël et qu'il est le Messie qu'attendent les circoncis. Mais le Messie, c'est Jésus ? Il serait né au loin, à l'est de la Méditerranée, et pourtant il parle très bien l'espagnol. Il s'appelle David Reubeni. Je le crois fou, mais ton frère pense que c'est un homme de bien. Il a fait sa connaissance à Venise, c'est Cosa, sans doute, qui le lui a fait rencontrer. Reubeni venait de Rome, où il affirme qu'il a été reçu par le pape.

Un juif chez notre Saint-Père ? C'est une autre chose qui me paraît tout à fait impossible.

Le prétendu Messie veut rencontrer Carlos et le roi du Portugal. Il veut qu'on lui confie des troupes et des bateaux, pour aller lutter contre les musulmans. Mener une croisade, le projet plaît à ton frère. Il n'a pas pardonné à ceux qui lui ont pris son œil et qui l'ont fait esclave.

Mais Reubeni est fou, je te dis.

En attendant, ton frère est avec lui dans ma maison. Il se repose, il se soigne. Il est maigre, si tu savais…

Et surtout il est triste. Il prétend qu'il veut faire cette croisade, mais je pense qu'il n'y croit qu'à demi.

Sa mélancolie me fait peine mais elle me rassure aussi : il n'aura pas la force d'accompagner le fou.

Pendant toutes ces années où il était au loin, je me suis occupée de Cazalla pour qu'il en tire profit. À un moment, tu l'ignores évidemment, j'ai cru perdre ma propriété : il fallait tant payer pour ravoir ton frère… Mais maintenant tout est bien : je me suis arrangée. Même, je songe à acheter de nouveaux champs. Mon but est que ma ferme permette à Ulisse de ne pas s'épuiser. Je voudrais qu'il se marie et qu'il ait des enfants. Peut-être peux-tu aider ? Joaquín est marchand, je suis sûre que vous êtes riches : un peu d'argent aiderait à trouver une fiancée. Sais-tu ? Que ton frère épouse une fille noble était le vœu de ton père. Et c'est aussi le mien.

Camareña, qui est venu me rendre visite à Cazalla (je crois qu'il voulait voir la servante, surtout), Camareña m'a dit que tu avais des jumeaux et qu'ils sont déjà grands. La nouvelle ne m'a pas étonnée puisque déjà, moi, je vous ai eus tous les deux en même temps. Mais pourquoi ne me l'as-tu pas écrit ?

Porte-toi bien, ma fille. Réponds-moi cette fois. Ou écris à ton frère. Ou, mieux, décidément, reviens vivre près de nous.

Je connaîtrai, comme ça, mes petits-fils.

Ta mère,

Maria Concepción Vespucci de Córdoba

LETTRE DE SILVANA COSA Y VESPUCCI À MARIA CONCEPCIÓN VESPUCCI DE CÓRDOBA

Londres, date non inscrite.

Mère

Je viens de lire votre lettre. Le capitaine de la *Vespuccia II* l'a donnée à Joaquín et Joaquín me l'a donnée. Je l'ai lue sans être aidée. Je réponds sans être aidée. Je veux que vous sachiez que je sais bien écrire et que je sais bien lire. Je fais cette chose et cette autre depuis que je suis petite. Je les fais mieux maintenant. Doucine m'a enseigné à écrire les temps. Le passé – ce que je ne fais plus. Le présent – ce que je fais vraiment. Le futur – ce n'est pas commencé. Elle m'a appris aussi à séparer les choses. Quand je change d'idée je vais à la ligne. Quand je lis et que je perds le souffle je mets le point.

J'aime beaucoup l'autre femme de Guido et je fais bien des choses qu'elle me conseille de faire. À elle j'ai lu la lettre et elle dit que je dois répondre. Que j'aurais dû écrire quand j'ai eu une fille et quand j'ai eu les garçons. Joaquín et Camareña et Guido quand ils sont en Espagne vous racontent ma vie mais les choses que je peux écrire je suis seule à les savoir.

La lettre que vous avez écrite quand vous reveniez de Venise n'a pas l'importance que vous croyez.

D'abord il y avait deux lettres. Pas seulement une pour moi.

Dans celle pour Joaquín vous écriviez que Juan de la Cosa n'était pas mort qu'il était à Venise et qu'il était un juif.

Joaquín sait tout ça. Un jour quand il montait sur un bateau après qu'il était revenu d'Ameriga un marin lui a dit que son père n'avait pas été mangé. Juan lui avait dit de le dire. Un autre marin une autre fois a raconté que Juan était sur la terre de l'Afrique. Encore après Juan était à Venise. On a reçu une lettre.

Joaquín est heureux que le señor Cosa soit vivant. Mais peut-être que Juan n'est pas son père. Sa mère disait que non. Son père disait que si.

Du coup que Juan soit un juif n'a aucune importance. Il n'est plus en Espagne où on pourrait lui faire mal et Joaquín a une mère chrétienne alors il n'est pas juif. Puis personne ne lui demande rien à Londres et son sexe n'a pas été coupé donc il n'a rien à craindre.

Votre lettre n'avait pas d'importance même si vous pensiez qu'elle contenait de grands secrets.

L'autre lettre était pour moi. C'est celle que vous voulez que je n'aie pas reçue. Je l'ai reçue pourtant.

J'étais heureuse d'apprendre que mon frère était vivant mais je n'ai jamais cru qu'il était vraiment mort.

J'étais contente aussi qu'il ait cet ami polonais. J'ai regardé la lettre. Le Polonais s'appelle Jan. Je me demande pourquoi Ulisse n'est pas revenu en Espagne avec Jan plutôt qu'avec l'autre juif qui s'appelle David.

Vous n'écrivez pas qu'Ulisse aime les hommes plutôt que les femmes. Vous avez dessiné trois points et Doucine affirme que les trois points veulent dire les choses que vous ne voulez pas écrire. Je ne comprends pas bien. Mais moi je sais ce qu'il en est et je n'ai pas de peine à le dire. Quand nous étions petits Ulisse jouait à la guerre avec ses armées et ensuite il essayait mes robes.

Quand il était plus grand il a connu cet hidalgo un jour qu'il est allé essayer de retrouver le capitaine dont Père et vous disiez que vous êtes la fille. Vous avez cru peut-être qu'il ne l'avait pas revu ensuite mais si. Moi je sais qu'il l'a revu et qu'ils se sont aimés énormément. À Valladolid pendant qu'il étudiait il dépensait beaucoup. Il avait un ami qui était moins riche et il lui donnait l'argent pour qu'il vive. C'est cela qui a fait surtout qu'il a voulu être soldat. Pour être avec des autres hommes.

Doucine affirme que ça vous contrarie que mon frère aime les hommes. Que cela vous rend sombre comme je le suis lorsque je ne fais pas une chose que je veux faire. Qu'un homme aime une femme c'est bien. Qu'une femme aime un homme c'est bien. Qu'un homme aime un homme ou qu'une femme aime une femme c'est encore bien. Il n'y a pas de différence sauf que dans un cas des enfants viennent à la femme et que dans l'autre il n'y en a pas. Vous devez laisser Ulisse rester avec les hommes si vous voulez qu'il demeure auprès de vous.

Je veux dire aussi que je ne pense pas que le retour de mon frère soit un miracle de la Vierge. Et même je ne pense pas que vous le pensez. Vous faites des mensonges ou vous vous racontez des histoires. Cela aussi je le sais. Vous n'êtes pas du tout en vérité chrétienne. Mais vous faites semblant. Cela fait bien longtemps vous êtes venue d'une île où le nom de Jésus et celui de Marie sont très inconnus. Mon père vous a épousée mais vous avez été son esclave et c'est lui qui me l'a dit. Cela importe peu. Ulisse aussi a été un esclave et maintenant il est un homme libre même s'il n'a qu'un œil. La Vierge Marie et le bon Dieu s'ils existent ont autre chose à faire qu'à s'occuper de Maria Concepción Vespucci et d'Ulisse Vespucci. Peut-être que ce sont les dieux de votre île qui avaient plus de temps et qui vous ont aidée. Ou peut-être que rien du tout.

Il y a encore une chose. Ne croyez pas qu'Ulisse va rester à Cazalla. Il ne va pas se marier puisqu'il aime les hommes. Il n'aura pas d'enfant et vous n'aurez pas de petit-fils qui sera noble. Ulisse se moque des terres où vous voulez qu'il vive. Il aime le tabac que vous faites pousser. Mais c'est pour le fumer pas pour le cultiver. Il ne va pas être à la campagne à regarder grandir les herbes pendant que vous lui dites que vous l'aimez.

Doucine veut que je parle de moi et des enfants. La fille se nomme Seamrog ça veut dire Petite Oseille. Le garçon qui est sorti le premier s'appelle Henry et le second John. John c'est en anglais ce que Juan est en espagnol. Doucine veille sur les deux quand je suis occupée ou que je ne veux pas. Joaquín a du travail et il va chez une femme qui s'appelle Jane et qui était chez nous. Il l'aime comme il m'aime et ça ne me dérange pas. J'ai plus de temps pour moi s'il n'est pas toujours là. Je fais encore mes choses et je ne les jette plus. Je groupe les figures et je raconte avec elles. Ça plaît et on donne à Joaquín de l'argent quand elles s'en vont. Il y en a plusieurs qui font Jésus quand il est dans la crèche avec les bergers ou les mages. Trois églises de Londres les prennent comme décor quand la Noël vient. J'aime aller les voir. Pour la reine Catherine j'ai fait la mort de la sainte qui porte le même nom qu'elle. C'était une petite fille qu'on a accrochée sur une roue, la roue a explosé et tué les bourreaux. Elle m'a donné de la peine surtout que Henry et John étaient encore dans mon ventre et que j'étais fatiguée. Ensuite j'ai installé cela dans la chapelle où elle prie. C'est une dame grasse qui pense beaucoup à Dieu. Elle vit dans un château toute seule où il n'y a que des femmes et jamais son mari. Nous avons parlé castillan parce qu'elle est née en Espagne et elle était contente. Elle a voulu que je prie avec elle. Elle a dit sa prière pour que les jumeaux vivent quand je lui ai dit que j'avais eu des fils.

J'ai eu aussi une idée. Peut-être vous aimeriez avoir une histoire qui serait celle d'Ulisse. Il n'y a pas de saint qui s'appelle comme lui mais Guido a cherché et il a trouvé un homme qui a le même nom avec une autre écriture et qui a voyagé et fait beaucoup de combats. C'est presque comme mon frère surtout s'il part vraiment et qu'il va à la croisade à l'autre bout de la mer. Le difficile est que je ne sais pas comment je pourrais finir l'histoire. L'ancien Ulisse à la fin revient près de sa femme qui fait un grand tapis. Mais celui d'aujourd'hui n'a pas de femme et ça doit finir autrement. Il faut que je devine autre chose.

Vous comprenez que je ne vais pas revenir en Espagne. Je suis bien à Londres et j'y resterai tout le temps.

Ma mère gardez-vous en bonne santé. Doucine dit que vous pourriez venir en Angleterre et que je vous recevrai bien. Faites-le si Ulisse repart.

Votre fille
Silvana Cosa

Prologue

ENFANCES

(1472-1498)

I

LE MONDE S'OUVRE

(1498-1511)

II
VICISSITUDES
(1511-1517)

III

LES GRANDS TOURNANTS

(1517-1520)

IV

LE TEMPS DES ÉPREUVES

(1521-1522)

Épilogue

CORRESPONDANCES

(1525)

Composition : Nord Compo
Achevé d'imprimer par Normandie Roto Impression s.a.s.,
le 17 mai 2021.
Dépôt légal : mai 2021.
Numéro d'imprimeur : 2102178.

ISBN : 978-2-07-293053-9 / Imprimé en France.

376552